ullstein

Das Buch

Deutschland zur Stauferzeit: Die junge Anna hat die seltene Gabe, andere Menschen heilen zu können. Doch ihr ungewöhnliches Äußeres – sie hat zwei unterschiedlich farbige Augen – führt dazu, dass sie von den meisten Menschen für eine Hexe gehalten wird. Der jüdische Medicus Aaron schert sich nicht um abergläubisches Gerede und nimmt Anna bei sich auf. Er erkennt ihr Talent und wird ihr Lehrmeister. Anna lernt schnell und ist schon bald eine anerkannte Medica. Bei einem Patientenbesuch lernt sie den jungen Grafen Chassim von Greifenklau kennen und verliebt sich in ihn. Aber die Standesunterschiede lassen eine solche Liebe nicht zu. Der Erzbischof von Köln, dem Annas ungewöhnliche Heilverfahren schon lange suspekt sind, erfährt von Annas unstandesgemäßer Liebe und sieht seine Gelegenheit gekommen, sie endlich auf den Scheiterhaufen zu bringen…

Die Autorin

Johanna Geiges hat jahrelang als Drehbuchautorin für große Fernsehproduktionen gearbeitet, bevor sie sich ganz dem Schreiben widmete. Sie lebt mit ihrer Familie in Memmingen.

Johanna Geiges

Das Geheimnis der Medica

Ein Mittelalter-Roman

Ullstein

Besuchen Sie uns im Internet:
www.ullstein-taschenbuch.de

MIX
Papier aus verantwortungsvollen Quellen
FSC® C006701
FSC
www.fsc.org

Originalausgabe im Ullstein Taschenbuch
1. Auflage August 2012

Umschlaggestaltung: Zero Werbeagentur, München
Titelabbildung: © Fine Pic® (Hintergrund);
© Bridgeman (Pflanze und Frau – Detail aus Botticellis
Venus and the Three Graces, ca. 1483, Louvre, Paris)
Satz: LVD GmbH, Berlin
Gesetzt aus der Bembo
Papier: Holmen Book Cream von Holmen Paper
Central Europe, Hamburg GmbH
Druck und Bindearbeiten: CPI – Ebner & Spiegel, Ulm
Printed in Germany
ISBN 978-3-548-28432-3

DRAMATIS PERSONAE

ANNA AHRWEILER	Famula des Infirmarius
PATER URBAN	Prior und Infirmarius
CASPAR UND GRET	Annas Eltern
GERO VON HOCHSTADEN	Neffe des Erzbischofs
KONRAD VON HOCHSTADEN	Erzbischof
LOTHAR VON HOCHSTADEN	Bruder des Erzbischofs, Graf
PATER SIXTUS	rechte Hand des Erzbischofs, später Abt
LUTZ	Geros Kumpan
OSWALD	Geros Kumpan
AARON	jüdischer Medicus
ESTHER	Schwester des Medicus
REBECCA	Dienstmagd
CHASSIM VON GREIFENKLAU	Graf
KONRAD IV.	König, Sohn Kaiser Friedrichs II.
GEORG VON LANDSKRON	Graf
OTTGILD VON LANDSKRON	Gräfin, Chassims Schwester
BURGKAPLAN	Ketzer- und Hexenjäger
BERBELIN	Dienstmagd
BRUDER THOMAS	Mönch, einst Infirmarius

Die Schauplätze sind das stolze Zisterzienserkloster Heisterbach an den Hängen der Eifel (nun Trümmerstätte), der Mittelrhein im Herzen Europas sowie die Städte Oppenheim und Köln im Jahre des Herrn 1242

DIE ACHT TÄGLICHEN ANDACHTEN IM KLOSTER

Die genaue Bestimmung schwankt
je nach Jahreszeit und Region

Mette (Vigil)	2.00 Uhr nach Mitternacht
Laudes (Matutin)	Zwischen 5.00 Uhr und 6.00 Uhr
Prim	Gegen 7.30 Uhr, in der Regel kurz bevor es hell wird
Terz	Gegen 9.00 Uhr
Sext	12.00 Uhr mittags
Non	Zwischen 14.00 Uhr und 15.00 Uhr
Vesper	Gegen 16.30 Uhr
Complet	Gegen 18.00 Uhr

PROLOG

Es war kurz vor Ostern im Jahre des Herrn 1242. Nach einem langen und strengen Winter, der einfach nicht weichen wollte, brach zum ersten Mal seit Monaten die Sonne durch die dicke, bleierne Wolkendecke über dem Rhein. Die ungeheuren Wassermassen des mächtigen Stroms, befreit von den Ausläufern der Eifel, wälzten sich in die weite Ebene der Kölner Bucht nach Norden weiter, bis Himmel und Erde am Horizont eins wurden.

Gleich einem gleißenden Fingerzeig Gottes fiel der Strahl der Morgensonne auf den Petersberg, einen Gipfel des Siebengebirges, wo zwei Reisende die Schöpfung des Herrn bestaunten, die sich wie ein gewaltiges, vor Nässe dampfendes Panorama vor ihnen ausbreitete. Der ausgezehrte, sehnige Mann mit den grauen Haaren hatte gewiss schon mehr als vierzig Winter hinter sich. Er trug eine grobe Tunika aus Zwillich und darüber einen wollenen Umhang, dazu warme Beinkleider und schwere, selbstgemachte Stiefel aus Schweinsleder. Die Frau neben ihm war in seinem Alter, zierlich, mit verhärmten Zügen, auch sie hatte sich in einen wollenen Umhang gewickelt, und eine dicke Haube bedeckte ihre weißen Haare. Früher musste sie eine Schönheit gewesen sein. Der Mann legte einen Arm um ihre Schulter und zog sie zärtlich zu sich heran, während sie von ihrer hohen Warte aus auf das Tal hinunterblickten, das die Zisterziensermönche einst Tal des heiligen Petrus getauft hatten.

Allmählich begann sich der Dunst aufzulösen und gab den

Blick über eine weite, flache Senke frei, die umgeben war von Berghängen mit Buchenwäldern und Landwirtschaft. Dort unten lag das Kloster Maria im Peterstal in Heisterbach, kurz Kloster Heisterbach. Die Wolkendecke riss jetzt vollends auf und brachte die noch junge Klosteranlage in ihrer ganzen Pracht und Herrlichkeit zum Vorschein. Eine lange, schnurgerade Pappelallee führte direkt auf die Hauptpforte zu, auf deren Torbogen ein Vers aus dem Evangelium eingemeißelt war, Johannes 9, 25: »Eines weiß ich wohl: dass ich blind war und bin nun sehend.«

Mauern umfriedeten das Kloster, das den einfachen Leuten aus den kleinen Dörfern in der Umgebung schon durch seine Ausdehnung vorkommen musste wie ein neues Weltwunder. Allein die domhafte Abteikirche aus grauem Trachyt-Stein im Zentrum der Anlage, mit ihrer gewaltigen *Apsis* gen Osten, den hochgezogenen, spitz zulaufenden Bogenfenstern und dem zierlichen Glockenturm, maß 280 Fuß in der Längsachse, dazu kam ein Querschiff von 140 Fuß. Im ganzen Heiligen Römischen Reich gab es weit und breit kein Gotteshaus, das sie an Größe überboten hätte. Zwei wuchtige, dreigeschossige Querhäuser schlossen rechtwinklig an das Querschiff und die Westfassade des Längsschiffs an. Das eine war für die Laienbrüder und Gäste, das andere für die Mönche. Das Geviert wurde ergänzt und abgeschlossen durch das *Refektorium,* den Wohnbereich des Abtes, das Badehaus, das *Skriptorium* und das *Infirmarium.* Kreuzgänge verbanden die Gebäude und umschlossen den Innenhof, den ein leise plätschernder Brunnen und niedrige, sorgfältig gestutzte Hecken zierten. Er diente allein der *Kontemplation.*

Ein Stück weit nach Westen lagen die Obst- und Gemüsegärten, der Hortus botanicus des *Infirmarius* und die zahlreichen Wirtschaftsgebäude, die Scheunen, Ställe, Werkstätten, die Mühle, das Back- und das Brauhaus sowie die Kelterei, an die sich ein lichter Buchenwald anschloss. Dort, zwischen den Bäumen versteckt, von deren zartgrünen Blattknospen die letzten Wassertropfen der langen Regennacht rieselten, lugten einzelne Grabsteine hervor. Sie gehörten, nebst einer kleinen Kapelle, zum Friedhof der Mönche.

Ein halbes Dutzend Fischteiche, ebenfalls jenseits der Klostermauern gelegen, funkelten wie Edelsteine im Sonnenlicht und trugen dazu bei, dass die gesamte Anlage jedem Besucher, der sie zum ersten Mal sah, wie eine Verheißung auf das himmlische Jerusalem erscheinen musste.

Das Paar auf dem Petersberg, Caspar und Gret aus Ahrweiler, machte sich auf den langen und beschwerlichen Abstieg die Anhöhe hinunter zur Zufahrtsstraße des Klosters, die zu dieser frühen Zeit noch still und einsam im Sonnenlicht lag.

Pater Urban, der *Prior* und *Infirmarius* von Heisterbach, zweiter Mann nach dem Abt, ein enger und vertrauter Freund, hatte ihnen durch einen Boten einen Brief in das kleine Dorf Ahrweiler geschickt, in dem geschrieben stand, dass sie kommen sollten. Caspar war des Lesens mächtig. Es sei dringend, es ginge um die Zukunft ihres Kindes, war da geheimnisvoll in dem Brief zu lesen. Caspar und Gret wussten, was das bedeutete. Wenn Pater Urban schrieb, dass es dringend sei, dann mussten sie sich beeilen. Der *Prior* war kein leichtfertiger Mann, der zu grundlosen Übertreibungen neigte. Seine Nachricht konnte nur bedeuten, dass ihre Tochter in Gefahr war.

In großer Gefahr.

TEIL I

I

Anna wachte noch vor der Prim auf, denn es war, ungewöhnlich für diese Jahreszeit, bitterkalt. An diesem Tag, dem Gründonnerstag vor Ostern, fand die traditionelle Fußwaschung für zwölf Gläubige in der Klosterkirche von Heisterbach statt, und sie war wie stets eingeteilt, dem *Prior* bei der heiligen Zeremonie als Messdiener zur Seite zu stehen. Doch Anna war Kälte gewöhnt. Ihre winzige Zelle bestand aus nacktem Mauerwerk, das sommers wie winters feucht und klamm war, obwohl sie, weil der *Prior* und *Infirmarius* Pater Urban es gut mit ihr meinte, in besonders frostigen Winternächten eine Eisenpfanne mit glühenden Kohlen aus der Küche neben dem *Refektorium* mitnehmen durfte, um sich warmzuhalten. Ein Privileg, das unter den Novizen des Klosters Heisterbach leicht Neid und Missgunst erwecken würde, wenn es jemand herausbekam. Immer musste sie warten, bis sich die Mönche, Novizen und Laienbrüder in ihr *Dormitorium* zurückgezogen hatten, damit *Prior* Urban ihr die eiserne Pfanne ungesehen in die Hand drücken konnte.

Anna wunderte sich manchmal über den fürsorglichen, ja fast väterlichen Umgang, den der *Prior* mit ihr pflegte. Vermutlich war seine Freundschaft zu ihren Eltern der Grund dafür. Zwischen *Prior* Urban und ihrem Vater, der seinen christlichen Pflichten stets nachkam, aber kein religiöser Eiferer war, bestand ein geheimnisvolles Band, dessen Ursprung Anna nicht kannte. Ihr Vater war Bauer und hatte ein paar Wiesen und Äcker vom Kloster gepachtet. Damit hatten er und seine Frau ein karges Auskommen, und außer Anna gab es keine Kinder. In mageren Jahren, die es in letzter Zeit immer häufiger gegeben hatte, war es dem Vater nicht leicht gefallen, den Pachtzins zu entrichten. Aber der *Prior* hatte bei ihm stets beide Augen zugedrückt, obwohl er sonst ein äußerst akribischer Mann war, was die pünktlichen und korrekten Zahlungen an das Kloster anging.

Pater Urban besorgte neben seinen geistlichen Pflichten und den Aufgaben eines *Infirmarius* auch die Einkünfte des Klosters. Wenn der Erzbischof von Köln einmal im Jahr das Kloster mit seinem hohen Besuch beehrte, war der *Prior* stets von Stolz erfüllt, eine makellose Bilanz in seinen Büchern vorweisen zu können.

Erzbischof Konrad von Hochstaden war dafür gefürchtet, alles einer genauesten Prüfung zu unterziehen, denn schließlich sollte jedes seiner Klöster so viel Gewinn wie möglich abwerfen. Er war ein reicher Mann und setzte alles daran, seinen Machtbereich zu vergrößern und dem vom fernen Kaiser eingesetzten König Konrad IV. das Leben schwerzumachen. Ehrgeizig, eitel und habgierig, aber auch außergewöhnlich intelligent und zielgerichtet, war er der eigentliche Herrscher in seinem Reich zwischen Köln und Koblenz, gefürchtet für seinen heiligen Zorn, der wie aus heiterem Himmel all jene treffen konnte, die ihm im Weg standen. Aber *Prior* Urban verstand es, sein Kloster klug zu führen. Bislang hatte sich der Erzbischof nie veranlasst gesehen, öfter als einmal im Jahr anzureisen, um die seinem Bistum und dem Papst zustehenden Abgaben einzufordern.

Anna stand auf und warf einen Blick in das Kohlebecken. Doch dort war nur noch Asche. Schaudernd tastete sie nach dem einzigen Gegenstand in der Zelle, der ein Tribut an ihre weibliche Eitelkeit war: ein spielkartengroßes Stück dünnes Metallblech, das sie unter der Matratze ihres Rollbetts versteckt hatte. Sie zog es hervor, hauchte es an und putzte es mit dem Ärmel ihrer Tunika blank. Undeutlich sah sie ihr Konterfei in dem kleinen Spiegel: das hübsche, aufgeweckte Gesicht eines seit kurzem sechzehnjährigen Mädchens niederen Stands, zu seinem ständigen Leidwesen jünger wirkend, umrahmt von bubenhaft geschnittenen kurzen Haaren mit der üblichen *Tonsur.* Und mit verschiedenfarbigen Augen. Eine Iris war braun, die andere grün. Eine seltsame Anomalie, die sie noch bei keinem anderen Menschen gesehen hatte. Abergläubische Leute – und davon gab es mehr als genug – bekreuzigten sich, wenn sie ihr nah genug kamen, um die verschiedenfarbigen Augen zu bemerken. Es galt als Teufelszeichen, und ein Blick von ihr als böser Blick, der einen verzaubern konnte.

In einer kindischen Anwandlung streckte Anna ihrem Spiegelbild die Zunge heraus und begann, ihre Kleidung anzulegen.

Der kleine, aber deutlich sichtbare Busen musste mit einer Brustbinde eingewickelt und flachgedrückt werden, bevor sie *Habit* und *Skapulier* über den Kopf ziehen konnte, die Tracht eines Novizen, die sie trug, obwohl sie als Laienbruder im Kloster war und nicht das Gelübde anstreben durfte. Bis zum heutigen Tag war es Pater Urban und ihr gelungen, das Geheimnis ihres Geschlechts zu bewahren. Das war nur möglich, weil Anna eine Sonderstellung im Kloster innehatte. Als *Famulus* des *Infirmarius* hatte sie die Zelle neben der Krankenabteilung nur für sich; sie musste die Nacht nicht im großen Schlafsaal, dem *Dormitorium,* verbringen wie die anderen Novizen. Außerdem hatte sie eine vom Abt persönlich ausgestellte *Dispens,* was die regelmäßigen Gebetsstunden anging. Schließlich war es ihre Aufgabe, Tag und Nacht da zu sein, falls einer der Kranken ihrer bedurfte.

Ihre Pflichten nahm sie sehr ernst. Sie hatte viel vom *Infirmarius,* dem Krankenpfleger, gelernt, und Pater Urban war stolz auf sie. Er hatte sie, seit er sie als siebenjähriges Mädchen unter dem Namen Marian im Kloster aufgenommen hatte, in allem unterrichtet, was er von der Kunst des Heilens wusste. Darin war er ein wahrer Meister. Auch war er stets bestrebt, sich weiterzubilden – natürlich innerhalb der Grenzen, die ihm der kirchenrechtliche Kanon setzte, der seit Jahrhunderten die Kunst der Medizin durch Glaube und Lehre bestimmte. Aber hin und wieder wagte er sich auch mit seinem *Famulus* an persönliche Forschungen, was allerdings nicht an das Ohr eines der vielen Mönche gelangen durfte, die neugierig und neidisch auf alles waren, was neu und damit ketzerisch war, und jedweden Verdacht sofort dem Abt gemeldet hätten. In der Heilpflege, in der Chirurgie, im *Aderlass,* im *Laxieren* und vor allem in der Arzneimittelkunde konnte niemand dem erfahrenen Pater Urban das Wasser reichen. Im Klostergarten war er zuständig für die Bestellung des Hortus botanicus, des botanischen Gartens, und des daran angegliederten Heilgärtleins, in dem alle Arten von Kräutern wuchsen, denen eine medizinische Wirkung zugesprochen wurde. Das Heilgärtlein war mit der Zeit Annas Revier geworden, und sie widmete sich ihm mit besonderer Sorgfalt und Hingabe.

Sie seufzte, als sie die dünne Eisschicht in der Waschschüssel sah, drückte sie vorsichtig ein und wusch sich das Gesicht ab. Als sie sich abtrocknete, klopfte es plötzlich.

Auf ihren Ruf hin öffnete sich die Zellentür, und Pater Urban trat herein.

»Ich komme schon, Pater«, sagte Anna und lächelte ihn an. Pater Urban war ein fröhlicher Mann von mehr als fünfzig Jahren, dessen weißer Bart ihm das Aussehen eines Gelehrten verlieh. Doch heute zeigte sich ungewohnter Ernst auf seinen Zügen, und Anna las ihm an den Augen ab, dass etwas nicht stimmte. Er zog die Tür der Zelle sanft hinter sich ins Schloss.

»Ich habe mit dir zu reden, Anna«, sagte er mit leiser Stimme.

Anna sah ihn besorgt an. Er wandte den Blick ab, und schob mit dem Fuß die Kohlenpfanne zur Seite. Wenn er sie mit »Anna« anredete und nicht mit »Bruder Marian«, wie sie sonst genannt wurde, musste etwas Ernsthaftes vorgefallen sein. Der *Prior* packte die Kohlenpfanne am Stiel, fasste mit der Hand hinein und rieb ihr etwas Asche ins Gesicht. Anna rührte sich nicht.

»So. Jetzt siehst du eher wieder wie Bruder Marian aus. Und nicht wie ein Mädchen.« Er strich ihr nachdenklich eine Haarsträhne aus der Stirn.

»Ist etwas passiert, Pater Urban?«, fragte sie.

»Gott will uns prüfen, fürchte ich«, seufzte er aus tiefster Seele und drückte sanft seinen Zeigefinger auf ihre Lippen, um sie zum Schweigen zu bringen. »Nicht hier.«

Der *Prior* öffnete die Tür, blickte forschend in den Gang hinaus und nickte dann.

»Folge mir, Bruder Marian«, befahl er laut.

Er ging hinaus. Anna zögerte kurz, versteckte das Stück Metallblech, das den aufmerksamen Blicken des Paters nicht entgangen war, wieder unter der Matratze und folgte dem *Prior* und *Infirmarius*.

Sie eilten durch den Krankenbereich in den zugigen Kreuzgang, wo sie zwei Novizen begegneten, die sich offensichtlich verspätet hatten und mit wehendem *Habit* zur Prim eilten. Als sie den *Prior* sahen, verlangsamten sie ihren unangemessenen Laufschritt und verneigten sich respektvoll. Zu anderer Zeit hätte Pater Urban sie streng zurechtgewiesen, aber heute nickte er nur geistesabwesend und schlug den Weg zur großen Halle des Abtes ein, die er während dessen Abwesenheit als Arbeits- und Empfangsraum für Besucher benutzte. Der Abt des Klosters Heisterbach war schon vor Wochen zum

Erzbischof nach Köln beordert worden, unter dessen Vorsitz ein *Generalkapitel* abgehalten wurde, das kein Ende nehmen wollte, denn bei den Versammlungen des Ordens fanden zahlreiche Ketzerprozesse statt.

Prior Urban öffnete die Tür zur Empfangshalle, wartete, bis Anna eingetreten war, und schloss sie dann überaus sorgfältig hinter ihr. Anna hatte die Empfangshalle des Abtes bisher erst zwei- oder dreimal betreten und staunte auch heute wieder über die Pracht des gewaltigen Raumes. Die Halle war fast so groß wie das Seitenschiff der Klosterkirche, mit prächtigen Wandwirkereien, die die Passion Christi zeigten, und einem offenen Kamin, in den ihre ganze Zelle gepasst hätte.

Neben dem prasselnden Kaminfeuer, um das halbkreisförmig ein paar Stühle gruppiert waren, stand ein mächtiger Eichenschreibtisch. Dort, im hinteren Drittel des Raumes, wartete ein ärmlich gekleidetes Paar. Der Mann, hager, grauhaarig und barhäuptig, knetete an seiner Kopfbedeckung herum. Seine zierliche Frau blickte den Ankömmlingen bang und erwartungsvoll entgegen. Bei Annas Anblick fingen der alte Mann und seine Frau an zu strahlen.

Anna zögerte kurz, so überrascht war sie, ihre Eltern wiederzusehen. Dann schossen ihr Tränen der Freude in die Augen.

»Mutter! Vater!«

Sie rannte auf die beiden zu und umarmte zuerst ihre Mutter fest und innig und küsste sie auf beide Wangen. Die Mutter wollte sie gar nicht mehr loslassen, aber Anna wandte sich ihrem Vater zu und fiel auch ihm um den Hals. Der Vater kämpfte ebenfalls mit den Tränen. Dann schob er Anna auf Armeslänge von sich weg und musterte liebevoll ihr aschebeschmutztes Gesicht. Bevor er jedoch etwas sagen konnte, legte der *Prior* warnend den Zeigefinger auf seine Lippen.

»Kein lautes Wort!«, sagte er in gedämpftem Ton, »die Wände haben Ohren! Nehmt Platz.«

Er wartete, bis Anna und ihre Eltern sich gesetzt hatten und ihn erwartungsvoll ansahen, wobei die Mutter Annas Hand fest drückte und ihren Blick nicht mehr von der Tochter wenden wollte.

Prior Urban blieb stehen und räusperte sich.

»Wie lange ist es jetzt her, dass Ihr Anna in meine Obhut gegeben habt?«

»Es werden gut zehn Jahre sein, Euer Gnaden«, antwortete der Vater mit belegter Stimme.

»Eine lange Zeit. Doch alles hat eine bestimmte Stunde, und jedes Ding unter dem Himmel seine Zeit.«

Er sah Anna an. »Und deine Zeit ist nun gekommen, Anna.«

Die Eltern nickten schweigend und ergeben. Anna hingegen sah den *Prior* stumm an, mit leichtem Misstrauen, und wartete auf eine Erklärung.

Der *Prior* fuhr fort: »Anna, du bist jetzt sechzehn Jahre alt und kein Kind mehr. Schon lange nicht mehr. Und ich fürchte, dass du deine … deine Weiblichkeit nicht länger verbergen kannst.«

Anna wollte widersprechen und setzte schon zu einer Verteidigungsrede an, aber der *Prior* gebot ihr mit einer Handbewegung zu schweigen.

»Das ist eine unleugbare Tatsache. Deshalb habe ich deine Eltern um dieses Treffen gebeten. Wir müssen gemeinsam beschließen, was zu tun ist. Hoher Besuch hat sich angekündigt, und ich kann nicht ausschließen, dass bei dieser Gelegenheit das Unterste zuoberst gekehrt wird.«

»Etwa Seine Eminenz, der Erzbischof?«, platzte Anna heraus.

Pater Urban nickte. »Erzbischof Konrad von Hochstaden höchstpersönlich. Ich fürchte, dieses Mal wird es nicht dabei bleiben, dass er meine Bücher und Bilanzen überprüft. Gerüchten zufolge plant er einige grundsätzliche Änderungen.«

Pater Urban fasste Anna sanft an den Schultern und sah ihr eindringlich in die Augen.

»Du warst mir immer wie eine Tochter, Anna. Ich habe dich alles gelehrt, was ich über die Heilkunde weiß. Eine bessere und eifrigere *Famula* wie dich hätte ich mir niemals wünschen können. Aber niemand im Kloster darf dahinterkommen, was es mit der Abmachung, die deine Eltern und ich damals vor über zehn Jahren getroffen haben, auf sich hat. Dein Vater und deine Mutter haben dich vertrauensvoll in meine Obhut gegeben, weil sie in dir etwas Besonderes sahen. Und damit haben sie recht getan. Auch wenn es manchmal nicht ganz einfach war, dich als Jungen auszugeben. Wenn deine wahre Natur jemals ans Licht des Tages kommen sollte – dann gnade uns allen Gott!«

Er seufzte und bekreuzigte sich mit einem scheuen Blick auf das große Kruzifix, das hinter dem Schreibtisch an der Wand hing.

»Aber unter diesen besonderen Umständen verzeiht der Herr auch einmal eine Notlüge.«

Er wandte sich wieder an Anna.

»Wir haben dich damals im Kloster aufgenommen, um dich zu schützen.«

»Mich zu schützen? Aber wovor, Pater Urban?«

Die Mutter beugte sich nach vorne. Es war das erste Mal, dass sie etwas sagte. Eindringlich flüsterte sie: »Anna, es ist besser, wenn du das nicht weißt. Glaub mir, für jeden von uns ist es besser.«

Sie bekreuzigte sich hastig.

Pater Urban legte beruhigend seine Hand auf die von Annas Mutter.

»Eines Tages wird sie es erfahren müssen.«

Wut brandete in Anna hoch. Eine der sieben Todsünden, das wusste sie. Pater Urban hatte alles getan, ihr das abzugewöhnen und sie jedes Mal dafür bestraft, wenn sie sich nicht beherrschen konnte. So hatte sie schmerzhaft gelernt, dass unbedingte Selbstbeherrschung eine notwendige Tugend war. Doch der Verlauf dieses Gesprächs ging sie schließlich etwas an. Sie war kein Kind mehr, und sie wollte sich auch nicht mehr wie eines behandeln lassen. Ihr Respekt vor der Autorität des *Priors* gebot ihr zu schweigen, aber sie konnte ihr aufbrausendes Temperament beim besten Willen nicht unterdrücken.

»Was werde ich eines Tages erfahren müssen? Dass es keine Möglichkeit gab, mich als Mädchen zu unterrichten, das weiß ich. Und dafür bin ich Euch auch zutiefst dankbar. Aber bitte, warum sagt Ihr mir nicht die ganze Wahrheit?«

Pater Urban tätschelte sie beruhigend.

»Dazu ist später auch noch Gelegenheit, Anna. Wir müssen jetzt eine Entscheidung treffen, was mit dir zu geschehen hat. Deine Eltern und ich sind der Ansicht, es wäre das Beste, du gingest in das Nonnenkloster Mariental zu Frauenzimmern und wirst eine Braut Christi. Oder …«

Er zögerte.

Anna biss sich auf die Lippen. »Oder?«

»Oder du heiratest.«

Anna schoss das Blut in die Wangen. Sie wandte sich an ihren Vater.

»Vater – bitte, du hast mir geschworen, dass ich einmal den Mann heiraten darf, den ich will. Weißt du das nicht mehr?«

Annas Vater war sichtlich unwohl zumute.

»Kind – da warst du sechs oder sieben Jahre alt!«

»Gilt dein Versprechen jetzt nicht mehr?«

Pater Urban warf Annas Vater einen eindringlichen Blick zu und gebot ihm mit einer Geste Einhalt.

»Anna – hier geht es nicht darum, was du willst oder was du nicht willst. Hier geht es um deine Zukunft! Du bist jung und musst noch viel lernen. Glaub mir, deine Eltern und ich wissen, was das Beste für dich ist«, sagte er.

Tränen traten Anna in die Augen, ihre Stimme zitterte, als sie erwiderte: »Ich war euch bisher immer eine gehorsame Tochter. Oder eine gehorsame *Famula*. Über sechzehn Jahre lang. Aber nun bin ich der Ansicht, ich bin alt genug, um über mich und mein zukünftiges Leben selbst zu bestimmen.«

Der *Prior* schüttelte müde den Kopf.

»Anna, Anna – ich dachte, ich hätte dir mehr darüber beigebracht, in was für einer Welt wir leben. Eine Frau, sei sie von niederem Stand wie du oder von hohem Adel – eine Frau muss ihrem Vater gehorchen. Das hat Gott nun einmal so eingerichtet, und daran sollten wir Menschen nicht rütteln.«

Anna wischte entschlossen ihre Tränen aus dem Gesicht. Es waren Tränen der hilflosen Wut.

»Aber ich möchte nicht fort!«

Sie drehte sich um und stürmte in Richtung Tür. Ihre Mutter wollte sie aufhalten und eilte hinterher.

»Anna, warte, bleib hier! Du versündigst dich!«

***

Sobald Annas Schritte im Gang verhallt waren, schloss Pater Urban die Tür und lehnte sich dagegen. Dann breitete er in einer hilflosen Geste die Arme aus.

»Lasst sie. Sie wird wieder zu sich kommen und Vernunft annehmen. Gott hat Anna mit großer Klugheit gesegnet. Wenn sie gründlich über sich nachdenkt, wird sie schon erkennen, was sich ihr als Frau geziemt, und wird sich fügen.«

Die Eltern sahen ihn mit einer Mischung aus Panik und Trauer an. Er rieb sich resigniert die Schläfen.

»Ich habe einen solchen Ausbruch schon lange befürchtet. Ihr Widerspruchsgeist ist groß. Sie hat einen unbeugsamen Willen. Der Apfel fällt eben nicht weit vom Stamm.«

Beschämt sahen Annas Vater und seine Frau zu Boden.

Pater Urban fasste die Eltern beruhigend an den Schultern. »Geht mit Gottes Segen wieder nach Hause. Wenn Anna mit sich und ihrer Bestimmung wieder im Reinen ist, und dafür werde ich sorgen, schicke ich sie rechtzeitig vor der Ankunft des Erzbischofs zu euch. Ich werde der Äbtissin von Kloster Mariental zu Frauenzimmern einen Brief schreiben und sie darum bitten, Anna aufzunehmen. Frauenzimmern liegt im Südwesten des Reiches. Dort ist sie weitab vom Einflussbereich des Erzbischofs und damit vor jeglicher Gefahr sicher. Ich kenne die Äbtissin, sie wird mir den Wunsch nicht abschlagen. In zwei Wochen werde ich euch aufsuchen und dann wird Anna so weit sein, dass sie bereit ist, die Braut unseres Herrn Jesu Christi zu werden. Das Kloster Mariental kann sich glücklich schätzen, eine so gute Infirmaria wie Anna für sich zu gewinnen, glaubt mir.«

Annas Mutter küsste die Hand des *Priors* und weinte dabei. »Ihr habt so viel für unser Kind getan, Pater Urban. Möge Gott es Euch dereinst vergelten. Mein Mann und ich werden Euch das nie vergessen …«

In diesem Augenblick klopfte es heftig an der Tür.

»Ja?«, sagte Pater Urban unwirsch.

Die Tür öffnete sich einen Spalt, und ein Novize traute sich kaum, den Kopf hereinzustecken.

»Ich habe doch ausdrücklich angeordnet, nicht gestört zu werden!«, herrschte der sonst so sanfte *Prior* den Novizen an.

»Vergebt mir, Euer Gnaden, aber Pater Antonius hat mir ausdrücklich aufgetragen, dass ich Euch unter allen Umständen Bescheid geben muss.«

»Ja und?«, fragte Pater Urban ungeduldig.

»Pater Antonius hat mir befohlen, Euch zu melden, dass Seine Eminenz, der Erzbischof, soeben samt Gefolge eingetroffen ist.«

Bei diesen Worten erstarrte Pater Urban zur Salzsäule. Es dauerte einen Herzschlag lang, bis er einen Satz herausbrachte: »Seine Eminenz … der Erzbischof … er ist hier im Kloster Heisterbach?«

»Ja. Er erwartet Euch in der Kirche. Alle warten in der Kirche auf Euch. Ihr wolltet doch die Messe lesen und die vorösterliche Fußwaschung selbst vornehmen.«

Pater Urban griff sich an den Kopf. Erst jetzt vernahm er überdeutlich die Glocke der Abteikirche, die den Beginn des Gottesdienstes ankündigte.

»Um Gottes willen – ist es schon so spät …«, murmelte er hastig. Aber dann setzte sein Verstand wieder ein, und er winkte den Novizen hinaus. »Geh schon voraus und melde mich bei Seiner Eminenz. Ich komme sofort.«

Das hatte ihm gerade noch gefehlt. Er wartete, bis der Novize die Tür wieder geschlossen hatte, und wandte sich dann mit größter Dringlichkeit an Annas Eltern, die ihn mit erstaunten Augen ansahen.

»Dass der Erzbischof heute schon hier ist, ohne sich anzumelden, kann nichts Gutes bedeuten. Herr im Himmel – steh uns bei!«

Pater Urban schob seine Besucher zur Tür. »Ihr müsst sofort aufbrechen. Wartet draußen, bis ich weg bin. Dann schleicht euch aus dem Kloster, ohne dass man euch sieht. Geht am besten durch den Friedhof. Am Ende ist eine Pforte, die verschlossen ist. Hier habt ihr den Schlüssel. Lasst ihn einfach stecken.« Er nestelte einen Schlüssel von einem Bund an seinem *Zingulum*. »Ich schicke euch Anna nach, sobald es möglich ist. Geht jetzt, geht!«

II

Anna war durch den Gang hinaus zur Pforte gestürmt, die in den Kreuzgang des Klostergartens führte. Sie wollte zur Kirche, schließlich war sie als Messdiener eingeteilt. Sie wischte sich mit dem Ärmel die Tränen aus dem Gesicht und beeilte sich, die Glocke zur Messe läutete schon. Da tauchte ein Schatten hinter einer Säule auf, eine Männerhand packte sie hart am Arm und hielt sie auf. Sie gehörte einem stämmigen jungen Mann mit lockigen roten Haaren in einem teuren, pelzverbrämten Mantel. Er riss Anna herum und fragte in unverschämtem Ton: »He, kleiner Mönch – wo finde ich den *Prior*?«

Es dauerte einen Moment, bis Anna ihren ersten Schreck überwunden hatte. Sie versuchte, sich aus dem festen Griff zu winden.

»Wer will das wissen?«, fragte sie herausfordernd.

Der Mann ließ nicht los. »Kennst du mich nicht? Ich bin Gero von Hochstaden. Also?«

Anna boxte ihm gegen die Brust.

»Lasst mich los!«

Aber der Mann machte sich einen Spaß daraus, seine überlegenen Körperkräfte auszuspielen und die sich wie eine Katze wehrende Anna in den Schwitzkasten zu nehmen, bis ihre Nasen sich fast berührten. So nah hatte er sie an sich herangezogen, dass sie seinen heißen Atem unangenehm spürte, als er sie leise und bedrohlich fragte: »Wie heißt das Zauberwort, Mönchlein?«

Für einen kurzen Augenblick stellte Anna ihre wilden, aber ergebnislosen Befreiungsversuche ein. Gero von Hochstaden lockerte seinen eisernen Griff, und das war ein Fehler. Völlig unvermittelt rammte ihm Anna das Knie, so fest sie konnte, zwischen die Beine.

Der Mann schnappte nach Luft und sackte zusammen wie eine Marionette, der man die Fäden durchgeschnitten hatte. Stöhnend hielt er sich den Schritt.

Anna beugte sich über ihn. Sie konnte es nicht lassen, ihm zu sagen: »Ihr findet den *Prior* in der Halle des Abtes, Herr. Den Gang runter und dann rechts. Das könnt Ihr nicht verfehlen.«

Dann drehte sie sich um, eilte davon und ließ ihn liegen.

***

Als Gero von Hochstaden wieder Luft bekam und sich aufrappelte, wollte er sofort hinter diesem verdammten kleinen Mönch her und ihn am nächsten Glockenseil aufhängen. Aber erst, nachdem er ihm den Bauch mit seinem rasiermesserscharfen Dolch aufgeschlitzt und die Eingeweide herausgeholt hätte. Er war es gewohnt, mit seinem Schwert oder dem im Stiefel versteckten Dolch dafür zu sorgen, dass er den Respekt erhielt, der einem von Hochstaden gebührte. Niemand wagte es, gegen ihn aufzubegehren. Und jetzt? Jetzt lag er im Schmutz vor der Seitenpforte des Refektoriums. In seinem neuen Mantel, den er sich gerade für teures Geld hatte anfertigen lassen. Noch nie war er so gedemütigt worden! Und das auch noch von einem Mönch, der ihm gerade bis zur Brust reichte!

Er versuchte, sich vom Schmutz zu säubern, und sah sich verstohlen um. Nein, Gott sei Dank war niemand Zeuge dieser Erniedrigung geworden, wenigstens das war ihm erspart geblieben. So etwas hätte sich wie ein Lauffeuer herumgesprochen: Gero von Hochstaden, der Sohn des mächtigen Lothar von Hochstaden, Bruder des Erzbischofs, hatte sich von einer kleinen Ratte in einer Mönchskutte aufs Kreuz legen lassen. Er wäre zum Gespött seiner Kumpane, schlimmer noch: der einfachen Leute geworden.

Die Glocken der Klosterkirche läuteten. Die Messfeier vom letzten Abendmahl am Gründonnerstag hatte begonnen. Dann war der *Prior,* den Gero auf Geheiß des Erzbischofs gesucht hatte, wohl inzwischen in der Kirche. Es wurde Zeit, dass auch Gero zur Messe erschien. Der dumme Zwischenfall mit diesem Mönchlein hatte ihn unnötig lange aufgehalten. Schließlich war Gero im Gefolge seines Onkels nach Heisterbach gekommen, um sich vom *Prior* die Füße waschen zu lassen.

Die Messe war bereits in vollem Gang, als Gero durch den Seiteneingang die Klosterkirche betrat. Die Leute standen dicht an dicht, das Kirchenschiff war bis auf den letzten Platz besetzt. Der an- und abschwellende Gesang der Mönche, die im Chorgestühl hinter dem *Lettner* saßen und ihr Bestes gaben, trug seinen Teil dazu bei, die Gläubigen in eine erwartungsvolle und feierliche Stimmung zu versetzen.

Aber ganz allmählich kam Unruhe auf – wo war der *Prior,* ohne dessen Anwesenheit am Altar die Messe üblicherweise nicht begann? Gero zuckte entschuldigend mit den Schultern, als er den fragenden Blick des Erzbischofs auf sich gerichtet sah.

Endlich hastete Pater Urban durch den *Lettner* herein, sein liturgisches Gewand noch schnell zurechtzupfend, verlangsamte seinen Schritt, grüßte ehrerbietig die erste Reihe der Anwesenden und drehte sich mit feierlich erhobenen Händen mit dem Gesicht zum Altar. Er begann mit dem Glaubensbekenntnis, das die Gemeinde, erleichtert darüber, dass nun doch alles seinen gewohnten Verlauf nahm, mitmurmelte: »*Credo in Deum Patrem omnipotentem, Creatorem caeli et terra …*«

Ein lauer Wind hatte die letzten Wolken vertrieben, und die Sonne war endlich nach den endlosen Spätwinterwochen hoch genug geklettert, um ihre Strahlen genau in diesem Moment durch die reich verzierten bunten Glasfenster auf den Altar zu schicken und ihn in ein schier übernatürliches Licht zu tauchen, das in allen Farben des Regenbogens leuchtete. Von dieser fast greifbaren *Epiphanie,* die beim Volk im Kirchenschiff ein Raunen hervorrief, unbeeindruckt, hielt Gero Ausschau nach seinem Platz in der ersten Reihe, wo schon elf Gläubige, die vom Erzbischof handverlesen waren, warteten, dass der *Prior* ihnen die Füße wusch. Ganz so, wie es im Johannesevangelium geschrieben stand. Dass Gero unter den Auserwählten war, hatte er dem Einfluss seines Vaters zu verdanken, der ihn in diesem Moment entdeckte und ihm den Platz zwischen sich und dem Erzbischof freigehalten hatte. Vielleicht glaubte sein Vater, durch den heiligen Akt der Fußwaschung würde sein Sohn doch noch auf den Pfad des Glaubens geführt werden, so wie es der Erzbischof immer forderte, der Geros gelegentliche Konflikte mit Recht und Gesetz scharf zu kritisieren pflegte – und sie dennoch deckte. Dem Bruder und dem Namen der Familie zuliebe.

Gero machte ein paar Schritte zum Altar, ging in die Knie und bekreuzigte sich, bevor er sich mit demütig gesenktem Haupt neben seinen Vater begab, wo er strenge und vorwurfsvolle Blicke von Vater und Onkel zugefunkelt bekam.

Für Gero und seinen Vater sowie die anderen Repräsentanten des Reichs war die vom *Prior* vollzogene Geste der Fußwaschung nicht nur Ritual, sondern politische Pflicht und Demonstration zugleich. Sich dem gemeinen Volk neben dem Erzbischof zu zeigen war ein deutliches Signal dafür, wer im Reich in der Gnade seines Erzbischofs und damit Gottes stand.

Der *Prior* drehte sich nach dem »Amen« zu den Gläubigen um, während im Gewölbe des Kirchenschiffs der Gesang der

Mönche wieder eindrucksvoll anschwoll. Pater Urban nickte zu seiner rechten Seite, wo zwei Messdiener mit einer Waschschüssel und einem Tuch herankamen. Feierlich schritten sie hinter dem Pater die Stufen vor dem Altar hinunter auf die zwölf Gläubigen zu, die nun ihre Beinkleider rafften. Zu seiner Überraschung und mit abrupt aufkochender Wut bemerkte Gero, dass der Novize mit dem Tuch niemand anderer als der kleine Mönch aus dem Klostergarten war. Gewaltsam musste er sich zwingen, nicht sofort aufzustehen und den verfluchten Messdiener mit seinem eigenen Tuch zu erwürgen. Dieser reichte dem *Prior* nach der Fußwaschung des Erzbischofs das Tuch, damit Pater Urban dessen Füße abtrocknen konnte. Als die Reihe an Gero kam, blickte der Novize kurz in Geros Augen, schlug sie aber sofort wieder nieder. Dieser winzige Moment hatte gereicht, dass Gero die Augen des Messdieners hatte aufblitzen sehen. Vor Schadenfreude womöglich. Aber eine andere Erkenntnis fuhr Gero schlagartig durch alle Glieder: Dieser junge Mönch war vom Teufel besessen! Oder gar eine Inkarnation Luzifers! Zwei verschiedenfarbige Augen waren ein eindeutiger Beweis! Gero versuchte, den Blick des Novizen mit aller Gewalt noch einmal auf sich zu ziehen. Doch der hielt stur den Blick auf den Boden gerichtet und tat alles, um Geros Blick auszuweichen.

Als die Fußwaschung vorüber war und der lateinische Gesang der Chorbrüder im Kirchenschiff verhallte, verschwanden die Messdiener des *Priors* durch den *Lettner* neben dem Altar. In Gero arbeitete es. Mit diesem Novizen war er noch nicht fertig. Ganz im Gegenteil. Er würde sich eine fürchterliche Strafe ausdenken. Es würde eine Sühneaktion werden, die, wenn er mit diesem Kuttenträger fertig war, im Moor ihr befriedigendes Ende finden würde, so wie er das mit seinen Kumpanen Oswald und Lutz schon mehrfach bewerkstelligt hatte, wenn ihm jemand in die Quere gekommen war. Dieser Gedanke brachte Gero zum Schmunzeln.

Die Gemeinde kniete nieder, um den Segen des *Priors* zu empfangen. Gero blieb stehen, ganz in seine Vergeltungsphantasien versunken. Sein Vater musste ihn kurz, aber heftig in die Seite stoßen, bis er reagierte. Endlich ließ sich Gero auf seine Knie nieder, aber das rachsüchtige Grinsen wollte nicht aus seinem Gesicht verschwinden.

III

Es war sehr spät geworden. In der Empfangshalle des Abtes saß *Prior* Urban am Kamin, das Gesicht dem Feuer zugewandt, das sich in seinen Augen spiegelte. Die anstrengenden Feierlichkeiten hatten sich den ganzen Tag hingezogen, Gäste mussten begrüßt und bewirtet, Bittgesuche gelesen und beurteilt werden. Der Erzbischof hatte sich nach der Vesper aus dem *Refektorium* zurückgezogen. Er ließ ausrichten, dass er sich unpässlich fühle und ausruhen müsse. Einen Trank, den Pater Urban von seinem *Famulus* herstellen lassen wollte, hatte er beinahe brüsk abgelehnt.

Pater Urban ahnte, warum. Schließlich hatte er um eine Audienz beim Erzbischof nachgesucht. Er konnte und wollte dieses Gespräch nicht länger hinauszögern, denn unangenehme Dinge pflegte er immer sofort zu erledigen. Doch dieses Mal steckte er in einer Zwickmühle. Eigentlich hatte er dieses heikle Gespräch mit seinem Abt führen wollen. Aber nun, da Erzbischof Konrad von Hochstaden Kloster Heisterbach früher als üblich einer *Visitation* unterzog, musste sich Pater Urban seinem höchsten Vorgesetzten anvertrauen, ob er wollte oder nicht. Sonst bestand die Gefahr, dass alles, was er in der *Absenz* des Abtes herausgefunden hatte, unweigerlich auf ihn zurückfiel, wenn es später vom Erzbischof aufgedeckt werden würde. Dann würde man ihn verdächtigen und verurteilen anstelle des wahren Schuldigen.

Pater Urban sah seine Aufgabe als *Prior* auch darin, der Wahrheit zu dienen. Manchmal erforderte das eine gewisse

Auslegung darüber, was Wahrheit war. Sie konnte zum Guten oder zum Bösen verwendet werden, indem man sie mit Halbwahrheiten anreicherte, zum falschen oder richtigen Zeitpunkt ans Licht der Öffentlichkeit brachte oder sie ganz unterschlug. Die Wahrheit war eine heikle Angelegenheit, vor allem dann, wenn es um die Belange der Kirche oder des Reiches ging.

Pater Urban seufzte und nahm einen Schluck aus seinem Becher, der mit verdünntem Wein gefüllt war, als er die Glocke zweimal schlagen hörte. Zwei Uhr nachts. Seit der Vesper ließ ihn der Erzbischof jetzt schon warten. Zum dritten oder vierten Mal verglich er noch einmal die beiden Bücher, die er für den Erzbischof bereitliegen hatte. Niemand wusste davon, er hatte seine Entdeckung für sich behalten. Dazu war die Angelegenheit viel zu heikel. So sehr war er in seine Gedanken vertieft, dass er das mehrmalige Klopfen an der Tür beinahe überhört hätte.

»Ja, bitte!«

Er drehte sich um und erkannte den Laienbruder, der um diese Zeit den Schließdienst versah und nun den späten Gast anmeldete.

»Pater Urban – Seine Eminenz, der Erzbischof.«

Der *Prior* stand auf und verneigte sich angemessen vor seinem hohen Gast, der in Begleitung eines Mannes hereinkam, den Pater Urban nur zu gut kannte. Es war *Infirmarius* Sixtus vom Kloster Schönau. Ein unscheinbarer dunkler Mann, den man nicht umsonst den Schatten des Erzbischofs nannte. Beflissen und skrupellos, immer im Hintergrund, stets auf einen Blick oder ein Zeichen seines Herrn lauernd, um einen Befehl sogleich in die Tat umzusetzen. In der Wahl seiner Mittel galt Pater Sixtus dabei nicht gerade als wählerisch.

»Seid willkommen, Eure Eminenz. Kann ich Euch etwas anbieten?«, sagte *Prior* Urban betont freundlich.

Ungnädig hielt ihm der Erzbischof die beringte Hand zum ehrerbietigen Kuss hin. Trotz seiner angeblichen Unpässlichkeit sah der Würdenträger gesund wie immer aus, groß und breit mit markanten grauen Locken unter seinem violetten *Pileolus,* dem Bischofskäppchen. Doch sein von zahlreichen Pockennarben entstelltes Gesicht verlieh ihm einen Zug von Grausamkeit. Er legte seinen schweren Mantel ab, bevor er sich ans Feuer setzte, ohne Pater Urbans Begrüßungsworte zu erwidern.

Pater Urban wandte sich Pater Sixtus zu.

»Pater Sixtus – es freut mich, Euch zu sehen!«

Der Pater nickte stumm, in seinen Augen lag wie immer ein stiller Vorwurf, der jedermann sofort ein schlechtes Gewissen machte und ihn innerlich schaudernd nachdenken ließ, welche längst vergessen geglaubten Vergehen gleich ans Licht des Tages gezerrt und einem zum Verhängnis werden würden.

Vom Kamin her ertönte die knarrende Stimme des Erzbischofs.

»Jetzt kommt schon her und setzt Euch. Wir haben unsere Zeit nicht gestohlen. Was kann es so Wichtiges geben, dass wir das nicht im *Refektorium* vor den Mitbrüdern besprechen können?«

Pater Urban blieb stehen, während sich Pater Sixtus neben den Erzbischof setzte und den *Prior* mit wichtigtuerischer Miene anstarrte.

»Ich hoffte eigentlich, Euch unter vier Augen sprechen zu dürfen, Eure Eminenz«, sagte Pater Urban vorsichtig.

»Nun, Pater Sixtus genießt mein volles Vertrauen. Genügt das?«

»Wie Ihr wünscht, Eure Eminenz. Euch ist ja bekannt, dass ich nicht nur *Infirmarius,* sondern auch Buchhalter unseres Klosters und seiner Einkünfte bin.«

»Ja, ja. Ist mir alles bekannt. Also?«

»Leider muss ich Euch mitteilen, dass ich kürzlich auf gewisse Ungereimtheiten gestoßen bin.«

»Ungereimtheiten?« Der Erzbischof runzelte die Stirn.

»Ja, wenngleich dieser Ausdruck viel zu beschönigend sein dürfte für das, was seit Jahren abläuft und so geschickt in den Bilanzen versteckt wurde, dass es sogar mir nicht weiter aufgefallen ist. Bis vor kurzem.«

Der Erzbischof wechselte einen raschen, aber bedeutsamen Blick mit seinem *Adlatus,* dann fragte er: »Und das wäre? Ich warne euch, Bruder Urban, sollten sich Eure Entdeckungen nicht als wirklich schwerwiegend herausstellen, kann ich sehr nachtragend sein. Ich billige es nicht, wenn meine Zeit für törichtes Gewäsch verschwendet wird.«

»2000 Morgen bestes Ackerland unter der Hand zu verkaufen und ein zweites Abrechnungsbuch zu führen, damit diese ungesetzmäßigen Verkäufe nicht in der offiziellen Buchführung auftauchen – das ist, mit Verlaub, kein törichtes Gewäsch, Eure Eminenz!«

Jetzt war die Katze aus dem Sack.

Der Erzbischof schwieg. Niemand sagte ein Wort. Man könnte einen Engel hereinkommen hören, dachte Pater Urban in diesem unangenehmen Moment.

Schließlich beugte sich Erzbischof Konrad von Hochstaden zum Feuer, griff nach dem Schürhaken und stocherte bedächtig in der Glut herum. Dann durchbrach er das eisige Schweigen.

»Habt Ihr Beweise, Bruder Urban? Eine solche Behauptung, wenn sie sich als Verleumdung erweist, könnte Euch Kopf und Kragen kosten.«

Pater Urban nahm die zwei Bücher, die er eingehend studiert hatte, ein graues und ein blaues, und reichte das graue dem Erzbischof, der es, ohne es auch nur eines Blickes zu würdigen, an Pater Sixtus weitergab. Pater Sixtus fing an, darin herumzublättern.

Pater Urban erläuterte: »Das graue Buch enthält die offizielle Buchführung des letzten Jahres, also des Jahres 1241, so, wie ich es bei unseren Mitbrüdern in Bologna gelernt habe. Jede Seite ist, wie Ihr seht, von unserem Abt abgezeichnet.«

»Ist es so?«

Der Erzbischof hatte sich an Pater Sixtus gewandt. Der nickte bestätigend. »So ist es.«

»Das blaue hingegen«, Pater Urban hielt das Buch hoch, »das blaue ist eine geheime Buchführung. Die wahre, wenn Ihr so wollt.«

Diesmal reichte Pater Urban das Buch gleich an Pater Sixtus weiter, der es mit spitzen Fingern entgegennahm, als könnte es jeden Augenblick von selbst in Flammen aufgehen.

»Wo habt Ihr das blaue Buch her?«, fragte der Erzbischof, noch immer in einem Ton, als rede er über die *Exegese* einer unwichtigen Bibelstelle.

Der *Prior* trat an den Schreibtisch des Abtes, der reich mit geschnitzten Blattranken verziert war.

»Von hier«, sagte er und drückte auf einen kleinen Vorsprung, worauf ein Geheimfach aufsprang, in welches das blaue Buch genau hineinpasste. Zu Pater Urbans Erstaunen stand der Erzbischof tatsächlich auf und unterzog das Fach einer genaueren Überprüfung. Pater Urban klappte zur Demonstration den Deckel des Fachs wieder zu und löste den Mechanismus noch einmal aus. Wieder sprang das Fach auf.

»Ich bin aus Versehen daran gestoßen. Der Abt hatte mich über dieses Geheimfach nicht aufgeklärt.«

»Ihr meint«, und das sagte der Erzbischof beinahe genüsslich, »der Abt hat davon gewusst?«

»Es ist die Schrift unseres Abtes. Im blauen Buch.«

Der Erzbischof sah Pater Sixtus fragend an, der nickte zur Bestätigung.

Konrad von Hochstaden machte einen Schritt auf Pater Urban zu und fing seinen Blick ein. »Und warum besprecht Ihr das nicht vorher mit Eurem Abt? Wäre das nicht die angebrachte Vorgehensweise, dass Ihr ihn mit eurem Verdacht konfrontiert? Oder gibt es etwa Anlass, Eurem Abt zu misstrauen?«

Der letzte Satz war geflüstert, Konrad von Hochstaden stand jetzt so nahe vor Pater Urban, dass sich ihre Nasenspitzen fast berührten. Der *Prior* empfand diesen Moment als körperlich unangenehm, aber er wich nicht zurück, sondern erwiderte: »Selbstverständlich nicht. Deshalb war die Entdeckung des blauen Buches ja so überraschend für mich.«

Der Erzbischof starrte Pater Urban noch kurz in die Augen, dann nickte er und wandte sich wieder dem Kaminfeuer zu.

Leise sagte er: »Ist Euch bekannt, dass Abt Melchior vor zwei Tagen verstorben ist?«

Jetzt wich Pater Urban doch noch vor Schreck einen Schritt zurück und bekreuzigte sich.

»Heilige Mutter Gottes! Der Abt ist tot?«

Der Erzbischof sagte: »Friede seiner Seele« und bekreuzigte sich ebenfalls, Pater Sixtus tat es ihm gleich.

Pater Urban musste sich setzen. »Amen! Was ist mit ihm geschehen?«

Der Erzbischof wandte sich mit unbewegtem Gesicht wieder Pater Urban zu. »Er wurde von mir abgesetzt. Darauf hat Gott ihn zu sich befohlen.«

»Abt Melchior wurde abgesetzt?«

»So ist es. Mir blieb keine andere Wahl. Er hat versucht, mir zu drohen. Das kann ich nicht zulassen. Leider hatte ich bei der Absetzung das fortgeschrittene Alter des Abtes nicht berücksichtigt. So konnte er uns nicht mehr mitteilen, wo er die schriftlichen Unterlagen für seine Verbrechen versteckt hat. Aber das habt Ihr mit Eurer Entdeckung ja Gott sei

Dank ans Licht gebracht. Wer weiß, ob wir das Versteck jemals gefunden hätten.«

»Weiß der König davon?«, fragte Pater Urban mit zittriger Stimme.

»Bis jetzt weiß es niemand außer uns.« Erzbischof Konrad deutete auf Pater Sixtus und lächelte Pater Urban kalt an. »Und Euch natürlich.«

Spöttisch fügte er hinzu: »Der König ist jung und hat genug damit zu tun, seine Position zu festigen, die ihm sein Vater, der Kaiser, im Reich aufgebürdet hat. Da wollen wir seine Majestät nicht mit solchen Nebensächlichkeiten belasten. Ihr wisst, was die Regelung derartiger Angelegenheiten angeht, nehme ich sie lieber in meine eigene Hand. Und ich gedenke, den Fall mit all der gebotenen Diskretion zu handhaben. Ich möchte nicht, dass ruchbar wird, ein Diener der Kirche, noch dazu in einer so gehobenen Position, habe Unrecht begangen. Habt Ihr verstanden, Pater Urban?«

Pater Urban erfasste durchaus die Tragweite dessen, was der Erzbischof gesagt hatte. Sein Herrschaftsanspruch und der unbedingte Willen, ihn durchzusetzen, waren unüberhörbar gewesen. Mit einer bangen Ahnung im Herzen fragte Pater Urban: »Was gedenkt Ihr nun zu tun, Eure Eminenz?«

Der Erzbischof drehte gedankenverloren an dem goldenen, mit seinem Wappen geschmückten Bischofsring, dem Zeichen seiner Würde. Dann sah er hoch, mit strengem Blick.

»In meinem Auftrag wird Pater Sixtus im Kloster Heisterbach eine gründliche Revision durchführen. Euren üblichen Obliegenheiten, Pater Urban, werdet Ihr wie immer nachgehen, so als sei nichts geschehen. Aber Ihr werdet alles, was Euch auffällt, Pater Sixtus berichten, wie nebensächlich es auch sein mag. Ihn setze ich als Abt des Klosters ein. Ohne meine ausdrückliche Erlaubnis wird fortan niemand dieses Kloster verlassen oder betreten, bis die Untersuchungen abgeschlossen sind. Meine Soldaten werden alle Zugänge strengstens bewachen. Diesen Raum hier wird niemand außer Pater Sixtus betreten. Habt Ihr verstanden?«

Pater Urban verbeugte sich vor dem Erzbischof. »Gewiss, Eure Eminenz.«

Der Erzbischof gab ihm mit einer herablassenden Geste zu verstehen, dass seine Anwesenheit nicht weiter erwünscht war. Aber Pater Urban blieb stehen und räusperte sich.

»Ist noch etwas?«, fragte der Erzbischof.

»Ja, Eure Eminenz. Ich glaube zu wissen, wohin die Gelder geflossen sind. Und wer jetzt im Besitz der Grundstücke ist.«

Jetzt war der Erzbischof mit einem Mal ganz Ohr.

»Woher wisst Ihr das?«

»Es lagen noch mehr Dokumente in dem Geheimfach.«

»Wohin sind die Gelder geflossen?«

»In den zukünftigen Dombau in Köln.«

»Und wer soll jetzt im Besitz der Grundstücke sein?«

»Verzeiht, Eure Eminenz, es ist ...« Pater Urban zögerte, der Schweiß stand ihm auf der Stirn.

»Sprecht. Ihr braucht keine Angst vor der Wahrheit zu haben. Die Angelegenheit bleibt unter uns.«

»Euer Bruder, Graf Lothar von Hochstaden, er ist jetzt im Besitz der Grundstücke.«

Dem Erzbischof war keine Erschütterung anzumerken. Mit unbeweglicher Miene fragte er: »Wo sind die Dokumente jetzt?«

»In meiner Zelle. Unter der Matratze.«

»Dann geht und holt sie! Auf der Stelle!«

So aufgebracht hatte Pater Urban den Erzbischof selten gesehen. Er machte, dass er hinauskam.

Mit wehendem *Habit* eilte Pater Urban durch die Gänge. Vor lauter Anstrengung, Aufregung und Seelenqual keuchte er heftig. Er stieß die Tür zu seiner Zelle auf. Das vor sich hinglimmende Kaminfeuer bekam Durchzug und flackerte wieder hoch. Pater Urban bückte sich ächzend und zog die Dokumente unter der Strohmatratze hervor, wo er sie versteckt hatte. Er rollte sie zusammen und verbarg sie unter seinem *Skapulier.* Dann hastete er wieder hinaus. Bevor er um die Ecke zur Halle des Abtes zurückeilte, blieb er auf einmal stehen, unschlüssig, machte dann auf dem Absatz kehrt und lief zum *Infirmarium.* Er durchquerte den Krankensaal, ohne auf die Patienten zu achten.

***

Nach der Vigil hatte sich Anna in ihre Zelle zurückgezogen und versuchte zu schlafen, was ihr aber nicht gelang. Der Besuch ihrer Eltern ging ihr nicht aus dem Kopf. Sie plagte ein schlechtes Gewissen, weil sie sich nicht einmal von ihnen verabschiedet hatte. Plötzlich vernahm sie Schritte im Gang. Dann wurde die Zellentür aufgestoßen, und Pater Urban stand vor ihrem Lager. Anna blinzelte ihn erstaunt an, sie war bei seinem Eintreten sofort vom Bett hochgefahren.

Eindringlich packte der Pater das Mädchen an den Schultern. »Anna, hör mir gut zu! Du musst auf der Stelle verschwinden!«

»Jetzt? Warum?«

»Ich habe jetzt nicht viel Zeit für Erklärungen. Es wird eine offizielle Untersuchung des Erzbischofs geben. Gott allein weiß, was sie mit uns machen, wenn dein Geheimnis offenbar wird …«

Jetzt bekam es auch Anna mit der Angst zu tun.

»Bitte, Pater Urban – was soll ich denn jetzt tun?«

»Mach dich auf den Weg ins Dorf deiner Eltern und versteck dich da!«, wies der Pater das Mädchen an. »Nimm die Pforte hinter dem Friedhof, der Schlüssel wird noch stecken. Ich komme nach, sobald ich kann, und erkläre dir alles.«

»Und was ist mit Euch? Mit den Kranken?«

»Mach dir keine Gedanken um mich. Die Kranken sind in meiner Obhut gut aufgehoben. Gott segne dich, mein Kind!«

Er deutete hastig mit seinem Daumen das Kreuzeszeichen auf Annas Stirn an, erhob sich mühselig und hetzte zur Tür hinaus.

Anna saß fassungslos da. Aber dann stand sie entschlossen auf, riss das Tuch von der Strohmatratze, machte einen Sack daraus und packte die wenigen Habseligkeiten, die ihr gehörten, hinein, so schnell sie konnte.

***

Ein Laienbruder brachte dem unruhig auf und ab gehenden Erzbischof und Pater Sixtus einen Krug mit Wein und drei Becher. Konrad von Hochstaden wartete, bis der Diener die Tür hinter sich geschlossen hatte. Dann fingerte er hastig einen Beutel aus seinem Wams.

»Schnell, Pater Sixtus, schenkt den Wein ein.«

Pater Sixtus tat, wie befohlen. Der Erzbischof holte etwas aus dem Beutel und gab es Pater Sixtus in die Hand. Pater Sixtus drehte sich zum Kaminfeuer um und sah das Pulver an, das in dem durchsichtigen Röhrchen weiß leuchtete.

»Wie viel?«

»Alles«, antwortete der Erzbischof. »Aber rasch!«

Geschickt, wie man es seinen dicken, beringten Fingern gar nicht zugetraut hätte, entfernte Pater Sixtus den Korken des Fläschchens und ließ den Inhalt in einen vollen Becher mit Wein rieseln. Kaum hatte er das Röhrchen geleert, wurde die Tür der Halle aufgerissen und Pater Urban kam atemlos herein. Schnell verbarg Pater Sixtus das Fläschchen in seinem weiten Ärmel.

Pater Urban schloss die Tür und blieb stehen.

»Habt Ihr alles, was noch fehlte?«, fragte ihn der Erzbischof in gemessenem Ton.

»Alles, was ich im Geheimfach vorgefunden habe, Eure Eminenz!«, antwortete Pater Urban und holte die eingerollten Dokumente unter dem *Skapulier* hervor.

Der Erzbischof zeigte auf den Schreibtisch und nahm einen Becher Wein entgegen, den Pater Sixtus ihm reichte. »Legt die Papiere einstweilen hierher. Lasst uns besiegeln, dass nichts von dem, was hier besprochen wurde, jemals nach außen dringt.«

Pater Sixtus gab Pater Urban den zweiten Becher, den dritten behielt er selbst in der Hand und erhob ihn nun zum Trinkspruch. *»Ita nobis deus adiuvat!«*

Pater Urban nickte. *»Ita me deus adiuvat!«* Dann trank er und leerte wie seine beiden Gäste den Becher bis zur Neige.

IV

Der Morgen graute schon, als Anna mit dem Sack über der Schulter, in dem sie ihre Habseligkeiten verstaut hatte, heimlich in den Pferdestall des Klosters geschlichen kam.

Sie hievte das Sattelzeug des *Priors* von der Stange und ging auf die Box eines Schimmels zu, der sich gelassen satteln und das Zaumzeug anlegen ließ. Sie band den Sack am Holster fest und führte das Pferd vorsichtig, eine Hand über die Nüstern haltend, zum hinteren Stallausgang.

Misstrauisch spähte sie durch die Bretterritzen nach draußen. Erste Lichtstrahlen drangen durch die Wolken. Als sie nichts Verdächtiges sah oder hörte, drückte sie das Tor auf. Niemand war da. Der große Hof lag menschenleer und verlassen. Sie zog sich die Kapuze ihres Umhangs über den Kopf und führte das Pferd hinaus.

Nach einer Weile erreichte sie den Friedhof und ging, mit dem Pferd im Schlepptau, zwischen den Grabsteinen hindurch zur hinteren Pforte, in der, so hoffte sie inständig, der Schlüssel steckte, so wie der *Prior* es ihr gesagt hatte. Als sie fast an der Pforte war, hob sie den Kopf ein wenig, um unter dem Rand ihrer Kapuze etwas sehen zu können, und erstarrte: Vor ihr stand ein Ritter mit gezücktem Schwert und herrschte sie barsch an.

»Niemand verlässt das Kloster! Befehl des Erzbischofs. Wer bist du überhaupt?«

Mit der Spitze seines Schwertes schob ihr der Ritter die Kapuze vom Kopf, und ein breites Grinsen stahl sich in sein Gesicht.

»Ja, wen haben wir denn da? Der kleine Novize mit dem Pferdefuß! Wolltest dich wohl heimlich aus dem Staub machen, was? Aber nicht mit mir.«

Hass blitzte aus Gero von Hochstadens Augen. Er setzte Anna die Schwertspitze an die Gurgel.

»Knie nieder!«

Anna gehorchte, wenn auch widerstrebend.

»Deinen Namen. Wie heißt du, Mönchlein?«

»Bruder Marian«, brachte Anna mit Müh und Not heraus.

»Wo wolltest du denn hin in aller Herrgottsfrüh, Bruder Marian? Hast du vielleicht vom Klosterschatz etwas mitgehen lassen und geglaubt, du könntest damit ungesehen fortziehen?«

»Es … es gibt keinen Klosterschatz, Herr«, krächzte Anna, aber Gero von Hochstaden achtete nicht weiter darauf.

Er riss den Sack vom Sattelknauf des Pferdes und schüttelte den Inhalt einfach auf dem Boden aus, ohne Anna aus den Augen zu lassen. Als nichts von Belang zum Vorschein kam außer ein wenig Wäsche, eine Ersatzkutte, Schreibzeug sowie ein Buch über Kräuterheilkunde, stieß er Anna grob an der Schulter an die Klostermauer. Sorgfältig achtete er darauf, seinen Unterleib mit der Schneide des Schwertes vor einer unvorhersehbaren Attacke durch Annas Füße zu schützen. Fast spielerisch stieß er Anna mit der Spitze seines Schwertes an.

»Du kommst jetzt mit zum Erzbischof. Wenn du versuchst davonzulaufen, bekommst du meine Schwertspitze zu spüren. Hast du verstanden?«, befahl er. Zur gleichen Zeit konnte er den Blick nicht von Annas Augen lösen und steckte den linken Daumen zwischen Zeige- und Mittelfinger.

Er hat Angst vor meinem bösen Blick, dachte Anna.

Schließlich wandte sich Gero von Hochstaden ab und sagte nur: »Vorwärts, auf zum Erzbischof. Na los, mach schon!«

Es dauerte einen Augenblick, bis Anna klar wurde, dass sie für dieses Mal noch mit dem Leben davongekommen war. Sie hatte schon mit dem Schlimmsten gerechnet. Aber dass sie jetzt zum Erzbischof gebracht wurde, konnte nur bedeuten, dass irgendetwas von ihrem Geheimnis herausgekommen war. Hatte Pater Urban gestanden? Ihre wahre Identität verraten? Das konnte sie sich nicht vorstellen, er war ihr all die Jahre wie ein Vater gewesen.

Sie ging dem Ritter voran. Er führte den Schimmel am Zügel und stupste sie immer wieder mit seinem Schwert in den Rücken, um sie zu anzutreiben. Vielleicht wollte er sie auch reizen. Aber Anna beging nicht den Fehler und versuchte zu fliehen. Dann hätte Gero von Hochstaden einen Grund gehabt, sie niederzustrecken. Den Gefallen wollte sie ihm nicht tun.

Als sie das Nebengebäude mit der Empfangshalle des Abtes erreichten, standen zwei Bewaffnete an der Mauer und vertrieben sich die Zeit damit, ihre Messer auf die Holztür zu werfen, auf die sie mit Kreide eine Zielscheibe gemalt hatten. Einer hatte einen glattrasierten Schädel, der andere war hager, hatte braunes Haar und trug eine Augenklappe. Der Glattrasierte zog sein Messer aus dem Holz und zeigte damit auf Anna. »Schau sich einer dieses Bürschchen an! Wo kommst du denn her?«

Gero schubste Anna in den Rücken, so dass sie dem Hageren in die Arme stolperte, der sie grob wieder wegstieß.

»Wollte Reißaus nehmen, das kleine Mönchlein«, höhnte Gero und schubste Anna wieder zurück. Der Hagere packte sie derb am Kragen und hielt sie fest, bis Gero den Schimmel an einem Ring an der Mauer angebunden hatte.

Dann nickte Gero dem Hageren zu und nahm Anna wieder in Empfang.

»Haltet die Augen offen«, befahl Gero den beiden Bewaffneten. »Und wenn Ihr noch jemanden seht, der zu fliehen versucht, dann packt ihn und bringt ihn mir.«

Er stieß Anna zur Tür.

»Mach schon auf«, herrschte er sie an.

Anna öffnete, und Gero versetzte ihr einen derben Tritt, so dass sie vor ihm in den Gang stolperte, der zur Halle führte.

***

»Bruder Marian, richtig?«, fragte der Erzbischof.

Anna stand ihm in der Empfangshalle gegenüber. Er schaute geringschätzig zu ihr hinab, Anna hatte den Blick scheinbar demütig auf den Boden gerichtet. Im Hintergrund saßen Pater Sixtus, der *Adlatus* des Erzbischofs, und Graf Lothar von Hochstaden auf den Stühlen am Kamin. Sie sahen ernst und staatstragend aus, stellte Anna fest, die versuchte, aus dem Augenwinkel zu erkennen, was sie erwartete.

Gero von Hochstaden hielt sie am Oberarm fest und sagte: »Er wollte sich mit dem Pferd des *Priors* aus dem Staub machen.«

»Habe ich dich etwas gefragt, Gero?«, fuhr ihn der Erzbischof scharf an.

»Nein, Eure Eminenz«, antwortete Gero kleinlaut.

»Dann lass ihn los. Er kann für sich selbst sprechen. Also?«

Anna glaubte zuerst, dass sie keinen Laut hervorbringen würde. Als sie dann mühsam zu reden begann, klang es, wie wenn ihre Stimme gar nicht zu ihr gehörte.

»Ja, Eure Eminenz. Bruder Marian werde ich genannt.«

Anna stand mit hängenden Schultern da und wandte den Blick nicht vom Boden, während der Erzbischof sie lauernd umkreiste und mit seinem Verhör fortfuhr.

»Was hast du um diese Zeit mit dem Pferd des *Priors* vorgehabt?«

»Eure Eminenz, bin ich der *Famulus* des *Priors*. Er hat mir für ein paar Tage frei gegeben, um meine Eltern zu besuchen. Und dafür hat er mir sein Pferd ausgeliehen.«

Eine bessere Ausrede war Anna nicht eingefallen.

Aber der Erzbischof war anscheinend auf etwas anderes aus.

Er fragte: »War *Prior* Urban in letzter Zeit krank?«

»Pater Urban? Nein. Er hat über das eine oder andere Zipperlein geklagt, das jedoch seinem fortgeschrittenen Alter zugeschrieben.«

Zum ersten Mal wagte Anna es, den Erzbischof anzusehen. Warum stellte er diese Frage?

»Du hast zwei verschiedenfarbige Augen«, stellte der Erzbischof unvermittelt fest. Anna schlug den Blick sofort wieder nieder, aber es war zu spät. Er fasste sie am Kinn und zog ihren widerstrebenden Kopf erneut nach oben.

»Sieh mich an, wenn ich mit dir rede!«, sagte er, und eine seltsame Schwingung war in seiner Stimme zu vernehmen, als er Annas Augen fixierte. »Tatsächlich. Ein grünes und ein braunes!«

»Er hat den bösen Blick, Eure Eminenz!« Gero konnte sich nicht länger zurückhalten.

»Rede gefälligst nur, wenn du gefragt wirst!«, zischte ihn der Erzbischof an.

»Verzeihung, Eure Eminenz«, entschuldigte sich Gero kleinlaut.

Inzwischen waren die anderen beiden Herren neugierig herangekommen, um ebenfalls Annas Augen zu inspizieren. Anna schlug jetzt nicht mehr demütig die Augen nieder, sondern starrte sie bockig an.

Sollen sie doch meine Augen sehen, dachte sie bei sich. Gott hat mich eben so gemacht, wie ich bin!

Der eine Mann machte drei Schritte rückwärts und bekreuzigte sich. »Heilige Mutter Gottes, steh uns bei!« Er starrte den Erzbischof an. »Kann das möglich sein, Konrad?«

»Wenn man das Undenkbare ausschließt, Lothar, dann bleibt nur eines: Ja, es ist möglich.«

Für Anna sprachen die beiden in Rätseln. *Was wollen die von mir? Mich wegen meiner Augen dem Scheiterhaufen übergeben?*

Zuzutrauen war es ihnen, selbst im Kloster kursierten Gerüchte über die Grausamkeit des Erzbischofs, was Häretiker und Hexen anging. Anna merkte, wie ihr der Angstschweiß ausbrach.

Der Erzbischof näherte sich ihr. »Wer bist du wirklich, Bruder Marian? Wie lautet dein wahrer Name?«

»Und woher kommst du?«, mischte sich der andere ein, indem er Anna an der Kutte packte. Der Erzbischof sagte kein Wort und ließ ihn gewähren. »Also, Bursche? Und halt mich nicht zum Narren. Du weißt, wer ich bin?«

»Ja, Herr.«

»Dann sag es.«

»Graf Lothar von Hochstaden.«

»Ganz recht. Ich habe mich vorgestellt. Und jetzt bist du an der Reihe. Also – wer bist du?«

»Ich bin Bruder Marian, der *Famulus* von Pater Urban. Meine Eltern sind einfache Leute. Bauern. Sie leben in Ahrweiler, einem Dorf einen guten Tagesritt von hier.«

Lothar von Hochstaden ließ sie wieder los. Schaute den Erzbischof an. »Glaubst du ihm?«

»Das ist jetzt unerheblich. Es gibt wichtigere Brände, die zu löschen sind.«

Konrad von Hochstaden verschränkte die Arme vor der Brust und stellte Anna die nächste Frage.

»Wann hast du den *Prior* zum letzten Mal gesehen?«

Anna schluckte, um Zeit zu gewinnen. Dann sagte sie: »Gestern. Bei der Fußwaschung.«

»Nun … dann sollst du wissen, der *Prior* ist heimgegangen ins Reich Gottes.« Dabei bekreuzigte sich der Erzbischof routiniert, die anderen Herren ebenfalls. Währenddessen ließ Konrad von Hochstaden Anna nicht aus den Augen.

Diese wurde leichenblass, als die Bedeutung der Worte allmählich in ihr Bewusstsein sickerte.

»Pater Urban ist … gestorben? Aber … was ist denn geschehen?«

Der Erzbischof fuhr in gleichmütigem Ton, als plaudere er über das Wetter, fort:

»Man fand ihn tot vor dem Kamin. Offenbar hat ihn ein Herzschlag dahingerafft. Pater Sixtus …«, er wies zu seinem *Adlatus,* der sich wieder zum Kamin begeben hatte, »… hat Pater Urbans Leichnam in dessen Zelle gebracht.«

Anna schlug die Hände vors Gesicht. Sie konnte die Tränen nicht länger zurückhalten. Ein Schluchzen durchfuhr ihren Körper, und sie sank vor Schmerz auf die Knie.

V

Pater Urban lag auf der Strohmatratze in seiner Zelle. Er war mit seiner Kutte bekleidet, jemand hatte ihm die Arme über den Bauch gelegt, so dass sie sich im Schoß überkreuzten. Ein Tuch, das so um den Kopf gebunden war, dass das Kinn nach oben gedrückt wurde und bei der einsetzenden Totenstarre nicht nach unten fallen konnte, verlieh ihm das Aussehen eines schlafenden Patienten mit Zahnschmerzen. Anna kniete vor ihm und machte das Kreuzzeichen auf seiner Stirn, dann erhob sie sich und drehte sich zum Erzbischof und zu Pater Sixtus um, die in der Türöffnung standen und sie beobachteten.

»Ich bitte Euch, Eminenz, um der Barmherzigkeit Gottes willen – lasst mich einen Augenblick mit Pater Urban allein! Ich möchte ein Totengebet für ihn sprechen. Er war immer wie ein Vater zu mir. Ich bin ihm das schuldig.«

»Es sei dir nicht verwehrt«, erwiderte der Erzbischof. »Aber dann kehrst du zurück in deine Zelle und erwartest unsere Entscheidung, wie mit dir weiter verfahren wird. Hast du verstanden?«

»Ja, Eure Eminenz. Gewiss.«

Anna wartete, bis die Tür geschlossen und sie allein mit dem Leichnam war. Dann beugte sie sich über Pater Urban und flüsterte, während ihr wieder die Tränen in die Augen traten:

»Pater Urban – was haben sie bloß mit Euch gemacht?«

Sie wandte sich kurz ab, trocknete ihre Tränen mit dem

Ärmel ihrer Kutte und nahm sich zusammen, so gut es ging. Dann drehte sie sich wieder zum Leichnam um. Eine tiefe Traurigkeit erfasste sie, die allmählich das erste Entsetzen ablöste. Pater Urban war stets so gut zu ihr gewesen.

Behutsam strich sie über Pater Urbans Kopf. Wie sie ihn so nachdenklich betrachtete, bemerkte sie, dass seine Hände zu Fäusten geballt waren. Sie wollte seine Hände wenigstens so hinlegen, als würde er beten. Sie versuchte, Pater Urbans verkrampfte Finger zu öffnen. Es war schwer, aber es ging, die Totenstarre setzte nur langsam ein. Als sie die rechte Hand geöffnet hatte, kam die Spitze einer Schreibfeder zum Vorschein. Die schwarze Tinte war inzwischen getrocknet und hatte die ganze Innenfläche der Hand besudelt. Anna sah sie sich genauer an. Ein wenig Blut schien sich mit der Tinte vermischt zu haben. Was hatte Pater Urban nur mit der spitzen Schreibfeder vorgehabt, warum hatte er sie im Todeskampf so fest umklammert, dass sie ihn in die Hand stach? Hatte er etwas schreiben wollen, als ihn der Schlag traf? Des Rätsels Lösung fand Anna in der linken Hand. Um die Finger aufzubiegen, musste sie ihre ganze Kraft aufwenden. In die Innenseite der Hand waren mit der Schreibfeder vier Zeichen geritzt worden, aber das herausquellende Blut hatte sich mit der Tinte vermischt, so dass sie nicht zu entziffern waren. Anna nahm die noch mit Wasser gefüllte Waschschüssel des *Priors,* tauchte einen Lappen hinein und säuberte die linke Hand von Tinte und Blut. Was sie nun lesen konnte, waren die vier Buchstaben G, I, F und T. Gift. Die Botschaft war eindeutig, ein Irrtum nicht möglich.

Hastig versteckte sie die Schreibfeder in einer Bodenritze, kniete sich nieder und legte die Hände des Toten wieder so aufeinander, dass man die Wundmale nicht sehen konnte. Dann zögerte sie und dachte nach. Sollte sie dem Erzbischof von ihrer Entdeckung berichten? Nein, auf keinen Fall. Schließlich war die Wahrscheinlichkeit groß, dass er mit der

Vergiftung des *Priors* zu tun oder sie sogar veranlasst hatte. Aber warum nur? Was hatte Pater Urban getan oder gewusst? Jedenfalls würden der Erzbischof oder seine Helfer sie als missliebige Zeugin sofort aus dem Weg schaffen. Ihr war klar, dass sie sich nach dieser Entdeckung in großer Gefahr befand. Eile war geboten, sie musste von Heisterbach verschwinden. Sie wollte gerade aufstehen, da ertönte hinter ihr eine Stimme.

»Was machst du da?«, fragte Pater Sixtus, der in der halbgeöffneten Tür stand, in scharfem Ton. Anna stand da wie erstarrt. Die plötzliche Anwesenheit des erzbischöflichen *Adlatus* hatte sie zutiefst erschreckt. Sie strich ihre Kutte glatt und erwiderte so unschuldig wie möglich: »Ich habe nur seine Hände gefaltet, bevor die Totenstarre einsetzt, Euer Gnaden.«

Pater Sixtus packte sie am Ärmel und zog sie aus der Zelle. »Genug jetzt, verschwinde von hier!«, sagte er schroff.

Im Gang vor Pater Urbans Zelle wartete Gero von Hochstaden mit gezücktem Schwert auf Anna. Er schob seine Gefangene vor sich her, bis sie ihre Zelle erreichten.

»Du wartest hier, bis wir dich holen. Los, mach, dass du reinkommst!«, befahl Gero.

Er schloss sorgfältig hinter Anna ab und verschwand.

***

Als Gero in die große Empfangshalle zurückkehrte, saßen sein Vater, der Erzbischof und Pater Sixtus vor dem Kaminfeuer und stellten sofort das Gespräch ein, das sie gerade geführt hatten. Gero schloss die Tür und gesellte sich zu ihnen, nicht ohne vorher eine ordentliche Portion Brot und Käse von der Platte auf dem Schreibtisch genommen zu haben, die ihnen die Laienbrüder aus der Küche gebracht hatten. Gero langte herzhaft zu, er hatte einen Bärenhunger. Die Glocken der nahen Klosterkirche fingen dröhnend an zu läuten.

»Es ist Zeit für die Sext«, sagte Pater Sixtus zum Erzbischof. »Eure Eminenz, Ihr solltet Euch in die Kirche begeben. Alle Brüder wissen, dass Ihr hier seid. Es würde Gerede geben, wenn Ihr nicht zur Messe erscheint.«

»Pater Urban wird auch nicht erscheinen«, bemerkte der Erzbischof süffisant. »Und das werden wir zu erklären haben.«

Er schwieg eine Zeitlang. Dann sagte er: »Wir werden verkünden, dass er vom Schlag getroffen wurde. Das ist das eine. Und nun zu Bruder Marian …«

Lothar von Hochstaden schüttelte fassungslos den Kopf. »Ich kann es immer noch nicht glauben. Zwei verschiedenfarbige Augen. Das kann doch kein Zufall sein!«

»Zufall oder nicht, wir müssen in dieser *Causa* jeden möglichen Fehler ausschließen. Das liegt in unserem eigenen Interesse. Wenn wir keine Maßnahmen ergreifen, könnte sich das später bitter rächen.«

Pater Sixtus zog den glühenden Eisenhaken aus der Glut, mit dem er im Feuerholz des Kamins herumgestochert hatte, und sah ihn versonnen an. »Dann habe ich Euer Einverständnis, Eure Eminenz?«

Der Erzbischof hob die Hand. »Wartet, das will gut überlegt sein. Es darf auf keinen Fall einen weiteren Toten geben. Nicht nachdem der Abt und sein *Prior* kurz nacheinander gestorben sind. Die Leute werden ohnehin schon mehr reden, als unserer Sache dienlich sein kann.«

Lothar von Hochstaden winkte verächtlich ab: »Die Leute werden sich immer das Maul zerreißen. Lasst sie reden. In ein paar Wochen wächst Gras darüber, dann kräht kein Hahn mehr danach.«

Der Erzbischof schüttelte unwirsch den Kopf. »Es ist nicht ratsam, dass das Augenmerk gewisser Kreise auf uns gelenkt wird. Nicht jetzt, wo wir unserem Ziel allmählich näher kommen, die Staufer in die Knie zu zwingen. Auf uns und das Kloster darf nicht der geringste Schatten fallen. Den Tod des Abtes und des *Priors* kann ich noch hinreichend erklären. Aber Bruder Marian … Nein, für ihn muss es eine andere Lösung geben.«

Er sah seinen Bruder Lothar mit unmissverständlichem Blick an. Der nickte schließlich zustimmend. Beide wandten sich Pater Sixtus zu, der am Kaminfeuer stand und seinen Rücken wärmte.

»Der verstorbene *Infirmarius* hat doch sicher eine gut ausgestattete Apotheke in seinem Krankentrakt …«, sagte Konrad von Hochstaden. »Gero, du bringst diesen Bruder Marian in die Kirche. Er soll an deiner Seite an der Sext teilnehmen. Pass auf, dass er keine Dummheiten macht. Wir alle werden an der Sext teilnehmen, ich persönlich werde die Andacht leiten und über den Abt und Pater Urban sprechen. Damit es erst gar nicht zu unnötigen Gerüchten und Spekulationen kommt. Während wir in der Kirche sind, habt Ihr, Pater Sixtus, freie Hand …«

Pater Sixtus deutete eine Verbeugung an.

***

Die Glocken der nahen Kirche waren verstummt, als Pater Sixtus, selbst ein erfahrener *Infirmarius,* das Allerheiligste des toten Pater Urban durchstöberte: die Klosterapotheke.

Was er in dem hohen, mit Regalen und Tischen vollgepackten Raum vorfand, war allerdings auch für ihn überwältigend. Seit Jahrhunderten war es üblich, so wie Karl der Große es in seinem *Kapitular* »De villis« vorgeschrieben hatte, dass in jedem Kloster dasselbe Apothekergärtchen mit denselben sechzehn lateinisch bezeichneten Pflanzen angelegt wurde. Pater Urban hatte sich anscheinend nicht damit begnügt, was der Kaiser einst für ausreichend befunden hatte.

Eine solch reiche Auswahl an Kräutern, getrockneten Heilpflanzen, medizinischen Instrumenten, Büchern und Dutzenden Behältern mit lateinischen Aufschriften hatte Pater Sixtus noch nie gesehen. Ein ganzes Regal war gefüllt mit flaschengroßen Tiegeln, alle wohlgeordnet und beschriftet, die Essenzen, Öle und Salben enthielten. Manche duftend wie feinstes Zitronen- oder Rosenwasser, manche so ekelerregend, dass man schon beim Öffnen des Deckels zurückzuckte, manche so scharf, dass einem die Tränen in die Augen traten, wenn man nur vorsichtig mit der Zungenspitze daran leckte.

Schließlich fand Pater Sixtus, was er suchte.

Aus der Klosterkirche hallten die Gesangsstimmen der Mönche herüber, als Pater Sixtus mit wehendem Umhang durch die Gänge hetzte. Er beeilte sich. Bevor die Sext zu Ende war, musste er sein Vorhaben ausgeführt haben. Der Erzbischof verließ sich in derart heiklen Missionen voll und ganz auf ihn. Und er hatte seinen Herrn noch nie enttäuscht. Er wusste, was mit denen geschehen war, die es getan hatten.

Bei dem Gedanken durchfuhr ihn ein Schaudern, und er bekreuzigte sich schnell, bevor er in die Zelle von Bruder Marian schlüpfte und die Tür hinter sich zuzog. Er holte unter seinem Umhang, in dessen Innenseite Taschen eingenäht waren, ein Fläschchen hervor, schlug die Decke über der Strohmatratze um, drückte sich ein Tuch vor Mund und Nase und nahm den Korken vom Flaschenhals. Vorsichtig, um nicht zu viel aufzuwirbeln, schüttete er das Pulver aus der Flasche über die Decke und das Leintuch auf der Strohmatratze. Immer noch das Tuch mit einer Hand vors Gesicht haltend, drehte er die Decke wieder um und stand auf. Die letzten Pulverstäubchen tanzten in den Sonnenstrahlen, die durch das winzige Fenster hereinfielen. Er sah sein Werk an. Und er sah, dass es böse war.

Rasch verließ er die Zelle.

VI

Anna erwachte am frühen Morgen, als es noch dunkel war. Ihr war schlecht und sie spürte, dass etwas nicht in Ordnung war. Nein, etwas war ganz und gar nicht in Ordnung. Sie blinzelte und schaffte es nur mit größter Mühe, ihre verklebten Augen zu öffnen. Hatte sie doch die ganze Nacht durchgeschlafen, obwohl sie sich nach der abendlichen Versorgung der Kranken nur kurz hinlegen und ausruhen wollte? Und was war das? Ein Kerzenlicht direkt vor ihren Augen blendete sie. Außerdem fühlte sie sich fiebrig und elend. Sterbenselend sogar. Alle Glieder schmerzten, ein grauenhafter Juckreiz schien ihren ganzen Körper befallen zu haben, und sie war kurz davor, sich übergeben zu müssen.

Der Mann mit der Kerze in der Hand, der ihr Gesicht einer genauen Musterung unterzog, näherte sich ihr, so dass sie seinen schlechten Atem riechen konnte. Eigentlich wollte sie sich angeekelt wegdrehen, aber er fasste sie am Kinn an und nickte.

»Zu meinem großen Bedauern muss ich feststellen, dass der Befund eindeutig ist, Eure Eminenz.«

Der Mann stand auf und nahm die Kerze wieder von Annas Gesicht weg. Sobald sie nicht mehr geblendet wurde, merkte sie, dass sich anscheinend das halbe Kloster in ihrer Zelle versammelt hatte.

Um ihr Matratzenlager drängten sich etliche Mönche, teils neugierig, teils betroffen schauend, mit Kerzen in der Hand. Anna kam es vor, als würden sie bei ihr Totenwache halten.

In vorderster Reihe standen der Erzbischof, Pater Sixtus, Graf Lothar von Hochstaden und sein Sohn Gero.

Hatte ihr jemand einen Sud aus der Tollkirsche verpasst? Der *Infirmarius* hatte ihn manchmal, in starker Verdünnung, gegen den Husten eingesetzt. Bei falscher Dosierung ließ der Trank den Kranken jedoch Gestalten und Dämonen sehen, die Ausgeburten der Hölle zu sein schienen. Aber nein, sie war wach und bei Verstand. Dieser Alptraum war Wirklichkeit.

Die Mönche, die sich in die enge Zelle drängten, wichen bei den Worten von Pater Sixtus unwillkürlich zwei Schritte zurück. Pater Antonius, ein dicklicher, ängstlicher Mann, streckte sofort das kleine Kreuz von sich, das er an einer Kette um den Hals trug. Antonius kopierte tagsüber im *Skriptorium* alte Handschriften und war nun, nach dem Tod Pater Urbans, der Älteste unter den Mönchen des Klosters. Unter seiner Kutte trug er einen härenen Gürtel, als ständige Mahnung an seine sündhafte Unzulänglichkeit. Die Schmerzen, die ihm der *Bußgürtel* verursachte, ließen ihn stets leicht gebückt und mit verzerrtem Gesicht daherkommen. Er sprach den allgemeinen Verdacht als Erster aus, indem er theatralisch die Hand vor den Mund schlug und die anderen Mönche entsetzt ansah. »Bruder Marian hat Lepra!«

Anna dachte, sie hätte sich verhört. Aber die durchdringende Stimme von Pater Sixtus bestätigte die Feststellung von Pater Antonius. »Ja, es ist Lepra! Alle hinaus. Sofort. Oder wollt ihr euch anstecken?!«

Mit einem Mal versuchte jeder, als Erster aus der Zelle hinauszukommen. Wie eine durch einen Wolf in Panik geratene Schafherde drängten die Mönche zur Tür, einander rücksichtslos stoßend und schiebend. Nur der Erzbischof, Graf Lothar, Pater Sixtus und Gero blieben zurück.

Anna sah ihre Arme an, ihre Beine. Ein hässlicher, bräunlicher Ausschlag, der von ihrem ganzen Körper Besitz ergriffen zu haben schien, zwang sie, sich zu kratzen. Dort, wo sie es tat, fing die Haut sofort an zu bluten. Nun bekam sie es mit der Angst zu tun. Sie betastete ihr Gesicht. Auch da konnte sie den schrecklichen Ausschlag spüren. Schwarze Hoffnungslosigkeit legte sich wie ein schweres Kettenhemd über sie. Gegen Lepra gab es kein Heilmittel. Sie war zu einem langsamen und qualvollen Tod verurteilt.

»Aber … das kann doch nicht sein. Als ich mich schlafen legte, war ich noch ganz gesund!«, sagte sie. Ihre Stimme hatte einen schrillen Unterton bekommen.

Pater Sixtus schüttelte bedauernd den Kopf. »Glaub mir, Bruder Marian, ich bin ein erfahrener *Infirmarius,* so wie dein Mentor Pater Urban es war. Gott hab ihn selig. Ich habe schon mehrmals Lepra gesehen. Es ist leider keine seltene Krankheit in diesen Tagen.«

Anna begann zu ahnen, was ihr bevorstand. Sie war schon einmal Zeuge der grausamen Zeremonie gewesen. »Nein!«, schrie sie. »Nein. Das könnt Ihr nicht machen! Ich bitte Euch, Herr!«

Der Erzbischof hatte ein ernstes und offizielles Gesicht aufgesetzt, das keinerlei Widerspruch zu dulden schien. »Es darf keine Ausnahme geben, Bruder Marian, das weißt du als *Famulus* eines *Infirmarius* selbst am besten. Die Gesunden müssen vor der Ansteckung durch die Kranken geschützt werden. So befiehlt es das christliche Gesetz. Folge mir, Bruder Marian. Und Ihr, Bruder Sixtus – bereitet schon mal alles vor. Wir haben keine Zeit zu verlieren. Die Krankheit darf sich nicht weiter ausbreiten. Und wenn wir mit Bruder Marian fertig sind, müssen die Zellen der Laienbrüder gründlich ausgeräuchert werden.«

»*Deus vult*!«, sagte der Erzbischof.

»Gott will es!«, schallte es aus hundert Kehlen zurück.

»Der Erzbischof will es!«, intonierte Pater Sixtus, der als neu eingesetzter Abt des Klosters die Zeremonie leitete.

»Der Erzbischof will es!«, erwiderte die Menge.

Anna stand wie zur Salzsäule erstarrt in *Habit* und *Skapulier* vor den Stufen zum Altar der Klosterkirche und blickte in die halb geifernde, halb ängstliche Menge der Mönche und Laienbrüder, die in weitem Halbkreis mit dem nötigen Sicherheitsabstand um sie versammelt war. Aber sie sah sie nicht. Annas Blick war in die Ferne gerichtet, auf die Ewigkeit hin. In ihr war alles leer. Sie fühlte sich, als sei sie nur noch eine leblose Hülle. Hilf- und regungslos ließ Anna die unvermeidliche Zeremonie über sich ergehen, mit der jeder Leprakranke nach gültigem Kirchenrecht aus der menschlichen Gemeinschaft verstoßen wurde und von da an ein Aussätziger war.

Auf ihrer linken Seite standen Erzbischof Konrad und Graf Lothar von Hochstaden. Abt Sixtus war hinter ihr beim Altar. Nun hob er an zu sprechen.

»Der Abt will es! Wende dein Angesicht zum Altar, Bruder Marian.«

Wie in Trance folgte Anna dieser Aufforderung. Aber sie sah den *Adlatus* des Erzbischofs nicht an, sondern schaute durch ihn hindurch auf das Altarbild von Meister Mathis, das das Jüngste Gericht darstellte. Links wurden die Gerechten und Reuigen von den Heiligen empfangen und nach oben gen Himmel geleitet, wo der Allmächtige auf sie wartete. Und rechts umkreisten die Diener Satans in Gestalt von Monstern und Ungeheuern die zahlreichen Sünder, deren Gesichter vor Angst verzerrten Fratzen glichen. Sie wurden hinuntergerissen in den pechschwarzen Höllenpfuhl, wo ewige Qual und Verdammnis auf sie warteten. Anna fing in Gedanken an zu beten. Gott allein sollte ihre Worte hören, denn sie waren nur für ihn bestimmt und von tiefster Verzweiflung durchdrungen. *Wenn es dich gibt, oh Herr, dann lass einen Blitz vom Himmel fahren und erschlage meine Peiniger! Sie sind Mörder, du allein weißt es. Sie haben Pater Urban getötet. Und jetzt hast du auch noch über mich, die Einzige, die sie anklagen könnte, einen Fluch ausgesprochen, so dass ich krank geworden bin und sterben muss. Warum nur, oh Herr?*

Aber Gott sprach nicht mehr zu ihr. Es kam auch kein Zeichen. Kein Blitz fuhr vom himmelhohen Kirchengewölbe herunter. Die Erde tat sich nicht auf und verschlang auch nicht Annas Peiniger.

Im Grunde ihres Herzens hatte Anna nichts dergleichen erwartet. Zahlreiche Prüfungen durch Gott und die Menschen hatten sie, so jung sie war, gelehrt, dass sie nur sich selbst helfen konnte. So zu denken kam natürlich einer Gotteslästerung gleich. Sie würde ihre unsterbliche Seele verlieren und zu den Sündern gehören, die in den Höllenschlund hinabfahren mussten. Darum hatte sie solche Gedanken auch stets für sich behalten. Aber was war das für ein Gott, der nicht eingriff, wenn unschuldige Menschen krank wurden und starben? Wenn Menschen anderen Menschen unendliches Leid antaten? Wenn sie, die stets ein untadeliges Leben im Dienste der Kranken geführt hatte, Lepra bekam und aus der Gemeinschaft der Menschen ausgestoßen wurde?

Erst jetzt, im Angesicht ihres baldigen Todes, und dem wurde sie durch diese Zeremonie unweigerlich ausgesetzt, erlaubte sich Anna derlei Gedanken. Denn was war ihr noch geblieben? Wenn sie sich gleich vor aller Augen nackt ausziehen musste, würde ihr Geheimnis offenbar werden, mit dessen Hilfe es ihr gelungen war, fast zehn Jahre zu lernen, was ihr als Mädchen nie zugestanden worden wäre.

Anna sah flehentlich zum Altarbild: *Bitte, lieber Gott, nicht das auch noch, bitte!*

Beinahe hätte sie ihre mühsam aufrechterhaltene Fassung verloren. Aber sie biss die Zähne zusammen und kämpfte trotzig die Tränen nieder, die hochzukommen drohten. Nein, den Gefallen wollte sie ihren Schindern nicht tun. Egal, was noch geschah, sie würde es mit Stolz und Gleichmut ertragen. Die barsche Stimme von Abt Sixtus riss sie aus ihren Gedanken.

»Bruder Marian, leg deine Ordenskleider ab und gib sie in diesen Korb!«

Auf diese Aufforderung hin brachte ein Laienbruder einen Korb. Mit bangem Blick stellte er ihn mehrere Schritte von Anna entfernt auf den Boden, als sei Anna eine bösartige Ausgeburt der Hölle und könne jeden Moment auf ihn zuschnellen und ihn in die Kehle beißen. Er zog sich hastig zurück. Auch die anderen Mönche machten einen Schritt nach hinten, als Anna anfing, sich langsam auszuziehen.

Anna entledigte sich des *Skapuliers* und des *Habits* und legte beides in den Korb. Jetzt stand sie nur noch im Hemd da und wartete auf den nächsten Befehl. Auf ihren nackten Armen und Beinen waren deutlich die hässlichen Ausschläge der Lepra zu erkennen. Ein Raunen ging durch die Reihen der Mönche. Instinktiv wichen sie noch weiter nach hinten.

Abt Sixtus hatte ein Einsehen.

»Hier«, sagte er und warf ihr etwas zu, das zu ihren blanken Füßen auf den Boden fiel. Es war ein brauner Umhang mit Kapuze, den sich Anna schnell überstreifte und der ihr bis auf die Knöchel reichte. Der Umhang hatte eine Besonderheit: Über ein Dutzend Glöckchen waren daran angenäht, so dass Anna bei jedem Schritt zu hören sein würde – wie der Hofnarr des Königs. Nur dass ihr Umhang nicht der Belustigung diente, sondern der Abschreckung. Damit jedermann, der die Glöckchen hörte, einen weiten Bogen um sie machen und ihr aus dem Weg gehen konnte.

»Du bist verpflichtet, fortan diesen Umhang zu tragen«, belehrte sie Abt Sixtus. »Er dient den gesunden Menschen zum Schutz. Sobald du diese Kirche verlässt, darfst du nie wieder einen Fuß in ein Gotteshaus, in ein Dorf oder eine menschliche Behausung setzen. Solltest du diesem Gebot zuwiderhandeln, darf dich jeder, der dir begegnet, töten. *Deus vult*! Gott will es!«

»Gott will es!«, kam das Echo aus den Kehlen der Mönche und Laienbrüder.

»Dann geh mit Gott, Bruder Marian. Er stehe dir und uns bei. *In nomine Patris et Filii et Spiritus Sancti! Oremus*!«

Der neue Abt machte das Kreuzeszeichen und nickte einem Mönch zu, der am *Lettner* stand und ihn öffnete. Der Weg war nun frei bis zum anderen Ende des Kirchenschiffs. Dort wartete ebenfalls ein Mönch und zog das Hauptportal auf, Licht fiel grell herein.

Abt Sixtus begann zu beten, die Anwesenden fielen mit ein. »*Gratiam tuam, quaesumus, Domine, mentibus nostris infunde: ut, qui, Angelo nuntiante, Christi Filii tui, incarnationem cognovimus …*«

Die gaffenden, murmelnden Mönche und Laienbrüder wichen zurück wie die Wassermassen des Roten Meeres vor Moses und den Israeliten, als Anna vorsichtig Schritt um Schritt losging.

Anna musste blinzeln, als die Sonnenstrahlen auf ihr entstelltes Gesicht fielen.

Abt Sixtus fuhr unbeirrt fort mit seinem Gebet, während Anna wie eine Schlafwandlerin auf das Hauptportal zuschritt: »*… per Passionem eius et Crucem ad resurrectionis gloriam perducamur. Per eundem Christum Dominum nostrum.*«

Nie hatte sich Anna so verlassen gefühlt. Ihre Eltern waren weit weg, ihr väterlicher Freund, der Einzige, dem sie sich in all den Jahren hatte anvertrauen können, ihr Lehrer Pater Urban, war tot. Anna war von tiefster Traurigkeit erfüllt, als sie unter dem völlig fehl am Platze wirkenden Gebimmel ihres Narrengewandes den langen Gang zum Portal mit bloßen Füßen durchmaß und schließlich in den hellen, sonnenbeschienenen Klosterhof hinaustrat. In ihrem Rücken hörte sie noch das abschließende »Amen«, das in ihren Ohren wie eine Verwünschung klang, die ihr die Klostergemeinschaft nachschleuderte, bevor das Hauptportal mit einem lauten Dröhnen für immer hinter ihr verschlossen wurde.

Sie zögerte keinen Augenblick und schaute auch nicht zurück.

Hocherhobenen Hauptes ging sie weiter, bis sie die vordere Klosterpforte erreichte. Sie glaubte spüren zu können, wie sich die Blicke der Mönche, der Laienbrüder, des neuen Abtes und des Erzbischofs durch das Portal der Kirche in ihren Rücken bohrten. Der Gedanke daran brachte sie ins Stolpern, und sie wäre beinahe noch gestürzt. Doch ein Rest verbissenen Stolzes hinderte sie daran, in Blickweite des Klosters eine Schwäche zu zeigen.

»Eines weiß ich wohl: dass ich blind war und bin nun sehend.« Die auf der Pforte eingemeißelten Worte aus dem Johannesevangelium erschienen ihr wie ein böser Fluch. Am liebsten wäre sie an Ort und Stelle zusammengesunken, aber mechanisch setzte sie Schritt um Schritt in den lehmigen Weg, der vom Kloster wegführte.

Nach einer Weile war sie an das Ende der Pappelallee, die bis zum Horizont führte, gelangt. Hier konnte man sie vom Kloster aus nicht mehr sehen. Sie blieb stehen und schaute sich um. Weit und breit war sie allein auf dieser Welt, so schien es. Da erst brach sie am Wegesrand zusammen und schluchzte bitterlich wie ein kleines Kind.

VII

Anna wusste nicht mehr, wie viele Stunden und wie viele Meilen sie ziellos vor sich hingetrottet war.

Inzwischen ging es wohl auf Mittag zu, denn die Sonne begann allmählich mit frühlingshafter Kraft auf sie niederzubrennen. Sie hatte Hunger, und ihr Mund war völlig ausgetrocknet; ihre Lippen waren aufgesprungen und schmerzten. Sie war schier am Verdursten. Ihre Haut juckte unerträglich. Sie kratzte sich und blieb stehen. Was sollte sie jetzt tun? Sie wusste es nicht. Erst jetzt setzten ihre Sinne wieder ein, sie hörte ein munteres Plätschern und Glucksen, neben dem Weg führte ein Bach entlang. Dort konnte sie wenigstens ihren Durst löschen.

Mühsam raffte sie sich wieder auf und begann zu marschieren. Nur weg vom Kloster Heisterbach, die Landstraße entlang, die Richtung Süden führte, hinein in das von Hügeln gesäumte Tal, dessen Bäume und Sträucher wie durch Zauberhand grün zu werden begannen.

Die letzte Stunde war Anna dem Weg stetig bergauf gefolgt. Er führte durch einen dichten Buchenwald und schließlich zu einer Lichtung auf der Kuppe eines Berges. Dort sah Anna schon von weitem eine feine Rauchsäule aufsteigen und ging schnurstracks darauf zu.

Der Rauch stammte von einer nur halb gelöschten Feuerstelle, den Spuren nach musste hier eine größere Gruppe mit Pferden gelagert und die Nacht verbracht haben. Anna zögerte nicht, auf allen vieren nach essbaren Überresten zu suchen, so groß war ihr Hunger geworden. Sie hatte Glück und fand ein altes Stück Brot, das wohl als Pferdefutter gedient hatte, so hart war es. Aber Anna setzte sich auf einen alten umgefallenen Baumstamm und verschlang es gierig.

Beim Essen kam sie zum ersten Mal zum Nachdenken. Von hier oben aus hatte man nordwärts einen Blick bis zum fernen Rhein, der am Horizont im Licht der Sonne schimmerte. Auf einmal fiel es ihr wie Schuppen von den Augen – natürlich, dies musste der Maelberg sein, der von den Zisterziensermönchen in Heisterbach den Beinamen »Ölberg« bekommen hatte, weil er sie an den Ölberg in Jerusalem erinnerte. Als ihr Vater sie vor vielen Jahren zum Kloster Heisterbach brachte, hatten sie hier Rast gemacht. Ihr Vater hatte ihr alles gezeigt und erklärt: in südwestlicher Richtung den Drachenfelsen und ganz unten im Tal das Kloster Heisterbach. Erst später war ihr klar geworden, wie sehr er seine Wehmut überspielt hatte, um sich nicht anmerken zu lassen, dass es ihm schwerfiel, seine über alles geliebte Tochter der Obhut des Klosters zu übergeben. Seltsam, warum fiel ihr das erst jetzt wieder ein?

Ihre Teilnahmslosigkeit ließ nach, und ihr Kampfesmut gewann wieder die Oberhand. Was sie brauchte, war ein Plan. Sie wollte sich nicht einfach aufgeben und ziellos umherirren, bis sie tot umfiel. Nein, sie würde alles versuchen, um den Tod ihres Mentors aufzuklären. Doch dann verließ sie der aufkeimende Mut wieder – wie sollte ein als Junge verkleidetes Mädchen, das als Aussätzige von jeder menschlichen Gesellschaft ausgeschlossen war, jemanden finden, dem es sich anvertrauen konnte?

Die Lepra war ein langsamer, schleichender Tod, der den befallenen Menschen allmählich auffraß und sein Gesicht zu einer grässlichen Fratze entstellte. Anna wusste nicht, wie lange es dauerte, bis die Krankheit ihren Körper so weit zerstörte hatte, dass sie sterben musste. Pater Urban hatte ihr einiges darüber erzählt. Woran sie sich erinnerte – und sie hatte ein ausgesprochen gutes Gedächtnis –, war, dass man mit Lepra noch jahrelang dahinsiechen konnte, bis man starb.

Vielleicht konnte sie sich zu ihren Eltern durchschlagen. Sie wollte niemanden anstecken, aber das war ein Hoffnungsschimmer. Wenn sie erst einmal dort war, würde sie wenigstens nicht verhungern. Wenn sie ein zügiges Tempo durchhielt, würde sie am Abend des nächsten Tages ihr Dorf erreichen.

Entschlossen stand sie auf und machte sich auf den Weg, die bewaldete Bergkuppe entlang nach Süden. Als kleines, unbeschwertes Mädchen war sie vor langer Zeit an der Hand ihres Vaters zum Kloster gegangen. Und nun, fast zehn Jahre später, würde sie als Bruder Marian wieder zurückkehren. Ausgestoßen, gebrandmarkt und zu einem qualvollen Siechtum bis zum Tod verurteilt. Unwillig verscheuchte sie das Selbstmitleid aus ihren Gedanken und begab sich auf den langen und beschwerlichen Weg nach Hause, nach Ahrweiler.

Die kalte Nacht verbrachte Anna im Wald und erreichte am nächsten Tag die Wied, den Fluss, den sie überqueren musste. Er war durch die Schneeschmelze in den Bergen zum reißenden Strom geworden und weit über seine Ufer getreten. Anna wusste, dass es ein oder zwei Meilen weiter eine Fähre gab, die Reisende gegen ein kleines Entgelt übersetzte. Doch sie hatte kein Geld. Aber wie sollte sie sonst auf die andere Seite kommen? Von dort aus war es nicht mehr weit zum Dorf ihrer Eltern. Anna ging am Ufer entlang weiter, was aber bald durch angeschwemmte Bäume und Wurzeln und dichtes Unterholz so beschwerlich wurde, dass sie sich für den Weg weiter oben durch den Wald entschied.

Schließlich konnte sie von einer Anhöhe im Wald aus die

kleine Bucht im Fluss ausmachen, die als Landungsstelle für die Fähre diente. Zwei lange, stabile Seile, quer über den Fluss gespannt, dienten dem Fährmann dazu, das Fährboot auch bei stärkerer Strömung in der Spur zu halten, um nicht abgetrieben zu werden. Eines der Seile lief durch einen Führungsring, der an der Bordwand der Fähre angebracht war, das andere wurde als Zugseil benutzt. Das Lastboot, groß genug, um auch zwei Kühe oder zwei Pferde aufzunehmen, dümpelte am Ufer auf Annas Seite des Flusses. Die heftige Strömung zerrte an den Seilen. Aber von dem Fährmann war weit und breit nichts zu sehen. Seine Hütte lag auf der anderen Seite des Flusses, und aus dem Schornstein stieg Rauch auf, also musste er irgendwo sein. Vorsichtig näherte sich Anna dem Boot.

»Hallo – ist da jemand?«, rief sie in den Wald.

»Weg da, verschwinde!«, brüllte eine schrille Männerstimme hinter ihrem Rücken, die sie vor Schreck zusammenfahren ließ. Als sie sich umwandte, sah sie den vierschrötigen Fährmann, halb hinter einem Baum versteckt, wie er versuchte, sie mit heftigen Armbewegungen fortzuscheuchen.

»Kannst du mich übersetzen?«, fragte sie. »Für Gottes Lohn. Ich komme vom Kloster Heisterbach.«

»Bist du verrückt? Für keinen Lohn der Welt setze ich dich über! Du hast den Aussatz! Verschwinde, los, sofort!«

Anscheinend hatte er ihre Glöckchen schon lange gehört, bevor sie ihn erspäht hatte, und sich schleunigst hinter ein paar Bäumen in Sicherheit gebracht.

»Es tut mir leid, aber ich muss ans andere Ufer«, sagte sie und stieg ins Boot.

»Rühr das Boot nicht an!« Seine Stimme wurde allmählich panisch. »Die Strömung ist zu stark. Das Führungsseil wird reißen! Du kannst das Boot nicht halten. Du wirst kentern und jämmerlich ersaufen!«

»Ich habe nichts zu verlieren«, sagte Anna, während sie die Knoten der Haltetaue löste.

Der fuchtelnde Fährmann machte ein paar Schritte auf sie zu, traute sich aber doch nicht ganz an sie heran. Anna wusste, dass er sie, hätte sie nicht ihre abschreckende Kutte mit den Glöckchen getragen und den gut sichtbaren Ausschlag gehabt, in seiner Wut längst gepackt und ins Wasser geworfen hätte. Im sicheren Bewusstsein, dass sie das Boot unbehelligt losmachen konnte, hörte sie nicht auf seine Beschimpfungen, die schließlich in finstere Drohungen übergingen, und drehte ihm den Rücken zu.

Plötzlich schwirrte ein armdicker Holzprügel knapp an ihrem Kopf vorbei. Sie drehte sich um. Der Kerl hatte angefangen, mit allem auf sie zu werfen, was er in die Finger bekommen konnte, und suchte am Ufer nach Steinen. Jetzt wurde es Zeit, dass sie wegkam. Mit einem Ruck löste sich der letzte Knoten, und schon wurde das Boot aufs Wasser hinausgezogen. Das Führungsseil spannte sich bis aufs Äußerste, und Anna zog aus Leibeskräften am Zugseil. Durch den Druck, den das Wasser ausübte, kam sie schneller voran, als sie dachte.

Das Zugseil brannte in ihren Händen, aber Anna gab nicht nach und setzte eine Hand über die andere, um das Boot hinüberzuziehen. Wenn sie wollte, konnte sie ungeahnte Kräfte entwickeln.

Fast schien sie es geschafft zu haben, da kam ein mächtiger Baumstamm, den das reißende Wasser entwurzelt hatte, auf die Fähre zugetrieben. Anna sah ihn im Augenwinkel heranschießen und verdoppelte ihre Anstrengungen.

Doch es reichte nicht. Mit voller Wucht traf der gewaltige Stamm das Heck des Bootes. Anna konnte sich gerade noch am Zugseil festklammern. Einen Moment lang glaubte sie, das Führungsseil würde reißen. Aber wie durch ein Wunder glitt der Stamm am Boot ab. Das Boot schwankte bedrohlich, aber das Führungsseil hielt. Anna zog aus Leibeskräften, als sie wieder festen Stand hatte, und brachte die Fähre schließlich sicher ans andere Ufer.

Noch ein wenig zittrig von der Anstrengung und dem Schreck, vertäute sie das Boot so gut sie konnte an dem schmalen Holzsteg und warf einen Blick zurück auf den immer noch ungläubig dastehenden Fährmann, der auf der anderen Seite des Flusses zur Untätigkeit verdammt war.

Sie sprang an Land und näherte sich der strohgedeckten Lehmhütte des Fährmanns. So eine günstige Gelegenheit, etwas Essbares zu finden, würde so schnell nicht wiederkommen. Der Hunger war stärker als Annas schlechtes Gewissen. Vorsichtig betrat sie die Hütte und sah sich um. Neben der Feuerstelle stand eine Schüssel mit kaltem Gemüsebrei, den sie gierig verschlang. Einen halben Laib Brot nahm sie auch noch mit, bevor sie flussaufwärts im Wald verschwand.

Die Abenddämmerung setzte schon ein, und Anna war inzwischen am Ende ihrer Kräfte. Jetzt konnte es nicht mehr weit sein. Eigentlich hätte sie längst Menschen aus dem Dorf begegnen oder Lichter sehen müssen. Aber die Gegend wirkte wie ausgestorben. Gut, dass wenigstens der Mond schien, der gerade am östlichen Horizont aufging und mit seinem fahlen Licht Anna den Weg wies.

Endlich konnte sie vage die ersten niedrigen Häuser ausmachen. Ahrweiler war nicht groß, ein Dutzend Hütten, wie fast überall im Land aus Flechtwerk gebaut und mit Lehm verstrichen, der teilweise schon abgebröckelt war, mit spitzgiebligen Dächern aus Stroh, die bis über die Fensterhöhlen hinausragten.

Ganz am Ende der Dorfstraße stand das Haus ihrer Eltern. Anna blieb mitten auf der Straße stehen und regte sich nicht. Seltsam, sie konnte keinen Luftzug spüren, keinen Laut hören. Keine Kuh bewegte sich in ihrem Stall, kein Hund bellte, kein Schaf blökte, kein Feuerschein drang durch eine der kleinen Fensteröffnungen nach draußen, kein Kind schrie. Anna drehte sich langsam um die eigene Achse und bekam es allmählich mit der Angst zu tun. War die Welt stehen geblieben, und sie hatte es in ihrem Wahn, nur irgendwie nach Hause zu kommen, gar nicht bemerkt?

Langsam setzte sie sich wieder in Bewegung, und die Glöckchen an ihrer Kutte bimmelten leise.

Als sie an der Tür ihres Elternhauses ankam, zögerte sie. Am liebsten hätte sie sich umgedreht und wäre davongelaufen. Plötzlich fürchtete sie, eine schreckliche Entdeckung zu machen, wenn sich die Tür öffnete. Vielleicht waren alle Bewohner des Dorfes von Plünderern getötet und das wenige Vieh, das sich die Leute hielten, war verschleppt worden. Aber nein. Solche Schreckensbilder waren sicher eine Folge des Hungers und der Erschöpfung. Es nutzte nichts, es noch weiter hinauszuzögern, jetzt war sie so weit gegangen, dass sie nun auch den letzten Schritt tun musste. Sie klopfte und machte langsam die Tür auf. Dunkelheit und Stille empfingen sie. Sie betrat das Haus, das aus einem Raum mit Schlaf- und Feuerstelle bestand. Hinter ihr fiel die Tür zu. Sie wollte an der Feuerstelle einen Kienspan anzünden, um etwas zu sehen, aber die Asche war kalt. Sie schluckte, schwarze Panik kroch in ihr hoch. Das sah ihren Eltern gar nicht ähnlich. Ihre Mutter war eine Meisterin im Feuermachen, nie würde sie die Glut ganz ausgehen lassen oder keine Holzspäne bereitliegen haben.

Anna hielt den Atem an, als sie ein Scharren hörte, es kam von draußen. Licht fiel auf einmal unter dem Türspalt herein. Sie tastete sich wieder zur Tür und riss sie in einem Schwung auf.

In einem weiten Halbkreis um das Haus standen die Dorfbewohner und mitten unter ihnen fünf oder sechs bewaffnete Soldaten. Keiner sagte ein Wort, alle starrten sie nur an, als wäre sie ein Abgesandter Luzifers, was kein Wunder war, so wie sie aussah. Als sie einen Schritt nach draußen machte, wich die Menge zurück. Die Leute hielten Fackeln in ihren Händen, die nun so hell brannten, dass Anna blinzeln musste. Dem vordersten Mann stahl sich bei ihrem Anblick ein Grinsen ins Gesicht, das unverkennbar war: Gero von Hochstaden. Im Hintergrund erkannte Anna ihren Vater und ihre Mutter, die von den zwei Männern festgehalten wurden, die Gero schon im Kloster begleitet hatten. An den verzweifelten Gesichtern ihrer Eltern konnte Anna ablesen, wie es um sie stand. Aber sie blieben stumm, gaben mit keinem Wort zu erkennen, dass sie wussten, wer Anna war.

Gero trat vor, ganz der Mann, der hier das Sagen hatte. Er sprach in die schwer lastende Stille.

»So schnell trifft man sich wieder, Bruder Marian!«

Anna musterte unter ihrer Kapuze die anderen Soldaten und die im Halbdunkel stehenden Dorfbewohner. Wie konnten Gero und seine Männer wissen, dass sie hierherkommen würde? Ihre Gedanken überschlugen sich, doch dann fiel Anna siedend heiß ein, dass sie beim Verhör durch den Erzbischof im Empfangsraum des Abtes selbst gesagt hatte, dass sie aus Ahrweiler stammte. Der Erzbischof hatte seine Schergen hierhergeschickt, in der Annahme, dass sie in ihrer Not nur einen Zufluchtsort kannte: ihr elterliches Dorf. Also hatte er seinen Neffen mit ein paar Soldaten dorthin beordert, um ihr den Garaus zu machen.

Hatte Pater Sixtus sie etwa dabei beobachtet, wie sie in der Handfläche des toten Pater Urban die Buchstaben GIFT entdeckt hatte? Wollte Konrad von Hochstaden keinen Zeugen durch die Gegend laufen lassen, der wusste, dass der *Infirmarius* vergiftet worden war?

Mit fester Stimme antwortete sie: »Ja, Herr, ich bin Bruder Marian aus Heisterbach.«

»Was wolltest du in diesem Haus?«

»Ich hatte Hunger. Ich suchte etwas zu essen.«

»Warum in diesem Haus?«

»Ich weiß es nicht. Es war Zufall.«

Gero grinste unverhohlen: »So? Zufall? Und wer ist das?« Dabei zeigte er auf Annas Eltern.

Drei oder vier Herzschläge lang sagte Anna nichts. Dann räusperte sie sich und sagte: »Ich kenne diese Leute nicht.«

Gero schüttelte den Kopf, als fände er das, was gerade geschah, überaus betrüblich. »Das ist jetzt so oder so gleichgültig. Dadurch, dass du ihr Haus betreten hast, hast du es mit deiner Krankheit besudelt. Du weißt, was wir tun müssen.«

»Nein!«, schrie Anna. »Nein!«

Aber Gero zielte mit seiner Schwertspitze direkt auf Annas Augen und hielt sie so in Schach. »So will es das Gesetz, ob es dir passt oder nicht.«

Dann wandte er sich an die Anwesenden und sagte laut und klar, dass es alle Umstehenden hören konnten: »Bruder Marian – du hast gegen das Gesetz verstoßen. Dir ist, als Leprakrankem, bei Todesstrafe verboten, eine menschliche Behausung zu betreten. Im Namen des Erzbischofs verurteile ich dich zur Steinigung. Dorfbewohner, wenn ihr euch dem Urteil widersetzt, werden eure Häuser auf Anweisung des Erzbischofs niedergebrannt, damit das Volk vor dem Übel geschützt werde.«

Erst jetzt konnte Anna sehen, dass die Dorfbewohner Steine in den Händen hielten. Schon nahmen sie drohend Haltung an und begannen auf sie zu zielen.

Gero hob seine Hand, er hatte noch etwas hinzuzufügen.

»Doch der Erzbischof hat mich gebeten, Milde walten zu lassen, da Gott dich mit der Lepra bereits bestraft hat. So wird dir der gnädige Tod durch Ertrinken gewährt. Das Urteil wird sofort vollstreckt. Geh voraus zum Fluss. Beim geringsten Versuch zu fliehen werde ich dich mit meinem Schwert niederstrecken.«

Anna schenkte ihren Eltern noch einen verzweifelten Blick. Sie wollte etwas sagen, Gero um Gnade für die beiden anflehen, aber es war besser, den Mund zu halten. Vielleicht würden ihre Eltern mit einer geringen Strafe davonkommen. Ihr eigenes Schicksal war Anna nicht mehr wichtig, sie würde jeden Befehl Geros befolgen, wenn sie damit ihre Eltern schützen konnte. »Hast du noch etwas zu sagen?«, fragte Gero streng.

Anna schüttelte den Kopf. »Nein, Herr.«

»Dann vorwärts!«, sagte Gero.

Anna setzte sich in Bewegung, die Glöckchen ihres Umhangs klingelten laut, die Kapuze hatte sie sich tief ins Gesicht gezogen. Die Dorfbewohner folgten Anna, Gero und seinen Soldaten. Anscheinend war das ganze Dorf auf den Beinen, zwei Mütter hatten sogar ihre Säuglinge im Arm. Niemand wollte sich entgehen lassen, wie der leprakranke Jüngling sich anstellen würde bei seinem Übertritt ins Jenseits. Nur Annas Eltern blieben mit zwei Bütteln zurück, Annas Mutter war weinend zusammengebrochen, ihr Mann stützte sie.

Schweigsam marschierte die Prozession zum Fluss, keiner sagte ein Wort.

Anna warf einen kurzen Blick über ihre Schulter, als sie merkte, dass ein heller Lichtschein in ihrem Rücken aufflammte. Was sie entdeckte, ließ ihr vor Entsetzen das Blut in den Adern gefrieren: Die Schergen hatten mit ihren Fackeln am armseligen Haus ihrer Eltern das Strohdach in Brand gesteckt. Wo waren ihre Eltern? Im Haus? Sie konnte noch sehen, wie einer der Soldaten die Tür mit irgendeinem Werkzeug verrammelte, und glaubte Schreie zu hören. Die Flammen griffen rasend schnell um sich, bis das ganze Haus lichterloh brannte. Das war die Strafe dafür, dass sie mit ihrer Lepra das Haus ihrer Eltern betreten hatte. Ihre Eltern waren hineingestoßen worden und mussten den Flammentod erleiden.

Für Anna brach innerlich die Welt in Scherben. Rasend vor Verzweiflung wollte sie umkehren, ihre Eltern vielleicht noch retten …

Aber Gero schien diesen Impuls geahnt zu haben und hielt sie auf, indem er ihr die scharfe Schneide des Schwertes an den Hals setzte, sie hämisch grinsend ansah und nur den Kopf schüttelte. Dann schubste er sie mit dem Schwert an, und sie setzte sich wieder in Bewegung. Jetzt, da sie alles verloren hatte, war jeder Widerstandswille in ihr gebrochen. Sie war schon so gut wie tot. Den Sturz ins Wasser konnte ohnehin niemand überleben. Dieser letzte Akt galt nur noch dem Befehl des Erzbischofs.

Am Rand des senkrecht abfallenden Steilufers blieb sie stehen. Über den Wäldern schien der Mond, unten gähnte der schwarze Abgrund. Die Wasseroberfläche war nicht zu sehen, zu tief ging es hinunter. Nur das unheilvolle, schwere Glucksen und Rauschen und der dumpfe, moosige Geruch des Wassers ließen erahnen, was auf denjenigen wartete, der von der turmhohen Kante hinab in den reißenden Fluss gestoßen wurde.

Anna drehte sich um und blickte auf die Menschenmenge. Alles wartete auf Gero von Hochstadens Befehl. Sie sah dem jungen Ritter an, dass dies der Moment war, wo er sich für die Demütigung im Kloster rächen wollte. Er wartete nur darauf, dass sie zögerte, um einen Grund zu haben, ihr sein Schwert in den Leib zu stoßen. Er trat einen Schritt auf sie zu und blickte ihr noch einmal höhnisch in die Augen. Dann holte er zum finalen Hieb aus.

In einem aufwallenden Impuls, den Gaffern und Schergen nicht den letzten Triumph überlassen zu wollen, machte Anna einen Schritt zurück über die Kante ins Leere.

Die Menge schrie auf, aber nicht vor Entsetzen, sondern weil sie sich um das Spektakel betrogen sah. Alles stürzte zum

Steilufer, die Soldaten leuchteten mit ihren Fackeln hinunter, einer warf sogar seinen Scheit hinterher. Gero von Hochstaden fluchte. Für einen kurzen Augenblick sahen sie einen schwarzen Körper klatschend ins tiefe Wasser eintauchen und untergehen, dann fiel die Fackel ins Wasser und erlosch.

VIII

Als Anna mit den Füßen voran ins grauschwarze Wasser eintauchte, hatte sie beschlossen, gar nichts zu tun und auf den Tod zu warten. Aber sie hatte nicht mit ihrem Lebenswillen gerechnet, als die plötzlich einsetzende Kälte sie mit eisigem Griff packte. Das Wasser war an dieser Stelle so tief, dass sie den Grund mit den Füßen nicht erreichen konnte. Nach Luft schnappend, kämpfte sie sich nach oben und schluckte Wasser.

Doch die Strömung war zu stark, als dass Anna dagegen ankämpfen konnte. Wenn sie es nicht schaffte, binnen kürzester Zeit ans rettende Ufer zu kommen, würden ihre Kräfte nachlassen und sie wäre endgültig verloren. Da fiel ihr ein, dass sie noch eine winzige Chance hatte: Wenn es ihr gelang, eines der zwei Seile der Fähre zu packen, die hinter der nächsten Flussbiegung auftauchen mussten, konnte sie sich ans Ufer hangeln.

Rasend schnell schoben sie die Wasserfluten weiter auf die Stelle zu, wo die Fähre liegen musste. Beinahe hätte sie den richtigen Moment verpasst, aber im letzten Augenblick fand ihre rechte Hand das quer über den Fluss gespannte Seil. Sie packte es und fasste schnell noch mit der anderen Hand nach.

Unter Aufbietung ihrer letzten Kräfte hangelte sie sich am Seil entlang auf das Ufer zu. Dann konnte sie nicht mehr und ließ los. Doch sie war schon so nah am Ufer, dass sie von der Strömung auf die flache Böschung geschoben wurde, wo sie erschöpft im knietiefen Wasser liegen blieb.

Nachdem sie wieder zu Atem gekommen war, kroch sie ganz ans Ufer und spuckte hustend Wasser aus. Dann sah sie hoch. Kamen da etwa schon die Schergen, um sie zu suchen? Nein, niemand konnte ahnen, dass sie den Sturz von der Steilwand überlebt hatte.

Trotz der Erschöpfung waren ihre Gedanken auf einmal ganz klar. Gott hatte ihr eine zweite Chance gegeben! Niemand wusste, dass sie noch lebte. Sie musste nur so schnell wie möglich das Weite suchen. Bevor Gero von Hochstaden womöglich noch auf die Idee kam, die Ufer flussabwärts nach ihrer angeschwemmten Leiche absuchen zu lassen.

Klatschnass, am ganzen Körper zitternd und mit den Zähnen klappernd, stand sie vor der verlassenen Hütte des Fährmanns. Anna betrat die Hütte zum zweiten Mal. Sie sah sich suchend um, entdeckte eine alte Decke, zog sie sich um die Schultern und machte sich davon.

Der Mond war kurz davor, am Horizont unterzugehen, als sie am nächsten Waldrand einen Feuerschein bemerkte. Sie beschloss, darauf zuzugehen, vielleicht fand sie doch noch einen Menschen, der ihr nicht sofort mit Abscheu und Feindseligkeit begegnete.

Als sie näher kam, vernahm sie Schreie und Kampfeslärm. Sie stockte und schlang die Decke so eng wie möglich um ihren Körper, damit die Glöckchen verstummten und niemand sie hören konnte. Sie schlich weiter. Hinter ein paar Büschen geduckt, sah sie im Schein des Lagerfeuers, dass sich auf einer kleinen Waldlichtung ein ungleicher Kampf auf Leben und Tod abspielte. Zwei Männer schlugen mit dicken Knüppeln auf einen dritten ein, der versuchte, sich mit seinem Schwert zu verteidigen. Am Rand des Lichtkegels war ein vierrädriger Wagen mit Plane abgestellt, davor grasten zwei angepflockte Zugpferde. Neben dem Wagen lag regungslos ein älterer Mann.

Aber dann wurde Annas Aufmerksamkeit vom Kampf der drei Männer in Anspruch genommen. Zwei von ihnen, wilde Haudegen mit ungeschorenen Bärten und zerlumpten Kleidern, umkreisten den dritten, einen Hünen von einem Mann, der geschickt immer wieder auswich, ab und zu einen Hieb anbrachte, aber schon aus mehreren Wunden blutete. Wie Wölfe lauerten die zwei Wegelagerer nur darauf, dass sich ihr angeschlagener Gegner eine entscheidende Blöße gab.

Anna wusste nicht, was sie tun sollte.

Der Schwertkämpfer machte einen überraschenden Ausfallschritt und streckte den kleineren Bärtigen mit einem gewaltigen Hieb nieder, worauf der größere wie eine Furie auf den Hünen losging. Der Schwertkämpfer konnte die Hiebe nur noch mit Müh und Not parieren. Der Angreifer schrie laut: »Verdammt, Otto, komm und hilf mir! Das Dreckschwein hat Klaus erschlagen!«

In diesem Moment zeigte sich ein dritter Wegelagerer auf dem Kutschbock des Planwagens. Er hatte offensichtlich nachgesehen, was an Brauchbarem im Wagen war, und sprang jetzt mit seinem Knüppel in der Hand herunter, um seinem Gefährten zu Hilfe zu eilen. Er stürmte von der Seite auf den großen Mann zu.

»Das bezahlst du mit deinem Leben!«, rief er und drang auf den sich heftig zur Wehr setzenden Hünen ein, der langsam zurückwich und verzweifelt versuchte, sich die Angreifer irgendwie vom Leib zu halten.

Aber zwei Mann waren zu viel für ihn. Während er einen Schlag parierte, war seine Flanke einen kurzen Moment ungedeckt. Der größere der beiden Angreifer nutzte die Gelegenheit blitzschnell und zog ihm den Knüppel mit aller Macht über den Kopf. Mit einem Aufschrei sackte der Hüne zusammen, und jetzt kannten seine Gegner kein Erbarmen mehr: Wie von Sinnen hieben sie auf den am Boden Liegenden ein, bis sie nicht mehr konnten und schließlich schwer schnaufend über ihrem Opfer standen wie Jäger über einem erlegten Keiler.

Der Große stieß ihn mit dem Fuß an.

»Der macht keinen Mucks mehr. Los, zieh ihm die Stiefel aus.«

Er kniete sich nieder und begann, die Taschen des Toten zu durchsuchen, während der andere schon an den Stiefeln zerrte.

In ihrem Versteck wand sich Anna vor Entsetzen. Sie musste etwas unternehmen, um den Verletzten zu helfen. Vorsichtig schlich sie sich ans Lagerfeuer und rieb sich das Gesicht mit Asche ein, um ihre verwegene Erscheinung zu verstärken. Prompt fingen die Glöckchen an ihrem Gewand an zu bimmeln. Die Wegelagerer ließen von dem Toten ab, sahen sich verblüfft an und drehten sich um.

Bei Annas Anblick sprang der Große wie von der Tarantel gestochen auf und schrie mit sich überschlagender Stimme: »Lepra! Der Kerl hat Lepra! Weg! Bloß weg hier!«

Und schon rannte er davon. Sein Kumpan zögerte noch, offensichtlich war er schwerer von Begriff, bis auch er sich endlich bewegte und seinem Kumpan hinterherhetzte. Er sah noch einmal zurück, aber sein Gefährte zog ihn mit sich. Zusammen verschwanden sie in der Dunkelheit.

Anna blickte ihnen nach, dann kniete sie nieder und sah im Schein der Fackel, die sie vom Lagerfeuer genommen hatte, dass sie dem Hünen nicht mehr helfen konnte. Sie hörte ein Stöhnen in ihrem Rücken und wandte sich dem älteren Mann am Planwagen zu, der sich den blutenden Kopf hielt und sich mühsam aufrichtete. »Wer bist du? Was ist mit meinem Diener?«

»Ich bin Bruder Marian«, sagte Anna und half ihm auf die Beine. »Wenn das Euer Diener ist – er ist tot. Seid Ihr verletzt?«

»Nein, nein, es ist nichts Schlimmes. Nur ein Schlag auf den Kopf.«

»Lasst sehen – habt Ihr irgendwo ein sauberes Tuch?«, sagte sie, als sie die blutende Wunde an seinem Haarschopf entdeckte. Der Mann, er war etwa sechzig und hatte kurzgeschnittenes weißes Haar und einen silbrigen Bart, trug teure Kleidung und wankte ein wenig, als er ein weißes Tuch aus seiner Tasche zog und es Anna in die Hand drückte.

Sie sagte: »Setzt Euch. Es ist nur eine Platzwunde. Hier, haltet die Fackel …«

Der Mann ließ sich ächzend auf den Boden nieder, und Anna gab ihm ihre Fackel in die Hand. Dann tupfte sie seine Wunde vorsichtig mit dem Tuch ab, bevor sie es fest um seinen Kopf band.

Plötzlich wurde ihr klar, was sie getan hatte. Sie hatte den Mann berührt. Und damit unweigerlich mit ihrer tödlichen Krankheit angesteckt!

Anna stand abrupt auf, der Schreck stand ihr ins Gesicht geschrieben. Langsam wich sie zurück.

»Es … es tut mir leid. Ich hätte Euch nicht anfassen dürfen. Oh Gott, ich wollte Euch doch nur helfen …«

Die Glöckchen bimmelten vernehmlich, als sie zwei Schritte rückwärts machte. Der Mann schüttelte den Kopf, stand ächzend auf und kam mit der Fackel in der Hand auf sie zu.

»Ich bin Medicus. Mein Name ist Aaron. Jetzt lass mich mal sehen!«

Er hob die Fackel auf und leuchtete Anna ins Gesicht. Mit der freien Hand wischte er sanft die Asche ab, dann nahm er furchtlos und ohne den geringsten Anflug von Ekel ihre rechte Hand und streifte den Ärmel hoch, um die Schwären auf Annas Unterarm genauer zu untersuchen.

»Lepra, hm?«, sagte er und zog einen kleinen Dolch aus einer Tasche.

»Keine Angst, ich tue dir nichts. Du hast mir das Leben gerettet. Tut das weh?« Völlig unvermittelt stach er sie mit der Dolchspitze leicht in den Handballen.

Anna schrie auf und zuckte zurück. In einer Mischung aus Verwirrung, Verwunderung und Angst blickte sie die kleine Schnittwunde an, aus der ein Blutstropfen herausquoll. Langsam und unsicher sah sie dem Medicus ins Gesicht, der zu ihrem Erstaunen lächelte, als er den Dolch wieder einsteckte.

»Aha. Dachte ich es mir doch. Was du da hast, ist keine Lepra. Wenn du Lepra hättest, würdest du keinen Schmerz verspüren.«

Anna starrte ihn verblüfft an. In ihrem Inneren krampfte sich alles zusammen.

»Bitte, macht keine bösen Scherze mit mir, Herr«, sagte sie mit zitternder Stimme.

»Bei Krankheiten pflege ich nie zu scherzen. Was du hast, ist ein böser Ausschlag. Ich werde dir eine Salbe geben. Dann bist du in einer Woche wieder gesund.«

Anna war immer noch fassungslos. Dann blickte sie auf die Schwären an ihren Händen. Sie hatte keine Lepra? Erst ganz allmählich löste sich ihre Verkrampfung, und die wunderbare neue Erkenntnis sickerte in ihr Bewusstsein.

Aber der Medicus ließ Anna keine Zeit zum Nachdenken. Er packte sie am Ärmel und zog sie mit sich. »Komm, wir sollten lieber machen, dass wir von hier verschwinden. Wer weiß, ob diese Wegelagerer nicht Verstärkung holen und zurückkommen.«

Er begann, die Pferde vor den Wagen zu spannen. Anna half ihm dabei.

»Was ist mit Eurem Diener?«, fragte sie.

»Wir können ihn nicht einfach liegen lassen. Er hat sich geopfert, um mich zu verteidigen. Aber um ihn jetzt zu begraben, fehlt uns die Zeit. Hilfst du mir, ihn auf den Wagen zu packen?«

Das war leichter gesagt als getan, aber zu zweit schafften sie es schließlich.

Als der Planwagen mit Anna und dem Medicus auf dem Kutschbock davonfuhr, ging im Osten gerade silbrigrosa die Sonne auf.

TEIL II

I

Der Weg, auf dem der vierrädrige Planwagen mit Anna und Aaron auf dem Kutschbock dahinholperte, führte durch einen düsteren Wald, der nicht enden wollte. Aber für Anna hätte es auch um die halbe Welt gehen können, so leicht war ihr auf einmal ums Herz. Die plötzliche Wendung, die ihr Schicksal genommen hatte, bestärkte sie in ihrem Wunsch, noch viel mehr über Entstehung, Bestimmung und Heilung von Krankheiten zu lernen. In ihrem jugendlichen Übermut hatte sie geglaubt, im Kloster ein umfangreiches Wissen über derlei Dinge erlangt zu haben. Aber dass der *Adlatus* des Erzbischofs, Pater Sixtus, sie mit seiner lapidaren Feststellung, sie sei unrettbar an Lepra erkrankt, so ins Bockshorn hatte jagen können, ärgerte sie maßlos. Zumal er sie ja nur oberflächlich in Augenschein genommen und nicht einmal richtig untersucht hatte. Nur weil sie sich beim Aufwachen so unbeschreiblich elend gefühlt und das Wort »Lepra« aus dem Mund eines *Infirmarius* sie so entsetzt hatte, dass sie keinen klaren Gedanken mehr fassen konnte, hätte sie sich beinahe aufgegeben, anstatt der Sache auf den Grund zu gehen. Doch die vorschnelle Diagnose des Paters konnte natürlich auch damit zusammenhängen, dass er genau wusste, was sie wirklich hatte. Ob er ihr diesen böse aussehenden Ausschlag mit irgendeinem Mittel womöglich sogar selbst zugefügt hatte? Anna kannte so manche Wirkung von Kräutern und Heilpflanzen, die Durchfall, Brechreiz oder Schlimmeres auslösen konnten.

Woher war ihre plötzlich aufgetretene Krankheit eigentlich gekommen?

Aus heiterem Himmel?

Ganz bestimmt nicht.

Lepra bekam man nicht einfach so, man musste sich schon bei einem anderen Menschen anstecken, der bereits daran erkrankt war.

Anna grübelte weiter. Sie konnte sich auf die Geschehnisse keinen Reim machen. Hatte man sie loswerden wollen? War der einzige Sinn dieses angeblichen Aussatzes, dass Anna das Kloster verließ? Oder wollte sie jemand, womöglich gar Seine Eminenz, der Erzbischof persönlich, aus dem Weg räumen? Aber warum hatte er sie dann nicht einfach umbringen lassen? Mit Gift, zum Beispiel. Das wäre doch für seine rechte Hand, Pater Sixtus, nicht weiter schwer zu bewerkstelligen gewesen. Oder hätte das vielleicht zu viel Verdacht erregt, so kurz nach dem unerwarteten und plötzlichen Tod von Pater Urban?

Sie zweifelte daran, dass sie dieses Rätsel würde lösen können. Zumal sie gar nicht daran denken durfte, das Kloster Heisterbach jemals wieder betreten zu können. Und was war mit ihren Eltern? Waren sie etwa in ihrem Haus verbrannt? Daran durfte Anna nicht einmal denken, so sehr zog sich dabei ihr Herz vor Kummer zusammen. Warum hatte ihre Mutter, als ihre Eltern am Tag vor den verhängnisvollen Ereignissen bei Pater Urban zu Besuch waren, angedeutet, dass es da etwas gab, irgendein Geheimnis, das sie, Anna, besser nicht wissen sollte? Hatte das etwas mit dem Erzbischof zu tun? Sie hoffte es nicht. Oder waren ihre Eltern im Besitz von Kenntnissen, die irgendwelchen hohen Herrschaften zum Verderben werden konnten? Fragen über Fragen, die sie nicht beantworten konnte. Anna schwirrte allmählich der Kopf vor lauter Mutmaßungen. Sie kaute nachdenklich an ihrem Brot und trank Wasser aus einer Wasserflasche, beides hatte sie aus den Vorräten von Medicus Aaron erhalten.

Ein gewaltiger Schlag gegen das rechte Vorderrad des Planwagens brachte sie wieder in die Gegenwart zurück. Ein dicker Stein am Wegesrand hatte ihr Gefährt beinahe ins Straucheln gebracht. Medicus Aaron sprang vom Kutschbock und untersuchte das Rad. Aber zum Glück war der eiserne Radreifen bis auf eine Delle unbeschädigt geblieben, und so setzten sie ihre Fahrt fort. Anna war dem Medicus dankbar, dass er seit ihrem hastigen Aufbruch kein Wort gesagt hatte. Auch er schien seinen Gedanken nachzuhängen und sah sich nur von Zeit zu Zeit um, ob die Verfolger nicht doch noch ihre Spur aufgenommen hatten. Aber weit und breit war keine Menschenseele unterwegs.

An einer Weggabelung hielt der Medicus den Wagen an und wandte sich zum ersten Mal Anna zu. Er holte seinen kleinen Dolch heraus und reichte ihn ihr mit dem Griff voran.

»Weißt du was? Tu mir und dir einen großen Gefallen und schneide endlich diese vermaledeiten Glöckchen ab. Sie treiben mich allmählich in den Wahnsinn.«

Anna nahm den Dolch, und während der Medicus die Pferde wieder antrieb und den Weg nach rechts nahm, der auf eine breitere Landstraße einmündete, schnitt Anna Glöckchen um Glöckchen ab und warf sie in hohem Bogen neben die Straße. Dann gab sie Aaron den Dolch zurück.

»Schon besser«, nickte Aaron und steckte den Dolch zufrieden weg. »Und jetzt könntest du mir eigentlich erzählen, was es mit dir auf sich hat.«

Anna zögerte. Sie hatte keinen Plan, keinen Ort, wohin sie gehen, niemanden, auf den sie zählen konnte. Oder vielleicht doch? Sie sah den Medicus von der Seite an. Sollte sie ihm vertrauen? Was hatte sie schon zu verlieren? Wenigstens ihre Klostergeschichte konnte sie ihm offenbaren.

»Ich bin wegen der Lepra aus meinem Kloster verstoßen worden und kann mich eigentlich nirgends mehr blicken lassen. Solange ich nicht eine *Dispens* von der Kirche bekomme, dass ich wieder ganz gesund bin und unter die Menschen darf, bin ich nach wie vor vogelfrei.«

»Du hast die *Dispens* ausdrücklich von mir!«, sagte Aaron entschieden.

»Ihr spottet, Herr!«, wagte Anna zu widersprechen.

»Das war nicht meine Absicht. Du kannst es dir ja überlegen, ob du dir, wenn du wieder ganz gesund bist, eine *Dispens* einholst. Aber dann werden sie dich genau überprüfen.«

Anna seufzte. »Ja, das befürchte ich auch.«

»Willst du das?«

Sie schluckte, dann schüttelte sie entschieden den Kopf. »Nein. Ich glaube nicht.«

»Das scheint mir sehr vernünftig. Denn egal, wie eine kirchliche Kommission entscheidet: Es würde einen ziemlichen Wirbel um deine Person geben. Entweder, sie bezeichnen es als Hexenwerk, dass du so plötzlich wieder gesund geworden bist, oder es ist ein Wunder, das wie ein Lauffeuer durch das ganze Land gehen wird. Du würdest zur lebendigen Reliquie werden, die alle sehen und berühren wollen.«

Anna blickte Aaron schreckensstarr an. Er hielt ihrem Blick stand, bis sie die Augen niederschlug und nickte. Sie musste seinen Schlussfolgerungen recht geben. Dieser Medicus hatte einen Verstand, der scharf war wie ein Badermesser. Und er ließ nicht locker.

»Wäre es nicht an der Zeit, Bruder Marian, dass du mir sagst, wer du bist, woher du kommst und was du vorhast?«

»Das sind viele Fragen auf einmal«, antwortete Anna schließlich nach langem Zögern.

»Es steht dir natürlich frei, sie zu beantworten«, sagte der Medicus. »Aber ich habe das Gefühl, du hast etwas auf dem Herzen, was du loswerden möchtest.«

Anna bekam es allmählich mit der Angst zu tun. Ihr neuer Begleiter schien in ihr lesen zu können wie in einem Buch.

»Steht mir das auf der Stirn geschrieben?«, fragte sie verunsichert.

Aaron sah sie von der Seite mit einem leichten Lächeln um die Mundwinkel an.

»Pass auf«, sagte er. »Mir kommt das wie eine seltsame Fügung vor, wenn mir ein junger Mönch mit Lepraglöckchen und unglücklichen Augen über den Weg läuft und mir das Leben rettet. Mit Augen übrigens, die mir gleich aufgefallen sind. Verschiedene Farben. Das habe ich noch nie gesehen. Eine außergewöhnliche Anomalie.«

»Ihr nennt es Anomalie. Die meisten sagen, es ist der böse Blick.«

Aaron kicherte in sich hinein. »Ja, weil die meisten Leute einfältig und dumm wie Bohnenstroh sind und alles glauben, was ihnen die Kirche sagt.«

Anna warf ihm einen skeptischen Blick zu. »Ihr seid Jude, nicht wahr?«

»Von Geburt an und bis ich sterbe«, antwortete Aaron ernst, langte hinter sich und holte ein seltsames Gebilde hervor, das er nachdenklich betrachtete und in seiner Hand drehte. Es war ein konisch zulaufender breitkrempiger Hut mit einem Knauf auf dem Scheitel. »Du hast meinen Hut gesehen?«, fragte er.

Anna nickte.

»Vielleicht sollte ich ihn wieder aufsetzen. Wir kommen allmählich in die Nähe der Stadt«, seufzte Aaron.

»Welche Stadt?«

»Oppenheim.« Aaron setzte sich den Hut auf den Kopf. Anna sah, dass der Verband darunter wieder leicht blutig geworden war. Plötzlich nahm Aaron eine gespannte Haltung an und befahl ihr: »Zieh lieber deine Kapuze über. Ein alter Jude und ein junger Mönch mit *Tonsur* gemeinsam auf einem

Kutschbock. Das scheint mir doch ein wenig gewagt zu sein.«

Sofort zog sich Anna die Kapuze tief in die Stirn, denn Aaron hatte dies nicht ohne Grund gesagt.

Es musste inzwischen Mittag sein, die Sonne stand hoch am Himmel. Am Horizont tauchte eine Staubwolke auf, aus der sich allmählich, je näher sie kam, ein halbes Dutzend bewaffneter Reiter mit ihrem Anführer, einem Ritter, herauslösten. Aaron zügelte seine Zugpferde und hielt an, während der Reitertrupp auf sie zusprengte und ihnen den Weg verstellte. Der Anführer, ein bärtiger Koloss, hob die Hand zum Gruß.

»Du sagst kein Wort. Lass mich reden!«, flüsterte Aaron Anna verstohlen zu, bevor er den Gruß erwiderte.

»Wer seid Ihr und wohin wollt Ihr?«, fragte der Anführer barsch.

»Mein Name ist Aaron. Ich bin Medicus und habe in Köln Arzneien eingekauft. Wir sind auf dem Weg nach Hause, nach Oppenheim. Das ist mein *Famulus*. Er ist stumm. Und im Kopf etwas zurückgeblieben.« Aaron zeigte auf Anna, die Aaron einen bösen Seitenblick für seine Bemerkung zuwarf, bevor sie so tat, als wagte sie nicht, den hohen Herrn anzublicken.

Aaron ließ dem Ritter, der mit seinem massigen Körper auf dem riesigen Streitross die Sonne verdeckte, erst gar keine Zeit, über diese Worte nachzudenken, sondern sprach ohne Unterbrechung munter weiter. »Ihr seid Männer des Vogtes, wie ich an Eurem Wappen erkennen kann. Ich habe in meinem Wams einen Freibrief von ihm. Kommt heran, dann kann ich ihn Euch zeigen.«

Der Anführer steuerte sein Pferd näher zum Kutschbock. Aaron kramte umständlich in seinem Wams und wartete, bis der Anführer mit seinem Ross so vor ihm stand, dass er von dessen Begleitern nicht gesehen werden konnte. Einer der

Reiter war schon um den Wagen geritten und lüpfte die hintere Plane, um einen Blick ins Innere zu werfen. Siedendheiß fiel Anna ein, dass sie ja den toten Diener hinten im Wagen liegen hatten. Gott sei Dank war er zugedeckt, aber wenn die Männer den Wagen durchsuchten, würden sie unweigerlich auf den Leichnam stoßen. Ob die Männer des Vogtes Aarons Geschichte dann noch Glauben schenken würden, bezweifelte sie. Sie würden verhaftet werden und eingesperrt, bis die Angelegenheit vor den Vogt kam. Aber das konnte dauern. Und dann würde doch noch an den Tag kommen, was es mit ihr auf sich hatte. Anna schoss schon der verzweifelte Gedanke nach Flucht durch den Sinn, ein Reflex, der sich seit der Vertreibung aus dem Kloster für alle Zeiten in ihrem Kopf eingenistet zu haben schien. In diesem Augenblick steckte der Anführer schnell und unauffällig etwas ein, das ihm Aaron genauso unauffällig gegeben hatte, und zog sein Pferd am Zügel herum, so dass er zu seinen Männern sprechen konnte.

»Alles in Ordnung. Wir müssen weiter«, befahl er ihnen und wandte sich noch einmal an Aaron. »Und Ihr macht, dass Ihr nach Hause kommt. In letzter Zeit treiben sich hier ein paar Banden herum, die nicht viel Federlesens mit Reisenden machen, wenn sie so schutzlos unterwegs sind wie Ihr.«

»Danke für Euren Rat. Wir werden ihn beherzigen«, antwortete Aaron eine Spur zu freundlich und sah dem Trupp nach, der hinter seinem Anführer davongaloppierte. Auch der Bewaffnete, der hinter den Planwagen geritten war, setzte seinen Kameraden im gestreckten Galopp nach.

Erst als sie außer Sichtweite waren, wagten es Aaron und Anna, tief durchzuschnaufen und sich den Angstschweiß von der Stirn zu wischen.

»Das war knapp«, meinte Anna.

»Ja. Nicht auszudenken, was das für Folgen gehabt hätte, wenn sie meinen toten Diener entdeckt hätten.«

»Habt Ihr wirklich einen Freibrief des Vogtes?«, wollte Anna neugierig wissen.

»Das ist mein Freibrief«, meinte Aaron lakonisch und ließ Anna einen kurzen Blick auf eine gut gefüllte Geldbörse werfen, bevor er sie geschickt wieder in seinem Wams verschwinden ließ. »Und er zeigt immer wieder seine Wirkung.«

Anna konnte ihre leicht zwiespältige Bewunderung für Aarons Taschenspielertricks nicht verhehlen.

»Ihr seid wirklich für alle Fälle gewappnet«, meinte sie.

Aaron sprang vom Kutschbock. »*Schmonzes*. Aber ich kann die Gier in den Gesichtern der Menschen lesen.«

»Und ob jemand stumm und im Kopf etwas zurückgeblieben ist«, setzte Anna hinzu, weil sie sich diesen kleinen Seitenhieb nicht verkneifen konnte.

Aaron winkte ab, während er sich an einem Kasten zu schaffen machte, der an der Seite des Planwagens befestigt war.

»Das war eine Notlüge. Damit die Männer gar nicht erst auf die Idee kommen, dir irgendwelche Fragen zu stellen. Wenn es darum geht, nicht in einem Verlies des Vogtes zu landen, darfst du nicht zimperlich sein. Wäre es ganz schlimm gekommen, hätte ich ihnen eben aufgetischt, dass du ein Leprakranker bist. Jetzt komm herunter und hilf mir.«

Anna sprang vom Kutschbock und nahm eine Schaufel in Empfang, die Aaron aus der Seitenklappe geholt hatte. Er selbst griff nach einer Spitzhacke und sah sich schon nach einer geeigneten Stelle um.

Anna stand immer noch unschlüssig mit der Schaufel in der Hand da.

»Ihr wisst auf alles eine Antwort, oder?«

»Nun, ich bin wie alle Menschen dem Willen Jahwes, unseres Gottes, unterworfen. Aber mein Gott hat mir auch Verstand gegeben, und den versuche ich eben zu meinem Vorteil zu gebrauchen.«

Er kratzte sich nachdenklich am Bart. »Und jetzt hat mich

Gott auf eine Probe gestellt, weil ich auf die dumme Idee gekommen bin, den Leichnam meines Dieners mitzunehmen. Das war töricht. Natürlich hätte er eine Beerdigung in geweihter Erde verdient, wie es sein Glaube verlangt. Aber es ist wohl besser …«, sagte er und ging Richtung Waldrand, wo eine schattige Stelle war, von der aus man weit in die hügelige Landschaft blicken konnte, »… wenn wir ihn jetzt und hier begraben.«

Anna fragte nichts mehr, und bald waren sie in ihre schweißtreibende Arbeit vertieft, ein Loch zu graben, das groß genug für den Leichnam des Dieners war.

»Das müsste reichen«, sagte Aaron schließlich und wischte sich den Schweiß mit einem Tuch aus der Stirn. Sein Verband um den Kopf war erneut blutig geworden. »Holen wir ihn.«

»Ihr blutet wieder aus Eurer Platzwunde!«, sagte Anna.

»Dafür ist jetzt keine Zeit. Ich werde das zu Hause versorgen«, erwiderte Aaron.

Sie zogen die in eine Decke eingewickelte Leiche aus dem Wagen, trugen sie zur Grube hinüber, legten sie so sanft es ging hinein und schaufelten wieder Erde darauf.

Als sie fertig waren, bedeckte ein kleiner Grabhügel die Stelle. Anna hatte aus zwei Ästen, die sie mit einem Stück Schnur zusammengebunden hatte, ein schlichtes, kleines Kreuz gebastelt, das sie am Kopfende in die Erde steckte.

Stumm standen sie nach getaner Arbeit am Fuß des Grabes, und Aaron richtete ein paar Worte an die arme Seele des Verstorbenen. »Nikolas, du warst mir ein treuer Diener und Leibwächter. Und du hast mich unter Einsatz deines Lebens verteidigt, so wie du es versprochen hattest. Wir haben hier keinen Verwandten oder Freund, der für dich das *Kaddisch* sprechen kann, aber ich habe neben mir einen christlichen jungen Mann. Er wird für dich ein Gebet sprechen. Gott sei deiner Seele gnädig.«

Aaron trat einen Schritt zurück und sah Anna erwartungsvoll an. Anna räusperte sich und fing an, mit klarer heller Stimme das Vaterunser auf Latein zu singen, so wie sie es im Chor der Mönche von Kloster Heisterbach gelernt hatte.

»Pater noster, qui es in caelis:
sanctificetur nomen tuum.
Adveniat regnum tuum.
Fiat voluntas tua,
sicut in caelo, et in terra.
Panem nostrum cotidianum da nobis hodie.
Et dimitte nobis debita nostra,
sicut et nos dimittimus debitoribus nostris.
Et ne nos inducas in tentationem.
Sed libera nos a malo.
Amen.«

Aaron war sichtlich beeindruckt von Annas engelsgleicher Stimme und der Inbrunst, mit der sie betete, als er in das »Amen« mit einstimmte. Anna fand, dass er sie irgendwie von der Seite verstohlen musterte, aber sie schlug schließlich das Kreuzeszeichen, und Aaron packte Schaufel und Spitzhacke wieder in den seitlichen Holzverschlag des Planwagens, ohne etwas zu sagen. Dann kletterten sie beide auf den Kutschbock. Bevor Aaron losfuhr, drehte er sich noch einmal zu ihr um: »Sag mal – wie alt bist du eigentlich?«

Anna antwortete mit hochgerecktem Kinn: »Ich bin weit über sechzehn.«

»Wie weit?«, fragte er und musste ein Schmunzeln unterdrücken.

»Fast zehn Wochen. Warum?«

Aaron zuckte mit den Schultern.

»Nur so«, sagte er und gab den Pferden mit Zügeln und Zungenschnalzen das Zeichen zum Losfahren.

II

Nachdem sie eine Weile schweigend dahingefahren waren, fing Aaron an zu sprechen.

»Ich mache dir einen Vorschlag, Bruder Marian.« Er sprach die Worte »Bruder Marian« mit einem leicht spöttischen Unterton aus. »Du kommst mit mir. Ich stehe tief in deiner Schuld. Ich habe ein Haus außerhalb der Stadt. Ein Privileg des Kaisers für meine Verdienste. Auch wenn Friedrich II. hier nicht allzu viel zu sagen hat, weil er sich nur in Apulien aufhält, wird es respektiert. Außerdem stehe ich unter dem Schutz des Grafen von Landskron.« Er seufzte. »Wie lange das so sein wird, steht in den Sternen. Aber wenn du willst, kannst du erst einmal bei uns wohnen, das Haus ist groß genug. Mit uns meine ich meine Schwester, die mir bei den Patienten hilft und meine Köchin und Haushälterin ist, meine Dienstmagd und mich. Und wenn du wieder genesen bist von deiner Hautkrankheit, kannst du mir vielleicht ein wenig zur Hand gehen. Ich habe gesehen, wie geschickt du im Umgang mit Verletzungen bist. Hast du im Kloster etwas Heilkunde gelernt?«

Anna zog wieder die Kapuze über den Kopf, als sie eine vierköpfige Bauernfamilie überholten, die mit ihren spärlichen Töpferwaren auf dem Weg zur Stadt war.

Als sie außer Hörweite waren, antwortete sie: »Ich war *Famulus* des *Infirmarius*. Und Pater Urban war ein ausgezeichneter *Infirmarius*. Er hat mir alles beigebracht, was er wusste«, sagte sie nicht ohne Stolz. »Und ich bin ihm immer ein gelehriger Schüler gewesen. Mein größter Wunsch ist es, Kranken zu helfen und sie zu heilen.«

»Das passt ja ausgezeichnet. Also – Hand drauf?«

Der Medicus hielt ihr die Hand hin wie ein Händler auf dem Pferdemarkt. Ohne großes Zögern schlug Anna ein.

»Es ist mir eine Freude und Ehre«, sagte sie ernst und meinte es auch so.

»Wunderbar. Ein jüdischer Medicus und ein klösterlicher *Famulus*. Das ist doch eine gute Mischung«, sagte Aaron schmunzelnd und versuchte, die Pferde zu einer flotteren Gangart zu bewegen, indem er mit der Zunge schnalzte und die Zügel ein wenig tanzen ließ. Aber die Zugpferde blieben stoisch bei ihrem gemütlichen Trott, was Aaron jedoch so gelassen hinnahm wie alles, was bisher auf ihrer Fahrt geschehen war.

Allmählich näherten sie sich einer größeren Stadt. Immer mehr Menschen waren auf den Straßen unterwegs. Beladene Fuhrwerke, zerlumpte Gestalten, Berittene, Händler mit Handkarren, barfüßige Kinder, Handwerksgesellen mit ihren Werkzeugen, Bettler – die halbe Welt schien auf ein gemeinsames Ziel zuzuströmen. Oppenheim.

Als die Stadtmauern und die Burg Landskron oberhalb der Stadt am Horizont auftauchten, wurden Aaron und Anna von einer langen Prozession von Fuhrwerken und Menschen aufgehalten, die sich im Schritttempo auf das große Stadttor zubewegte. Weiter vorne war ein Wagen mit Sandsteinblöcken umgestürzt und versperrte fast die gesamte Straße. Die Steinblöcke waren für den Bau der Katharinenkirche bestimmt, der in vollem Gang war und Steinmetze, Maurer, Schreiner und Handlanger zuhauf anlockte. Nach dem langen und harten Winter konnten die Menschen endlich wieder auf Brot und Arbeit hoffen, aber sie mussten auch unterkommen und versorgt werden, was wiederum die Gasthäuser und Schlafstuben füllte und die Preise für Unterkunft, Brot und Bier schnell in die Höhe trieb. Oppenheim war eine blühende Stadt geworden. Wenn die Katharinenkirche jetzt noch eine heilige Reliquie vorzuweisen hätte, würde die Stadt künftig zu einem Wallfahrtsort werden. Was den Herren auf Burg Landskron nur recht sein konnte, denn ein Wallfahrtsort lockte Pilger an, die ihnen den Steuersäckel füllten. Erzbischof Konrad von Hochstaden hatte bereits bei der Grundsteinlegung der Kirche verkündet, dass er durch seine Verbindungen zum Heiligen Stuhl darauf hoffen durfte, eine Reliquie der Heiligen Katharina für Oppenheim zu bekommen, die man am Rand des Berges Sinai im Heiligen Land geborgen hatte, wenn die Stiftungen und Spenden an die heilige Mutter Kirche nur großzügig genug ausfielen.

Der Wagen mit den Sandsteinen war so unglücklich umgekippt, dass die Zugochsen notgeschlachtet werden mussten. Helfer und Schaulustige verstopften die Straße vollends, Panik brach unter den Menschen und Tieren aus, die weder vor noch zurück konnten. Als auch noch Berittene aus dem Gautor geprescht kamen, um die Ursache des immer größer werdenden Menschenauflaufs zu erkunden, schwoll der Tumult erst recht an, die ersten Fäuste flogen, einige zerlumpte Gestalten nutzten die einmalige Gelegenheit, an ein Stück frisches Ochsenfleisch zu gelangen, und schnitten mit ihren Messern an den notgeschlachteten Tieren herum, was der verzweifelte Fuhrknecht vergeblich zu verhindern versuchte. Als die Berittenen sich endlich zum Unglücksort durchgekämpft hatten und wahllos mit der flachen Klinge ihrer Schwerter auf die blutbesudelten Fleischdiebe einschlugen, war das *Pandämonium* perfekt.

Während Anna ihre Augen nicht von dem apokalyptisch anmutenden Treiben lösen konnte, dem eine sich rasch nähernde schwarze Gewitterfront mit Blitzen und Donnergrollen noch zusätzliche Dramatik verlieh, schaffte es Aaron, von der Straße auszuscheren und den Planwagen halsbrecherisch über eine Bergkuppe zu lenken. Über Stock und Stein gelangten sie auf einen Weg, der an der Stadtmauer entlang vom Getümmel wegführte. Anna schaute immer noch über die Schulter zurück, wo der plötzlich und heftig einsetzende Regen die Gemüter nicht abzukühlen vermochte, im Gegenteil, das heulende und jammernde Gekeife der Streitenden und das Brüllen der Waffenknechte war inzwischen in ein verbissenes und zügelloses Hauen und Stechen übergegangen, eine einzige Kakophonie lang aufgestauter Wut, die sich in diesem Augenblick in sinnloser Gewalt Bahn brach.

Doch dann fiel der Regen so dicht und verdunkelte alles, dass sie nichts mehr erkennen konnte und den Blick wieder nach vorne richtete. Der Wolkenbruch rauschte nur so herunter, und Aaron trieb seine Zugpferde mit Zurufen, Zügel und Peitsche zu höchster Eile an. Die Tiere gaben ihr Bestes, wahrscheinlich spürten sie die Nähe des heimischen Stalles. Anna hoffte nur, dass die Pferde und Aaron wussten, wohin sie unterwegs waren, denn sie konnte außer einer grauen Regenwand nichts erkennen. Sie klammerte sich so fest sie konnte an den Kutschbock. An einer vage erkennbaren Mauer entlang ging die Höllenfahrt, bis Aaron scharf nach links abbog. Der Planwagen kam ins Schlingern und war kurz davor, umzukippen. Aber der Schwung riss ihn weiter.

Schließlich ratterte das Gespann durch einen großen hölzernen Torbogen und kam endlich in einem Hof zum Halt, wo die Pferde mit dampfenden Flanken und Schaum vor dem Maul zitternd stehen blieben. Aaron sprang vom Kutschbock und öffnete einen der massiven Torflügel zur Scheune. Anna folgte ihm und schwang den zweiten Torflügel auf, während Aaron die Zugpferde am Geschirr packte und das Gespann in die weiträumige und trockene Scheune zog.

Triefend vor Nässe sahen sie durch das Tor nach draußen, wo der Himmel noch immer seine Schleusen geöffnet hatte und jetzt Hagelkörner herunterprasselten, die so groß wie Kieselsteine waren. Sie verwandelten den ganzen Hof im Nu in ein weißes Eisfeld und trommelten so heftig auf das Scheunendach, als würde der Leibhaftige gewaltsam Einlass begehren.

III

Eine Tür zu ihrer Seite ging auf, und zwei aufgeregte Frauen kamen aus dem angrenzenden Wohnhaus in die Scheune gelaufen. »Gott behüte, Herr! Wie seht Ihr denn aus?!«, lamentierte die Jüngere der beiden. Sie trug eine Haube, eine Schürze um die breite Hüfte und schlug bei Aarons Anblick die Hände erschrocken über dem Kopf zusammen. »Wer hat euch so zugerichtet? Und wo ist Nikolas?«

Die Ältere der beiden, sie war bereits grauhaarig und ging wohl auf die sechzig zu, reagierte etwas gefasster, schob die jammernde Dienstmagd resolut beiseite, um ihrem Bruder Aaron den klatschnassen Umhang abzunehmen.

»Du musst sofort deine Sachen ausziehen. Du holst dir sonst noch den Tod«, sagte sie und äugte dabei misstrauisch zu Anna hinüber, die eingeschüchtert danebenstand und vor sich hintropfte.

Aaron sah in der Tat zum Erbarmen aus. Aus seinem Verband sickerte das Blut seiner Kopfwunde und lief ihm den Hals hinunter.

»Tut mir einen Gefallen«, sagte er erschöpft, während er sich aus seinem Umhang schälte und ihn seiner Schwester überließ. »Kümmert euch erst um die Pferde. Nikolas hat sich in Köln ausbezahlen und bei den Wachen des Erzbischofs anwerben lassen.«

Die beiden Frauen starrten ihn überrascht an. Aber Aaron ließ sie erst gar nicht weiter nachfragen. »Seine Sachen werde ich ihm nachschicken.« Er fasste sich vorsichtig an seinen Schädel. »Das mit dem Kopf war ein Unfall.«

Die Schwester kam näher und sah sich den blutdurchtränkten Verband genauer an. »Du blutest stark, lass mich zuerst die Wunde versorgen«, meinte sie.

»Das übernimmt mein neuer *Famulus*«, entgegnete Aaron in einem Ton, der keinen Widerspruch zuließ. »Er kennt sich aus mit Verletzungen. Er ist zwar noch sehr jung an Jahren«, dabei zog er Anna nach vorne und fasste sie an beiden Schultern, »aber er hat alles Nötige bei einem *Infirmarius* im Kloster gelernt. Marian wird bei uns unterkommen. Richtet ihm Nikolas' Zimmer neben meinem Behandlungsraum her.«

Er wies auf die ältere der beiden Frauen. »Das ist Esther, meine Schwester und Haushälterin«, stellte er sie vor. »Und das ist meine Magd Rebecca.« Er deutete auf die junge Frau mit der Haube, die einen Knicks andeutete, obwohl Anna wahrlich keinen beeindruckenden Anblick bot, mit ihrem verschmutzten und nassen Umhang und dem Ausschlag. »Wenn ihr die Pferde versorgt habt, bringt ihr uns etwas Trockenes zum Anziehen und heißes Wasser. Marian wird sich jetzt um meine Kopfwunde kümmern. Komm!«, sagte er mit Nachdruck und schob Anna zur Tür, die in das Haus führte.

Anna folgte ihm in eine große Küche. An der Herdstelle hing ein Wasserkessel an einer Kette über dem Feuer, an Stangen über dem Herd waren Töpfe und Pfannen aufgereiht, ein großer Tisch stand in der Ecke, auf dem ein halb gerupftes Huhn lag und Gemüse zum Putzen. Der Steinfußboden war mit frischem Stroh bedeckt, wie die übrigen Böden im ganzen Haus. Alles war sauber und ordentlich, darauf schien der Hausherr großen Wert zu legen. Auf den ersten Blick konnte Anna sehen, dass dies das Haus eines wohlhabenden Mannes war.

Durch eine weitere Tür gelangten sie in einen Raum, in

dessen Mitte ein Tisch von der Größe eines Bettes stand. Auf seinem Kopfende lag ein Strohkissen. An den Wänden lehnten Regale mit allerlei Töpfen und Tiegeln und verschiedenen metallenen Instrumenten, deren Bedeutung und Funktion Anna nicht kannte. Durch eine Fensterluke, die mit einem teuren Glas abgedichtet war, fiel Licht herein.

»Das ist die Stube, in der ich die Kranken untersuche und behandle«, meinte Aaron. »Und das …«, er ging zu einer weiteren Tür und öffnete sie, »… das ist mein Laboratorium. Nicht dass du denkst, ich sei ein Alchemist, aber hier mische ich meine Arzneien zusammen und führe meine kleinen Experimente durch.«

Er wies in den Raum mit einem Arbeitstisch, einigen Regalen und einer kleinen Feuerstelle. Das Laboratorium war vollgestopft mit absonderlichen Apparaturen, die Anna noch nie gesehen hatte. Von der Decke hingen an Schnüren aufgehängte Kräuter zum Trocknen, und ein großer Schrank mit Türen und Schubladen, die alle beschriftet waren, nahm den hinteren Teil des Raumes ein. In einem Regal befanden sich Dutzende von alten *Folianten, Quart-, Oktav- und Duodezbänden* mit schweren Lederrücken, sauber nach Größe geordnet, und auf einem Pult lag aufgeschlagen ein dicker Wälzer mit Abbildungen des menschlichen Körpers. Aaron nahm einen Tiegel und reichte ihn Anna. Vorsichtig hob sie den Deckel und schnupperte am Inhalt. Es war eine wohlriechende fettige Substanz.

Aaron wies mit dem Finger darauf. »Mit dieser Salbe reibst du deinen Körper ein, sobald du dich gründlich gewaschen hast. Du wirst sehen, sie wirkt Wunder gegen deinen Ausschlag. Er wird in ein paar Tagen verschwunden sein.« Dann suchte er noch ein kleines Fläschchen heraus, das er ihr ebenfalls in die Hand drückte. »Von dieser Tinktur gibst du fünf Tropfen deinem Badewasser hinzu. Nicht mehr!«

Plötzlich schwankte er, und bevor Anna helfend eingreifen konnte, stützte er sich am Türpfosten ab und fasste sich an den Kopf.

»Ihr solltet Euch ausruhen«, sagte sie und führte ihn zurück in die Behandlungsstube, wo sie ihm sanft, aber nachdrücklich der Länge nach auf den Tisch half, so dass sein Kopf auf dem Strohkissen zu liegen kam. Den Tiegel mit der Salbe und das Fläschchen mit der Tinktur stellte sie auf einer Bank ab.

In diesem Augenblick kam Esther, die Schwester und Haushälterin, mit einer dampfenden Wasserschüssel und Tüchern herein.

»Willst du dich nicht vorher umziehen?«, fragte sie Aaron besorgt.

Anna wusch sich die Hände in der Wasserschüssel und fing schon an, vorsichtig den Verband von seinem Kopf zu lösen. »Zuerst muss die Blutung gestillt werden«, meinte sie.

Aaron war trotz des Schwächeanfalls immer noch zu Scherzen aufgelegt. »Willst du mich nicht vorher zur Ader lassen, Bruder Marian? Das macht ihr doch bei allen euren Kranken im Kloster«, brachte er mit einem gequälten Lächeln heraus.

So sachte wie möglich entfernte Anna den letzten Rest des Verbands.

»Bitte ein sauberes Tuch«, sagte sie zu Esther, die daneben stand. Aarons Schwester konnte ein gewisses Misstrauen nicht verbergen, als sie Anna ein Tuch reichte.

»Ihr habt schon genug Blut verloren, ich werde Euch ganz sicher nicht zur Ader lassen«, beantwortete Anna die spöttische Frage des Medicus. »Und jetzt, wenn Ihr erlaubt, werde ich meine Arbeit machen.«

»Wie sprecht Ihr denn mit dem Medicus!«, empörte sich Esther.

Aaron winkte ab: »Bruder Marian hat vollkommen recht. Bring mir lieber eine Decke. Mich friert!«

Esther wollte noch etwas sagen, überlegte es sich aber noch

rechtzeitig, stellte die Wasserschüssel heftig auf den Tisch, warf die Tücher daneben und rauschte hinaus.

»Sei ihr nicht böse«, sagte Aaron. »Bis jetzt ist Esther mir immer bei allem zur Hand gegangen. Aber sie wird sich schon an deine Gegenwart gewöhnen.«

Anna nahm ein Tuch, tauchte es in das heiße Wasser und tupfte vorsichtig die Kopfwunde sauber. »Ich muss Euch einen festen Druckverband anlegen, um die Blutung zu stillen«, meinte sie.

»Gib mir mal meinen Handspiegel. Er müsste dort drüben liegen …«, sagte Aaron und deutete auf ein Regal. Anna fand einen handtellergroßen Spiegel aus geschliffenem Obsidian, leicht konvex gekrümmt und mit einem Griff versehen. Ein sehr teures Gerät, das sie Aaron in die Hand drückte.

»Hilf mir auf!«, befahl er, und Anna zog ihn halb hoch, so dass er seine Wunde im Spiegel betrachten konnte. »Sie ist zu groß. Ein Druckverband genügt nicht. Ich fürchte, du musst die Wunde nähen«, sagte er.

»Nähen? Eine Wunde nähen?«, fragte Anna erstaunt. Davon hatte sie noch nie gehört.

»Du kannst doch nähen – mit Nadel und Faden, meine ich«, antwortete Aaron.

»Ja, schon«, antwortete Anna verwirrt.

»Also. Es ist ganz einfach. Du nähst die Hautlappen der Wunde zu, wie man ein Loch in einem Stück Stoff stopft, mit einer Naht, ungefähr fünf oder sechs Stiche. Das hält besser als alles andere. Und wenn es verheilt ist, kann man die Fäden aus der Haut herausziehen und sieht außer einer feinen Narbe nichts mehr. Das ist alles. Traust du dir das zu?«

»Ich denke schon.«

»Gut. Ich werde dir nämlich keinen Rat geben können, während du nähst. Ich werde vorher ein Mittel einnehmen, das mich schlafen lässt. Dann spüre ich den Schmerz der Nadelstiche nicht.«

Anna hatte schon von einem solchen Mittel gehört, nach dessen Einnahme man angeblich keinen Schmerz mehr spüren sollte. Pater Urban hatte es einmal erwähnt. Aber gesehen oder erlebt hatte sie so etwas noch nie. Angesichts ihrer Verantwortung traten ihr nun doch Schweißperlen auf die Stirn. »Was ist, wenn Ihr … wenn Ihr nicht mehr aus Eurem Schlaf erwacht?«

»Mach dir keine Sorgen. Ich habe Erfahrung damit, wie viel von den Dämpfen ich einatmen muss. Außerdem gibst du mir, sobald du fertig bist mit deiner Naht, ein Mittel, das mich wieder zu den Lebenden zurückbringt.«

Er legte sich zurück, schloss die Augen und atmete ein paar Mal tief durch.

Anna wartete geduldig darauf, dass er bereit war.

Esther kam herein und brachte die gewünschte Decke mit, die sie sorgfältig über Aaron ausbreitete.

Endlich gab Aaron seine Anweisungen: »Esther, du holst bitte Nadel und Faden. Und du, Bruder Marian, du machst Folgendes: In der roten Tonschüssel mit dem Deckel darauf, gleich hinter mir im Regal, sind getrocknete Schwämme. Bring mir einen davon.«

Anna fand die Schüssel und lüpfte den Deckel, holte einen faustgroßen Schwamm heraus und schloss die Schüssel wieder. Sie reichte Aaron den Schwamm.

»Pass gut auf, dann kannst du gleich was lernen«, sagte der Medicus und hielt den Schwamm hoch. »Das nennt man Schlafschwamm. Warum, wirst du gleich sehen. Ich habe ihn mit einer Mischung getränkt aus Alraunenwurzel, Opium, Maulbeersaft, Schierling, Bilsenkraut und Efeu und dann trocknen lassen. Die genaue Rezeptur verrate ich dir ein andermal, wenn wir mehr Zeit haben. Sobald ich ihn jetzt wieder befeuchte, atme ich die Dämpfe ein, die ihm entströmen, und schlafe fest ein. Pass auf, dass du die Dämpfe nicht in Auge oder Nase bekommst. Mach schnell beim Nähen, aber sei sorgfältig. Sobald du fertig bist, hältst du mir ein Tuch mit Weinessig unter die Nase. Den Weinessig findet ihr in der grünen Flasche, sie ist beschriftet. Habt ihr alles verstanden?«

Anna sagte: »Ja, ich denke schon.«

Sie sah Esther an, die ihr zunickte und schon den Weinessig und ein Tuch holte.

»Dann gute Nacht«, sagte Aaron und lächelte schwach.

Anna nahm ihm den Schwamm wieder ab, tauchte ihn kurz in die Wasserschüssel und hielt ihn Aaron unter die Nase, dabei vermied sie es, selbst zu atmen. Aaron holte zwei-, dreimal tief Luft, und Augenblicke später wurde sein Blick glasig, dann fiel sein Kopf zur Seite. Anna legte den Schwamm vorsichtig weg. Esther war mit Nadel und Faden wieder dazugetreten und ließ Anna keinen Moment aus den Augen. Sie gab Anna die Nadel, in die der Zwirn schon eingefädelt war.

»Mein Bruder muss ein großes Vertrauen in dich haben, wenn er dich das machen lässt – so wie du aussiehst!«

Anna sparte sich einen Kommentar und begann konzentriert mit ihrer Arbeit. Sorgfältig setzte sie Stich um Stich und machte, nachdem sie fertig war, einen Knoten in den Faden, bevor sie das hervorstehende Ende mit den Zähnen abbiss. Dann machte sie Platz für Esther, die schon mit dem in Weinessig getränkten Tuch bereitstand und es Aaron unter die Nase hielt.

Einen bangen Augenblick lang tat sich nichts, bis Aaron zu husten anfing und wieder zu sich kam. Er schien noch benommen zu sein, Esther und Anna halfen ihm auf und führten ihn zu einem Strohbett in der Ecke, wo er sich wieder niederlegte und die Augen schloss.

»Danke«, murmelte er. »Lasst mich nun ein wenig ausruhen. Und du, Bruder Marian, nimmst jetzt auf der Stelle ein Bad mit der Tinktur, die ich dir hergerichtet habe. Reibe dich nach dem Bad mit der Salbe ein! Esther gibt dir Seife und etwas zum Anziehen. Mit Verlaub – aber du stinkst fürchterlich …« Den letzten Satz brachte er gerade noch heraus, bevor er sich wegdrehte und eingeschlafen war.

Esther deckte ihn zu und sah Anna an, wobei sie die Nase rümpfte. »Wo er recht hat, hat er recht«, sagte sie und ging voraus. »Komm!«

Aarons geräumiges, zweistöckiges Haus war aus massivem Stein und Fachwerk und in allem genauestens durchdacht und eigens für die Zwecke eines Medicus angelegt. Im Erdgeschoss war sogar noch eine Badestube, die man direkt über den Bach gebaut hatte, der unter dem Haus hindurchfloss.

Geld für einen solch extravaganten Bau hatte der Medicus genug, seit er der kaiserlichen Familie einige Dienste hatte erweisen können, die ihm trotz seiner jüdischen Herkunft nicht nur den Respekt und die Anerkennung höchster Kreise einbrachten, sondern auch zahlungskräftige Kundschaft, denn seine profunden Kenntnisse und seine Heilerfolge sprachen sich mit der Zeit herum. Er bekam das ausdrückliche kaiserliche Privileg, außerhalb der Stadtmauern und nicht im Ghetto zu wohnen, und stand unter dem persönlichen Schutz des Grafen von Landskron.

Doch seinen Reichtum und seine unorthodoxen Praktiken, die so gar nicht mit der herkömmlichen und von der Kirche anerkannten Heilkunde in Einklang standen, konnte sich Aaron nur bewahren, solange er unter dem Schutz seiner hohen Förderer stand. Denn es gab genügend Neider, Feinde und Konkurrenten, die seine Methoden als heidnisch oder sogar als Hexenwerk verteufelten und nur darauf lauerten, den verhassten Judenmedicus mit seinen unchristlichen Methoden, die sämtliche gängigen Lehren in Frage stellten, zu beseitigen.

Als Anna in die Badestube kam, stand da ein großes gefülltes Wasserbecken, das die Magd Rebecca bereits mit heißem

Wasser angewärmt hatte. Der warme Dampf breitete sich im ganzen Raum aus und verlieh ihm eine wohlige Atmosphäre. Auch Seife, Tücher und ein Gewand lagen schon für Anna bereit. Sie stellte ihren Tiegel mit der Salbe und das Fläschchen mit der Tinktur am Beckenrand ab und versicherte sich, dass die Tür geschlossen war. Endlich war sie allein. Ein warmes Bad nehmen zu dürfen war ein Luxus, den sie noch nie erlebt hatte. Neben dem Stück Seife, das sie wie einen wertvollen Schatz in die Hand nahm und befühlte, stand sogar noch eine kleine Flasche mit einer duftenden Essenz, an der sie roch, es war edles Rosenöl.

War es eitel und sündhaft, wenn sie sich angesichts dieser Kostbarkeiten vorkam wie die Königin von Saba?

Nein, sie beschloss, derlei Gedanken für diesen Augenblick beiseitezuschieben und zu genießen, was ihr das Schicksal so unverhofft beschert hatte. Wer konnte schon wissen, womit sie für dieses kurze Glück einmal würde büßen müssen.

Langsam entledigte sie sich ihrer klammen Kleidung und spürte plötzlich die Erschöpfung in allen Knochen. Sie gab fünf Tropfen der Tinktur ins Becken, stieg ins Wasser und ließ sich vorsichtig hineingleiten. Als das Wasser ihren Körper bedeckte, lehnte sie sich zurück und schloss die Augen. So wohl und sicher hatte sie sich lange nicht mehr gefühlt. Sie tauchte ganz unter und hatte für einen kurzen Augenblick das himmlische Gefühl, schwerelos zu sein und zu schweben. Vielleicht gab es doch einen Gott, der für Gerechtigkeit sorgte und diejenigen belohnte, die Mühsal und Schicksalsschläge auf sich nehmen mussten, bis sich ihr Leben zum Besseren kehrte.

Sie fing an, sich den Schmutz und die Krusten ihrer Hautkrankheit abzuwaschen. Dabei kam ihr der Traum in den Sinn, den sie in den Nächten in ihrer Klosterzelle geträumt hatte, wenn endlich alles ruhig war und kein Patient mehr ihrer Hilfe bedurfte.

Sie war eine anerkannte Medica, und eine furchtbare Krankheit überzog das ganze Land. Aber Anna wusste aus einem geheimnisvollen Buch von einer Blume, die alles heilen konnte, alles Leid und alle Schmerzen. Niemand nahm sie ernst, alle lachten sie aus, wenn sie nur von ihrer Blume erzählte. Eine Krankheit war, so sagte die Kirche, eine Strafe des Himmels für die Sündhaftigkeit des Menschen. Und wenn eine schlimme Krankheit nicht nur einen, sondern unzählig viele Menschen befiel, war deren Sündhaftigkeit eben entsprechend groß gewesen. Damit wollte sich Anna aber nicht abfinden. Wenn sie nur diese Blume fände, dann könnte sie allen beweisen, dass sie recht hatte und Gott eben doch ein Kräutlein gegen jede Krankheit hatte wachsen lassen!

Sie suchte im ganzen Land, auf schneebedeckten Bergen, in unwirtlichen und staubigen Ebenen und kam in Länder, die sie noch nie gesehen hatte. Aber nirgendwo wuchs diese Blume, die klein und unscheinbar war, mit blauen Blütenblättern. Sie fragte jeden Menschen, der ihr begegnete, keiner kannte die Blume. Erschöpft legte sie sich schließlich unter einen Baum, um auszuruhen.

Da sah sie in der Ferne einen Reiter auf einem schwarzen Ross herangaloppieren. Ein Ritter mit langen schwarzen Haaren und edler Gestalt, in einem flatternden Umhang, dessen Gesicht sie gegen das Sonnenlicht nicht erkennen konnte. Er hielt vor ihr an und beugte sich zu ihr hinunter. In seiner Rechten hielt er die Blume, die sie so lange und vergeblich gesucht hatte. Aber immer, wenn sie in sein Gesicht sehen und nach der Blume fassen wollte, mit einem unendlichen Gefühl des Glücks, dass es auf der Welt jemanden gab, der sie gefunden hatte, war der Traum zu Ende. Und sie wachte mit einem furchtbar schalen Gefühl der Enttäuschung auf.

Aber ein Traum war eben nur ein Traum. Es war dumm und töricht, auch nur zu glauben, sie könnte als Frau und

Medica respektiert und anerkannt werden. Andererseits – träumen durfte man ja wohl noch. Einmal hatte sie sich deswegen Pater Urban anvertraut. Der hatte, traurig über ihren Hochmut, den Kopf geschüttelt und ihr erklärt, dass die von Gott eingesetzte Ordnung nun einmal nicht so beschaffen und die Bestimmung der Frau die einer Mutter und Ehefrau war, außer sie ging in ein Nonnenkloster und wurde die Braut Jesu Christi.

Anna wollte weder das eine noch das andere. Hatte Pater Urban ihr nicht auch gesagt, dass erst die Möglichkeit, seinen Traum zu verwirklichen, das Leben lebenswert machte? Nein, das konnte er nicht gesagt haben. Das hätte all dem widersprochen, was sein Leben und seinen Glauben ausmachte, und wäre in seinen Augen einer Gotteslästerung gleichgekommen. Jeder Mensch hatte dem zu folgen, was Gott der Herr für ihn bestimmt hatte. Das war sein *Credo* gewesen, und davon wäre er niemals abgewichen. Aber wer hatte dann diesen Satz zu ihr gesagt, der ihr immer wieder durch den Kopf geisterte? Ihr Vater womöglich, als er sie vor so vielen Jahren nach Heisterbach gebracht hatte? Ja, so musste es gewesen sein! Obwohl sie damals noch so klein war, dass sie sicher nicht den Sinn dessen verstanden hatte, was er ihr als Abschiedsworte mit auf den Weg gab. Aber der Satz hatte sich ihr eingeprägt: Erst die Möglichkeit, deinen Traum zu verwirklichen, macht das Leben lebenswert.

Und dann hatte er noch etwas hinzugefügt: Unsere einzige Verpflichtung besteht darin, unseren persönlichen Lebensweg zu erfüllen. Vergiss das nie!

Je älter sie wurde, desto mehr Wahrheit beinhalteten diese Sätze für sie. Und desto weiter entfernte sie sich mit den Jahren von deren Verwirklichung. Sie konnte nur als junger Mönch verkleidet unter der Obhut des *Infirmarius* das tun, was ihr am meisten am Herzen lag : kranken Menschen Linderung und Heilung zu bringen. Mit den Jahren wurde ihr immer heftiger bewusst, dass sie als weibliches Wesen, ohne adlige Herkunft oder die schützende Hand eines Mannes von Stand, ein Nichts war. Und niemals den Traum, als Medica zu arbeiten, würde verwirklichen können. Schon gar nicht als die junge Frau, die sie nun mal war. Als Anna aus Ahrweiler.

Sie hob ihre Hände aus dem Badewasser und sah, dass sie schon ganz schrumpelig waren, so lange lag sie bereits im Badebecken und hatte sich ihren Träumereien hingegeben. Doch gleichzeitig staunte sie: Ihre Handrücken sahen schon viel besser aus, nachdem sie vom Dreck und den Krusten gereinigt und der Tinktur des Medicus ausgesetzt worden waren.

Anna tauchte noch einmal ganz unter. Es konnte keine Sünde sein, auch als Frau den Gedanken von Freiheit und einem lebenswerten Leben nachzuhängen, oder? Als sie wieder auftauchte, befühlte sie ihre *Tonsur.* Auf dem einst kahlgeschorenen Schädel waren schon erste Härchen zu erspüren. Es fühlte sich gut an. Darüber freute sie sich beinahe überschwänglich. Es war wie ein Neubeginn. Der Neubeginn ihres wahren Lebens. Nie wieder würde sie sich den Schädel rasieren. Nein, es konnte keine Sünde sein, so zu leben, wie man leben wollte. Auch wenn man eine Frau war. »Erst die Möglichkeit, deinen Traum zu verwirklichen, macht das Leben lebenswert«, so lauteten die Worte ihres Vaters.

In diesem Augenblick beschloss Anna für sich, dass es so sein müsse. Und davon würde sie niemand mehr abbringen. Das schwor sie sich.

IV

Gero von Hochstaden träumte. Nicht etwa seinen üblichen Alptraum, aus dem er verschwitzt und verwirrt aufzuwachen pflegte, weil die Unholde und Monster, die ihn piesackten, alle auf einmal zwei verschiedenfarbige Augen hatten, wie dieses unverschämte Mönchlein, das er nicht vergessen konnte. Obwohl Bruder Marian vor seinen Augen in den Tod gesprungen und gottsjämmerlich ersoffen war. Aber wahrscheinlich konnte er mit seiner Zauberkunst aus dem Jenseits nachts in Geros Träume eindringen und ihn dort weiter quälen.

Nein, Gero träumte, obwohl er hellwach war. Er lag auf seinem Bett und starrte zur Decke seiner Schlafstube empor.

Eines Tages wollte er mächtig sein. Mächtig und unerschrocken wie sein Onkel, Konrad von Hochstaden, der ständig damit beschäftigt war, am großen Rad zu drehen und die Geschicke des Reiches zu beeinflussen. Dafür war der Erzbischof bereit, bis zum Äußersten zu gehen. Obwohl staufisches Blut durch seine Adern floss und er dem Kaiser ewige Treue geschworen hatte – und dafür mit den *Regalien* des Reiches belehnt wurde –, war er schon im Jahr darauf auf die päpstliche Seite eingeschwenkt, die es mit der welfischen Partei hielt, weil Friedrich II. immer eigenmächtiger handelte und den *Primat* des Papstes vor der Krone nicht anerkennen wollte. Papst Gregor IX. hatte für das Entgegenkommen Konrad von Hochstadens eine nicht unerhebliche Summe bezahlt. Aber jetzt war er tot. Und sein Nachfolger

Coelestin IV. ebenso. Wer der nächste Papst sein würde und wann sich die wahlberechtigten Bischöfe endlich zusammenrauften, um ein *Konklave* einzuberufen, wusste niemand. Die Entscheidung seines Onkels, die Welfen zu unterstützen, war gewagt. Denn was konnte gefährlicher sein, als es mit dem großen Kaiser Friedrich II. aufzunehmen, dem stupor mundi, dem Staunen der Welt, der sich mit seiner Lebensweise und seinen Vorstellungen so weit über die Menschheit und sogar den Papst erhob? Manchmal wünschte sich Gero, er würde mehr von den politischen Ränken und Machenschaften verstehen, die seine Familie und insbesondere seinen Onkel nach ganz oben gespült hatten. Konrad von Hochstaden war ein wahrer Meister in diesen Dingen. Aber den mächtigsten Mann des Abendlandes herauszufordern, auch wenn der sich fast ausschließlich am anderen Ende der christlichen Welt aufhielt, war etwas, was Gero mit seinem Verstand nicht recht erfassen konnte. Warum reichte es seinem Onkel nicht, hier in seiner Heimat, dem Rheinischen, von allen hofiert und bewundert, oder besser noch: gefürchtet zu werden? Hier konnte er schalten und walten, wie es ihm beliebte, es gab keinen, der es auch nur im Entferntesten wagte, sich ihm und seinen Plänen in den Weg zu stellen. Aber sein Onkel wollte mehr, viel mehr. Vielleicht war es mit der Macht tatsächlich so, dass sie süchtig machte. Erzbischof Konrad von Hochstaden hatte vielzählige Verbindungen zu einflussreichen Männern in hohen Positionen, mit denen er geschickt wie ein Marionettenspieler auf dem Jahrmarkt spielte und manipulierte. Sein Bruder, Geros Vater Lothar von Hochstaden, behauptete manchmal zu vorgerückter Stunde, wenn er nach einigen Humpen Bier am heimischen Kaminfeuer ins Schwadronieren geriet, dass sich Konrad sogar des Papstes bediente.

Nur dass es gegenwärtig keinen Papst gab. Coelestin IV. war nach einem quälend langen *Konklave* zum Papst gewählt worden. Ganze siebzehn Tage war er das Oberhaupt der Heiligen Mutter Kirche gewesen, der Stellvertreter Christi, bis ihn Gott der Herr wieder abberufen und zu sich heimgeholt hatte. Und jetzt wartete die ganze Christenheit darauf, dass es endlich einen Nachfolger geben würde. Aber seit diesem denkwürdigen letzten *Konklave* fand sich niemand bereit, den Stuhl Petri einzunehmen. Dieser unwürdige Zustand dauerte nun schon über ein Jahr und war gefährlich, weil der Klerus in diverse Fraktionen zersplittert war und sich nur allzu gern gegenseitig zerfleischte.

Dem Kaiser spielte eine schwächelnde Kirche nur in die Karten, und Erzbischof Konrad von Hochstaden tat alles, um das Machtvakuum für seine Zwecke zu nutzen. Aber natürlich ohne sich selbst die Finger dabei schmutzig zu machen.

Gero wünschte sich nichts sehnlicher, als mit wehenden Fahnen für ihn ins Feld zu ziehen oder wenigstens zum inneren Kreis seines Onkels zu gehören. Das wäre sicher ein anderes Leben, als im Auftrag des Vaters die Pachtzinsen von säumigen Bauern einzutreiben oder die Grenzen der Grafschaft abzureiten, was der stumpfsinnigste aller Aufträge war, den Gero nur ertrug, wenn er sich mit seinen zwei Begleitern Oswald und Lutz die Abenteuer selbst ersann.

Wie oft hatte er seinen Vater schon gebeten, ihm wichtigere Aufgaben zu übertragen oder auf seinen Onkel einzuwirken, dass dieser ihn in seinen illustren Kreis aufnahm. Stets war Gero auf einen späteren Zeitpunkt vertröstet worden, und allmählich verlor er die Geduld. Wenigstens hatte er als Begleitschutz zum Kloster Heisterbach mitreiten und den missliebigen Mönch aus dem Weg räumen dürfen. Aber das reichte Gero nicht.

Er barst schier vor Tatendrang und liebäugelte im Geheimen mit dem Gedanken, sich den Kreuzrittern anzuschließen und ins Heilige Land zu ziehen, wo man noch Ruhm und Ehre und ein ewiges Leben und Vergebung aller Sünden erringen konnte, indem man das Land für die Kirche eroberte und die Heiden vernichtete. Wie aufregend musste das sein! Neidvoll dachte er an seinen ältesten Onkel, Harald von Hochstaden, der vor gut fünfzehn Jahren – Gero war noch ein kleines Kind gewesen, als er den prunkvollen Auszug des Onkels mit seinen Rittern mitangesehen hatte – ins Heilige Land gezogen und seither verschollen war. Vielleicht war er tot, vielleicht war er auch König eines fernen Reiches geworden und wollte nun von seiner alten Heimat nichts mehr wissen, weil es dort im Morgenland viel prächtiger und schöner war als hier.

Wie er so von seinem Bett die Decke anstarrte und grübelte, ahnte Gero, dass etwas in der Luft lag. Seit Tagen berieten sich die welfischen Boten, der Erzbischof, dessen wichtigste Berater, sein Vater und sein zweiter Onkel Heinrich in einem abgeschiedenen Zimmer auf der Burg. Nur er war dort nicht zugelassen, was ihn wurmte bis zur Raserei.

Hatte er nicht alles, was ein Ritter brauchte?

Schon von klein auf war er robust gewesen. Als Fünfjähriger war er in seinem Übermut, obwohl es ihm streng verboten war, auf den Zinnen des Bergfrieds herumgeturnt. Auch später wusste er mit seinen überschüssigen Kräften nicht, wohin.

Als Gero zehn war, hatte ihn schließlich sein strenger Onkel Heinrich unter die Fittiche genommen, was bedeutete, dass Gero eine Erziehung bekam, wie es sich für einen männlichen Spross aus dem Hause von Hochstaden gebührte, nämlich mit eiserner Hand. Die ritterlichen Tugenden, wie Härte gegen sich selbst, Kämpfen, Reiten und Fechten wurden Gero so gründlich eingebläut – wenn es sein musste, auch mit Gewalt und Strafe –, dass er bald nur noch eines im Kopf hatte: seine Kraft und Geschicklichkeit auch anzuwenden. Sein hinterlistiger Schabernack, seine Raufereien und

Tollheiten waren in der ganzen Grafschaft berüchtigt. Doch sein Vater und seine Onkel waren stolz auf ihn und sahen es als Beweis einer tüchtigen Erziehung, dass er zu dem Mann wurde, der er war.

Seit Erzbischof Konrad begonnen hatte, seinen Herrschaftsbereich auszuweiten und seine Gegner nicht nur auf diplomatischem Weg, sondern auch mit militärischen Mitteln zu bekämpfen, sah Gero die Zeit gekommen, seine Fähigkeiten endlich unter Beweis stellen zu können. Eines Tages würde sich eine Chance bieten. Er glaubte fest daran.

V

Esther half Rebecca in der Küche. Sie putzte das Gemüse, während die Magd das Huhn rupfte. Bei ihrer Arbeit geriet Esther ins Grübeln. Seit vielen Jahren schon war sie jetzt als Haushälterin bei ihrem Bruder. Während dieser Zeit hatte sie sich daran gewöhnen müssen, dass es Aaron mit seiner Religion und den damit verbundenen Regeln nicht so genau nahm. Wenn es seine Zeit zuließ, hielt er sich an den Sabbat und besuchte die Synagoge. Aber dort kümmerte er sich eher um die vielen Wehwehchen der anderen Gläubigen und tratschte lieber über Politik, als sich mit dem Talmudstudium und den Gebeten zu beschäftigen. Weil er viel unterwegs war, konnte er sich auch nicht den strengen Essensvorschriften widmen, wie es sich gehört hätte. Esther und Rebecca versuchten, die Feiertage und die dazugehörigen Rituale einzuhalten, und Aaron fügte sich dem, was sie auftischten, ohne große Widerrede. Er freute sich auch darüber, wenn Kerzen angezündet wurden und Esther ein Gebet sprach. Aber wenn ihn die religiösen Vorschriften an seiner Arbeit, den Forschungen in seinem Laboratorium und den Behandlungen kranker Menschen hinderten, ließ er Vorschrift Vorschrift sein und tat, was er tun musste. Sein Grundsatz lautete: Zuerst kommt der Mensch und sein Leid, dann erst die religiösen Regeln, die er stets so interpretierte, dass sie ihm nicht in die Quere kamen. Anfangs tat sich Esther schwer, diese Eigenart des Medicus zu akzeptieren. In einem Gespräch mit dem Rabbi von Oppenheim hatte sie sich darüber beklagt, dass ihr Bruder die jüdischen Gesetze stets zu seinen Gunsten auszulegen verstand. Aber der Rabbi hatte sie beruhigt: Solange Aaron Gutes tat, stand das durchaus im Einklang mit dem Talmud und war auch in den Augen Jahwes wohlgetan.

Im Laufe der Zeit war es Esther gelungen, durch ihre resolute Art und ihre durch nichts zu erschütternde Ruhe und Gelassenheit mit jeder noch so heiklen Situation fertig zu werden, was im Haushalt eines eigenwilligen Medicus bitter vonnöten war, denn Aarons Tage wurden ganz von seinen Patienten in Anspruch genommen, die seinen Rat oder eine Arznei benötigten.

Aaron überließ ihr gerne die Verantwortung über die alltäglichen Dinge, mit denen er nichts zu schaffen haben wollte. Und sie hatte sein Vertrauen noch nie missbraucht.

Esther ging auf den Markt, sie konnte lesen und schreiben und führte akribisch ein Haushaltsbuch, in dem sie jeden Einkauf notierte, sie kassierte nach Absprache mit Aaron von seinen Patienten und hielt Rebecca auf Trab, die für Essen, Wäsche und Sauberkeit im Haus zuständig war und gelegentlich jemanden brauchte, der ihr über die Schulter sah.

Alles in allem führten sie ein angenehmes Leben, und Esthers größte Sorge war, dass es auch bei diesem Zustand blieb.

Nur diese Sache mit Nikolas wollte ihr nicht aus dem Kopf gehen. Esther vermisste den Diener. Nicht weil sie, im Gegensatz zu Rebecca, etwa heimlich ein Auge auf ihn geworfen hatte. Aber in diesen unsicheren Zeiten war es immer gut, einen kräftigen Mann im Haus zu wissen, der schon allein mit Stimme und Statur dafür sorgen konnte, dass niemand ihr, Rebecca oder dem Medicus frech kam.

Und jetzt war Nikolas weg, und ihr Bruder brachte stattdessen einen neuen, blutjungen *Famulus* von seiner langen Reise mit. Wo er den bloß aufgelesen hatte? Dieses schmächtige, auch noch christliche Bürschlein mit seinen verschiedenfarbigen Augen, die ihr gleich aufgefallen waren. Obendrein war er vorlaut und hatte es wohl mit seiner großen Klappe irgendwie geschafft, sich beim Medicus einzuschmeicheln. Das konnte auf Dauer nicht gut gehen. Sie sah die Schwierigkeiten, die sich ergeben würden, schon vor sich. Christlichen Dienstboten war es untersagt, in einem jüdischen Haushalt zu arbeiten. Zwar hatte der Medicus eine vom Kaiser verliehene Sonderstellung, aber wenn einer der zahlreichen Neider und christlichen Fanatiker auf zu viele Verstöße gegen geltendes Recht verweisen konnte, dann würde man Aaron früher oder später einen Strick daraus drehen.

Wenn Esther ihren Bruder darauf ansprach, lachte er nur darüber. Doch im Ghetto, das sie und Rebecca gelegentlich aufsuchten, munkelte man bereits von drohenden Ausschreitungen. Es waren nur Gerüchte, sicher, und diese Gerüchte flackerten immer wieder beim nichtigsten Anlass auf. Bisher hatten sie sich – Jahwe sei Dank! – nicht bewahrheitet. Aber die Ruhe war trügerisch. Es brodelte überall im Reich, der Stauferkaiser Friedrich II. setzte keinen Fuß auf deutschen Boden, und sein Sohn und designierter Nachfolger, Konrad IV., sah sich einer immer stärker werdenden Gegenbewegung der Welfen gegenüber, der sich jetzt auch noch der mächtige Erzbischof von Köln, Konrad von Hochstaden, angeschlossen hatte, wie zu hören war.

Ein gewaltiger Sturm konnte jederzeit über das Land hereinbrechen. Und man musste mit dem Schlimmsten rechnen, nämlich Vertreibung und Mord – damit hatten alle jüdischen Gemeinden in Europa seit Generationen zu leben gelernt.

Doch es gab noch weitere schlechte Zeichen. Viele adlige und geistliche Herren hatten sich bei ihren jüdischen Geldverleihern hoch verschuldet. Und war es nicht schon immer ein bewährtes Mittel gewesen, unter fadenscheinigem Vorwand einen Aufstand vom Zaun zu brechen und Gläubiger und Schulden auf einen Schlag loszuwerden, indem man einen aufgehetzten Mob christlicher Fanatiker durch die Lande schickte?

Esther hatte Mühe, ihre düsteren Vorahnungen zu verscheuchen. Rebecca war mit dem Huhn fertig und machte sich schon am Herd zu schaffen. Esther putzte das restliche Gemüse.

Was machte eigentlich dieser *Famulus*? Wollte er sich für den Rest des Tages im warmen Badebecken suhlen? Sie beschloss, heimlich ein Auge in die Badestube zu werfen, um zu sehen, was dort vor sich ging.

Esther lief hinten um das Haus herum. An der Rückseite der Badestube, in gerade noch für eine Hand erreichbarer Höhe, befand sich eine Luke in der Hauswand. Sie war mit einem hölzernen Schieber versehen, durch den, wenn er geöffnet war, der Dampf ins Freie entweichen konnte. Diesen Schieber konnte man sowohl von innen als auch von außen betätigen.

In ihren Holzpantinen und mit dem Korb voll Küchenabfall ging Esther durch den Hinterausgang hinaus und an der rückwärtigen Hauswand entlang bis zur Höhe der Badestube, dort, wo der Bach wieder unter dem Haus hervorkam. Sie schüttete den Abfall ins Wasser. Der Regen hatte inzwischen aufgehört, die Luft war kühl und trocken, das Gras hinter dem Haus war zwar noch nass, aber die Hagelkörner waren zum Glück geschmolzen. Im Kräutergarten hatte das starke Unwetter jedoch beträchtlichen Schaden angerichtet.

Esther seufzte und wandte sich wieder dem eigentlichen Ziel ihres Rundgangs zu, dem rückwärtigen Teil der Badestube mit dem Holzschieber. Sie stellte den Korb verkehrt herum ab und stieg darauf, so dass sie mit der Luke auf Augenhöhe war. Dann zog sie den Schieber langsam und geräuschlos zurück. Was sie in der Badestube sah, ließ sie sofort den Blick abwenden und den Schieber wieder schließen. Sie musste sich an der Wand anlehnen und die Hand vor den Mund pressen, um nicht einen überraschten Schrei auszustoßen. Beinahe wäre sie noch vor Schreck vom Korb heruntergefallen.

***

Als Anna sauber, nach Salbe duftend und in eine frische Tunika gekleidet endlich aus der Badestube herauskam, sah sie sich um. Niemand war da, der sie ausschimpfte, weil sie zu lange im Wasser gelegen und Zeit und Raum vergessen hatte. Sie ging den Flur entlang und spähte heimlich in die Küche. Rebecca und Esther waren mit dem Zubereiten der nächsten Mahlzeit beschäftigt, im Kessel köchelte etwas über dem Feuer, es roch verlockend nach Zwiebeln, Knoblauch und Kräutern. Gerade wollte Anna neugierig hineingehen, da hörte sie Aarons Stimme: »Bruder Marian – bist du fertig?«

Sie folgte der Stimme und fand Aaron in seinem Laboratorium neben dem Behandlungszimmer, wo er gerade einen Sud ansetzte. Er schien sich schnell wieder erholt zu haben, so konzentriert und eifrig, wie er zu Werke ging. »Setz dich, ich habe mit dir zu reden«, sagte er nebenher, ohne sie anzusehen.

Gehorsam ließ sich Anna auf einem Stuhl nieder und sah ihm zu.

»War alles zu deiner Zufriedenheit?«, fragte er sie ein wenig zerstreut.

Anna nickte und sagte: »Ja. Es war wundervoll. Ich fühle mich wie neugeboren. Und Eure Salbe wirkt wahre Wunder. Ihr müsst mir unbedingt verraten, wie man sie zubereitet und welche Zutaten Ihr verwendet. Mein Juckreiz hat schon nachgelassen. Ich weiß gar nicht, wie ich Euch danken soll.«

Aaron winkte geistesabwesend ab – *»Nebbich!«* – und siebte den dampfenden Sud durch ein grobes Tuch in einen Topf, dann presste er das Tuch mit den Kräutern aus und warf den Abfall in einen Behälter. Er wischte sich die Hände an einem neuen Tuch ab und dreht sich zu Anna um. Er zog einen Stuhl heran und setzte sich ihr gegenüber, so nahe, dass sich ihre Knie fast berührten. Zunächst sprach er kein Wort, sah sie nur an und fing ihren Blick ein. Endlich, als Anna sich schon unbehaglich zu fühlen begann, sagte er: »Bruder Marian, ich bin enttäuscht von dir.«

Der Vorwurf lastete schwer zwischen ihnen. Anna war irritiert. Sie konnte sich zunächst keinen Reim darauf machen, was sie falsch gemacht haben sollte. Verunsichert fragte sie: »Seid Ihr mit meiner Behandlung nicht zufrieden? Habe ich Eure Wunde nicht richtig vernäht?«

»Nein, das ist es nicht«, sagte Aaron und berührte die Naht, auf die er noch eine grünliche Salbe aufgetragen hatte. »Wenn du so weitermachst und noch einiges dazulernst, kann eines Tages ein richtig guter Medicus aus dir werden. Die Anlagen dazu hast du.«

»Was ist es dann?«, wollte Anna wissen. »Sollte ich Euch in euren religiösen Gefühlen verletzt haben, war das ganz bestimmt nicht meine Absicht. Sondern einzig und allein meine Unwissenheit über Eure Gebräuche und Sitten.«

»Auch das ist es nicht, nein. Ich bin darüber enttäuscht, dass du mir immer noch nicht vertraust. Im Gegensatz zu dir habe ich mich vollkommen in deine Hände begeben, als ich mich von dir behandeln ließ. Warum erwiderst du dieses Vertrauen nicht?«

Anna spürte, wie ihr das Blut ins Gesicht schoss, und hasste sich dafür, dass sie ihre Schuldgefühle nicht besser verbergen konnte.

»Ich verstehe Euch nicht«, sagte sie unsicher.

»Oh doch, du verstehst mich sehr wohl«, sagte Aaron. Er beugte sich vor, fasste sie an den Schultern und sah ihr forschend in die Augen. Da sie ihm direkt gegenübersaß, konnte sie ihm nicht ausweichen und musste versuchen, seinem bohrenden Blick standzuhalten.

»Wovor hast du solche Angst, Bruder Marian?«, fragte Aaron leise. »Davor, dass dir jemand mitten ins Herz sieht und dein wahres Ich erkennt? Ist es das?«

Anna stiegen Tränen in die Augen. Sie versuchte, sie wegzublinzeln, aber dadurch liefen nur ihre Augen über und die Tränen kullerten über ihre Wangen. Trotzdem hielt sie seinem Blick stand und rührte sich nicht.

Aaron nahm ein sauberes Tuch aus der Tasche und tupfte ihr vorsichtig das Gesicht ab. »Ich will dir keine Angst machen. Ich werde dich nicht verraten, egal, was du angestellt hast. Ich bin Jude, vergiss das nicht. Und wir Juden wissen, was es heißt, gehetzt, verfolgt und verjagt zu werden. Ich habe größtes Verständnis dafür, dass du dich scheust, alles, was dich bedrückt, einem Fremden wie mir preiszugeben. Aber ich habe dir das Angebot gemacht, als mein *Famulus* zu lernen und zu arbeiten. Und du hast angenommen. Also haben wir einen Pakt. Bei der Arbeit als Medicus muss man sich jederzeit auf den anderen verlassen können. Jederzeit. Doch dann muss ich auch wissen, wer du wirklich bist. Und du bist nicht Bruder Marian. Hab ich recht?«

Er sah sie unverwandt an. Schließlich bröckelte der Damm, den Anna mit schier übermenschlicher Mühe und Selbstverleugnung von Kindestagen an in ihrem Inneren errichtet hatte. Sie schüttelte den Kopf unter weiteren Tränen, die sie nicht länger zurückhalten wollte und konnte, und schämte sich nicht, als die Wahrheit nur so aus ihr heraussprudelte. »Ich bin Bruder Marian. Und ich bin nicht Bruder Marian.«

»Sondern?«, fragte Aaron geduldig.

»Mein wirklicher Name ist Anna aus Ahrweiler. Ich bin ein Mädchen, und ich habe über zehn Jahre lang als Bruder Marian unter Mönchen im Kloster Heisterbach gelebt. Niemand durfte davon erfahren, nur meine Eltern und Pater

Urban, Gott hab ihn selig, wussten Bescheid. Die ganzen Jahre über lebte ich mit der Angst, dass die Wahrheit eines Tages ans Licht käme und alle, die mich liebten und mein Geheimnis kannten, dafür bestraft werden würden. Aber jetzt … jetzt sind sie alle tot. Und es ist allein meine Schuld.«

Anna fing hemmungslos an zu schluchzen. Aaron legte väterlich den Arm um ihre Schultern, und allmählich beruhigte sie sich wieder, und ihr Schluchzen verebbte.

Der Medicus erhob sich, ging zu dem Sud, den er vorbereitet hatte, und goss ihn in einen Becher, den er Anna reichte. »Trink das.«

»Was ist das?«, fragte Anna misstrauisch und roch daran.

Aaron lächelte. »Du kannst es nicht lassen, was? Du willst allem immer auf den Grund gehen. Also, das ist ein frischer Sud aus Hopfen, Melisse und Johanniskraut. Er wird dich beruhigen.«

Anna sah ihn mit großen Augen an. »Ihr habt ihn schon vorher für mich zubereitet? Woher habt Ihr gewusst, dass ich ihn brauche?«

»Ich wäre ein schlechter Medicus, wenn ich das nicht geahnt hätte. Jetzt rede nicht so viel und trink!«

Anna holte einmal tief Luft und leerte den Becher in einem Zug. Sie stellte ihn auf den Tisch und sah Aaron mit geröteten Augen an. »Werdet Ihr mich jetzt dem Erzbischof ausliefern?«, fragte sie mit bangem Blick.

»Warum sollte ich das tun?«, fragte Aaron verwundert.

»Weil sie auch Euch aus dem Weg räumen, wenn sie erfahren, dass Ihr mich aufgenommen habt.«

»Wer ist ›sie‹? Warum sind alle hinter dir her? Was hast du angestellt?«

»Nichts«, sagte Anna und schnäuzte kräftig in Aarons Tuch, das er ihr in die Hand gedrückt hatte. »Außer dass ich unter falschem Namen und falschem Geschlecht zehn Jahre lang die Gastfreundschaft des Klosters missbraucht habe. Aber das kann eigentlich niemand wissen. Als mich der Erzbischof wegen meiner Lepra aus dem Kloster geworfen hat, war ich für alle in Heisterbach immer noch Bruder Marian. Und als solcher bin ich vor ihren Augen gestorben.«

»Wie das?«

»Sie denken, Bruder Marian ist ertrunken. Er ... ich wurde zum Tod verurteilt, weil ich es gewagt hatte, ein Haus zu betreten, obwohl es mir als Leprakranke verboten war. Ich wurde gezwungen, in den Fluss zu springen. Aber ich konnte ihnen entkommen. Es war Nacht, keiner hat gesehen, dass ich mich gerettet habe. Wenn sie jetzt erfahren, dass ich noch lebe, werden sie alles daran setzen, mich zu beseitigen. Und alle, die davon wissen, ebenfalls.«

Aaron zuckte mit den Schultern. »Warum sollten sie erfahren, dass du noch lebst? Kein Mensch sucht dich, wenn alle denken, dass du ertrunken bist. Bruder Marian ist tot. Vielleicht wäre es am besten, du begräbst ihn endgültig und lässt ihn nie wieder auferstehen.« Er sah den Schreck in Annas Augen und entschuldigte sich: »Tut mir leid, manchmal schieße ich mit meinem Spott über das Ziel hinaus. Es war nicht böse gemeint.«

Er stand auf und überlegte laut. »Meine Schwester hat dich im Bad gesehen. Sie und Rebecca wissen also Bescheid ...«

»Dann hat sie es Euch verraten?«

»Ja. Aber ich habe es auch so geahnt. Seit du beim Begräbnis meines Dieners so klar und hell und mit einer Stimme wie ein Engel gesungen hast. So als hättest du den Stimmbruch noch vor dir. Dabei hast du mir nachher erzählt, dass du schon über sechzehn bist. Aber ich wollte warten, bis du es mir selber verrätst. Meine Schwester ist jedoch eine gar zu neugierige Person. Sie kam gleich zu mir gerannt mit ihrer Entdeckung. Ich werde sie zum Stillschweigen verpflichten müssen. Ebenso wie Rebecca. Das wird nicht einfach.« Er lächelte. »Die beiden können schlecht etwas für sich behalten. Aber in diesem Fall werden sie es müssen. Denn es geht auch um ihre eigene Sicherheit. Ich regle das, hab keine Angst. Wir gehen jetzt in die Küche. Esther und Rebecca haben das Abendessen zubereitet, du musst ja am Verhungern sein ...«

Anna schüttelte den Kopf.

»Keine Widerrede!«, sprach Aaron streng und zog Anna vom Stuhl hoch. »Du musst essen, das ist eine Anweisung des Medicus. Dann setzen wir zwei uns zusammen, und du erzählst mir alles. Danach beraten wir, was am besten zu tun ist. Einverstanden?«

Anna zuckte mit den Schultern und schaute zu Boden wie ein kleines, trotziges Mädchen, das nicht wusste, was es wollte. Sie hatte das Gefühl, als ob es zwei Annas gäbe. Eine, die ernst und erwachsen war und schon viel Leid gesehen hatte, und eine, die zerbrechlich und verletzlich war, wenn sie einen schwachen Moment hatte und ihre innere Zuversicht einen Dämpfer erhielt. Aber diese zweite Anna zeigte sie normalerweise niemandem. Dass sie bei Aaron eine Ausnahme gemacht hatte, war nur mehr ein Beweis ihres Zutrauens, das sie inzwischen zu ihm gefasst hatte.

Sanft nahm er ihr Kinn in die Hand und drückte es spielerisch nach oben, so dass sie ihn ansehen musste. »Einverstanden?«, wiederholte er.

Da stahl sich zum ersten Mal ein Lächeln in Annas Gesicht. Sie nickte.

»Na also«, sagte Aaron zufrieden und schob Anna in Richtung Küche, aus der es schon so verführerisch duftete, dass Anna das Wasser im Mund zusammenlief.

Bei Tisch aß sie nach Aarons Segensspruch drei Portionen mit Huhn angereicherten Brei, der hervorragend war, ein halbes ungesäuertes Brot und trank dazu zwei Becher mit Wasser verdünnten Wein. Rebecca und Esther staunten nicht schlecht über den gewaltigen Appetit des dünnen Mädchens und freuten sich, dass es ihr so gut schmeckte. Als Anna schließlich satt war und sich bedanken wollte, sank ihr vor Müdigkeit der Kopf auf die Tischplatte. Den Holzlöffel hielt sie in der Faust, als wollte sie ihn nie mehr loslassen. Aarons Sud hatte Wirkung gezeigt.

VI

Es war mitten in der Nacht, und Gero war soeben eingenickt. Das Festmahl mit dem anschließenden Gelage war ausgefallen, weil seine Kameraden, Oswald und Lutz, nach Worms geritten waren, um sich auf dem dortigen Rossmarkt nach neuen Pferden umzusehen. Plötzlich klopfte es heftig an der Tür zu seinem Schlafgemach. Ohne seine Antwort abzuwarten, wurde sie aufgerissen und ein Diener des Erzbischofs trat herein.

»Verzeiht mein Eindringen, Herr Graf, aber Euer Onkel, der Bischof, wünscht Euch zu sprechen.«

»Jetzt?«, fragte Gero schlaftrunken, »um diese Zeit?«

»Wie Ihr wisst, vergeudet der Erzbischof seine kostbare Zeit nicht mit Schlafen«, sagte der Diener spitz und verließ das Schlafgemach wieder. Normalerweise hätte es kein Bediensteter in der ganzen Grafschaft gewagt, auf diese Weise mit Gero von Hochstaden umzuspringen. Aber die Männer des Erzbischofs hatten den ausdrücklichen Befehl, die Wünsche ihres Herrn unverzüglich umzusetzen. Und das wusste jeder zu akzeptieren – wenn der Erzbischof rief, dann zögerte man keinen Augenblick, diesem Ruf auch zügig Folge zu leisten.

Hastig zog sich Gero an und goss eine Kanne Wasser über seinen Kopf, um wach zu werden.

So erfrischt, machte er sich auf, über die Flure und Treppen der verwinkelten Burg in die Haupthalle zu gelangen. Als er die Halle betrat, wunderte er sich – sie war leer, bis auf ein paar schlafende Knechte und Hunde, die um das prasselnde Feuer im Kamin herum lagen.

»Wo bleibst du?«, erklang es ungeduldig von oben, und Gero suchte in der weiträumigen Halle nach dem Diener des Erzbischofs, bis er ihn am Ende der Treppe entdeckte, die zu einem Seitenflügel der großen und im Laufe der Jahrzehnte immer wieder erweiterten Burganlage führte. Dort waren normalerweise die Gäste untergebracht.

Gero beeilte sich, nach oben zu kommen, und folgte dem Diener, der mit seiner Fackel in der Hand den dunklen Gang vorausging und schließlich vor einer schweren Eichentür haltmachte. Mit dem dicken Siegelring, den er, wie alle Männer aus dem engeren Kreis des Erzbischofs, am Ringfinger der linken Hand trug, klopfte der Diener an die Tür. Er trat nicht etwa ein, sondern wartete, bis von innen aufgemacht wurde. Eine bewaffnete Wache lugte heraus und spähte den Gang nach beiden Seiten hinunter, bevor sie einen Schritt beiseite trat, die Besucher hereinließ und sofort hinter ihnen die Tür wieder schloss.

Wie die Ritter der Tafelrunde saß eine illustre Schar am hufeisenförmig geschwungenen Eichentisch. Keiner sagte ein Wort, alle sahen nur zu, wie Gero und sein Begleiter näher kamen. Flackernde Kerzen beleuchteten den Raum, auf dem Tisch standen die Reste eines großzügigen Mahls, ein Mundschenk goss Wein in kostbare Gläser. Gero blieb am Tisch stehen, verneigte sich aber auf einen auffordernden Blick seines Vaters hin, der den Vorsitz der konspirativen Sitzung zu führen schien, vor seinem Onkel, dem Erzbischof. Konrad von Hochstaden musterte seinen Neffen, dem die Situation allmählich unangenehm wurde, denn noch immer sagte niemand ein Wort.

Als sein Vater schließlich den Mundschenk hinauswinkte, der von Geros Begleiter und der Wache nach draußen eskortiert wurde, begriff Gero, dass es hier um Belange ging, von denen niemand etwas erfahren durfte. Er würde abwarten, bis er angesprochen wurde. Bis sich die Tür wieder schloss, hatte Gero Zeit, die Anwesenden unauffällig einzuschätzen. Am Tisch saßen ein Dutzend Männer in ihren besten Jahren, einige davon kannte er. Den Erzbischof, dessen rechte Hand Abt Sixtus, seinen Onkel Heinrich, seinen Vater. Die anderen hatte er noch nie gesehen. Es waren wohl die welfischen Berater und hohe Adlige und Kirchenmänner aus dem Umfeld des Erzbischofs.

Der Erzbischof brach das Schweigen, das wie ein schweres Leintuch über der Gruppe lag.

»Das ist mein Neffe Gero«, stellte er ihn vor. Er bat ihn nicht, sich zu setzen, was Gero nervös machte. Aber er ließ sich nichts anmerken und nickte den hohen Herren im Halbrund zu. Ihm war klar, dass er einen guten Eindruck machen musste, hier ging es offensichtlich um äußerst brisante Angelegenheiten, sonst hätten die Anwesenden nicht diese feierlichen Mienen zur Schau getragen.

»Gero«, fuhr der Erzbischof schließlich fort, »schwöre mir und den Herren hier beim Blut Jesu Christi, dass kein Wort von dem, was hier gesagt wird, jemals nach draußen dringt.«

Gero räusperte sich, hob die rechte Schwurhand mit den ausgestreckten drei Fingern und sagte: »Ich schwöre es!«

»Gut«, antwortete der Erzbischof und machte immer noch keine Anstalten, Gero zum Sitzen aufzufordern.

Unmerklich verlagerte Gero sein Gewicht auf den anderen Fuß. In diesem Augenblick war er heilfroh, dass er am Abend nicht übermäßig getrunken hatte.

Schließlich, nach einer halben Ewigkeit, sah sein Onkel von den Papieren hoch, auf die er einen Blick geworfen hatte. »Kommen wir zur Sache. Setz dich, Gero«, sagte der Erzbischof auf einmal leutselig und verwies auf den einzigen freien Stuhl.

Gero tat, wie ihm geheißen, und blickte seinen Onkel erwartungsvoll an.

»Wir brauchen einen zuverlässigen Mann, der eine schwierige Mission zu meistern hat«, sagte Konrad von Hochstaden. »Dein Vater hat dich vorgeschlagen. Er ist der Ansicht, du hättest dich bei unserem Besuch im Kloster Heisterbach als umsichtiger Gefolgsmann bewährt.«

Eine Kunstpause folgte, um Geros Reaktion zu testen. Gero zuckte nicht mit der Wimper, weil er dachte, dass das von ihm erwartet wurde.

»Dort, wo wir dich hinschicken werden, falls du den Auftrag annimmst, kennt dich niemand. Das ist die eine Voraussetzung. Die zweite ist: Du musst außerordentlich vorsichtig und verschwiegen vorgehen. Dein Vater hat sich dafür verbürgt, dass du einer solchen Aufgabe gewachsen bist.«

Gero schluckte innerlich und gab sich weiterhin unbeeindruckt. Sein Onkel wusste sehr wohl, dass Unbeherrschtheit und Jähzorn Geros hervorstechendste Charaktereigenschaften waren. Aber dieses Mal würde er sich wirklich am Riemen reißen. Zu viel hing davon ab, dass er seinen langersehnten Auftrag zur Zufriedenheit des Erzbischofs ausführte.

»Du hast jetzt lange genug deine Zeit damit vergeudet, deinem jugendlichen Übermut nachzugeben, und hast deine durch Stand und Gesetz bestimmten Grenzen mehr als einmal ausgereizt und überschritten.«

Bei diesen Worten durchbohrte der Blick des Erzbischofs Gero förmlich und machte ihn frösteln.

»Um in Zukunft ein nützliches Mitglied unserer Familie zu sein, wirst du jetzt Gelegenheit bekommen, zu beweisen, ob du den Namen von Hochstaden zu Recht trägst.«

Die schweigsamen Männer am Tisch nickten bekräftigend. Ungeachtet dessen fuhr Konrad von Hochstaden fort: »Diese ehrenwerten Herren hier ...«, er machte eine weitausholende Geste, die die gesamte Tischrunde mit einschloss, »... werden zusammen mit mir alles daransetzen, dass es im Heiligen Römischen Reich endlich ein Ende hat mit der Herrschaft eines Kaisers, der sich Friedrich II. nennt, sich nur um seine Sarazenenhuren und eine Insel namens Sizilien kümmert, statt um die Verwaltung und das Staatswesen seines Reiches – eines Reiches, das er im Auftrag des Papstes von Gott als Lehen erhielt –, so wie es seinem Titel und seiner Verantwortung nach seine Pflicht und Schuldigkeit wäre!«

Die Anwesenden klopften zustimmend auf die große Tischplatte.

»Der Papst hat ihm den Titel Kaiser verliehen, doch mit diesem hohen und höchsten Titel ist nicht nur das direkte Herrschertum verbunden, sondern auch eine christliche Pflicht. Eine Pflicht den Kurfürsten und den deutschen Stammlanden gegenüber. Indem Friedrich II. diese Pflicht schändlich vernachlässigt, hat er sich gegenüber Gott versündigt. Und jetzt weigert sich dieser Kaiser sogar, seine durch den verstorbenen Papst ausgesprochene Exkommunikation in Demut anzuerkennen und seine Verfehlungen zu bereuen, und setzt uns stattdessen seinen unreifen Sohn Konrad als König vor! Das, meine Fürsten, können wir uns nicht mehr länger gefallen lassen!«

Er machte eine Pause, während die feinen Herren der Tafelrunde grimmig mit den Köpfen nickten und zustimmend murmelten.

Konrad von Hochstaden wandte sich an Gero, der von der leidenschaftlichen Rede seines Onkels ganz benommen war.

»Kannst du meinen Worten, die nur die Überzeugung der hier Anwesenden wiedergegeben haben, vorbehaltlos zustimmen, Gero von Hochstaden?«

Gero war immer noch so beeindruckt, dass er nur stammeln konnte: »Das … das ist Hochverrat, Eure Eminenz.«

Kaum war ihm dieses Unwort herausgerutscht, bereute er es auch schon. Aber ein anderes Wort als dieses wäre ihm für die Brandrede des Erzbischofs auch nicht eingefallen. Er hatte vermutet, dass sein Onkel etwas im Schilde führte, was man unter der Rubrik »dringende Reformen fordern« oder »aus Staatsräson ein Ultimatum stellen« hätte einordnen können, aber dass er so weit gehen würde, den Herrschaftsanspruch des Kaisers in Frage zu stellen und ihn stürzen zu wollen, das hatte Gero nicht einmal in seinen kühnsten Träumen vermutet. Als es nach seiner Antwort still geblieben war und das Schweigen immer noch andauerte, bekam er es doch mit der Angst zu tun: Hoffentlich hatte er sich mit seinem Ausspruch nicht um Kopf und Kragen geredet.

Konrad von Hochstaden wandte sich an Geros Vater, Lothar von Hochstaden.

»Dein Sohn hat eine bessere Auffassungsgabe, als ich dachte«, sagte er höhnisch, und plötzlich fingen alle Anwesenden an zu lachen, ein schallendes Gelächter, in das schließlich auch Gero mit einstimmte, obwohl er sich nicht sicher war, ob man über ihn und seine vorschnelle Bemerkung lachte oder über die Tatsache, dass er recht hatte und es allmählich an der Zeit war, sich eines Hochverrats zu bedienen, um den Staufer und sein Fußvolk endlich loszuwerden.

Konrad von Hochstaden wartete, bis sich die allgemeine Heiterkeit, die einen bitteren und zynischen Unterton in sich trug, wieder gelegt hatte, dann fuhr er feierlich fort: »Wir, die wir hier zusammen sind, sind dazu ausersehen, in der betrüblichen Vakanz des Heiligen Stuhls das Heilige Römische Reich zu erneuern, bevor es unter Friedrich, dem Sendboten Luzifers, endgültig vor die Hunde geht. Gero von Hochstaden, ich frage dich: Willst du deinen Teil dazu beitragen?«

Gero erhob sich und sagte genauso feierlich, wie es dieser Frage angemessen war: »Lasst mich Euer Arm und Schwert sein, Eure Eminenz. Was soll ich tun?« – »Du wirst dir einen Bart wachsen lassen, der dich unkenntlich macht. Dann begibst du dich mit zwei deiner Gefolgsleute, auf die du dich verlassen kannst, nach Oppenheim. Dort wirst du dich als Waffenknecht auf Burg Landskron verdingen. Graf Georg von Landskron ist ein treuer Vasall des unrechtmäßigen Königs Konrad. Nach Lage der Dinge wird es in Oppenheim früher oder später zu einem Treffen der staufischen Anhänger kommen. Wir müssen wissen, wie ihr Kenntnisstand ist und was sie vorhaben, um den König in seiner Position zu stärken. Du hältst uns über alles auf dem Laufenden: Geld, Truppen, Gefolgsleute – alles! Traust du dir diese anspruchsvolle Aufgabe zu?«

Geros Kühnheit war in der kurzen Zeit, die er vor dem Kollegium der hohen Herren verbracht hatte, derart gewachsen, dass er der Runde auch versprochen hätte, schnurstracks nach Apulien zu reiten und den Kaiser persönlich mitten aus seiner maurischen Leibwache zu entführen, wenn sie dies verlangt hätte. Er würde von nun an in wichtiger Mission des Erzbischofs unterwegs sein und nichts würde ihn aufhalten. Mit stolzgeschwellter Brust und voller Überzeugung sagte er klar und deutlich: »Ja, Eure Eminenz. Ich werde Euren Auftrag zu Eurer Zufriedenheit ausführen.«

Konrad von Hochstaden zog den Siegelring vom Ringfinger seiner rechten Hand. Er trug das Wappen derer von Hochstaden, ein silberner Reichsadler auf rotem Grund. Feierlich überreichte der Erzbischof Gero seinen Ring: »Du handelst ab jetzt in meinem Auftrag. Mit diesem Ring kannst du dich gegebenenfalls ausweisen. Aber achte darauf, wem du den Ring zeigst. Du musst dir dabei völlig sicher sein, dass dein Gegenüber auf unserer Seite steht.«

Gero verneigte sich und steckte den Ring ein.

Der Erzbischof fasste ihn noch einmal an den Schultern und sah ihm in die Augen. »So bist du nun entlassen. Du brichst so bald wie möglich auf. Genaue Instruktionen erhältst du von deinem Vater. Er wird dir auch mitteilen, wie unsere Kontaktleute heißen und wem du vertrauen kannst. Und nun geh!«

Er wartete, bis Gero nach einer Verbeugung den Raum verließ.

Als die Wache endlich die Tür hinter ihm ins Schloss gezogen hatte und er allein im Gang stand, zitterte Gero, weil er sein Glück kaum fassen konnte. Er zog den Siegelring seines Onkels noch einmal aus der Tasche und sah ihn an. Endlich waren seine Fähigkeiten anerkannt worden, und er hatte den ehrenvollen Auftrag erhalten, auf den er so sehnlichst gewartet hatte. Wie würden seine Kumpane stolz auf ihn sein, er würde sie schnellstmöglich einweihen, er platzte schier vor Ungeduld. Zu dritt würde auch der Spaß ein dreifacher sein. Mit einem Hochgefühl, das er lange nicht mehr gespürt hatte, machte er sich auf den Weg zum Küchentrakt. Er hatte auf einmal einen solchen Hunger, dass er einen halben Ochsen hätte verspeisen können.

VII

Nach einem ausgiebigen Frühstück nahm Aaron die Liste der Patienten zur Hand, die ihm seine Schwester geschrieben hatte. Er war so lange fort gewesen, dass er nun vielen seiner Schützlinge einen Besuch abstatten musste. Schließlich lehnte sich Aaron auf seinem Stuhl zurück und sah Anna zu, wie sie Rebecca beim Abräumen des Tisches half. Er wunderte sich selbst, nicht von Anfang an bemerkt zu haben, dass Anna so wenig Männliches an sich hatte. Vielleicht lag es daran, dass sie sich in seinem Haushalt so gab, wie sie wirklich war. Hier musste sie nicht länger die Rolle spielen, die ihr jahrelang aufgezwungen und zu ihrer zweiten Natur geworden war. Aaron seufzte. Es würde nicht leicht sein, Anna davon zu überzeugen, dass es vorläufig angebracht war, zwar unter ihrem richtigen Namen, aber mit einer falschen Geschichte bei ihm als *Famula* zu arbeiten, er hatte sich das reiflich überlegt.

»Meine Patienten müssen leider noch warten«, sagte er zu Esther. »Anna und ich sollten zuerst einiges klären, bevor wir unsere Arbeit aufnehmen können. Wir ziehen uns jetzt in die Krankenstube zurück. Ich will auf gar keinen Fall gestört werden. Komm, Anna«, forderte er seine *Famula* auf und ging voran. Anna folgte ihm.

Als sie beide in der Krankenstube Platz genommen und er die Tür geschlossen hatte, fing Aaron an. »So, Anna, jetzt ist es an der Zeit, dass du mir alles erzählst, damit ich deine ganze Geschichte kenne. Ich bitte dich, lass nichts aus und sag mir die volle Wahrheit, auch wenn es schmerzlich sein sollte. Danach werden wir besprechen, was mit dir in Zukunft geschehen wird.«

Anna nickte bereitwillig. Dann fing sie an und berichtete Aaron, wie sie ins Kloster Heisterbach gelangt war und von ihrer Zeit beim *Infirmarius* Pater Urban. Schließlich erzählte sie unter Tränen von ihrer waghalsigen Flucht, den Geschehnissen im Dorf Ahrweiler und ihrer Angst um ihre Eltern.

Aaron war währenddessen aufgestanden und schritt wie ein Löwe im Käfig hin und her, weil er so besser nachdenken konnte. Er ließ Anna frei von der Leber weg sprechen, weder unterbrach er sie noch stellte er Zwischenfragen oder trieb sie zur Eile an. Geduldig wartete er, bis Anna am Ende ihrer Geschichte angelangt war. Einen Moment lang herrschte Schweigen zwischen ihnen. Aaron ging immer noch hin und her und dachte nach.

»Du hast eine Menge durchgemacht, Anna«, sagte er schließlich und legte tröstend eine Hand auf ihre Schulter. »Aber ich fürchte, du bist noch nicht am Ende deines Leidensweges angekommen. Dass der Erzbischof offensichtlich in deine Angelegenheiten verwickelt ist und das ungewisse Schicksal deiner Eltern verheißen nichts Gutes. Der Erzbischof gilt als sehr ehrgeiziger und mächtiger Mann, niemand möchte ihn zum Feind haben. Und wer ihn sich zum Feind macht, überlebt nicht lange, das beweist deine Geschichte. Mich wundert nur, dass er offenbar in dir eine Bedrohung sah, wenn er alles daransetzte, dich aus dem Weg zu räumen. Aber das können wir jetzt nicht klären. Oder hast du auch nur die geringste Ahnung, wie du ihm gefährlich werden könntest?«

Er sah sie an.

Anna zuckte hilflos mit den Achseln. »Ich habe mir darüber auch schon den Kopf zerbrochen, aber ich weiß es nicht.«

»Pater Urban wusste es, da bin ich mir sicher, aber er ist tot und hat sein Geheimnis mit ins Grab genommen. Einzig und allein deine Eltern könnten dir sagen, was es damit auf sich hat.«

»Ich glaube auch, dass sie mich nicht ohne triftigen Grund bei Pater Urban in Obhut gegeben haben. Wenn es nur um das Lesen und Schreiben gegangen wäre – das hätte mir mein Vater auch zeigen können.«

»Gut. Bevor wir nicht wissen, was mit deinen Eltern geschehen ist, tappen wir in der Beziehung im Dunkeln. Da kommen wir vorerst nicht weiter. Was wir unternehmen werden, ist Folgendes … im Übrigen …«, unterbrach er seinen Gedankengang selbst, »… du bist ein freier Mensch, du kannst tun und lassen, was du willst, und brauchst meinem Ratschlag nicht Folge zu leisten, wenn du ihn nicht gut findest. Wir wollen hier in meinem Haus eine Regel aufstellen, die zwischen uns beiden gilt: Jeder kann sagen, was er will. Und den anderen kritisieren, wo er will. Ohne irgendwelche Nachteile befürchten zu müssen. Unter einer Bedingung: Alles, was gesagt wird, bleibt unter uns. Nichts dringt nach draußen. Sonst halten sie uns schnell für Ketzer. Es reicht schon, dass ich Jude bin. Bist du damit einverstanden?«

»Ja«, antwortete Anna mit fester Stimme.

Aaron fuhr fort: »Wir beide haben eine Abmachung, was deine Ausbildung betrifft. Daran hat sich nichts geändert und wird sich auch nichts ändern, denn ich stehe tief in deiner Schuld, und ich pflege meine Schulden zu bezahlen.«

»Ich habe Euer Angebot – bei Euch zu wohnen und Euch bei Eurer Arbeit zu helfen – mit Freuden angenommen. Und ich will nach wie vor Eure gelehrige Schülerin sein. Nicht, weil mir nichts anderes übrig bliebe. Sondern weil ich bei keinem Menschen auf der Welt mehr lernen könnte.«

Aaron lächelte und tätschelte Annas Schulter.

»So, ich denke, jetzt haben wir uns genug Honig um den Bart geschmiert. Wir müssen nun den Tatsachen ins Auge sehen. Du wirst leider weiterhin außerhalb des Hauses als meine Verwandte, die plötzlich hier aufgetaucht ist, auftreten müssen, sonst werden sich die Leute die Mäuler zerreißen. Am besten, wir denken uns gleich eine glaubwürdige Herkunftsgeschichte für dich aus.«

Er merkte Anna an, dass ihr diese Vorstellung nicht gerade zu schmecken schien. Jetzt, wo sie offensichtlich so erleichtert war, nicht länger eine Rolle spielen zu müssen. Aber dann nahm sie es achselzuckend hin.

»Ich werde dich als meine Nichte ausgeben. Du kommst von weit her, dann kommt keiner auf die Idee, neugierig zu werden und falsche Fragen zu stellen. Wie wär's mit Nürnberg? Anna aus Nürnberg – das klingt doch gut.«

»Nürnberg – warum nicht«, erwiderte Anna lustlos.

Aaron überging die ungnädige Zustimmung des Mädchens, indem er einfach den Faden wieder aufnahm, jetzt kam der versierte Lehrmeister in ihm zum Vorschein. »Gut, dann wäre auch das geklärt. Wann immer wir die Zeit haben, werde ich dich lehren, was ich weiß und was ich mir in jahrelanger Arbeit beigebracht habe. Ich gehe davon aus, dass dein Wissen, worin sie dich im Kloster unterwiesen haben, auf der Lehre von den vier Körpersäften beruht. Was weißt du darüber?«

Anna fing mit großem Elan an aufzuzählen: »Im menschlichen Körper fließen vier Flüssigkeiten: Blut, Schleim, gelbe Galle und schwarze Galle. Das Gleichgewicht dieser Säfte reguliert den menschlichen Körper. Ist dieses Gleichgewicht gestört und dominiert einer der Säfte, wird der Mensch krank. Dazu kommen noch äußerliche Einflüsse wie Wärme und Kälte, Feuchtigkeit und Trockenheit, der Einfluss der Sterne und ihrer Konstellationen, Temperament und Seelenzustand.«

Sie wollte weiter fortfahren, aber Aaron hob Einhalt gebietend die Hand. »Halt, halt, das reicht.«

Er war leicht belustigt über Annas heiligen Eifer, versuchte aber, sich das nicht anmerken zu lassen. »Sehr schön«, sagte er, »und jetzt vergisst du diese Lehre von den vier Körpersäften gleich wieder. Streiche sie ersatzlos aus deinem Gedächtnis. Denn sie ist grundfalsch und trägt nur dazu bei, den Zustand eines kranken Menschen zu verschlimmern, anstatt ihn zu verbessern.«

Anna starrte ihn sprachlos vor Erstaunen an.

»Deine Reaktion ist verständlich, ich habe sie erwartet«, sagte Aaron vergnügt. Ihm machte es zunehmend Spaß, seine neue Schülerin mit häretischen Theorien vor den Kopf zu stoßen. Endlich hatte er jemanden, der einigermaßen Sachverstand besaß und mit dem er sich auseinandersetzen konnte.

Mit Feuereifer redete er weiter. »Ich weiß, diese Meinung ist ketzerisch und verstößt gegen den Kodex, der seit Jahrhunderten gilt und gelehrt wird. Aber weißt du was: Das macht mir nichts aus. Im Gegenteil. Es spornt mich an, es besser zu machen. Dazu müssen wir etwas Grundsätzliches klären. Ich habe nichts gegen die herkömmlichen Lehren, nur weil sie von der christlichen Kirche vertreten werden. Ich habe etwas dagegen, weil sie meiner Erfahrung als Medicus widersprechen und zum größten Teil schädlich sind. Die Klosterheilkunde, die sich mit der Heilkraft von Kräutern und Pflanzen befasst, hat viel Segensreiches und Richtiges. Aber mir will einfach nicht in den Kopf, dass es angebracht und von Nutzen sein soll, jemanden zur Ader zu lassen, obwohl er bereits körperlich geschwächt ist. Das ist nur ein Beispiel und ergibt in meinen Augen einfach keinen Sinn. Jede Krankheit hat ihre eigene Ursache und ihren eigenen Verlauf, von äußeren Wunden und Verletzungen oder von Brüchen will ich jetzt gar nicht sprechen. Aber wenn jemand über Leibschmerzen klagt, kann das hundert verschiedene Ursachen haben, von der simplen Verstopfung oder

Völlerei über die monatlichen Beschwerden einer Frau bis zu einer inneren Blutung im Unterleib. Und da ist es einfach nicht erklärlich, dass man die immer gleiche Methode anwendet. Langweile ich dich?«, unterbrach er sich, obwohl er genau gesehen hatte, wie aufmerksam und konzentriert Anna ihm zugehört hatte.

»Nein, im Gegenteil. Das, was Ihr sagt, leuchtet mir ein. Aber warum hat mein *Infirmarius* so etwas nie erzählt? Er war sicher ein guter Medicus und hat getan, was in seiner Macht stand. Und ich kenne keinen, der mehr über die Heilwirkung von Pflanzen weiß.«

»Das will ich gar nicht in Zweifel ziehen«, meinte Aaron. »Ich will ihn auch nicht kritisieren, das steht mir nicht zu und liegt mir fern. Aber Behandlungs- und Heilmethoden, die geprägt sind von Religion oder Astrologie oder einer falschen Tradition, oder noch schlimmer: von Aberglauben und Hexenzauber, schaden dem Kranken. Das ist jedenfalls meine Erfahrung.«

»Pater Urban war ganz gewiss kein verbissener Verfechter kirchlicher Lehren, was die Behandlung Kranker angeht. Aber eine solche Aussage hätte er gotteslästerlich gefunden.«

Aaron nickte verständnisvoll und hob den Finger: »Lass uns über die Geschichte sprechen und über die Lehren der Alten. Ich besitze einige Abschriften griechischer und römischer Bücher, ebenso von Büchern aus dem Morgenland, die vor über hundert Jahren verfasst worden sind. Sie alle befassen sich mit den Vorgängen im menschlichen Körper und mit der Behandlung von Krankheiten. Die Ägypter, die Griechen, die Römer und die Mauren hatten ein großes Wissen, das im Laufe der Jahrhunderte zum größten Teil vergessen oder vernichtet wurde. Dieses Wissen gilt es zu erwerben, durch das Studium der alten Schriften, und weiterzuentwickeln. Nicht alles mag vielleicht richtig gewesen sein, was sie damals taten, aber in vielem waren sie erfolgreicher, als wir es heute sind. Ein Beispiel. Womit habt ihr im Kloster offene Wunden behandelt? Habt ihr die Instrumente gesäubert, bevor ihr ein Geschwür herausgeschnitten habt?«

»Nein. Pater Urban hat sie in Terpentinöl oder Rosenwasser getaucht. Und offene Wunden haben wir mit Mehl oder Butter oder Honig behandelt.«

»Das stillt zwar die Blutung, aber dennoch entzündet sich die Wunde bisweilen. Und hinterlässt große Narben.« Aaron fasste sich wieder an seine Kopfnaht, die gut verheilte. Dann winkte er Anna zu sich.

»Komm, ich zeige dir etwas.«

Er ging voraus ins Laboratorium, wo ein mannshoher Kessel, mit Rohren und Verdickungen, vor sich hinköchelte und röchelte und zischend an ein paar undichten Stellen Dampf ausstieß. Es roch penetrant nach Wein. Stolz zeigte Aaron auf die Metallkonstruktion. »Siehst du – das ist eine Destillierapparatur. Man könnte meinen, sie stamme aus der Hexenküche eines Alchemisten, nicht wahr? Und – ganz im Vertrauen – der Apparat ist in der Tat aus der Hexenküche eines Alchemisten. Ich habe ihn einem angeblichen Goldmacher in Köln abgekauft.«

Aaron kicherte verschwörerisch und öffnete einen kleinen Hahn, der kochendheiß war. Aaron zuckte kurz zurück und blies auf seine Hand, damit sie nicht verbrannte. Dann wandte er sich wieder dem Apparat zu. Aus dem Hahn tropfte jetzt eine glasklare Flüssigkeit heraus, die er mit einem Gefäß auffing.

»Aus dem Wein, den ich erhitze, gewinne ich durch Verdampfung eine farblose Flüssigkeit, den Vorgang wiederhole ich ein paar Mal, und zwar nach einer Rezeptur von Taddeo Alderotti, einem Freund von mir aus Florenz, der mir diese Apparatur zum ersten Mal gezeigt hat.« Aaron beugte sich über das Gefäß. »Hier, riech mal …«

Ungefragt hielt er Anna das Gefäß unter die Nase, die vorsichtig daran schnupperte. »Es riecht scharf«, meinte sie dann. »Aber nicht unangenehm oder abstoßend, sondern irgendwie aromatisch und rein.«

»Jetzt fragst du dich sicher, wozu ich dieses Wässerchen – die Alchemisten bezeichnen es als aqua ardens, mein Freund Taddeo nennt es Aqua Vitae, Lebenswasser – brauche. Na?«

Aaron ergötzte sich an Annas fragendem Blick.

»Ha! Damit kommen wir zurück zum Ausgangspunkt. Mit dieser Flüssigkeit, verdünnt natürlich, waschen wir unsere Hände, und zwar immer – und ich sage immer! –, wenn wir mit offenen Wunden zu tun haben oder unsere Instrumente säubern müssen, mit denen wir ein Geschwür oder Ähnliches aus einem Körper herausschneiden wollen.«

Er zog einen der *Folianten* aus dem Regal und schwang ihn fast triumphierend vor Anna herum. »Ich bin durch dieses Werk auf die Idee gekommen. Es ist fast 200 Jahre alt. Und es hat sich bewährt. Wenn ich die Hände und die Instrumente vor der Behandlung mit Aqua Vitae präpariere, stellt sich viel seltener Fieber oder Wundbrand bei Patienten ein. Das war jetzt nur ein Beispiel. Nenne es Lektion eins.«

Er stellte den schweren *Folianten* wieder ins Regal und atmete tief durch.

»Für heute beenden wir den Unterricht und gehen zur Praxis über. Halt, eins noch, bevor ich's vergesse: Die Grundregeln für den Umgang mit Patienten. Wie gehst du vor, wenn jemand dich konsultiert und sagt, er sei krank?«

»Nun, ich befrage ihn genau. Was seine Beschwerden sind, was er gegessen oder getrunken hat, ob er Fieber hat.«

»Sehr gut. Und dann?«

»Dann überlege ich, was ich ihm geben könnte zur Linderung und Heilung.«

»Falsch.«

»Falsch?«

»Ja. Punkt zwei einer erfolgreichen Behandlung ist die

genaue und sorgfältige Inaugenscheinnahme und gegebenenfalls Betastung seines Krankheitsherdes. Hat er Rötungen, Schwellungen, Blutungen, fühlt er Druckschmerz, oder spürst du unter der Haut, vor allem im Bauchraum, unnatürliche Verhärtungen oder Ähnliches. Aber das wirst du schon noch lernen. Du darfst dich auch nicht scheuen, dir den Herd der Beschwerden anzusehen. Wo er auch sein mag. Der menschliche Körper an sich, so wie Gott ihn geschaffen hat, hat nichts Böses oder Unnatürliches. Erst wenn du das getan hast, bist du so weit, dass du über die nötige Heilmethode nachdenken kannst. So, und jetzt machen wir einen Rundgang zu meinen Patienten, die unseren Beistand am Nötigsten haben. Du nimmst den großen Ranzen mit, der dort in der Ecke steht. In ihm sind die nötigsten Arzneien und Instrumente, die wir vielleicht brauchen.«

Anna hob den Ranzen hoch, der wie eine große Satteltasche aussah, und hatte ziemliche Mühe, ihn über die Schulter zu schwingen, so schwer war er. Aaron unterdrückte ein feines Grinsen, dann ging er zur Tür.

In dem Augenblick klopfte es. Esther schaute herein.

»Tut mir leid, dass ich stören muss. Deinen üblichen Rundgang musst du verschieben, Aaron. Es hat sich schnell herumgesprochen, dass du wieder im Lande bist. Draußen warten schon die ersten Patienten.« Sie öffnete die Hände zu einer hilflosen Geste. »Was soll ich machen? Die Leute rennen mir noch das Haus ein!«

Aaron seufzte und gab Anna einen Wink: »Du kannst den Ranzen wieder in die Ecke stellen. Wir sehen uns lieber mal an, was wir da alles haben.«

Er ging hinter Esther her, und Anna folgte ihnen durch die Gänge des Hauses zur Scheune.

VIII

Vor der Scheune im Hof lagerten eine Handvoll Leute. Zwei Bauern, die miteinander schwatzten, eine hochschwangere Frau, die schwer atmete und von einer älteren Frau getröstet wurde, und ein alter, gebrechlicher Mann mit Buckel, der sich auf einen Stock mit Silberknauf stützte und seiner teuren Kleidung nach ein wohlhabender Kaufmann sein musste. Er saß auf einem Strohballen und wirkte sehr ungeduldig.

Als der Medicus auf den Hof hinaustrat, gefolgt von Esther und Anna, die sich noch schnell die Kapuze über ihre kurzgeschorenen Haare zog, trat augenblicklich Stille ein.

Aaron schnaufte einmal tief durch, als er die Patientenansammlung sah, drehte sich zu seiner neuen *Famula* um und sagte fast entschuldigend: »Bis wir alle untersucht haben, wird es wohl Abend werden.«

Dann wandte er sich an die Wartenden und verkündete mit deutlich vernehmbarer Stimme: »Ich werde mich um jeden von euch kümmern und tun, was ich kann. Aber immer der Reihe nach. Ihr müsst ein wenig Geduld aufbringen!«

Der Alte mit dem Krückstock drängte sich nach vorn. »Ich bin Albrecht der Tuchhändler. Ich warte schon lange. Ich brauche ein Mittel gegen meine Gicht. Ich bezahle gut, Medicus.« Er zog einen Beutel heraus und klimperte damit.

Aaron sah ihn abwägend an. Die Schwangere stöhnte. Da zeigte der Medicus auf die Schwangere. »Tut mir leid, Albrecht Tuchhändler. Ich behandle meine Patienten immer nach der Schwere ihrer Erkrankung. Und die junge Frau scheint schlimme Schmerzen zu haben. Ihr seid als Nächster dran.«

Der Tuchhändler war empört, nicht vorrangig behandelt zu werden, und wollte schon wieder gehen. Aber als er merkte, dass er weiter keine Beachtung fand, fügte er sich und setzte sich brummelnd und leise Verwünschungen ausstoßend wieder auf seinen Strohballen.

Aaron ging mit der Schwangeren und ihrer Begleiterin ins Haus. Anna folgte ihnen.

Als sie die Behandlungsstube betrat, lag die Schwangere in ihrer reichbestickten Tunika bereits auf dem Behandlungstisch, die ältere Frau hielt ihre Hand. Sie drehten sich zu Anna um, als sie ohne anzuklopfen hereinkam.

»Das ist meine *Famula,* sie ist mir bei allen Patienten behilflich.«

Aaron deutete auf die Waschschüssel, an der er sich gerade sorgfältig die Hände wusch.

»Wasch dir vor und nach jeder Behandlung die Hände«, wies er Anna an. »Es ist verdünntes Aqua Vitae, du kennst es ja schon.«

Anna tat, wie ihr befohlen.

Aaron fragte die Frauen: »Wart ihr bei einer Hebamme?«

Die Ältere antwortete ihm. »Ja«, sagte sie. »Aber sie hat nur gesagt, da kann sie nichts machen. Das Kind wird tot zur Welt kommen, das würde sie schon voraussehen. Weil meine Tochter ständig solche Bauchkrämpfe hat. Und weil die Sternenkonstellation ungünstig ist.« Sie fing an zu weinen, ebenso ihre Tochter auf dem Behandlungstisch.

»Sie hat in einem Buch geblättert mit Zeichnungen von Sternen«, fuhr die Frau fort. »Dann hat sie ihre Hand über den Bauch meiner Tochter gehalten, die Augen geschlossen und irgendwelche Beschwörungen gemurmelt, die ich nicht verstanden habe. Zum Schluss hat sie das hier auf den Bauch meiner Tochter gelegt.«

Sie zog etwas aus einer Tasche ihrer Tunika, das in ein Tuch eingewickelt war. Als sie das Tuch auseinanderschlug, kam ein Gänsefuß zum Vorschein.

»Dieser Gänsefuß ist magisch«, sagte die Frau. »Die Hebamme hat gesagt, dass er eine Vollmondnacht lang auf einem Maulwurfshügel gelegen habe, um seine magische Kraft zu erlangen.«

Mit spitzen Fingern nahm Aaron den Gänsefuß, zeigte ihn Anna mit einem Blick, der seine ganze Verachtung für okkulte Gerätschaften dieser Art ausdrückte, und warf ihn dann gekonnt in hohem Bogen in einen Ledereimer, in dem er alte Verbände und Abfall zu entsorgen pflegte.

»Was hat sie für diesen magischen Gänsefuß verlangt?«

»Oh, der war nicht billig. Zehn Heller.«

»Zehn Heller?«, regte sich Aaron auf. »Dafür bekommt ihr auf dem Markt fünfzig Hühner! Sonst noch etwas, was diese … Hebamme euch gegeben hat? Gegen entsprechende Zahlung natürlich.«

»Ja. Dies hier.« Die Mutter streckte ihm ein Leinensäckchen entgegen.

Aaron nahm das Leinensäckchen, öffnete es und roch daran.

»Sie sagte, ich solle die Kräuter in Wasser geben, es kochen und umrühren, den Sud sollte meine Tochter trinken. Das würde ihr Erleichterung verschaffen. Meine Tochter hat es genommen, aber dadurch wurde alles noch schlimmer«, erklärte die Mutter mit weinerlicher Stimme.

Aaron reichte das Leinensäckchen an Anna weiter. »Was riechst du?«, fragte er sie.

Anna steckte die Nase gründlich hinein und meinte nach kurzem Nachdenken: »Brennnessel, Bohnenkraut und ein Hauch Nelkenwurz.«

»Sehr gut«, erwiderte Aaron erstaunt. »Du hast einen außerordentlich guten Geruchssinn. Und was erreicht man mit Brennnessel, Bohnenkraut und Nelkenwurz?«

»Die Kranke bekommt Verstopfung«, antwortete Anna.

»Richtig. Wieder einmal ein Fall von Quacksalberei.«

Er wandte sich erneut an die Mutter.

»Ich werde Eure Tochter mit Eurer Erlaubnis untersuchen, dann sehen wir weiter.« Er drehte sich zum Behandlungstisch um. »Wie heißt Ihr, Frau?«, fragte er die Schwangere.

»Ruth«, antwortete sie schwach.

»Wann ist die ungefähre Zeit Eurer Niederkunft?«, fragte er weiter.

Die Mutter antwortete für ihre Tochter: »In zwei oder drei Wochen sollte es so weit sein. Aber sie hat immer so krampfartige Schmerzen im Unterleib. Und das Kind bewegt sich kaum.«

Der Medicus fragte: »Hat sie verfrühte Wehen?«

»Ich glaube nicht.«

Aaron ging zu einem Regal und entnahm ihm ein seltsam geformtes Holzrohr, das an einem Ende verdickt, am anderen Ende schmal zulief. Anna hatte so etwas noch nie gesehen. Er drückte es Anna in die Hand. Das Rohr war eine Elle lang und sah aus wie ein am dünnen Ende abgesägtes Trinkhorn. Aber zuerst betastete der Medicus den Bauch der Schwangeren sanft und von allen Seiten.

Dann fragte er: »Wo sind die Krämpfe? Hier?« Dabei war seine Hand knapp über dem Schambein.

Ruth nickte. »Ja, genau da«.

Aaron streckte die Hand nach dem Instrument aus, und Anna reichte es ihm. Er schob die Tunika der Schwangeren dezent ein kleines Stück zurück und setzte das dickere Ende des Horns am Bauch der blassen Schwangeren an, dann neigte er sein Ohr ans andere. Auf diese Weise horchte er den ganzen Bauch ab, dann reichte er das Horchrohr wieder an Anna, die es ins Regal zurücklegte.

Zu guter Letzt befühlte Aaron mit der Hand noch die Stirn von Ruth, bevor er ihr die Hand reichte. »Ich darf Euch gratulieren, Ruth. Ihr werdet Zwillinge bekommen. Und soweit ich fühlen konnte, bewegen sie sich und sind gesund. Eure Krämpfe sind Koliken des Unterbauchs, keine Wehen, sie kommen zuweilen vor und sind nicht weiter gefährlich. Ich werde euch ein leichtes Mittel geben, das Eure Beschwerden lindern wird. Und wenn Ihr mich braucht, könnt Ihr wieder zu mir kommen oder mich rechtzeitig rufen.«

Mit Annas Hilfe richtete er die Schwangere vorsichtig auf.

»Zwillinge, sagt ihr?«, fragte sie mit strahlendem Gesicht.

»Ja«, erwiderte der Medicus.

Die Mutter war völlig erschüttert und hatte ihre Hände vor Überraschung vor den Mund gepresst. Sie sah Aaron mit einer seltsamen Mischung aus Furcht und Unglauben an und brachte schließlich die Frage heraus, die ihr vom Gesicht abzulesen war. »Woher wisst Ihr das? Könnt Ihr hellsehen?«

Aaron schüttelte den Kopf. »Ich konnte es fühlen und hören. Hellsehen kann ich nicht. Leider. Es würde meine Arbeit als Medicus wesentlich vereinfachen.«

Als die Mutter ihn verständnislos anstarrte, meinte der Medicus nur: »Ich werde jetzt das Mittel für Eure Tochter holen. Wartet hier.«

Er winkte Anna, ging in sein angrenzendes Laboratorium und suchte am Schrank mit den vielen kleinen Schubladen herum. »Was gibst du, wenn eine Patientin Bauchkrämpfe hat?«, fragte er Anna unvermittelt.

Anna überlegte kurz. »Fenchel und Kümmel.«

»Richtig«, meinte Aaron. »Ich gebe noch etwas Schöllkraut hinzu.«

Er nahm ein leeres Leinensäckchen und zog drei kleine Schubladen an seinem Riesenschrank auf. Dann griff er nach einem bereitliegenden Holzlöffel und hielt Anna das Leinensäckchen hin. »Fenchel, Kümmel, nicht zu viel, und Schöllkraut. Das wird die Bauchkrämpfe beruhigen.« Er gab jeweils mit dem Löffel die Zutaten nach Gutdünken in das Leinensäckchen und machte es zu.

Zurück in der Behandlungsstube, drückte Aaron der Schwangeren das Leinensäckchen in die Hand.

»Mischt es gut durch, gebt zwei Löffel davon in heißes Wasser, trinkt es nach Bedarf lauwarm, und ihr werdet euch besser fühlen.«

»Wie kann ich Euch danken?«, fragte die Mutter endlich.

»Indem Ihr Euch weiterhin liebevoll um Eure Tochter kümmert«, erwiderte Aaron und führte die Frauen hinaus. Der nächste Patient, der ungeduldige Tuchhändler mit der Gicht, wartete bereits vor der Tür und drängte herein.

So ging es den ganzen Tag, ein Patient gab dem nächsten die Klinke in die Hand. Anna hatte schon bald den Überblick verloren. Aber sie tat, was sie konnte – verband, tupfte, mischte Kräuter, gab Salbe in Tiegel, hielt Schlafschwämme bereit und Arme und Beine fest, wenn der Medicus mit dem Messer ein Geschwür herausschneiden musste, kurz: am Abend war sie vollkommen erschöpft.

»Geht es immer so stürmisch bei Euch zu?«, fragte sie den Medicus, als endlich der letzte Patient behandelt worden war.

»Nein«, antwortete Aaron schelmisch. »Heute ist ein besonders ruhiger Tag.«

Er lächelte, und Anna musste zurücklächeln.

Aber es dauerte nicht lange, da klopfte es schon wieder.

»Herein!«, sagte der Medicus und seufzte.

IX

Es war inzwischen *Wonnemond* geworden, aber der Hitze nach konnte es auch schon *Heuert* sein. In diesem Jahr war der lange Winter gleich in den Sommer übergegangen.

Anna arbeitete jetzt seit vier Wochen als *Famula* bei Medicus Aaron und wusste inzwischen, was es bedeutete, für so viele Patienten verantwortlich zu sein, wie es der Medicus war. Kranke, eingebildete Kranke, Reiche, Arme, Verletzte, Verzweifelte. Jeden Tag – bis auf den Sabbat – war sie von früh bis spät unterwegs oder hatte in Aarons Behandlungsstube Patienten zu behandeln. Gewiss, es gab auch einige, die den Medicus nur wegen eines Tranks oder einer Kräutermischung aufsuchten. Bei manchen hatte sie auch den Eindruck, sie seien nur wegen eines kleinen Schwätzchens gekommen. Aber auch für sie nahm sich der Medicus Zeit und hatte für jeden ein tröstendes Wort übrig, der plötzlich Witwer geworden war oder sonst jemanden verloren hatte, der ihm lieb und teuer war.

Am meisten bewunderte Anna ihn jedoch für seine Geduld, nie wurde Aaron laut oder fing an zu schimpfen. Von ihm ging eine Gelassenheit aus, die alle beruhigte, auch wenn sie aufgebracht oder in Panik seine Dienste in Anspruch nehmen wollten. Ruhig hörte er sich an, wo es zwickte, untersuchte, stellte Fragen nach Ausbruch und Verlauf einer Krankheit, gab Ratschläge und Arzneien, wo es nötig war, und wenn Anna etwas, was er tat oder sagte, nicht verstand, erklärte er es ihr anschließend unter vier Augen.

Sie hatte das Gefühl, in der kurzen Zeit, die sie jetzt bei ihm war, mehr gelernt zu haben als in all den Jahren im Kloster. Sie wollte ihrem verstorbenen *Infirmarius* kein Unrecht tun, aber es lagen doch Welten zwischen seinen und Aarons Heilmethoden. Sicher, es gab auch Niederlagen, wenn ein Patient starb, dem nicht mehr zu helfen war. Es gab so viele Krankheiten, gegen die noch kein Kraut gefunden war, wie Aaron manchmal sagte. Dennoch war er felsenfest davon überzeugt, dass die ärztliche Kunst eines Tages so weit sein würde, auch die schlimmsten Krankheiten zu heilen. Aber bis dahin würde noch viel Wasser den Rhein hinabfließen.

An seine Spötterei hatte sich Anna inzwischen gewöhnt, während er manchen Patienten damit irritierte. Das war wohl Aarons Art, mit all den Schmerzen und all dem Leid fertig zu werden, das ihm angetragen wurde. Anna war stets an seiner Seite, ob bei Patienten oder im Laboratorium, wenn er seine Ingredienzien oder Mischungen ausprobierte oder seine Vorräte herstellte. Anfangs wurde sie dabei noch misstrauisch von Esther beäugt, aber allmählich begann Aarons Schwester der neuen *Famula* zu vertrauen und kümmerte sich um ihr eigenes Metier, das Geldeintreiben.

Anna half ihrem Medicus auch in seinem Kräutergarten, den er nach dem heftigen Unwetter bei seiner Heimkehr wieder instand gesetzt und teilweise neu bepflanzt hatte. Aaron war erstaunt über Annas profunde Kenntnis, was Heilkräuter und ihre Wirkung anging, und ab und zu hatte er sogar ein Lob für sie übrig, auf das sie dann immer sehr stolz war.

Auch an das koschere Essen hatte sie sich schnell gewöhnt, und mit Aarons großzügiger Auslegung religiöser Vorschriften kam sie gut zurecht. Nie maßregelte er sie, weil es nichts zu maßregeln gab. Wenn sie einen Fehler gemacht hatte, sagte er es nicht vor den Patienten, sondern wenn sie unter sich waren. Und Anna bemühte sich, nie einen Fehler zweimal zu machen.

Wenn sie nach einem langen und anstrengenden Tag – und fast alle Tage waren lang und anstrengend – todmüde auf dem Bett in ihrer Kammer lag, betete sie manchmal. Nicht für sich, aber für ihre Eltern. Ihr kindlicher Glaube war ihr seit den Geschehnissen im Kloster abhanden gekommen. Das machte sie bisweilen traurig. Sie konnte nicht mehr unbeschwert Zwiesprache mit Gott halten, so wie sie es früher getan hatte. Immer noch haderte sie mit ihrem Schöpfer, auch wenn es Sünde war, so zu denken. Und so betete sie nicht mehr regelmäßig, wie sie das noch im Kloster getan hatte.

Dafür las sie sehr viel. Die Bibliothek des Medicus war außerordentlich umfangreich, und Aaron hatte ihr erlaubt, jedes Buch und jedes Manuskript zu lesen, das sie lesen wollte. Viele verstand sie nicht, oder sie konnte die Sprache nicht. Zwar beherrschte sie das Lateinische perfekt, aber manche Bücher waren auf Griechisch oder Arabisch oder Hebräisch geschrieben. Doch der Medicus war auch in den Sprachen ein Meister. Wenn sie etwas nicht verstand, fragte sie ihn, und er wurde nicht müde, ihr alles zu erklären, was er ihr erklären konnte. Seine Energie schien unerschöpflich. Nur manchmal, wenn es dunkel wurde, hatte er Schwierigkeiten mit den Augen. Bei Kerzenlicht benötigte er ein Glas, das er sich von einem Glasmacher hatte zurechtschleifen lassen, als Lesehilfe. Anna schaute einmal hindurch, es vergrößerte auf wundersame Weise die Buchstaben, wenn man es im richtigen Winkel über die Buchseite hielt. Wenn ihn nach einer Weile die Augen vor Anstrengung zu sehr schmerzten, bat er Anna, ihm vorzulesen, wobei es tatsächlich das eine oder andere Mal geschah, dass er dabei einnickte. Sobald sie es bemerkte und mit dem Vorlesen aufhörte, schreckte er aber auf und fand, dass es wohl an der Zeit sei, schlafen zu gehen.

So war denn alles wohlgetan, und Anna führte ein glückliches Leben im Haus des Medicus. Nur manchmal, wenn sie in ihrem Bett lag, die Kerze gelöscht hatte und die Gedanken schweifen ließ, wurde sie von einer großen Angst gepackt. Was, wenn nicht alles so blieb, wie es jetzt war? Eine seltsame Vorahnung packte dann ihr Herz wie eine eiserne Klammer, und während sie versuchte, wieder einzuschlafen, wurde die dunkle Woge, die sich auf sie zu wälzte, immer größer und bedrohlicher.

Dann stand sie auf, schlich in die Küche und bereitete sich einen Kräuteraufguss, den sie mit langsamen Schlucken trank. Nein, sie würde sich nicht unterkriegen lassen, egal was passierte. Mit diesem felsenfesten Vorsatz als letztem Gedanken kroch sie jedes Mal wieder auf ihre Strohmatratze und sank in Schlaf.

X

Der vierrädrige Karren mit Lutz und Oswald auf dem Kutschbock holperte die steinige und staubige Landstraße dahin, die sich entlang des Rheins auf einer Hügelkette nach unten wand. Die Sonne brannte vom Himmel, und Gero von Hochstaden, der auf einem Rappen vorausritt, musste zu seinem Verdruss immer wieder anhalten und auf den langsamen Karren warten. Er war ungeduldig und schwitzte fürchterlich. Zum wiederholten Male zügelte Gero sein Pferd und harrte aus, bis der schwerfällige Karren mit seinen Gefährten allmählich näher rumpelte. Der Wagen diente als Tarnung und führte etliche Waffen und eine leichte Rüstung für Gero und einen großen Käfig mit Brieftauben auf seiner Ladefläche mit. Oswald und Lutz würden vorgeben, die Diener eines hohen Herrn zu sein und als Vorauskommando eine angemessene Unterkunft in einem Gasthaus für ihn zu suchen. Gero sollte sich als zweitgeborener Sohn des Barons von Geldern ausgeben, der hinaus in die Welt zog, um sich als Ritter bei einem Landesherrn zu verdingen und sich einen Namen zu machen.

Als der Wagen Gero erreichte, hieß er ihn mit erhobener Hand anhalten. »Ich reite jetzt allein weiter. Ihr sucht in Oppenheim eine Unterkunft. Wir werden uns dann schon wiederfinden.«

»Und wenn sie keinen wie dich auf Burg Landskron brauchen können – was machen wir dann?«, fragte Lutz.

»Dann sehen wir weiter«, antwortete Gero kurz angebunden. »Aber ich bin sicher, dass sie mich aufnehmen, wenn sie sehen, wie ich mit meinen Waffen umgehen kann. Gebt mir noch meinen Bogen und die Pfeile.«

Er strich über seinen spärlich sprießenden rötlichen Bart.

Währenddessen stieg Lutz auf die Ladefläche des Karrens, suchte Geros Bogen und den Köcher mit den Pfeilen hervor und reichte alles an seinen Freund weiter.

»Gott zum Gruß!«, rief Gero, zog sein Pferd am Zügel herum und galoppierte davon, eine Staubwolke hinter sich lassend.

Je näher er Oppenheim kam, desto belebter wurde es auf der Straße. Die Menschen, ob zu Pferd, mit einem Wagen oder zu Fuß unterwegs, hatten es eilig. Gero wunderte sich. Soviel er wusste, war heute weder Markt noch ein besonderer Feiertag. Wenn irgendein neuer Bauabschnitt der Katharinenkirche gefeiert oder gar eingeweiht worden wäre, hätte das sein Onkel, der Erzbischof, sicher als Erster gewusst und ihm mitgeteilt.

Sein Pferd war längst in einen ruhigen Trab übergegangen, er zügelte es und ließ es anhalten. In der Ferne konnte er im Dunst Burg Landskron erkennen, davor das mit einer hohen Stadtmauer und Wachtürmen befestigte Oppenheim. Er ritt weiter, bis die Straße in eine größere mündete, die geradewegs auf das Gautor der Stadt zuführte. Dort standen die Leute schon Spalier, sie schienen auf etwas zu warten, etwas von großer Wichtigkeit und Bedeutung, denn ein schwarzbärtiger Bewaffneter mit einer Lanze stellte sich Geros Pferd in den Weg und befahl ihm barsch anzuhalten.

»Warum? Was ist denn los?«, fragte Gero.

Der Bewaffnete antwortete mit leiser Stimme: »Ja, wisst Ihr das denn nicht? Seine Majestät beehrt Oppenheim mit seinem Besuch.«

Nun war Gero wirklich überrascht. »Der König? Ihr meint Konrad IV.!?«, fragte er.

»Ja, wer denn sonst? Kennt Ihr einen anderen König?«, fragte der Bewaffnete irritiert.

»Aber …« Fieberhaft rechnete Gero nach. »Seine Majestät ist doch erst … wie alt? Vierzehn?«

»Ja. Aber er ist der König, von seiner allerchristlichsten Majestät, unserem Kaiser, eingesetzt. Also zieht gefälligst den Hut wenn er vorbeizieht, und verneigt Euch!«

Mit diesen Worten ging der Soldat weiter und brachte seine Vorschriften an jedermann, der am Wegesrand stand und neugierig der Dinge harrte, die da kommen sollten.

Konrad IV. hier!, schoss es Gero durch den Kopf. Was für ein Glück, seinem Onkel gleich am Anfang seiner Mission so eine wichtige Nachricht zukommen lassen zu können!

Noch mehr Menschen strömten herbei und säumten die Straße. Gero fiel erst jetzt auf, dass sie sich alle fein gemacht hatten. Die meisten hatten ihren Sonntagsstaat angelegt, auch die einfachsten und ärmsten Bauern waren einigermaßen sauber. Anscheinend hatten der Kaiser und sein Sohn, der König, in Oppenheim und Umgebung mehr Anhänger, als der Erzbischof es sich vorgestellt hatte. Oder ging es den Leuten nur um die Aussicht, einmal im Leben einen leibhaftigen König zu Gesicht zu bekommen?

Auf einmal kamen zwei Soldaten als Vorhut auf ihren Pferden herangesprengt, ihre Uniformen und die Schabracken der Tiere waren in den staufischen Farben gehalten, Schwarz und Golden; in der rechten Faust trugen sie Stangen mit flatternden Fahnen, darauf das Wappen der Staufer: drei laufende Löwen übereinander auf goldenem Grund. Die Soldaten ritten die Reihen der Wartenden rechts und links der Straße ab, auf dass die Leute ja brav stehen blieben und nicht etwa auf die Idee kamen, mitten auf die Straße zu springen, um nach dem Tross des Königs Ausschau zu halten.

***

Auf dem Marktplatz von Oppenheim strömte eine riesige Menschenmenge zusammen, die Nachricht von der Ankunft des Königs hatte sich wie ein Lauffeuer verbreitet. Auch Aaron und Anna standen im Gedränge und fieberten dem Ereignis entgegen. Der Medicus wollte sich dieses Schauspiel nicht entgehen lassen, nachdem ihm einer seiner Patienten von dem bevorstehenden Besuch Konrads IV. erzählt hatte.

Die Angelegenheit war zunächst streng geheim gehalten worden. Die Spannungen im Reich zwischen Staufern und Welfen war so groß, dass die staufische Partei mit dem Schlimmsten rechnete, sogar mit einem Anschlag auf das Leben des jungen Königs. Trotzdem konnte sich der König nicht einfach in einem seiner Schlösser verstecken. Er war der erste Repräsentant der kaiserlichen Macht im Reich, er garantierte Ordnung, Stabilität und Recht, und auf ihm ruhten alle Hoffnungen seiner Anhänger. Wenn er nicht mehr wäre, würden Gesetzlosigkeit und Bürgerkrieg Tür und Tor geöffnet sein. Schon jetzt rumorte es zwischen den verschiedenen Lagern. Viele der mächtigen Kurfürsten, allen voran der Erzbischof von Köln, Konrad von Hochstaden, waren nicht einverstanden, dass Kaiser Friedrich II. ihnen einfach seinen Sohn als König vorgesetzt hatte. Die Fürsten warteten nur darauf, dass sich eine Gelegenheit ergeben würde, ihr eigenes Süppchen zu kochen. Also musste sich Konrad IV., so jung und unerfahren er war und wie unsicher seine Stellung auch sein mochte, beim Volk sehen lassen und Stärke zeigen. Dabei war seine Hausmacht schwach und seine Gegner zahlreich. Einer der wenigen Fürsten, der loyal an seiner Seite stand, war Graf Georg von Landskron. Ihm einen Besuch abzustatten, galt als Freundschaftsbeweis und Machtdemonstration zugleich.

Anna und Aaron hatten sich einen guten Standort an der etwas erhöhten Seite des Marktplatzes ergattert, ein paar

Straßen hinter dem Gautor, durch die der königliche Tross ziehen sollte. Hier drängten sich noch mehr Menschen als draußen vor den Stadtmauern. Die Gassen der Stadt waren eng, die mehrgeschossigen Steinhäuser mit ihrem Fachwerk standen dicht an dicht. Überall hatten sich die stolzen Bürger von Oppenheim fein gemacht und zeigten ihren Reichtum in den schönsten Farben. Die Männer waren in Wämser und Beinkleider aus bestem Tuch geschlüpft, viele trugen feine Kalbsléderstiefel, einige hatten sich sogar Umhänge übergeworfen, und auf den Köpfen saßen Hüte mit schmückenden Federn. Die Frauen von Stand trugen spitz zulaufende Schuhe und lange, vielfarbige Tuniken mit aufwändigen Stickereien.

Der knöcheltiefe Schmutz auf den Straßen war von Knechten weggeräumt worden, es stank nicht wie sonst nach Unrat und Abfällen, überall hatte man Stroh ausgelegt, und jetzt liefen sogar kleine Mädchen mit Körben umher und streuten Blumen aus.

Plötzlich ertönten Fanfaren. Georg von Landskron kam von seiner stattlichen Burg über der Stadt geritten, um seinen König zu empfangen. Alle Köpfe schwenkten in Richtung des Fanfarenstoßes, und auf der Straße, die von der Burg herabführte, tauchten zehn gräfliche Fanfarenbläser in den rot-goldenen Uniformen derer von Landskron auf. Am Marktplatz bildeten sie ein großes Spalier als Barriere gegen die Menschenmenge.

In diesem Moment öffneten sich die schweren Eichentüren des prächtigen Rathauses, und zwei Dutzend festlich gekleideter Herren schritten heraus und stellten sich erwartungsvoll in Reih und Glied auf.

»Was für ein Aufwand«, staunte Anna, die neben Aaron stand. »Wer ist das?«

»Das ist das Empfangskomitee von Oppenheim, die Ratsherren und Zunftmeister«, antwortete der Medicus. »Zwei oder drei davon müsstest du kennen, sie waren bei uns schon in Behandlung.«

Anna reckte den Hals in alle Richtungen, um besser sehen zu können. Aaron hatte recht, jetzt erahnte sie die eine oder andere Gestalt, aber in ihren farbenprächtigen Roben, den mehrgliedrigen Schulterketten, verziert mit Medaillen, Wappenbildern und Emblemen aus Gold oder Silber, und den mit Federn geschmückten Hüten, die das halbe Gesicht verdeckten, waren sie schwer wiederzuerkennen.

Eine seltsame Spannung lag jetzt auf einmal in der Luft, das Stimmengewirr hatte merklich nachgelassen, als würden alle Menschen gleichsam den Atem anhalten.

In die Stille hinein ertönte Hufgeklapper. Zwei Reiter näherten sich von der Burg her. Schließlich erreichten sie den Marktplatz und zügelten ihre Pferde vor den Reihen der Honoratioren, die sich verneigten. Die Reiter grüßten zurück. Der ältere der beiden war Graf Georg von Landskron, ein stattlicher Mann in seinen besten Jahren. Neben ihm, auf einem Rappen mit einer weißen Blesse über den Nüstern, ritt ein blutjunger Adliger mit langen, glatten schwarzen Haaren, dessen Augen vor Lebenslust nur so blitzten. Er war ganz in Blau gekleidet und trug schwarze Stiefel. Nur sein Umhang, der schneidig im Wind mit seinen Haaren um die Wette flatterte, war rot und mit Gold gesäumt und trug weithin sichtbar ein Wappen, eine schwarze Greifvogelklaue auf goldenem Grund.

Anna konnte es nicht glauben – es war der Mann aus ihrem Traum! Der junge Ritter, der ihr immer die blaue Blume bringen wollte, die alles Leid der Welt heilen konnte. Jetzt endlich sah sie sein schmales Gesicht mit den hohen Wangenknochen und dem leichten Bartschatten, das ernst und doch energisch die bunte und schillernde Szenerie in Augenschein nahm. Anna war bei seinem Anblick förmlich zusammengezuckt, was Aaron nicht verborgen geblieben war.

»Was ist?«, fragte er sie.

»N ... nichts«, konnte sie gerade noch stottern, bevor sie sich innerlich selber schalt. Wie konnte sie nur so naiv sein und wie ein kleines Mädchen glauben, dass ein Traum wahr werden würde! Da geradewegs vor ihr saß nur ein Herr auf seinem hohen Ross, den sicherlich alle unverheirateten jungen Frauen auf dem Marktplatz anhimmelten, weil er wunderschön war und gekleidet wie ein Prinz und sich auch so benahm. Jetzt wagte sie es aber doch, Aaron zu fragen: »Wer ist das neben dem Grafen?«

»Das muss ein Verwandter des Grafen sein. Ich sehe ihn auch zum ersten Mal.«

Ein Mann, der hinter Aaron stand und seiner Kleidung nach zu den besseren Bürgern der Stadt gehörte, sagte leise: »Das ist Chassim von Greifenklau, der Schwager des Grafen. Er hat schon mehrere Turniere gewonnen.«

Anna nickte dem Mann, dankbar für seine Auskunft, zu. Chassim – dann hatte ihr Traum von nun an wenigstens einen Namen. Aber viel Zeit, darüber nachzudenken, hatte sie nicht. Es folgte ein neuer Fanfarenstoß, der die nervösen Pferde tänzeln ließ.

»Warum ist die Frau des Grafen nicht dabei?«, wollte die neugierige Anna von Aaron wissen.

Aaron sagte es ihr, aber so leise, dass es außer ihr niemand verstehen konnte: »Sie ist guter Hoffnung. Ich bin ihr Medicus, aber das sollte besser niemand wissen. Ich habe ihr jede Anstrengung untersagt, sie hatte schon mehrere Fehlgeburten. Vielleicht wirst du sie bald kennenlernen. Ich suche sie regelmäßig auf.«

Ein dritter Fanfarenstoß erklang. Und jetzt endlich erfolgte der große Einzug des königlichen Trosses. Anna wagte sich einen Schritt weiter vor, um nur ja nichts von dem Spektakel zu versäumen. Oder tat sie es, um diesen blaugekleideten Edelmann auf seinem Rappen besser sehen zu können, der sein Pferd jetzt geschickt mit den Fersen rückwärts dirigierte, bis er ganz in der Nähe von Anna zu stehen kam? Er drehte sich um, um sicherzugehen, dass er noch genügend Abstand zur Zuschauermenge hatte, und in diesem kurzen Moment trafen sich ihre Blicke. Es war nur ein herzschlaglanger Augenblick, aber Anna stockte der Atem. Ja, er war der Ritter aus ihrem Traum, sie sah seine Gesichtszüge jetzt ganz deutlich vor sich. Dass er es sein musste, sagte ihr Herz. Er hatte ein ebenmäßiges, glatt rasiertes Antlitz, und ihr schien es, als lächelte er ihr kurz zu, bevor er sich wieder wegdrehte.

Anna seufzte. Dieser Chassim von Greifenklau, der wahrscheinlich längst einer Jungfrau, seinem Stand und Rang angemessen, versprochen war, würde sich ganz bestimmt nicht für ein schmächtiges, schüchternes, spindeldürres Mädchen in einer dunklen Tunika interessieren, das den Kopf unter einer Kapuze versteckte, weil seine Haare immer noch so aussahen, als habe es sich vor kurzem den Schädel rasieren müssen, um die Kopfläuse loszuwerden.

Sie schlug die Augen nieder und schämte sich. Dafür, dass sie so unscheinbar aussah und dass sie so hoffärtig und eitel war, weil sie sich in diesem Moment nichts sehnlicher wünschte als so schöne, lange Haare, wie sie bei den feinen adligen Damen Mode waren, auch wenn sie sie meist unter geschlungenen Kinntüchern oder Hauben versteckten.

Oder schämte sie sich für den unstatthaften, aber heftigen Impuls, von einem solchen Jüngling geküsst zu werden? Ihr wurde bei diesem Gedanken ganz heiß am Leib und wirr im Kopf. Verstohlen schielte sie zu Aaron hinüber, dem normalerweise keine Seelenregung bei Anna entging, ob dieser vielleicht bemerkt hatte, dass ihr die Röte ins Gesicht geschossen war. Aber die Aufmerksamkeit des Medicus war ganz von der eindrucksvollen Zeremonie gefesselt, die sich vor ihren Augen abspielte. Mit aller Macht versuchte sie, auf andere Gedanken zu kommen. Zum ersten Mal in ihrem Leben verstand sie, was die Mönche meinten, wenn sie von Versuchung sprachen und sich nachts in ihren Zellen selbst auspeitschten, um für ihre unreinen Begehrlichkeiten zu büßen und ihnen vorzubeugen.

Ein kurzer versehentlicher Stoß von dem Ellenbogen eines Schaulustigen, der nach vorne drängte, zerriss endlich Annas Gedankenkette und brachte sie in die Wirklichkeit zurück. Donnernder Hufschlag dröhnte durch die Gassen, und zwei Vorreiter kamen herangesprengt.

Eines der kleinen Blumenmädchen, das verschüchtert mit seinem Korb vor Anna stand, wich dabei ängstlich zurück und drückte sich in blindem Vertrauen an Anna, die beruhigend und beschützend ihre Arme um das Mädchen legte.

Die zwei Vorreiter waren in gelbe Tuniken gehüllt, trugen ihre knatternden Fahnen, die mit dem Wappen der Staufer verziert waren, und blieben vor dem Grafen, Chassim und den Honoratioren der Stadt stehen. Über die Pferderücken waren reich bestickte Schabracken gebreitet, und die goldfarbenen Troddeln und Fransen am Zaumzeug glitzerten im Sonnenlicht.

Die Anspannung unter den Zuschauern war jetzt nicht mehr zu überbieten.

Plötzlich stiegen Graf Georg von Landskron und Chassim von ihren Pferden, und die Würdenträger der Stadt zogen ihre Hüte und verneigten sich. Denn aus der Gasse, die vom Gautor zum Marktplatz führte, erschien ein gewaltiges Ross, das den Jüngling, der auf ihm saß, noch schmächtiger und zerbrechlicher wirken ließ, als er es ohnehin schon war. König Konrad IV. war erst vierzehn Jahre alt und noch ein Knabe, aber er tat alles, um dies durch Haltung und Mienenspiel vergessen zu machen. Ihm folgten zwanzig schwerbewaffnete Reiter in den Stauferfarben Schwarz und Gold. Der König blickte ernst und würdevoll über die Menge und dann auf den Grafen von Landskron, der wie Chassim ein Knie beugte und sich tief verneigte. Bis auf das Tänzeln und Schnauben einiger nervöser Pferde war einen Augenblick lang kein Laut zu hören. Ein Reiter sprang vom Pferd, kam herangeeilt und hielt Zaumzeug und Steigbügel des königlichen Schimmels, so dass Konrad absteigen konnte. Er ging auf den Grafen zu, lächelte und fasste ihn an den Schultern, bis dieser aufstand, und dann umarmte er ihn freundschaftlich und herzlich.

Diese Geste brach den Bann. Hochrufe ertönten aus der Zuschauermenge, die in allgemeine Jubelrufe übergingen und über den ganzen Platz brandeten. Leutselig winkte der knabenhafte König in das weite Rund, ein erneutes Lächeln schlich sich angesichts der offensichtlichen Zuneigung der Bevölkerung in seine weichen Züge.

Was für eine übermenschliche Aufgabe für diesen kleinen Jungen!, dachte Anna und hatte plötzlich Mitleid mit ihm. Sie sah eine letzte Kornblume im Korb des Blumenmädchens, das sich noch immer schutzsuchend an sie drückte. Aller Aufmerksamkeit war auf den König und die Begrüßungszeremonie gerichtet, auch Aaron war völlig in den Bann gezogen. Anna ging in die Knie, griff in den Korb des Mädchens, nahm die Kornblume und flüsterte ihm dabei ins Ohr: »Bring die Blume dem König! Hier hast du dafür einen Pfennig!«

Sie drückte dem Mädchen, das vielleicht fünf Jahre alt sein mochte, die Kornblume in die eine und den Pfennig in die andere Hand. In der weißen Tunika und mit dem ins flachsfarbene Haar geflochten Blumenkranz sah das Mädchen aus wie ein kleiner Engel.

Anna schaute wieder hoch. Gerade stellte der Graf Chassim dem König vor, der ihn umarmte wie den Grafen. Dann grüßte der König die Würdenträger der Stadt, indem er sie mit beiden Händen wieder zu einer aufrechten Haltung aufforderte.

Niemand hatte auf das kleine Blumenmädchen geachtet, das nach kurzer Überlegung geradewegs auf den König, Chassim und den Grafen zumarschierte, die reihum in die Menge winkten. Doch zu Annas Entsetzen ging das Mädchen nicht etwa auf den jungen König, sondern schnurstracks auf Chassim zu, den es wohl für den König hielt, zupfte ihn verlegen an seinem roten Umhang und überreichte ihm die Kornblume mit einem Knicks.

In diesem Moment wäre Anna vor Scham am liebsten im Erdboden versunken. Aber sie konnte den Blick nicht von dem Mädchen und Chassim abwenden, der die Kleine jetzt etwas fragte. Das Mädchen drehte sich um und zeigte direkt auf Anna, die sich sofort nach hinten bewegte und versuchte, sich in der zweiten Reihe zu verstecken. Aber Chassim hatte sie genau gesehen, das spürte sie. Er bedankte sich bei dem kleinen Mädchen, indem er vor ihm in die Knie ging und ihm über den Kopf streichelte, steckte die Kornblume in ein Knopfloch seines Wamses, schickte die Kleine mit einem leichten Klaps auf die Schulter zurück und wandte sich wieder dem König zu.

Die drei hohen Herren stiegen auf ihre Pferde, und die Fanfarenbläser hoben auf ein Kommando ihre Instrumente hoch und schmetterten das Signal zum Aufbruch. Zu dritt nebeneinander, der immer noch jubelnden Menge huldvoll zuwinkend, ritten sie durch die Gasse in Richtung Burg davon. Anna bemerkte, dass Chassim noch einen Blick zurück über die Schulter warf. Ob er versuchte, die Fremde noch einmal zu sehen, die ihm ein Mädchen mit einer Kornblume geschickt hatte? Nein, das war wohl Zufall, schalt sie sich selbst.

Die berittenen Fanfarenbläser folgten, dann schlossen sich die Uniformierten an, die Leibwache des Königs.

Anna war heilfroh, dass Aaron von dem ganzen Vorfall nichts mitbekommen hatte. Aber wo steckte er bloß?

In diesem Augenblick kamen die Wagen des Königs herangerattert, gezogen von kräftigen Pferden und gefahren von laut rufenden Kutschern, die Peitschen schwangen und knallen ließen, um ihre Zugtiere anzutreiben und der Menge zu verdeutlichen, noch Platz zu lassen für die Nachhut des königlichen Trosses.

Anna sah sich wieder suchend um und entdeckte Aaron auf der anderen Seite des durchziehenden Trosses. Er winkte ihr und zeigte auf eine Seitengasse, wohin er sich anscheinend durchdrängen wollte. Trotz der zahlreichen Wagen, die immer noch aufeinanderfolgten, löste sich die Zuschauermenge allmählich auf. Anna gelang es jedoch noch nicht, den Platz zu überqueren, solange der schier endlos erscheinende Lindwurm von Wagen und Reitern über den Marktplatz zog.

Endlich war der letzte Wagen an Anna vorbeigerattert. Etliche Kinder mit Rotznasen und schmutzigen nackten Füßen rannten johlend hinter ihm her. Anna überquerte den Platz. Als sie fast auf der anderen Seite bei Aaron angelangt war, sah sie im Augenwinkel einen Schatten rasend schnell von links auf sich zukommen und vernahm lautes Schnauben und klappernde Pferdehufe. Es war ein Ritter auf seinem Ross, der rücksichtslos versuchte, den Anschluss an den königlichen Tross zu finden und »Weg da!« brüllte. Anna reagierte einen Wimpernschlag zu spät auf den Zuruf, wurde von der Flanke des vorbeigaloppierenden Pferdes an der Schulter erwischt und landete unsanft auf dem Boden. Aber noch im Fallen hatte sie die herrische Stimme und die hünenhafte Gestalt mit den roten, lockigen Haaren erkannt, trotz des Bartes im Gesicht.

Da drehte sich der Ritter kurz um und bedachte sie mit einem zornigen Blick. »Kannst du nicht aufpassen, dummes Weibsbild?!«, schrie er ihr noch nach und war auch schon verschwunden.

Anna blieb länger liegen als nötig, sie war nicht schlimm verletzt, ihr tat nur die Schulter weh, und sie hatte ein paar Schrammen abbekommen. *Jetzt hat dich das Böse doch noch eingeholt!,* dachte sie im ersten Schock.

Gero von Hochstaden war nach Oppenheim gekommen.

Was suchte er hier?

Sie etwa?

Nein, das konnte nicht sein. Für ihn war sie tot, ertrunken als Bruder Marian.

Aaron eilte schon herbei und half ihr auf. »Bist du in Ordnung?«, fragte er besorgt.

Anna spürte, dass sie zu zittern anfing, aber sie konnte nichts dagegen tun. Mit fahriger Hand überprüfte sie, ob die Kapuze noch auf ihrem Kopf saß. Ja, Gott sei Dank. Dann konnte er sie nicht erkannt haben, oder? Sie hoffte es inständig.

»Ich denke schon«, kam endlich ihre Antwort.

»Tut dir etwas weh?«

Sie schüttelte den Kopf. »Nein. Es war meine Schuld. Ich war in Gedanken.«

»Komm. Für heute habe ich genug«, sagte Aaron, und zusammen machten sie sich auf den Heimweg. Dass sie den jungen Grafen Hochstaden wiedergesehen hatte, erwähnte Anna mit keinem Wort.

XI

Gero ritt, was sein Pferd hergab. An rennenden Kindern, marschierenden Fußsoldaten, Rittern und Wagen vorbei, fand er endlich Anschluss an das Ende des Trosses. Er passte sich dem gemächlichen Tempo an und überdachte die Ereignisse.

Sein vorrangiges Ziel war nach wie vor, im Gefolge des Grafen unterzukommen. In rauen Zeiten wie diesen war ein gut ausgebildeter Ritter, der Pferd, Rüstzeug und Waffen mitbrachte, bei einem wohlhabenden Landesherrn sicher willkommen. Gero musste es nur geschickt anstellen.

Sobald er etabliert war, wollte er seine zwei Kameraden finden, um eine Brieftaube an seinen Onkel loszuschicken. Die Nachricht, dass König Konrad auf Burg Landskron weilte, war zu wichtig, um sie Lutz oder Oswald zu übergeben. Außerdem würde es zwei oder drei Tagesritte brauchen, um den Erzbischof zu erreichen. Gero wollte um jeden Preis der Erste sein, von dem sein Onkel diese Nachricht erhielt. Das würde sein Ansehen bei seinem Onkel ungeheuer stärken, da war sich Gero sicher.

Er stemmte sich in seine Steigbügel, um besser sehen zu können, was an der Spitze des Zuges vor sich ging. Der Zug hatte das nordöstliche Stadttor von Oppenheim passiert, und Gero bemerkte, dass der größte Teil des Trosses nicht den Serpentinenweg zur Burg hinaufzog, sondern nach rechts abbog. Nur der König, Graf Georg von Landskron und dessen blaugewandeter Begleiter schlugen den Weg zur Burg ein, begleitet von drei Soldaten mit Hellebarden. Fanfarenbläser, Leibwache, Fußsoldaten und die zahlreichen Fuhrwerke steuerten auf eine große, von Wald umrandete Wiese zu.

Auf der weitflächigen Ebene weit unterhalb der Burg fanden für gewöhnlich die Turniere und Festlichkeiten statt, die der Graf von Landskron alljährlich veranstaltete. Vieles war schon vorbereitet oder wurde soeben aufgebaut: eine große Koppel für die Zug- und Reitpferde, Zelte für die Mannschaften, Feuerstellen für die Essenszubereitung. Die ankommenden Fuhrwerke wurden eingewiesen und abgeladen, sie enthielten noch mehr Zelte, Waffen und alles, was für die Bequemlichkeit in den Zelten erforderlich war.

Gero ritt näher und sah sich das muntere Treiben an. Einige Soldaten des Königs gesellten sich mit ihren Bogenausrüstungen zu den gräflichen Bogenschützen, die an ihren rot-goldenen Waffenröcken zu erkennen waren und sich im Schießen übten. Sie hatten in hundert Fuß Entfernung zwei Strohpuppen aufgestellt, mit einer Zielscheibe auf der Brust und einem Helm auf dem Kopf. Die Schützen steckten ihre Pfeile vor sich in den Boden und versuchten so schnell wie möglich fünf Pfeile hintereinander abzufeuern. Ein Hauptmann mit Halbharnisch überwachte das Geschehen, kritisierte, lobte und korrigierte gelegentlich Schusshaltung und Bogentechnik.

Gero verstand etwas vom Bogenschießen, ja, er hielt sich sogar für einen ausgezeichneten Schützen. Vielleicht war dies die Gelegenheit, sich in die Burgbesatzung zu bringen, wenn er bei einem, der etwas zu sagen hatte, wie dem Burghauptmann, einen guten Eindruck machte.

Jetzt forderten die königlichen Soldaten die Männer des Grafen zu einem kleinen Wettstreit heraus. Während Gero absaß, sein Pferd an einen Pflock band, die hinderliche Überkleidung ab- und Armschiene sowie ledernen Fingerschutz anlegte, die er in der Satteltasche mit sich führte, befahl der

Hauptmann, die beiden Zielpuppen noch ein paar Schritte weiter weg aufzustellen, so dass sie jetzt gut hundertdreißig Fuß von den Schützen entfernt waren. Eine der Strohpuppen diente den gräflichen, die andere den königlichen Bogenschützen als Ziel. Jeweils fünf Mann wurden ausgewählt, die ihre Mannschaft vertreten sollten.

Mit seinem Langbogen samt Pfeilen schlenderte Gero an den Kampfplatz heran.

Derweil hob der Hauptmann als Zeichen für die Schützen die Hand und wartete, bis die ersten beiden die Pfeile eingelegt und die Sehnen ihrer Bögen gespannt hatten. Die Schützen nahmen die Vogelscheuchen ins Visier. Als die Hand des Hauptmanns nach unten fiel und er »Jetzt!« rief, schnellten die Pfeile von den Sehnen. Blitzschnell hintereinander wurden alle Pfeile abgeschossen, bis der nächste Schütze an der Reihe war. Jeder Schütze gab sein Bestes, doch nicht jeder Pfeil traf das Ziel. Einige flogen hoch über die Vogelscheuchen hinaus oder fielen kurz davor zu Boden, was großes Gelächter und höhnische Kommentare bei der gegnerischen Mannschaft auslöste.

Als alle Pfeile abgeschossen waren, hatten die königlichen Schützen weit besser und öfter ihr Ziel getroffen.

Gero hatte aufmerksam zugesehen und in aller Seelenruhe zehn Pfeile vor sich in den Boden gesteckt. Nun fing er an, hinter dem Rücken der anderen Schützen, die ihn bisher gar nicht beachtet hatten, seine zehn Pfeile mit derartiger Präzision und rascher Schussfolge von der Sehne schnellen zu lassen, dass sich alle überrascht nach ihm umdrehten. Geros Pfeile trafen die Puppe der gräflichen Schützen ohne Ausnahme, der vorletzte Schuss ging mitten durch die Herzscheibe und der letzte schoss der Puppe den Helm vom Kopf.

Lauter Beifall und respektvolle Rufe brandeten auf, als Gero seine Darbietung beendet hatte, und der bärbeißige Hauptmann kam auf den Schützen zu und schüttelte ihm die

Hand. »Das macht Euch so schnell keiner nach, Herr. Wer seid Ihr?«

»Meinhard von Geldern ist mein Name«, antwortete Gero. »Und wer seid Ihr?«

»Ich bin der Burghauptmann. Wo habt Ihr so gut schießen gelernt?«

»Mein Onkel war ein vorzüglicher Lehrmeister. Sagt – könnt Ihr vielleicht jemanden wie mich brauchen? Ich kann auch gut mit Schwert und Lanze umgehen.«

Der Burghauptmann nahm Geros Bogen zu Hand und strich bewundernd über das fein gemaserte Holz. »Ein schöner Langbogen. Aus welchem Holz ist er gemacht? Eibe?«

»Ja«, erwiderte Gero stolz.

Der Burghauptmann reichte ihm die Waffe zurück. »Graf Landskron braucht immer fähige Männer.« Er musterte Gero genauer. »Mir scheint, Ihr habt das Zeug zum Anführer ...«

»Das will ich wohl meinen«, antwortete Gero und entspannte gekonnt seinen Bogen.

»Dann kommt«, sagte der Burghauptmann und schritt voraus. Gero nickte den anderen Männern zu, packte sein Pferd am Zügel und folgte dem Hauptmann.

Am Abend sah sich Gero in den krummen und engen Gassen von Oppenheim um. Es wurde allmählich dunkel, und er hatte sich von der Burg davongemacht mit der Ausrede, sich noch von einem Freund verabschieden zu wollen.

Er war hochzufrieden mit sich. Es war besser gelaufen, als er es sich gedacht hatte. Der Burghauptmann hatte ihm noch einige Fragen nach Herkunft und Ausbildung gestellt, die Gero zu dessen Zufriedenheit beantwortet hatte, und damit war er als Ausbilder der Bogenschützen in die Burgwache aufgenommen.

Während er mit dem Burghauptmann verhandelte, hatte

er sogar noch einen kurzen Blick auf den Burgherrn und seinen hohen Gast erhaschen können, als die beiden unversehens auf dem Wehrgang auftauchten, der sich die äußere Burgmauer entlangzog.

Der Burghauptmann war sogleich zu seinem Herrn geeilt und hatte auf Gero gedeutet, der unten im Burghof stand, ehrfürchtig den Hut zog und sich tief verbeugte, sobald der König und der Graf ihre Blicke auf ihn richteten. Der Graf hatte kurz die Hand zum Gruß erhoben und war dann mit dem König weitergegangen, während der Burghauptmann Gero durch eine Geste zu verstehen gab, dass seine Anstellung nunmehr besiegelt war.

Ein kräftiger, gedrungener Soldat mit schwarzem Bart hatte Gero daraufhin das Quartier und die Stallungen gezeigt sowie die gut ausgerüstete Waffenkammer, wo Gero sogleich die Bögen genauer betrachtete und anmerkte, dass mit den kleinen Ulmenbögen kein Staat zu machen sei und er die Bogenschützen auf die weitreichenderen und zielgenaueren Langbögen umschulen werde.

Dann hatte Gero einen Rundgang durch die Burg Landskron unternommen. Ihre Anlage war nicht außergewöhnlich. Sie war auf einer felsigen Anhöhe über der Stadt errichtet worden, was es einem Angreifer schwierig, wenn nicht gar unmöglich machte, sie im Sturm einzunehmen. Nur über eine Zugbrücke, die den tiefen Halsgraben überspannte, konnte man in die Burg gelangen. Dem äußeren Befestigungsring mit Wehrgang und Türmen folgte ein zweiter konzentrischer Ring mit weiteren Wehrtürmen, dem Bedienstetenhaus und der Schildmauer, durch deren Tor man in den Innenhof gelangte, wo sich ein hundert Fuß tiefer Brunnen befand, ebenso der Bergfried und der Palas mit dem Treppenhaus sowie die Burgkapelle. Im Palas wurde das ganze Erdgeschoss von der großen Empfangshalle eingenommen, und in den oberen Stockwerken lagen die Räumlichkeiten für die Herrschaften mit den beheizbaren *Kemenaten,* die jeweils mit einem eigenen offenen Kamin ausgestattet waren.

Wegen des königlichen Besuchs wimmelte es in der Burg nur so von Soldaten und Bediensteten. Bauern fuhren mit Vorräten vor, die ausgeladen und gelagert werden mussten. Es war ein Leichtes für Gero gewesen, herumzustreifen und alles genau in Augenschein zu nehmen. Schließlich war er, nachdem er kurz die Erlaubnis des Burghauptmanns eingeholt hatte, den Serpentinenweg hinunter in die Stadt marschiert, um sich auf die Suche nach Lutz und Oswald zu machen.

In einer Seitengasse, im Hinterhof einer Schenke, entdeckte er endlich ihren Wagen. Er betrat die Schenke, in der es bereits hoch herging.

Im hintersten Eck, kaum zu erkennen in der düsteren Kaschemme, fand Gero seine zwei Kumpane und setzte sich wortlos zu ihnen. Er bestellte ein Bier und kam ohne viel Aufhebens gleich zur Sache. »Ich bin drin«, meinte er.

»Wie hast du das angestellt?«, wollte Lutz wissen.

»Erzähle ich euch ein andermal. Ich habe nicht viel Zeit, schließlich unterstehe ich jetzt dem gräflichen Burghauptmann. Nur so viel: Ihr müsst morgen früh beim ersten Tageslicht eine Taube mit einer Nachricht losschicken.«

»Und wie lautet die Nachricht?«, fragte Oswald.

Da die Wirtin das Bier brachte, schwieg er so lange, bis sie wieder fortging. Dann griff er in den Schaft seines Stiefels und drückte Lutz unter dem Tisch einen kleinen, zusammengerollten Zettel in die Hand. Er trank das Bier in wenigen langen Zügen aus, ohne abzusetzen, wischte sich mit dem Ärmel den Mund ab und erhob sich.

»Bis demnächst«, sagte er. »Und sauft nicht zu viel. Ich will nicht, dass ihr betrunken etwas ausplaudert, habt ihr verstanden?«

Oswald und Lutz nickten. Gero drehte sich um und verschwand durch die Tür.

***

Hunderte von flackernden Kerzen tauchten den Altarraum der Klosterkirche von Heisterbach hinter dem *Lettner* in rötlich schimmerndes Licht.

Die Seitentür im Kirchenschiff, die direkt zu den Räumlichkeiten des Abtes führte, ging auf. Der Erzbischof trat mit ernster Miene heraus, Abt Sixtus, sein *Adlatus,* hielt ihm devot die Tür auf. Dann eilte Abt Sixtus dem Erzbischof voraus und öffnete die Tür des *Lettners,* durch die Konrad von Hochstaden in den vorderen Altarraum ging.

Vor dem Altarkruzifix, dem lebensgroßen Christus am Kreuz, fiel der Erzbischof auf die Knie, schloss die Augen und betete. Abt Sixtus, der sich dezent im Hintergrund hielt, wurde allmählich unruhig. So viele geschäftliche Angelegenheiten waren noch durchzugehen und zu besprechen. Derart quälend lange hatte der Erzbischof um diese Zeit, es war nach der Terz, noch nie stille Zwiesprache mit seinem Gott gehalten.

In diesem Moment wurde die Tür des *Lettners* aufgerissen und der schwer atmende, dickbäuchige Pater Antonius watschelte herein, so schnell er konnte, sah den Abt, eilte auf ihn zu und entdeckte erst jetzt den betenden Erzbischof, bei dessen Anblick er kurz zusammenzuckte. Deutlich gebremst und mit mehr Würde ging er weiter auf Abt Sixtus zu und flüsterte ihm etwas ins Ohr. Dabei zeigte er auf einen Boten, der mit dem Hut in den Händen in der Tür des *Lettners* stand.

Abt Sixtus nickte und ging so geräuschlos wie möglich vor zum Altar, beugte sich hinunter und sprach leise zu dem betenden Erzbischof. Der Erzbischof nahm es bewegungslos zur Kenntnis.

Abt Sixtus richtete sich wieder auf und wartete. Abrupt erhob sich der Erzbischof schließlich und winkte dem Boten. Der kam heran, verbeugte sich, küsste den dargebotenen Ring und übergab die Nachricht, die auf einem winzigen, zusammengerollten Zettelchen notiert war, ehrerbietig dem Erzbischof.

»Lies sie vor«, sagte der Erzbischof und gab ihm den Zettel zurück.

Der Bote räusperte sich und las. »König Konrad IV. mit Gefolge in O. eingetroffen. Jubel groß. Soll auf Landskron bleiben.«

»Das war alles?«, fragte der Erzbischof.

»Jawohl, Eure Eminenz.«

»Gut.« Der Erzbischof wirkte nachdenklich und nahm den Zettel wieder an sich. »Vergiss die Nachricht gleich wieder, hast du verstanden?«

»Ich habe sie nie gelesen.«

Der Erzbischof nickte. »Lass dir von Abt Sixtus ein Zimmer anweisen und Essen bringen.«

***

Der Erzbischof wartete, bis der Bote, Abt Sixtus und Pater Antonius den Altarraum verlassen hatten. Dann zerknüllte er den Zettel und eilte durch den *Lettner,* die Tür ließ er krachend ins Schloss fallen. Mit wehendem Mantel schlug er den Weg zur Seitentür ein, die zur Abtwohnung führte.

XII

Nach einem anstrengenden Tag war Anna in ihre Kammer gegangen und hing ihren Gedanken nach. Das überraschende Auftauchen des jungen Grafen Hochstaden in Oppenheim hatte alles wieder in ihr hochkommen lassen, was sie in den Tiefen ihres Herzens vergraben zu haben glaubte. Die Erinnerung daran war schmerzhaft. Die Ungewissheit über das Schicksal ihrer Eltern quälte sie wie die Frage, was der Erzbischof tun würde, wenn er erfuhr, dass sie noch lebte.

Sie grübelte, wie sie herausbekommen könnte, was mit ihren Eltern geschehen war. Aber so sehr sie sich den Kopf zerbrach, sie kam auf keine Lösung.

Aaron ahnte wohl, was in ihr vorging, vor einigen Tagen sprach er sie im Laboratorium darauf an, als sie einen Tiegel zerbrach und über ihr Missgeschick fast in Tränen ausgebrochen wäre.

»Was ist los? Was bedrückt dich?«, hatte er gefragt.

Anna sagte: »Ich kann nachts nicht mehr schlafen. Ich möchte wissen, was mit meinen Eltern geschehen ist.«

Er seufzte und setzte sich zu ihr. »Geduld, Anna. Die Zeit wird kommen. Wenn du anfängst, herumzufragen, erregst du nur Aufsehen und Neugier, dann wollen die Leute wissen, was hinter deinen Fragen steckt. Und der Erzbischof hat seine Augen und Ohren überall, heißt es. Früher oder später würde ihm zugetragen, dass jemand Erkundigungen in deiner Sache einzieht. Glaub mir, das ist zu gefährlich.

Wir kommen doch viel herum. Bestimmt ergibt sich einmal eine Gelegenheit, mehr zu erfahren. Du kannst es nicht mit Gewalt erzwingen. Du bist nur eine junge, schwache Frau.«

Sie wollte gegen diesen Satz aufbegehren, aber er beschwichtigte sie mit einer Handbewegung.

»Unsere Welt wird nun einmal von Männern regiert. In der Familie vom Ehemann oder Vater, im alltäglichen Leben vom Dorfschulzen oder dem Bürgermeister, im Reich von Adel und Geistlichkeit. Und wer ist der mächtigste Mann in unseren Landen? Der Erzbischof von Köln, vergiss das nicht. Er hat alle Mittel, seinen Willen durchzusetzen: Geld und Einfluss und damit Macht. Noch wagt er es nicht, die Staufer und ihre Stellvertreter hier in Oppenheim offen herauszufordern, aber er wartet nur auf den richtigen Moment, dessen bin ich sicher. Lass die Dinge auf dich zukommen. Irgendwann kommt die Zeit, wo dir plötzlich klar wird, was du machen kannst. Wenn es so weit ist, wirst du es erkennen.«

Anna hatte das Gefühl gehabt, dass mehr hinter seinen Worten steckte. Hatte Aaron die Gabe, etwas in ihr zu sehen, was ihr selbst noch nicht bewusst war?

Anna seufzte. Natürlich hatte der Medicus recht, wenn er an ihre Geduld appellierte. Aber es war unendlich schwer, mit der ständigen Ungewissheit umzugehen und damit zu leben.

Um sich auf andere Gedanken zu bringen, versuchte sie noch, bei Kerzenschein auf ihrer Stube ein lateinisches Buch aus Aarons Bibliothek zu lesen. Es handelte von den Säften des Körpers, ihrem Ungleichgewicht bei Krankheiten und dem Zusammenhang mit bestimmten Sternenkonstellationen. Doch seit sie *Famula* bei Aaron war, kamen ihr die Texte seltsam altbacken, abergläubisch und wenig hilfreich vor. Früher hatte sie solche Traktate regelrecht verschlungen, alle Behauptungen für weise und wahr gehalten und sie sich beim ersten Lesen so eingeprägt, dass sie, wenn es sein musste, jederzeit auswendig daraus zitieren konnte. Jetzt kamen ihr manche Methoden obskur und fern jeglicher Realität vor, weil sie tagtäglich miterleben durfte, welche Heilerfolge Aaron erzielte, eben weil er nicht nach den strikten Regeln handelte, die seit Jahrhunderten als heilig und unverletzlich galten, sondern nach seinen eigenen Erfahrungen und seinem gesunden Menschenverstand.

Als sie keinen Schlaf finden konnte, beschloss sie, in die Küche zu gehen und ein wenig Milch zu trinken, vielleicht würde das helfen.

Auf dem Weg von der Küche zurück in ihre Kammer sah sie Licht im Laboratorium brennen. Sie zögerte und klopfte dann an den Türstock, um Aaron nicht zu erschrecken, die Tür war nur angelehnt.

»Komm nur herein«, sagte Aaron, drehte sich jedoch nicht zu ihr um, so vertieft war er in die Arbeit an seinem Experimentiertisch.

Anna betrat den großen Raum voller Gerätschaften und Regale, in dem gewiss ein Dutzend Kerzen flackerten. Aaron trug seinen fleckigen Arbeitskittel, den er nur benutzte, wenn er mit seinen Experimenten beschäftigt war. Seit kurzem hantierte er mit neuartigen Salzen und ätzenden Flüssigkeiten und vermischte sie mit Salben und Ölen aus fernen Ländern, für die er ein Vermögen ausgab. In diesen Momenten erschien Anna der Medicus immer wie ein Alchemist, weil es in sämtlichen Tiegeln und Glaskolben zischte, stank und brodelte, und gelegentlich kam es zu kleinen Bränden und einmal sogar zu einer Explosion, bei der es ihm ein teures Glas zerriss. Dann konnte er tatsächlich furchtbar auf Jiddisch fluchen – natürlich nur, wenn er glaubte, allein zu sein.

Anna trat näher und sah, dass er über einen geschlachteten

Hasen gebeugt war, dessen Fell er gerade fachmännisch wie ein Jäger abzog. Er arbeitete mit seinen Metallinstrumenten, Messern, mit denen man ein Haar hätte spalten können, so scharf waren sie geschliffen.

»Was macht Ihr da?«, fragte Anna und sah ihm zu, wie er einen Schnitt im Bauchfleisch ansetzte.

»Ich will hinter ein Geheimnis kommen, das mich schon lange beschäftigt«, sagte er. »Das Geheimnis des Blutes, verstehst du? Wo es im Körper entsteht und wie es herumgeführt wird.«

»Und dazu benutzt Ihr einen Hasen, Meister?«

»Notgedrungen, liebe Anna, notgedrungen«, antwortete er seufzend. Er hatte nun das Innere des Tieres freigelegt, aus dessen Eingeweiden es dampfte, weil es noch warm war. »Das, was ich hier tue, nennt man Sektion. Ich war in Florenz zugegen, als Kollegen von mir dieses Verfahren an einer menschlichen Leiche durchgeführt haben, einem hingerichteten Meuchelmörder. Wie die Diebe in der Nacht, heimlich und unter großen Sicherheitsvorkehrungen, mussten wir die Sektion machen. Die Kirche verbietet Experimente an Leichen auf das Strengste. Wenn man uns erwischt hätte, wären wir auf dem Scheiterhaufen gelandet. Das ist auch der Grund, warum ich meine kleinen Forschungen hier an einem Hasen mache. Aber es geht mir ums Prinzip, und einige körperliche Abläufe und die Anordnung von Organen sind sich bei Mensch und Tier sehr ähnlich, so dass ich daraus meine Rückschlüsse ziehen kann, ohne Gefahr zu laufen, zum Ergötzen des Pöbels in Flammen aufzugehen.«

»Aber wenn man einen Toten aufschneidet und ihm Organe entfernt – wie will dieser Tote am Jüngsten Tag wieder unversehrt auferstehen?«

»Richtig, sehr richtig, Anna. Das sagt die Kirche. Aber ich frage dich: Wie will man verstehen lernen, wie der Mensch in seinem Inneren gebaut ist und was in seinem Körper vor sich geht, wenn man ihn nicht nach seinem Tode aufschneiden und studieren darf?«

Darauf wusste Anna keine Antwort.

»Siehst du, Anna«, sagte er, »diese Frage kann dir auch der Erzbischof nicht beantworten. Und deshalb bin ich gezwungen, mich mit einem Feldhasen zu behelfen. Ich mache das nicht, um die Kreatur zu töten, sondern um neue Erkenntnisse zu gewinnen. Das ist ein Unterschied.«

Er zeigte auf den aufgeschnittenen Hasen.

»Jetzt sag mir eins: Wo siehst du die vier Körpersäfte, die für Gesundheit und Krankheit zuständig sind?«

»Die Lehrmeinung dazu bezieht sich auf den Menschen. Nicht auf Tiere.«

Der Medicus war jetzt ganz in seinem Element. »Das ist ein Tier, da hast du natürlich recht. Du kannst aber nicht leugnen, dass Tiere auch aus Fleisch und Blut sind, sich verletzen können oder zuweilen von Krankheiten befallen werden, oder etwa nicht?«

»Ja, natürlich.«

»Und was siehst du hier?«

»Blut.«

»Blut. Genau. Keine gelbe oder schwarze Galle, keinen Schleim, also keinen dieser Körpersäfte, richtig?«

Anna nickte.

Der Medicus fuhr fort, indem er mit seinem scharfen Messer jeweils auf Teile des Hasen deutete. »Und hier sind die Organe. Herz, Lunge, Nieren, Darm. Hat der Mensch das nicht auch alles, ähnlich angeordnet, wenn auch teilweise in anderer Form und Größe?«

»Sicher. Aber ein Tier hat keine Seele.«

»Das ist die gängige Lehrmeinung. Aber darüber will ich mit dir nicht streiten. Tatsache ist, dass dieser Hase Blut hat wie wir, Organe hat wie wir, Knochen hat wie wir. Und ich will wissen, wie und warum sich das Blut im Körper bewegt.«

»Es bewegt sich?«

Er nahm ihre Hand und führte ihren Zeigefinger an seinen Hals.

»Fühlst du, wie es sich bewegt?«

»Ich spüre Euer Herz schlagen.«

»Ja. Es pumpt das Blut durch den Körper. Und das spürst du. Immer wieder. Den ganzen Tag lang. Und wenn du schläfst. Dein ganzes Leben lang. Bis du stirbst. Dann hört es auf zu schlagen. Hast du das schon bei einem Toten gespürt?«

»Nein.«

»Was sagt Galenos, der berühmte griechische Medicus mit der Viersäftelehre, auf den sich heute noch alle Ärzte berufen?« Er klopfte auf einen *Folianten,* den er auf einem Lesepult neben dem Tisch liegen hatte. »Er behauptet, dass die Ausgewogenheit der Säfte gleichbedeutend mit der Gesundheit des Menschen ist und Krankheiten durch Störungen dieser Ausgewogenheit entstehen. Jedem dieser Säfte wird ein Organ zugeordnet, das den betreffenden Saft speichern, umwandeln oder erzeugen kann.«

»So habe ich es gelernt.«

»Alle glauben ihm, seit Hunderten von Jahren. Aber ich bin davon überzeugt, dass es nicht stimmt.«

»Und Ihr denkt, Ihr könnt das Gegenteil beweisen?«

»Nicht das Gegenteil. Das, was richtig ist. Das ist ein großer Unterschied.«

Er kritzelte etwas in sein dickes Buch, das vollgeschrieben war mit Notizen und Zeichnungen und das neben dem *Folianten* in griechischer Sprache lag.

Er blickte zu Anna hoch und fragte: »Warum fließt Blut aus einer Wunde?«

Anna dachte nach, dann sagte sie: »Es ist wie in einem

Weinschlauch. Wenn ich ein Loch hineinschneide, kommt der Wein heraus.«

»Völlig richtig. Und warum? Wenn du den Schlauch mit dem Loch nach oben hältst, hört der Wein auf, herauszufließen. Hältst du einen Arm nach oben, der eine Verletzung aufweist, hört er nicht auf zu bluten. Warum? Weil das Blut unter Druck steht. Sieh dir meine Destillationsapparatur an. Wenn ich Feuer unter dem Kessel mache, entsteht Druck, und wenn ich ein Loch in eine Leitung bohre, entweicht Dampf. Genauso geschieht das meiner Meinung nach im menschlichen Körper.«

»Und was verursacht den Druck?«

Er tippte auf seine Brust. »Das Herz. Es drückt das Blut durch den Körper.«

»Aber … wenn das so ist – und es klingt logisch – warum weiß das niemand?«

»Weil wir den menschlichen Körper noch nicht kennen, das Zusammenspiel von Muskeln, Knochen, Blut, Sehnen, Organen noch nicht erforscht haben. Erst wenn wir wissen, was im Körper geschieht, können wir Krankheiten im Inneren erfassen. Bis dahin ist es noch ein weiter Weg. Vor allem dann, wenn wir nicht mal nachsehen dürfen, was uns im Innersten zusammenhält und uns leben, laufen, essen, trinken, verdauen, denken lässt.«

Aaron schwieg und sah sie an, mit vor Begeisterung und Entdeckerlust glühenden Augen.

»Wisst Ihr, dass Ihr mir manchmal unheimlich seid, Meister?«

»Lass dir eines sagen, Anna«, ermahnte er sie. »Nur die menschliche Neugier bringt uns weiter in diesem Leben. Nicht das sture Beharren auf Althergebrachtem! ›So haben wir es immer schon gemacht und nur so ist es richtig‹; ›Alles andere und Neue ist des Teufels‹ – gibt es etwas Schlimmeres als dieses Argument? Wie viele Krankheiten könnten wir verhindern oder heilen, wenn wir nur die Möglichkeit hätten, das zu erforschen, was uns noch unbekannt ist. Wie viel Leid könnten wir lindern, Anna, wie viel Leid!«

Als Anna wieder im Bett lag, dachte sie noch lange über die Worte des Medicus nach und beschloss, niemals aufzuhören, alles in Frage zu stellen und ihren Verstand und ihre Sinne offen zu halten für Neues. Sie bewunderte ihren Medicus. Seine Leidenschaft für die Forschung und die Wissenschaften hatte sie angesteckt. Gleichzeitig befürchtete sie, dass sie nie so klug und scharfsinnig und voller Wissen sein würde wie er. Aber was hatte er noch zu ihr gesagt, als sie ihm von dieser Sorge erzählte, kurz bevor er sie in ihre Schlafkammer schickte? »Es ist eine Schande für einen Lehrer, wenn sein Schüler ihn eines Tages nicht an Wissen und Können übertrifft.« Und dabei hatte er gelächelt.

XIII

Spät in der Nacht wachte Anna auf, weil sie glaubte, ein Pferd sei auf den Hof geritten und sie habe Geräusche im Haus gehört. Als sie jedoch lauschte und alles ruhig blieb, war sie überzeugt, geträumt zu haben, und dämmerte wieder weg. Aber beim zweiten Rumpeln schreckte sie endgültig hoch. Irgendetwas stimmte nicht. In ihrem leichten Schlafhemd, die Decke um die Schultern gezogen, stand sie auf und wollte gerade zur Tür, als diese mit einem Ruck aufgerissen wurde und eine aufgelöste Esther mit einer Kerze in der Hand hereinkam, verschlafen und mit Haaren, die nach allen Richtungen abstanden.

»Anna, zieh dich rasch an. Wir haben einen Notfall. Aaron braucht deine Hilfe. Stell jetzt keine Fragen, dazu haben wir keine Zeit. Aaron sagt, es ist sehr dringend.«

Anna zog im Nu ihre Tunika über den Kopf und darüber den dunklen Kapuzenumhang. Esther wartete, bis sie fertig war, und ging dann voraus, um zu leuchten.

Die Geräusche, die Anna gehört hatte, kamen aus dem Laboratorium, wo ein nervöser Aaron in seiner Instrumentensammlung herumkramte. Rebecca leuchtete ihm. Nicht Benötigtes warf er achtlos beiseite und bestückte einen zweiten Ranzen mit allem, was er für mitnehmenswert hielt. Der andere Ranzen lag wie immer griffbereit neben der Tür und war mit allem ausgestattet, was bei einem Notfall zum Einsatz kommen konnte.

Ohne aufzusehen, weil er noch Leinenverbände und das

seltsam geformte Horchrohr in den Ranzen stopfte, sagte Aaron: »Anna, du nimmst den anderen Ranzen. Und pack noch zwei Schlafschwämme mit ein. Und Aqua Vitae.«

Anna tat, wie ihr geheißen, und machte ihren Ranzen fertig, den sie dann am Riemen über ihre Schulter warf.

Aaron suchte immer noch weiter herum. »Wir brauchen unbedingt die speziellen Fäden. Wo habe ich sie denn nur?«

»Welche Fäden?«, fragte sie.

»Ich habe spezielle Fäden für das Vernähen von großen Wunden hergestellt. Ah, da sind sie ja!«

Er hatte eine Schublade geöffnet und holte nun ein Tuch heraus, das er aufwickelte. In dem Tuch waren Nadeln, in die bereits ein Garn eingefädelt war, das Anna nicht sofort zuordnen konnte.

Der Medicus rollte das Tuch wieder zusammen und gab es Anna. »Steck die noch in deinen Ranzen. Ich hoffe zwar, dass wir sie nicht brauchen, aber man weiß ja nie.«

Anna nahm das Tuch, während Aaron den zweiten Ranzen ergriff und an Anna vorbeiging.

»Auf was wartest du? Es geht um Leben oder Tod. Gehen wir!«, sagte er mit grimmigem Gesicht.

Aaron neigte sonst nicht zu übertriebener Dramatik, aber als sie seine wild entschlossene Miene sah, bekam Anna es mit der Angst zu tun. Sie wagte nicht zu fragen, wohin und zu wem es gehen sollte.

Er blieb noch einmal stehen, so dass sie beinahe auf ihn auflief, und sagte leise: »Alles, was du von jetzt an siehst oder tust, musst du für dich behalten. Unter allen Umständen, versprich mir das bei allem, was dir heilig ist!«

Sie sah ihm in die Augen und sagte mit fester Stimme: »Ja, Meister!«

Aaron drehte sich um und schritt den Flur in Richtung Scheune entlang. Anna folgte ihm.

In der Scheune schnaubte ein fremdes Pferd, und spärliches Licht von einer Fackel erhellte den Raum. Neben dem Ross stand ein Mann, dessen Gesicht im Schatten seiner dunklen Kapuze kaum auszumachen war. Den Kapuzenrand hatte er weit über die Stirn gezogen, so dass nur die Nasenspitze darunter hervorschaute. Im flackernden Licht erkannte Anna den Rappen mit der Blesse über den Nüstern erst auf den zweiten Blick, und es durchfuhr sie heiß und kalt zugleich. Sie hatte gleich geahnt, wer der wartende Mann war. Jetzt wusste sie es.

Aus Tausenden hätte sie ihn wiedererkannt.

Den Mann aus ihrem Traum. Chassim.

In diesem Moment hob der Kapuzenmann kurz seinen Kopf, und ihre Blicke trafen sich. Anna wusste nicht, ob er sie erkannte. Sie spürte nur, wie ihr wieder die Röte ins Gesicht schoss. Aber für irgendwelche Gedankenspielereien war jetzt nicht die Zeit.

Aaron zeigte nur kurz auf sie und sagte: »Meine *Famula*«, und Chassim grüßte sie mit einem knappen Kopfnicken. Er drückte erst ihr, dann Aaron eine mit Pech getränkte Fackel in die Hand. Beide Fackeln entzündete er mit seiner brennenden, dabei versuchte Anna krampfhaft, ihm nicht ins Gesicht zu sehen. Ihre Hand mit der Fackel zitterte.

»Gehen wir«, meinte Aaron, eilte in die hinterste Ecke der Scheune, wo der Boden mit Stroh bedeckt war, nahm einen Besen und kehrte das Stroh beiseite. Darunter kam eine Falltür mit einem Ring zum Vorschein, von deren Existenz Anna bisher nichts gewusst hatte. Aaron zog die Falltür am Ring hoch und hielt sie auf. Er ließ Anna und Chassim voraus eine steile Treppe nach unten steigen und folgte ihnen, nachdem er die Falltür wieder hinter sich geschlossen hatte.

Am Ende der Treppe befand sich eine Kammer, von der ein feuchter, lehmiger Gang steil abwärts führte. Er war so eng, dass sie leicht gebückt hintereinander gehen mussten.

Aaron drückte sich an Chassim und Anna vorbei und setzte sich an die Spitze. Im Gänsemarsch betraten sie den Gang. Anna vermutete, dass er direkt unter der Stadtmauer hindurchführte, denn es roch modrig und feucht nach Erde. Irgendwann machte der Gang eine langgezogene Kurve und führte weiter abwärts, danach verlief er eben und geradeaus weiter. Regelmäßig tauchten Stützbalken im Licht der Pechfackeln auf. Überall tropfte es von der Decke und den Wänden, und an einigen Stellen hatten sich große Wasserlachen gebildet. Aaron schien sich gut auszukennen, er schritt unbeirrt voran, Chassim folgte ihm auf den Fersen und Anna bildete das Schlusslicht.

Auf einmal wurde der Gang breiter, und im Lichtschein der Fackeln tauchten Seitengänge und Abzweigungen auf. Aaron zögerte keinen Moment, zielsicher marschierte er voran durch das unterirdische Labyrinth, bis der Gang noch breiter wurde und sie in einer zweiten Kammer landeten. Auch hier war die Decke kaum mehr als mannshoch, aber ab jetzt waren die Seitenwände gemauert. Von der Kammer zweigten drei Gänge ab; Aaron wählte den rechten und verschärfte das Tempo. Chassim und Anna hatten Mühe, mit ihm Schritt zu halten.

Anna spürte, wie ihr in der dumpfen, bedrückenden Enge der Schweiß den Nacken hinunterlief. Die Luft war schlecht, und sie musste blinzeln, weil ihr der Rauch der Fackeln in Augen und Nase brannte. Ein Husten unterdrückte sie. Die ganze Zeit hatte sie nur auf ihre Vordermänner und ihre eigenen Schritte geachtet, und so war ihr inzwischen jedes Raum- und Zeitgefühl abhanden gekommen, obwohl sie sich anfangs bemüht hatte, abzuschätzen, wo sie ungefähr sein mussten. Sie bemühte sich nur noch, die beiden Männer vor sich nicht aus den Augen zu verlieren, denn im Gewirr der zahllosen Gänge hätte sie nie und nimmer zurückgefunden.

Als sie schon dachte, der Weg würde gar nicht mehr enden,

gelangte Aaron an eine Tür. Chassim drängte sich an ihm vorbei, zog einen Schlüssel hervor, drehte ihn im Schloss herum und öffnete. Er musste seine ganze Kraft anwenden, um die schwere Tür aufzuziehen. Auf der anderen Seite führte eine steile und enge Wendeltreppe, die direkt in den Fels gehauen war, nach oben.

Jetzt ging Chassim voraus, er legte ein noch schnelleres Tempo vor, und Aaron und Anna konnten ihm kaum folgen. Aaron fing bereits an zu keuchen, und auch Anna kam ins Schnaufen. Allmählich wurde ihr schwindelig, weil kein Absatz die unendlich scheinende Wendeltreppe unterbrach. Immer rechts herum, weiter rechts herum, noch weiter rechts herum. Aaron wurde allmählich langsamer, und Anna hatte Angst, er würde jeden Moment vor Anstrengung zusammenbrechen. Da endlich hielt Chassim an.

Er drehte sich um und wartete auf einem Absatz auf seine Gefährten, die heftig atmend aufschlossen. Vor ihnen befand sich eine schwere Tür. Chassim nahm einen weiteren Schlüssel zur Hand und sperrte das Schloss vorsichtig auf.

Neben der Tür standen zwei Ledereimer. Einer enthielt neue Pechfackeln, der andere Wasser. Chassim löschte seine Fackel, Anna und Aaron taten es ihm gleich. Erst jetzt zog Chassim die Tür einen Spaltbreit auf und spähte hinaus. Flackerndes Licht erhellte den Raum auf der anderen Seite. Die Luft schien rein zu sein, denn Chassim bedeutete ihnen, dass sie ihm folgen sollten.

Sie betraten einen modrigen Kellerraum, ein Burgverlies mit einem halben Dutzend Zellen, deren Türen offen standen; die Kerker waren leer. Das unstete Licht stammte von einer Fackel, die in einer Halterung an der Wand steckte.

Anna wagte es, Aaron eine Frage zuzuflüstern: »Wo sind wir?«

Aaron flüsterte zurück: »Auf Burg Landskron. Wir sind im Kellerverlies des Bergfrieds.«

Anna staunte. Sie hatte sich immer noch unter Oppenheim gewähnt, aber dann wurde ihr klar, dass die steinerne Wendeltreppe im Inneren des Felsens hochgeführt haben musste, auf dessen Kuppe Burg Landskron thronte.

Der Bergfried, ein monolithischer Steinturm, war als letzte, uneinnehmbare Bastion gedacht, falls die Burg doch einmal vom Feind eingenommen werden sollte. Er hatte zwei Zugänge: eine ebenerdige Eichentür, mit schweren Eisen beschlagen und praktisch uneinnehmbar, wenn sie geschlossen war, und eine schmale, leicht zu verteidigende Brücke im dritten Stock, die zum Palas führte, in dem die gräfliche Familie und wichtige Gäste wohnten.

Also mussten Anna, Aaron und Chassim noch einmal durch eine kleine, verborgen liegende Tür, hinter der eine schneckenförmige Treppe den Turm hinaufführte, bis sie die Brücke erreichten und hoch über dem Innenhof der Burg zum Palas hinübereilten.

Am anderen Ende der Brücke öffnete Chassim ihnen erneut eine Tür, sie war hinter einem Wandvorhang versteckt, den sie beiseiteschoben, und dann standen sie in einem langen Korridor, der von Fackeln spärlich beleuchtet war. Erlesene Stoffe, die Anna noch nie gesehen hatte, hingen an den Wänden, teure farbige Bleiglasfenster gingen zum inneren Burghof hinaus, schwaches Mondlicht fiel durch sie herein und zauberte filigrane Muster auf den Steinboden.

Ein Mann in einem kostbar bestickten Mantel mit breit auslaufenden Ärmeln kam auf sie zu, als ob er auf ihre Ankunft gewartet hätte. Er sah zutiefst besorgt aus. Anna stockte der Atem – es war Graf Georg von Landskron höchstselbst, und er begrüßte den Medicus wie einen alten Freund.

»Ich dachte schon, Ihr kommt nicht mehr!«, sagte er zu Aaron mit bangem Unterton in der Stimme.

»Wir sind so schnell gekommen, wie wir konnten, Schwager«, warf Chassim ein und legte beruhigend die Hand auf die Schulter des Grafen.

Also ist Chassim der Bruder von Graf Georgs Frau, dachte Anna, bevor sie sich vor dem Grafen verbeugte.

»Das ist die *Famula* des Medicus«, erklärte Chassim.

»Ich bin froh, dass Ihr hier seid, und danke Euch für euer Kommen. Hoffentlich ist es nicht schon zu spät«, sagte der Graf und eilte voraus.

»Ist das Fruchtwasser schon abgegangen?«, fragte Aaron unvermittelt.

»Ja, die Amme sagte so etwas. Ich habe schon den Burgkaplan gerufen, er hat ihr die Beichte abgenommen. Sofern das möglich war. Ottgild hat große Schmerzen«, antwortete der Graf. Dann blieb er kurz noch einmal stehen und hielt Aaron mit der rechten Hand auf.

»Bitte, Meister Aaron, helft meiner Frau. Rettet sie und das Kind. Ihr seid meine letzte Hoffnung. Tut Ihr das, dann erfülle ich Euch jeden Wunsch, so weit es in meiner Macht steht. Ihr könnt mich an mein Versprechen erinnern.«

Aaron erwiderte: »Ich tue immer, was ich kann, Graf. Aber ich danke Euch für Euer Vertrauen.«

Der Graf nickte, dann gingen sie weiter.

Langsam ahnte Anna, was auf sie zukam. Die Frau des Grafen, Ottgild, war guter Hoffnung, das hatte Aaron ihr einmal erzählt. Anscheinend waren sie gerufen worden, weil eine Fehl- oder Totgeburt drohte oder das Kind falsch lag. Und der Geheimgang zur Burg wurde offensichtlich immer benutzt, wenn Aaron gebraucht wurde, was niemand erfahren durfte. Schließlich war Aaron Jude, und der Graf würde sonst vor aller Augen zugeben, dass er einem jüdischen Medicus mehr vertraute als den herkömmlichen christlichen Hebammen, Badern und Quacksalbern.

Sie gelangten in die Vorräume der gräflichen Gemächer. Gedämpfte Schreie waren zu hören. Alle zuckten zusammen.

Der Graf beschleunigte seine Schritte. Eine Kammerzofe mit einer Waschschüssel kam aus dem Hintergrund herangeeilt und verschwand hinter einer Tür. Sie durchschritten ein zweites Gemach. An den Wänden hingen schwere Wandteppiche, auf dem Boden waren Schilfmatten ausgebreitet, auf denen wohlriechende Kräuter lagen. Ihr Duft erfüllte die Luft: Lavendel, getrocknete Rosenblätter, Rosmarin. Endlich erreichten sie eine Tür, die wohl zum Schlafgemach führte. Eine ältere Dienerin saß in einem Stuhl daneben und bewachte sie, erhob sich aber sofort, als sie die drei Männer und die kleine Frau mit ihrem Kapuzenumhang herankommen sah. Sie öffnete die Tür, Aaron und der Graf traten ein.

Chassim blieb stehen und hielt Anna, die bei der Berührung unmerklich zusammenzuckte, an der Schulter fest und sagte leise: »Ich gehe nicht hinein. Der Platz an Ottgilds Seite gehört dem Ehemann und nicht dem Bruder. Entschuldigt mich bei meiner Schwester und versprecht mir, dass Ihr alles tut, um ihr und dem Kind zu helfen.« Er sah Anna dabei mit Nachdruck in die Augen.

Anna hatte einen Moment lang das Gefühl, als würde die Zeit stehen bleiben, als Chassim sich ihr zuwendete. Doch dann riss sie sich zusammen und antwortete: »Seid versichert, dass wir alles tun, was in unseren Kräften steht, Herr. Das verspreche ich Euch.«

Chassim beugte sich zu Anna hinunter und flüsterte ihr ins Ohr: »Mein Schwager liebt seine Frau. Er darf sie nicht verlieren!«

Dann drehte er sich abrupt um und ging.

Anna betrat das Gemach, und die Dienerin schloss hinter ihr die Tür.

Gräfin Ottgild war eine schöne Frau, sah jedoch blass und ausgezehrt aus, wie sie da schwer atmend in ihrem großen Bett auf Daunenkissen lag, die ihren Kopf und den Oberkörper stützten. Die übliche Betthaube hatte sie in der rechten Faust, wohl weil sie sie in einem Krampf heruntergerissen hatte. Ihr langes, gelocktes Haar ergoss sich über das schweißnasse Kissen, und ihr Atem ging hechelnd, als Anna das Schlafgemach betrat. Eine dickliche Dienerin, offenbar die Amme, wischte ihr mit einem Tuch den Schweiß von der Stirn.

Anna trat näher. Aaron war schon auf der rechten Seite des Bettes, der Graf setzte sich zur Linken seiner Frau und nahm ihre Hand.

Ottgild schlug die Augen auf, erkannte Aaron und bemühte sich um ein schwaches Lächeln. »Danke für Euer Kommen, Meister Aaron. Ich bin so froh, dass Ihr da seid.«

Ein krampfartiger Schmerz, eine Wehe, durchfuhr ihren Körper, sie bäumte sich auf und schrie.

Aaron wartete ab, bis der Krampf nachließ, sie wieder zurück in ihre Kissen sank und erschöpft die Augen schloss.

Anna löste sich aus ihrer Erstarrung und begann, ihren Ranzen aufzumachen und alles, was benötigt werden konnte, auf einem Tuch bereitzulegen. Dies hier war nicht ihre erste schwere Geburt, bei der sie zugegen war. Bei einer normalen Geburt hätte niemand den Medicus gerufen. Erst wenn es Komplikationen gab und die Hebamme sich keinen Rat mehr wusste, wenn Beschwörungen und Bauchwickel nicht mehr halfen, schickte man in aller Eile nach dem Medicus, manchmal sogar mitten in der Nacht, Anna hatte das in den Wochen, in denen sie jetzt bei ihm war, schon des Öfteren erlebt. Von Aaron erwartete man dann Wunderdinge, zu denen auch er nicht fähig war, besonders dann, wenn man ihn zu spät gerufen hatte.

Aaron beugte sich zur Gräfin hinunter. Mittlerweile war ihr Atem flacher geworden. »Ist das Fruchtwasser schon abgegangen?«, fragte er.

»Ja«, kam es schwach zurück. »Schon lange. Aber das Kind will nicht heraus.«

»War Blut dabei?«, fragte er die Amme an Ottgilds Seite.

»Ja, aber nicht viel«, antwortete die Amme.

Aaron sah Ottgild wieder an. »Wie lange liegt Ihr jetzt schon in den Wehen?«

Sie antwortete: »Diese Nacht und einen halben Tag.«

»War der *Feldscher* oder ein anderer Medicus schon bei Euch?«

»Die Amme ...«, der Graf zeigte auf die Dienerin, die neben Aaron stand, »... hat nach dem *Feldscher* geschickt, als ich nicht da war. Er wollte meine Frau zur Ader lassen, aber ich kam gerade noch rechtzeitig und habe es ihm verboten. Als er darauf bestand, habe ich ihn hinausgeworfen.«

»Daran habt Ihr gutgetan«, meinte Aaron.

Er nahm beruhigend Ottgilds Hand und tätschelte sie. »Ich untersuche Euch jetzt, Gräfin. Bleibt ganz ruhig, es wird alles gut werden.«

Er schob die Decke von ihrem Körper und tastete konzentriert den angeschwollenen Bauch von allen Seiten ab. Dann streckte er die Hand nach dem Horchrohr aus, das Anna schon bereithielt und ihm reichte. Behutsam begann Aaron, den Bauch der Schwangeren abzuhören. Schließlich setzte er das Horchrohr ab und fragte die Amme: »In welchem Abstand kommen die Wehen?«

»Das ist verschieden. Mal kurz hintereinander, dann ist es wieder so lange ruhig, dass man meinen könnte, es sind gar keine Wehen.«

Aaron machte ein nachdenkliches Gesicht.

Ottgild fasste ängstlich nach seiner Hand. »Verliere ich auch dieses Kind? Sagt mir die Wahrheit, Medicus!«

Aaron räusperte sich, nahm kurz der Amme das Tuch aus der Hand und wischte die Schweißperlen von Ottgilds Stirn.

Er sagte: »Ich will euch nichts vormachen, Gräfin. Euer Kind lebt. Aber es ist schon sehr schwach. Und es liegt falsch, es liegt seitlich. Deshalb kann es nicht auf natürlichem Weg herauskommen. Ich befürchte, ich habe nicht mehr die Zeit, um zu versuchen, es von außen in die richtige Lage zu bringen.«

Aaron stand auf und nahm den Grafen beiseite, so dass Ottgild nicht hören konnte, was er sagte. »Graf, es bleibt mir keine andere Wahl, als eine Methode anzuwenden, bei der das Leben des Kindes unter Umständen gerettet werden kann, aber das Leben der Mutter auf dem Spiel steht. Wenn ich nichts unternehme, werden es beide nicht überleben. Soll ich es trotzdem versuchen?«

Ottgild krampfte wieder. Ein schmerzvoller, schriller Schrei, der allen durch Mark und Bein ging, löste sich aus ihrem Mund.

»Um Gottes willen, Meister Aaron, helft ihr! Tut alles, was Ihr könnt!«, brach es aus dem Grafen heraus, dem wie seiner Frau die Schweißperlen auf der Stirn standen.

»Dann ist es also beschlossen!«, sagte Aaron und packte seine Instrumente aus. »Ich brauche so viel Licht wie möglich. Lasst alle Kerzen bringen, die Ihr habt.«

Die Amme an seiner Seite, eine ältere, besonnene Frau, winkte einer jungen Dienerin, die so still in der dunklen Ecke stand, dass niemand auf sie geachtet hatte. Das Mädchen rannte davon.

»Eine zweite Wasserschüssel, schnell!«, rief Anna, aber in dem Moment kam schon die Kammerzofe, der sie vorher begegnet waren, und brachte frisches Wasser und Tücher.

Anna gab Aqua Vitae in die Schüssel, tauchte ein frisches Tuch hinein und wischte Aarons Instrumente damit ab, es waren Messer und Zangen verschiedener Größe aus glänzendem Metall, die sie auf einem Tuch griffbereit legte.

Aaron zog seinen Umhang aus und ließ sich von Anna die Ärmel seiner weißen Tunika bis über die Ellenbogen nach oben krempeln. Auch Anna entledigte sich ihres hinderlichen Kapuzenumhangs und legte weitere Tücher bereit. Das Mädchen kam zurückgeeilt und brachte Kerzen mit, so viel sie tragen konnte. In aller Eile drapierten sie die Kerzen um das Bett und zündeten sie mit Kienspänen aus dem Kamin an. Dann verließ das Mädchen das Zimmer wieder.

»Den Schlafschwamm!«, befahl Aaron und dann, zum Grafen, aber so leise, dass nur er es verstehen konnte: »Es wird kein schöner Anblick, Graf. Mir wäre es lieber, Ihr wartet draußen.«

»Ich war bei einigen Schlachten dabei. Ich bin einiges gewohnt, Meister Aaron«, erwiderte der Graf tapfer.

»Das ist etwas anderes«, widersprach ihm Aaron. »Hier geht es um Eure Frau. Wir holen Euch, wenn sie es überstanden hat.«

Georg von Landskron zögerte kurz, küsste seine Frau dann auf die Stirn und stand auf.

»Sorgt dafür, dass niemand hereinkommt«, sagte Aaron und schob ihn hinaus.

Zur Amme meinte er: »Ihr könnt bleiben. Ich nehme an, Ihr wart schon bei der einen oder anderen Geburt dabei?«

»Es ist nicht meine erste und wird nicht meine letzte sein«, antwortete die Frau.

Aaron nickte und wusch sich wie Anna sorgfältig die Hände in der Wasserschüssel, die mit Aqua Vitae versetzt war. Anna hatte den Schlafschwamm schon präpariert. Aaron setzte sich an die Seite der Gräfin, die ihn vertrauensvoll und bang zugleich ansah.

»Ihr wollt mir das Kind aus dem Bauch schneiden, nicht wahr?«

Aaron hielt ihr den Schwamm unter die Nase. »Atmet tief ein. Ihr werdet einschlafen und nichts spüren, das verspreche ich Euch. Ich habe das schon einige Male gemacht.«

Ottgild ergab sich in ihr Schicksal, schloss die Augen und atmete ein paar Mal kräftig ein. Aaron nahm den Schwamm weg, als er merkte, dass sie nicht mehr bei Sinnen war, was er durch ein Öffnen der Augenlider überprüfte.

Er wandte sich an Anna: »Jetzt müssen wir schnell machen. Es wird viel Blut fließen, wir werden nähen müssen, richte alles dafür her. Vor allem die Nadeln, die ich dir im Laboratorium mitgegeben habe. Leg sie in die Schüssel mit Aqua Vitae. Wir werden Hand in Hand arbeiten müssen, schnell und ohne Pause. Uns darf kein Fehler unterlaufen. Du musst das Blut ständig wegtupfen, sonst sehe ich nichts. Hast du alles bereit?«

»Ja«, sagte Anna und holte die Nadeln aus dem Ranzen, bei denen die Fäden schon eingefädelt waren.

Aaron nahm das schärfste Messer, schob das Hemd der Schwangeren hoch bis unter die Brüste und setzte zum Schnitt an, quer über die Bauchdecke eine Handbreit unter dem Nabel. Er warf Anna noch einmal einen Blick zu: »Ikh hob dos doziker keyn mol nisht geton. Ikh hob lign zogn.«

Anna verstand kein Wort. Aber Aaron hatte das wohl zu sich selbst gesagt.

Dann zog der Medicus das Messer entschlossen über den Unterleib und schnitt die erste Schicht der Haut sorgfältig und vorsichtig auf.

XIV

Das Kind, ein Junge, schrie aus Leibeskräften. Aaron legte es Anna in die Arme, die mit Tüchern bereitstand. Sie wischte dem Jungen das Gesicht ab, sah, dass er augenscheinlich gesund war, lächelte ihn an und gab ihn, in die Tücher gewickelt, an die Amme weiter, die sofort anfing, den kleinen Wurm in der zweiten Waschschüssel zu säubern.

Anna musste Aaron beistehen, der alle Hände voll zu tun hatte, um die durchtrennten Hautschichten nacheinander zuzunähen. Sie reichte ihm Nadel und Faden, wischte und tupfte Blut, zog die inneren Wundränder mit zwei Haken zusammen und hielt sie, damit Aaron sie nähen konnte, wischte wieder Blut weg, schnitt den Faden ab, machte einen Knoten, hielt die nächsten Wundränder zusammen, bis Aaron fertig war und sich erschöpft aufrichtete. Es sickerte nur noch wenig Blut aus der zugenähten Schnittwunde, Anna säuberte sie, so gut sie konnte.

Der Medicus nahm das Verbandszeug und legte es der Gräfin gewissenhaft an.

Währenddessen packte Anna die verschmutzten und blutigen Tücher und warf sie auf einen Haufen, dann wusch sie sich ebenfalls.

Aaron beugte sich über das Gesicht der Gräfin und lauschte ihrem Atem, indem er mit dem Ohr ganz nah an ihrem Mund horchte. Anna und die Amme sahen ihn bang an.

»Sie lebt«, sagte er nur. »Ob sie es auch überstehen wird, ist die andere Frage.«

Er setzte sich erschöpft auf einen Hocker. »Du hast dich gut gehalten, Anna.«

»Was habt Ihr vorher gesagt?«, fragte Anna. »Ich habe es nicht verstanden. War das Hebräisch?«

Aaron stand auf und schob Anna zur Tür. »Komm. Wir müssen dem Grafen berichten. Er wird sich große Sorgen machen.«

An der Tür, als er sicher war, dass die Amme ihn nicht mehr hören konnte, sagte er leise zu Anna: »Es war Jiddisch und ist mir so herausgerutscht. Ich habe gesagt: Ich mache das auch zum ersten Mal. Ich habe vorhin gelogen.«

Er sah ihr dabei in die Augen, und Anna konnte ein Lächeln nicht unterdrücken.

Dann öffnete er die Tür und trat in das Vorgemach. Die Dienerin war verschwunden, nur Chassim saß da und stützte müde den Kopf in seine Hände. Der Graf lief unruhig auf und ab und blieb mit ängstlich erwartungsvollem Blick stehen, als der Medicus und Anna aus der Tür zum Schlafgemach kamen.

Aaron sagte: »Dankt Gott, Graf von Landskron. Ihr habt einen gesunden Sohn.«

Der Graf stürzte auf Aaron zu, Chassim löste sich aus seiner Erstarrung und kam ebenfalls heran.

Georg von Landskron packte Aaron an den Schultern: »Und meine Frau? Was ist mit meiner Frau?«

»Auch sie hat überlebt. Aber sie hat viel Blut verloren. Betet, dass sie kein Fieber bekommt. Dann ist alle ärztliche Kunst vergebens. Ihr könnt jetzt hineingehen. Eure Gattin ist noch betäubt. Lasst sie schlafen.«

Der Graf umarmte ihn wortlos, dann stürmte er in das Schlafgemach.

Chassim drückte Aaron die Hand: »Danke, Medicus.«

Dann streckte er auch Anna die Hand hin. Erst jetzt wurde Anna bewusst, dass sie ihren schützenden Kapuzenumhang nicht mehr anhatte, sondern mit ihrer merkwürdigen Haartracht, den kurzen, nachwachsenden Stoppeln, die wie Igelstacheln von ihrer Schädeldecke abstehen mussten, vor dem Mann stand, dem sie in ihren Träumen begegnet war. Sie wurde furchtbar verlegen, und wieder schoss ihr das Blut ins Gesicht. Doch dann besann sie sich. Bei Nacht war es in den Räumen der Burg ziemlich düster, vielleicht konnte er ihre Haare gar nicht so genau erkennen, jedenfalls hoffte sie das, als sie seine Hand schüttelte.

»Danke«, sagte er aufrichtig. »Auch im Namen meiner Schwester.« Aber er entließ sie immer noch nicht aus seinem kräftigen Händedruck. »Sagt mir bitte Euren Namen.«

»Anna ist mein Name, Anna aus Ahrweiler«, antwortete sie. Wobei sie sich wunderte, dass sie nicht ins Stottern kam.

»Danke, Anna, dass Ihr so schnell gekommen seid.« Jetzt endlich ließ er ihre Hand los und folgte seinem Schwager in das Schlafgemach.

Aaron schloss die Tür hinter ihm und setzte sich in einen Sessel. Anna tat es ihm gleich. Auch sie merkte erst jetzt, dass sie am Ende ihrer Kräfte war.

»Du kannst nach Hause gehen. Ich muss hierbleiben. Wenigstens die nächsten Stunden. Falls irgendeine Komplikation eintritt«, sagte Aaron müde und unterdrückte ein Gähnen.

»Ich glaube nicht, dass ich in dem Labyrinth unter der Erde allein zurückfinde«, erwiderte sie.

»Graf Chassim kennt den Weg. Er wird dich führen.«

»Aber …«

Der Medicus unterbrach sie mit erhobenem Zeigefinger, der strengsten Geste, die ihm zur Verfügung stand und die er nur einsetzte, wenn er keinen Widerspruch duldete: »Kein Aber! Du musst dich ausruhen! Es reicht schon, wenn ich hier die restliche Nacht verbringe.«

Er überprüfte das Bett, das in der Ecke stand. Es hatte einen Baldachin und schwere Vorhänge an den Seiten.

»Gar nicht so unbequem«, sagte er vergnügt und ließ sich mit einem tiefen Seufzer der Erleichterung darauf nieder. »Im Übrigen: Graf Chassim muss ohnehin zurück, um sein Pferd zu holen. Es ist besser, wenn niemand erfährt, dass ein jüdischer Medicus beim Grafen ein- und ausgeht. Wir sind uns also einig. Und nimm deinen Ranzen mit.«

Anna stand auf und war unschlüssig – sollte sie ins gräfliche Schlafgemach gehen oder besser warten, bis jemand herauskam?

Die Antwort ergab sich von selbst, denn in diesem Augenblick kam Chassim heraus, mit einem strahlenden Gesicht.

»Mein neugeborener Neffe wird Friedrich heißen«, sagte er, »wie unser Kaiser. Kommt, ich begleite Euch zurück.«

Anna wies auf Aaron, der schon eingeschlafen war: »Der Medicus will hierbleiben, falls er doch noch gebraucht wird. Ich will nur rasch meinen Ranzen und meinen Umhang holen.«

Sie schlüpfte ins Schlafgemach und packte so unauffällig wie möglich ihren Ranzen zusammen. Dabei warf sie einen scheuen Blick auf die Amme, die das in Decken eingewickelte Kind in den Schlaf wiegte, und auf den Grafen, der am Bett seiner Frau saß, ihre Hand hielt und über ihr Haar streichelte. Er bedachte Anna knapp mit einem dankbaren Lächeln, das sie ebenso knapp mit einer Verbeugung erwiderte. Dann packte sie Ranzen und Umhang und machte die Tür sachte hinter sich zu.

Chassim ging, mit einer Fackel leuchtend, voraus. Anna folgte, sie hatte ihren Umhang wieder an und die Kapuze über den Kopf gezogen.

Als sie die unendlich lange Wendeltreppe schließlich hinter sich gelassen hatten, was abwärts natürlich um einiges leichter fiel, hielt Chassim an und drehte sich nach ihr um. »Bitte prägt Euch den Weg ein, so gut es geht. Es könnte sein, dass Ihr ihn das nächste Mal allein finden müsst.«

Er hielt die Fackel so, dass er ihr ins Gesicht sehen konnte. Er stutzte kurz und brachte die Fackel noch ein bisschen näher an Anna heran.

»Kann es sein, dass Ihr zwei verschiedenfarbige Augen habt?«, stellte er erstaunt fest.

Anna antwortete schroffer, als sie es eigentlich wollte. »Ja, und Ihr könnt Euch bekreuzigen, wenn Ihr Euch ängstigt. Es soll Unglück bringen, sagen die Leute.«

»Verzeiht, ich wollte Euch nicht zu nahe treten.«

Er schien verwirrt. Dann machte er auf dem Absatz kehrt und ging weiter.

Anna hätte sich am liebsten ihre vorlaute Zunge abgebissen. Was sollte Chassim jetzt von ihr denken? Seine Frage hatte nur neugierig geklungen. Sie schalt sich im Stillen eine dumme Gans und versuchte, sich den Gang und seine Abzweigungen einzuprägen, indem sie die Schritte zählte und an jeder Abzweigung eine kleine Markierung anbrachte. Sie hatte sich dafür eigens aus der gelöschten Fackel Ruß in die Hand geschmiert, und die Hauptabzweigungen konnte sie sich ohnehin merken, da sie jetzt wusste, in welche Richtung sie unterwegs waren.

»Im Übrigen«, ließ sich Chassim plötzlich von vorne vernehmen, ohne dass er seine Schritte verlangsamte, »was die Leute für gewöhnlich denken, ist mir gleichgültig. Ich bilde mir meine eigene Meinung.«

Schließlich erreichten sie die versteckte Falltür in Aarons Scheune.

Chassim hielt die Tür für Anna auf, und sie ließ die Tür wieder leise nach unten einrasten und schob mit dem Fuß Stroh darüber, so dass sie nicht mehr zu sehen war.

Chassim und Anna klopften sich den Schmutz von der

Kleidung und starrten sich einen kurzen Augenblick an, befangen von ihren nächtlichen Erlebnissen. Im magischen Licht des Morgens, das durch die Ritzen der Holzwände hereinfiel, tanzte der Staub auf ihrer Kleidung. Anna zupfte Chassim noch einen Strohhalm aus dem dichten schwarzen Haar, und dann war der vertraute Moment auch schon wieder vorbei.

»Ich danke Euch, dass Ihr mich hergebracht habt, Herr«, sagte Anna, um die peinliche Pause zu überspielen.

»Das habe ich gerne getan, Anna«, erwiderte Chassim. Er schien ihr die spitze Bemerkung im Geheimgang nicht weiter nachzutragen. Dann löschte er die Fackel, stellte sie in die Ecke, ging zu seinem Pferd, das immer noch gesattelt war, und stieg auf. Anna öffnete einen Flügel des Scheunentors und schaute draußen nach, ob die Luft rein war.

»Sehen wir uns wieder?«, fragte Chassim.

»Das kommt darauf an«, antwortete Anna.

»Worauf?«, wollte er wissen.

»Wie lange Ihr noch auf Burg Landskron weilt. Ich werde sicher regelmäßig mit dem Medicus nach der Gräfin sehen.«

Chassim nickte. »Tut das. Ich muss meinem Vater Bericht erstatten. Aber ich bin oft hier in Oppenheim. Gehabt Euch wohl, Anna.«

Anna drückte ihr Auge an ein Astloch in der Scheunenwand und spähte Chassim nach, bis er aus ihrem Sichtfeld verschwunden war. Dann packte sie ihren Ranzen und schlenderte gedankenverloren auf die Tür zu, die ins Innere des Hauses führte.

Als Anna nach einem kurzen, aber erfrischenden Schlaf, in dem sie zum ersten Mal seit Wochen nicht von Alpträumen geplagt wurde, zur Mittagszeit hungrig wie ein Wolf aufwachte, hörte sie jemanden im Laboratorium rumoren. Sie zog sich an und sah nach. Der Medicus war bester Dinge und räumte die Instrumente aus seinem Ranzen. Er drehte sich um, als er Anna hereinkommen hörte.

»Wie geht es der Gräfin?« fragte Anna.

»Es sieht gut aus«, berichtete Aaron, »aber sie ist noch längst nicht über den Berg. Wir werden vorläufig jeden Tag nach ihr sehen müssen. Und da ich meine vielen Patienten nicht vernachlässigen kann, wirst du das übernehmen. Für meine alten Knochen ist es zu anstrengend, jeden Tag durch den Geheimgang zur Burg zu laufen. Ich habe das schon mit dem Grafen vereinbart. Du bist nicht gezwungen, in aller Heimlichkeit auf die Burg zu schleichen. Ich habe hier ...«, er fingerte einen Brief aus dem Ranzen, den er Anna überreichte, »... einen Passierschein für dich, ausgestellt vom Grafen persönlich. Den zeigst du der Wache am Burgtor vor. Ich denke zwar nicht, dass der Bursche lesen kann, aber das gräfliche Siegel wird ihn bestimmt überzeugen. Du bist jetzt die offizielle Medica der Gräfin. Ich gratuliere. Der *Feldscher* auf der Burg wird außer sich sein vor Wut und Eifersucht, aber der Graf will es so. Ich habe noch nie erlebt, dass jemand in so jungen Jahren eine Medica geworden ist. Was sagst du dazu?«

Ungläubig drehte und wendete Anna das Schreiben mit dem gräflichen Siegel in der Hand und konnte nicht glauben, was der Medicus gesagt hatte.

»Ich weiß nicht«, brachte sie schließlich heraus und musste kräftig schlucken, »das ist eine große Verantwortung ...«

»Allerdings«, antwortete Aaron. »Ich habe mich für dich verbürgt. Aber deine Hilfeleistung bei der Geburt war ... sagen wir mal: dein Meisterstück. Du bist zwar noch jung und dir fehlt es an Erfahrung, aber an Kaltblütigkeit und an Fachkenntnis übertriffst du jeden Bader, den ich auf dem Marktplatz beim Zähneziehen gesehen habe, um Längen.«

»Mit Verlaub – es gibt doch wesentlich anspruchsvollere Behandlungen als Zähne zu ziehen, von denen ich keine Ahnung habe.«

»Das wirst du schon noch alles lernen. Du hast eine natürliche Begabung für unseren Beruf, lass dir das gesagt sein, Anna Ahrweiler. Medica zu sein – das ist deine Bestimmung. Ich bin schon so lange in diesem Metier, mir macht keiner ein Alpha für ein Omega vor. Im Übrigen – Zähne ziehen ist gar nicht so einfach, wenn man es richtig machen will.«

Aaron ordnete seine Instrumente weiter ein, und Anna half ihm dabei.

Als sie sich dabei bückte, meinte Aaron missbilligend: »Vielleicht achtest du darauf, dass du einen anständigen Eindruck machst, schließlich gehst du nicht bei irgendwelchen Leuten aus und ein. Bitte Rebecca, dass sie dir hilft, deine, nun, etwas ausgefallene Haartracht mit der Schere allmählich in eine Form zu bringen, die nicht auf Anhieb verrät, dass sie dich aus einem Kloster geworfen haben.«

Anna verdrehte die Augen. Von seinem Spott konnte der Medicus einfach nicht lassen. Sie griff nach dem teuren Spiegel, der im Regal lag, und betrachtete ihr Konterfei. Noch ein oder zwei Wochen, und ihre Igelhaare wären endlich einigermaßen ausgewachsen. »Das wird nicht mein größtes Problem sein«, sagte sie.

»Oh nein«, gab ihr Aaron recht. »Aber erstens ist es besser, wenn niemand deine Herkunft errät und falsche Schlüsse zieht oder gar unangenehme Fragen stellt. Und zweitens geht es um dein Auftreten. Du bist kein Niemand mehr. Du bist von jetzt an eine respektable, angesehene Person, vergiss das nicht. Sogar mit gräflichem Segen. Bemühe dich also stets, deiner neuen Stellung auch äußerlich gerecht zu werden. So, haben wir schon Patienten?«

Anna legte den Spiegel wieder an seinen Platz zurück und wagte es, Aaron aus einer überschwänglichen Dankbarkeit heraus zu umarmen, wenn auch nur kurz. Der war so perplex von dieser unerwarteten Geste, dass er endlich einmal sprachlos war.

»Danke für Euer Vertrauen. Und dafür, dass ich von Euch lernen darf, Meister«, sagte sie und machte, dass sie aus dem Laboratorium kam.

XV

Am nächsten Morgen machte sie sich zum ersten Mal allein auf den Weg nach Burg Landskron. Es regnete wieder einmal. Aber es war ein normaler Landregen im *Wonnemond,* kein Unwetter, wie sie es erlebt hatte, als sie mit Aaron vor langer Zeit – so kam es ihr inzwischen vor – im Monat *Lenzing* nach Oppenheim gekommen war. Trotzdem waren die Straßen von den vielen Leuten und Fuhrwerken, die in die Stadt strömten, im Nu verschlammt. Es war Markttag, und sie musste sich mühsam ihren Weg durch das Gewimmel in den Gassen bahnen.

Oppenheim war eine bedeutende Handelsstadt, und entsprechend rege ging es trotz des schlechten Wetters zu. Schiffe auf dem Rhein brachten Güter aus aller Herren Länder, an den zahllosen Ständen wurden nicht nur Gemüse und Obst, Fleisch, Fisch und sonstige Lebensmittel angeboten, auch mit Tüchern aus England, Wein, exotischen Früchten und Spezereien wurde gehandelt. Es herrschte ein ungeheurer Lärm, schreiende Händler boten ihre Waren feil, Hühner waren gackernd aus einem Stall entlaufen und wurden wieder eingefangen, Schweine grunzten in ihren Pferchen, keifende Marktweiber stritten um die besten Plätze und ein fluchender Kaufmann versuchte verzweifelt, seine wertvollen Waren vor dem Regen zu schützen, als sich bei einem der überdachten Stände eine Stütze löste und sich ein Schwall Regenwasser über einen Stapel feinster Tuchwaren ergoss.

Ein einziges Chaos, das aber trotzdem gewissen Regeln zu folgen schien, die nicht jedermann auf Anhieb verstand. Vor allem, wenn er wie Anna vom Land kam und so etwas noch nie erlebt hatte. Sie packte ihren Ranzen fester, denn es war auch jede Menge Gesindel unterwegs, das die Chance nutzte, in dem dichten Gedränge pralle Geldbeutel zu entwenden.

An jeder Ecke standen oder hockten Bettler, still und erbarmungswürdig, viele gebrechlich oder mit einem verwahrlosten Kind im Arm, und appellierten in stummer Not an die christliche Nächstenliebe; andere wiesen lautstark auf ihre Kriegsverletzungen hin und traktierten die Passanten, auf die sie ein Auge geworfen hatten, mit ihren Krücken. Ein Beinamputierter verfolgte seine Opfer so lange auf seinem kleinen Wägelchen, bis diese schließlich Erbarmen hatten und ihr Scherflein spendeten.

Anna mochte die Stadt und ihre ständige Aufgeregtheit und Betriebsamkeit nicht. Sie hatte fast ihr ganzes Leben in Zurückgezogenheit und *Kontemplation* verbracht und war das ständige Geschiebe, Gedränge, Gestoße und Geschrei und den Schmutz und Gestank schnell leid. So schnell es ging, überquerte sie den Markt und strebte auf das nordöstliche Stadttor zu, von dem aus der Serpentinenweg zur Burg hochführte.

Kurz vor dem Tor kam sie jedoch nicht mehr weiter, weil ein Pulk dichtgedrängter Menschen um einen Wunderheiler herum die Straße verstopfte. Der Mann hatte einen Stuhl vor einem Haus im Trockenen aufgestellt und präsentierte dem interessierten Publikum mit wortgewaltigem Redeschwall einen Patienten, dem er einen Stein aus dem Kopf zu operieren gedachte.

»Sehet her, sehet her! Hier wird gleich ein Wunder geschehen!«, versuchte der Mann die Aufmerksamkeit der Menge für sich zu gewinnen. Er war glatzköpfig und groß gewachsen und hielt einen Bohrer, mit dem man Löcher in der

Größe eines Golddukatens hätte machen können, wie eine Hostie in die Höhe.

»Was ihr jetzt zu sehen bekommt, werdet ihr noch euren Enkelkindern erzählen können. Gott hat mich dazu auserkoren, Werkzeug seines Willens zu sein. Dieser beklagenswerte Mann hier ist von Gott für seine Sünden bestraft worden, und zwar mit der Tanzwut, einer schlimmen Krankheit …« Neben dem Scharlatan stand ein dicklicher, blasser Mann mit Schlapphut, der Anna zunächst gar nicht aufgefallen war. Er zitterte wie Espenlaub, Schaum stand ihm vor dem Mund, und er machte unentwegt kleine Trippelschritte, als ob er nicht stillstehen könnte.

»Jeden Tag verfällt dieser Mann dem Veitstanz und ist nur zu retten, wenn ich ihm den Stein, den der Leibhaftige ihm in seinen Kopf gehext hat, herausschneide.« Mit diesen Worten wurde der bedauernswerte Mann auf den Stuhl gesetzt, und der Wunderheiler stellte sich hinter ihn. Er hatte ein ganzes Sammelsurium von seltsamen Bohrern, Trichtern, Messern und Schüsseln auf einem Tischchen neben sich, nahm dem Mann den Schlapphut ab und warf ihn einem der Helfer zu, der ihn geschickt auffing und damit unter den Anwesenden herumging, um Geld für die Vorstellung einzusammeln. So lange wartete der Wunderheiler mit verschränkten Armen hinter dem Patienten. Die Leute spendeten großzügig. Nur ein Mann in der vordersten Reihe, ein Mönch in der schwarzen Kutte der Benediktiner und mit übergezogener Kapuze, einen Kopf größer als der Rest der Menge, mit einem Rücken wie ein Kleiderschrank, verweigerte mit verschränkten Armen jede Gabe. Er ließ seinen grimmigen Blick über die Zuschauer schweifen und verweilte dabei kurz auf Annas Gestalt. Er hatte die buschigsten Augenbrauen, die Anna je gesehen hatte. Schließlich wendete sich der Mönch wieder ab.

Anna hatte genug. Ein Scharlatan, der die Leute um ihr

Geld bringt, dachte sie. Der arme Patient litt vermutlich viel eher unter einer Vergiftung mit einem Nachtschattengewächs. Vielleicht eine Überdosis Engelstrompete. Doch sie musste weiter. Nur noch am Rande bekam sie mit, wie der riesige Mönch mit der schwarzen Kutte und den buschigen Augenbrauen sich durch die Menge drängte, auf den Wunderheiler zustürzte und ihn am Kragen packte. Anna hatte keine Lust, sich jetzt auch noch durch eine allgemeine Prügelei aufhalten zu lassen, und machte, dass sie davonkam.

Als Anna den Serpentinenweg zur Burg Landskron hochmarschierte, konnte sie zur rechten Hand das Lager der königlichen Soldaten sehen, die Zelte, Pferde, Wagen und Lagerfeuer. Also war der junge Konrad wohl immer noch Gast auf der Burg. Sie betrat die Zugbrücke und hatte ihren Passierschein schon in der Hand, als eine Schildwache in der gräflichen Uniform auf sie zukam.

»Halt, was willst du hier?«, sprach der Mann sie barsch an und hielt ihr seine Lanze vor die Brust.

Anna dachte an den Rat des Medicus, stellte sich aufrecht hin und bemühte sich, so viel Gewicht in ihre Stimme zu legen, wie es ihr möglich war. »Mein Name ist Anna Ahrweiler. Ich bin die Medica der Gräfin, und du würdest gut daran tun, mich auch als solche zu behandeln. Hier, lies das.«

Mit diesen Worten drückte sie dem misstrauischen Wachsoldaten den Brief mit dem Siegel des Grafen in die Hand. Beim Anblick des Siegels änderte sich sein Verhalten schlagartig.

»Verzeiht, Medica, das wusste ich nicht. Soll ich Euch begleiten?«, fragte er höflich.

Anna nahm ihm den Passierschein wieder aus der Hand und steckte ihn in ihren weiten Ärmel für den Fall, dass sie ihn noch einmal vorzeigen musste.

»Nein, das ist nicht nötig. Ich kenne den Weg und werde

erwartet«, sagte sie forsch, ließ die Wache stehen und stolzierte, die schwarze Kapuze über dem Kopf und den ledernen Ranzen über der Schulter, die Zugbrücke entlang durch das Haupttor in den Zwinger, den äußeren Ring der Burg.

»Lasst sie passieren, sie ist die Medica der Gräfin!«, schrie der Wachsoldat seinen Kameraden zu, die am Tor standen.

Was so ein Brief und ein Titel doch ausmachen, wunderte sich Anna, während sie schnurstracks durch das Tor schritt und von niemandem aufgehalten wurde.

Durch das Tor der Schildwache gelangte sie in den inneren Burghof. Staunend sah sie sich um: Wie eindrucksvoll und majestätisch hier alles war. Und was für ein Gegensatz zu dem Chaos in der Stadt. Zwar wimmelte es auch hier von Bediensteten und Bewaffneten, aber jeder schien eine Aufgabe zu haben, ging seiner Wege oder irgendeiner Tätigkeit nach. Niemand hielt sie auf und fragte sie nach ihrem Begehr. Sie versuchte, den Eindruck zu vermeiden, dass sie zum ersten Mal im Hof von Burg Landskron war, und begab sich zum Eingang des wuchtigen Palas im Zentrum des Hofes. Auch davor stand eine mit einer Hellebarde bewaffnete Wache, allerdings mit dem staufischen Wappen auf der Uniform. Ungefragt hielt sie dem Mann ihren gräflichen Brief entgegen. Die Wache warf nur einen kurzen Blick darauf und öffnete ihr ohne ein weiteres Wort die schwere Eichenholztür.

Als die Tür hinter Anna wieder zufiel, befand sie sich in der gewaltigen Empfangshalle. Es war düster und rauchig in dem Raum. Dicke Säulen und Kreuzrippengewölbe erinnerten an das Schiff einer Kirche. Der Saal war rechteckig gebaut, ein mannshoher und sicher zehn Fuß breiter Kamin, in dem ein Feuer flackerte, befand sich in der Mitte der hinteren Wand, davor ein schwerer, langer Tisch in umgedrehter U-Form, der die halbe Halle für sich beanspruchte. An der Stirnseite, mit dem Rücken zum Kamin, standen hohe

Lehnsessel für die Herrschaften, an den Seitentischen Bänke für die Gäste. Die Seitenwände des Saals waren mit kostbaren Bildwirkereien behängt. Staunend blieb Anna vor einem besonders prächtigen Wandteppich stehen. Er zeigte furchterregende Fabeltiere, die von einem unerschrockenen Ritter bekämpft wurden.

In der menschenleeren Halle war kein Geräusch zu hören, bis auf das Knistern und Knacken des Kaminfeuers.

Anna machte einen Schritt zurück, um die Bildwirkerei mit dem Drachen und der geflügelten Riesenschlange genauer zu betrachten.

In diesem Augenblick vernahm sie hinter sich ein schnelles Tapsen auf dem strohbedeckten Boden, wie von den Pfoten eines Hundes. Sie wollte sich noch herumdrehen, aber es war schon zu spät. Irgendetwas Großes sprang sie mit furchtbarer Wucht an und riss sie zu Boden.

Sie schrie vor Schreck auf, hörte ein tiefes Knurren und Fauchen und wähnte sich in den Fängen eines Ungeheuers. Sie wälzte sich herum und stieß ihre Arme nach oben, um das vermeintliche Ungetier, das sich ihrer bemächtigen wollte, abzuwehren. Was sie sah, war eine große, schlanke Raubkatze mit dicken Pfoten, schmalem Kopf, kleinen Ohren und langem Schwanz, das Fell löwengelb mit schwarzen Flecken. Das Tier fauchte und bleckte die Fangzähne über Annas Gesicht, in höchster Not schlug sie um sich und erwischte etwas, das um den Hals des wilden Tieres geschlungen war. Es war tatsächlich ein Lederhalsband. Damit konnte sie die fauchende Raubkatze wenigstens von ihrem Gesicht weghalten. Aber das Tier war stark und wehrte sich, zog und schüttelte den schmalen Kopf, um sich von Annas Griff zu befreien. Die Krallen, mit denen die Katze auf Annas Brust herumkratzte, verletzten sie seltsamerweise nicht.

In diesem Moment packte eine Hand das Tier am Halsband und zerrte es von Anna weg.

»Willst du wohl das Mädchen in Ruhe lassen?«, schalt die kindlich helle Stimme.

Das Tier wurde endgültig weggezogen, und Anna konnte sich endlich wieder aufrichten. Sie traute ihren Augen nicht: Der junge Mann, der das gefleckte Raubtier gebändigt hatte, war niemand anderer als der König selbst! Er lächelte entschuldigend und ein wenig verlegen und ließ sich von der Raubkatze die hingestreckte Hand ablecken, um sie zu beruhigen.

»Er hat mich zu Tode erschreckt!«, sagte Anna.

»Das ist ja der Spaß an der Sache«, lachte der junge König. »Aber er ist eine sie. Lea ist noch verspielt, und ich versuche, sie zu zähmen. Aber sie lässt sich einfach keine Manieren beibringen!«

Anna starrte Konrad an, der sich zum Vergnügen mit dem Tier herumbalgte. Erst jetzt sah sie, dass der Junge Lederhandschuhe anhatte. So war es ihm möglich, dem Tier in die Lefzen zu greifen, ohne eine Verletzung zu riskieren.

»Sie ist noch jung«, sagte er, »in ein paar Monaten könnte man das nicht mehr machen, das wäre zu gefährlich.«

Anna stand langsam auf und klopfte sich das Stroh vom Umhang. Dabei sah sie ihre Hände an, aber sie waren nicht einmal zerkratzt.

»Wir haben ihr die Krallen gestutzt«, erklärte Konrad. »Es hätte nichts passieren können.«

»Na, dann bin ich ja beruhigt«, seufzte Anna. »Entschuldigt bitte, Eure Majestät, aber in der ganzen Aufregung habe ich Euch zuerst nicht erkannt.«

»Ach, macht Euch nichts daraus. Mein Vater hat mir einmal gesagt, ich muss zwei Gesichter haben. Eines für die Welt und eines, das Ihr jetzt seht. Lea ist mir wieder mal beim Spielen entwischt, es ist nicht das erste Mal, dass ich sie wieder einfangen muss. Und jeder hat Angst vor ihr, dabei wird sie gut gefüttert und ist nur sehr verspielt.«

Sein Gesicht glühte vor Eifer und Begeisterung.

Anna hatte ihren Schrecken überwunden und hob ihren Ranzen wieder auf. »Lea ist ein schönes Tier. Woher habt Ihr sie?«

Altklug sagte er: »Lea kommt aus dem Morgenland. Man nennt solche Tiere Geparden. Sie ist ein Geschenk meines Vaters. Er hat sie mir aus Pülle geschickt, wo er momentan weilt. Er hat sie seinerseits von einem Freund bekommen, dem Sultan von Ägyptenland.«

Konrad streichelte die Raubkatze, die sich auf den Rücken gelegt hatte und es sich wohlig gefallen ließ – sie schnurrte sogar laut und vernehmlich. Nebenbei fragte er: »Wer seid Ihr eigentlich?«

»Verzeiht, Majestät, dass ich mich nicht vorgestellt habe«, sagte Anna. »Aber die Gelegenheit dazu hatte ich ja bisher nicht.«

»Fürwahr«, lachte der junge König fröhlich. »Also – wer seid Ihr?«

»Mein Name ist Anna aus Ahrweiler. Ich bin die Medica der Gräfin und gekommen, um sie zu untersuchen.«

»Oh, Ihr seid das! Die ganze Welt spricht schon über Euch und den Medicus. Ihr sollt wahre Wunder getan haben. Der Graf ist voll des Lobes. Er hat schon zwei Dankesmessen lesen lassen für die Gesundheit seines kleinen Sohnes und der Gräfin.«

»Geht es ihnen gut?«

»Ich denke schon.«

»Dann muss ich jetzt nach ihnen sehen und will Euch nicht weiter aufhalten.«

Sie verneigte sich und Konrad nickte ihr zu.

Anna ging auf die Wendeltreppe in der Ecke zu, die zu den oberen Gemächern führte, aber Konrad rief ihr noch einmal nach.

»Anna Ahrweiler …«

Sie blieb stehen und drehte sich zum König um.

»Darf ich Euch einen Rat geben?«

»Ja?«

»Nehmt Euch vor dem Burgkaplan in Acht. Er erzählt überall herum, dass es bei der Rettung der Gräfin und des Kindes nicht mit rechten Dingen zugegangen sei. Ein jüdischer Medicus und seine kleine Hexe sollten nicht Gottes Willen missachten und in seine Schöpfung eingreifen. Aber das sagt er nur hinter dem Rücken des Grafen.«

»Woher wisst Ihr das?«

»Ich habe gelauscht. Das ist eines Königs nicht würdig, ich weiß. Aber es war ein Zufall. Auf der Suche nach Lea habe ich den Kaplan im Gespräch mit einem Soldaten des Grafen entdeckt. Sie haben getuschelt. Da bin ich neugierig geworden und habe mich herangeschlichen. Darin bin ich gut.«

»Das habe ich gemerkt.«

»Bei Euch war es keine Absicht. Es ist ein Spiel zwischen Lea und mir.«

»Jedenfalls danke ich Euch für die Warnung.«

Der König nickte. »Ich muss vorsichtig sein und die Augen immer offen halten, sagen mein Vater und der Graf. Man könnte mir nach dem Leben trachten.«

»Warum vertraut Ihr dann ausgerechnet mir? Ihr kennt mich doch gar nicht.«

Mit großer Ernsthaftigkeit sagte er: »Weil Ihr Leben rettet. Und nicht darauf aus seid, es zu vernichten.«

Anna war erstaunt. Obwohl der König teilweise noch einen recht kindlichen Eindruck machte, war er doch klüger, als man dachte. Anscheinend wusste er, wie schwach sein Rückhalt im Reich war.

»Darf ich Euch auch einen Rat geben?«, sagte sie.

Konrad sah sie ernst und erwartungsvoll an.

»Ich an Eurer Stelle würde aufpassen, dass Lea nicht ins Freie gelangt. Dort mag sie sich vielleicht nicht mehr einfangen lassen, und irgendein Soldat würde sie töten. Es wäre schade um das schöne Tier.«

»Keine Sorge«, antwortete Konrad, »ich habe sie normalerweise an der Leine. Oder sie ist in ihrem Käfig. Aber einmal am Tag muss ich sie frei herumlaufen lassen, sonst wird sie krank und unglücklich. Das hat mir mein Vater geschrieben.«

»Der Kaiser ist ein großer und weiser Mann.«

»Oh ja, er kennt sich auch gut mit Tieren aus. Wisst Ihr, dass er ein Buch über die Falkenjagd verfasst hat?«

»Nein. Seid Ihr mit ihm schon einmal auf der Jagd gewesen?«

Eine abgrundtiefe Traurigkeit schlich sich in Konrads Gesicht.

»Einmal. Aber das ist schon lange her. Jetzt hat er andere Aufgaben für mich. Ich muss mich um das Reich kümmern, sagt er.«

Auf einmal schien es Anna, als laste die Verantwortung der ganzen Welt auf den schmalen Schultern dieses armen Jungen. Sie nickte ihm aufmunternd zu.

»Ich werde für Euch beten.«

»Ich danke Euch.«

Er verbeugte sich vor ihr, und Anna spürte, dass er es ehrlich meinte. Sie musste schlucken. Der König des Heiligen Römischen Reiches verneigte sich vor einem einfachen Bauernmädchen. Diesen Moment würde sie ihr Lebtag nicht vergessen. Bevor er noch merken konnte, wie berührt sie war, drehte sie sich um und eilte mit ihrem Ranzen über dem Rücken zur Treppe, die zu den oberen Stockwerken und den Gemächern der Gräfin führte.

XVI

Am Abend, als Anna und der Medicus sich ins Laboratorium zurückgezogen hatten, wo sie mit dem Zubereiten von Arzneien und Kräutermischungen beschäftigt waren, berichtete Anna genauestens von ihrem Besuch bei der Gräfin und von allem, was sie auf der Burg erfahren und gesehen hatte. Auch die Begegnung mit dem jungen König und dessen Warnung vor dem Burgkaplan und seinen Äußerungen ließ sie nicht aus, und Aaron hörte ihr aufmerksam zu. Er freute sich, dass Mutter und Kind wohlauf waren und ließ sich jedes Detail schildern. Was ihm aber große Sorgen bereitete, war die Warnung des Königs.

»Wenn Konrad nur schon etwas älter wäre«, seufzte er.

»Er macht auf mich einen sehr verständigen und klugen Eindruck«, sagte Anna. »Und er steht auf unserer Seite. Sonst hätte er mich nicht vor dem Burgkaplan gewarnt.«

»Aber er ist noch ein Kind! Seine Autorität gründet sich allein auf seine Herkunft und sein Königtum. Und das hat er von seinem Vater verliehen bekommen. Wenn er es nicht schafft, genügend einflussreiche und mächtige Fürsten auf seine Seite zu ziehen, sehe ich keine Zukunft für ihn. Und für uns auch nicht«, setzte Aaron hinzu.

»Wen meint Ihr mit uns?«, fragte Anna.

»Uns Juden. Für die Staufer ist es von Vorteil, wenn es ruhig bleibt im Reich. Friedrich II. hat genug mit den italienischen Staaten zu tun. Die Gegenseite, die Welfen und allen voran der Erzbischof Konrad von Hochstaden, ist daran interessiert, so viel Unruhe wie möglich zu schüren. Wenn du mich fragst, planen sie über kurz oder lang einen Umsturz. Sie warten nur noch auf eine günstige Gelegenheit. Und die wird kommen, sobald es dem Erzbischof und seinen Vasallen gelingt, einen Papst von ihren Gnaden auf dem Thron Petri zu installieren. Dazu ist vor allem viel Geld nötig, um bei einem neuerlichen *Konklave* die nötigen Stimmen zu kaufen.«

»Ich dachte immer, jeder der wahlberechtigten Kardinäle ist nur seinem Gewissen verpflichtet.«

»Und dem, der am meisten bietet.«

»Seht Ihr das nicht allzu schwarz, Meister?«

»Anna, ich habe in letzter Zeit mit vielen reichen Männern meines Glaubens gesprochen. Sie leben davon, dass sie Geld verleihen. Normalerweise ist das ein gutes Geschäft. Sie alle machen sich aber inzwischen Sorgen, dass bestimmte hohe Herren, unter anderem auch unser Erzbischof, bei ihnen tief in der Kreide stehen. So tief, dass sie es sicher vorziehen würden, die Schulden nie mehr zurückzahlen zu müssen. Ich frage dich: Mit einem Schlag schuldenfrei sein – wie macht man das am besten?«

»Man greift zur Gewalt?«

»Beinahe richtig. Aber nur beinahe. Man macht sich selbst die Hände nicht schmutzig. Man lässt andere die Gewalt ausführen und wäscht seine Hände in Unschuld.«

»Wie Pontius Pilatus?«

»Wie Pontius Pilatus. Äußerungen wie die des Burgkaplans sind die ersten Anzeichen. Man wiegelt das gemeine Volk gegen die Gläubiger auf. Indem man erfundene Geschichten über sie in die Welt setzt, möglichst grausame, um die Empörung bei den einfachen Menschen, die diesen Gerüchten Glauben schenken, anzustacheln. Meistens beginnt es damit, dass irgendjemand behauptet, die Juden würden Christenkinder für ihre Rituale opfern. Oder wir würden Brunnen vergiften. Oder Hostien schänden. Oder eben ein jüdischer

Medicus wie ich würde irgendwelche Hexenkünste durchführen, wie der Burgkaplan behauptet. Das Resultat: Wir Juden werden, wenn wir Glück haben, aus dem Land gejagt. Mitnehmen können wir nur das, was wir auf dem Leib tragen. Im schlimmeren Fall … aber das muss ich dir nicht näher erläutern.«

Seine Rede hatte einen verbitterten Unterton bekommen, das war Anna nicht entgangen.

»Habt Ihr so etwas schon einmal erlebt?«, fragte sie mitfühlend.

»Ja, als kleiner Junge. Und ich sage dir, ich will es nicht noch einmal mitmachen. Ich will keine Synagoge mehr brennen sehen oder, was noch schlimmer ist, Menschen. Nie wieder.«

»Aber Ihr steht unter dem Schutz des Grafen und somit unter dem Schutz des Kaisers!«

»Was nützt es mir, wenn der fanatische, zur Mordlust aufgehetzte Mob brandschatzend durch die Gegend zieht? Der Kaiser ist auf Sizilien oder in der Lombardei oder Apulien. Jedenfalls weit weg. Und der Graf ist selbst mit seinem Heer nicht stark genug, wenn erst der ungezügelte Volkszorn entfacht wird. Du hast es selbst bei unserer Ankunft hier in Oppenheim erlebt, was passieren kann, wenn eine Menschenmenge außer Kontrolle gerät.«

Anna wurde es angst und bange: »Was wollt Ihr machen? Glaubt Ihr, dass es bald wieder so weit sein kann?«

»Das weiß ich nicht«, sagte der Medicus traurig und scheute sich nicht, vor Anna seine tiefe Resignation zu offenbaren. Aber dann er besann sich wieder. »Dieses Gespräch muss unter uns bleiben, Anna. Bitte erwähne Esther und Rebecca gegenüber kein Wort davon. Sie würden sich nur unnötig aufregen und ängstigen.«

Anna griff tröstend nach Aarons Hand. »Aber Euch wird niemand behelligen. Ihr habt den Menschen doch immer nur Gutes getan, das werden sie Euch nicht vergessen!«

Aaron seufzte und tätschelte dankbar Annas Hand. »Glaub mir, das zählt alles nichts, wenn der Sturm erst losbricht.«

»Ich werde mit Euch gehen, wo Ihr auch hingeht.«

Jetzt drohte der Medicus wieder mit dem erhobenen Zeigefinger. »Das wirst du nicht! Du gehörst hierher. Du hast hier eine Aufgabe zu erfüllen. Und wenn ich meine Arbeit nicht weitermachen kann, musst du das für mich tun. Das ist deine Bestimmung!«

Seine Worte wogen schwer. Anna wurde ganz mulmig ums Herz.

»Aber Meister – ich muss noch so viel lernen. Ich bin noch lange nicht so weit. Ohne Euch ...«

»Wenn man etwas so gut kann wie du«, unterbrach er sie, »dann hat man eine Verantwortung. Die Verantwortung, das zu nutzen und Gutes zu tun. Versprich mir, dass du weitermachst. Versprich es mir, bei allem, was dir heilig ist!«

So ernst hatte Anna ihren Herrn und Meister noch nie erlebt. Tränen traten ihr in die Augen. »Ich ... ich werde es versuchen«, stammelte sie.

»Du bist stark, du wirst es schon schaffen«, sagte er und stand auf. »Aber vielleicht kommt es ja gar nicht so weit. Wir wollen es hoffen. Gute Nacht und schlaf gut, Anna.«

Er schlich mit gebeugtem Rücken aus dem Laboratorium.

Zum ersten Mal kam Anna der Medicus wie ein alter Mann vor.

XVII

Die ersten Tage nach der Geburt seines Sohnes, des kleinen Friedrich, schienen zunächst ruhig zu verlaufen. Graf Georg hielt mit seiner Freude über die glückliche Geburt nicht hinter dem Berg. So oft es ihm seine Geschäfte und seine Verpflichtungen als Gastgeber erlaubten, suchte er seine Frau und den Säugling auf, um sich über die Fortschritte ins Bild zu setzen. Doch nach drei Tagen wurde Gräfin Ottgild von einem Fieberanfall heimgesucht, der durch eine starke Kräutermixtur und Wadenwickel, die die Medica verordnete, am Tag darauf gottlob wieder zurückging. Von diesem Zeitpunkt an verlief die Genesung der Gräfin ohne Zwischenfälle, und nach zehn Tagen konnte sie zum ersten Mal, wenn auch sehr vorsichtig und nur unter Aufsicht der Medica, aufstehen und das Schlafgemach verlassen.

Als der Graf sie dabei überraschte, kamen ihm vor Freude und Erleichterung die Tränen.

»Du solltest dich nicht überanstrengen, Liebste«, sagte er zu seiner Frau und schloss sie in die Arme.

»Ich will es aber«, erwiderte Ottgild. »Ich muss wieder zu Kräften kommen, schon um unseres Sohnes willen.«

Doch bei aller Freude lag ein Schatten auf dem Glück des Grafen.

Der Burgkaplan bestand kraft seiner kirchlichen Autorität darauf, dass der kleine Friedrich endlich getauft wurde. Bis jetzt hatte der Graf die Zeremonie mit dem Argument hinausgezögert, dass er seine Frau dabei haben wollte, und Ottgild musste erst wieder so weit genesen sein, dass sie aufstehen und eine Messe mit anschließender Taufe durchstehen konnte. Eigentlich hätte der Kaplan das Neugeborene sofort einer Nottaufe unterzogen, schließlich war das Leben von Mutter und Kind bei der Geburt aufs Höchste gefährdet gewesen, aber der Graf hatte es nicht zugelassen, weil für ihn der ärztliche Eingriff Vorrang hatte. Bei einer derart schwierigen Operation hatte ein Kaplan seiner Meinung nach nichts zu suchen.

Das war ein Affront, das wusste der Graf, und der Kaplan hatte dies zunächst geschluckt. Dennoch war er in seiner Amtswürde so gekränkt, dass er von diesem Moment an alles tat, um abträgliche Gerüchte über die Umstände der Niederkunft in die Welt zu setzen.

Der kleine, drahtige Kaplan mit seinem stets akkurat gestutzten Jägerbart war nicht dumm und sah sich wohl durch seinen obersten Amtsherrn, den Erzbischof, gedeckt. Er las weiterhin seine täglichen, gutbesuchten Messen, hielt Predigten und nahm die Beichte ab. Aber er verstand es geschickt, in seinen Predigten einfließen zu lassen, dass alle Menschen, ob hochgestellte Herrschaft oder kleine Dienstmagd, sich den göttlichen und kirchlichen Regeln unterzuordnen hatten und niemand sich darüber hinwegsetzen konnte, ohne der Sünde anheimzufallen.

Jeder wusste, auf wen das gemünzt war, seit sich herumgesprochen hatte, dass das Neugeborene des Grafen zwar gesund, aber noch nicht getauft worden war.

Und so huschten während der Messen immer wieder verstohlene Blicke zum Balkon des Grafen, der oben als kleine Empore an der Rückseite der großen Burgkapelle vorgebaut worden war, damit die gräfliche Familie einen Privatzugang von ihren Gemächern zur Kapelle hatte und von niemandem belästigt werden konnte. Dem Grafen, der für gewöhnlich mit dem König die Messe besuchte, seit seine Frau im Kindbett lag, war das natürlich nicht entgangen. Er musste eine Entscheidung treffen.

***

Seit Gero als Ausbilder der Bogenschützen auf Burg Landskron angeheuert worden war, war er vor lauter Verpflichtungen bisher kaum dazu gekommen, etwas Neues über die Pläne des Königs und seiner Vasallen auszuspionieren. Er war noch nicht mal in die Nähe von König oder Graf gelangt, mit Ausnahme der Gottesdienste, wo er hin und wieder einen Blick auf die beiden werfen konnte. Das fuchste Gero gewaltig, aber was sollte er machen?

Es lag vor allem daran, dass die Bogenschützen am zweiten Tag seiner Ankunft auf Befehl des Burghauptmanns ausquartiert wurden, um auf der weitflächigen Wiese weit unterhalb der Burg ihre Übungen, Gefechtsformationen und theoretischen Unterrichtungen abzuhalten.

In der ersten und bisher einzigen Nacht auf Burg Landskron hatte sich Gero ein wenig umgetan, unter dem Vorwand, sich als Neuling einen Eindruck verschaffen zu wollen. Er hatte sich mit Kameraden von den anderen Waffengattungen unterhalten und so viele Fragen gestellt, wie es möglich war, ohne aufzufallen. Es wunderte ihn, dass die Disziplin unter der Burgbesatzung eine ganz andere war, als er es von zu Hause kannte. Nirgends gab es Saufgelage, jedermann war ganz damit beschäftigt, seine Waffen und seine Ausrüstung instand zu halten. Ein Pferdeknecht erzählte ihm, dass man, wenn man Zerstreuung suchte, besser in die Stadt ging. Aber auch das war nicht nach Belieben möglich, darüber hatte ausschließlich der Burghauptmann zu bestimmen, und der schien in dieser Hinsicht nicht sehr großzügig zu sein. Solange der junge König auf Burg Landskron zu Gast war, herrschte sogar eine noch viel restriktiver gehandhabte Ausgangssperre für alle Männer, die unter Waffen standen.

In den Gemeinschaftszelten und an den Lagerfeuern fand zwar das eine oder andere Spielchen statt, wo man um geringe Geldbeträge würfelte oder Karten spielte. Aber auch diese kleinen Zerstreuungen liefen für gewöhnlich still und leise ab und wurden sofort abgebrochen, wenn ein Uneingeweihter wie Gero sich näherte. Er bekam nicht viel Nützliches aus den Leuten heraus, so sehr er sich auch bemühte.

Dazu kam, dass seit Tagen eine gewisse Spannung in der Luft lag, weil sämtliche Bewohner der Burg darauf zu warten schienen, dass die Gräfin von der schweren Geburt genas und das versprochene Fest zur Ankunft des Stammhalters endlich stattfand. Der Graf und seine Gattin waren, wie Gero feststellte, außerordentlich beliebt, und jedermann wünschte ihnen nur das Beste. Aber das waren alles Nachrichten, die nicht unbedingt dazu geeignet waren, dem Erzbischof mitgeteilt zu werden, zu unwichtig waren sie für dessen Pläne. Einmal suchte Gero seine Kumpane, Lutz und Oswald, nach der sonntäglichen Messe auf und befahl ihnen, sich in der Stadt umzuhören und etwas herauszufinden. Doch das Einzige, was in Oppenheim die Runde machte, war das Gerücht, in der Nähe einiger Städte seien Kinder verschwunden. Dafür gaben christliche Fanatiker den Juden die Schuld und forderten, die Ghettos in den Städten gewaltsam nach den Kindern zu durchsuchen. Aber solange es keinen konkreten Anlass für diese vagen Vermutungen gab, sorgten diese Gerüchte auch nicht für Aufregung in der Bevölkerung.

Gero blieb nichts anderes übrig, als seine Schützen auf die von ihm angeforderten neuen Langbögen umzuschulen und seine Augen und Ohren offen zu halten.

Nach einiger Zeit beschloss er, in die Offensive zu gehen, und meldete sich beim Burgkaplan zur Beichte an. Das stand seiner Position als militärischer Ausbilder gut zu Gesicht. Überdies wollte Gero herausfinden, ob der Kaplan, wie sein Vater, Lothar von Hochstaden, vermutete, auf der welfischen Seite stand und geneigt war, Gero mit Informationen über den Grafen von Landskron zu versorgen.

Mit wachsender Ungeduld wartete Gero im Beichtstuhl, bis der Burgkaplan im Abteil des Beichtvaters Platz genommen hatte. Ein Schwall von Myrrhe und Weihrauch drang durch das vergitterte Fenster.

»Also, mein Sohn, was hast du auf dem Herzen?« fragte der Burgkaplan.

»Vater, ich habe gesündigt«, kam die rituelle Antwort.

Der Burgkaplan antwortete: »Der Herr sei in deinem Herzen und auf deinen Lippen, damit du dich in seinem Lichte erkennst.«

Gero bekreuzigte sich und murmelte: »*In nomine Patris et Filii et Spiritus Sancti.*«

»Amen. Was hast du zu beichten?«, fragte der Kaplan.

Gero hatte sich seine Worte genau überlegt. »Ich habe einen schrecklichen Traum, der mich verfolgt und quält, Euer Gnaden, so dass ich des Nachts immer wieder aufwache und nicht mehr schlafen kann.«

»Was ist das für ein Traum, sprich, mein Sohn!«, forderte der Kaplan ihn hörbar gelangweilt auf. »Ein Traum, in dem du sündigst?«

»Nein, Euer Gnaden. Es ist immer derselbe. Ein Teufel mit zwei verschiedenfarbigen Augen quält mich.«

»Woran erkennst du, dass es der Teufel ist?«

»Er hat verschiedene Gesichter. Er wechselt sie. So etwas kann doch nur der Teufel. Mal ist es der Kaiser, mal ein Mönch, mal ein Mädchen. Aber es sind immer die gleichen Augen, eines braun, das andere grün.«

»Was macht der Teufel mit dir?«

»Er setzt sich auf meine Brust. Ich kann mich nicht wehren, ich bin wie gelähmt, und er ist schwer wie ein Felsbrocken, sieht mich mit seinen Augen an, in denen ich das Höllenfeuer lodern sehe, und sagt mir, dass er mich nun zu sich holt. Dann drückt er mir seinen Mund auf den meinen und saugt mir die Seele aus dem Leib. Danach wache ich auf, als wäre ich schon im Höllenfeuer gewesen, so schweißgebadet bin ich.«

Der Burgkaplan schien nun doch allmählich interessiert zu sein. »Wie lange hast du diesen schlimmen Traum schon, mein Sohn?«, fragte er.

»Seit ich diesem Mönch begegnet bin. Ein junger Mönch, als ich mit dem Erzbischof im Kloster Heisterbach war …«

»Mit dem Erzbischof?«, unterbrach der Kaplan. »In Kloster Heisterbach?«

Nun hatte Gero die ganze Aufmerksamkeit des Geistlichen.

»Ja, Euer Gnaden«, sagte er. »Das darf ich eigentlich gar nicht weitersagen, aber ich hoffe doch, dass das Beichtgeheimnis von Euch gewahrt wird und alles unter uns bleibt.«

»Willst du mich beleidigen, mein Sohn? Das Brechen des Beichtgeheimnisses ist eine Todsünde. Selbstverständlich bleibt alles, was du sagst, unter uns. Das Sakrament der Beichte ist heilig. Einzig Gott der Herr und ich als sein demütiger Diener auf Erden vernehmen deine Worte und können dir Absolution erteilen.«

»Verzeiht mein Misstrauen, Euer Gnaden, aber ich bin hier auf Burg Landskron in einer geheimen Mission des Erzbischofs unterwegs. Vielleicht könnt Ihr mir dabei helfen, sie zu erfüllen.«

Der Burgkaplan bekreuzigte sich hastig, aber er blieb vorsichtig. »Nun, die Verhältnisse hier haben sich in eine Richtung entwickelt, die niemandem, der ein gottgefälliges Leben im Glauben an die richtige Sache führt, recht sein kann. Ich habe jeden Tag gebetet, dass endlich etwas geschieht, was einigen sehr unerfreulichen Entwicklungen Einhalt gebietet.«

»Wovon sprecht Ihr, Euer Gnaden?«

Der Burgkaplan räusperte sich. »Jetzt müsst Ihr mir verzeihen, aber woher soll ich wissen, dass ich Euch trauen kann und Ihr mich nicht verführt, über Dinge zu sprechen, die in gewissen Kreisen als Hochverrat ausgelegt werden können?«

»Genügt das?«, sagte Gero, holte den Siegelring aus der Tasche, den er von seinem Onkel als Erkennungszeichen erhalten hatte, und hielt ihn so an das Sprechgitter, dass der Burgkaplan ihn sehen konnte. Der Ring trug das Wappen derer von Hochstaden, den silbernen Reichsadler auf rotem Grund.

Gero spielte seinen höchsten Trumpf aus. »Der Erzbischof ist mein Onkel.«

Zuerst hörte er gar nichts, dann stieß der Burgkaplan vernehmbar die Luft durch die Nase aus. Offensichtlich war er nun wirklich beeindruckt.

»Wie ist Euer Name, mein Sohn?«, fragte der Burgkaplan mit hörbar größerem Respekt.

»Man kennt mich hier nicht unter meinem richtigen Namen, Euer Gnaden. Ich habe mich als Ausbilder der gräflichen Bogenschützen anwerben lassen und nenne mich Meinhard von Geldern. Mein richtiger Name ist Gero von Hochstaden, und ich kann Euch versichern, dass ich bei meinem Onkel ein gutes Wort für Euch einlegen werde, falls Ihr mir bei meinem Anliegen behilflich seid.«

»Vergebt mir mein Misstrauen«, erwiderte der Burgkaplan. »Aber in diesen Zeiten ist es angebracht, sicherzugehen, auf wessen Seite die Leute stehen, mit denen man es zu tun hat.«

»Das entspricht ganz meiner Meinung, Euer Gnaden. Seid

versichert: Was hier zwischen uns besprochen wird, wird niemand erfahren außer dem Erzbischof. Also – erzählt mir mehr über die unerfreulichen Entwicklungen.«

»Nicht hier im Beichtstuhl. Folgt mir in die Sakristei, aber wartet ein paar Augenblicke, es muss uns ja nicht unbedingt jemand zusammen sehen. Doch vorher solltet Ihr noch Eure Beichte abschließen, meint Ihr nicht auch?«

»Ja, Ihr habt recht. Was mich beunruhigt, ist, dass dieser Teufel mit den verschiedenfarbigen Augen dieser Mönch ist, der mich bis ans Ende meiner Tage verfolgt.«

»Der Mönch, dem Ihr begegnet seid, als Ihr in Begleitung des Erzbischofs im Kloster Heisterbach wart?«

»Ja. Bruder Marian war sein Name.«

»Was ist mit ihm geschehen?«

»Er ist tot.«

»Durch Eure Hand?«

»Nein. Er hatte die Lepra und wurde aus dem Kloster verstoßen. Dann hat er sich vor meinen Augen selbst gerichtet, indem er in einen Fluss sprang und ertrank.«

»Fühlt Ihr Euch schuldig an seinem Tod?«

»Nein. Nicht im Geringsten.«

»Warum sollte er Euch dann verfolgen – und sei es nur im Traum?«

»Ich weiß es nicht. Vielleicht, weil ich ihn gerne eigenhändig vom Leben zum Tode befördert hätte.«

»Weshalb?«

»Weil er mich beleidigt hat. Auf eine so unverschämte und infame Weise, dass diese Schande nur durch den Tod ausgelöscht werden kann.«

»Dann habt Ihr Eure Genugtuung doch bereits. Er lebt nicht mehr.«

»Ja. Aber das ist nicht mein Verdienst.«

»Daran könnt Ihr nichts mehr ändern. Indem er sich selbst gerichtet hat, hat er eine Todsünde begangen. Er hat mit seiner Tat den Teufel gewählt. Seine Seele wird keinen Frieden finden. Vielleicht ist das der Grund, warum er Euch in Euren Träumen heimsucht. Ich werde für Euch beten, dass Gott ein Einsehen hat und ihn für immer aus Euren Gedanken verbannt. Und Ihr müsst selbst versuchen, ihn zu vergessen. Er ist es nicht wert, dass Ihr Euch weiter mit ihm beschäftigt. Ihr habt Wichtigeres zu tun.«

Der Kaplan machte eine Pause.

»Nun gut. Bereut Ihr Eure Sünden, mein Sohn?«

»Ja.«

»Von ganzem Herzen?«

»Ja.«

»Dann betet ein Vaterunser und gehet hin in Frieden. *Ego te absolvo a peccatis tuis in nomine Patris et Filii et Spiritus Sancti. Amen.«* Der Kaplan schlug ein Kreuz.

»Amen«, sagte auch Gero und wartete ein Vaterunser lang, das er aus Gründen der Zeitmessung, nicht der Buße herunterleierte, bis er dem Burgkaplan ungesehen in die Sakristei folgte.

Eine Weile später kam Gero vergnügt und mit stolzgeschwellter Brust aus der Sakristei. Wenn das keine guten Nachrichten für den Onkel sind!, dachte er triumphierend. Sein Plan war aufgegangen: Der Burgkaplan hatte ihm gar nicht schnell genug erzählen können, wie der Graf für die Geburt seines Sohnes heimlich, unter Umgehung sämtlicher kirchlicher Gebote, einen jüdischen Medicus und dessen Hexe bestellt hatte, damit sie ihren Zauberkünsten nachgehen konnten. Es kam sogar noch besser: Eine Delegation der städtischen Bader war beim Grafen vorstellig geworden, die sich darüber beschwerte, dass dieser jüdische Medicus und seine kleine Hexe ihrem Geschäft schweren Schaden zufügten, weil immer mehr Kranke es vorzogen, sich zu den beiden Scharlatanen außerhalb der Stadtmauern zu begeben, um sich dort behandeln zu lassen. Der Graf hatte sie mit dem Argument abblitzen lassen, dass er keinem Kranken vorschreiben könne, von wem er sich behandeln ließ.

Fortan würde Gero den Kaplan öfter aufsuchen, um an Nachrichten zu gelangen, denn diese neuesten Entwicklungen waren von größter Wichtigkeit. Aber auf welche Weise sie im Sinne der welfischen Sache zu verwenden wären, das überließ Gero seinem Onkel. Der Erzbischof würde schon wissen, mit welchem Folterinstrument man dem Grafen von Landskron kommen musste, um ihn zur Strecke zu bringen. Endlich hatte Gero wieder das Gefühl, an vorderster Front im Spiel zu sein.

XVIII

Einige Tage nachdem die Gräfin von ihrem Fieber genesen war und ihre ersten unsicheren Schritte gemacht hatte, begab sich Anna erneut auf den Weg, um nach ihrer Patientin zu sehen. Als sie an der großen Wiese unterhalb der Burg vorbeikam, bemerkte sie, dass die staufischen Soldaten dabei waren, ihr gesamtes Außenlager abzubauen und alles auf die Fuhrwerke zu verladen. Auch in der Burg wimmelte es von Menschen wie in einem Ameisenhaufen. Es war drückend schwül geworden, und Anna sah die Schweißflecken auf den Uniformen der Soldaten.

Als sie die Gräfin in deren angenehm kühlen Schlafgemach versorgt und behandelt hatte, bat Ottgild sie, noch zu bleiben.

Plötzlich ging die Tür auf, und Graf Georg meldete den König an, der der Gräfin höchstpersönlich seine Aufwartung machen wollte, die ihrerseits nun ihr Kind, das die Amme kurz zuvor gebracht hatte, in den Armen hielt, um mit ihrem Stammhalter dem König ihre Reverenz zu erweisen.

Zu Annas Überraschung kam Konrad in Begleitung von Chassim von Greifenklau ins Schlafgemach. Neben dem jungen König mit seiner jugendlichen, ungelenken Gestalt sah Chassim in seinem wehenden roten Umhang, der prächtig bestickten blauen Tunika und den blauen Beinkleidern sowie dem Schwert an der Seite noch stattlicher aus, als Anna ihn in Erinnerung hatte.

Konrad wandte sich sogleich an die Gräfin: »Verehrte Gräfin, ich freue mich für Euch und Euren Sohn, dass es Euch wieder so gut geht. Doch nun ist der Augenblick des Abschieds gekommen, für mich ist es an der Zeit, meine diplomatische Rundreise fortzusetzen. Ich danke Euch, auch im Namen meines Vaters, des Kaisers, für Eure Gastfreundschaft und dafür, dass Ihr so treu zum Hause der Staufer steht. Ich bin tief in Eurer Schuld und bedaure, dass ich an der Taufe Eures Sohnes nicht mehr teilnehmen kann. Nehmt dieses Geschenk als Zeichen meiner Hochachtung und Wertschätzung.«

Er gab Chassim einen Wink, der ans Bett vortrat, mit einem Kästchen in den Händen, das er nun feierlich öffnete und präsentierte. Es enthielt einen silbernen Armreif mit Edelsteinen. Ottgild reichte das Kind an die Amme weiter, griff nach dem Armreif, der auf schwarzem Samt gebettet war, und sah ihn bewundernd an.

»Er ist wunderschön. Darf ich ihn mir anlegen?«, fragte sie.

Der König antwortete: »Ich bitte darum. Er gehört Euch.«

Vorsichtig nahm Ottgild den Armreif aus dem Kästchen und streifte ihn über ihr Handgelenk.

Alle blickten auf die Gräfin, die den Armreif glücklich betastete und schließlich die Augen auf den jungen König richtete.

»Majestät«, sagte sie, »ich danke Euch und wünsche Euch von ganzem Herzen, dass ihr Euer großes Ziel, das Reich zu einen, zu einem erfolgreichen Abschluss bringt. Wir, mein Gatte und ich, werden alles tun, um Euch dabei zu unterstützen.«

Bei den letzten Worten sah sie zu ihrem Mann, dem Grafen, hoch, der bestätigend nickte.

Der junge König machte ein paar Schritte auf das Bett zu, beugte vor der Gräfin das rechte Knie und küsste etwas ungelenk, aber umso inniger ihre Hand. Dann warf er Anna noch einen verschwörerischen Blick zu, lächelte kurz und verließ mit Chassim das Schlafgemach.

Von einer Fensterlaibung ganz oben im Bergfried, dem höchsten Aussichtspunkt der Burg, sah Anna dem Abzug des königlichen Trosses zu, der im Gegensatz zur Ankunft ganz im Stillen und zum Rhein hinunter vonstatten ging. Die Reiter und Fußsoldaten hatten bereits Zelte, Waffen und Lagerausrüstungen auf die Wagen gepackt und schlossen sich dem langen Zug an, der von der flachen Ebene unterhalb der Burg auf der Straße nach Osten abzog und schließlich hinter einem Waldrücken verschwand, von wo aus es zum Rhein hinunterging, der sich als glänzendes Band bis zum Horizont schlängelte.

Anna blickte dem langgezogenen Tross mit Wehmut nach, bis auch der letzte Wagen vom Wald verschluckt wurde und nur noch eine Staubwolke übrig blieb, die sich auch bald aufgelöst hatte. Chassim war mit dem König an der Spitze des Zuges fortgeritten, und sie fragte sich, ob sie ihn jemals wiedersehen würde.

Als sie sich umdrehen und nach unten gehen wollte, sah sie durch die Fensterlaibung im Süden am Horizont eine dunkle, bedrohlich rötlichbraune Wetterfront heranziehen, die überraschend schnell aufquoll. Jetzt musste sie sich beeilen, wenn sie nicht mitten in das aufkommende Unwetter geraten wollte.

Auf dem Weg zurück zum Haus des Medicus war Anna ganz in Gedanken versunken. Wenn es doch ewig so weitergehen könnte, dachte sie und verlor sich ein wenig in Tagträumereien, die mit einer glanzvollen Zukunft und mit Chassim zu tun hatten. Als ihr der übliche Gestank der Stadt in die Nase stieg und sie wieder aufpassen musste, wohin sie ihre Füße setzte, um wenigstens dem schlimmsten Schmutz auszuweichen, kam sie, schneller als ihr lieb war, wieder in die Wirklichkeit zurück.

Die Sonne verschwand mit einem Mal hinter einer dicken Wolkendecke, und Anna wurde plötzlich kalt. Sie war inzwischen am Marktplatz angelangt, als sie von einer auffrischenden Windbö erfasst wurde. Schwarzbraune Wolken jagten über das Firmament, ein eisiger Wind blies durch die Gassen, wirbelte ihr den Staub in die Augen und blähte den Kapuzenumhang auf. Sie musste sich regelrecht gegen den Wind stemmen und zog die Kapuze tiefer über ihren Kopf.

Auf einmal ebbte der Wind ab, und erste Tropfen fielen. Anna fing an zu rennen, so dass der Ranzen gegen ihren Rücken schlug. Die Tropfen wurden immer dicker, und Anna streckte die Hand aus, weil ihr die Tropfen so seltsam vorkamen. Sie waren rot. Rote Regentropfen. Anna blieb abrupt stehen und merkte, dass auch die wenigen Leute, die trotz des Unwetters unterwegs waren, angesichts der roten Tropfen angehalten hatten und nach oben starrten, auf die tiefhängende Wolke, aus der es regnete und die sich inzwischen über der ganzen Stadt ausgebreitet hatte. Die Wolkenschicht war rötlich gefärbt, ein seltsames, fahles Rot, das unheimlich und angsteinflößend wirkte. Auf einmal ergoss sich der Regen in wahren Sturzbächen vom Himmel und färbte alles rot. Die Dächer, die Straßen, die im Nu schlammig waren, die Gesichter der Menschen, die voll Furcht nach oben sahen.

»Es regnet Blut! Das ist die Strafe des Himmels für unser sündiges Leben! Tut Buße, ihr Sünder, tut Buße, denn das Himmelreich ist nahegekommen! Das ist das Ende der Welt!«, schrie ein alter Mann mit grauen Haaren und grauem Bart mitten auf dem Marktplatz, sank mit nach oben gerichtetem Blick auf die Knie, hob die Hände und fing laut an, das Vaterunser zu beten, während die roten Tropfen, die auf sein Gesicht fielen, ihn aussehen ließen, als würde er Blut weinen.

Anna löste sich aus ihrer Erstarrung und rannte weiter.

Als sie schließlich völlig außer Atem den Hof des Medicus erreichte, durchnässt bis auf die Haut, standen Esther und Rebecca im offenen Scheunentor und bestaunten ungläubig das seltsame Schauspiel der Natur. Anna rettete sich ins Innere der Scheune und sah an sich herunter – der ganze Kapuzenumhang war von bräunlich-rötlichem Schlamm überzogen. Sie streifte die Kapuze zurück und stellte sich neben Esther und Rebecca, um zu sehen, wie sich die Hofeinfahrt, die Wiesen und die Stadtmauer rot färbten, sogar der stark angeschwollene Bach unter dem Haus, der stellenweise schon über die Ufer trat, führte rotes Wasser.

Rebeccas Lippen bewegten sich, sie betete lautlos vor sich hin und hielt sich mit den Händen die Ohren zu, so als könne sie das Geräusch der Regenflut nicht ertragen.

Jetzt kam auch Aaron aus dem Haus und schaute neugierig ins Freie.

Allmählich ließ der Regen nach, um dann umso stärker wieder einzusetzen. Aber dieses Mal war es normaler Regen, der fiel. Schnell wusch er den rot gefärbten, leicht sandigen Überzug, der sich wie Mehltau auf alles gelegt hatte, wieder fort.

Aaron machte einen Schritt in den Regen hinaus, bückte sich und griff nach dem roten Schmutz, den er zwischen den Fingern zerrieb.

»Es hat Blut geregnet, wie in den zehn Plagen, die der Herr über Ägyptenland geschickt hat«, staunte Esther, immer noch beeindruckt.

»Unsinn«, sagte Aaron. »Es ist einfach Staub gewesen, der in der Regenwolke von weit hergetragen worden ist. Rötlicher Staub, das ist alles.«

»Staub oder nicht Staub, das ist ein schlechtes Zeichen«, erwiderte Esther.

»Ja«, seufzte Aaron, »das ist es. Die Leute werden sagen, dass es das ist«, brummelte er und ging wieder ins Haus.

Draußen war der Spuk so schnell vorbei, wie er angefangen hatte. Nur der bräunliche Schaum in ein paar Wasserlachen und im Bach erinnerte noch an den roten Regen.

Anna hatte sich abgetrocknet und war in eine frische Tunika geschlüpft, als sie Aaron suchte und in seinem Laboratorium fand, wo er mit einem Hammer auf einem großen Stein etwas bearbeitete, das durchsichtig war, vielleicht zwei Ellen lang und aussah wie Flachs. Anna schaute ihm eine Weile zu, bis er aufhörte.

»Weißt du, was das ist?«, fragte er.

Anna musste raten: »Ihr macht Fäden zum Vernähen von Wunden, denke ich.«

»Ganz genau. Das sind getrocknete Tiersehnen, sie stammen aus dem Rücken eines Hirschs. Durch das Hämmern werden sie in ihre Fasern aufgespalten. Diese Fasern müssen dann gekämmt werden, um sie von den Resten der Sehnenscheiden zu befreien. Mit diesem Material habe ich die inneren Wunden der Gräfin zugenäht.«

»Was ist daran von Vorteil?«, wollte Anna wissen.

»Ich glaube, sie sind verträglicher im Inneren eines Körpers als normales Nähgarn. Wenn du die Fäden wieder entfernen kannst, so wie bei meiner Kopfwunde, dann kannst du auch normales Garn benutzen, was ich auch bei der letzten Naht der Gräfin getan habe. Aber im Inneren eines Menschen würde ein normaler Nähfaden verfaulen und könnte erneut Fieber oder Schlimmeres verursachen. Diese Fäden aus Tiersehnen hingegen sind sehr reißfest und aus natürlichem Material. Sie lösen sich im Laufe der Zeit von selber auf. Ich habe das schon an einem Soldaten mit einer tiefen Schnittwunde ausprobiert, es hat funktioniert.«

Er schaute zu Anna auf.

»Anna, ich fürchte, ich werde doch noch einmal zur Gräfin gehen müssen. Ihr sollten jetzt die äußeren Fäden gezogen werden, und das will ich selbst tun. Ich weiß, du würdest es genauso gut erledigen, aber bei der Gelegenheit kann ich sie gleich noch einmal abschließend untersuchen. Melde mich bei deinem morgigen Besuch bei ihr an. Und bitte sie, wenn irgend möglich, auch um die Anwesenheit des Grafen. Ich muss ihn dringend sprechen.«

»Ja. Aber warum kommt Ihr morgen nicht mit mir?«

»Ich möchte, dass der Besuch absolut geheim bleibt und wirklich niemand davon erfährt. Es sind schon genug Lügengeschichten über uns im Umlauf. Und außerdem muss ich morgen zum Rabbi.«

»Zum Rabbi?«, fragte Anna erstaunt. »Ist er krank?«

»Nein. Es handelt sich um etwas Geschäftliches«, meinte Aaron kurz angebunden.

»Ich verstehe«, antwortete sie, obwohl sie es nicht verstand. Aber das war die Angelegenheit des Medicus.

Sie setzte sich neben ihn.

»Würdet Ihr mir beibringen, wie man diese Fäden macht?«, fragte sie.

Er stand auf und bot ihr seinen Platz an. »Probier es«, sagte er nur, reichte ihr einen Kamm mit engstehenden Zinken und schaute ihr über die Schulter.

Den restlichen Tag über behandelten sie einen nicht abreißen wollenden Strom von Kranken. Aaron war so geduldig wie eh und je, obwohl ihn eine seltsame Anspannung befallen hatte, was aber nur Anna auffiel, weil sie ihn inzwischen gut genug kannte.

Am späten Nachmittag ertappte Anna ihn ungewollt dabei, wie er in seinem Laboratorium mitten in der Arbeit an einer neuen Arznei einfach die Hände in den Schoß legte, vor sich hinstarrte und grübelte. Anna machte sich mit einem Räuspern bemerkbar, er gab sich einen Ruck, setzte seine Arbeit fort und tat so, als ob nichts gewesen wäre.

Auch beim Abendessen verhielt er sich still und schweigsam. Sein sonst so heiteres, durch nichts zu erschütterndes Wesen war einer lähmenden, nach innen gerichteten Nachdenklichkeit gewichen, die an Bitterkeit grenzte. Diese Stimmung wurde von Rebecca und Esther geteilt, so dass Anna sich nicht traute, etwas zum Gespräch beizutragen, das möglicherweise als unangemessen und falsch aufgefasst werden konnte. Es war fast so, als ob Aaron, seine Schwester und Rebecca etwas zu beschäftigen schien, von dem sie ausgeschlossen war. Anna ahnte auch, worum es ging. Ein Patient im Ghetto hatte erzählt, dass es in Köln vereinzelte Ausschreitungen gegen Juden gegeben hatte. Ähnliche Geschichten aus anderen Städten im Reich machten die Runde und deuteten darauf hin, dass es bald zu größeren Anschlägen gegen die Juden kommen würde. Noch war alles Spekulation, aber die Juden hatten ein feines Gespür dafür, wenn ein Komet am Himmel oder ein Kalb, das mit zwei Köpfen zur Welt kam, als Zeichen dafür gedeutet wurde, dass ein göttliches Strafgericht bevorstand. Aaron hatte Anna gegenüber davon gesprochen. Und dass er dann nicht mehr hier sein wollte.

Jedenfalls ging Aaron nach dem Abendessen in die Scheune. Angeblich, um nach den Pferden zu sehen. Das tat er nie, weil Rebecca für die Pferde und die zwei Kühe, die sie sich für frische Milch hielten, zuständig war. Anna wollte zwar nicht hinter ihm herspionieren, aber sie warf doch einen Blick in die Scheune, wo sie ihren Medicus dabei beobachtete, wie er sein Fuhrwerk inspizierte, auf dessen Kutschbock sie damals mit ihm hierhergefahren war. Und ihres Wissens hatte er nicht vor, eine weite und gefährliche Fahrt nach Köln oder Koblenz auf sich zu nehmen, weil er Nachschub für seinen Arzneivorrat brauchte. Als Aaron anfing, die Radnaben mit Fett einzuschmieren, schlich sich Anna wieder ins Haus, weil sie nicht entdeckt werden wollte.

Am nächsten Tag machte Anna der Gräfin Landskron in aller Herrgottsfrühe ihre Aufwartung und fand sie in bester Laune vor. Sie spielte mit ihrem Söhnchen, das vor Vergnügen krähte und die kleinen Händchen nach Anna ausstreckte. Ottgild war zunehmend genesen, sie konnte schon langsam gehen, ohne größere Schmerzen zu verspüren. Die Wunde war noch nicht ganz, aber fast verheilt, Aaron konnte die Fäden demnächst entfernen, wie Anna der Gräfin mitteilte.

Ottgild wiederum erklärte sich mit Aarons Wunsch einverstanden. Auch ihr erschien es ratsam, seinen Besuch geheimzuhalten. Inzwischen hatte ihr Mann, Graf Georg, eine Entscheidung gefällt. Der Konflikt mit dem Burgkaplan sollte so schnell wie möglich beigelegt werden, und so war die Taufe des kleinen Friedrich für den nächsten Tag geplant. Anschließend würde der Graf ein großes Fest in der Halle des Palas geben, was aber einer Begegnung mit dem Medicus nicht im Wege stand.

Als Anna nach dem Besuch bei der Gräfin den Burghof durchquerte, war sie sehr nachdenklich. Sie hatte das unbestimmte Gefühl, dass sich etwas zusammenbraute. Es war nur ein Gefühl, sie konnte nicht sagen, warum. Die Gräfin hatte sich ihr gegenüber so herzlich wie immer benommen, die Wachen begegneten ihr mit dem gleichen Respekt wie jedes Mal. Aber irgendetwas lag in der Luft, das spürte sie.

Sie ging auf das innere Burgtor in der Schildmauer zu, da sah sie mitten im Torweg eine schwarze Gestalt stehen, die auf sie zu warten schien. An seiner Kleidung erkannte sie sofort, wer es war. Der Burgkaplan. Er trug einen schwarzen Talar, ein weitärmliges Obergewand, das bis zum Knöchel reichte. Violette Knöpfe und Knopflöcher zeigten seinen Rang an. Er reckte sein Kinn mit dem Jägerbart streitsüchtig vor und zog sein violettes *Zingulum* enger, als sie näher kam. So wie er dastand, schien er nicht vorzuhaben, sie ohne weiteres vorbeizulassen. Also blieb ihr nichts anderes übrig, als mit ihm zu sprechen. Erhobenen Hauptes, das nahm sie sich fest vor. Von einem Mann der Kirche würde sie sich nie wieder einschüchtern lassen.

Als sie noch zwei Schritte von ihm entfernt war, sprach er sie an: »Seid Ihr Anna? Anna, die …«, er zögerte absichtlich, »… die Medica?«

»Ja«, sagte sie und blieb stehen. »Ja, die bin ich.«

»Es freut mich, dass wir uns kennenlernen. Ich bin der Burgkaplan. Ihr könnt mich mit ›Euer Gnaden‹ ansprechen.«

Er gab ihr nicht die Hand, sondern setzte seine Fingerspitzen vor der Brust aufeinander, bog die Finger durch und musterte sie gründlich von Kopf bis Fuß, aber mit einem Ausdruck, als wäre sie ein fremdartiges Insekt, das man insgeheim mit Abscheu betrachtete.

»Ihr seid noch sehr jung«, sagte er, weil Anna stumm blieb und nur ihre Kapuze, die sie aus alter Angewohnheit über den Kopf gezogen hatte, in den Nacken schob. Anna nickte nur. Der Kaplan sah ihr scharf ins Gesicht.

»Ihr habt zwei verschiedenfarbige Augen.«

»Eine Anomalie, nichts Besonderes«, entgegnete sie so gleichmütig wie möglich.

»Ach, ich finde schon, dass Ihr etwas Besonderes seid«, meinte der Kaplan süffisant. »Wenn man bedenkt, dass Ihr in so jungen Jahren Medica genannt werdet … wie alt seid Ihr, wenn ich fragen darf?«

»Zwanzig«, schwindelte Anna.

»Ist das nicht ein wenig zu jung für eine Medica? Eine Medica braucht eine lange Ausbildung und große Erfahrung. Ihr könnt mir doch nicht erzählen, dass Ihr die schon gesammelt habt, oder?«

Anna hatte nicht vor, sich aushorchen zu lassen. Aber einfach weglaufen wollte und konnte sie auch nicht. Die beste Verteidigung bestand wohl darin, selbst zum Angriff überzugehen. Deshalb fragte sie ihn: »Kennt Ihr den ersten Brief des Paulus an Timotheus? Timotheus 4, Vers 12?«

Damit hatte sie den Kaplan auf dem falschen Fuß erwischt. Und das freute sie, auch wenn sie sich das nicht anmerken ließ.

Er flüsterte, heiser vor unterdrückter Wut: »Wollt Ihr mich etwa über die Bibel belehren?«

»Nein«, sagte sie, »nichts liegt mir ferner. Aber in diesem Brief schreibt Paulus: ›Niemand hat ein Recht, auf dich herunterzusehen, weil du so jung bist.‹ Der Graf und seine Gattin sind jedenfalls zufrieden mit mir und meinen Kenntnissen.«

»Wollt Ihr mir nicht verraten, woher Ihr diese Kenntnisse habt?«

»Ich komme aus Nürnberg und bin dort bei einem Medicus groß geworden, der mit meinem jetzigen Medicus verwandt ist. Er hat mich in allem unterrichtet, was notwendig ist.«

Die Augen des Kaplans wurden schmal: »Ihr seid Jüdin?«

»Nein. Ich bin christlich getauft. Aber der Medicus hat mich in seinem Haus aufgenommen, weil meine Eltern früh gestorben sind.«

Der Kaplan nickte, obwohl er ihr nicht glaubte, das konnte sie ihm vom Gesicht ablesen.

»Ihr arbeitet für den jüdischen Medicus, der hier in Oppenheim praktiziert, nicht wahr?«

»Ja.«

»Es ist nicht üblich für ein Mädchen christlichen Glaubens, in einem jüdischen Haushalt zu leben.«

»Aber es ist auch nicht verboten.«

»Es gibt Städte im Reich, wo es verboten ist. Und es wird auch bei uns bald so weit sein, nehme ich an.«

»Medicus Aaron steht unter dem besonderen Schutz des Grafen. Und des Kaisers.«

»Wohl wahr, wohl wahr. Ich habe Euch noch nie bei mir im Gottesdienst gesehen. Dabei geht Ihr seit geraumer Zeit in der Burg ein und aus. Besucht Ihr nicht die heilige Messe?«

»Oh doch. Soweit es meine Pflichten zulassen. Aber ich gehe in Oppenheim in die Messe. In St. Sebastian.«

»Dann beichtet Ihr wohl auch dort.«

»Wünscht Ihr, dass ich bei Euch beichte?«

»Sucht Ihr Vergebung für eure Sünden? Ich kann Euch nur raten: Spielt nicht mit Eurer unsterblichen Seele! Wenn Euch eine Beichte erleichtert, stehe ich gern zu Diensten. Ihr seid jederzeit willkommen. Es ist meine Pflicht als Seelsorger, für jedes Kind Gottes da zu sein. Selbst wenn es noch so hoffärtig und widerspenstig ist.«

Vielleicht wollte er jetzt im Gegenzug Anna reizen, aber den Gefallen tat sie ihm nicht. Sie blieb kühl und gelassen.

»Habt Dank für Euer Angebot, Euer Gnaden. Vielleicht werde ich darauf zurückkommen. Aber jetzt verzeiht, Ihr habt Eure Pflichten und ich die meinen zu erfüllen, die Patienten warten.«

»Dann will ich Euch nicht länger aufhalten. Gott sei mit Euch, Jungfer Anna …«

Er lächelte, aber seine Augen blieben kalt. Anna nickte ihm zu und rauschte an ihm vorbei, den Ranzen über die Schulter geworfen. Sie wusste, dass er ihr nachschaute, deshalb zwang sie sich, ihre Schritte nicht zu beschleunigen, sondern hocherhobenen Hauptes zur Zugbrücke zu marschieren, um endlich aus seinem Blickfeld zu kommen.

XIX

Sie warteten, bis es dunkel wurde. Dann machten sich Aaron und Anna mit zwei Fackeln auf zum beschwerlichen Marsch durch den Geheimgang unter Oppenheim hindurch zur Burg. Aaron war schweigsam wie so oft in letzter Zeit. Dieses Mal ging Anna voraus, der Medicus folgte ihr.

Anna hatte ein zügiges Tempo eingeschlagen und drehte sich ab und zu um, um zu sehen, ob Aaron den Anschluss auch nicht verlor. Zielsicher fand sie den richtigen Weg zum Fundament des Bergfrieds mit der Treppe nach oben. Nur ein- oder zweimal war sie unsicher gewesen, ob sie den richtigen Gang gewählt hatte. Aber die Rußmarkierungen, die sie angebracht hatte, als sie nach der Niederkunft der Gräfin mit Chassim nach Hause zurückkehrte, erfüllten ihren Zweck und führten sie sicher weiter. Sie begannen den anstrengenden Aufstieg, bis sie schließlich oben im Bergfried ankamen, die Fackeln löschten, über die Brücke eilten und vorsichtig in den Gang hinausspähten, der zu den gräflichen Gemächern führte.

Wandfackeln wiesen ihnen den Weg, es war kein Mensch zu sehen, der Graf hatte dafür Sorge getragen, dass sich niemand, auch keine Kammerdiener, im obersten Stockwerk des Palas aufhielt. Sogar die Wache war abgezogen worden, nicht einmal die Amme saß auf ihrem Stuhl vor der Tür zum gräflichen Schlafgemach. Aus dem großen Empfangssaal im Erdgeschoss drang Musik und gelegentliches Lachen zu ihnen hinauf.

Anna klopfte an die Tür, doch es kam keine Antwort. Jetzt klopfte Aaron. Als wieder nichts zu hören war, betraten sie unsicher den Raum, der von Kerzenlicht erleuchtet war. Niemand war da. Aaron und Anna beschlossen, sich auf die Stühle zu setzen und abzuwarten.

Die Zeit verging, sie hörten die Glocke der Burgkapelle Mitternacht schlagen. Kurze Zeit später ging eine der vielen Türen im Raum auf, und der Graf kam mit seiner Gattin herein. Das hohe Paar war festlich gekleidet. Trotz des freudigen Anlasses, den sie mit ihren Gästen in der Empfangshalle gefeiert hatten, blickten sie nun ernst und begrüßten Aaron und Anna, die bei ihrem Eintreten aufgestanden waren, mit einem Kopfnicken, das die beiden mit einer Verbeugung beantworteten.

»Dank für Euren Besuch, Meister Aaron«, sagte der Graf. »Verzeiht unser Zuspätkommen, aber wie Ihr wisst, feiern wir heute die Taufe unseres Sohnes und haben Gäste. Wir mussten lange genug bleiben, um keinen Verdacht zu erregen. Bitte nehmt Platz.«

Dabei führte er Ottgild zum Bett.

Aaron sagte: »Verzeiht, Graf, sollte ich mich nicht zuerst um Eure Gattin kümmern? Sie wird müde sein und schlafen wollen.«

»Zerbrecht euch nicht den Kopf über mich«, meldete sich Ottgild vom Bett aus. »Ich möchte bei diesem Gespräch dabei sein. Es geht auch mich etwas an. Und jetzt bitte ich Euch, mir diese Fäden herauszuziehen. Sie fangen schon an zu zwicken und zu jucken.«

»Das ist ein gutes Zeichen, Gräfin«, antwortete Aaron, »dann ist der Heilungsprozess schon weit fortgeschritten. Erlaubt Ihr …?«

Er gab Anna einen Wink und öffnete den Ranzen, den Anna mitgebracht hatte. Anna schob vorsichtig Ottgilds Tunika und Unterkleid hoch bis unter die Brüste und entfernte den Leinenverband, während Aaron eine Schere und eine Pinzette aus dem Ranzen nestelte. Er nahm eine Kerze, untersuchte die vernähte Wunde sorgfältig und fragte: »Habt ihr noch Wundschmerzen?«

Ottgild schüttelte den Kopf.

Aaron tastete den gesamten Bauchraum ab. »Sagt mir, wenn es weh tut.«

Die Gräfin blieb stumm.

Aaron erhob sich schließlich und wandte sich an den Grafen. »Graf von Landskron, ich kann Euch mitteilen, dass Eure Gemahlin nach meinem Ermessen fast ganz genesen ist.«

Der Graf hatte während der Untersuchung durch den Medicus ein paar Kerzen ans Bett gebracht und sie mit einem Kienspan aus dem Kamin angezündet.

Aaron übergab Anna Schere und Pinzette. »Anna wird das Garn entfernen. Meine Augen sind inzwischen zu schwach, um bei Kerzenlicht noch scharf genug zu sehen. Es wird ein wenig zupfen, aber dann habt Ihr es endgültig überstanden.«

Anna ging sorgfältig und methodisch vor, schnitt und zerrte so sanft wie möglich und war vor allem penibel darauf bedacht, auch nicht den kleinsten Rest Nähgarn in der Narbe zurückzulassen, die sich inzwischen gebildet hatte. Aaron schaute ihr dabei über die Schulter und leuchtete ihr mit einer Kerze. Schließlich war Anna fertig und gab noch Salbe, die ihr Aaron reichte, auf das frische Narbengewebe.

Sie packte schon zusammen, da stellte der Graf zwei Stühle ans Bett und setzte sich dazu.

»Wir sollten jetzt miteinander reden«, meinte er.

»Ja, Graf, das sollten wir«, antwortete Aaron und nahm auf einem Stuhl Platz.

Anna nahm an, dass dies ein grundsätzliches Gespräch werden sollte, und wollte sich so unauffällig wie möglich entfernen. »Ich warte dann draußen«, sagte sie leise.

Aaron fasste nach ihrem Handgelenk und hielt sie zurück. »Du bleibst hier. Es geht auch dich an. Setz dich.«

Anna wunderte sich über den ungewohnten Befehlston. Also wird es wohl ein *sehr* grundsätzliches Gespräch werden, dachte sie. Ein schlimmer Verdacht keimte in ihr auf. Sie hatte es immer schon gewusst: Nichts würde so bleiben, wie es war.

Der Graf fragte Aaron: »Ihr seid beim Rabbi gewesen?«

»Ja«, sagte Aaron.

»Und? Was ist seine Meinung?«

»Er hat den gleichen Verdacht geäußert wie Ihr. Ist es so schlimm?«

»Schlimmer. Viel schlimmer. Ich befürchte, es dauert nicht mehr lange.«

»Wie viel Zeit bleibt noch, was denkt Ihr?«

»Zehn Tage, vielleicht zwei Wochen, länger nicht.«

Anna war dem Gespräch mit höchster Aufmerksamkeit gefolgt, und ihr wurde klar, dass der Graf und ihr Medicus ständigen Kontakt miteinander haben mussten, von dem sie nichts geahnt hatte. Vielleicht tauschten sie Botschaften aus. Aber nein, das wäre viel zu gefährlich, sie könnten abgefangen werden und in die falschen Hände geraten.

Der Graf sah seine Frau und Anna mit ernster Miene an. »Ihr müsst eines wissen: Es besteht die Gefahr, dass aus dem Gerücht, es komme bald zu einem Anschlag auf die Juden, schnell Wirklichkeit werden kann. Die Anzeichen mehren sich, der Unmut im Volk wird in unzähligen Predigten landauf und landab geschürt. Ein Funke genügt, und die Brandstifter haben erreicht, was sie wollen. Wenn erst ein Judenviertel brennt, breitet sich das schnell zu einem Flächenbrand aus, der nicht mehr gelöscht werden kann. Gegen diese Wut ist kein Kraut gewachsen, wenn sie erst aus dem Ruder läuft. Da nützen auch keine Argumente oder vernünftige Worte mehr.«

»Ich weiß«, antwortete Aaron. »Ich habe das schon einmal erlebt. Deshalb werde ich mich wappnen. Und zwar rechtzeitig, bevor es zu spät ist.«

»Was ... was meint Ihr damit?«, wagte Anna vorsichtig zu fragen.

»Dazu kommen wir gleich, Anna«, sagte Aaron und tätschelte ihre Hand. Dann wandte er sich wieder an den Grafen. »Die Frage erübrigt sich wohl, wer dahintersteckt, nicht wahr?«, sagte er.

Der Graf seufzte und nickte resigniert. »Ja, ich habe auch meine Gewährsmänner, wie die Gegenseite.« Er lachte ein freudloses Lachen. »Seine Eminenz, der Erzbischof, ist ein gewiefter Taktiker. Er entfacht Unruhe, wo er nur kann. Und Ihr könnt mir glauben: Darin ist er ein Meister. Die anfangs versteckten und inzwischen unverhohlen geäußerten Hetztiraden der Priesterschaft gegen die Juden kommen nicht von ungefähr. Aber ich habe inzwischen noch weitreichendere Informationen. Von Hochstaden geht noch weitaus raffinierter vor. Erst schürt er die Angst vor einem Anschlag. Und dann wird er unter dem Vorwand, die Juden vor dem gerechten Volkszorn zu schützen, verfügen lassen, dass sie innerhalb von sieben Tagen auszuwandern haben. Diese Verfügung wird der Erzbischof binnen Wochenfrist treffen, dessen bin ich mir sicher, das weiß ich aus einer absolut zuverlässigen Quelle. Das Hab und Gut der Juden und ihr Vermögen wird von der Kirche konfisziert werden. Als Preis dafür, dass die Leute ihre nackte Haut retten dürfen. Ist das nicht großzügig von Seiner Eminenz?«

Aaron schüttelte angewidert den Kopf.

Der Graf fuhr fort: »Ich habe erfahren, dass der Erzbischof den Grundstein für ein gewaltiges Gotteshaus in Köln legen will. Dafür braucht er Geld, sehr viel Geld. Es soll dem Vernehmen nach die größte Kathedrale der Christenheit werden. Ein steinernes Monument seiner Herrlichkeit.«

»Die des Erzbischofs oder Gottes?«, spottete Aaron mit bitterem Unterton.

»Wohl beides«, antwortete der Graf.

Nach einer kurzen Pause – Anna brannten die Fragen bereits förmlich auf der Zunge – sagte der Medicus: »Nun, für mich bleibt es gleich. Ich werde auf gar keinen Fall warten, bis es Seiner Eminenz gefällt, diese Verfügung zu erlassen.«

Er holte tief Luft.

»Ich fürchte, Graf, ich muss jetzt auf Euer großherziges Angebot zurückkommen, welches Ihr mir in der Nacht unterbreitet habt, als die Niederkunft der Gräfin kurz bevorstand. Darf ich fragen, ob es immer noch gültig ist?«

An Stelle des Grafen antwortete Ottgild: »Was immer Ihr fordert, es wird erfüllt werden, sofern es in unserer Macht steht, Medicus. Wir sind tief in Eurer Schuld.«

Der Graf nickte zustimmend. »So ist es. Was kann ich für Euch tun?«

Aaron stand entschlossen auf: »Ich werde Oppenheim für immer verlassen. Und zwar schon bald.«

Bei diesem Satz, den Anna seit Beginn des Gesprächs mit zunehmender Beklemmung erwartet hatte, setzte ihr Herzschlag für einen kurzen Moment aus. Aber bevor sie etwas sagen oder über die Folgen überhaupt nachdenken konnte, fuhr der Medicus fort:

»Meine Bitte ist folgende. Ihr löst mir mein Haus und alles, was sich darin befindet, bis auf ein paar private Dinge, die ich mitnehmen werde, zu einem angemessenen Preis aus. Meine Schwester und meine Magd werden mit mir gehen, ich habe das schon mit ihnen besprochen. Ihr stellt das Haus Anna zur Verfügung, die dort meine Arbeit weiterführen wird, solange sie dies wünscht. Das ist alles.«

Er war hin- und hergelaufen, während er sprach. Nun blieb er stehen und wartete auf eine Antwort.

Anna wollte etwas sagen, aber es war ihr, als klebte ihre Zunge am Gaumen fest. Sie wusste, wenn der Medicus etwas mit solcher Bestimmtheit aussprach, dann war jeglicher Widerspruch sinnlos. Er würde sich niemals durch Überredungsversuche oder Bitten von seinem Entschluss abbringen lassen. Dass er sie als seine Nachfolgerin einsetzte, war in dieser Endgültigkeit ein Schock für sie, ganz abgesehen davon, dass sie ihren väterlichen Mentor verlor, der ihr mit der Zeit wahrlich ans Herz gewachsen war.

»Halt, da wäre noch etwas«, sagte Aaron und legte seine Hand auf Annas Schulter. »Ich bitte Euch inständig, habt ein Auge auf Anna Ahrweiler. Sie wird von vielen Seiten angefeindet werden. Von der Konkurrenz, weil sie bei einem jüdischen Medicus gelernt hat und weil sie andere Methoden anwendet, als dies allgemein üblich ist. Und von der Kirche, die unsere Kunst nicht anerkennt. Ohne Euren ausdrücklichen Schutz kann sie nicht als Medica arbeiten. Könnt Ihr mir dafür garantieren?«

Der Graf ging auf den Medicus zu und gab ihm seine Hand. »Ihr habt mein Ehrenwort als Graf von Landskron. Es soll alles so geschehen, wie Ihr es wünscht. Ich nehme mit großem Bedauern zur Kenntnis, dass Ihr uns verlassen wollt. Seid versichert, dass meine Gemahlin und ich höchsten Respekt vor Euch und Eurer Arbeit haben.«

Aaron atmete tief durch. »Dann ist also alles gesagt. Ich danke Euch für Euer Entgegenkommen und wünsche Euch Gottes Segen. Schalom.«

Er verneigte sich vor dem Grafen und seiner Gemahlin und verließ mit Anna die gräflichen Gemächer und den Palas auf demselben Weg, auf dem sie gekommen waren.

Schweigsam gingen Aaron und Anna zum Haus des Medicus zurück. Aaron schritt mit seiner Fackel voraus, Anna trug den Ranzen und folgte ihm durch die unterirdischen

Gänge. Die Fragen schossen ihr nur so durch den Kopf. Warum konnte der Graf nichts gegen die Pläne des Erzbischofs unternehmen? Wohin wollte Aaron mit seiner Schwester und der Magd Rebecca fliehen? Warum wollte Aaron nicht abwarten, ob sich die allgemeine Stimmung gegen die Juden nicht doch noch drehte, warum gab er seine sichere Existenz auf für eine ungewisse Zukunft? Er war bei Gott nicht mehr der Jüngste und würde irgendwo weit weg noch einmal ganz von vorne anfangen müssen. Womöglich in einem fremden Land mit einer fremden Sprache. Und sie? Wie sollte sie allein auch nur annähernd das gewaltige Arbeitspensum schultern, das Aaron Tag für Tag auf sich nahm? Wie sollte sie mit Gegnern fertig werden, wie der Kaplan es war? Oder gar der Erzbischof?

Sie war so aufgewühlt, dass sie nicht auf den Weg achtete und prompt über einen Stein stolperte, der sich von der Decke gelöst hatte. Sie fiel der Länge nach hin. Aaron hielt an und drehte sich zu ihr um.

»Alles in Ordnung?«, fragte er besorgt.

»Nein. Nichts ist in Ordnung. Gar nichts!«, rief sie. Ihr war zum Heulen zumute. »Aber geht nur zu, ich folge Euch, mir bleibt ja nichts anderes übrig«, setzte sie grimmig hinzu, stand wieder auf, hob die Fackel vom Boden und stapfte wütend weiter hinter ihm her, obwohl sie sich beim Sturz ihr Knie heftig angeschlagen hatte. Dass es weh tat, hätte sie in diesem Moment niemals zugegeben. Dazu war sie zu stolz.

Erst viel später, als sie in ihrem Bett lag und nur der flackernde Schein einer Kerze ihre Kammer erleuchtete, kam sie allmählich zur Ruhe.

Wieder steht meine ganze Zukunft in den Sternen, dachte sie. Nein, ganz so schlimm war es nicht. Der Medicus hatte alles in seiner Macht Stehende getan, ihr die Hindernisse aus dem Weg zu räumen und ihr zu einer Existenz zu verhelfen, die sie sich in ihren kühnsten Träumen nicht hätte ausmalen können. Sie stand unter dem Schutz des Grafen von Landskron, er hatte sein Wort gegeben. Sie konnte nur hoffen, dass der Graf sich selbst durch seine Loyalität dem König gegenüber würde halten können, sonst wäre es um sie geschehen. Außerdem würde sie viele Patienten von Aaron verlieren, es gab sicher einige, die einer so jungen Frau nicht das Vertrauen entgegenbrachten, wie sie es dem Medicus gegenüber taten. Die Schwierigkeiten türmten sich bei jedem neuen Gedanken auf wie ein riesiger Berg, den sie nie würde bezwingen können.

Aber wie hatte der Medicus gesagt: »Medica zu sein – das ist deine Bestimmung.« Je länger sie darüber nachdachte, desto sicherer wurde sie. Nicht einer unter tausend, oder besser: *eine* unter tausend bekam eine solche Gelegenheit. Sie musste nur zupacken. Das konnte sie. Und das würde sie. Schritt für Schritt.

Und Aaron? Er würde dann nicht mehr da sein. Dieser Umstand überschattete ihr Glücksgefühl. Ihm hatte sie alles zu verdanken. Ihm und Gott.

Vielleicht war es jetzt angebracht, dass sie ihren Schöpfer für ihre Zweifel und ihren Hader mit ihm um Verzeihung bat, Buße tat und bereute.

Zum ersten Mal seit langer Zeit fing sie an, zu beten und Zwiesprache mit Gott zu halten. Obwohl sie auch dieses Mal wieder das Gefühl hatte, dass das Gebet eine ziemlich einseitige Angelegenheit war, nicht nur, weil sie keine Antwort bekam, sondern weil sie im Gegensatz zu früher nicht gestärkt und gefestigt daraus hervorging. Trotzdem betete sie um Kraft für die kommenden Aufgaben und um Schutz für den Medicus und vergaß auch nicht, ihre Eltern in das Gebet mit einzuschließen. Das Gebet kam aus reinstem Herzen, und ihre Innigkeit war tief empfunden und echt. Kraft würde sie brauchen, übermenschliche Kraft. So wie damals,

als sie beinahe ertrunken wäre. Oder dachte, sie hätte Lepra. Oder …

Auf einmal musste sie gähnen. Sie drehte sich um, zog die Beine an und war auch schon eingeschlafen.

Am nächsten Morgen saßen sie alle gemeinsam beim Frühstück, Aaron, Anna, Esther und Rebecca. Schweigsam bei Brot, Käse, Milch und Brei, bis Aaron das Schweigen brach.

»Sie weiß es«, sagte er lakonisch und unvermittelt.

Esther und Rebecca sahen überrascht von ihren Tellern auf.

»Seit heute Nacht.«

Esther und Rebecca warfen sich einen besorgten Blick zu, Anna aß ruhig weiter.

»Dann ist also beim Grafen alles so verlaufen, wie du es dir vorgestellt hast?«, fragte Esther ihren Bruder.

»Er hat alle Bedingungen anstandslos akzeptiert«, nickte Aaron.

»Hast du befürchtet, dass er nicht zu seinem Wort steht?«, fragte Esther.

Aaron zuckte schicksalsergeben mit den Schultern: »Man kann nie wissen. Wie viele von unseren Patienten haben ihre Rechnung nicht bezahlt?«

»Ich denke … jeder Fünfte ungefähr.«

Aaron machte eine Geste mit den Achseln, die wohl bedeuten sollte, dass er das mindestens erwartet hatte, und hob seinen Becher mit Milch hoch. »Dankbarkeit ist wie Milch – sie hält nicht lange.«

Er wandte sich an Anna. »Du musst hinter dem Lohn für deine Arbeit und deine Arzneimittel hinterher sein wie der Teufel hinter der guten Seele. Und ich sage ausdrücklich ›gute‹ Seele, nicht arme.«

Esther verdrehte die Augen, Aaron hob beschwichtigend die Hände. »Gott möge mir den Vergleich verzeihen, aber auch die Arbeit als Medica ist ein Geschäft. Wenn du nur halb so viel Patienten hast wie ich, wirst du ein gutes Auskommen haben. Besorge dir einen zuverlässigen Helfer und eine Hausmagd, auf die du dich verlassen kannst. Es ist nicht einfach, welche zu finden. Unterschätze das nicht. Ganz allein kannst du die Behandlungen nicht durchführen.«

Er lehnte sich zurück.

»Ist dir eigentlich schon aufgefallen, dass du nicht aufhören kannst, Anna zu belehren? Sie wird das schon hinbekommen, da bin ich sicher«, sagte Esther und tätschelte Annas Wange, wie ihre Mutter das früher, als sie noch ein Kind war, immer getan hatte.

Anna wunderte sich darüber, wie viel Vertrauen ihr in der kurzen Zeit entgegengebracht worden war. Sie legte ihren Löffel weg und stellte die Frage, die sie schon die ganze Zeit beschäftigte: »Wollt Ihr mir nicht verraten, wo Ihr hingehen werdet, oder ist das ein Geheimnis?«

Aaron putzte sich den Mund mit einem Tuch ab, bevor er antwortete. »Ich habe einen Vetter in einem fernen Land, in dem zwischen den Religionen die gleichen Rechte herrschen. Wir schreiben uns einmal im Jahr, es gibt hier in Oppenheim einen Handelsherrn, der sich regelmäßig von dort mit Waren eindeckt, der besorgt die Briefe. Mein Vetter wohnt in einer Stadt, in der Christen, Juden und Mauren offenbar friedlich nebeneinander leben und arbeiten. Die Christen haben ihre Kirchen, die Mauren ihre Moschee und die Juden ihre Synagoge. Jeder kann seiner Religion nachgehen, ohne bei den anderen auf Unwillen, Abwehr oder gar Hass zu stoßen.«

»Klingt nach dem himmlischen Jerusalem«, sagte Anna mit einem tiefen Seufzer. »Wo soll diese Stadt sein?«

»In Kastilien. Sie heißt Toledo. Außerdem soll es dort wesentlich wärmer sein als hier in Oppenheim, schreibt mein Vetter«, sagte Aaron und lächelte.

»Wie lange ist man bis dahin unterwegs?«

»Oh, ich denke, wir reisen nicht über Land. Wir werden mit allem, was wir mitnehmen, auf ein Schiff gehen und den Rhein hinunterfahren bis nach Nimwegen. Von dort suchen wir uns ein Schiff, das uns nach Hispanien mitnimmt. Dort sehen wir weiter. Ich rechne mit drei oder vier Monaten, bis wir dort sind.«

»Und wann wollt Ihr aufbrechen?«

»Sobald das Geschäftliche abgeschlossen ist und verbrieft und besiegelt. Graf von Landskron hat mir zugesichert, dass alles ganz schnell gehen wird. Das Schiff wartet von heute ab zwei Tage. Ich kenne den Kapitän, er ist mir noch einen Gefallen schuldig.«

Aaron stand auf. Und war mit einem Mal, fand Anna, in seiner Tatkraft und seinem unbedingten Willen wieder ganz der Alte.

»Bis dahin haben wir noch eine Menge zu tun. Aber eines lege ich euch unter allen Umständen ans Herz: Kein Wort zu niemandem! Habt ihr mich verstanden?«

Die drei Frauen sahen sich bang an und nickten.

»Jetzt macht nicht so lange Gesichter«, sagte Aaron entschlossen. »Ich kann verstehen, dass ihr nicht gerade in Freudentaumel ausbrecht. Aber es ist niemand gestorben. Es wird schon alles werden.«

Damit verließ er die Küche.

XX

Aaron begann, im Laboratorium Arzneien und Bücher in eine Truhe zu packen, die er unbedingt in sein Exil mitzunehmen gedachte. Er hatte dafür sogar eine Liste angefertigt. Doch schon nach kurzer Zeit sah er ein, dass dies ein sinnloses Unterfangen war. Wenn er alles mitnehmen wollte, was er verzeichnet hatte, würde er noch an *Chanukka* mit Packen beschäftigt sein. Er seufzte angesichts dieses Dilemmas, als Anna hereinkam, und kratzte sich nachdenklich am Kopf.

»Ich habe nicht mehr viel Zeit«, sagte er und breitete die Arme in einer hilflosen Geste aus. »Aber sieh dir das hier an … ich kann unmöglich alles mitnehmen, was ich mitnehmen müsste. Ich habe schließlich ein ganzes Leben lang gebraucht, um die Sachen anzusammeln. Ich glaube, es ist das Beste, ich packe nur ein paar Bücher und andere persönliche Dinge ein und lasse den ganzen Rest hier. Sonst brauche ich drei Fuhrwerke statt einem.«

Er setzte sich resigniert. »Vielleicht ist es ohnehin besser, wenn ich mich von allem trenne. Je weniger wir mit uns schleppen, desto einfacher wird die Reise.«

Anna nahm ihm gegenüber Platz und sah ihn voller Sorge an.

»Bist du mir böse?«, fragte er sie. »Immerhin habe ich dich ganz schön überfahren. Und über deinen Kopf hinweg entschieden, ohne dich zu fragen. Aber die Zeit drängt.«

»Ich glaube kaum, dass ich die Tragweite Eures Entschlusses übersehen kann, Meister. Und es fällt mir schwer, Eure Entscheidung zu verstehen«, antwortete Anna.

»Ich weiß, Anna, ich weiß«, sagte Aaron und rieb sich in einer müden Geste über das Gesicht. »Aber es gibt keine andere Möglichkeit.«

»Ihr könnt die politische Lage sicher besser einschätzen als ich«, meinte Anna. »Aber eines wüsste ich indes gerne. Ihr steht unter dem Schutz des Grafen. Er kann doch nicht zulassen, dass in seiner Grafschaft das getan wird, was der Erzbischof will.«

»Es ist eine ganz einfache Rechnung«, erklärte Aaron. »Eine Rechnung, die jeder Kriegsherr anstellen muss, bevor er in die Schlacht zieht. Und der Graf ist ein erfahrener Kriegsherr, der nicht sinnlos das Leben seiner Soldaten aufs Spiel setzt, wenn er vor der Schlacht abschätzen kann, dass der Gegner zahlenmäßig weit überlegen ist. Und das ist Konrad von Hochstaden. Dank seiner Macht und vor allem dank seines Reichtums kann er in kürzester Zeit ein riesiges Heer aufstellen. Ich weiß nicht, wie viele Ritter und Edelmänner ihm verpflichtet sind und sich ihm im Kriegsfall mitsamt ihren Soldaten zur Verfügung stellen müssen, wenn er als Lehnsherr es fordert. Aber er kann in jedem Fall über genügend Männer verfügen, um Burg Landskron zu belagern und auszuhungern oder gar zu erobern. Wäre es klug vom Grafen, es darauf ankommen zu lassen, wenn er von vornherein weiß, wie die Geschichte ausgehen wird?«

»Aber der König? Und was ist mit dem Kaiser?«

»Ach, Anna, der König ist doch nur eine Marionette in diesem Spiel. Er ist abhängig vom guten Willen der Fürsten, die auf seiner Seite stehen. Und mehr Soldaten als die, die du beim Einzug in Oppenheim gesehen hast, hat er nicht zu bieten. Schönwettersoldaten, ich bitte dich! Mit Fahnenschwingern und Fanfarenbläsern kannst du keinen Krieg führen. Oder glaubst du im Ernst, Kaiser Friedrich eilt aus

Sizilien mit einer gewaltigen Streitmacht herbei, nur weil sein Sohn im hohen Norden ihn um Hilfe bittet?«

Anna schüttelte hilflos den Kopf. »Nein, wohl nicht.«

»Siehst du. Graf Georg von Landskron setzt nicht alles aufs Spiel, nur um ein paar hundert Juden zu helfen. Und ich kann ihn da sogar verstehen. Er hat schlechte Karten, weil er sich auf die Seite der Staufer gestellt und dem Kaiser den Lehnseid geschworen hat. Einem Kaiser, der vom Papst exkommuniziert worden ist, was bedeutet, dass keiner der lehnspflichtigen Fürsten noch an seinen Eid gebunden ist. Sie können jederzeit die Seite wechseln. Graf Landskron wird das nicht tun, aber etliche andere schon.«

Anna stand deprimiert auf. »Dann wird die jüdische Gemeinde in Oppenheim also früher oder später aufgegeben werden.«

»Ja. Der Rabbi hat keine Hoffnung mehr auf eine Änderung der Lage. Er wird sicher seiner Gemeinde den Ratschlag geben, auszuwandern. Die meisten werden wohl nach Osten ziehen, über die Grenzen des Reiches hinaus.« Aaron seufzte schwer. »Seit Jahren gibt es Gerüchte von Überfällen und Ausschreitungen. Schon seit ich denken kann. Ich mache mir schwere Vorwürfe. Ich hätte besser darauf vorbereitet sein sollen, dass aus den Gerüchten Wirklichkeit werden wird. Aber der Mensch ist schwach und bequem. Immer denkt er, es wird schon gehen. Die Hoffnung stirbt zuletzt. Und nun ist sie tot. Jetzt muss ich zum zweiten Mal meine Heimat verlassen. Doch das ganze Jammern und Lamentieren hilft nichts. Wenn, falls, hätte, vielleicht – alles *Nebbich*.«

Er sprang auf. »Vor unserer Abreise muss ich dir noch rasch all das zeigen, was ich dir ursprünglich nach und nach in den nächsten Jahren beibringen wollte. Das ist zwar ein aberwitziges Unterfangen, aber es wäre doch eine Schande, wenn du meine Destillationsapparatur nicht nutzen kannst, nur weil du nicht weißt, wie man sie bedient. Und dann habe ich noch eine große Sammlung von seltenen und teuren Arzneien. Sie sind noch nie zum Einsatz gekommen, können aber außerordentlich wirksam und hilfreich sein. Womit sollen wir bloß anfangen?«

***

Aaron und Anna verbrachten die ganze Nacht im Laboratorium. Anna musste aufpassen, dass sie in der Kürze der Zeit mit all den Gerätschaften, Instrumenten, Arzneien und Büchern vertraut wurde, die sie in den drei Monaten, die sie jetzt bei Aaron war, noch nicht kennengelernt hatte. Sie konnte nur froh sein, dass sie eine schnelle Auffassungsgabe und ein gutes Gedächtnis hatte, so dass sie sich das meiste einprägen und merken konnte. Trotzdem machte sie so viele Notizen wie möglich, vor allem über Mischverhältnisse und Mengen der verschiedenen Kräuter, Wurzeln, Blüten und anderen Ingredienzien und wann und wie sie die heimischen Gewächse anpflanzen und ernten musste oder welche man nur bei besonderen Händlern in fernen Städten erwerben konnte, die sie aus Ländern bezogen, von denen Anna noch nicht einmal gehört hatte. Auch die Namen und Wohnorte dieser Händler gab ihr Aaron.

Die meisten Rezepturen hatte der Medicus in langwierigen Versuchen selbst entwickelt und teilweise auch aufgeschrieben. Aber dieses Buch war eines der wenigen Dinge, die er mitnehmen wollte auf seine lange Reise nach Kastilien.

Schließlich brummte Anna der Kopf vor lauter Namen, Zahlen, Mengen, Gewichten und Preisen.

Sie gingen erst schlafen, als die Morgendämmerung anbrach.

Nach einer nur kurzen Nachtruhe half Anna am nächsten Tag, den Wagen in der Scheune weiter zu beladen, bis alles abreisefertig war. Rebecca stellte ihr eine junge Magd vor, die sie seit langem kannte und mit der sie Freundschaft geschlossen hatte. Sie hieß Berbelin und würde innerhalb von zwei Tagen ihre Stelle bei Anna antreten können, weil ihr alter Dienstherr verstorben war. Berbelin war nicht nur sehr schüchtern und zurückhaltend, sondern auch stumm und konnte sich nur mit Gesten verständigen, aber Anna mochte sie vom ersten Augenblick an.

Als die Sonne schließlich untergegangen war, wurde das Fuhrwerk in der noch geschlossenen Scheune an die zwei Zugpferde angespannt. Niemand sollte sehen, was im Hause des Medicus vor sich ging. Zu guter Letzt machte Aaron noch eine Abschiedsrunde mit Anna, Esther und Rebecca durch das Haus, einmal, um nachzusehen, ob sie nicht doch etwas Wichtiges vergessen hatten, zum anderen, um die Mesusot, die Schriftkapseln, die nach alter jüdischer Sitte an jedem Türpfosten befestigt waren, mit allem nötigen Respekt abzunehmen und einzupacken. Es war mehr als eine rituelle Handlung. Aaron konnte nicht umhin, dieses Zeremoniell mit einer gewissen Andacht und Sentimentalität durchzuführen, war dies doch die letzte Handlung in seinem alten Haus. Esther musste sich verdächtig oft schnäuzen, und Rebecca ließ ihren Tränen freien Lauf, wobei sie keinen Laut von sich gab.

Sobald Aaron die letzte *Mesusa* entfernt hatte, drehte er sich zu Anna um: »Einen Wunsch habe ich noch, Anna Ahrweiler. Den darfst du mir auf gar keinen Fall abschlagen.«

»Äußert ihn nur. Kann ich ihn denn erfüllen?«, sagte Anna.

»Oh ja«, antwortete der Medicus. »Er ist leicht zu erfüllen. Du wirst uns nicht bis zum Schiff begleiten. Tu mir den Gefallen und lass uns keine große Abschiedsszene machen.

Sonst zerreißt es uns allen noch das Herz. Der Abschied fällt uns schon schwer genug.«

Esther fiel Anna als Erste um den Hals und drückte sie, als wolle sie ihr sämtliche Rippen brechen. »Gott segne dich, mein Kind«, sagte sie mit einem unterdrückten Schluchzer, wandte sich ab und stieg auf den Kutschbock.

Als Nächste herzte Rebecca sie und benetzte Annas Schulter mit ihren Tränen. Sie konnte Anna nicht mehr in die Augen sehen und folgte Esther auf den Kutschbock.

Jetzt stand nur noch Aaron da. Er breitete die Arme wie Flügel auseinander, und Anna flog förmlich an seine Brust. Sie konnte ihre Tränen nicht mehr zurückhalten und schluchzte hemmungslos. Aaron streichelte ihr übers Haar und flüsterte unverständliche jiddische Worte, die wie ein Segen klangen. Dann löste er sich von ihr, gab ihr noch einen letzten väterlichen Kuss auf die Stirn und bestieg ebenfalls den Kutschbock.

Anna war froh, dass sie in diesem Augenblick etwas zu tun hatte. Sie schlüpfte durch einen Spalt im Scheunentor und sah draußen nach, ob die Luft rein war. Der Vollmond warf sein fahles Licht über den Hof. Außer ein paar Fledermäusen, die lautlos im Hof herumflatterten und nach Insekten jagten, war nichts zu sehen. Anna stemmte sich gegen den ersten Torflügel und schob ihn auf, dann kam der zweite an die Reihe, er quietschte leise. Sie trat beiseite.

Aaron schnalzte mit der Zunge und ließ die Zügel leicht tanzen. Die Pferde stemmten sich in ihr Geschirr, langsam setzte sich der schwere Planwagen in Bewegung. Ein letztes Mal blickten sich Anna und der Medicus an, und Anna wusste nicht warum, aber in diesem Augenblick verbeugte sie sich vor ihm.

Die Frauen winkten, sie winkte zurück und sah dem Gefährt hinterher, bis es durch die Hofeinfahrt in die Nacht hinausrumpelte und sich schließlich in der Dunkelheit verlor. Ob sie den Medicus jemals wiedersehen würde? Anna blieb noch so lange stehen, bis auch das letzte Wagengeräusch verklungen war, dann drehte sie sich um und schloss die Scheunenflügel.

Als sie in die Küche kam, musste sie sich erst mal setzen. Angst und Panik keimten in ihr auf. Sie erhob sich wieder und bereitete sich einen starken Schlaftrunk. Andernfalls würde sie vor lauter Grübeleien kein Auge zutun können, so aufgewühlt war sie.

Sie setzte sich zurück an den Tisch, trank Schluck um Schluck und horchte.

Wie still es im Haus war. Jedes Knacken im alten Gebälk war zu vernehmen.

Schließlich stand sie wieder auf, versicherte sich noch einmal, dass die Tür abgesperrt war, ging in ihre Kammer, legte sich aufs Bett und wartete wie erstarrt darauf, dass der Schlaf endlich kommen würde.

Doch das Einzige, was kam, waren die Tränen.

TEIL III

I

Konrad von Hochstaden war mit sich zufrieden. Seine Politik gegen die Juden war erfolgreich gewesen. Unter dem Vorwand, sie schützen zu wollen, hatte er eine Auswanderungsverfügung erlassen, die bereits Ergebnisse zeitigte. Zahlreiche jüdische Familien waren dabei, das Land zu verlassen.

Der Erzbischof befand sich allein in der düsteren Hallenkrypta unter der *Apsis* der Abteikirche von Kloster Heisterbach, die von einer Wandfackel schwach erleuchtet war. Um ihn herum seine längst verblichenen Vorgänger, Äbte und Bischöfe, die hier in prunkvollen Steinsarkophagen ihre letzte Ruhestätte gefunden hatten. Die Krypta hatte so gewaltige Ausmaße, dass zwischen ihren Säulen und in den zahlreichen Nischen noch Dutzende von Bischöfen nach ihm Platz finden würden, um dort auf den Tag ihrer Auferstehung zu warten. Es war sein bevorzugter Aufenthaltsort in Heisterbach, hier war er ungestört.

Nur er, Pater Antonius und der von ihm zum Abt beförderte Pater Sixtus wussten vom geheimen Zugang im Chorgestühl hinter dem *Lettner,* wo eine mannshohe Vertäfelung – die so raffiniert eingepasst war, dass man sie nicht als Tür wahrnahm – zurückklappte, sobald man an einem neben der geschnitzten Stifterfigur versteckten Hebel zog. Dann führte eine steile Steintreppe nach unten in die gewölbeartige Krypta, die ganz in Fels gehauen war. Es roch modrig und nach Schimmel, aber das störte ihn nicht. Er liebte das Gefühl, ein Glied einer ununterbrochenen Kette aus Hohepriestern Gottes zu sein, das Gefühl der Kontinuität, die bis in die dunkle Vergangenheit reichte und die er in eine glorreiche Zukunft zu führen gedachte, weil ihm durch Gott die Autorität verliehen und der Auftrag erteilt worden war, die historische Konstellation zu nutzen und zur Ehre seines Herrn die Kirche so mächtig zu machen, wie sie es noch niemals zuvor gewesen war.

Nur eines brachte Konrad von Hochstaden zuweilen ins Grübeln, nämlich dass seine eigene Zeitspanne auf Erden eigentlich zu knapp bemessen war angesichts der gewaltigen Vorhaben, die seiner harrten. Nun, ihm waren wie allen Sterblichen natürliche Grenzen gesetzt, aber was hätte er dafür gegeben, wenn er nicht nur die Grundsteinlegung seines geplanten Doms zu Köln, sondern auch dessen Fertigstellung noch hätte erleben dürfen! Stupor mundi, das Staunen der Welt, wäre nicht länger nur das Attribut des Stauferkaisers gewesen, es wäre übergegangen auf ihn, den Gründer und Schöpfer der großartigsten Kathedrale des christlichen Erdkreises. Damit wäre sein Name endgültig und für alle Zeiten im Gedächtnis der Menschheit verankert.

Das Modell *seines* Doms, denn als solchen nahm er ihn für sich in Anspruch, stand bereits in der Empfangshalle im Wohntrakt des Abtes, den er für sich in Beschlag nahm, wenn er in Heisterbach weilte. Das tat er in letzter Zeit häufiger, denn er fand in der Abgeschiedenheit des Klosters die nötige Muße, um über seine Pläne nachzudenken. Meister Gerhard von Rile, der die Entwürfe nach seinen Vorstellungen und Anordnungen gefertigt hatte und den Bau ausführen würde, hatte ihm das Modell vor kurzem überbracht und es ihm persönlich erläutert. Bis zur Grundsteinlegung war noch Zeit, aber diese Zeremonie würde die triumphalste seiner Laufbahn hier auf Erden werden, dafür wollte Konrad von Hochstaden sorgen.

Ein Dom nach seinem Gutdünken für die größte Reliquie der Menschheit, die im Besitz seiner Diözese war und die er schon so manches Mal mit ehrfürchtigem Staunen bewundert und mit wohligem Schaudern berührt hatte: der goldene Schrein mit den einbalsamierten Gebeinen der Heiligen Drei Könige! Diese heiligste aller Reliquien war – als Geschenk Kaiser Friedrichs I. Barbarossa – von seinem Vorgänger, Erzbischof und Kanzler Rainald von Dassel, im Jahre 1164 aus Mailand nach Köln gebracht worden und würde für alle Zeiten dafür sorgen, dass endlose, nie versiegende Pilger- und Geldströme den Weg zu seiner neuen Kathedrale finden würden. Aber zuvor mussten noch die Grundlagen dafür geschaffen werden. Erst wenn es einen Papst und einen König von seinen Gnaden gäbe, wäre Konrad von Hochstaden so weit, sich ein steinernes Denkmal für seine eigene Unsterblichkeit zu erbauen, das ihn für ewig in die Annalen der Geschichte eingehen lassen würde.

Der Erzbischof schritt die Treppe wieder hoch und drückte auf einen Hebel, der die Geheimtür von innen aufschwingen ließ.

Er verschloss den Zugang zur Krypta von außen, schritt in den Altarraum, bekreuzigte sich und legte sich bäuchlings, in vollem *Ornat,* die Arme weit ausgebreitet, vor die Stufen des Altars, um zu beten. Allmählich glitten sein Geist und seine Seele in andere Sphären. Das war seine Art, mit Gott, seinem Herrn, in Kontakt zu treten, so als würde er seinen sterblichen Leib zurücklassen und seine Seele würde hinaufschweben bis zu dem filigranen Kreuzrippengewölbe über dem Altar, schwerelos und leicht wie eine Feder. Es war ihm, als könnte er seinen dahingestreckten Leib von der Decke aus erblicken. Von dort sah er aus wie ein Engel nach dem Höllensturz. War das eine Vorsehung? Dass er für sein Streben nach Gottgleichheit eines Tages zur Hölle fahren musste, wie es in Jesaja 14, 12 hieß: »Wie bist du vom Himmel gefallen, du schöner Morgenstern! Wie bist du zur Erde gefället, der du die Heiden schwächtest! Gedachtest du doch in deinem Herzen: Ich will in den Himmel steigen und meinen Stuhl über die Sterne Gottes erhöhen; ich will mich setzen auf den Berg des Stifts, an der Seite gegen Mitternacht; ich will über die hohen Wolken fahren und gleich sein dem Allerhöchsten. Ja, zur Hölle fährest du!« Ein furchtbares Zittern ergriff seinen Leib und seine Seele, und Konrad von Hochstaden fürchtete um ihre Unsterblichkeit. Es war ein wahrhaft schrecklicher Moment der Erkenntnis seiner ewigen Verdammnis, den ihm Gott bescherte.

Da setzten himmlische Choräle ein, in einem weit entfernten Teil seines Bewusstseins nahm er sie wahr. Langsam kehrte Konrad von Hochstaden von seiner Vision zurück in die Wirklichkeit. Das mussten Pater Ambrosius und sein Novizenchor sein, die außerhalb des *Lettners* übten. Die hellen, reinen Stimmen gaben seiner Vision, seinem Einssein mit der heiligen Dreifaltigkeit, einen unverhofften Trost, nach dem er dürstete wie ein Süchtiger, den es nach Wein verlangte und der schließlich erhört und gelabt wurde. Nach der düsteren Vision schien es wie das unerwartete göttliche Zeichen der Vergebung all seiner Sünden und wie eine Vorausschau auf sein ewiges Leben im himmlischen Paradies, das er sich mit seinen Taten auf der Erde verdienen würde, dessen war er sich nun gewiss.

***

Auf dem Weg nach Burg Landskron überquerte Anna den Marktplatz von Oppenheim. Seit einem Monat ging sie jetzt allein ihren Pflichten als Heilerin nach, und der Übergang von einer *Famula* zur Medica war alles andere als einfach gewesen. Sie hatte viele Patienten von Aaron verloren, die ihr nicht zutrauten, in die Fußstapfen des Medicus zu treten.

Trotzdem hatte sie sich mit Feuereifer in die Arbeit gestürzt. Abends lag sie dann erschöpft auf ihrem Bett in der Kammer, Aarons früherem Schlafgemach, das sie nach dessen Flucht aus Oppenheim bezogen hatte. Das ehemalige Schlafgemach des Medicus war doppelt so groß wie ihre alte Kammer im Erdgeschoss und ermöglichte es ihr, einen Tisch aufzustellen, den sie mit Berbelins Hilfe hochschleppte, um darauf die wuchtigen *Folianten* zu studieren, die ihr der Medicus hinterlassen hatte. Jeden freien Abend setzte sie sich voller Ehrgeiz bei Kerzenlicht an den Tisch und blätterte sie systematisch durch. Sie hatte sich so viel vorgenommen, aber manchmal schlief sie doch über den Schriften ein. Und dann träumte sie von ihrem Ritter, Junker Chassim …

In ihrer alten Kammer logierte nun ihre Magd Berbelin, die sich gut eingefügt hatte. Anna mochte ihre stille, unaufdringliche, aber gründliche Art. Berbelin war fleißig, kaufte selbständig auf dem Markt ein und konnte gut kochen. Sie verständigten sich mit Gesten. Berbelin war zwar stumm, aber deswegen nicht auf den Kopf gefallen, obwohl das die meisten Leute vermuteten, wenn sie ihr gegenüberstanden. Für irgendeine Sünde, so dachten viele, wird sie Gott der Herr schon mit Stummheit bestraft haben. Berbelin konnte sogar lesen, wenn auch mühsam, ihre Mutter hatte es ihr, als sie noch lebte, halbwegs beigebracht.

Aber einen guten und zuverlässigen Knecht zu finden, der für eine junge Frau wie Anna arbeiten würde, zumal sie, seit sie allein arbeitete, im Ruf stand, dass es in ihrem Haus vielleicht – wie hinter vorgehaltener Hand geflüstert wurde – nicht mit rechten Dingen zuging, schien aussichtslos zu sein. Anna musste sich vorerst ohne männlichen Beistand behelfen, was für sie zusehends schwieriger wurde und ihr zunehmend Sorgen bereitete. Ihr einziger Schutz bestand darin, dass jedermann wusste, dass sie unantastbar war, solange der Graf von Landskron seine Hand über sie hielt. Aber Gerüchte konnten schnell ein Eigenleben führen, vor allem, wenn sie eine unscheinbare, junge Frau betrafen, die sich bestens mit Teufelszeug wie Kräutern und Giften aller Art auskannte und dazu auch noch bei einem dubiosen jüdischen Medicus in die Lehre gegangen war. Diese Verdächtigungen wurden noch verstärkt durch Leute wie den Burgkaplan, der die Gerüchteküche nach Kräften schürte, wie die Gräfin zu berichten wusste.

Auch bei ihren stärksten Konkurrenten, den Badern und den auf Märkten herumziehenden Wunderheilern, war Anna alles andere als angesehen. Nach ihrem erfolglosen Vorstoß beim Grafen, die unliebsame Konkurrenz auszuschalten, warteten sie nur darauf, dass Anna einen Fehler machte, um ihr daraus einen Strick drehen zu können. Sie hatte ihnen einige gutbetuchte Kunden abspenstig gemacht, weil sich in deren Kreisen herumgesprochen hatte, dass ihre Heilmethoden, ähnlich wie die des Medicus, recht wirksam und weniger schmerzhaft waren.

In der ersten Zeit bestürmten die Patienten Anna natürlich mit Fragen nach dem Verbleib des Medicus. Sie hatte es nicht anders erwartet und erzählte jedem, der es wissen wollte, dass es der Medicus aus freien Stücken, der eigenen Gesundheit wegen, der die Kälte des Nordens nicht länger zuträglich war, vorgezogen hatte, wärmere südliche Gefilde aufzusuchen.

Der Exodus der Juden von Oppenheim ging nach der von Graf Landskron vorhergesagten Auswanderungsverfügung des Erzbischofs rasch und zügig vonstatten. Wagenkolonnen mit jüdischen Familien zogen mit ihrem beweglichen Hab und Gut aus der Stadt in Richtung Osten, so dass das jüdische Viertel schnell verwaiste.

Anna hatte erfahren, dass die meisten Juden ihre Häuser zu einem Spottpreis verkaufen mussten, weil sie niemanden fanden, der bereit war, den wahren Wert für Haus und Hof zu bezahlen. Viele gutbetuchte Bürger bereicherten sich so am Besitz der jüdischen Gemeinde und verfügten bald über noch mehr Grund und Boden, als sie ohnehin schon besaßen.

Die Pläne des Erzbischofs schienen voll und ganz aufzugehen. Anna war traurig und empört darüber. Und sie befürchtete, selbst bald auf einer schwarzen Liste zu stehen, weil sie gegen den Ruf, eine Hexerin und Wunderheilerin zu sein, bei den einfachen Leuten nichts ausrichten konnte.

Seit Aaron weggezogen war, hatte Anna überdies das unbestimmte Gefühl, verfolgt und beobachtet zu werden. Wenn sie ihre üblichen Hausbesuche in der Stadt machte und aus dem Heim eines Patienten kam, verschwand jedes Mal auf der anderen Straßenseite eine Gestalt, die im Schatten eines Hauseingangs gewartet zu haben schien. Sie konnte nicht erkennen, wer es war, der Verfolger stellte sich sehr geschickt an. Einmal wurde es Anna zu bunt und sie rannte ihm nach. Doch ihr Beschatter hatte wohl geahnt, was sie vorhatte, und verdrückte sich rasch im verwinkelten Gewirr der Gassen. Anna stand schließlich keuchend auf einem kleinen Platz, von dem mehrere Gassen abgingen, und konnte gerade noch den Zipfel einer schwarzen Kutte ausmachen, der um eine Ecke flatterte. Als sie ihm nachsetzte, war er schon hinter der nächsten Biegung verschwunden. Hatte sie sich das alles etwa nur eingebildet? Kopfschüttelnd machte sie kehrt und dachte sich, dass sie ihn bei nächster Gelegenheit schon noch erwischen würde. Anna beschloss, in Zukunft noch vorsichtiger zu sein. Jedenfalls war sie sich sicher, dass der Beschatter nicht Gero von Hochstaden war, der sie beim Einzug des Königs über den Haufen geritten hatte. Seitdem hatte sie ihn nicht mehr gesehen. Wahrscheinlich gehörte er zum königlichen Tross und war schon vor Wochen mit ihm weitergezogen. Sie war schon so oft bei Ottgild und ihrem Kind gewesen, dass sie Gero, wäre er noch auf Landskron, längst hätte über den Weg laufen müssen, dessen war sie sich sicher.

Und außerdem glaubte sie nicht, dass er sich nach so langer Zeit noch an sie erinnern würde, allein schon deshalb, weil Bruder Marian für ihn ertrunken und damit für alle Zeiten aus dem Gedächtnis gestrichen war.

Schuldbewusst musste sie wieder an ihre Eltern denken. Was wohl mit ihnen geschehen war? Aber was konnte sie unternehmen, um etwas über ihr Schicksal in Erfahrung zu bringen?

Abrupt wurde Anna aus ihren Gedanken gerissen, als ein verschwitzter und aufgeregter Junge, er mochte vierzehn Jahre alt sein, aus einer Seitengasse auf sie zugerannt kam und bei ihrem Anblick schrie: »Medica, bitte! Kommt schnell! Ihr müsst helfen!«

Bevor Anna etwas erwidern konnte, nahm er sie bei der Hand und zog sie mit sich. Sie folgte ihm in einen Innenhof mit einem Ziehbrunnen. Eine größere Menschenmenge hatte sich dort um eine weinende junge Frau und einen verzweifelten, tropfnassen Mann versammelt, vor denen ein Kind von etwa vier oder fünf Jahren regungslos auf dem Boden lag.

Als der Mann sie erblickte, kam er auf sie zu und rang die Hände. »Medica«, sagte er, »Euch schickt Gott! Ihr seid die Einzige, die jetzt noch helfen kann! Meine Tochter ist beim Spielen in den Brunnen gefallen, ich habe sie gerade herausgeholt. Aber sie atmet nicht mehr!«

Anna zögerte keinen Augenblick, kniete sich vor den leblosen Körper des Mädchens und horchte an seiner Brust. Alle Umstehenden starrten auf Anna. Seit die mirakulöse Rettung der Gräfin im Kindbett in aller Munde war, erwarteten die Leute, dass Anna als Nachfolgerin des Medicus ähnliche Wunderdinge vollbringen konnte.

»Wie lange war sie im Wasser?«, fragte Anna.

»Ich weiß nicht – nicht sehr lange«, lautete die Antwort des sichtlich verwirrten Vaters.

Anna hob den Körper des Kindes am Rücken in Höhe der Hüfte an und wollte es auf die Seite legen, da erbrach das Mädchen im selben Moment einen Schwall Wasser, hustete und fing an zu weinen. Die gaffenden Zuschauer wichen ehrfurchtsvoll zurück, als hätten sie einem Wunder beigewohnt. Dabei hatte Anna gar nichts weiter getan. Aus irgendeinem Grund, und das war ein Wunder, wenn auch ein göttliches, war das Mädchen durch die Bewegung wieder zurück ins Leben gerufen worden.

Während das Mädchen in den Armen seiner unendlich erleichterten Mutter lag, versorgte Anna die Kratzer und lehnte jegliche Belohnung, die ihr der völlig aufgelöste Vater anbot, ab. Sie ahnte, dass es den Leuten so erscheinen musste, als sei sie eine Wunderheilerin, die einem toten Kind nur die Hand aufzulegen brauchte, um es wieder zum Leben zu erwecken. Die Begebenheit würde sich in Windeseile in der Stadt herumsprechen, und sie konnte nichts dagegen tun.

Schleunigst machte sie sich auf und setzte ihren Weg zur Burg fort. Die Gräfin erwartete sie bereits.

II

Gero von Hochstaden saß ungeduldig im Beichtstuhl der Burgkapelle von Landskron und wartete auf den Kaplan. Einmal pro Woche waren sie dort immer zum gleichen Zeitpunkt verabredet, damit der Kaplan Gero auf dem Laufenden halten konnte, was die Geheimnisse des Grafenhofs anging. Zu Geros Leidwesen war er selbst lange Zeit nicht mehr auf der Burg gewesen, weil er den Grafen auf einer längeren Reise zu lehnspflichtigen Baronen und Rittern und befreundeten Fürsten hatte begleiten müssen. Sobald er jedoch erfuhr, dass die Rundreise dem Zweck diente, die Gäste für ein Turnier nach Burg Landskron einzuladen, sah er dies als günstige Gelegenheit, einige Anhänger der Stauferpartei mit einem Namen und einem Gesicht verbinden zu können und seinem Onkel davon zu berichten.

Einmal, als Gero schon unleidlich wurde ob der stagnierenden Situation und seinem Onkel über seine Kameraden, Lutz und Oswald, ausrichten ließ, wieder heimkehren zu wollen, erhielt er strikte Order, bei der Stange zu bleiben. Nicht nur das – der Erzbischof betonte in seinem Brief, dass Geros Informationen von höchster Wichtigkeit waren, und stellte ihm, sollte er weiterhin so wertvolle Dienste leisten, die Einkünfte der Landgrafschaft Overstolz als Belohnung in Aussicht. Landgraf Dietrich von Overstolz war bei Konrad von Hochstaden hoffnungslos verschuldet, und so waren seine Ländereien verpfändet worden. Diese Aussicht entfachte Geros lahmenden Ehrgeiz von neuem, nicht nur, weil er sich durch die Wertschätzung seines Onkels geschmeichelt fühlte, sondern auch, weil er durch die Einkünfte vom Wohlwollen seines Vaters unabhängig werden würde, was ihm mehr als recht war.

In diesem Augenblick ging die Tür des Beichtstuhls knarzend auf, und der Burgkaplan setzte sich hinter das vergitterte Sprechfenster und schloss die Tür. Mit ihm wehte wie immer eine Wolke aus Weihrauch und Myrrhe herein, so als ob er sich damit von Kopf bis Fuß einreiben würde.

»Ihr wünscht zu beichten, mein Sohn?«, fragte er in priesterlich salbungsvollem Ton.

Gero antwortete: »Vater, ich habe gesündigt.«

Der Kaplan antwortete laut und überdeutlich: »Der Herr sei in deinem Herzen und auf deinen Lippen, damit du dich in seinem Lichte erkennst.«

Gero bekreuzigte sich und murmelte: *»In nomine Patris et Filii et Spiritus Sancti. Amen.«*

»Sprich, mein Sohn«, sagte der Kaplan.

Da der Kaplan sich an das vorgeschriebene Zeremoniell der Beichte hielt, war Gero klar, dass sie offenbar nicht allein in der Kirche waren. Also senkte er seine Stimme zu einem Flüstern.

»Ich war im Badehaus und habe mit einer Hübschlerin Unzucht getrieben«, gestand er. Es konnte nicht schaden, wenn er sich bei der Gelegenheit gleich die Absolution erteilen ließ.

»Wie oft?«

»Mehrfach.«

»Hast du sie dafür bezahlt?«

»Ja.«

»Bereust du es?«

Die Antwort kam zögerlich, aber Beichte war Beichte, deshalb sagte Gero: »Ja.«

»Von ganzem Herzen?«

»Ja.«

Sie hörten die schwere Holztür draußen zuschlagen. Wer auch immer in der Kapelle gewesen war, hatte sie wohl nun verlassen.

Der Kaplan atmete auf und sagte der Ordnung halber: »Nun gut. Noch etwas?«

»Nein.«

»Bete zur Buße drei Vaterunser. Gehe hin in Frieden«, verkündete der Kaplan und schlug hastig das Kreuzeszeichen. »*Ego te absolvo a peccatis tuis. In nomine Patris et Filii et Spiritus Sancti. Amen.*«

»Amen.« Gero wartete noch kurz, dann flüsterte er: »Ich war lange weg. Wie ist es – habt Ihr Neuigkeiten für mich?«

»Allerdings«, sagte der Kaplan. »Kommt!«

Er öffnete die Tür des Beichtstuhls und ließ vorsichtshalber seinen Blick durch die Kapelle schweifen. Gero kam ebenfalls heraus und sah den Kaplan fragend an. Der eilte schon voraus durch die leere Kapelle – »Folgt mir!« – zur schmalen Treppe, die vom Kirchenraum auf die Empore führte, von der man direkt auf den gegenüberliegenden Altar sehen konnte. Es war normalerweise nur dem gräflichen Paar gestattet, ihn zu betreten; von dort aus konnte man über mehrere Gänge in die Privatgemächer des obersten Stockwerks im Palas gelangen. Eine abschließbare Tür verhinderte, dass jedermann Zutritt erhielt. Aber der Burgkaplan verfügte über einen Schlüssel, den er nun aus seiner *Soutane* nestelte. Bevor er die Tür öffnete, wandte er sich noch einmal an Gero, der hinter ihm stand.

»Dass ich Euch jetzt durch diesen Gang führe, dürft Ihr niemals verraten. Damit begehe ich ein Unrecht. Es könnte mich Kopf und Kragen kosten, wenn es herauskäme. Und Euch ebenfalls. Habt ihr mich verstanden?«

Der Burgkaplan sah ihm streng in die Augen.

Gero zuckte mit den Achseln. »Ihr braucht das nicht eigens

zu betonen«, meinte er. »Ich bin mir der Gefahren unserer Konspiration durchaus bewusst.«

Der Burgkaplan nickte, machte die Tür aber immer noch nicht auf. »Während Eurer Abwesenheit habe ich die Bekanntschaft mit einer Person gemacht, die ständig Zugang zum Grafen und seiner Gemahlin hat.«

»Ja, und?«

»Diese Person könnte für Euch und insbesondere für Euren Onkel von großem Interesse sein, wenn es darum geht, die Familie von Landskron zu Fall zu bringen.«

»Wer ist diese Person?«

»Eine Person, die mir verdächtig vorkommt. Irgendwie verbirgt sie etwas. Dessen bin ich mir sicher. Wenn wir dieses Geheimnis lüften, dann hätte Seine Eminenz den Hebel in der Hand, der den Grafen von Landskron stürzen könnte, ohne Blut zu vergießen.«

»Ihr sprecht in Rätseln.«

»Es ist auch für mich eines. Aber ich werde Euch diese Person jetzt vorführen. Sie müsste in diesem Moment in den Gemächern der Gräfin sein. Vielleicht kennt Ihr sie und könnt das Rätsel lösen.«

Mit diesen Worten machte der Kaplan die Tür auf, ließ Gero in den Gang dahinter schlüpfen, folgte ihm und verschloss die Tür wieder sorgfältig. Der Korridor war vom Tageslicht, das durch kleine Fensterluken fiel, schwach erleuchtet und endete an einer Treppe, die bis in den obersten Stock des Palas führte. Der Burgkaplan eilte mit Gero im Schlepptau hinauf und betrat den Gang im obersten Stockwerk. Nach ein paar Schritten blieb er schließlich stehen.

Er drehte sich zu Gero um und flüsterte nun: »Wir sind jetzt auf der Höhe der gräflichen Gemächer. Man kann uns nicht hören. Trotzdem ist es angebracht, leise zu sein. Diese Jungfer, die sich Medica nennt, eine gewisse Anna aus Ahrweiler – seid Ihr der schon mal begegnet?«

Gero schüttelte den Kopf. »Nein. Ich kenne sie nicht.«

»Sie müsste jetzt hier sein. Kommt, ich werde sie Euch zeigen.«

»Wie wollt Ihr das bewerkstelligen, ohne dass sie mich sieht?«

»Es gibt eine Vorrichtung im Gang, die eigentlich dazu dient, sicherzustellen, dass sich kein Unbefugter in den Gemächern aufhält. Die Vorfahren des jetzigen Grafen haben sie einst eingerichtet, und eigentlich hat niemand Kenntnis davon. Ich selbst weiß erst seit kurzem, dass es sie gibt. Eine Kammerzofe der Gräfin hat mir davon erzählt.«

Ein schiefes Grinsen stahl sich in Geros Gesicht. »In der Beichte?«

Der Burgkaplan warf Gero einen konspirativen Blick zu. »Wenn es höheren Zielen dient, gibt es Ausnahmen von der Regel.«

»Auch beim Beichtgeheimnis?«

»Ich gebe ja nicht das Beichtgeheimnis preis. Ich nutze nur das Wissen daraus für eine gottgefällige Tat. Die Kammerzofe war neugierig und hat einmal durch diese Vorrichtung gespäht. Deswegen plagte sie das schlechte Gewissen. Ich habe sie davon befreit und ihr die Absolution erteilt. Jetzt kann sie wieder gut schlafen. So hat jeder seinen Vorteil aus der Sache gezogen. Jetzt gebt acht!«

Der Geistliche machte einen Schritt auf die Wand zu, die gegenüber der Außenmauer mit den Fensterluken lag. Sie war aus grob behauenen, grauen Granitsteinen gemacht. Erst wenn man wusste, wo es war und ganz genau hinschaute, konnte man es erkennen: In Augenhöhe war statt eines Steins eine bemalte Holzklappe. Sie sah im schummrigen Licht so täuschend echt aus, dass sie von der Oberfläche der echten Steine nicht zu unterscheiden war. Auch die Verfugung war nur Attrappe.

Der Burgkaplan schob die Fingernägel der linken Hand in

die falsche Fuge und konnte die Holztür aufklappen. Dahinter war ein Schacht, der von einer Glasscheibe abgeschlossen wurde. Der Burgkaplan steckte seinen Kopf hinein. Gero war neugierig geworden und wartete ungeduldig darauf, dass der Kaplan ihn auch einen Blick durch die Mauer werfen ließ.

Endlich zog der Geistliche seinen Kopf wieder heraus und flüsterte Gero ins Ohr: »Die Medica behandelt gerade den kleinen Sohn der Gräfin. Ihr müsst Euch nicht zurückziehen, wenn zufällig jemand in Eure Richtung schaut. Durch das Glas kann man nur von unserer Seite aus hindurchsehen. Auf der anderen Seite ist es ein Spiegel für die Gräfin, der in die Wand eingelassen ist. Wenn dort jemand auf das Glas schaut, sieht er nur sein eigenes Konterfei. Die Kammerzofe, die mir in der Beichte davon berichtet hat, ist nur durch Zufall darauf gestoßen, weil sie ihre Herrschaften durch diesen Gang hier zur Messe begleitet hat und die Gräfin schnell einen Blick in das Zimmer werfen wollte, um sicherzugehen, dass ihr Kind gut versorgt wurde.«

Langsam und vorsichtig näherte sich Gero der Aussparung im Gemäuer, steckte den Kopf hinein und sah durch das Glas.

Genau in diesem Moment wusch sich die junge Frau, die den kleinen Friedrich offenbar mit einer Salbe behandelt hatte, die Hände. Und da die Waschschüssel auf einer Truhe vor dem Spiegel stand, schaute sie geradewegs in Geros Gesicht, als der von der anderen Seite ins Zimmer spähte.

Es war dieser Augenblick, der die Zeit für ihn drei oder vier Herzschläge lang gleichsam einfrieren ließ. Vielleicht zwei Handbreit von der Frau entfernt, starrte er ihr geradewegs in die Augen, ohne dass sie es merkte. Ein braunes und ein grünes.

Zutiefst erschrocken über den unerwarteten Anblick und die schonungslose Erkenntnis, schnellte Gero zurück. Es konnte nicht sein, was er da gesehen hatte! Das waren die Augen von Bruder Marian, die Augen, die ihn für so lange

Zeit nicht mehr losgelassen, ja förmlich verfolgt und gequält hatten. Er war sich ganz sicher.

Der Burgkaplan beobachtete Geros überaus heftige Reaktion mit verwunderter Miene. Vorsichtig warf er selbst noch einmal einen Blick durch das Glas. Dann schloss er das bemalte Holztürchen wieder und drehte sich zu Gero von Hochstaden um.

»Ihr kennt die Medica?«, fragte er.

Gero, der sich von seinem Schrecken allmählich wieder erholte, nickte. Es war ihm, als habe er Luzifer persönlich direkt in die lächelnde Fratze gesehen.

»Ja. Ja, ich kenne sie.«

»Und wer ist sie? Eine andere Person, als sie vorgibt zu sein?«

»Allerdings. Ich kenne sie als Bruder Marian aus dem Kloster Heisterbach.«

»Der Mönch mit der Lepra? Der sich selbst gerichtet hat?«

»Genau der.«

»Unmöglich. Seid Ihr sicher?«

»Diese Augen kann ich nicht vergessen. Und es gibt sie bestimmt kein zweites Mal. Ich selbst habe Bruder Marian mit allen Anzeichen der Lepra gesehen. Er wurde von den Mönchen verstoßen. Und ich war Zeuge, wie er ertrunken ist.«

»Aber die Medica ist eine Frau!«

»Er muss wiederauferstanden sein. Im Körper einer Frau.«

Der Burgkaplan wagte es, Gero an den Schultern zu fassen und ihm direkt in die Augen zu sehen. Gero war immer noch außer sich und damit beschäftigt, seine Entdeckung zu verdauen.

Der Burgkaplan flüsterte: »Kennt Ihr den 1. Brief des Paulus an die Korinther, 13, 12?«

Über alle Maßen verwirrt, schüttelte Gero den Kopf.

Der Burgkaplan zitierte mit zitternder Stimme: *»Videmus nunc per speculum in enigmate, tunc autem facie ad faciem.«*

Aber Gero hatte jetzt kein Ohr für biblische Weisheiten, auch wenn sie noch so zutreffend sein mochten.

Er murmelte: »Ich werde sie töten. Sie oder ihn, egal. Dieses Mal wird sie sich nicht wieder einfach aus dem Staub machen. Ich werde es selbst tun, um ganz sicherzugehen.«

Der Kaplan schüttelte ihn und sprach eindringlich auf ihn ein: »Versündigt Euch nicht! Denkt jetzt nicht an Rache, ich beschwöre Euch!«

Gero sah den Kaplan mit einem so schneidenden Blick an, dass dieser seine Hände schnellstens zurückzog. »Oh doch, Euer Gnaden, oh doch. Genau daran denke ich!«, sagte er.

III

Als Anna die Gräfin und deren Söhnchen wieder verließ, war sie guten Mutes. Der Schorf auf dem Kopf des Kindes war harmlos, und ansonsten war der Säugling wohlauf. Die Gräfin war mehr als zufrieden mit ihrer Medica, und ließ Anna den Standesunterschied, der sie trennte, nie spüren, solange sie unter sich waren.

Von ihr hatte Anna auch erfahren, dass Graf Georg von Landskron ein großes Turnier veranstalten wollte, zu dem sogar Konrad von Hochstaden eingeladen war. Im Einverständnis mit dem König wollte Graf Georg – vorsichtig und diplomatisch – sondieren, ob nicht doch eine Annäherung der verschiedenen Standpunkte und Interessen möglich war.

Anna hegte die stille Hoffnung, dass sie Chassim wiedersehen würde. Er galt als begeisterter Turnierkämpfer und hatte schon so manchen Sieg davongetragen.

Wenn Gräfin Ottgild von ihrem »kleinen« Bruder – er war fast zehn Jahre jünger als sie – erzählte, und das tat sie gern, dann strahlten ihre Augen, und ein zärtliches Lächeln umspielte ihre Mundwinkel. Sie liebte Chassim abgöttisch, wie eine Schwester ihren Bruder nur lieben konnte. Die Gräfin fand, dass ihr kleiner Friedrich ihrem Bruder wie aus dem Gesicht geschnitten war, und Anna musste ihr da zustimmen. Sie war peinlich genau darauf bedacht, nie von sich aus das Gespräch auf Chassim zu bringen, um nur ja nicht in den Verdacht zu geraten, dass sie sich gewissen unstatthaften Hoffnungen hingab, weil sie sich in ihn verliebt hatte. Denn das hatte sie, das war ihr inzwischen klar. Wenn sie nur an ihn dachte, hatte sie ein wehmütiges Ziehen im Bauch, das zwischen bittersüß und schmerzhaft wechselte. Sie nahm sich fest vor, die Gräfin das nächste Mal unauffällig und ganz beiläufig zu fragen, ob Chassim an dem Turnier teilnehmen würde. Aber vielleicht erzählte die Gräfin das ja auch von sich aus. Im Stillen schalt sich Anna für ihre Träumereien. Chassim fischte doch in ganz anderen Teichen, und sie war ein viel zu kleines und unbedeutendes Fischlein für einen jungen Mann von so hohem Geblüt, der sein Netz auswerfen konnte, wo es ihm beliebte.

Mit ihrem Ranzen auf dem Rücken marschierte Anna durch die Gassen von Oppenheim zurück nach Hause. So fühlte es sich also an, wenn man an jemanden dachte, in den man heimlich verliebt war. Dieser Zustand verlieh ihr ein seltsames Gefühl von Leichtigkeit, und er gehörte nur ihr allein. Es gab nur einen einzigen Menschen auf der Welt, mit dem sie es gerne geteilt hätte. Allein die Aussicht darauf, Chassim vielleicht bald wiederzusehen, beflügelte ihren Geist und ihre Schritte.

***

Für Gero war es ein Leichtes, der jungen Medica heimlich zu folgen. Sie schien keinerlei Verdacht zu schöpfen oder irgendein Misstrauen zu hegen, so unbefangen, wie sie zwischen den Häuserzeilen dahinschlenderte. Er hatte sich nach dem schrecklichen Erlebnis im Gang des Palas ein Versteck gesucht, von dem aus er den Burghof gut überwachen konnte. Auf keinen Fall wollte er verpassen, wohin dieses Mädchen mit den verschiedenfarbigen Augen ging.

Wer mochte nur hinter dieser angeblichen Medica stecken? Dass sie, als er mit seinem Vater in Kloster Heisterbach weilte, der Mönch Bruder Marian gewesen war, daran hegte

Gero keinerlei Zweifel. Aber eine Erklärung für die Verwandlung eines verzweifelten, todkranken Mönchs in eine selbstbewusste, sichtlich lebensfrohe Medica fand er vorläufig nicht, so sehr er sich auch den Kopf zerbrach. Doch das würde er aus dieser Anna Ahrweiler, wie sie sich jetzt offenbar nannte, ganz schnell herausprügeln, wenn er sie erst in die Finger bekam.

Gero achtete sorgfältig darauf, genügend Abstand zu halten. Vor dieser raffinierten Person musste er sich in Acht nehmen, schließlich war sie ja wohl mit dem Teufel im Bunde, wie sonst konnte sie jetzt fröhlich durch die Gassen spazieren, obwohl sie Lepra hatte, in einem anderen Leben ein Junge und vor seinen Augen ertrunken war? Da musste einfach Hexerei mit im Spiel sein!

Gero fröstelte, wenn er an die Zauberkraft einer Hexe dachte, gegen die es keine Mittel gab, und ärgerte sich gleichzeitig über seine unritterliche Furcht – eigentlich hatte er vorgehabt, Anna Ahrweiler bis zu ihrem Heim zu verfolgen, zu warten, bis es dunkel wurde, irgendwie in das Haus zu gelangen und dann eigenhändig zu überprüfen, ob diese Medica nun Männlein oder Weiblein war. Im zweiten Fall wäre es ihm eine unendliche Genugtuung gewesen, ihr beizubringen, was es bedeutete, von einem richtigen Mann genommen zu werden. Schon beim bloßen Gedanken daran juckte es ihn in der Hose, und er wäre am liebsten gleich über sie hergefallen. Aber je länger er darüber nachdachte, desto klarer wurde ihm, dass sein Onkel ein solches Vorgehen niemals gutheißen würde. Nein, es wäre sogar ausgesprochen dumm, wenn er so handeln würde. Er musste erst so viel wie möglich über diese Medica herausbekommen und dann seinem Onkel Bericht erstatten.

Gero ahnte, dass der Erzbischof Pater Urban und Bruder Marian aus dem Spiel genommen hatte wie unbedeutende Schachfiguren. Sie hatten ihm im Weg gestanden, und wenn einer von ihnen überlebt hatte und über Wissen verfügte, das seinem Onkel gefährlich werden konnte, dann musste der Erzbischof davon erfahren, um rechtzeitig Gegenmaßnahmen ergreifen zu können. Gero brauchte diese Medica lebend. Wenn er sie jetzt vergewaltigte und umbrachte, was ihm zwar kurzzeitige Befriedigung verschafft hätte, gab es keine Möglichkeit mehr, herauszufinden, was sie wusste oder welche Beweise sie versteckt haben könnte.

Die Medica ging durch das Gautor wieder aus der Stadt hinaus und schlug den Weg ein, der an der Stadtmauer in Richtung Südwesten führte. Es waren viele Leute unterwegs, so dass es nach wie vor nicht auffiel, wie Gero ihr folgte. Dass sie ihn erkennen würde, wenn sie ihn sah, bezweifelte er nicht, obwohl er sich einen Vollbart zugelegt hatte. Deshalb achtete er immer noch sorgfältig auf genügend Abstand. Die Medica überquerte eine Brücke aus Holzbohlen, die den Bach an der Stadtmauer überspannte, und ging durch einen Torbogen auf ein großes, zweistöckiges Haus zu.

Gero blieb stehen und sah, wie Anna Ahrweiler in der Scheune verschwand, die direkt an die Stadtmauer grenzte. Das war also das Haus des jüdischen Medicus, der sich bei Nacht und Nebel aus dem Staub gemacht hatte. Ganz so, wie es der Burgkaplan beschrieben hatte. Gero wartete noch eine Weile, weil er sichergehen wollte, dass sie nicht mehr herauskam. Dann machte er kehrt. Für heute hatte er genug gesehen. Es wurde Zeit, den Onkel zu benachrichtigen.

IV

Kaum hatte Anna den Flügel des Scheunentors hinter sich geschlossen, als ihr auch schon Berbelin mit wehendem Rock und gerötetem Gesicht entgegengeeilt kam. Sie fuchtelte so aufgeregt und hektisch herum, dass Anna, obwohl sie inzwischen mit den wichtigsten Gesten ihrer stummen Magd vertraut war und wusste, was sie bedeuteten, Berbelin beim besten Willen nicht verstehen konnte und sie erst einmal beruhigte.

Dann fing Berbelin noch einmal von vorne an, und Anna schloss aus ihren nun sparsameren Gesten, dass anscheinend ein ungebetener und aufdringlicher Patient schon den ganzen Vormittag auf sie gewartet hatte. Was immer auch Berbelin versuchte, sie konnte ihn einfach nicht loswerden.

Als Berbelin immer wieder mit der Hand eine kreisrunde Bewegung auf ihrem Kopf machte und dazu die Hände faltete und die Augen gen Himmel verdrehte, verstand Anna endlich, dass es sich bei dem Patienten, der sich nicht abweisen ließ, wohl um einen Mönch mit einer *Tonsur* handeln musste. Einen Mann der Kirche hatte sie, seit sie die Patienten des Medicus übernommen hatte, noch nie behandelt. Sie beschloss, sich nicht länger darüber zu wundern, sondern ihn einfach selbst nach seinem Begehr zu fragen. Berbelin deutete noch an, dass dieser Mönch fleißig ihrem Biervorrat zugesprochen hatte, und ging Anna in die Küche voraus. Aber dort zeigte nur ein leerer Bierhumpen an, dass der Gast verschwunden war.

Da hörten sie Geräusche aus dem Laboratorium, irgendetwas zerschellte klirrend auf dem Fußboden. Die beiden Frauen warfen sich einen beunruhigten Blick zu und stürmten, Anna voran, den Gang entlang zur Tür des Laboratoriums, die sperrangelweit offen stand. Als sie den Raum betraten, sahen sie den breiten Rücken eines Mannes in schwarzem *Mönchshabit* mit *Skapulier,* der auf allen vieren versuchte, die Scherben eines zerbrochenen Kruges zusammenzusuchen. Er drehte sich um, sobald er die beiden Frauen kommen hörte, und sagte mit zerknirschter Miene: »Habt Ihr zufällig Schaufel und Besen zur Hand? Mir ist ein Missgeschick passiert.«

Annas Wut über das unberechtigte Eindringen eines Wildfremden in ihr Allerheiligstes kannte keine Grenzen, und so herrschte sie ihn mit lauter Stimme an: »Was, zum Teufel, habt Ihr in meinem Laboratorium zu suchen!?«

Er bekreuzigte sich, stand langsam auf und wischte dabei seine pfannengroßen Hände in einer verlegenen Geste an seiner schwarzen Kutte ab.

»Hütet Euch, Jungfer, den Namen Luzifers so leichtfertig auszusprechen!«, sagte er dann mahnend.

Er war von übergewichtiger Gestalt und hatte braunes Haar, das ihm in einem Kranz um den Kopf stand, die *Tonsur* war tadellos rasiert, die Augenbrauen waren die buschigsten, die Anna je bei einem Mann gesehen hatte. Er war zwar rasiert, hatte aber einen Bartschatten und musterte sie mit herausforderndem Blick, der zeigte, dass sich dieser Mönch von nichts und niemandem einschüchtern ließ. Er war ihr bei der Behandlung des Tanzwütigen schon aufgefallen, wo er stoisch der angeblichen Wunderheilung zugesehen hatte, bis er handgreiflich geworden war und Anna sich aus dem Staub gemacht hatte, um einer Schlägerei aus dem Weg zu gehen. Anna vermutete sofort, dass er es auch war, der ihr seit einiger Zeit nachschlich und jedes Mal verschwunden war, sobald sie ihn zur Rede stellen wollte.

Die Gelegenheit dazu nutzte sie jetzt: »Also – ich warte immer noch auf eine Antwort!«

Der Mönch begann zu grinsen und zeigte seine ebenmäßigen kleinen Zähne. »Verzeiht, meine Tochter, aber ich habe mir nur ein wenig die Zeit vertrieben, indem ich einen Blick in Euer Laboratorium warf.«

»Offensichtlich mit den Fingern und nicht mit den Augen«, sagte Anna streng, während Berbelin schon einen Besen geholt hatte und sich um die Scherben kümmerte.

»Außerdem bin ich nicht Eure Tochter, sondern die Medica, merkt Euch das«, fügte Anna barsch hinzu und verschränkte die Arme. »Also, sprecht. Wer seid Ihr und was wollt Ihr?«

Der Mönch konnte sein freches Grinsen nicht ganz unterdrücken, und Anna hatte das unbestimmte Gefühl, dass er etwas im Schilde führte.

Er zeigte auf die diversen Gerätschaften im Laboratorium und sagte: »Ihr seid erstaunlich gut eingerichtet. Manches habe ich noch nie gesehen. Seid Ihr Alchemistin?«

Sie antwortete nicht, sondern wartete stattdessen auf die Beantwortung ihrer Fragen. Es war wie ein stummes Kräftemessen, bis der Mönch schließlich mit einem tiefen Seufzer nachgab und sagte: »Ich bin Bruder Thomas. Ich habe von Euren Heilerfolgen gehört und bin von weit hergekommen, weil ich Eure Hilfe brauche.«

Anna glaubte ihm kein Wort. Wahrscheinlich wusste er nicht, dass sie ihn schon vor Wochen auf dem Marktplatz bei dem Wunderheiler gesehen hatte. »Ihr seid krank? So seht Ihr aber nicht aus. Was fehlt Euch denn?«, fragte sie misstrauisch.

Er langte sich an den Kopf, hinter das rechte Ohr, und machte dazu ein gequältes Gesicht. »Ich fürchte«, jammerte er, »ich fürchte, Me-di-ca«, er zerdehnte ihren Titel theatralisch in einzelne Silben, »Ihr müsst mir einen Stein aus dem Kopf schneiden. Er verursacht mir bisweilen fürchterliche

Qualen, und ich habe gehört, dass Ihr dazu in der Lage seid. Seht her …«

Er ging auf sie zu und zückte mit der linken Hand einen prallen Geldbeutel, den er demonstrativ hochwarf und wieder auffing. Anna staunte über die Ruhe, die dieser Mönch ausstrahlte, trotz seiner offensichtlichen Lügengeschichte.

»Für einen besitzlosen Benediktinermönch habt Ihr einen erstaunlich gut gefüllten Geldbeutel«, sagte sie spitz.

»Oh ja, bei Gott«, erwiderte er. »Meine Mitbrüder haben für mich gesammelt, damit ich von diesem Dämon befreit werde, der in mich gefahren ist.«

Dabei schaute er sie mit einer solch entwaffnenden Unschuld an, dass jeder auf ihn hereingefallen wäre. Außer Anna. Sie begann sich zu ärgern. So leicht war sie nicht für dumm zu verkaufen. Oder steckte mehr dahinter? Vielleicht der Burgkaplan, der sie auf die Probe stellen wollte? Oder gar der Erzbischof? Aber nein, da sah sie Gespenster. Er wusste sicher nichts von ihr, außer, es hatte sich bis zu ihm herumgesprochen, dass es in Oppenheim eine junge Frau gab, die wider den Stachel löckte und mit ihren Methoden an den Grundfesten der Kirche zu rütteln begann. Möglich war es und sehr wahrscheinlich, dass der Mönch nicht auf eigene Faust handelte. Anna nahm sich vor, Bruder Thomas nach allen Regeln der Kunst auf den Zahn zu fühlen und ihm zu zeigen, was eine richtige Medica ausrichten konnte. Eine Medica, die keine Quacksalberin war und die Leute an der Nase herumführte und sie um ihr Geld erleichterte. Genau das vermutete dieser seltsame Mönch offenbar.

»Steckt Euer Geld wieder ein und kommt mit«, sagte sie und ging voraus in die Behandlungsstube mit dem Tisch in der Mitte. »Ihr habt Glück, dass ich Zeit habe. Ich werde Euch jetzt einer gründlichen Untersuchung unterziehen und dann werden wir sehen, was Ihr habt und was ich für Euch tun kann.«

Sie gab Berbelin mit den Augen ein Zeichen, sie mit dem Patienten allein zu lassen, und ihre Magd zog sich zurück. Bruder Thomas folgte Anna zögerlich in die Behandlungsstube und sah sich neugierig um.

»Wenn Ihr über so gute Heilmethoden verfügt, wie man sich erzählt, warum könnt Ihr dann Eure Magd nicht von ihrer Stummheit erlösen?«, fragte er, und schon wieder hörte Anna eine versteckte Hinterhältigkeit in der Frage des Mönchs, der es anscheinend darauf angelegt hatte, sie aufs Glatteis zu führen. Jetzt beschloss Anna endgültig, ihm für sein freches Eindringen in ihr Haus und sein dreistes Auftreten, seine *Chuzpe*, wie Medicus Aaron gesagt hätte, eine gründliche Lektion zu erteilen.

»Es geht Euch zwar nichts an«, sagte sie bissig, »aber Berbelin hat ihre Stimme verloren, weil sie schlimmes Leid durchgemacht hat. Das können nur Gott und die Zeit heilen. Dagegen habe ich kein Mittel. Und wer behauptet, er hätte eins, der lügt.«

Bruder Thomas spielte immer noch mit dem vollen Geldbeutel und sah sie scharf an, als sie ihn zurechtwies. Dann lächelte er wieder.

»Wollt Ihr mir nun meinen Stein herausschneiden oder nicht?«, fragte er provozierend.

Anna lächelte zurück und stieß ihm den Zeigefinger so vehement gegen die Brust, dass der füllige Bruder Thomas unwillkürlich zwei Schritte rückwärts machte und gegen den Behandlungstisch stieß.

»Legt Euch auf den Tisch, Bruder Thomas. Ich werde bei Euch vorgehen wie bei den anderen Patienten auch. Jeder, der Hilfe sucht, wird gleich behandelt. Egal ob Graf oder Bauer. Oder Mönch«, sagte sie und stupste ihn noch einmal mit dem Finger an, weil sie gemerkt hatte, dass ihm das gar nicht zu gefallen schien.

Er ertrug es, wenn auch mit zusammengebissenen Zähnen. Wahrscheinlich glaubt er, er wäre mir überlegen und kann mich hereinlegen, dachte Anna.

»Jetzt legt Euch schon hin!«, befahl sie ihm.

Zögerlich ließ sich Bruder Thomas rücklings auf dem Tisch nieder. Anna schob ihm das Strohkissen unter den Kopf und stellte sich so hinter ihn, dass er sie nicht sehen konnte, was ihn noch mehr verunsicherte.

»Zuerst muss ich einiges über Euch wissen, damit ich mir ein Bild von Euch machen kann«, sagte sie.

Es schien ihn wirklich zu irritieren, dass sie jetzt auch noch anfing, hinter ihm hin- und herzugehen, denn er versuchte immer wieder vergeblich, den Kopf nach ihr umzudrehen, während sie damit begann, ihn auszufragen.

»Wie alt seid Ihr?«

»Ich stehe im fünfunddreißigsten Lebensjahr. Ist das wichtig?«

Sie beugte sich von hinten über ihn und blickte ihm von oben herab direkt in die Augen.

»Ihr seid freiwillig zu mir gekommen, weil Ihr Hilfe sucht. Ist das richtig?«, fragte sie mit bohrendem Blick.

»Ja, natürlich«, sagte er.

»Ich habe Euch nicht gebeten, zu mir zu kommen?«

»Nein. Das habt Ihr nicht.«

»Dann wollen wir eines klarstellen, Bruder Thomas – Ihr seid der Patient und ich die Medica. Ihr wollt etwas von mir. Und als Medica muss ich die Fragen stellen, die ich für richtig erachte, und Ihr antwortet mir, so gut Ihr könnt. Wenn nicht … bitte, Ihr habt die Freiheit zu gehen. Also?«

»Ja, ja, schon gut«, sagte er beschwichtigend. »Fragt nur, ich werde antworten, so gut ich kann.«

Sie zog sich wieder zurück und machte weiter. »Woher kommt Ihr?«

»Aus einem weit entfernten Kloster.«

»Wie heißt dieses Kloster?«

»Kloster Weingarten. Es liegt im Süden des Reiches.«

»Ich habe davon gehört. Ist das nicht welfischer Besitz?«

»Nein. Kaiser Friedrich Barbarossa, der Großvater unseres jetzigen Kaisers, hat es 1178 gekauft.«

»Ihr wisst gut Bescheid. Und wer ist gegenwärtig der Abt?«

Jetzt drehte er seinen Kopf doch wieder nach ihr um, auch wenn er sich dabei fast den Hals verrenkte. »Verzeiht, Medica, aber ich verstehe beim besten Willen nicht, wie diese Fragen zu meiner Heilung beitragen sollen.«

»Nun, ich muss doch feststellen, wie sehr dieser üble Dämon, der in Euren Schädel gefahren ist, schon von Eurem Geist Besitz ergriffen hat. Das merke ich daran, ob Ihr die Wahrheit sagt oder lügt. Je tiefer sich der Dämon eingenistet hat, desto mehr lügt Ihr, das liegt in der Natur der Sache.«

»Ach, tatsächlich? Das ist ja interessant. Ihr scheint Euch mit Dämonen auszukennen.«

»Oh, das ist nicht weiter schwierig. Meistens erkennt man es auf den ersten Blick, wenn jemand von einem Dämon besessen ist«, sagte sie süffisant.

Er lachte. Allmählich schien ihm der sich zuspitzende Disput zu gefallen. »Nun – der gegenwärtige Abt von Kloster Weingarten heißt Hugo von Montford. Er ist schon sehr betagt, weit über sechzig. Hilft Euch das?«

»Wir werden sehen. Ihr habt eine besonders wertvolle Reliquie in Euren Gemäuern, habe ich recht?«

»Oh ja. Die Heilig-Blut-Reliquie. Eine Glasphiole mit einem Tropfen vom Blut Jesu Christi.«

Bruder Thomas zuckte zusammen, als Anna plötzlich seinen Kopf mit den Händen abtastete.

»Tut das weh?«, fragte die Medica.

»Nein. Es ist angenehm, macht nur weiter«, grinste Bruder Thomas.

In dem Moment presste Anna so stark mit beiden Daumen knapp unter seinen Schädelknochen am Ansatz zwischen

Genick und Kopf, dass Bruder Thomas mit einem Schrei in die Höhe fuhr.

»Ah – seid Ihr noch bei Sinnen?«, brüllte er.

Ungerührt drückte Anna seinen Kopf wieder nach hinten auf das Strohkissen.

»Jetzt haben wir ihn«, sagte sie.

»Wen?«, wollte Bruder Thomas wissen.

»Den Dämon, der in Gestalt eines Steins von Euch Besitz ergriffen hat. Bleibt ganz ruhig liegen, ich hole jetzt die Instrumente.«

»Die Instrumente? Welche Instrumente?«, fragte er, nun doch mit einem Anflug von Ängstlichkeit.

»Die Instrumente, mit denen ich ihn herausschneide. Er muss heraus. Und zwar auf der Stelle. Bevor er noch mehr Unheil anrichten kann.«

Damit ließ sie den verunsicherten Bruder Thomas allein. Aber bevor er noch vom Tisch steigen konnte, war Anna schon wieder da. Sie brachte ihren Ranzen mit und dazu eine Schüssel mit Wasser.

»Schön liegen bleiben!«, befahl sie ihm streng und verschwand erneut. Dann kam sie mit einem Topf zurück, den sie neben sich auf einen Hocker stellte, unweit der Wasserschüssel.

»Denkt an was Schönes. Ihr werdet fast nichts merken«, sagte sie.

»Was heißt fast?«, fragte Bruder Thomas skeptisch, aber statt einer Antwort hielt Anna nacheinander drei Instrumente aus dem Ranzen prüfend gegen das Licht: eine Knochensäge mit scharf geschliffenen Sägezähnen, einen Drillbohrer, der eher für Steinmetzarbeiten geeignet schien, und einen Zimmermannshammer, der an einem Kopfende stumpf und am anderen flach war.

Bruder Thomas schluckte nervös: »Wollt Ihr etwa mit diesen … diesen Werkzeugen meinen Kopf aufschneiden?«

»Ja, was denkt Ihr denn? Irgendwie muss ich ja an Euren Stein herankommen, den Ihr unbedingt entfernt haben wollt.«

»Wollt Ihr mich nicht vielleicht vorher zur Ader lassen?«

»Das ist nicht nötig. Es wird so viel Blut fließen, dass ein *Aderlass* überflüssig ist«, antwortete sie ungerührt und schlug den Hammer mit dem stumpfen Kopfende probehalber klatschend in ihre linke Hand.

Dem Patienten auf dem Tisch brach der Angstschweiß aus allen Poren.

»Es reicht mir, Medica. Ich habe alles nur …«, sagte er mit gepresster Stimme, aber weiter kam er nicht, denn auf diese Reaktion hatte Anna nur gewartet. Was jetzt folgte, geschah blitzschnell und in einer einzigen, fließenden Bewegung. Anna legte den Hammer beiseite, drückte einen Schlafschwamm, den sie ungesehen aus dem Topf geholt und neben sich bereitgelegt hatte, in die Wasserschüssel und dann Bruder Thomas, der sich gerade in seiner schwerfälligen Art erheben wollte, direkt mitten ins völlig perplexe Gesicht. Er war so überrascht von der unerwarteten Attacke, dass er unwillkürlich tief Luft holte, als er mit dem Schwamm aufs Strohkissen zurückgepresst wurde, bevor er begann, sich zur Wehr zu setzen. Doch es war schon zu spät, die Dämpfe im Schlafschwamm zeigten bereits Wirkung und machten ihn zusehends schwächer.

Schließlich hatte er endgültig das Bewusstsein verloren. Schnell warf Anna den Schwamm beiseite, um nicht auch noch unfreiwillig zum Opfer der Dämpfe zu werden, und betrachtete mit Befriedigung ihren schlafenden Patienten. Da lag er nun, der große und großmäulige Bruder Thomas, hilflos wie ein Käfer auf dem Rücken. Nur dass er nicht mal mehr zappelte.

Jetzt werden wir mal sehen, wer du in Wirklichkeit bist, Bruder Thomas!, dachte Anna, und nahm sich als Erstes den prall gefüllten Geldbeutel des Mönchs vor, der an seinem *Zingulum* festgemacht war. Sie löste ihn vom Gürtel, öffnete ihn und leerte den Inhalt auf den Hocker. Es klimperte zwar metallisch, aber es waren keine Münzen, die da zum Vorschein kamen, sondern wertlose runde Eisenplättchen. So sah also das Barvermögen aus, mit dem sie der Benediktinermönch ködern wollte, eine Arbeit zu tun, die nur ein Scharlatan durchführen würde.

Anna überprüfte, ob Herzschlag und Atem des Besinnungslosen noch funktionierten, wie sie sollten, ein Leid wollte sie ihm ja nicht antun, und eilte dann schnurstracks in die Küche, wo Bruder Thomas seine Tasche auf dem Boden neben dem Tisch abgestellt hatte. Es war eine billige Reisetasche aus Leinen, offenbar selbstgeschneidert. Sie klappte sie auf und sah hinein. Was sie aus dem Inneren zutage förderte, war saubere Wäsche; eine Bibel, die mit vielen handschriftlichen Kommentaren und Unterstreichungen versehen war; ein trockenes Brot, ein Stück Speck und ein Stück Käse, in ein Tuch eingewickelt; eine zusammengelegte Ersatztunika; ein Stück Seife und ein scharfes Messer, ebenfalls in ein Tuch eingewickelt; und ganz unten, in einer aufgenähten Seitentasche versteckt, zwei schmale Büchlein. Zwischen den Seiten des zweiten steckte ein Brief mit gebrochenem Siegel. Anna betrachtete es genauer. Es war das päpstliche Siegel, die *Tiara* mit zwei gekreuzten Schlüsseln, die mit einer Kordel verbunden waren. Sie drehte den Brief herum. Adressiert war er an den Abt des Klosters Weingarten, Hugo von Montford. Also hatte Bruder Thomas doch die Wahrheit gesagt? Es konnte nicht schaden, einen Blick auf das Schreiben zu werfen, solange Bruder Thomas noch schlief.

Aber zuerst sah sie sich die zwei Bücher näher an, offenbar handschriftliche Kopien aus einem klösterlichen *Skriptorium*. Das erste war betitelt »Liber subtilitatum diversarum naturarum creaturarum«, also »Buch über das innere Wesen der verschiedenen Kreaturen und Pflanzen«, das zweite hieß »Causae et curae«, »Ursachen und Heilungen«, beide verfasst von Hildegard von Bingen. Die zwei berühmten Bücher der vor vielen Jahren verstorbenen Äbtissin, die sich mit der Wirkung von Heilpflanzen und der Entstehung und Behandlung von Krankheiten befassten. Anna hatte davon gehört, gesehen hatte sie sie noch nie. Sie musste die beiden Bücher von Bruder Thomas unbedingt lesen.

Dann endlich entfaltete Anna den Brief. Er war auf Lateinisch verfasst und von einem päpstlichen Sekretär im Namen des Kardinals Raniero Capocci unterschrieben. Der Brief, der laut Datum etwa ein Jahr alt war, bestätigte nach den üblichen umständlichen Eingangsfloskeln und Formalitäten, dass die von Abt Hugo von Montford ausgesprochene excommunicatio latae sententiae des *Infirmarius* Bruder Thomas wegen dessen ständiger und – trotz mehrfacher Mahnungen – fortgesetzter *Insubordination* und schuldigem Verlassen des Ordens angebracht und rechtlich wirksam sei und mit diesem Schreiben vom Heiligen Stuhl abgesegnet werde. Weiterhin erklärte sich der Unterzeichnete mit dem Vorschlag des Abtes einverstanden, den uneinsichtigen *Infirmarius* Bruder Thomas für alle Zeiten aus dem Kloster Weingarten zu verbannen. Außerdem sei zu verfügen, dass er aller Rechte, die aus Amt und Würden eines *Infirmarius* abgeleitet waren, verlustig zu gehen habe. Der Brief schloss mit der Formel »Gott sei seiner Seele gnädig« und einem Ostergruß an den hochgeschätzten Abt von Weingarten.

Anna musste tief durchatmen, nachdem sie das Schreiben gelesen hatte. Mit diesem Brief war die Existenz von Bruder Thomas mit einem Schlag vernichtet worden. Er besagte, dass es Bruder Thomas eigentlich nicht mehr gestattet war, mit dem *Habit* der Benediktiner und dem Auftreten als Bruder Thomas durch die Lande zu ziehen. Er war exkommuniziert worden, aus der Kirche ausgestoßen, seiner Ämter enthoben. Was er wohl verbrochen hatte, um die schlimmste aller Kirchenstrafen auf sich zu ziehen? Excommunicatio latae sententiae konnte vieles bedeuten. Wenn er wieder wach und einigermaßen klar im Kopf war, würde sie ihm sagen müssen, dass sie den Brief gelesen hatte und sein Geheimnis kannte.

Aber der Brief erzählte Anna noch mehr: *Infirmarius* war Bruder Thomas also gewesen! Ein klösterlicher Spezialist in Sachen Krankheit und Heilung.

Welch ein Zufall.

Zufall? Nein, ganz bestimmt nicht. Darum hatte er sie wohl aufgesucht. Er wollte überprüfen, was es mit ihrem Ruf als Wunderheilerin auf sich hatte. Ob er das aus eigenem Antrieb gemacht hatte? Oder doch im Auftrag einer höheren Instanz? Aber welcher Kirchenmann sollte ihn beauftragen, wenn Bruder Thomas exkommuniziert worden war? Da passte etwas nicht zusammen.

Sorgfältig räumte Anna alles, was sie aus der Tasche von Bruder Thomas entnommen hatte, wieder hinein. Nur den Brief nahm sie an sich. Wie Bruder Thomas wohl an das Schreiben gekommen war? Nun, ihre Fragen konnte nur der abtrünnige Mönch selbst beantworten. Falls er, wenn er aufwachte, dazu bereit war. Zwingen konnte sie ihn nicht. Ob er allerdings nach seiner Bekanntschaft mit dem Schlafschwamm überhaupt noch ein Wort mit ihr sprechen würde, das stand auf einem anderen Blatt.

***

Auf dem ganzen Weg zurück nach Burg Landskron hatte sich Gero den Kopf zerbrochen. Nicht über Anna Ahrweiler, die sich durch irgendeine Hexerei von einem Mönch in eine Medica verwandelt hatte, sondern darüber, wie er seinen Onkel Konrad von Hochstaden benachrichtigen sollte, ohne zu desertieren. Die Brieftauben waren alle wieder in ihrem Heimatschlag auf Burg Hochstaden, Lutz und Oswald hatten sie mitgenommen, als ihre weitere Anwesenheit in Oppenheim nicht mehr vonnöten gewesen war. So wie die Dinge lagen, musste er wohl selbst zu seinem Onkel reiten, um ihm von der Wiederauferstehung des Bruder Marian im Körper eines Mädchens zu berichten.

Aber das grundsätzliche Problem war: Wie sollte Gero seine wochenlange Abwesenheit von Burg Landskron und seinen Bogenschützen begründen? Burg Hochstaden war über drei Tagesritte entfernt, Kloster Heisterbach, wo der Erzbischof ebenfalls des Öfteren weilte, mindestens zwei.

Während Gero noch grübelte, schließlich wollte er sich einen weiteren Aufenthalt auf Burg Landskron nicht durch Fahnenflucht für alle Zeiten verbauen, traf er auf dem steilen Serpentinenweg zur Burg auf Lutz, der von der Burg heruntergeritten kam.

»Der Kaplan sagte mir, dass ich dich in der Stadt finde«, rief Lutz schon von weitem und verzog seinen Mund zu einem höhnischen Grinsen, als er Gero zu Fuß den beschwerlichen Weg heraufkommen sah.

»Was ist denn mit dir los?«, fragte Lutz. »Bist du unter die Fußsoldaten gegangen?«

Aber Gero war nicht zum Scherzen aufgelegt. »Deine dummen Späße treibe ich dir gleich aus«, antwortete er. »Was führt dich hierher?«

»Schlechte Nachrichten.« Lutz wurde ernst und sprang vom Pferd, um es am Zügel neben Gero herzuführen. »Deine Mutter schickt mich. Dein Vater verlangt nach dir.«

»Mein Vater? Er weiß doch, dass ich hier nicht weg kann, solange mein Onkel mich auf Burg Landskron braucht.«

»Gero«, sagte Lutz und legte seinem Gefährten die rechte Hand auf die Schulter. »Du musst kommen. Dein Vater liegt im Sterben.«

Gero blieb für einen kurzen Moment stehen. Dann war es also so weit, er würde alles erben. Schon bald. Große Gefühle löste diese Nachricht nicht bei ihm aus. Seinem Vater hatte er nie besonders nahegestanden. Er zögerte nicht lange und befahl Lutz: »Warte vor dem Stadttor auf mich. Ich hole mein Pferd und komme nach.«

Er beschleunigte seine Schritte und kam keuchend und schwitzend im Burghof an, wo er sofort die Stallungen aufsuchte und den Burghauptmann um Urlaub bat. Dem wurde, angesichts seiner Begründung, ohne weiteres stattgegeben, und so machte sich Gero zusammen mit Lutz auf den langen Weg nach Burg Hochstaden.

V

Bruder Thomas, der immer noch auf dem Behandlungstisch lag, blinzelte zaghaft und fing an zu stöhnen. Er griff sich an den Kopf. Sicherlich hatte er einen gewaltigen Brummschädel, vermutete Anna. Das waren die Nachwirkungen des Schlafschwamms, die umso schlimmer waren, je stärker die Dosis gewesen war. Dazu kamen Übelkeit und ein ausgetrockneter Mund, verbunden mit einem überwältigenden Durstgefühl, als habe man wie der Herr vierzig Tage in der Wüste gefastet. Alles in allem eine gerechte Strafe dafür, fand Anna, dass Bruder Thomas sie der Quacksalberei überführen wollte.

Sie saß ihm gegenüber und spielte mit einem faustgroßen Stein, den sie aufreizend in die Höhe warf und wieder auffing. Während der Mönch schlief, hatte sie darüber nachgedacht, ob sie die Idee, die ihr beim Lesen des Briefes durch den Kopf geschossen war, in die Tat umsetzen sollte. Es schien ihr, als habe der Himmel diesen abtrünnigen Mönch geschickt. Wenn sie ihm nur vertrauen könnte …

Dann hatte sie einen Entschluss gefasst. Es war zwar heikel, ihm die Frage zu stellen, aber sie würde das Risiko eingehen.

Unter Ächzen und Stöhnen stemmte sich Bruder Thomas auf dem Tisch hoch und sah Anna mit zusammengekniffenen Augen an, als wisse er nicht genau, ob sie eine Vision war oder Wirklichkeit.

»Na – habt Ihr ausgeschlafen, Bruder Thomas?«, fragte sie überaus freundlich und lächelte ihn an.

Er schluckte und kam endgültig wieder zu sich.

»Wie lange war ich im Land der Träume, in das Ihr mich geschickt habt?«, fragte er krächzend.

»Ungefähr drei Stunden«, antwortete sie heiter.

»Drei Stunden!«, stöhnte er. »Das darf doch nicht wahr sein. Oh, mein Kopf! Was habt Ihr nur mit meinem Kopf angestellt!« Er rieb sich die Stirn mit beiden Händen. Dann deutete er auf den Stein, mit dem Anna immer noch herumjonglierte.

»Was habt Ihr da?«, fragte er.

»Dreimal dürft Ihr raten! Könnte das nicht vielleicht der Stein sein, den ich aus Eurem ignoranten Schädel geschnitten habe?«, sagte sie fröhlich und warf ihn Bruder Thomas zu, der ihn im letzten Moment mit der rechten Hand auffing und ihn verwundert studierte, während er mit der linken seinen Hinterkopf vergeblich nach einer Wunde absuchte.

»Es reicht schon, dass Ihr mich gewaltsam in Morpheus' Arme getrieben habt. Ihr braucht mich nicht auch noch zusätzlich zum Narren zu halten«, sagte er beleidigt und stieg endlich vom Behandlungstisch herab. Unsicher und wacklig stand er da.

»Wer den Schaden hat ...«, deutete Anna an.

Er zuckte mit den Schultern.

»Ihr habt Eure Genugtuung gehabt, denke ich«, seufzte er. »Bekomme ich wenigstens noch einen Schluck zu trinken, bevor ich mich verabschiede, Medica?«

Anna nickte Berbelin zu, die in der Ecke der Behandlungsstube gewartet hatte und ihm nun einen gefüllten Krug reichte.

»Was ist das – Bier oder Wasser?«, fragte er sie und winkte im gleichen Moment zerstreut ab. »Tut mir leid, ich habe vergessen, dass Ihr gar nicht sprechen könnt. Gebt her ...«

Er packte den Krug, roch kurz an seinem Inhalt, trank mit großen, gierigen Schlucken und schüttete sich den Rest

Wasser ohne zu zögern über den Schädel. Prustend und heftig atmend gab er Berbelin den leeren Krug zurück.

»So, jetzt geht's mir besser«, sagte er und sah Anna an.

Anna saß noch immer auf ihrem Hocker, Berbelin stellte den Krug ab und verschränkte die Arme über ihrer Schürze.

»Ich denke, Ihr seid mir einige Erklärungen schuldig«, fing Anna schließlich an.

»Wie kann das sein?«, lachte Bruder Thomas und schüttelte den Kopf. »Ihr wisst doch schon alles über mich. Oder habt Ihr vielleicht nicht Eure Nase in meine Sachen gesteckt, nachdem Ihr mir das Schlafmittel verpasst habt? Übrigens müsst Ihr mir unbedingt verraten, womit dieser Schwamm getränkt ist. Ich habe zwar schon von solchen Dingen gehört, aber die Wirkung ist verteufelt gut und schnell!«

»Hütet Euch, Bruder Thomas, den Namen Luzifers so leichtfertig auszusprechen!«, sagte Anna spöttisch.

Bruder Thomas starrte sie zunächst ungläubig an, dann fing er so heftig an zu lachen, dass er sich, vor Erschöpfung den Bauch haltend, auf den nächsten Hocker setzen musste, bis der krampfartige Lachanfall endlich nachließ. Anna und Berbelin hatten keine Miene verzogen.

»Verzeiht, aber Ihr seid unglaublich. Vor Euch muss man sich wirklich in Acht nehmen. Der Burgkaplan hatte recht, verflucht noch mal!« Er verzog schmerzlich sein Gesicht, verdrehte die Augen nach oben, bekreuzigte sich hastig und sagte: »Mea culpa, domine, mea culpa! Das ist mir so herausgerutscht, oh Herr! Soll nicht wieder vorkommen! »

Anna wunderte sich insgeheim über das seltsame Benehmen des Benediktinermönchs, aber eines hatte sie aufhorchen lassen.

»Der Burgkaplan? Hat er Euch zu mir geschickt?«, fragte sie.

»Nun – ich habe von Mönch zu Kaplan über Euch gesprochen. Weil ich von Euch gehört habe. Und vorher Erkundigungen einziehen musste. Ich wollte nicht nur nach Wirtshausklatsch urteilen, sondern von einem Mann geistlichen Standes hören, was er über Euch weiß und wie er das beurteilt.«

»Und wie ist seine Beurteilung ausgefallen?«

»Soll ich ehrlich sein? Nicht besonders schmeichelhaft. Er hat Euch der Hexerei bezichtigt.«

»Und das habt Ihr geglaubt?«

»Mit Verlaub, Medica – der Burgkaplan ist ein hinterlistiger Intrigant, so viel Menschenkenntnis habe ich wohl. Aber ich wollte der Sache selbst nachgehen und bin schließlich auf Eurem Tisch gelandet.«

»Und jetzt? Wollt Ihr mich wegen erwiesener Hexerei anzeigen?«

Bruder Thomas seufzte und wandte sich an Berbelin. »Sagt, könnt Ihr mir vielleicht einen Schluck Bier bringen? Ich fürchte, das wird ein längeres Gespräch, und meine Kehle ist schon wieder furztrocken.«

Berbelin blickte fragend zu ihrer Herrin, und Anna nickte. Berbelin verschwand mit dem Krug.

Bruder Thomas sagte ernst: »Was ich glaube oder besser: was ich nicht glaube – ich glaube nicht, dass wir entweder in die Hölle oder in den Himmel kommen, sondern dass wir schon in der Hölle leben. Und das Einzige, was wir tun können, ist, uns auf die Seite derer zu stellen, die es nicht noch schlimmer machen.«

»Das glaubt Ihr? Das ist wahrlich *Ketzerei,* Bruder Thomas. Das kann Euch den Kopf kosten.«

»Oder auf den Scheiterhaufen bringen. Ich weiß. Das hat mein Abt auch gesagt. Ah – endlich!«, strahlte er, als Berbelin in diesem Moment mit dem gefüllten Krug und einem Becher hereinkam. Er schenkte sich selbst ein und trank den Becher mit einem gewaltigen Zug aus. Dann füllte er ihn erneut.

»So«, sagte er zufrieden. »Jetzt können wir unseren theologischen Disput fortsetzen. Wo war ich stehengeblieben? Ach ja, ich wollte Euch erzählen, dass diese Erkenntnis mich dazu gebracht hat, mich so oft und so lange mit dem Abt zu streiten, dass er mich schließlich exkommuniziert und aus dem Kloster geworfen hat. Seitdem bin ich damit beschäftigt, durch die Lande zu ziehen und dafür zu sorgen, dass die Rechtlosigkeit nicht noch mehr um sich greift. Viel kann ich nicht ausrichten, das weiß ich, aber was in meinen bescheidenen Kräften liegt, werde ich tun, um meine Mission zu erfüllen.«

»Die da wäre?«, fragte Anna.

»Allen Scharlatanen, Wunderheilern und Quacksalbern, die den Leuten das Geld aus der Tasche ziehen, das Handwerk zu legen.«

Wieder leerte er den Becher in einem Zug.

Anna spürte, dass er es ehrlich meinte. Aus ihm sprach tiefe Verzweiflung, das merkte sie ihm an, auch wenn er das mit seiner bärbeißigen Art zu überspielen versuchte.

»Da habt Ihr Euch viel vorgenommen. Und mit dieser … Mission – wieso wolltet Ihr ausgerechnet bei mir damit anfangen?«, wollte Anna wissen.

»Oh, bildet Euch nur nichts ein. Ihr seid nicht die Erste, ich habe schon manchen Scheinheiligen Mores gelehrt, der versucht hat, einfache Leute um ihr Geld zu bringen. Und nichts finde ich widerwärtiger, als jemanden zu betrügen, dem es ohnehin schon schlecht geht, weil er arm oder krank ist. Oder beides. Das bin ich meiner früheren Berufung schuldig, schließlich war ich mal *Infirmarius*. Wie Ihr sicher dem Brief an meinen Abt entnommen habt.«

»Brief?«, fragte Anna betont unschuldig.

Bruder Thomas schüttelte den Kopf. »Ich sehe vielleicht nicht so aus, aber ich bin nicht auf den Kopf gefallen. Ich müsste mich schon sehr täuschen, wenn Ihr nicht während meiner … kurzzeitigen geistigen Abwesenheit meine Sachen gründlich durchsucht habt. Oder etwa nicht?« Er schaute sie fragend an.

Anna zuckte zustimmend mit den Schultern.

»Ich hätte genauso gehandelt«, setzte er hinzu, bevor er noch einen Schluck von dem Bier nahm. Dann streckte er plötzlich die Hand aus. »Übrigens – kann ich ihn zurückhaben, den Brief? Ihr braucht ihn nicht, und für mich ist er eine immerwährende Erinnerung und Mahnung, was mein früheres Leben betrifft. Wenn auch eine schmerzliche.«

Er hielt ihr immer noch die Hand hin.

Anna zögerte. Aber dann händigte sie ihm den Brief schließlich aus.

Er steckte ihn in seine Kutte.

»Ich danke. Es war nicht einfach, ihn … nun ja … an mich zu bringen«, sagte er.

»Ihr habt ihn gestohlen.«

»So kann man es auch nennen. Verzeih deinem fehlbaren Diener, oh Herr!«

Er bekreuzigte sich wieder mit einem kurzen Blick gen Himmel. »Aber ich finde, ich habe ich ein Recht darauf, ihn zu besitzen.«

Er sah sie freimütig an. »So, jetzt habe ich Euch mein ganzes Herz ausgeschüttet. Nehmt das als meine Entschuldigung dafür, dass ich Euch zu Unrecht verdächtigt habe, mit Taschenspielergaunereien andere Menschen auszunehmen.«

»Was hättet Ihr mit mir gemacht, wenn es so gewesen wäre?«

»Ich hätte Euch das Handwerk gelegt. Das wäre nicht weiter schwer gewesen, schließlich seid Ihr nur eine junge Frau mit nichts als einer Magd, die dazu noch stumm ist!«

»Ich stehe unter dem persönlichen Schutz des Grafen. Ein Wort von mir, und Ihr landet in seinem Verlies.«

»Oh, das wusste ich nicht. Na, da hätte ich mir schön die

Finger verbrannt. Jetzt ist mir klar, wieso der Burgkaplan noch nichts gegen Euch unternommen hat.«

»Will er das?«

»Liebend gern, denke ich. Er wartet nur auf eine Gelegenheit.«

»Ihr seid nicht der Erste, der mich vor dem Burgkaplan warnt.«

»Wer war denn der Erste?«

»Der König höchstpersönlich. Konrad IV.«

»Konrad das Kind?«

»Genau der. Ein kluger junger Mann.«

»Wie kommt Ihr dazu, mit dem König Gespräche zu führen? Ihr werdet mir allmählich unheimlich.«

»So, wie ich dazu gekommen bin, Medica zu werden. Es ist eine lange Geschichte.«

»Das kann ich mir vorstellen. So lang wie meine?«

»Ungefähr.«

Bruder Thomas verschränkte die Arme und sah Anna von oben bis unten an. »Ich möchte Euch nicht herabwürdigen, versteht mich nicht falsch. Ihr seid eine willensstarke Frau, fast noch ein Mädchen. Ihr habt es weiter gebracht, als ich es mir jemals bei einer Frau hätte vorstellen können. Ich will gar nicht wissen, wie Ihr das geschafft habt ohne Zauberkünste. Aber ich kann Euch versichern: Ihr habt meine Hochachtung. Jedoch …«, er zögerte, »… jedoch müsst Ihr irrsinnig sein, wenn Ihr denkt, ewig so weitermachen und ganz ohne männlichen Beistand auskommen zu können. Auch wenn Ihr so hochstehende Gönner und Beschützer habt wie den König oder den Grafen. Achtet auf Euch, Medica, ich meine es gut mit Euch, weil Ihr mir imponiert.«

Anna seufzte hörbar. »Danke. Sagt, wovon lebt Ihr eigentlich?«

»Von Almosen. Und davon, dass ich gelegentlich eine Verletzung behandle oder ein Magendrücken. Im Zähneziehen bin ich besser als jeder Bader.«

»Ihr arbeitet also nach wie vor als *Infirmarius*?«

»Nein. So kann man das nicht nennen. Ich helfe gelegentlich, wo Hilfe angebracht ist, das ist alles.«

»Dann seid Ihr frei, tun und lassen zu können, was Euch beliebt?«

»Solange es mit meiner Mission in Einklang zu bringen ist, ja. Oder so lange, bis ich von jemandem an den Pranger gestellt werde und meine ganze Geschichte offenbar wird. Dann geht's mir an den Kragen. Aber bisher hat mir der Herr noch eine Galgenfrist gewährt. Und nur er weiß, wie lange mir seine Gunst erhalten bleibt«, sagte er fatalistisch, bekreuzigte sich und wandte sich zum Gehen.

Anna sah ihn mit hängenden Schultern in Richtung Küche schlurfen, wo seine Tasche stand. »Bruder Thomas!«, rief sie ihm nach.

Er blieb stehen, ohne sich umzudrehen.

»Bruder Thomas – ich habe Euch ein Angebot zu machen!«, erklärte sie. Ihr Instinkt sagte ihr, dass Bruder Thomas es ehrlich meinte. Sie wollte ihm vertrauen.

Langsam drehte er sich zu ihr um und sah sie an, ohne dabei die Miene zu verziehen. »Ein Angebot? Mir? Ich höre.«

»Wollt Ihr für mich arbeiten?«

Er zögerte und fragte schließlich misstrauisch: »Als was?«

»Als Bruder Thomas, ehemaliger *Infirmarius* und Assistent der Medica.«

Immer noch blieb sein Gesichtsausdruck unverändert.

Anna fuhr fort: »Ich biete Euch ein Dach über dem Kopf, und Ihr könnt an meiner Seite weiterhin Eurer Mission nachgehen. Ich habe mehr Patienten, als ich allein behandeln kann. Ihr könnt alles mitbenutzen, was ich habe. Laboratorium, Arzneien, Heilpflanzen – alles. Über die Heilmethoden müssen wir uns allerdings vorher einig werden. Aber ich denke, jeder kann noch etwas vom anderen lernen. Überlegt es Euch. Ihr seid als Mönch, *Infirmarius* und Mann eine Autoritätsperson, und ich könnte mich an Eurer Seite endlich wieder sicher fühlen, wenn ich nachts Hausbesuche mache und im Dunkeln nach Hause gehe. Ganz abgesehen davon, dass es gut wäre, wenn wieder ein Mann im Haus wohnt, der Diebsgesindel abhalten kann. Es darf Euch allerdings nichts ausmachen, wenn es Gerede gibt.«

»Das soll mich nicht weiter kümmern. Ihr wisst, ich bin bereits exkommuniziert.«

»Ja.«

»Aber wenn meine Vergangenheit bekannt wird, ist es um uns geschehen.«

»Dann darf sie eben nicht bekannt werden. Wer sollte davon erfahren? Weingarten ist weit weg.«

»Ihr führt mich in Versuchung, Medica.«

»Nein. Es ist ein Geschäft. Ein gutes Geschäft für beide Seiten. Was ist? Schlagt Ihr ein?«

»Darf ich es mir überlegen?«

»Tut das.«

Er nickte, ging hinaus und den Gang entlang bis zur Küche, wo er seine Tasche an sich nahm und sich zur Tür wandte. Nach zwei Schritten blieb er wieder stehen und drehte sich zu Anna um, die sich abwartend an den Türrahmen zum Behandlungszimmer gelehnt hatte. Er ließ seine Tasche fallen und breitete die Arme in einer hilflosen Geste weit aus.

»Wisst Ihr was? Ich bin ein schwachsinniger Dummkopf. Das liegt vielleicht an den Nachwirkungen Eures Schlafschwamms. Aber ein solches Angebot kann man gar nicht ausschlagen. Nicht in meiner Lage und auch ganz grundsätzlich. Ich brauche nicht zu überlegen. Ich bleibe gleich hier. Wo kann ich meine Sachen unterbringen?«

Anna sah ihn lange an. Dann lächelte sie, löste sich vom

Türrahmen und winkte ihm. »Kommt mit, ich zeige Euch Eure Schlafstube.«

Sie ging voraus.

Er rief ihr nach: »Aber ich bin ein streitbarer Mensch. Mit mir ist nicht immer gut Kirschen essen!«

Anna drehte sich nicht um, als sie antwortete: »Na, das passt ja. Ich bin genauso. Dann ist wenigstens Leben im Haus.«

VI

Als Gero und Lutz drei Tage später nach einem anstrengenden Ritt staubig, erschöpft und hungrig auf Burg Hochstaden ankamen, wurde Gero von seiner Mutter erwartet. Sie umarmte ihn wortlos und führte ihn in das Schlafgemach, wo Lothar von Hochstaden still auf seinem Bett lag.

»Er kann nur noch unverständlich sprechen«, warnte ihn seine Mutter vor. »Ich weiß nicht, ob er dich noch erkennt.«

Gero stellte sich neben das Bett und sah seinen Vater an. Lothar von Hochstaden rang mühsam nach Luft und murmelte Unverständliches. Gero bekam es mit einer unerklärlichen Angst zu tun, und er schämte sich ihrer.

»Was sagt der *Feldscher*?«, wollte er von seiner Mutter wissen.

»Er sagt, es ist der *Schlagfluss*. Er hat ihn schon mehrmals zur Ader gelassen, aber es tritt keine Besserung mehr ein«, antwortete sie.

Gero beugte sich über seinen Vater und versuchte zu verstehen, was dieser murmelte.

»Er will etwas«, sagte er.

Plötzlich und unvermutet packte ihn die Hand des Vaters am Arm. Sie war angesichts der Hinfälligkeit des Sterbenden erstaunlich stark. Gero erschrak zutiefst. Er versuchte, sich von der Hand zu lösen. Aber ohne Gewalt würde ihm das nicht gelingen. Das Keuchen des Vaters wurde stärker, seine Anstrengungen, sich verständlich zu machen, verdoppelten sich. Sein Gesicht war verzerrt, seine Haare wirr und verschwitzt, die Augen suchten irgendwo einen Punkt im Raum, an dem sie sich festhalten konnten, fanden ihn aber nicht.

»Gero …«, brachte der Vater gurgelnd heraus, »Gero …«

Gero beugte sich noch weiter hinunter, um ihn zu verstehen, und spürte den Todeshauch seines Vaters an seinem Ohr.

»Gero, da ist etwas Furchtbares, das du wissen musst. Ich habe große Schuld auf mich geladen. Dein Onkel … sprich mit deinem Onkel. Er weiß es …«, keuchte Lothar von Hochstaden mit größter Mühe. Der Rest war unverständlich, anscheinend hatte sein Vater in einer letzten, übermenschlichen Anstrengung seine Kräfte verbraucht, die er sich für diesen Augenblick aufgespart hatte.

Aber dann röchelte er noch einmal: »Die Hölle … will nicht in die Hölle … will beichten … hol … Priester …«

Auf einmal verstummte er, sein Griff lockerte sich, die Augen blickten starr und seelenlos nach oben.

Gero stand auf.

»Er ist tot«, sagte er leidenschaftslos und drückte seinem Vater die Augen zu. Er wandte sich nach seiner Mutter um, die zur Salzsäule erstarrt war und auf ihren toten Gatten sah.

»War der Priester bei ihm?«, fragte Gero.

Sie antwortete nicht.

Er packte sie, sah ihr in die Augen, schüttelte sie. »Mutter – war der Priester bei meinem Vater? Konnte er beichten?«

Sie löste sich aus ihrer Erstarrung. »Nein«, sagte sie.

»Herr Gott – warum hast du keinen Priester kommen lassen? Warum hat er keine Beichte abgelegt?«, schrie Gero.

»Was regst du dich so auf?«, sagte sie und versuchte, ihn zu beruhigen. »Dein Vater wollte keinen Priester.«

»Natürlich wollte er einen Priester! Ohne Beichte kommt seine Seele in die Hölle! Ich will nicht, dass die Seele meines Vaters in die Hölle kommt! Hast du das verstanden? Wo ist der verdammte Priester? Holt mir den Priester!«, rief er und riss die Tür zum Gang auf. »Holt mir den Priester!«, brüllte er so laut in den Gang hinaus, dass es in der ganzen Burg zu hören war.

Gero hatte vor nichts und niemandem Angst. Nur vor dem Tod und was danach kam. Er hatte die kindliche Vorstellung, dass er selbst noch jede Menge Sünden begehen konnte, Hauptsache, ihm wurde auf dem Totenbett alles vergeben, wenn er bereute. Bereuen wollte er, aber erst, wenn seine Zeit gekommen war. Er wollte nicht auf ewig im Fegefeuer von Dämonen und Teufeln gequält werden wie in seinen Alpträumen und auf den schrecklichen Altarbildern, die er kannte. Seine Mutter hatte ihm als Kind den Horror des Höllenfeuers ausgemalt und diese Vorstellungen hatten sich für immer in seinen Kopf eingebrannt.

Für die Vergebung brauchte man nun einmal im rechten Augenblick einen Priester, der einen freisprechen konnte. Gero wusste, dass sein Vater eine Menge Sünden auf sich geladen hatte. Und ausgerechnet jetzt, wo er einen Priester gebraucht hätte, hatte man ihn im Stich gelassen.

Er stützte sich am Türstock ab und hatte das Gefühl, keine Luft mehr zu bekommen. Erst als seine Mutter ihn von hinten umarmte, beruhigte er sich und fing an, an ihrer Schulter zu schluchzen. Aber er weinte nicht um seinen Vater.

Er weinte um sich selbst.

***

Im *Refektorium* des Klosters Heisterbach waren die Mönche beim Mittagsmahl versammelt. Stumm saßen sie beidseits der langen Eichentafel und löffelten ihre Suppe. Nur das gelegentliche Klappern des Geschirrs war zu hören und die monotone Stimme des jungen Mönchs, der im Hintergrund an einem Pult stand und aus dem Buch Hiob vorlas: »Und siehe, ein starker Wind kam von jenseits der Wüste her und stieß an die vier Ecken des Hauses. Da fiel es auf die jungen

Leute, und sie starben. Ich aber bin entkommen, nur ich allein, um es dir zu berichten. Da stand Hiob auf und zerriss sein Obergewand und schor sein Haupt; und er fiel auf die Erde und betete. Und er sagte: Nackt bin ich aus meiner Mutter Leib gekommen, und nackt kehre ich dahin zurück. Der Herr hat gegeben, und der Herr hat genommen, der Name des Herrn sei gepriesen!«

An der Stirnseite des Tisches, vor dem Kaminfeuer, saß der Erzbischof Konrad von Hochstaden und lauschte den Worten des Vorlesers, die Suppe stand unberührt vor ihm. Das Geschirr wurde von zwei Laienbrüdern abgetragen, der Erzbischof schob seinen Teller weg. Niemand sprach ein Wort.

Jetzt wurde die Hauptmahlzeit aufgetragen, sie bestand aus gekochten Bohnen und Fisch, dazu wurde Brot und Wein gereicht. Der Erzbischof sprach dem Essen nur sparsam zu. Er war ganz in seine Gedanken versunken. Erst als ein Laienbruder zu ihm trat und ihm etwas ins Ohr flüsterte, sah er auf und bemerkte seinen Neffen Gero, der an der Tür wartete. Der Erzbischof wischte sich den Mund mit einem Tuch ab und stand auf. Mit einer Handbewegung deutete er den Mönchen an, dass sie sitzen bleiben und weiteressen sollten, während er auf Gero zuging, der ihm ehrerbietig den Ring küsste und mit ihm das *Refektorium* verließ.

Konrad von Hochstaden bekreuzigte sich und flüsterte: »Gott sei deiner armen Seele gnädig, Bruder Lothar.«

Er stand im Schatten des Kreuzgangs und sah in den hellen Innenhof hinaus, wo die akkurat geschnittenen Hecken im warmen Sonnenlicht badeten. Wie friedlich das Wasser im Brunnen plätscherte. Ein paar Spatzen stritten sich um die Brotkrumen, die der Erzbischof ihnen auf den sorgfältig geharkten Kiesweg hinwarf, der den Innenhof durchkreuzte.

Sein Neffe hatte ihm vom Ableben seines Bruders erzählt und von einer unheimlichen Begegnung in den Gemächern des Grafen von Landskron. Nun wartete Gero geduldig im Hintergrund auf eine Reaktion und die Befehle seines Onkels.

Der Erzbischof wischte seine Hände ab und wandte sich an seinen Neffen. »Ich persönlich werde meinen Bruder auf seinem letzten Gang begleiten und die Totenmesse lesen. Richte das bitte deiner Mutter aus.«

Gero verneigte sich.

Der Erzbischof senkte seine Stimme. »Was diese Hexe betrifft … da ist kein Irrtum möglich?«

»Nein, Eure Eminenz. Es muss dieser Bruder Marian sein, ich habe mich selbst davon überzeugt.« Gero deutete den Abstand mit der Hand an. »Sein oder besser ihr Gesicht war vielleicht eine Elle von meinem entfernt. Ich habe ihr direkt in die Augen gesehen. Braun und grün, so etwas gibt es kein zweites Mal.«

Der Erzbischof nickte gedankenschwer. »Dafür muss es eine Erklärung geben. Du selbst hast doch gesehen, wie Bruder Marian ertrunken ist.«

»So wahr ich vor Euch stehe, Eminenz.«

»Dann ist sie eine Hexe, und wir müssen ihr das Handwerk legen. Wir werden mit aller gebotenen Vorsicht zu Werke gehen. In dieser Angelegenheit darf uns kein Fehler unterlaufen. Du kehrst nach der Beerdigung deines Vaters in den Dienst des Grafen von Landskron zurück und tust so, als sei nichts geschehen. Niemand darf Verdacht schöpfen, dass wir über Bruder Marian und diese Medica Bescheid wissen … Zügle deine Ungeduld, Gero, der Tag, an dem du mit der Hexe abrechnen kannst, wird kommen. Ich werde die Einladung des Grafen zum Turnier als Demonstration meiner friedlichen Absichten annehmen. Du wirst weiterhin unter deinem falschen Namen auftreten. Sollten wir uns begegnen, kennen wir uns nicht. Hüte dich davor, von der Hexe erkannt zu werden.«

»Aber … sie kennt Euch!«

»Sie wird nicht so dumm sein und das vor allen Leuten herumerzählen. Damit würde sie sich selber verraten. Sollte sie dich erkennen, kannst du ihr drohen, ihre wahre Geschichte auffliegen zu lassen, das wird sie gefügig machen.«

»Wie Ihr wünscht, Eure Eminenz. Gestattet mir eine Bitte …«

Der Erzbischof nickte. »Ja?«

»Ich möchte als Meinhard von Geldern am Turnier teilnehmen.«

»Es spricht nichts dagegen.«

»Ich danke Euch, Eure Eminenz.« Gero verneigte sich vor seinem Onkel und küsste dessen Ring, zögerte dann kurz. Ihn schien etwas zu bedrücken.

»Was hast du noch auf dem Herzen?«, fragte der Erzbischof.

»Eure Eminenz … Euer Bruder … mein Vater ist gestorben, ohne eine letzte Beichte abgelegt zu haben.«

Das Gesicht des Erzbischofs verdüsterte sich. »Wie das?«, fragte er.

»Er konnte nicht mehr reden und verstarb vorher.«

»Das ist schwerwiegend«, erwiderte der Erzbischof nachdenklich. »Du wirst für ihn Buße tun müssen, sonst fürchte ich um sein Seelenheil.«

»Was soll ich tun?«, fragte Gero beflissen.

»Komm mit«, antwortete der Erzbischof und führte seinen Neffen durch den Kreuzgang zum Wohntrakt des Abtes.

Der Erzbischof schloss die Tür zur großen Empfangshalle. Mitten im Raum stand ein riesiger Tisch mit einem Gebilde darauf, das in ein schwarzes Tuch gehüllt war. Fast zärtlich strich der Erzbischof mit seiner beringten Hand darüber.

»Eure Eminenz, glaubt Ihr, die Seele meines Vaters leidet jetzt schon Höllenqualen?«, fragte Gero.

»So ist es, Neffe. So ist es. Wie konnte deine Mutter nur

zulassen, dass kein Priester deinem Vater die letzte Beichte abnahm?«

»Er konnte nicht mehr sprechen, nur noch undeutliche Laute von sich geben. Sie nahm wohl an, dass er nicht mehr ganz bei Sinnen war.«

»Ein unverzeihlicher Fehler, fürwahr.«

»Ja, Eure Eminenz. Als ich schließlich hinzukam, versuchte er noch, mir etwas mitzuteilen.«

»Er hat dich auf dem Sterbebett noch erkannt?«

»Zweifelsohne. Er nannte mich beim Namen. Aus seinem Gesicht sprach große innere Qual.«

»Hast du verstanden, was er sagen wollte?«

»Nicht ganz. Es war, als würde er sich vor seinem Tod noch einmal aufbäumen. Und dann wollte er einen Priester. Ich habe nach einem gerufen, aber es war zu spät.«

»Erzähl mir, was dir dein Vater mitgeteilt hat.«

»Er sagte, er habe große Schuld auf sich geladen. Und Ihr wüsstet, worum es geht.«

»Ja, ich weiß es«, sagte der Erzbischof düster und verbarg sein Gesicht in den Händen. »Ich weiß es, und es lastet schwer auf mir. Aber das Beichtgeheimnis gebietet mir zu schweigen.«

»Er wollte es mir erzählen. Aber er schaffte es nicht mehr und sagte nur, Ihr würdet es mir mitteilen.«

Der Erzbischof schwieg lange, bis er sich schließlich zu einer Antwort durchrang: »Das kann ich nicht. Noch nicht«, seufzte er. »Wenn die Zeit reif ist, werde ich es dir erklären. Nicht jetzt.« Damit war das Thema für ihn beendet.

Gero nickte und fragte dann: »Wird seine Seele durch das Höllenfeuer geläutert?«

»Ja. Aber das Fegefeuer kann bei großer Schuld bis in alle Ewigkeit dauern.«

»Gibt es denn gar keine Möglichkeit, ihm nachträglich die Absolution seiner Sünden zu gewähren? Auch wenn er nicht mehr dazu kam, sie von ganzem Herzen zu bereuen und dies auch einem Priester zu sagen?«

»Doch, die gibt es«, sagte der Erzbischof langsam. »Es gibt durchaus Möglichkeiten, die Seelenqualen für deinen dahingeschiedenen Vater zu verkürzen. Sogar wesentlich zu verkürzen.«

»Dann sagt mir, Onkel, sagt mir, was ich tun kann«, flehte Gero. »Soll ich Kerzen stiften, Messen lesen lassen oder vielleicht eine Kapelle für ihn bauen? Sagt es mir, ich werde es tun!«

In einem Anflug von Rührung umarmte der Erzbischof seinen Neffen väterlich.

Dann schob er ihn näher an das verhüllte Gebilde, zog mit einer dramatischen Geste das schwarze Tuch weg und enthüllte das Modell einer Kathedrale, schlank und filigran und in ihren Ausmaßen gleichzeitig so gewaltig, dass seinem Neffen vor Staunen der Mund offen stehen blieb.

Konrad von Hochstaden hingegen geriet beim Anblick des Modells wie jedes Mal ins Schwärmen. Er ließ es eine Weile genussvoll auf sich wirken, dann hob er an: »Sieh her. Dies soll eine Kathedrale werden, wie sie die Menschheit noch nicht gesehen hat: der neue Dom zu Köln. Die endgültige und angemessene Heimstatt für den Schrein mit den Reliquien der Heiligen Drei Könige! Eine fünfschiffige Kathedrale in Form eines Kreuzes, rund 490 Fuß lang und 290 Fuß breit, mit Binnenchor, Chorumgang, Kapellenkranz, Querhaus, Langhaus und zwei Türmen im Westen. Das Gewölbe wird sich rund 145 Fuß in die Höhe erstrecken, so hoch hinauf wie bei keinem anderen Gewölbe bisher auf der Welt, das hat mir Meister Gerhard versprochen. Und die Türme … die Türme werden 532 Fuß hoch! Stell dir vor, 532 Fuß!«

Die Augen des Erzbischofs leuchteten vor Stolz. Er breitete die Arme aus und blickte nach oben. Vor seinem inneren

Auge sah er seine Kathedrale schon in voller Größe in den Himmel ragen.

Schließlich packte er seinen Neffen an den Schultern und flüsterte: »Hilf mir beim Bau meines Gotteshauses. Eine wirklich namhafte Stiftung von dir, und die Sünden deines Vaters werden vergeben sein!«

***

Als Gero seinen Onkel und den Wohntrakt des Abtes verließ, war er über alle Maßen verwundert. So hatte er den Erzbischof noch nie erlebt. Es war, als hätte der Onkel, der sich sonst immer so verschlossen gab, seinem Neffen einen Blick in sein Innerstes gestattet. Was bezweckte er damit? Sein Onkel tat nie etwas ohne Berechnung, dessen war sich Gero sicher. Glaubte der Erzbischof, ihn für sein gewaltiges Vorhaben begeistern zu können? Oder war Gero dadurch in den exklusiven Zirkel derer aufgenommen, denen der Erzbischof vertraute? Der Gedanke machte Gero stolz, weil er sich zum ersten Mal von diesem mächtigen Mann ernst genommen fühlte. Auch wenn ihm bewusst wurde, dass er nur ein Mittel zu einem höheren Zweck war und dass sein Onkel alles, aber auch alles diesem Zweck opfern würde. Ob dieser Erkenntnis schauderte er. Aber gleichzeitig glaubte er nun zu wissen, was wirkliche Macht war und was sie bewirken konnte. Für den Erzbischof gab es auf Erden keine Grenzen. Und er, Gero, war sein Werkzeug.

VII

In der ersten Zeit war Bruder Thomas ungewöhnlich schweigsam. Er stand mit dem ersten Hahnenschrei auf, war peinlich auf Sauberkeit bedacht, rasierte sich zweimal täglich, weil er einen starken Bartwuchs hatte, und bat Berbelin, mit der er sich gut verstand, seinen Haarkranz ganz zu scheren, was sie umgehend und sorgfältig besorgte. Anfangs war Berbelin in seiner Gegenwart befangen, ja fast ängstlich, was wohl von seiner schieren Größe und Stärke herrührte. Bruder Thomas war ein Bär von einem Mann, nicht nur von der Gestalt, sondern auch vom Gemüt her, und konnte gegen Außenstehende und Andersdenkende sehr aufbrausend und grob werden, besonders wenn sie Anna gegenüber etwas Dummes taten oder sagten. Die Patienten wusste er immer richtig zu nehmen; streng, wenn sie nicht einsichtig oder hochmütig waren; einfühlsam, wenn er merkte, dass jemand nicht nur jammerte, sondern wirklich Schmerzen hatte und krank war; und liebevoll, wenn es sich um Kinder handelte. Bruder Thomas hatte eine natürliche Begabung, mit ihnen umzugehen. Er konnte sie ablenken, wenn Anna sie einer schmerzhaften Behandlung unterziehen musste, oder er brachte ihnen Spielzeug mit, das er in seiner freien Zeit schnitzte, kleine Tierfiguren aus Holz, die er erstaunlich lebensecht und stimmig bis ins kleinste Detail fertigen konnte. Anna staunte nicht schlecht, als er, während sie einem kleinen Jungen ein Geschwür herausschneiden wollte, plötzlich ein kleines hölzernes

Reh hervorzog und den heulenden Patienten damit beruhigte.

In den ersten Tagen trat er an ihrer Seite mehr als *Famulus* auf, wartete auf ihre Anweisungen und hielt den Mund. Brav trug er den Ranzen, wenn sie Hausbesuche machte, hielt ihr die verlangte Medizin oder ein benötigtes Instrument hin, und wenn ihr Handwerk es verlangte, dass bei ihrer Vorgehensweise mit Blut oder Schlimmerem zu rechnen war, zuckte er mit keiner Wimper und leistete die erforderliche Hilfestellung. Nicht selten staunte Bruder Thomas über ihre unkonventionellen Methoden. Aber mit Einwänden oder Fragen rückte er erst heraus, wenn sie unter sich waren.

Abends fochten sie in der Küche leidenschaftliche Dispute aus. Sie konnten stundenlang über die Lehren der Kirche diskutieren, über den *Aderlass,* die Wirkung der Körpersäfte, die vier Temperamente oder den Einfluss der Planetenkonstellationen auf das körperliche Wohlbefinden. Zu fast allem hatte Bruder Thomas eine andere Meinung als Anna, aber sie konnte ihn mit ihrer Logik und ihrer Argumentation – in dieser Hinsicht hatte sie viel von Aaron gelernt – immer wieder in eine Sackgasse treiben, aus der er nicht mehr herausfand. Das machte ihn wütend. Aber wenn er wütend war, dann nicht auf Anna, sondern auf sich selbst, weil er jedes Mal von Anna übertrumpft wurde, wenn sie auf den Erfolg ihrer Methoden pochte. Und der war unübersehbar.

»Der größte Feind aller Verbesserungen und des Fortschritts ist die Arroganz«, gab er zu und meinte damit die unnachgiebigen Verteidiger der kirchlichen Lehre, zu denen er letzten Endes auch gehörte.

In einem jedoch war Bruder Thomas wirklich unschlagbar und ein würdiger Nachfolger seiner Vorgängerin Esther, nämlich im Festsetzen und Eintreiben einer angemessenen Entlohnung für Annas Dienste. Anna war in dieser Hinsicht nachgiebig und ließ sich oft mit der Bezahlung vertrösten.

Bruder Thomas hingegen fand stets das rechte Maß. Er hatte eine Art innerer Tabelle für alle Behandlungen und Arzneien und scheute sich auch nicht, einem säumigen Schuldner, der, wie er wusste, kein armer Schlucker war, polternd eine Szene zu machen, so dass es bald niemanden mehr gab, der bei ihnen in der Kreide stand. Selbst bei Patienten, die Aaron noch Geld schuldeten, war sich Bruder Thomas nicht zu schade, mit weltlichen oder himmlischen Drohungen daherzukommen, bis sie schließlich froh waren, ihn wieder loszuwerden, indem sie bezahlten.

Anna war bewusst, dass sie mit ihrem zunehmenden Erfolg und ihrem steigenden Ansehen, vor allem in der armen Bevölkerung, den Mächtigen und Einflussreichen ein Dorn im Auge war. Dazu kam das unausrottbare Gerücht, dass sie Wunder bewirken könne. Seit sie das kleine Mädchen beim Brunnen scheinbar durch Handauflegen wieder zum Leben erweckt hatte, sahen die Leute sie mit einer Mischung aus Furcht und Ehrfurcht an. Gegen diese Haltung konnte Anna nichts ausrichten, obwohl sie alles unternahm, den Leuten ihre Methoden zu erklären, damit sie sie verstanden. Aber die Menschen wollten das nicht hören. Gegen den Wunderglauben schien kein Kraut gewachsen zu sein. Dass ihr Ruf auch Bruder Thomas und Berbelin gefährlich werden konnte, wusste sie nur zu gut.

Sonntags besuchten Anna, Bruder Thomas und Berbelin in der Kirche St. Sebastian in Oppenheim die Heilige Messe. Fast ehrerbietig machten die Leute Platz, wenn sie das Kirchenschiff betraten und sich bescheiden einreihten. So ganz geheuer war den Menschen diese Dreieinigkeit aus Medica, Mönch und stummer Magd allerdings nicht. Anna konnte die Blicke spüren, die heimlich auf sie gerichtet waren und jede ihrer Regungen misstrauisch beobachteten. Wenn sie sich dann umdrehte, schauten die Leute schnell weg und taten so, als hätten sie nicht hingesehen.

Eines Tages, Berbelin war bereits nach Hause geeilt, weil sie das Abendessen vorbereiten sollte, machten Anna und Bruder Thomas nach der Messe einen Abstecher über die Felder außerhalb der Stadtmauern, bis sie an den Weg kamen, der zur Burg hinaufführte. Es war ein heißer Sommertag, keine Wolke war am Himmel zu sehen, und auf der Wiese unterhalb der Burg Landskron wurde schon alles für das große Turnier vorbereitet, das der Graf veranstaltete.

Viele Schaulustige hatten sich eingefunden, um dem Treiben zuzusehen. Zelte und Zuschauertribünen wurden errichtet. Die ersten Gäste trafen auf ihren Pferden ein, je nach Rang und Namen mit einigen oder gar Dutzenden Bewaffneten; alle waren prächtig herausgeputzt und in ausgelassener Stimmung. Auf schweren Wagen wurden Ausrüstungen und Baumaterial herangekarrt, es wurde abgeladen und Befehle wurden erteilt, Kinder wuselten aufgeregt umher und wussten gar nicht, was sie mehr bewundern sollten: die hohen Herrschaften oder die Rüstungen, die man schon vor den Zelten aufgehängt hatte und die von Macht und Reichtum ihrer Besitzer kündeten. Viele Zelte waren eigens für dieses festliche Turnier hergestellt worden. Manche, vor allem die in den vorderen Reihen, die den Ranghöchsten gehörten, waren aus kostbarer orientalischer Seide gefertigt, üppig bestickt und durchwirkt mit Gold- und Silberfäden. Aber auch die einfacheren Zelte zeugten vom Rang ihrer Besitzer und waren mit Ornamenten und Wappen verziert.

Anna und Bruder Thomas setzten sich in den Schatten einer großen Buche und sahen dem bunten Treiben eine Weile zu. Bruder Thomas öffnete seine Tasche, die er, zu Annas Verwunderung, mit sich getragen hatte, und entnahm ihr ein großes weißes Tuch, das er auf dem Boden ausbreitete. Darauf legte er seine Grundnahrungsmittel, wie er es nannte, ohne die er nie das Haus verließ: Brot, Käse und Schinken, dazu ein prall gefüllter Lederschlauch mit Wein, sogar zwei

Tonbecher hatte er nicht vergessen. Und natürlich sein scharfes Messer, mit dem er großzügige Scheiben vom Brot abschnitt und sie mit Schinken und Käse belegte und eine davon an Anna weiterreichte. Sie aßen und tranken, und schließlich hob Bruder Thomas an zu sprechen.

»Medica«, fing er zaghaft an, »Medica, darf ich Euch eine Frage stellen?«

Anna sah die Handwerker und ihre vielen Helfer beim Errichten der Ehrentribüne, die flatternden Wappenfahnen der Ritter, die vor den Zelten aufgestellt wurden, sie hörte die Sägen, Hämmer und Hau-ruck-Rufe und dachte an das Turnier und an Chassim, den begeisterten Turnierkämpfer, ob sie ihn wiedersehen würde und ob er überhaupt Notiz von ihr nehmen würde ... Sie seufzte innerlich, der ungewohnt starke Wein in der Mittagshitze trug sein Übriges zu ihrer melancholischen Stimmung bei.

Sie hatte die Frage von Bruder Thomas wie aus weiter Ferne vernommen, drehte sich zu ihm um und sah ihn an.

»Entschuldigt, ich war in Gedanken. Ihr wolltet mich etwas fragen, Bruder Thomas?«, sagte sie und hielt ihm auffordernd ihren leeren Becher hin.

Er schenkte ihr Wein aus dem Schlauch nach und nickte. »Ja, schon lange. Aber ich habe mich, ehrlich gesagt, nicht getraut. Weil es mir zu ... nun: zu vertraulich erschien. Und da wir uns noch nicht so gut kannten ...«

»Ihr macht es spannend, Bruder Thomas. Also, wie lautet die Frage?«

»Wer seid Ihr, Medica?«, sagte er endlich.

Und nach einem Schluck Wein aus ihrem Becher, der köstlich schmeckte, begann Anna, ihm ihre Geschichte zu erzählen, und war froh und erleichtert, sich endlich jemandem anvertrauen und ihr Schicksal mit jemandem teilen zu können.

Als sie mit ihrer Schilderung fertig war – nur ihre Gefühle

für Chassim hatte sie für sich behalten –, schwiegen sie beide eine Weile und hingen ihren Gedanken nach. Bruder Thomas trank ein paar kräftige Schlucke von seinem Wein.

Dann sagte er: »Und ich habe immer geglaubt, dass Gott mir besonders schwere Prüfungen auferlegt hat. Aber gegen Eure Erlebnisse ist meine Geschichte ja nur Firlefanz. Was machen wir jetzt?«

Sie lächelte. »Was wir machen? Wir verfallen nicht in Trübsal, sondern gehen nach Hause und machen weiter. Was sonst?«

Er sah sie an und nickte. »Ja. Ihr habt recht. Das ist das Einzige, was uns übrig bleibt. Machen wir weiter.«

Er stand auf, und sie räumten ihre Essensreste zusammen und packten alles wieder in seine Tasche. Dann traten sie den Heimweg an.

VIII

Anna und Bruder Thomas schlenderten gemächlich zwischen den bunten Zelten zur Stadt zurück, als Anna plötzlich stehen blieb. Sie hatte in zweiter Reihe ein blauweiß gestreiftes Zelt entdeckt, mit einem Wappen, das ihr bestens bekannt war: eine schwarze Greifvogelklaue auf goldenem Grund, das Zeichen derer von Greifenklau. Bruder Thomas war ein paar Schritte weiter gegangen und wartete auf sie.

»Geht nur schon zu«, rief sie ihm so beiläufig wie möglich nach. »Ich habe noch etwas zu erledigen.«

Anna wartete, bis er in der Menschenmenge verschwunden war, und bummelte dann, wie die anderen neugierigen Schaulustigen auch, zwischen den Zeltreihen entlang, wo sie vorgab, sich für die zahlreichen Rüstungen und Wappenschilde zu interessieren. In Wirklichkeit äugte sie jedoch nur zum weiß-blauen Greifenklau-Zelt hinüber, ob sich dort irgendetwas tat.

Überall waren eifrige Knappen und Knechte mit Aufbau und Einräumen beschäftigt, Holzkeile für Spannschnüre wurden in den Boden gehämmert, Pferdeburschen striegelten und tränkten die Rosse ihrer Herren oder führten sie zur großen Koppel, wo sie frei grasen konnten.

Plötzlich blieb Anna wie angewurzelt stehen. Einen Katzensprung entfernt wurde eben ein Zelt mit einem Wappen aufgestellt, das sie nicht kannte. Der Ritter, der gerade angeprescht kam und schwungvoll von seinem Pferd sprang, um den Aufbau seines Zeltes zu begutachten, hatte rote Locken und einen roten Bart. Zunächst sah sie ihn nur von hinten, aber sie ahnte es schon und richtig: Als er sich umdrehte und herrische Befehle an seine zwei Knechte erteilte, erkannte sie ihn wieder. Gero von Hochstaden. Eine Begegnung mit ihm hatte ihr gerade noch gefehlt. Schnell zog sie ihre Kapuze über und verdrückte sich unauffällig hinter ein Pferd, um nicht gesehen zu werden. Sie konnte es aber nicht lassen, sich zu bücken, so dass sie unter dem Bauch des Pferdes zu Gero hinüberspähen konnte. Irgendetwas irritierte sie, und dann wusste sie es: Sein Zelt und Schild trugen nicht das Wappen der Hochstadens, sondern ein anderes. Ein rot gekrönter, gezungter, zweigeschwänzter goldener Löwe auf blauem Grund, unterlegt mit drei silbernen Mispelblüten. Sie musste unbedingt Bruder Thomas fragen, der sich in solchen Dingen gut auskannte und ihr bestimmt sagen konnte, zu welchem Adelsgeschlecht das Wappen gehörte. Gero scheuchte seine zwei Knechte herum. Der eine hatte einen kahlen Schädel und war glattrasiert, der andere trug lange braune Haare und eine schwarze Augenklappe, die sein brutales Aussehen nur noch verstärkte. Anna kamen sie bekannt vor, und dann fiel es ihr auch wieder ein. Sie war ihnen im Kloster Heisterbach begegnet: Geros Spießgesellen.

Instinktiv wich sie ein paar Schritte zurück, als der Ältere mit der Augenklappe in ihre Richtung schaute, und stieß heftig mit dem Rücken gegen jemanden, der sie sogleich festhielt. Anna schrak zusammen.

»Verzeiht mir, das war keine Absicht«, sagte sie, unangenehm berührt, und drehte sich um. Der Mann hielt sie immer noch fest und sah ihr so intensiv in die Augen, dass sie dachte, er schaute bis auf den Grund ihrer Seele.

»Ein braunes und ein grünes Auge. Das kann nur die Medica sein«, sagte der Mann lächelnd, und Anna lief puterrot an: Chassim von Greifenklau. Vor Verlegenheit wäre sie am liebsten im Boden versunken.

Er ließ sie los und lachte. »Schön, Euch wiederzutreffen. Und endlich einmal bei Tageslicht und nicht im Dunkeln oder in muffigen Kellern!«

Anna trat einen Schritt zurück und stimmte in sein Lachen ein. Sie schlug ihre Kapuze zurück und legte spielerisch den rechten Zeigefinger auf ihre Lippen. »Pst! Das muss unser Geheimnis bleiben, Hoheit!«

Er hob entschuldigend die Hände und ging zu einem verschwörerischen Flüsterton über, obwohl kein Mensch so nahe war, dass er sie hätte verstehen können.

»Ihr habt recht, Medica, verzeiht. Habt Ihr ein wenig Zeit für mich oder seid Ihr wieder in geheimer Mission unterwegs, um Leben zu retten?«, fragte er.

Bevor Anna antworten konnte, nahm er sie einfach bei der Hand und zog sie mit sich.

»Kommt, ich zeige Euch mein Zelt.«

Sie wollte Einspruch erheben, aber ihr ohnehin schon schwacher Widerstand schmolz schneller dahin, als sie »Nein!« hätte sagen können.

Im Inneren des Zeltes waren zwei junge Burschen dabei, die Einrichtung, die aus einem Tischchen und zwei Hockern bestand, aufzubauen und Stroh auf den Lehmboden zu streuen. Chassim verscheuchte sie mit einem »Seht nach meinem Pferd!«, verbeugte sich vor Anna und vollführte mit dem Arm eine einladende Geste. Die Eingangsplane des Zeltes war so weit zur Seite geklappt, dass jeder hineinschauen konnte und es nicht unschicklich war, wenn sie seiner Einladung folgte und sich auf dem Hocker niederließ, den er ihr hinschob.

Sie sah sich um – auf dem Tisch lag ein Waffenrock aus blauem Stoff mit goldenem Saum ausgebreitet, und an einem Holzgestell war ein langärmliges Kettenhemd aufgehängt, es bestand aus Tausenden Drahtringen. Darunter hingen Beinschutz und Fäustlinge für die Hände aus dem gleichen Material. Oben auf dem Gestell war ein Topfhelm mit aufklappbarem Visier und der umgedrehten Greifvogelklaue als Erkennungszeichen und Helmspitze.

»Habe ich Euch eigentlich schon dafür gedankt, dass Ihr meiner Schwester und meinem kleinen Neffen geholfen und sie so gut versorgt habt? Ihr wisst gar nicht, wie froh mich das gemacht hat. Und meinen Schwager ebenfalls. Wenn nicht, dann hole ich das jetzt nach, wartet hier. Und lauft mir ja nicht weg!«, drohte er ihr lächelnd und eilte aus dem Zelt.

Anna konnte es nicht fassen: Seit Wochen hatte sie sich nichts sehnlicher gewünscht, als Ritter Chassim wiederzusehen, und jetzt saß sie in seinem Zelt, und er schien sich tatsächlich ehrlich und von ganzem Herzen zu freuen, sie zu sehen.

Es dauerte nicht lange, und Chassim kam mit einer Schatulle unter dem Arm zurück. Er öffnete sie mit einem Schlüssel, den er an einer Schnur um den Hals trug. Behutsam fischte er ein zusammengefaltetes blaues Tuch aus der Schatulle und hielt es ihr hin.

»Nehmt dies als Zeichen meiner Dankbarkeit. Meiner und meines Vaters, er ist leider zu alt und gebrechlich, um mich auf das Turnier zu begleiten, aber er hat mir ausdrücklich befohlen, Euch dies hier als Geschenk zu übergeben, falls ich Euch antreffen sollte. Ich habe ihm alles über Euch erzählt.«

Anna nahm das Tuch zaghaft entgegen und schlug es vorsichtig auf. Es enthielt ein kleines, goldenes Kreuz an einem Kettchen, mitten im Kreuz war ein Edelstein gefasst, der rot war und geformt wie ein Blutstropfen. Bei diesem Anblick schlug ihr das Herz bis zum Hals.

»Euer … Euer Hoheit«, stammelte Anna. »Ich weiß gar nicht, was ich sagen soll. Das ist viel zu wertvoll für mich, das kann ich nicht annehmen.«

»Wollt Ihr mich beleidigen? Und meinen Herrn Vater dazu?«

Chassim warf ihr einen strengen Blick zu.

In diesem Moment hätte sie ihm am liebsten die Arme um den Hals geworfen und ihn geküsst.

Stattdessen sagte sie: »Nein, natürlich nicht. Es ist wundervoll. Ich habe noch nie in meinem Leben etwas so Schönes geschenkt bekommen.« Sie zögerte, dann lächelte sie und sah ihm mit einer hilflosen Geste in die Augen. »Um ganz ehrlich zu sein: ich habe noch nie in meinem Leben überhaupt etwas geschenkt bekommen …«

Er nahm ihr das Kettchen aus der Hand.

»Dann wird es aber Zeit!«, meinte er, hängte es ihr von hinten um und hob dann ihr Haar nach oben, so dass das Kettchen auf ihrem nackten Hals auflag.

Als er ihren Nacken mit einer sanften Berührung bedachte, lief Anna eine Gänsehaut über den Körper und ließ ihr erneut die Röte ins Gesicht steigen. Es war ein magischer Moment, und Anna wünschte sich, dass Chassim dies genauso empfinden würde.

Bevor sie etwas sagen konnte, stampfte am Eingang zum Zelt einer der Burschen Chassims laut auf und hüstelte. Chassim wandte sich ihm zu.

»Ja?«, sagte er. »Was ist?«

»Herr, der Graf von Landskron möchte Euch sprechen und bittet Euch, ihn aufzusuchen«, sagte der sommersprossige Bursche mit einer angedeuteten Verbeugung.

»Ist gut, ich komme«, sagte Chassim, wartete, bis sich der Bursche entfernt hatte, und drehte sich wieder zu Anna um.

»Es war schön, Euch wiedergesehen zu haben. Werdet Ihr beim Turnier zugegen sein?«, wollte er wissen.

»Wenn es meine Zeit erlaubt«, sagte sie ausweichend.

»Mit Verlaub, ich will Euch etwas verraten, aber Ihr dürft es nicht weitererzählen. Versprecht Ihr mir das?«

Anna nickte.

»Mein Schwager will seinem Ehrengast, dem Erzbischof von Köln, etwas ganz Besonderes bieten«, fing er an.

Anna unterbrach ihn. »Der Erzbischof kommt zum Turnier? Konrad von Hochstaden?« Nur mit allergrößter Mühe konnte sie ihr Erschrecken kaschieren.

»Ja«, antwortete Chassim. »Erstaunlich, dass er sich dazu herablässt, einen ausgewiesenen Anhänger der Staufer wie meinen Schwager mit seinem Besuch zu beehren. Ihr kennt ihn?«

Anna überlegte fieberhaft. Sollte sie Chassim erzählen, dass sie dem Erzbischof schon begegnet war? Als Bruder Marian? Nein, unmöglich – dann würde er weitere Fragen stellen, die sie auf gar keinen Fall beantworten konnte, ohne zu viel über ihre wahre Herkunft zu offenbaren.

»Nur vom Hörensagen. Sein Ruf eilt ihm voraus. Er soll ein gestrenger Diener des Herrn sein«, erwiderte sie zurückhaltend.

»Nun, solange es mit seinen eigenen Interessen in Einklang zu bringen ist … Aber genug der Politik. Ich wollte Euch nur vorwarnen, dass Ihr nicht alles für bare Münze nehmt, was Ihr beim Turnier sehen werdet.«

»Was meint Ihr damit?«

»Mein Schwager hat eine Vorliebe für Effekte, die man sonst nur bei Gauklern und Schauspielern zu sehen bekommt. Also – lasst Euch, wenn es zu den Kämpfen kommt, nicht erschrecken. Mehr dazu darf ich Euch nicht verraten, sonst ist es ja keine Überraschung mehr.«

Er stand auf und verneigte sich vor ihr. »Es hat mich wirklich sehr gefreut, Euch wiedergesehen zu haben. Auf bald, Medica«, sagte er und verschwand.

Benommen blieb Anna eine Weile sitzen und betastete ihr Geschenk, das kleine Kreuz mit dem Blutstropfen aus Rubin. Wie kam Chassim dazu, ihr ein so teures Präsent zu machen?

Sie seufzte und stand auf. Wahrscheinlich war es die Idee seines Vaters gewesen, und Chassim war nur als dessen Bote aufgetreten. Wie schön das kleine Kreuz war! In einer spontanen Geste führte sie es an ihre Lippen und küsste es. Sie würde es immer bei sich tragen. Es war ein wunderbares Gefühl, ein Andenken an einen Menschen zu haben, den man heimlich liebte. Sie erschrak über sich selbst. Wohin ihre Gedanken sie führten! Diese Liebe war aussichtslos. Ein Graf und ein Bauernmädchen – undenkbar.

Hastig schob sie das Kettchen unter ihre Tunika und verließ das Zelt. Kurz hielt sie noch Ausschau nach Gero und dessen Gefährten. Gott sei Dank waren sie nicht mehr zu sehen.

Auf dem Nachhauseweg schlug sie ein zügiges Tempo an und nahm absichtlich einen größeren Umweg in Kauf, um nicht doch noch Gero oder dem Burgkaplan über den Weg zu laufen. Dieser eitle und selbstgefällige Priester mit seinen bohrenden Fragen hätte ihr jetzt gerade noch gefehlt. Ihm wäre todsicher aufgefallen, dass etwas nicht mit ihr stimmte, weil ihr die Aufregung über die unerwartete Begegnung mit Chassim bestimmt noch ins Gesicht geschrieben stand. Was sollte sie tun, wenn sie auf einen der beiden traf? Nun, sie würde sich mit Bruder Thomas besprechen, vielleicht wusste er Rat. Energisch beschleunigte sie ihre Schritte.

IX

Als Anna zu ihrem Haus vor der Stadtmauer kam, sah sie, dass sie Besuch hatten. Ein Reitpferd stand vor dem Eingang, die Zügel am Torpfosten festgebunden. Sie kannte das Pferd nicht, aber die Satteltasche ließ erkennen, dass es von der Burg des Grafen stammte.

Leise betrat sie das Haus durch den Hintereingang in der Scheune. Schon im Flur konnte sie Stimmen in der Küche hören. Anna schlich sich näher heran, um zu verstehen, worüber gesprochen wurde. Möglicherweise war der Besucher ein einfacher Patient, der auf der Suche nach Hilfe zu ihrem Haus gekommen war. Gerade wollte sie die Küche betreten, als sie Bruder Thomas sagen hörte: »Und wenn ich mich weigere, der Bitte des Burgkaplans nachzukommen – was geschieht dann?«

Anna beschloss, lieber ungesehen zu bleiben und zu lauschen.

Eine männliche Stimme antwortete: »Wenn Ihr mich so fragt – Ihr wärt besser beraten, der Bitte seiner Gnaden freiwillig nachzukommen, Bruder Thomas. Der Burgkaplan sieht es nicht gern, wenn man seinem Wunsch nicht unverzüglich Folge leistet.«

»Verzeiht – wollt Ihr mir drohen? Aus welcher Befehlsgewalt heraus sollte ich dem Burgkaplan Folge leisten? Er ist nicht mein Abt, dem ich Gehorsam geschworen habe.«

»Ich bin nur der Überbringer seiner Botschaft, Bruder Thomas.«

»Nun gut. Richtet ihm aus, ich werde ihn morgen aufsuchen. Noch in der Früh vor der Messe, wenn es ihm recht ist.«

»Ganz wie Ihr meint. Gott zum Gruß, Bruder Thomas.«

»Gott zum Gruß.«

Anna verschwand schnell hinter der nächsten Ecke, um nicht gesehen zu werden. Der Bote verließ das Haus durch den Vordereingang, schwang sich auf sein Pferd und ritt davon.

Anna betrat die Küche und sah sich einem wütenden Bruder Thomas gegenüber, der bei ihrem Anblick sogleich in eine aufgeregte Tirade ausbrach: »Bestellt mich dieser eingebildete Burgkaplan zu einer Unterredung ein, als ob ich sein Lakai wäre!«

»Was kann er von Euch wollen?«

Bruder Thomas tigerte aufgebracht hin und her. »Mich sehen. Mich einem Verhör unterziehen. Mich über meine Herkunft, meine Ausbildung und meinen Orden ausfragen. Was weiß ich. Genaueres ließ er nicht ausrichten. Wahrscheinlich, damit ich vor lauter Angst die ganze Nacht kein Auge zutun kann. Was glaubt er eigentlich, wer er ist? Der Erzbischof?«

Anna setzte sich. »Das ist gar nicht so weit hergeholt. Der Erzbischof höchstpersönlich wird ebenfalls zum Turnier erwartet.«

Bruder Thomas sah sie überrascht an. »Wenn man vom Teufel spricht ...« Er warf einen kurzen, entschuldigenden Blick gen Himmel, bekreuzigte sich hastig und murmelte: *»Parce mihi, Domine, qui es Sueba sum!«* Dann setzte er sich entmutigt zu Anna an den Tisch und goss sich einen großzügigen Schluck vom Weinbeutel in einen Becher ein. »Soll ich Euch auch einen Becher einschenken?«, fragte er sie anstandshalber.

Anna schüttelte verneinend den Kopf. »Wahrscheinlich

will er Euch über unsere Zusammenarbeit ausfragen. Und welcher Teufel Euch geritten hat, dass Ihr Euch ausgerechnet mit mir zusammengetan habt.«

»Und was soll ich ihm sagen? Die Wahrheit?«

Sie sahen sich betreten an. Anna dachte nach.

Bruder Thomas hob den Becher an seine Lippen und wollte gerade den ersten Schluck nehmen, als sie ihn unvermittelt fragte: »Könnt Ihr schreiben?«

Verblüfft setzte er den vollen Becher wieder ab und sah sie an. »Fragt Ihr den Papst, ob er das Vaterunser aufsagen kann? Natürlich kann ich schreiben. Ich war, bevor ich zum *Infirmarius* geschult wurde, zwei Jahre lang im *Skriptorium* vom Kloster Weingarten tätig. Man hat mir nachgesagt, dass ich die schönste Feder von ganz Schwaben führe.«

Mit einem leichten Anflug von Hoffärtigkeit trank er nun den Wein in einem Zug aus.

»Ah, deshalb die Entschuldigung für Eure Flüche.«

»Was meint Ihr?«, fragte er betont naiv.

»Eure Bitte um Vergebung. *Parce mihi, Domine, qui es Sueba sum.* Sei mir gnädig, Herr, weil ich Schwabe bin.«

Er zuckte mit den Schultern. »Das ist so eine Redensart von mir. Ich bin in Schwaben geboren.«

»Man hört es manchmal, wenn Ihr Euch aufregt«, stichelte Anna.

»Ich rege mich grundsätzlich nie auf. Ich bin die Ruhe in Person!«, sagte er so aufgebracht, dass Anna trotz der ernsten Lage lächeln musste.

»Jedenfalls trifft es sich gut, dass Ihr in einem *Skriptorium* gearbeitet habt«, befand sie und wandte sich an Berbelin, die hereingekommen war und anfing, sich am Herd um das Feuer zu kümmern und Holz nachzulegen.

»Berbelin – kannst du uns ein Pergament bringen, dazu Siegelwachs, Feder und Tinte?«

Berbelin nickte und eilte hinaus.

»Was habt Ihr vor?«, wollte Bruder Thomas wissen.

»Ich?«, fragte Anna betont unschuldig. »Ich habe gar nichts vor. Ihr werdet es tun.«

»Ich? Was meint Ihr – was werde ich tun?«

»Ihr werdet eine *Dispens* von Eurem Abt aus Weingarten schreiben. Mit allem, was so dazugehört. Ausgestellt auf Euren Namen. Und die zeigt Ihr morgen dem Burgkaplan. Euer Abt ... wie war noch gleich der Name?«

»Abt Hugo von Montford.«

»Genau. Abt Hugo von Montford gibt Euch die ausdrückliche Erlaubnis, als Bettelmönch Eures Ordens durch die Lande zu ziehen, seelsorgerisch tätig zu sein, Euch um Kranke und Bedürftige zu kümmern und erteilt Euch für Eure schwierige Aufgabe ausdrücklich Gottes Segen.«

Bruder Thomas staunte Anna mit offenem Mund an, als hätte sie ihm gerade verkündet, dass am nächsten Tag das Jüngste Gericht stattfinden und er den Vorsitz führen würde. Er wiederholte noch einmal, um ganz sicherzugehen, dass er sie richtig verstanden hatte: »Ihr meint ... ich soll eine *Dispens* von Abt Hugo von Montford ... fälschen?«

Anna zuckte mit den Schultern und sagte munter: »Seht Ihr eine andere Möglichkeit?«

Bei Bruder Thomas war schließlich der Groschen gefallen, er schüttelte den Kopf und grinste. »Ich habe immer schon geahnt, dass Ihr durchtrieben seid. Aber dass Ihr so durchtrieben seid – Herrgott im Himmel!« Es folgte sein obligatorischer Blick nach oben und ein flüchtiges Bekreuzigen. Er wollte sein »*Parce mihi* ...« anschließen, ließ es aber nach zwei Worten bleiben.

»Ich glaube schon seit längerem nicht mehr daran, dass es hilft, die andere Wange hinzuhalten, wenn man geschlagen wird«, sagte Anna. » Zweiter Mose, Vers 21. Auge um Auge, versteht Ihr? Ich jedenfalls werde mich wehren.«

»Auge um Auge, Zahn um Zahn, Brief um Brief – ob der

Erzbischof mit Eurer Bibelauslegung einverstanden wäre, bezweifle ich«, bemerkte Bruder Thomas und kratzte sich unsicher am Kopf.

»Vor Gott sind alle Menschen gleich. Die Bibel ist nicht nur für den Erzbischof geschrieben worden, oder?«

Bruder Thomas bekreuzigte sich schnell und senkte die Stimme, als er erwiderte: »Anna, seid vorsichtig mit dem, was ihr sagt. Es sind schon Leute für weniger auf dem Scheiterhaufen gelandet. Das ist *Ketzerei*!«

»Nein. Das ist eine Tatsache. Der Burgkaplan will Euch auf den Zahn fühlen«, erwiderte Anna.

»Und Euch spüren lassen, dass Ihr als Nächste an der Reihe seid.«

»Ja, die Daumenschrauben ein wenig anziehen. Aber ich denke nicht daran, vor ihm zu zittern. Und Ihr? Wollt Ihr das alles tatenlos über Euch ergehen lassen?«

»Nein. Nein, das will ich nicht.«

»Ihr habt mir einmal gesagt: Das Einzige, das wir tun können, ist, uns auf die Seite derer zu stellen, die es nicht noch schlimmer machen. Und genau darauf haben es der Burgkaplan und seine Handlanger abgesehen: uns davon abzuhalten, dass wir unsere Bestimmung erfüllen. Weil wir mit dem, was wir tun, ihre Autorität in Frage stellen. Damit gefährden wir ihren Einfluss auf die Menschen. Und einer wie er will das unter allen Umständen verhindern. Aber wir werden ihn mit seinen eigenen Mitteln schlagen. Also?«

In diesem Moment kam Berbelin mit den von Anna angeforderten Schreibutensilien herein und stellte alles auf dem Tisch ab. Dann ließ sie die beiden wieder allein.

Bruder Thomas hatte sich inzwischen für Annas Vorschlag erwärmen können. Er rieb sich schon kräftig die Hände und stimmte der Medica zu: »Ihr habt recht, Anna. Wenn wir uns nicht jetzt auf unsere Art wehren – wann dann?« Er breitete die Arme weit aus und begann, mit Feuereifer eine

Dispens aufzusetzen, die so authentisch aussehen musste, dass sie es mit jedem Dokument eines päpstlichen Sekretärs aufnehmen konnte. Zuletzt fälschten sie auch noch das Siegel des Klosters Weingarten, dessen Negativ Bruder Thomas aus dem Gedächtnis gekonnt in ein Stück Holz schnitzte und damit das Siegelwachs stempelte.

Inzwischen war es dunkel geworden, und die beiden hatten Kerzen angezündet, um ihr Werk vollenden zu können.

Stolz betrachteten sie das Pergament. Es sah täuschend echt aus. Beide hatten schon genügend klösterliche Urkunden gesehen, um das beurteilen zu können.

Doch Bruder Thomas hatte auf einmal Bedenken. »Und wenn er mir die Zusammenarbeit mit Euch trotzdem untersagt?«

»Kann er das?«

»Er kann es versuchen.«

»Dann teilt Ihr ihm mit, dass unsere Arbeit ausdrücklich das Wohlwollen seines Landesherrn genießt. Die Gräfin hat mir das erst gestern versichert.«

Bruder Thomas nickte und sah nachdenklich ins Feuer, das noch immer im Herd brannte. »Sollten wir eines Tages diesen Schutz verlieren, könnte das schlimme Konsequenzen für uns haben.«

»Ja«, pflichtete ihm Anna ernst bei. »Aber so lange es nicht so weit ist, machen wir weiter!«

In dieser Nacht lag Anna lange wach und starrte in die Dunkelheit. Nicht wegen der Dokumentenfälschung, das belastete ihr Gewissen kein bisschen. Sie spielte mit ihrem Geschenk, der Halskette. Die Begegnung mit Chassim ließ sie nicht los. Sie hielt den Beweis, dass er sie nicht vergessen hatte und dass er sie mochte, in der Hand. Was sollte sie tun, wenn er es auch noch offen aussprach? Sie wusste es nicht. Vermutlich würde sie so reagieren, wie es in diesem

Augenblick ihr Herz befahl. Im Moment waren ihr alle Standesschranken, alle Dünkel und alle Wenn und Aber vollkommen gleichgültig. Ein noch nie so intensiv gespürtes Verlangen durchpulste ihren Körper. Sie wollte einfach nur in Chassims Armen liegen, weit weg von allen Sorgen und Kümmernissen dieser Welt und selig sein. Mit dem verzehrenden Gedanken daran glitt sie in den Schlaf und hatte die süßesten Träume seit langem.

X

Der erste Turniertag war angebrochen. Das ruhige Sommerwetter hätte dafür prächtiger nicht sein können, kein Wölkchen trübte den Himmel. Alles, was Beine hatte, war unterwegs zum riesigen Feld unterhalb der Burg Landskron, wo das Gedränge und Getümmel schon so groß war, dass man sich seinen Weg nur noch mit Müh und Not hindurchbahnen konnte. Nicht nur Adel und Geistlichkeit waren von nah und fern der Einladung des Grafen gefolgt, auch für das Volk war das Turnier ein gesellschaftliches Ereignis. Denn solche Festtage, bei denen für jeden ein Krumen oder auch mehr vom Tisch der Reichen und Mächtigen abfiel, waren selten. Gaukler, Schauspieler, fahrende Sänger, Feuerspucker, Akrobaten, Musikanten und Narren erregten allerlei Aufsehen, schlugen die Zuschauer in ihren Bann oder trieben Klamauk und Schabernack mit ihnen.

Der Graf hatte sich nicht lumpen lassen, was Bewirtung, Unterbringung und Belustigung anging. Jedermann sollte an seiner Freude und seinem Glück teilhaben, dass Gott ihm und seiner Frau nach langen und quälenden Jahren endlich den ersehnten Stammhalter geschenkt hatte.

Dennoch verband er mit seinem Fest natürlich auch einen diplomatischen Zweck. Die Landesherren sollten die Gelegenheit nutzen, sich friedlich zu treffen, um Streitigkeiten beizulegen, Bündnisse zu schmieden oder Heirats- und Verlobungsverträge auszuhandeln. Dazu war für alle Zusammenkünfte, vom großen Festessen über die Messe im Freien oder in der Burgkapelle bis zu den Plätzen auf der Haupttribüne eine ausgefeilte Sitzordnung vonnöten, damit sich niemand beschweren konnte, nicht seinem Rang und seinem Status gemäß platziert worden zu sein. Nichts durfte in dieser Hinsicht dem Zufall überlassen werden, und so hatten der Graf und seine Gattin wochenlang mit ihrem Haushofmeister an dem Protokoll gefeilt. Das gemeine Volk hingegen musste sich die besten Plätze für das Turnier mit den Ellenbogen reservieren, Holzbarrieren grenzten den Turnierplatz ab, der schon mit Sand vom Rheinufer präpariert worden war, um Stürze vom Pferd glimpflicher ablaufen zu lassen.

Ein eigenartiges Vibrieren und Summen aus Stimmen und Geräuschen, aus Gerüchen und Waffengeklirr lag schon seit den frühen Morgenstunden in der Luft, Wetten auf einzelne Ritter wurden abgeschlossen, und je mehr sich die Zuschauerränge füllten, desto größer wurde die Spannung. Die Plätze für die höchsten Herrschaften, darunter der erst am Abend zuvor samt Gefolge eingetroffene Erzbischof, blieben unbesetzt, solange die Messe in der Burgkapelle, ausschließlich für die Ehrengäste bestimmt, noch in vollem Gang war. Ein Trommelwirbel und Trompetenstöße kündigten schließlich die Ankunft der Herrschaften auf dem Feld an. Ein Raunen ging durch die Menge, als die Gräfin, mit ihrem kleinen Sohn im Arm, endlich auf der Tribüne Platz nahm. Als sie noch einmal aufstand und freundlich winkte, fing die Menge an zu jubeln und zu klatschen und in Hochrufe auszubrechen. Der Beifall galt auch ihrem Gatten, dem Grafen, der hinzutrat und leutselig winkte. Merklich ruhiger wurde es, als der Erzbischof die Tribüne betrat und sich auf seinen gepolsterten Stuhl neben den Grafen setzte.

Anna hatte dank des robusten Einsatzes von Bruder Thomas einen Platz in vorderster Reihe gegenüber der Haupttribüne ergattert und fieberte dem Auftritt von Chassim entgegen. Bruder Thomas konnte sich Annas Begeisterung für das Turnier zunächst gar nicht erklären. Er, der sich ohne zu zögern in jede Schlägerei einmischte, gab sich zwar anfangs so zurückhaltend, wie man es von einem in sich ruhenden Benediktinermönch erwarten durfte, aber er wusste, er würde sich nicht mehr bremsen können, wenn es erst auf dem Turnierplatz zu einer zünftigen Massenkeilerei zwischen den Rittern kommen würde. Darauf freute er sich schon klammheimlich und hätte am liebsten selbst mitgemacht. Momentan hatte er sowieso Oberwasser. Er musste sich gewaltsam zügeln, sonst hätte er aus purem Übermut noch dem Burgkaplan zugewinkt, der eben seinen Platz hinter dem Erzbischof auf der Ehrentribüne einnahm.

Was war das für ein innerer Triumph gewesen, wie er mit gespielt unterwürfigem Augenaufschlag am Morgen dem eingebildeten und herrischen Burgkaplan gegenübersaß und ihm schließlich feierlich seine angeblich vom Abt in Weingarten ausgestellte Urkunde überreicht hatte, als er barsch gefragt wurde, was ihn dazu gebracht habe, als Benediktinermönch bei einer jungen Medica mit zweifelhaftem Ruf anzuheuern. Anna hätte einiges dafür gegeben, wenn sie bei dieser Gelegenheit hätte dabei sein dürfen! Trotz aller Schadenfreude wussten Anna und Bruder Thomas natürlich genau, dass damit höchstens ein kleines Scharmützel, aber beileibe nicht die Schlacht und erst recht nicht der Krieg gewonnen war. Trotzdem war es befreiend und wohltuend, dem Gegner furchtlos ein Schnippchen geschlagen zu haben.

Dann, mit einem Mal und für alle Anwesenden völlig überraschend, nahm das Spektakel auf dem Turnierplatz seinen Anfang. Eigentlich hatten alle erwartet, dass erst Ansprachen gehalten und Namen ausgerufen würden und ein *Herold* kundtat, was am ersten Tag geschah, aber der Graf wollte anscheinend dem leicht gelangweilt wirkenden Erzbischof gleich zu Beginn etwas ganz Besonderes und Spektakuläres bieten. Denn plötzlich preschten von links und rechts jeweils ein Dutzend mit prächtigem Helmschmuck und Federn ausgestattete Ritter auf ihren Streitrossen heran, dass die Erde dröhnte. In perfekter Formation ritten sie in scharfem Galopp aufeinander zu und knapp nebeneinander vorbei durch die gegnerischen Reihen hindurch. Dann wendeten sie, um dasselbe Schauspiel noch einmal von der jeweils anderen Seite zu wiederholen. Ein beeindruckender Sturmwind aus blitzendem Eisen, flatternden Fahnen, wirbelnden Hufen und kehligen Schreien.

Als sich der Staub verzogen hatte, trabten die Pferde zur Ehrentribüne, wo sie sich aufreihten. Dann verbeugten sich die Ritter vor den hohen Damen und Herren und senkten ehrerbietig ihre Holzlanzen. Anschließend scherte einer nach dem anderen aus der Reihe aus, um vor den gemeinen Zuschauern zu paradieren und Farben, Wappen und festliche Gewänder, die sie über ihrer Rüstung trugen, zu präsentieren. Brokat, Seide, Goldfäden und bei manchen sogar eingewirkte Edelsteine glänzten und gleißten im Sonnenlicht, die Pferde schnaubten und tänzelten.

Anna hatte Chassim sofort an der Greifvogelklaue auf dem Helm, den blauen Farben und dem Pferd mit der Blesse erkannt. Jetzt war er an der Reihe, sich zu präsentieren. Mit Fersen und Zügeln lenkte er sein Ross und ließ es tanzen. Die beiden formten eine vollendete Einheit. Mit strahlenden Augen verfolgte Anna seinen beeindruckenden Schauritt und fiel so begeistert in den allgemein aufbrandenden Applaus ein, dass sich Bruder Thomas erstaunt zu ihr umdrehte. Aber Anna beachtete ihn nicht weiter, so sehr war sie mit Klatschen beschäftigt und hüpfte dabei vor lauter Aufregung wie ein kleines Mädchen.

Mit einem Mal leiteten Trommelwirbel das nächste Spektakel ein, den *Buhurt,* den Massenkampf. Die gepanzerten

Reiter bildeten wieder zwei gleich große Formationen, die sich einander gegenüber an den zwei Enden des Turnierplatzes aufstellten.

Die Trommeln schwiegen plötzlich, und die hereinbrechende Stille ließ das Publikum den Atem anhalten. Die Pferde schnaubten nervös. Der Graf erhob sich und streckte die rechte Hand, in der er ein weißes Tuch hielt, nach oben. Alle Blicke waren auf ihn gerichtet. Die Ritter senkten ihre Holzlanzen stoßbereit in die Horizontale. Georg von Landskron reizte die Spannung bis zum Letzten aus. Endlich ließ er die Hand mit dem Tuch fallen und gab damit das Zeichen zum Losstürmen.

Die Reiterreihen starteten und stoben gleichzeitig aufeinander zu. Dieses Mal Mann gegen Mann, mit gestreckten Lanzen. Hart schepperten die Lanzenspitzen auf Schilde und Brustharnische, Holz splitterte und Blut spritzte, fast die Hälfte der Ritter wurde vom Pferd gestoßen und schlug krachend auf den Boden.

Ein kollektiver Aufschrei drang aus Hunderten von Kehlen, entsetzte Gesichter waren zu sehen, Anna schlug sich die Hand vor den Mund, um einen Schrei zu unterdrücken, auch Bruder Thomas erschrak, und sogar der Erzbischof sprang von seinem Sitz hoch. Jeder wartete darauf, dass der Graf dem Kampf nun Einhalt gebieten würde. Aber Georg von Landskron blieb seelenruhig sitzen und legte nur beruhigend seine Hand auf die seiner Gattin. Der *Buhurt* ging weiter.

Wo war Chassim? Anna sah, dass er noch auf seinem Pferd saß, jetzt aber, wie die anderen Ritter, die noch im Sattel waren, absprang, sein Schwert zog und auf den Gegner losging, der ihm am nächsten stand. Dröhnende Schwerthiebe wurden allenthalben ausgetauscht, dass die Funken stoben, reiterlose Pferde scheuten und wieherten mit in Panik weit aufgerissenen Augen, das Gemetzel steigerte sich noch.

Anna konzentrierte sich ganz auf Chassim und nahm nur am Rande wahr, wie ein Ritter nach dem anderen in den Staub fiel und die Rüstungen voller Blut waren.

Als Chassim bei einem gewaltigen Streich seines Gegners umfiel, regungslos liegen blieb und sich sein Harnisch blutrot färbte, war es mit Annas Schreckensstarre vorbei. Ihr Herz raste, die Medica in ihr wollte nur noch über die Abgrenzung zu Chassim und retten, was zu retten war.

Doch Bruder Thomas hielt sie mit eiserner Hand zurück und flüsterte ihr ins Ohr: »Bleibt hier! Das Blut ist nicht echt!«

Zuerst wehrte sie sich verzweifelt gegen den Griff von Bruder Thomas, aber der ließ nicht locker.

»Beruhigt Euch … hört mir doch zu – das ist nur ein Schaukampf!«

Endlich drangen seine Worte zu ihr durch, und sie starrte ihn an, ganz allmählich kam ihr die Bemerkung von Chassim wieder in den Sinn – hatte er nicht gesagt, sie solle sich beim Turnier nicht erschrecken und sich auf eine Überraschung gefasst machen? Ja, jetzt verstand sie, was er damit gemeint hatte.

Und siehe da – alle Ritter, die noch in einem Augenblick wie tot und erschlagen dalagen, standen im nächsten Moment plötzlich wieder auf, obwohl sie teilweise blutbesudelt waren.

Bruder Thomas flüsterte in Annas Ohr: »Das ist nur rote Farbe oder Tierblut! Sie haben damit Beutel gefüllt, die sie unter ihrem Harnisch tragen und im rechten Moment platzen lassen!«

Dann ließ er sie los und fing an, wie andere Zuschauer auch, die begriffen hatten, was da vor sich ging, Beifall zu klatschen und Jubelrufe auszustoßen. Der Applaus schwoll noch an, als auch der letzte Schaulustige verstanden hatte, was vor seinen Augen geschehen war.

Anna jedoch stand leichenblass und mit Schweißperlen auf der Stirn neben Bruder Thomas und wäre ganz sicher umgekippt, wenn er sie nicht festgehalten hätte.

Nach der allgemeinen Aufregung wurde eine Pause verkündet. Die Ritter verbeugten sich vor der Ehrentribüne, und einige Spielleute kamen mit ihren Instrumenten, Lauten, Trommeln und Sackpfeifen auf den Platz, um die Leute mit ihren Liedern zu unterhalten. Pferdeknechte kümmerten sich um die versprengten Rösser, die eingefangen wurden, und allmählich lösten sich die Zuschauerränge auf. Auf der Ehrentribüne reichten Pagen Wein und Schüsseln mit Brot und Fleisch. Überall wurde angeregt über die eben gesehene Darbietung diskutiert, viele Leute stellten sich an eine der zahlreichen Feldküchen an, wo es Essen und Bier gab.

Bruder Thomas blieb bei Anna.

»Was war denn los mit Euch, Medica?«, wollte er wissen. »Könnt Ihr auf einmal kein Blut mehr sehen?«

Anna schüttelte den Kopf und rang sich zu einem gequälten Lächeln durch.

»Wahrscheinlich habe ich einfach zu wenig gegessen«, sagte sie schwach.

Bruder Thomas griff sofort in seine Tasche, holte Brot und sein Messer hervor und schnitt ein Stück für Anna ab.

»Danke«, sagte sie und kaute lustlos darauf herum. »Ich muss ein paar Schritte gehen, das wird mir guttun«, meinte sie dann und ließ Bruder Thomas einfach stehen. Zielsicher steuerte Anna auf die Ansammlung der Zelte zu, wo die Ritter untergebracht waren. Sie hatte ihre Kapuze übergezogen, und sollte sie jemand nach ihrem Begehr fragen, hatte sie für alle Fälle den Freibrief des Grafen bei sich, der ihr als Medica erlaubte, hinzugehen, wo es ihr beliebte und wo sie gebraucht wurde. Zwischen den Zelten ging es geschäftig zu. Die vom anstrengenden Kampf erschöpften Ritter ruhten sich aus oder waren noch damit beschäftigt, sich mit Hilfe ihrer Knappen und Knechte von den einengenden Kettenhemden und Rüstungen zu befreien. Der eine oder andere hatte sich doch verletzt und ließ sich vom gräflichen *Feldscher* versorgen.

Plötzlich verlangsamte Anna ihre Schritte. Gerade noch entdeckte sie Chassim, wie er, mit ein paar Tüchern in der Hand, an dem kleinen Bach entlang in Richtung Waldrand ging, und folgte ihm mit großem Abstand.

Am Waldrand, hinter einer uneinsehbaren Bachbiegung, hatte Chassim sich sein Hemd ausgezogen und stand mit nacktem Oberkörper bis zu den Knien im Wasser, wo er sich erfrischte und das künstliche Blut abwusch.

Anna war vorsichtig herangekommen und schaute sich um. Niemand war in der Nähe. Sie blieb in gebührender Entfernung vom Bach stehen und war unsicher, ob sie sich bemerkbar machen sollte oder nicht.

Aber Chassim hatte sie in dem Augenblick schon erkannt und winkte ihr zu, als sie sich gerade wegdrehen wollte.

»Halt!«, rief er, »halt! Nicht davonlaufen, Medica!«

Sie drehte Chassim den Rücken zu, blieb aber stehen. »Ich wollte nur sehen, wie Ihr Eure Wiederauferstehung von den Toten überstanden habt und ob Ihr vielleicht die Hilfe einer Medica in Anspruch nehmen wollt«, sagte sie, das Gesicht noch immer abgewandt.

»Ihr habt Euch also Sorgen um mich gemacht?«, fragte er fröhlich.

»Nur aus der Sicht einer Medica«, antwortete sie.

»Nun, dann will ich Eure Hilfe gern in Anspruch nehmen.«

Anna drehte sich zu Chassim um. Er war aus dem Bach gekommen und hatte sich eines der Tücher, die im Gras lagen, um die Schultern geschlungen. Mit dem zweiten rieb er sich die Haare trocken.

»Ihr blutet ja wirklich!«, rief sie besorgt aus, als sie die fingerlange Schnittwunde an seinem Oberarm bemerkte.

»Oh, das ist nichts. Nur ein Kratzer«, meinte er.

»Lasst mich mal sehen«, sagte sie und machte einen Schritt auf ihn zu. Ihr schlug das Herz bis zum Hals, als sie Chassim mit seinen wirr vom Kopf stehenden Haaren und dem muskulösen, nackten Oberkörper, auf dem noch einige Wassertropfen glitzerten, näher kam.

»Ihr habt mir ganz schön Angst eingejagt«, erklärte sie.

Chassim zuckte mit den Schultern: »Ich habe Euch vorgewarnt.«

Anna untersuchte seine Verletzung. »Ihr habt recht, das ist nicht weiter schlimm und muss nicht genäht werden«, sagte sie, nahm ein Tuch vom Boden auf, riss mit ihren kräftigen Händen das Linnen in handbreite Streifen und band es ihm stramm um seinen Oberarm. »Ein fester Verband dürfte genügen.«

»Nähen?«, fragte Chassim erstaunt. »Was meint Ihr mit Nähen?«

»Größere Wunden vernähe ich mit Nadel und Garn, das verheilt besser.«

»Wie bei meiner Schwester?«

»Ja.«

»Dann habe ich ja wirklich noch mal Glück gehabt.«

»Ja, das habt Ihr«, antwortete Anna und wickelte den Verband weiter um den Oberarm. »Aber man sollte sein Glück nicht herausfordern.«

Geduldig hielt Chassim ihr seinen Arm hin. Dann schaute er sich um.

Plötzlich nahm er Annas Gesicht in seine Hände, sah ihr in die Augen und drückte ihr einen Kuss auf die Lippen. Einen sanften, zärtlichen Kuss, der Anna überraschte und doch wieder auch nicht, weil sie sich insgeheim danach gesehnt hatte. Der Kuss war genauso, wie sie es sich immer erträumt hatte, nein, er war schöner, weil er Wirklichkeit war. Das Blut rauschte ihr in den Ohren, und sie erwiderte den Kuss ohne nachzudenken. Eine wilde Flut auf sie einstürzender Gefühle, der sie keinen Widerstand mehr entgegensetzen konnte, überwältigte sie.

Aber plötzlich ertönte ein Geräusch, und sie fuhren auseinander.

Ein Bursche führte zwei Pferde zum Bach, um sie zu tränken.

Er bemerkte sie nicht, Chassim hatte Anna schnell hinter einen Baum gezogen.

Beide taten so, als sei nichts geschehen, und Anna machte den Verband fertig, indem sie das Ende mit Hilfe ihrer Zähne einriss, so dass sie damit einen abschließenden Knoten machen konnte. Dabei schossen ihr tausend Gedanken durch den Kopf, aber sie versuchte, sich nichts anmerken zu lassen, und trat einen Schritt zurück.

»So, jetzt könnt Ihr Euch wieder aufs Pferd schwingen und Euch erneut den Kopf einschlagen lassen«, sagte sie härter, als sie eigentlich wollte, und sah ihm in die Augen.

»Anna Ahrweiler«, murmelte Chassim nur und schüttelte den Kopf. »Anna Ahrweiler – du bist ja ein Mensch aus Fleisch und Blut!«

»Habt Ihr gedacht, in einer Medica fließt kein Blut?«, fragte sie, ungewollt schnippisch.

»Nein. Nur Pflichterfüllung«, antwortete er und schaute sie dabei ernst an.

»Nun, Medica zu sein ist meine Aufgabe, ihr habe ich mich verschrieben.«

»Mit Leib und Seele?«

»Ja. Mit Haut und Haar.«

»Das kannst du jemand anderem erzählen. Ich merke doch, dass du etwas vor mir verbirgst. Warum redest du nicht mit mir? Traust du mir nicht?«

»Ihr kennt mich nicht wirklich, das ist richtig«, sagte sie. »Aber ich kenne Euch ja genauso wenig.«

»Das sollten wir ändern.«

»Wie stellt Ihr Euch das vor? Ihr seid der Sohn eines Grafen, und ich bin nur eine Medica. Ihr solltet unter Euresgleichen bleiben. Und ich auch.«

»Wer sagt das?«

»Die Tradition. Die Kirche. Das Gesetz. Der allgemeine Menschenverstand. Habe ich etwas vergessen?«

»Vielleicht das Herz. Was sagt dein Herz?«

»Das zu tun, was der Verstand sagt.«

»Und was sagt dir dein Verstand?«

»Dass ich jetzt gehen sollte.«

Aber sie ging nicht. Stumm standen sie sich gegenüber und sahen sich an, keiner wich dem Blick des anderen aus.

»Kommst du morgen wieder?«, fragte er schließlich. »Morgen ist der Tag, an dem es ums Ganze geht. Dann zählt nur, wer tatsächlich besser ist.«

»Und – seid Ihr das?«

»Wir werden sehen.«

»Gegen wen kämpft Ihr?«

»Die Gegner werden ausgelost. Komm mit und sieh zu.«

»Nein. Ich habe anderes zu tun.«

Sie drehte sich um und wollte fort. Aber Chassim machte zwei Schritte nach vorn und hielt sie am Arm fest.

»Anna, wenn du nicht kommst, dann komme ich zu dir. Durch den Geheimgang.«

Anna sah ihm ins Gesicht und versuchte zu ergründen, ob er es ernst meinte oder ob er scherzte. Sie entdeckte den Schalk in seinen Augenwinkeln.

»Das würde ich Euch nicht raten, Junker Chassim«, sagte sie. »Das würde Euch nämlich schlecht bekommen. Mein *Infirmarius* Bruder Thomas, Ihr kennt ihn noch nicht, bewohnt ein Zimmer in meinem Haus. Er ist sehr kräftig und hat einen leichten Schlaf. Er könnte denken, dass Ihr ein Dieb seid, und würde nicht zögern, Euch übel zuzurichten.«

»Dann würdest du mich eben wieder zusammenflicken«, lächelte Chassim sie an.

»Wunder kann ich auch nicht bewirken«, sagte sie.

Er nickte. »Leider«, sagte er und ließ von ihr ab.

Anna verschwand, ohne sich noch einmal umzudrehen.

***

Die Sonne stach heiß vom Himmel herab, als Gero nach dem Schaukampf zum Bach ging, der am östlichen Waldrand entlangfloss, um sich abzukühlen. Er freute sich auf das Gestech am nächsten Tag, bei dem man zu Pferd mit stumpfen Holzlanzen versuchte, den Gegner aus dem Sattel zu heben. Endlich ein echter Kampf, schließlich war er kein Gaukler, der zur Belustigung des Publikums beizutragen hatte. Aber er hatte sich gefügt und sein Bestes im *Buhurt* gegeben. Vielleicht ein wenig zu viel des Guten, denn er hatte seinem Scheingegner mehr und härter zugesetzt, als es eigentlich vereinbart worden war. Aber wenn er erst einmal in Fahrt kam, konnte man ihn nicht so leicht aufhalten. Im allgemeinen Getümmel war es niemandem aufgefallen, nur seinem Gegner, der wohl mehr Blessuren verarzten lassen musste, als ihm lieb war.

Welcher Gegner Gero beim morgigen Lanzenstechen für den ersten Durchgang zugelost werden würde, war ihm egal. Er würde es mit jedem aufnehmen. Ihm kam es darauf an, sich und den anderen Rittern zu beweisen, dass er der Beste war.

Er packte sein Kettenhemd, das er ausgezogen und am Bachufer abgelegt hatte, und wollte zu seinem Zelt zurückkehren, als er Stimmen hörte, die ihm bekannt vorkamen.

Vorsichtig und auf Deckung achtend, schlich er auf der

Waldseite den Bach entlang auf die Stimmen zu und versteckte sich hinter einem Baumstamm. Was sah er da? Die Medica zusammen mit Junker Chassim, dem Schwager des Grafen! Was hatte sie mit ihm zu schaffen? Sie kümmerte sich um eine kleine Verletzung, die Gero aber kaum der Rede wert zu sein schien. Und dann, Gero konnte es nicht glauben: Der junge Graf und die Medica küssten sich!

Er war wie vor den Kopf gestoßen, konnte seinen Blick aber nicht von den beiden abwenden. Wie konnte sich ein Fürst wie Chassim so tief herablassen, eine Hexe zu küssen! Noch dazu in einer Umgebung, wo sie jederzeit entdeckt werden konnten. Das hätte einen feinen Skandal gegeben! Gero sah weiter zu und überlegte fieberhaft. Wenn er jetzt hinzutreten würde … aber nein, da würde er sich nur den Grafen zum Feind machen, das wäre unklug. Außerdem … vielleicht hatte diese Giftmischerin Chassim irgendwie verzaubert. Ja, das musste es sein. Was für einen Plan sie damit verfolgte, konnte sich Gero aber nicht erklären. Die Medica war eine Ausgeburt der Hölle. Und wenn man zuweilen schon Gottes Pläne nicht verstand, warum sollte man ausgerechnet die des Teufels verstehen?

Als Gero schließlich sah, wie die Medica und Chassim in verschiedenen Richtungen auseinandergingen, kam ihm eine Idee. Schon die ganze Zeit, seit er wusste, dass sich ihre Wege auf unerklärliche Weise wieder auf Burg Landskron gekreuzt hatten, hatte er nachgegrübelt, wie er der Medica Schaden zufügen konnte, ohne die weitreichenden Pläne seines Onkels zu gefährden. Und ohne selbst Gefahr zu laufen, von dieser Hexe mit einem bösen Zauber belegt zu werden. Bisher war ihm nichts eingefallen. Aber jetzt … jetzt wusste er es. Wenn er Chassim weh tat, würde er damit auch die Medica treffen. Das war die Lösung! Und was für eine brillante obendrein! Niemand würde davon erfahren, auch sein Onkel nicht. Dann hätte er zumindest den ersten Teil seiner Rache. An die Medica kam er nicht heran, ohne Aufsehen zu erregen oder Missfallen bei seinem Onkel. Aber Chassim war ein Ritter auf einem Turnier, an dem auch er teilnahm. Nichts war einfacher, als Chassim zu schaden. Gero wusste auch schon, wie er das anstellen würde. Es würde wie ein Unfall aussehen …

XI

Der Burgkaplan betrat in seinem liturgischen Gewand die Sakristei der Burgkapelle und schloss sorgfältig die Tür hinter sich ab. Er hatte am Nachmittag im Freien die Feldmesse abgehalten, zu der nicht nur die zahlreichen hohen Herrschaften, sondern auch das Volk geladen waren. Die Zeremonie war lang und anstrengend gewesen, und der Burgkaplan war dementsprechend erschöpft und durchgeschwitzt, die Sonne hatte unbarmherzig vom sommerlichen Himmel gebrannt.

Nun endlich war er für sich und genoss die willkommene Ruhe nach all den Höflichkeitsbezeugungen und zeremoniellen Floskeln und Begrüßungen, wobei einem nicht der geringste Fehler unterlaufen durfte. Vor allem der gestrenge Blick des Erzbischofs hatte ihm doch vor der Messe erhebliches Lampenfieber verursacht. Schließlich wollte er sich für höhere Aufgaben empfehlen und beweisen, dass er eine vielschichtige Zeremonie durchzuführen imstande war. Aber die Messe war gut verlaufen, ja geradezu vorbildlich. Er war stolz auf sich und beschloss, sich einen Becher Wein zu gönnen, den er in einem Schränkchen verwahrte, das Geschenk eines Kaufmanns und wahrlich ein guter Tropfen, bevor er sich umzog, um an den abendlichen Turnierfestlichkeiten teilzunehmen.

Vorsichtig goss er sich von der rubinroten Flüssigkeit ein und führte den Becher zum Mund, als er eine wohlbekannte Stimme vernahm, die ihm durch Mark und Bein fuhr.

»Wollt Ihr mir nicht auch einen Schluck anbieten, Burgkaplan?«

Fast hätte er vor lauter Schreck seinen Becher fallen lassen, weil er sich zu hastig nach der Stimme umdrehte. Ein paar Tropfen Wein spritzten auf sein blütenweißes Chorhemd und hinterließen ein rotes Muster.

»Eminenz«, sagte der Burgkaplan verdattert, »verzeiht mir, ich hatte Euch nicht gesehen.«

In der entfernten, im Dunkeln liegenden Ecke der Sakristei saß der Erzbischof auf einem gepolsterten Hocker. Sein Gesicht lag im Schatten, aber der Burgkaplan hatte ihn natürlich sofort an seiner knarrenden Stimme erkannt. Die rechte, beringte Hand des Erzbischofs tauchte aus dem Schatten auf und hielt ihm auffordernd einen leeren Becher hin.

»Nun macht schon, Eure Messe hat sich doch allzulang hingezogen in der Hitze, mich dürstet!«

Der Burgkaplan beeilte sich, der Aufforderung nachzukommen, während seine Gedanken fieberhaft um die Frage kreisten, ob es Anlass zur Kritik an seinen liturgischen Fähigkeiten gab, der den Erzbischof dazu gebracht haben könnte, ihn unter vier Augen sprechen zu wollen.

Konrad von Hochstaden nahm einen großen Schluck Wein, der ihm anscheinend mundete, und sah dem Burgkaplan mit seinen stechenden Augen ins Gesicht. »Was wisst Ihr über diese Medica, die sich hier in Oppenheim herumtreibt?«

»Anna Ahrweiler? Sie ist jung, zu jung für eine Medica. Außerdem ist sie anmaßend und rebellisch und steht im Ruf, eine Wunderheilerin zu sein.«

»Seit wann ist sie hier?«

»Sie kam eines Tages mit dem jüdischen Medicus in die Stadt. Das war kurz vor der Niederkunft der Gräfin, also vor fast einem halben Jahr. Angeblich hat sie bei einem Verwandten des Medicus in Nürnberg ihre Ausbildung erhalten. Das hat sie jedenfalls mir gegenüber behauptet.«

»Glaubt Ihr das?«

»Mit Verlaub: nein.«

»Warum nicht?«

»Sie ist eine schlechte, wenn auch freche Lügnerin.«

»Was glaubt Ihr dann? Was ist die Wahrheit?«

»Ich glaube, sie ist eine Hexe und treibt unter dem Deckmantel einer Medica ihr Unwesen.«

»Das ist eine schwere Anschuldigung. Habt Ihr Beweise?«

»Sie hat ein grünes und ein braunes Auge.«

Der Erzbischof zuckte mit den Schultern, als wollte er sagen: Na und?

Der Burgkaplan fuhr fort: »Euer Neffe, Eminenz, Gero von Hochstaden, meint sie von früher zu kennen. Er hat gesehen, wie sie in ihrer ehemaligen Gestalt als Bruder Marian ertrunken ist. Und dann muss sie dieser jüdische Medicus irgendwie hierher gebracht haben. Seit sie in Oppenheim ist, gab es einige untrügliche Anzeichen für die Ankunft eines Abgesandten der Hölle, Eure Eminenz.«

»Als da wären?«

»Es war wie die biblischen Plagen über Ägyptenland im 2. Buch Mose. An dem Tag, als diese Anna Ahrweiler mit dem Medicus in Oppenheim eintraf, kam es aus heiterem Himmel zu einer Verkettung von Unfällen und Gewalthandlungen am Gautor, dem zwei Menschen zum Opfer fielen, dazu gab es zahlreiche Verletzte. Alsdann wurden die Stadt und das Umland nach einer urplötzlich eintretenden Finsternis von einem furchtbaren Hagelunwetter heimgesucht, das die Getreidesaat und die Obstblüte der Bauern fast völlig vernichtet hat. Und vor dem Auszug der Juden fiel roter Regen wie Blut vom Himmel, ich habe es selbst gesehen.«

»Und weiter?«

»Nun, seit diese Hexe hier ist, mehren sich Krankenheilungen, bei denen es nicht mit rechten Dingen zugegangen sein kann.«

»Zum Beispiel?«

»Die Rettung der Gräfin und ihres Kindes unter Umständen, die mit natürlichen und gottgegebenen Abläufen nicht zu vereinbaren sind. Der Einsatz von Zaubermitteln, die Kranke einschlafen und wieder aufwachen lassen. Und dann, vor kurzem, so berichten es einige Augenzeugen in Oppenheim, für deren Wort ich mich verbürge, hat diese Anna Ahrweiler ein Mädchen nur durch ihre Hexenkünste vom Tode zum Leben erweckt.«

Der Erzbischof hatte höchst aufmerksam zugehört, und beim letzten Satz beugte sich sein Oberkörper aus dem Schatten nach vorne. »Könnt Ihr diese Augenzeugen benennen?«

»Ja, Eure Eminenz.«

»Und diese Leute würden ihre Aussagen gegebenenfalls vor einem Gericht wiederholen?«

»Ja, Eure Eminenz.«

Der Bischof lehnte sich zufrieden wieder zurück. »Ihr müsst wissen, ich bin dabei, dem unseligen Treiben dieser Medica ein Ende zu bereiten. Aber das muss unter uns bleiben. Vor allem der Graf darf vorerst nichts davon erfahren. Das will ich ihm zu gegebener Zeit selbst mitteilen. Ihr nehmt an den Feierlichkeiten und dem morgigen Schlusstag teil, als sei nichts gewesen. Habt Ihr das verstanden?«

»Gewiss, Eure Eminenz!«

Der Erzbischof war aufgestanden und hob die Hände, wie um den göttlichen Segen für sein Vorhaben zu empfangen.

»Diese Angelegenheit liegt mir sehr am Herzen, und zugleich ist sie höchst politisch. Es ist meine tiefste Überzeugung, dass es gilt, jede ketzerische Handlung, bevor sie ihr teuflisches Gift in die Seelen der Menschen träufeln kann, radikal und unbarmherzig zu verfolgen und zu unterbinden. Um alle Möglichkeiten auszuschließen, dass sich diese Medica irgendwie herausreden kann, werde ich jeden Zeugen, jede Aussage und jeden Beweis brauchen. In diesem besonderen Fall darf uns nicht der geringste Fehler unterlaufen. Wollt Ihr mir dabei behilflich sein, die Hexe dahin zurückzuschicken, wohin sie gehört? Nämlich in die Hölle?!«

Konrad von Hochstaden hatte sich wie bei einer Predigt in Rage geredet, und das Feuer des heiligen *Furors* loderte aus seinen Augen.

Beeindruckt sank der Burgkaplan auf ein Knie nieder und küsste den dargebotenen Ring des Erzbischofs: »Mit meiner ganzen Kraft, so wahr mir Gott helfe, Eure Eminenz.«

Er sah dem Erzbischof ins Gesicht. »Wenn ich fragen darf, Eminenz – wie wollt Ihr gegen sie vorgehen?«

»Ich werde sie anklagen. Wegen *Häresie*.«

Der Burgkaplan erhob sich. Ein Gefühl der Genugtuung stieg in ihm auf. »Auf erwiesene *Häresie* steht der Scheiterhaufen!«

»Das ist richtig«, antwortete der Erzbischof, nun wieder die Ruhe selbst. Um dann hinzuzufügen: »Ihr habt doch genügend Holz in Euren gräflichen Wäldern?« Dabei verzog er sein Gesicht nicht im Geringsten.

Aber der Burgkaplan konnte sich ein verräterisches Zucken um die Mundwinkel nicht ganz verkneifen. »Oh ganz gewiss, Eure Eminenz, ganz gewiss.«

***

Bruder Thomas hatte sich nicht zum ersten Mal über Annas Verhalten gewundert, als er sie auf dem Turnierplatz aus den Augen verlor. Er hatte es schließlich aufgegeben, sie zu suchen. Sie verschwieg ihm etwas. Ihr teilweise merkwürdiges Gebaren, ihre Geistesabwesenheit, ihre überraschende und ungewohnte Überreaktion auf den Schauturnierkampf – das war nicht die selbstbeherrschte, ruhige Medica, die er kannte.

Er beschloss, diese Angelegenheit erst einmal beiseitezuschieben und sich stattdessen ordentlich zu vergnügen. Es gibt eine Zeit des Fastens, dachte er, und eine Zeit des Feierns, so hat Gott der Herr es eingerichtet, und wer war er, dass er Gottes Willen in Frage stellte und gegen den Strom schwamm? Gefastet hatte er – wenn auch unfreiwillig – seit seinem Rausschmiss aus dem Kloster Weingarten lange genug, bis es ihn hierher nach Oppenheim verschlagen hatte. Er fand es an der Zeit, die Phase der Selbstkasteiung und Askese, die er sich durch sein unbotmäßiges Querulantentum redlich eingebrockt hatte, für beendet zu erklären und ein neues Kapitel aufzuschlagen. Ganz im Einklang mit Gottes weisem Ratschluss hatte er sich von der fröhlichen Stimmung der Menge mitreißen lassen und wie alle anderen Menschen getrunken, gesungen und getanzt, bis er nicht mehr konnte.

Als die Dunkelheit hereinbrach, hatte er sich an ein Lagerfeuer zu lustig aufgelegten Spielleuten gesetzt und ordentlich dem süffigen Bier zugesprochen, das fleißig ausgeschenkt wurde. So lange, bis er genug hatte und sich an den Waldrand zurückzog, wo er sich ins Gras sinken ließ und einfach umkippte.

Da lag er nun auf dem Rücken und blickte in den Sternenhimmel, von dem es hieß, dass dort so viele Himmelskörper blinkten und strahlten, wie es Wassertropfen im Meer gab. Oder Sandkörnchen in der Wüste. Über diesen Vergleich dachte er lange nach. Die Nacht war lau, die Grillen zirpten, kein Windhauch war zu spüren, und Bruder Thomas fing an, die Sterne zu zählen. Als er zum dritten Mal von vorne beginnen musste, weil er sich immer wieder vertan hatte, brachte ihn ein letzter Rest von Sorge um Anna schließlich doch noch dazu, sich aufzurappeln und nach Hause zu torkeln.

* * *

Anna war nach der Begegnung mit Chassim so aufgewühlt, dass sie auf schnellstem Weg nach Hause ging und in der Küche sofort anfing, Wasser im großen Kessel über der Herdstelle heiß zu machen. Sie war allein im Haus, Berbelin war auch auf dem Turnierplatz unterwegs, und so konnte sich Anna in aller Ruhe Badewasser im großen Becken in der Badestube zubereiten und, im warmen Wasser liegend, darüber nachdenken, in was für eine Lage sie sich hineinmanövriert hatte. Einerseits wusste sie jetzt, dass Chassim ihre Gefühle erwiderte. Zwar war das mehr, als sie sich in ihren kühnsten Träumen hätte vorstellen können. Aber andererseits ... sie war so verwirrt, dass sie nicht mehr denken konnte. Kurz entschlossen tauchte sie unter und hielt die Luft an, bis sie nicht mehr konnte und prustend auftauchen musste. Doch das machte ihren Kopf auch nicht klarer. Sie befingerte das Kettchen mit dem Kreuz, das sie nicht abgelegt hatte, als sie ins Wasser gestiegen war. Einerseits – andererseits. Was sollte sie nur tun? Wie sollte sie sich Chassim gegenüber in Zukunft verhalten? Wie sie es drehte und wendete, es führte zu nichts. Sie musste nachdenken, nachdenken ... aber sie schaffte es nicht.

Das Vollbad und die duftende Seife hatten heute nicht die beruhigende und sedierende Wirkung wie sonst. Energisch stand sie auf, trocknete sich ab, bis ihre Haut rot war, und fasste einen Entschluss: Sie würde am nächsten Tag nicht auf das Turnier gehen. Auf keinen Fall wollte sie zusehen, wie Chassim von seinem Pferd gestoßen wurde oder ihm noch Schlimmeres passierte. Allein der Gedanke daran war unerträglich. Natürlich, vielleicht ging Chassim ja auch als strahlender Sieger vom Platz. Sie wünschte es ihm von Herzen. Aber auch dann wäre es nicht leicht, ihm zu begegnen. Nein, vorläufig war es angebracht, für sich zu bleiben. Sie schlüpfte in eine frische Tunika und verzog sich in ihre Schlafstube, um sich in ihre Studien zu vertiefen, bis die Müdigkeit und der erlösende Schlaf kommen würden.

***

Gero saß in seinem Zelt und lauschte. Es musste weit nach Mitternacht sein, die zu ihm herüberziehenden letzten Gesangs- und Musikfetzen, vereinzelte Schreie und das Gelächter von den Lagerfeuern waren verebbt. Gero hatte an der Feldmesse teilgenommen und sich anschließend ausnahmsweise beim Trinken zurückgehalten, dann seinen Waffenrock und seine zahlreichen Holzlanzen noch einmal überprüft. Bei der am nächsten Tag stattfindenden *Tjost,* bei der um Punkte gekämpft wurde – einen gab es für einen Treffer am Körper und zwei, wenn der Gegner aus dem Sattel geworfen wurde –, kam es zuweilen schon vor, dass man Dutzende von Lanzen verbrauchte.

Am Nachmittag war er bei der Auslosung der jeweiligen Kampfpaarungen dabei gewesen. Er hatte einen unbekannten Gegner bekommen. Da er davon ausging, den Kampf für sich zu entscheiden, würde er früher oder später wahrscheinlich auf Junker Chassim treffen. Bei der *Tjost* kam nur der jeweilige Sieger mit drei Punkten weiter, und Gero zweifelte nicht daran, dass Chassim von Greifenklau es bis in eine der letzten Runden schaffen würde, er war als glänzender Turnierkämpfer bekannt. Aber so weit würde es Gero nicht kommen lassen, obwohl er gern auf ihn getroffen wäre und ihm gezeigt hätte, was es hieß, eine Lanze zu führen.

Jetzt spähte er aus seinem Zelt. Die Luft war rein, und ein dreiviertel Mond stand am Firmament. Genügend Licht für das Vorhaben, das er im Schilde führte. Gero verließ seinen Schlupfwinkel und achtete sorgfältig darauf, nicht über die Spannschnüre der Zelte zu stolpern, schlich dann an Junker Chassims Zelt vorbei, sein scharfes Messer, das er immer bei sich hatte, in der rechten Faust. Hinter Chassims Zelt ging er weiter bis zur Pferdekoppel, die bewacht war. Die Wache war, wie er vermutet hatte, am noch glimmenden Lagerfeuer eingeschlafen und schnarchte leise. Die Pferde witterten ihn, eines schnaubte leise. Gero blieb stehen und horchte, aber die Wache regte sich nicht.

Rasch eilte er weiter am Zaun der Koppel entlang, bis er zu der Stelle kam, an der die Sättel der Ritter auf mehreren Stangen aufgereiht waren. Er suchte, bis er den Sattel mit dem Wappen der Greifenklaus gefunden hatte. Dann begann er, den Bauchgurt sorgfältig mit seinem Messer zu bearbeiten. Der Pferdeknecht durfte beim Aufsatteln nichts davon bemerken. Daher schnitt Gero den Gurt an der Nahtstelle an, die am Übergang vom Gurt zum Sattel auf der Unterseite lag. Der Gurt würde eine Weile halten, er hoffte, bis zum Lanzenstechen mit ihm, aber wenn er riss, würde der darauf sitzende Ritter unweigerlich mitsamt dem Sattel vom Pferd stürzen.

Gero überprüfte sein Werk noch einmal und machte dann, dass er ungesehen wieder in sein Zelt kam.

XII

Am nächsten Morgen, als Anna, Berbelin und ein seltsam wortkarger und schlechtgelaunter Bruder Thomas später als sonst beim Frühstück saßen, klopfte es plötzlich an die Haustür. Und zwar so energisch und ausdauernd, dass alle drei heftig zusammenfuhren. Die Tür war nicht abgesperrt, warum also kam der unerwartete Besuch nicht einfach herein? Aber Bruder Thomas war schon aufgesprungen und riss die Tür auf, Anna folgte ihm auf den Fersen. Wer Einlass begehrte, war der Pferdeknecht von Chassim, er hielt noch sein Pferd am Zügel. Anna erkannte ihn sofort an seinen vielen Sommersprossen und erschrak bei seinem Anblick. Er war völlig außer Atem, kreidebleich und so aufgeregt, dass er zuerst kein Wort herausbrachte.

Bruder Thomas sprach ihn an: »Was ist los mit dir, Bursche? Was willst du?«

»Mein Herr … er … er …«, stammelte der Pferdeknecht endlich, »mein Herr, er schickt mich. Ihr müsst sofort kommen.«

»Wer ist dein Herr?«, fragte Bruder Thomas, aber Anna schob ihn schon beiseite.

»Was ist mit Junker Chassim?«, fragte sie und bemühte sich, eine bange Ahnung, die sich in ihrem Bauch mit einer plötzlichen Wucht ausbreitete, zu unterdrücken.

»Er ist schwer verletzt, und der *Feldscher* will ihm sein Bein abnehmen!«, platzte es förmlich aus dem Pferdeknecht heraus.

Anna und Bruder Thomas wechselten einen kurzen Blick. Sie durften sich jetzt keine Fehler erlauben und nichts vergessen.

Anna fragte: »Wo ist dein Herr verletzt?«

»Das Bein. Er ist beim Lanzenstechen unglücklich vom Pferd gestürzt und hat sich das Bein gebrochen. Er hat viel Blut verloren.«

»Wir kommen. Warte auf uns, wir holen nur rasch unsere Pferde.«

Sie rannte zu Bruder Thomas in die Behandlungsstube, der schon das Nötigste zusammengerafft hatte.

»Nehmt die Schlafschwämme mit. Und genügend *Aqua Vitae* und Verbandszeug!«, wies sie ihn an.

»Was ist mit der Knochensäge?«, fragte Bruder Thomas, und Anna starrte ihn einen Herzschlag lang an, als ob er für den Unfall von Chassim verantwortlich wäre.

»Falls ihm das Bein abgenommen werden muss«, setzte Bruder Thomas fast entschuldigend hinzu und hob die Hände zu einer hilflosen Geste.

»Nehmt sie auch mit«, sagte Anna kurz angebunden. »Und Nadeln und Fäden, falls wir nähen müssen.«

Sie nahm ihm ihren Ranzen aus der Hand und lief schon voraus in die Scheune, wo zwei Pferde und ein neuer Planwagen standen. Sie sattelte die Tiere, so schnell sie konnte. Bruder Thomas kam hinzu und half ihr.

Dann öffnete er das Scheunentor, und sie stoben hinter dem Pferdeknecht her, der vorausritt. Anna war eine gute Reiterin, das hatte ihr Pater Urban im Kloster beigebracht, und konnte das hohe Tempo mithalten, das der Bursche anschlug. Im gestreckten Galopp ging es um die Stadtmauer herum in Richtung Turnierplatz.

Annas Gedanken überschlugen sich. Also war doch ein schlimmer Unfall geschehen. Sie hatte sich am Tag zuvor aus einer unerklärlichen Trotzhaltung und nur, weil sie »Nein«

zu Chassim gesagt hatte, entschlossen, nicht noch einmal zum Turnier zu gehen, und jetzt machte sie sich Vorwürfe, dass sie besser mit ihrer Ausrüstung vor Ort gewesen wäre. Wenn Chassim so schwer verletzt war, wie es sein Bursche beschrieben hatte, war jetzt jeder Augenblick kostbar, um noch rechtzeitig eingreifen zu können. Gott allein wusste, was dieser stümperhafte *Feldscher* schon mit Chassim angestellt hatte. Anna wagte gar nicht, daran zu denken! Aber dann schärfte sie sich ein, dass sie unter allen Umständen Ruhe bewahren musste. Bestimmt war am Turnierplatz der Teufel los, und alle Augen würden auf sie gerichtet sein, wenn sie dort auftauchte. Sie durfte sich keine Schwäche und keinen Fehler erlauben, schon um Chassims willen.

Sie schaute sich kurz um, Bruder Thomas war weit zurückgeblieben. Vor ihnen tauchten schon die Zelte und die Tribüne auf. Schaulustige, die ihnen im Weg standen, verscheuchte der vorausreitende Pferdeknecht, indem er ständig »Weg da! Aus dem Weg!« schrie. Die Leute stoben auseinander und bildeten eine Gasse, durch die sie endlich den Turnierplatz erreichten. Die *Tjost* war anscheinend nach Chassims Unfall abgebrochen worden, Gruppen von Zuschauern standen herum und diskutierten oder hielten Maulaffen feil. Der Pferdeknecht verlangsamte sein Tempo, sie steuerten jetzt auf die Zelte zu. Vor Chassims Unterkunft hielt er an und wies auf den Eingang. Anna sprang vom Pferd, packte ihren Ranzen, drückte dem Pferdeknecht die Zügel in die Hand und betrat das Zelt.

Chassim lag auf einer blutbesudelten Liege. Auf den ersten Blick sah Anna, dass das Schienbein gebrochen war, ein Knochensplitter ragte scharf aus der Haut heraus, das verletzte Bein lag in einem unnatürlichen Winkel da, und Chassim stöhnte vor Schmerzen. Der *Feldscher,* ein graubärtiger, vierschrötiger Mann, der hinter Chassims Kopf stand und seine Ärmel hochkrempelte, nahm eine Schüssel mit Sägen und

Zangen entgegen, die ihm ein junger Helfer durch den hinteren Eingang des Zeltes hereinreichte. Er hatte wohl gerade das Beinkleid an der verletzten Gliedmaße auf Kniehöhe abgeschnitten, die Gräfin selbst kühlte die Stirn ihres Bruders mit einem nassen Lappen, den sie in eine Wasserschüssel tauchte, und hielt Chassims rechte Hand.

Alle Augen musterten Anna, als sie im Eingang des Zeltes stehen blieb und sich orientierte. Der Graf war anwesend, Gero von Hochstaden und noch eine Handvoll weiterer Herrschaften, die Anna nicht kannte. Gero von Hochstaden war in Kettenhemd und Harnisch, seinen Helm hatte er unter den Arm geklemmt. Anna schrak kurz zusammen, als sie ihn sah.

Die Gräfin sprach als Erste: »Gott sei Dank, Medica – bitte tut etwas. Mein Bruder hat große Schmerzen!« Sie hatte Tränen in den Augen.

Anna nickte nur kurz, deutete eine Verbeugung an und trat dann sofort an Chassims Liege, wo sie seine ausgestreckte Hand ergriff.

»Medica«, stöhnte er, »Medica. Ich bin vom Pferd gefallen.«

Sie wäre fast in Tränen ausgebrochen, als sie seinen jämmerlichen Zustand sah, aber sie war hier, um ihm so rasch wie möglich Linderung und Hilfe zu bringen. Sie beugte sich zu ihm hinunter und sagte mit fester Stimme: »Ich bin so schnell gekommen, wie ich konnte, Herr. Bitte schont Eure Kräfte, nur eines erklärt mir: Habt Ihr Euch noch an anderen Stellen verletzt, außer am Bein?«

»Nein«, antwortete Chassim schwach. »Aber mein Bein ist wohl nicht mehr zu retten. Sagt mir die Wahrheit, Medica. Ich wollte auf Euer Urteil warten, der *Feldscher* war schon daran, es mir abzunehmen.«

Sie nickte, stand auf und sah dem *Feldscher* in die Augen. Der starrte feindselig zurück und griff nach der Säge.

»Kann ich jetzt mit Eurer gnädigen Erlaubnis anfangen«, sagte er spöttisch. »Oder wollt Ihr vielleicht warten, bis der Graf verblutet?«

Einen kurzen Moment lang war die Anspannung unter den Anwesenden förmlich mit der Hand zu greifen. Alles wartete auf die Antwort der Medica.

Anna sah in die Runde und verkündete ruhig, aber bestimmt: »Ich danke Euch, dass Ihr dem Grafen Beistand geleistet habt. Aber jetzt muss ich die Herrschaften dringend bitten, das Zelt zu verlassen. Wir müssen ihn behandeln und dazu brauchen wir Platz. Bitte, um Junker Chassims willen!«

Es war eng im Zelt, die Anwesenden traten sich fast gegenseitig auf die Füße. Dennoch, was Anna gerade gesagt hatte, war angesichts der Tatsache, dass es sich im Zelt fast ausschließlich um Angehörige von Stand handelte, eine ungeheuerliche Anmaßung. Aber Anna fuhr ungerührt fort: »Der *Feldscher* kann hierbleiben, ich muss mit ihm reden.«

Anna kümmerte sich nicht weiter darum, was die Anwesenden denken oder sagen mochten, sie besah sich jetzt die klaffende Wunde im Unterschenkel, den herausstehenden Knochen, das Blut und blickte nur kurz hoch, als Bruder Thomas endlich hereinplatzte und im Eingang des Zeltes stehen blieb. Dann band sie mit ihrem Gürtel Chassims Oberschenkel ab, um die Blutung zum Stillstand zu bringen.

Die Gräfin fasste sich als Erste. Sie erhob sich.

»Ich denke, die Medica hat recht. Ich kenne sie sehr gut, sie hat mir das Leben gerettet und wird wissen, was sie tut. Und ich weiß, sie gibt ihr Bestes.« Den letzten Satz richtete sie mit einer inständigen Aufforderung im Blick direkt an Anna. »Bitte, meine Herren, folgt mir. Wir können jetzt ohnehin nicht mehr helfen. Es liegt nun alles in Gottes Hand.«

Sie breitete die Arme aus und winkte die anderen aus dem Zelt. Bruder Thomas trat einen Schritt beiseite, verneigte sich und ließ die Herrschaften passieren.

Bevor auch sie das Zelt verließ, beugte sich die Gräfin noch zu Anna hinunter und flüsterte ihr ins Ohr: »Tut alles, um sein Bein zu retten, Medica!«

Anna drückte Chassim die Hand und sagte: »Ihr werdet gleich keine Schmerzen mehr haben und schlafen.«

Dabei nickte sie Bruder Thomas zu, der nach einem Blick auf Chassim in Windeseile alles, was er für das folgende Procedere für nötig hielt, auf einem Tuch ausbreitete, das er auf dem Boden vor der Liege aufschlug. Nebenher rief er dem Pferdeknecht zu, der seinen Kopf besorgt zum Eingang hereinstreckte: »Bring mir sauberes Wasser, geschwind!«

Anna wandte sich nun dem *Feldscher* zu, der betont aufreizend mit seiner Säge herumspielte und darauf wartete, was Anna vorzubringen hatte.

»Ihr seid also der Meinung, dass der Unterschenkel abgenommen werden muss?«, fragte sie ihn.

Er nickte. »Das würde Euch jeder raten, der etwas davon versteht. Und ich habe einige Verletzungen dieser Art behandelt, das könnt Ihr mir glauben. Wenn der Graf nicht Einwände gehabt hätte, wäre das Bein schon längst ab und Junker Chassim hätte das Schlimmste überstanden. Ich sage Euch: Das Bein ist nicht mehr zu retten!«

»Ich will nicht länger mit Euch darüber streiten, *Feldscher*. Und auch nicht leugnen, dass Ihr viel mehr Erfahrung auf diesem Gebiet habt als ich.«

Sie gab Bruder Thomas ein Zeichen, dass er schon alles vorbereiten sollte für den Eingriff. Der bekam eben eine volle Wasserschüssel vom Pferdeknecht hereingereicht. Einen präparierten Schlafschwamm hielt er schon in der Hand und wartete nur noch auf Annas Anweisung. Als sie ihm zunickte, gab Bruder Thomas sofort den Schlafschwamm ins Wasser, bis der sich vollgesogen hatte, und drückte ihn dann dem stöhnenden und vor Schmerz schon halb ohnmächtigen Chassim auf Mund und Nase.

»Tief einatmen, Junker Chassim!«, sagte er und wartete.

Misstrauisch wollte der *Feldscher* verfolgen, was Bruder Thomas tat, aber Annas Blick nagelte ihn fest. Anna wusste, dass sie sich auf ihren *Infirmarius* voll und ganz verlassen konnte, und ließ den *Feldscher* nicht aus den Augen.

Sie sagte: »Aber ich frage Euch, ist es für einen Medicus bei einem Menschen nicht die höchste Pflicht, alles zu tun, um das Bein zu retten? Oder wollt Ihr, dass Junker Chassim in Zukunft nur noch in seinem Sessel vor dem Kaminfeuer sitzen und Holzscheiten beim Abbrennen zusehen kann?!«

Sie war laut und heftig geworden, aber der sture *Feldscher* gab nicht nach. »Besser im Sessel sitzen als tot sein. Ihr habt wohl noch nie etwas von Wundbrand gehört, Gnädigste? Der wird sich unweigerlich einstellen, wenn Ihr versucht, diesen offenen Bruch zu behandeln. Junker Chassim bekommt Fieber und ist in zwei Wochen tot. Und eines könnt Ihr mir glauben: In diesen zwei Wochen wird er Euch zur Hölle wünschen, weil er vor Schmerzen nur noch schreien wird, wenn er nicht gerade besinnungslos ist.«

»Das reicht«, sagte Anna zu Bruder Thomas, dessen Vorgehen sie bei dem Streit mit dem *Feldscher* aus dem Augenwinkel heraus genau verfolgt hatte. Bruder Thomas nahm den Schlafschwamm von Chassims Gesicht und warf ihn aus dem Zelt. Dann bereitete er das Aqua Vitae vor.

»Überlasst Ihr mir Eure Säge?«, fragte Anna den *Feldscher* und hielt ihm die Hand hin. Der *Feldscher* reichte sie ihr erstaunt.

Sie überprüfte die Zähne der Säge und gab das Gerät an Bruder Thomas weiter mit den Worten: »Die ist wohl besser für Holz geeignet.« Sie wies auf die zahlreichen Holzlanzen, die in der Ecke standen. »Nehmt Euch von den Lanzen, so viel Ihr braucht, und sägt sie so ab, dass wir damit das Bein fixieren können.«

Bruder Thomas machte sich sogleich ans Werk, während

der *Feldscher* rot anlief und fassungslos den Kopf schüttelte. In seinem Blick lag eine Mischung aus Wut und Verachtung.

»Dann lasst ihn meinetwegen vor die Hunde gehen! Ich will damit nichts zu tun haben«, sagte er verächtlich und spuckte vor den beiden aus, bevor er das Zelt verließ.

Anna beachtete ihn nicht weiter und begann bereits vorsichtig, Chassims Wunde mit einem in Aqua Vitae getauchten Tuch zu säubern. Bruder Thomas brummelte etwas Unverständliches und half ihr dabei. Dann sahen sie die Wunde genauer an. Die Blutung war zum Stillstand gekommen, Anna entfernte ihren Gürtel, den sie um Chassims Oberschenkel geschlungen hatte.

Bruder Thomas sagte: »Das ist kein einfacher Bruch. Und was der *Feldscher* über Wundbrand gesagt hat, ist richtig. Wenn er Wundbrand und Fieber bekommt, ist Junker Chassim so gut wie tot.«

»Das weiß ich. Aber ich weiß auch, dass er von uns erwartet, alles zu versuchen, um sein Bein zu retten.«

Sie sahen sich an, schließlich nickte Bruder Thomas.

»Ja. Vielleicht habt Ihr recht. Versuchen wir es.«

Zu zweit arbeiteten sie Hand in Hand an Chassims Bein. Bruder Thomas tauchte alle Instrumente vor ihrer Benutzung in Aqua Vitae, nachdem sie sich beide sorgfältig die Hände mit einer leichteren Lösung davon gewaschen hatten. Dann säuberte Anna die Wunde von Sand und kleinen Knochensplittern, sorgfältig zupfte sie Splitter um Splitter mit einer Pinzette heraus. Anschließend erweiterte sie die Wunde mit dem Messer, Bruder Thomas tupfte das Blut weg, und Anna untersuchte sie noch einmal, bis auch das letzte Sandkorn und Splitterchen entfernt war. Es folgte der schwierige Teil, das Bein musste wieder eingerichtet werden. Anna stieß innerlich ein Dankgebet für Aaron aus, dass er ihr den Umgang mit dem Schlafschwamm beigebracht hatte, der es Chassim ersparte, mit einem Stück Holz zwischen den Zähnen die unmenschlichen Schmerzen ertragen zu müssen, die er schon bei der bloßen Berührung der offenen Wunde gespürt hätte. Zum Glück war nur das Schien- und nicht auch noch das Wadenbein gebrochen. Mit vereinten Kräften und unter größter Vorsicht brachten Anna und Bruder Thomas Muskeln, Sehnen und Knochen in die richtige Lage, ohne noch mehr Blutungen oder Verletzungen zu verursachen. Der Knochen war nicht gerade, sondern schief gebrochen, so dass Anna die schräge Bruchstelle wieder zusammenfügen und stabilisieren konnte, indem sie beide Teile des Knochens zusammenpresste und so fest wie möglich mit reißfester Tiersehne umwickelte, während Bruder Thomas die Wundränder mit Haken auseinanderzog. Zusammenwachsen musste das Schienbein von selbst, die abgesplitterten Teile konnte Anna natürlich nicht wieder einfügen, aber mehr zu tun war nicht möglich. Sollte der Knochen wieder gut heilen, würde Chassim wahrscheinlich zeit seines Lebens hinken, aber das war mehr, als man sich nach dem ersten Augenschein erhoffen durfte. Anna nähte die klaffende Wunde zu, und anschließend fixierte sie das Bein mit vier armlangen Lanzenstücken, nachdem sie die Wunde vorher straff mit sauberen Leintüchern verbunden hatte. Die vier Holzstöcke zurrte sie mit Schnüren fest.

Als sie endlich fertig waren, wuschen sich Anna und Bruder Thomas erschöpft die Hände. Dann schlug Bruder Thomas die Plane über dem Eingang zurück und sorgte für ein wenig Durchzug im Zelt. Nachdem Anna noch einmal Chassims Atem und Herzschlag überprüft hatte, folgte sie Bruder Thomas nach draußen, um ein wenig frische Luft zu schöpfen.

Es wurde allmählich dunkel, und eine leichte, erfrischende Brise wehte. Niemand war in der Nähe. Anna gab Bruder Thomas die Hand.

»Danke. Ohne Euch hätte ich es nicht geschafft«, sagte sie.

Bruder Thomas setzte sich erst einmal auf ein Stück Baumstamm. Anna nahm neben ihm Platz. Erst jetzt wurde ihr bewusst, was sie eben mit Chassim gemacht hatte und welche Verantwortung sie damit übernahm. Sie zuckte leicht zusammen, als Bruder Thomas fürsorglich seine Hand auf die ihrige legte.

»Ihr habt gute Arbeit geleistet«, sagte er. »Mehr kann man nicht tun. Jetzt müssen wir abwarten.« Als keine Antwort kam, sah er ihr ins Gesicht. »Ihr mögt ihn sehr, nicht wahr?«

Anna schluckte, sie musste sich bei seiner unerwarteten Frage zusammennehmen, um nicht in Tränen auszubrechen, weil er damit mitten ins Schwarze getroffen hatte. Aber zwei Tränen stahlen sich doch hervor, die eiligst von ihr abgewischt wurden. Dann nickte sie zaghaft. Vor Bruder Thomas konnte sie ihren inneren Zustand wohl kaum verheimlichen, dabei hatte sie immer gedacht, er verstünde nichts von derlei Dingen. Er kramte ein frisches Tuch heraus und gab es ihr. Anna schnäuzte kräftig hinein.

Zaghaft näherten sich die zwei jungen Pferdeknechte, die abseits gewartet hatten.

Anna fragte sie: »Wart ihr dabei, wie es passiert ist? Den Unfall mit eurem Herrn – habt ihr ihn mit eigenen Augen gesehen?«

Die beiden Burschen warfen sich gegenseitig einen unsicheren Blick zu, und dann antwortete der mit den Sommersprossen.

»Ja, wir waren dabei bei der *Tjost*. Wir mussten unserem Herrn doch die Lanzen reichen. Es geschah beim letzten Waffengang. Unser Herr wäre bestimmt Sieger geworden, wenn das nicht passiert wäre«, sagte er mit betretener Miene.

»Wir können nichts dafür. Wirklich nicht. Ihr müsst uns glauben, Medica. Wir haben alles so gemacht wie immer! Ich habe aufgesattelt und alles noch mal sorgfältig überprüft, wie ich es stets tue«, fügte der andere im Ton der schieren Verzweiflung hinzu.

»Niemand macht euch einen Vorwurf. Jetzt sagt schon – was genau ist geschehen?«, ermunterte sie Anna.

Der Sommersprossige übernahm wieder. »Unser Herr hat seine Lanzenstechen alle gewonnen. Dann kam der letzte und entscheidende Kampf um den Siegespreis.«

»Gegen wen musste er antreten?«

»Gegen Baron Meinhard von Geldern.«

»Wer ist das? Kenne ich ihn?«

»Er war vorhin mit im Zelt. Der Ritter mit dem roten Bart. Er war sehr besorgt um unseren Herrn. Aber Kampf ist Kampf, so etwas kann passieren, das hat unser Herr noch selbst gesagt.«

Anna hatte Gero von Hochstaden beim Betreten des Zelts zwar sofort erkannt, aber sie hatte keine Zeit gehabt, auch nur einen Gedanken an ihn zu verschwenden. Warum nannte er sich jetzt Baron Meinhard von Geldern? Sie konnte sich keinen Reim darauf machen, aber das war zweitrangig. Oder doch nicht? Hatte er sie etwa auch erkannt?

Der Pferdeknecht fuhr fort: »Sie ritten aufeinander zu, und der Baron traf unseren Herrn so unglücklich, dass er mitsamt seinem Sattel vom Pferd gerissen wurde und ohnmächtig liegen blieb. Wir rannten sofort zu ihm hin und sahen gleich, dass er sich furchtbar verletzt hatte.«

Der andere Bursche nickte bestätigend: »Wir holten eine Trage, und dann brachten wir ihn zu seinem Zelt. Der Graf von Landskron beendete das Turnier, und Meinhard von Geldern wurde zum Sieger erklärt.« Er zögerte.

»Und weiter?«, fragte Anna.

»Nun, als unser Herr aufwachte, hatte er große Schmerzen. Der *Feldscher* kam dahergerannt, aber unser Herr wollte nicht von ihm behandelt werden, er rief nach Euch. Graf von Landskron hat mir schließlich befohlen, Euch zu benachrichtigen. Ich bin dann sofort losgeritten, um Euch zu holen. Den Rest kennt Ihr.«

Bruder Thomas fragte noch einmal nach: »Der Sattel fiel mit, als Junker Chassim vom Pferd gerissen wurde? Habt ihr den Bauchriemen nicht richtig angezogen?«

»Bei allem, was mir heilig ist, Herr: Ich habe nachgezurrt wie immer. Und nichts bemerkt.«

Bruder Thomas stand auf. »Können wir uns den Sattel mal ansehen?«, fragte er.

»Ja, sicher. Folgt mir«, winkte der Pferdeknecht und ging voraus. Anna und Bruder Thomas gingen hinterher.

Der Sattel lag hinter dem Zelt achtlos am Boden, Bruder Thomas drehte ihn um.

»Die Lanze des Barons von Geldern traf meinen Herrn gegen die Brust«, erklärte der Sommersprossige. »Im gleichen Moment muss der Bauchgurt des Sattels gerissen sein.«

Der Knecht hatte sich hingekniet und zeigte den abgerissenen Gurt. Anna und Bruder Thomas sahen ihn sich genau an.

»Ein unglücklicher Zufall«, sagte Bruder Thomas.

»Oder ein präparierter Gurt. Nach einem Riss sieht mir das nicht aus. Der wäre fransiger gewesen«, bemerkte Anna.

Vielleicht ist das Gero gewesen. Gero als Baron Meinhard von Geldern, dachte Anna. Dem traute sie eine solche Freveltat durchaus zu. Aber warum? Weil er Turniersieger werden wollte, um jeden Preis? Er konnte ja nicht wissen, dass er im Endkampf auf Chassim treffen würde.

»Geschehen ist geschehen«, meinte Bruder Thomas. »Es gibt leider immer wieder solche Unfälle bei einem Turnier, das ist nichts Neues.«

Anna schwieg, aber an einen unglücklichen Unfall konnte sie nicht mehr glauben.

Sie wandte sich an die Pferdeknechte und gab ihnen ein paar Münzen. »Habt Dank für eure Hilfe und eure Auskunft.

Vielleicht brauchen wir euch noch einmal, wenn wir euren Herrn abholen.«

Die beiden nickten und bedankten sich. Anna und Bruder Thomas gingen zum Zelt zurück.

»Wir müssen ihn jetzt aufwecken«, meinte Anna.

Bruder Thomas wartete, bis die beiden Burschen außer Hörweite waren, dann hielt er Anna auf und fragte: »Was meint Ihr mit abholen? Junker Chassim sollte so wenig wie möglich bewegt werden.«

Anna schüttelte den Kopf. »Wir können ihn nicht im Zelt liegen lassen. Und ob er auf die Burg oder zu uns gebracht werden muss, läuft auf dasselbe hinaus. Er braucht Pflege, und jemand muss zumindest anfangs ständig bei ihm sein, falls er Fieber oder Schlimmeres bekommt. Ich werde mit Graf von Landskron sprechen. Am besten wäre es, er würde zu uns ins Haus kommen, und ich müsste nicht jeden Tag auf die Burg, das ist viel zu beschwerlich. Wir hätten ihn unter Beobachtung und alle Arzneien und Möglichkeiten gleich zur Hand, falls sein Heilungsprozess nicht so verlaufen sollte, wie wir uns das erhoffen.«

»Klingt vernünftig«, brummte Bruder Thomas.

Sie betraten das Zelt, Bruder Thomas bereitete einen Essigschwamm vor und reichte ihn Anna, die ihn Chassim an die Nase hielt, bis er zu blinzeln und zu stöhnen anfing und schließlich die Augen aufschlug.

»Anna Ahrweiler«, sagte er mit einem schwachen, aber seligen Lächeln, als würde er einen Engel erblicken. Anna legte sanft ihren Finger auf seine Lippen und sagte: »Pst! Sprecht jetzt nicht. Ihr habt Euer Bein behalten.«

»Bitte geht jetzt nicht!«, flüsterte er und hielt sie am Handgelenk fest.

»Ich bleibe bei Euch, keine Sorge.«

Er zog ihre Hand an seine Lippen und küsste ihre Finger. »Danke, dass du da bist. Dann geht es mir gleich besser.« Er legte seine Stirn in Falten und hob den Kopf, um an sich herabzusehen. Anna drückte ihn behutsam wieder auf die Liege zurück.

»Ist mein Bein wirklich noch da? Ich habe kein Gefühl mehr«, sagte er stöhnend.

»Macht Euch keine Sorgen, es ist alles in Ordnung, Junker Chassim«, antwortete Bruder Thomas, bevor Anna antworten konnte. »Ist Euch schlecht?«

»Ja«, antwortete Chassim und fing an zu würgen.

Bruder Thomas schob die widerstrebende Anna hinaus. »Ich mache das schon. Geht lieber zum Grafen und regelt das mit der Unterbringung.«

Anna sah schließlich ein, dass er recht hatte, und während Bruder Thomas eilends einen Eimer besorgte, machte sie sich auf den Weg zur Burg Landskron.

XIII

Als Anna über den Turnierplatz ging, war dort schon der Abbau der Tribüne im Gange. Als sie die Mitte des Platzes erreicht hatte, kam ihr Gräfin Ottgild von Landskron bereits entgegen, ein Diener begleitete sie. Als sie Anna sah, raffte sie ihr langes Kleid und eilte auf sie zu. »Anna«, rief sie schon von weitem. »Anna – wie geht es ihm? Habt Ihr sein Bein retten können?« Die Gräfin klang aufgewühlt.

»Vorläufig ja«, antwortete Anna.

»Was heißt vorläufig?«

»Es hängt alles davon ab, ob die Wunde heilt. Wir haben sein gebrochenes Bein wieder eingerichtet, die Wunde, so gut es ging, versorgt und ihm Beinschienen angelegt. Alles Weitere liegt in Gottes Hand.«

»Kann ich zu ihm?«, fragte die Gräfin.

»Ja natürlich. Aber … wenn es Euch recht ist, ich müsste etwas mit Euch besprechen. Ich habe einen Vorschlag, wie man ihn besser behandeln könnte. Und dazu brauche ich Eure Billigung.«

»Sprecht«, sagte die Gräfin.

»Ich möchte Euren Bruder in mein Haus bringen lassen. Dort kann ihm die bestmögliche Pflege zuteil werden.«

»Wenn er einverstanden ist …«, sagte die Gräfin achselzuckend. »Ich werde ihn Euch anempfehlen.«

»Ich danke Euch. Dann werde ich nun den Grafen benachrichtigen.«

»Das kann mein Diener machen. Rufus?«

Die Gräfin winkte ihren Diener heran und gab ihm einen Befehl.

Der Mann verbeugte sich kurz, um dann zur Burg zurückzukehren.

Zusammen gingen Anna und Gräfin Ottgild zu Chassims Zelt zurück. Dort angelangt, eilte die Gräfin sogleich an Chassims Liege. »Bruderherz? Wie geht es dir?«, fragte sie zaghaft.

»Schwester! Wie gut, dich zu sehen.« Mühsam richtete sich Chassim auf.

»Hat Euch Bruder Thomas schon von unserem Vorhaben erzählt, Hoheit?«, fragte Anna.

»Ja. Mein Umzug ins geheimnisvolle Haus der Medica! Ich freue mich schon darauf. Dann kann ich endlich am eigenen Leib erfahren, was Ihr für Zauberkünste anwendet. Das erzählen sich die Leute nämlich von Euch. Dass Ihr eine Zauberin seid.« Chassim versuchte ein Lächeln.

Anna war für einen kurzen Moment irritiert.

»Die Leute zerreißen sich das Maul über viele Dinge, von denen sie nichts verstehen! Verzeiht, Hoheit«, warf Bruder Thomas, mit einem entschuldigenden Seitenblick auf Ottgild, ein.

Anna gab Bruder Thomas ein Zeichen. Er schlug die Eingangsplane beiseite und hielt sie für Anna auf. Die beiden gingen nach draußen und ließen die Geschwister für einen Augenblick allein.

Anna sagte: »Ihr reitet mit den Pferdeknechten zurück und nehmt mein Pferd mit. Ihr holt das Fuhrwerk, und wir bringen Chassim noch heute zu uns. Berbelin soll schon alles vorbereiten.«

Bruder Thomas nickte nur und verschwand.

Anna bereitete noch rasch einen Trank aus Schlafmohn für ihren Patienten und ging damit zurück ins Zelt. Gräfin Ottgild saß noch immer auf einem Hocker neben der Liege und hielt die Hand ihres Bruders. Die beiden blickten zu Anna hoch.

»Ist sie nicht ein Engel?«, sagte Chassim unvermittelt zu seiner Schwester, und dieser Ausruf kam für Anna so überraschend, dass ihr das Blut ins Gesicht schoss.

»Ja, das ist sie«, antwortete Ottgild.

Bevor Anna ihre Verlegenheit überwinden und etwas sagen konnte, ergriff Chassim wieder das Wort. »Was hat es nun mit Euren Zauberkünsten auf sich, Anna? Die Leute erzählen so manches, von Wunderheilungen durch Handauflegen bei einem ertrunkenen Mädchen zum Beispiel.«

»Die Leute reden Unsinn. Dass das Mädchen noch lebte, war nicht mein Verdienst. Es war allein Gottes Wille.«

Chassim verzog das Gesicht, weil er offenbar wieder eine Schmerzattacke hatte.

»Trinkt das«, sagte Anna und reichte ihm den Becher mit dem Trank.

»Schmeckt scheußlich bitter«, sagte Chassim. »Ich hoffe, Ihr wollt mich nicht vergiften. Was ist das?«

»Ein Schlaftrunk. Die Schmerzen werden nachlassen, Ihr werdet sehr müde und schlaft ein. Wenn Ihr wieder aufwacht, dann seid Ihr schon in Eurem zukünftigen Domizil für die nächste Zeit.«

»In Eurem Haus?«, sagte er.

»Erwartet nicht zu viel. Die nächsten Tage entscheiden darüber, ob Ihr Euer Bein behaltet oder nicht«, sagte Anna mit Nachdruck.

»Und mein Leben«, sagte Chassim ernst.

»Ja, auch das. Sollte das Bein brandig werden und Fieber dazukommen – dann werden wir gezwungen sein, es doch noch abzunehmen. Wenn es dann nicht zu spät ist.«

Chassim wandte sich an Ottgild. »So ist die Medica, Schwester – sie sagt einem immer die Wahrheit. Auch wenn sie nicht sehr erfreulich ist.« Er konnte die Augen nur noch mit

Müh und Not offen halten. »Aber weißt du was, Ottgild …«, jetzt hatte er die Augen geschlossen und flüsterte nur noch, so dass Anna ihr Ohr nahe an seinen Mund hielt, um ihn zu verstehen: »… ich glaube, ich liebe sie …«

Die letzten Worte hatte er so leise gesagt, dass Anna sie mehr erahnt als gehört hatte. Sie hoffte, dass Ottgild sie nicht verstanden hatte, und sagte schnell: »Das ist die Wirkung des Schlaftrunks. Er weiß nicht mehr, was er sagt.«

Ottgild wartete, bis Chassim ohne Bewusstsein war, dann stand sie auf. »Es stimmt, was er über die Meinung der Leute über Eure Wunderheilungen gesagt hat. Der Erzbischof soll sich beim Burgkaplan nach Euch erkundigt haben. Ich wollte Euch nur vorwarnen.«

»Der Erzbischof? Was will der Erzbischof von mir?«

»Eure Heilkünste werden sich bis nach Köln herumgesprochen haben. Die Leute munkeln viel. Ich nehme an, der Burgkaplan wird ihn darüber informiert haben, dass Ihr unter dem besonderen Schutz meines Gatten und des Königs steht.«

»Hoheit – Ihr kennt meine Arbeit. Wie soll ich mich gegen Gerüchte wehren? Die Leute wollen an Wunder glauben, aber meine Heilmethoden haben nichts mit Wundern zu tun!«

»Das weiß ich. Und ich denke genauso darüber. Aber wenn der Erzbischof meinen Gatten darauf anspricht, kann nicht einmal er eine diesbezügliche Frage ignorieren. Kennt er Euch von früher?«

Anna überprüfte Chassims Zustand, so wie es Aaron der Medicus ihr beigebracht hatte: Sie fühlte nach seinem Herzschlag am Hals und hob kurz eines seiner Augenlider, bevor sie antwortete. »Um ehrlich zu sein, Hoheit: Ja. Er kennt mich.«

»Was hat er gegen Euch?«

Anna schüttelte den Kopf. »Es hat mit meiner Vergangenheit zu tun. Und die hat mich nun wieder eingeholt. Ich kann ihr nicht entkommen, egal, was ich tue.«

Anna war vor den Zelteingang getreten und sah zu, wie die Sonne glutrot hinter den dunklen Wolken verschwand, die am Horizont auftauchten. Es war drückend schwül geworden, die Luft schien stillzustehen. Sogar die Vögel hatten aufgehört zu zwitschern.

Ottgild trat hinter sie und legte ihr tröstend den Arm auf die Schulter. »Wir werden Euch helfen, so gut wir können, mein Gatte und ich. Aber auch seine Macht hat ihre Grenzen. Vor allem dann, wenn ein so hoher Würdenträger wie der Erzbischof mehr über Euch wissen will.«

»Es wird bald ein Gewitter geben«, sagte Anna gedankenverloren.

»Ja«, pflichtete die Gräfin ihr bei. »Ich hoffe, Ihr schafft es noch rechtzeitig, meinen Bruder in Euer Haus zu bringen.«

Sie schwiegen und blickten sorgenvoll auf die pechschwarze Wolkenwand, die sich bedrohlich auftürmte.

In dem Moment, als sie mit dem Wagen über die Holzbrücke zum Haus der Medica fuhren, fing es an, auf die Plane des Fuhrwerks zu prasseln. Aber Berbelin hatte schon die Scheunentore aufgemacht, und sie gelangten gerade noch rechtzeitig ins Trockene, bevor der Himmel seine Schleusen öffnete. Bruder Thomas sprang vom Kutschbock und schirrte die Zugpferde ab. Anna war bei ihrem schlafenden Patienten im Wagen, wo sie Chassim auf eine weiche Strohunterlage gebettet und schonend mit Gurten fixiert hatten.

Draußen tobte das Gewitter nun mit Windböen und Blitz und Donner. Chassims Burschen, die den Planwagen auf ihren Pferden begleitet hatten, hoben die Trage mit dem Junker vom Wagen und trugen sie in die Behandlungsstube, wo sie den Patienten so sanft wie möglich auf eine mit einem Leintuch überzogene dicke Strohmatratze legten.

Als sie schließlich alle in der Küche saßen und fleißig dem Gemüseeintopf, den Berbelin gekocht hatte, und dem frischgebackenen Brot zusprachen, schweiften Annas Gedanken immer wieder ab, obwohl Bruder Thomas sein Bestes gab, die Runde zu unterhalten.

Was wollte der Erzbischof von ihr? Warum hatte er Erkundigungen eingezogen? Wenn er die Wunderheilungen, die ihr zugesprochen wurden, ernst nahm und gar eine Untersuchung anstellen würde, dann konnte das für sie mehr als brenzlig werden. Bisher hatte sie gehofft, sich in Oppenheim ein neues Leben aufbauen und ihre Vergangenheit als Bruder Marian vergessen zu können. Aber wenn Konrad von Hochstaden erneut auf den Plan trat, war all das in höchstem Maße gefährdet. Ihre Furcht davor, jemand würde ihre wahre Identität aufdecken und herausfinden, dass sie im Kloster gelebt hatte, wuchs umso stärker, je mehr sie darüber nachdachte. Ob der Erzbischof sie nur ins Visier genommen hatte, weil er vom Burgkaplan gehört hatte, dass sie sich als Heilerin in kürzester Zeit einen bemerkenswerten Ruf bei den Menschen in Oppenheim erarbeitet hatte? Ein Ruf, der Anlass zu vielerlei Spekulationen gab und eine kirchliche Untersuchung ihrer Methoden im Grunde geradezu provozierte? Oder spionierte sein Neffe Gero sie schon seit einiger Zeit aus, ohne dass sie es gemerkt hatte? Wahrscheinlich war beides zutreffend. Beim bloßen Gedanken daran wurde sie von nackter Panik erfasst.

***

Besorgt beobachtete Bruder Thomas, wie Anna immer mehr ins Grübeln geriet. Er vermutete, dass sie sich Sorgen um Chassim machte, weil sie sich in ihn verliebt hatte. Er akzeptierte und respektierte Anna für ihr Wissen und Können als Heilerin und wäre für sie durchs Feuer gegangen. Aber wenn er ihre Autorität, die sie Kraft ihres Titels hatte, beiseiteließ, was blieb dann übrig? Ein junges Mädchen, das – so nahm er an – auf dem Feld der Liebe gänzlich unerfahren war und beim ersten Herzflattern angesichts eines gutaussehenden Bengels wie Junker Chassim rettungslos verliebt und seinen Gefühlen ausgeliefert war. Offen wagte er es nicht, ihr das zu sagen. Aber er beschloss, auf diese sich anbahnende und höchst gefährliche Liaison ein Auge zu haben. Wenn er sich jemandem verpflichtet fühlte, dann seiner Medica gegenüber. Auf gar keinen Fall würde er zulassen, dass sie sich in ihr Unglück stürzte und daran zu Grunde gehen musste – ein Graf wie Chassim, so ehrbar und ritterlich er sich bisher gezeigt hatte, war auch nur ein Mann aus Fleisch und Blut. Nicht in tausend Jahren würde er sich herablassen und um eine Frau freien, die aus niederem Stand war. Bevor sich dies änderte, würde der Papst *ex cathedra* verkünden, dass die Erde um die Sonne kreiste und nicht umgekehrt.

Bruder Thomas verwünschte den Gewissenskonflikt, in den er sich durch seine Erkenntnis und seine Lebenserfahrung gebracht sah. Ihm blieb nur ein Weg: Er musste auf die Medica aufpassen, ohne sie zu bevormunden, denn sobald sie das Gefühl hatte, dass man ihr vorschrieb, was sie zu tun und zu lassen hatte, reagierte sie mit Trotz und zog sich in ihr Schneckenhaus zurück. Aber er war es ihr schuldig, sie vor sich selbst zu schützen. Und gegebenenfalls musste er ein ernstes Wort mit ihr reden, selbst wenn das zu einem Streit oder gar zu einem Zerwürfnis führte.

Bruder Thomas seufzte bei diesen finsteren Aussichten zutiefst und nahm noch einen Schluck von seinem Bier.

***

Das Unwetter hatte sich inzwischen verzogen, ohne größeren Schaden anzurichten. Wie ein Drache, der erst Feuer spie, dass man dachte, das letzte Stündlein der Welt hätte geschlagen, und dann unter viel Getöse und Gefauche den Schwanz einzog und sich aus dem Staub machte. Es regnete noch ein paar Tropfen, als die zwei Burschen auf ihre Pferde stiegen und sich in ihr Quartier verzogen, nicht ohne vorher zu fragen, ob sie gelegentlich vorbeikommen und ihren Herrn besuchen dürften.

Es war an der Zeit, nach Chassim zu sehen. Anna betrat mit Bruder Thomas die Behandlungsstube und fand den Patienten wach vor. Seine Stimme war schwach, als er sagte: »Ich habe großen Durst.«

Auf ein Zeichen von Anna eilte Bruder Thomas davon, um Wasser zu holen. Sie setzte sich an die Seite von Chassim und befühlte seine Stirn. Es war das eingetreten, wovor sie sich am meisten gefürchtet hatte: Seine Stirn war heiß, er glühte.

»Ihr habt Fieber, Hoheit«, stellte sie fest und versuchte, so beiläufig wie möglich zu klingen.

»Ist das schlimm?«, fragte Chassim.

Bruder Thomas kehrte mit einem Krug Wasser und einem Becher zurück und half ihm beim Trinken.

»Nein, Hoheit«, antwortete Anna. »Beim Heilungsprozess ist das ganz natürlich. Das Fieber darf nur nicht schlimmer werden und sollte nach zwei oder drei Tagen wieder zurückgehen. Bruder Thomas wird Euch einen Trank zubereiten, der Euch hilft.«

Bruder Thomas verschwand augenblicklich.

Chassim ergriff Annas Hand. »Ich sehe, ich bin schon in deinem Haus. Wie habt ihr das geschafft?«, fragte er.

Anna hatte ein frisches Tuch genommen und es mit Wasser benetzt, damit wischte sie ihm die schweißnasse Stirn ab.

»Macht Euch keine Gedanken. Ihr seid hier bei Bruder Thomas und meiner Magd in besten Händen.«

»Anna«, sagte er. »Anna, ich bin so froh, bei dir zu sein. Ich muss so viel von dir wissen. So viel ...« Seine Augen schlossen sich, er wirkte auf einmal zu Tode erschöpft.

Bruder Thomas kam mit dem Trank in die Behandlungsstube zurück. »Eine kleine Prise Schlafmohn und Kampfer, Schafgarbe und Lindenblüten gegen das Fieber. Es wird das Beste sein, er schläft so viel wie möglich.«

Anna nickte zustimmend, und Bruder Thomas flößte dem Patienten den Trank ein. Anschließend sank Chassim wieder auf sein Strohlager und murmelte Unverständliches.

Bruder Thomas sagte zu Anna: »Ich bleibe bei ihm. Ihr solltet lieber zu Bett gehen. Der Tag war anstrengend.« Seine Miene war besorgt. »Wenn das Fieber weiter ansteigt, wird es gefährlich.«

Anna stand auf. »Ich weiß. Weckt mich, wenn sich an seinem Zustand etwas ändert.«

Mit einem letzten Blick auf Chassim verschwand Anna aus der Behandlungsstube und ging hoch in ihre Schlafkammer.

XIV

Am nächsten Tag wachte Anna erst auf, als die Sonne, die durch das Fenster mit Aarons sündhaftteuren kleinen Glasscherben fiel, ihr direkt ins Gesicht schien. Es musste schon ziemlich spät sein, normalerweise stand sie mit dem ersten Hahnenschrei auf. Rasch erhob sie sich, leicht verärgert, weil man sie nicht geweckt hatte. Noch bevor sie sich in der Badestube erfrischte, stürmte sie in die Behandlungsstube und fand Bruder Thomas bei Chassim vor, der dem Patienten den Oberkörper und das Gesicht wusch.

»Warum habt Ihr mich nicht geweckt?«, fragte sie vorwurfsvoll.

»Es gab keinen Grund «, entgegnete Bruder Thomas seelenruhig und unterbrach seine Arbeit nicht.

»Hat er immer noch Fieber?«, fragte Anna.

»Ja. Es ist nicht zurückgegangen.«

»Wie war die Nacht?«, fragte sie besorgt und befühlte Chassims heiße Stirn.

»Das Fieber ist so hoch, dass er nicht mehr weiß, wo er ist und wer ich bin. Nur Euren Namen hat er ab und zu ausgesprochen ...«, sagte Bruder Thomas überdeutlich und schenkte ihr einen warnenden Blick, der darauf schließen ließ, was er wohl davon hielt. Nämlich nicht viel.

Sie überging seine Andeutung geflissentlich und überprüfte stattdessen den blutigen Verband. »Was macht seine Wunde?«

»Sie nässt und blutet leicht«, antwortete Bruder Thomas.

»Aber ich wollte den Verband nicht ohne Euch erneuern. Dazu müssen wir erst die Beinschienen entfernen.«

»Das geht nur, wenn er völlig ruhiggestellt wird«, meinte Anna nachdenklich.

»Ich befürchte, wir müssen ihn festbinden«, sagte Bruder Thomas.

»Und Berbelin muss mithelfen«.

»Ich hole sie.«

Er ging hinaus, und Anna setzte sich neben Chassim, der unruhig den Kopf hin und her warf. Jetzt, wo sie für einen Augenblick mit ihm allein war, ließ sein bedauernswerter Zustand Anna die Tränen in die Augen steigen. Wie oft hatte sie sich den dringenden Rat ihres Mentors Aaron schon zu Herzen genommen, sich auf gar keinen Fall mit ihren Gefühlen auf die Krankheit eines Patienten einzulassen, sondern immer eine gewisse Distanz einzuhalten. Aber bei Chassim funktionierte das nicht.

»Mein armer blauer Ritter«, sagte sie traurig und wischte ihm den Schweiß mit ihrem Ärmel aus der Stirn. »Mein schöner, armer blauer Ritter.«

Als sie dies sagte, legte sich seine Unruhe plötzlich, seine Augen öffneten sich, und Anna sah, dass er einen vollkommen klaren Moment hatte.

»Anna«, flüsterte er schwach. Anna redete ihm zu wie einem kleinen Kind und streichelte seine Wangen. »Sch!«, tröstete sie ihn. »Es wird alles gut werden.«

»Ja, Anna, ja.« Er hob die rechte Hand und ertastete und befühlte wie ein Blinder liebevoll ihr Gesicht, als wolle er sich jede Einzelheit für alle Zeiten einprägen, ihre Augenbrauen, ihre Wangenknochen, ihre Stirn, ihren Haaransatz. Zärtlich fuhr er den Schwung ihrer Lippen nach, und Anna durchfuhr ein wonniger und zugleich schmerzlicher Schauer. Sie küsste seine Finger und ließ ihn gewähren, als seine Hand zu ihrem Kinn und ihrem Hals hinabwanderte, obgleich ihr Verstand allmählich wieder die Oberhand gewann und ihr sagte, dass sie als Medica hier saß und nicht als seine Geliebte. Chassim griff noch mit schwachen Fingern nach ihrem Kreuzkettchen mit dem Blutstropfen aus Edelstein, aber dann sank sein Arm kraftlos herab, und er fiel wieder in seinen fiebrigen Dämmerzustand.

Ein Poltern brachte Anna mit einem Mal in die Wirklichkeit zurück. Bruder Thomas kam mit Berbelin herein und stieß die Tür mit dem Fuß auf, weil er eine Schüssel mit Aqua Vitae und Gurte dabei hatte. Die Gurte hatte er aus der Scheune geholt, sie dienten eigentlich als Befestigungsgurte für Gerätschaften auf dem Planwagen. Aber mit ihnen ließ sich zumindest Chassims Oberkörper so fixieren, dass es nicht in die Haut einschnitt, wie das mit einem stramm gebundenen Seil der Fall gewesen wäre. Berbelin und Bruder Thomas hielten Chassims gesundes Bein fest, während Anna sich daran machte, vorsichtig die Beinschienen und den Verband vom gebrochenen Bein zu lösen. Sie hätte Chassim auch mit einem Schlafschwamm ruhigstellen können, aber allzu oft wollte sie ihn nicht damit behandeln, denn die Nachwirkungen wie Übelkeit und Kopfschmerzen waren doch nicht unerheblich. Endlich hatte sie sein gebrochenes Bein frei gelegt. Sie säuberte seine vernähte Wunde mit *Aqua Vitae*.

Bruder Thomas sah sie sich an und roch daran. »Kein Wundbrand bisher«, stellte er zufrieden fest. »Sieht gut aus.«

»Ja«, stimmte ihm Anna zu. »Wollen wir hoffen, dass es so bleibt.« Sie gab eine frisch angerührte Salbe auf die Naht, die für bessere Wundheilung sorgen sollte, und beschloss, keinen Verband mehr anzulegen, weil die Wunde nicht mehr blutete und sie dem Patienten die Prozedur des täglichen Entfernens der Beinschienen in Zukunft ersparen wollte. Sorgsam brachte sie die Beinschienen wieder an und befestigte sie mit Lederriemen. Danach löste Bruder Thomas die

Gurte und brachte die schmutzigen Verbände weg. Währenddessen strich Anna ihrem Patienten das verschwitzte Haar aus der Stirn und betete für ihn.

***

Auf Burg Landskron war für den Erzbischof die Stunde der Abreise gekommen, er musste dringender Geschäfte wegen nach Köln zurück, sein zweiachsiger Reisewagen stand angeschirrt mit vier Pferden schon im Hof der Burg bereit. Konrad von Hochstaden mochte diese Art des Reisens zwar nicht, sie war holprig, unbequem und langsam, aber er war es seinem hohen Stand als Erzbischof schuldig, sich in würdevoller und angemessener Form – der Wagen war mit allen Insignien seiner Macht verziert – durchs Land zu bewegen. Seine Begleitung bestand aus zwei Dutzend schwer bewaffneten Reitern, auf deren Uniformen sein Wappen prangte: der silberne Reichsadler auf rotem Grund.

Der Kutscher saß bereits auf dem Kutschbock, die Reiter waren aufgesessen, die Pferde tänzelten nervös, die Dienerschaft der Burg war in Reih und Glied angetreten, nur Seine Eminenz kam nicht aus der schweren Eichentür des Palas, auf die alle Augen gerichtet waren.

Konrad von Hochstaden kostete es aus, die Leute warten zu lassen. Allerdings hatte er seine Gründe. Wie es sich geziemte, hatte er der Gräfin seine Aufwartung gemacht und seinen Dank für die erwiesene Gastfreundschaft ausgesprochen. Den Grafen hingegen bat er noch zu einer kurzen Unterredung unter vier Augen in dessen Audienzzimmer.

Sobald Graf Georg den Erzbischof in den dunkel getäfelten Raum geleitet und die Tür hinter ihm geschlossen hatte, wandte sich Konrad von Hochstaden dem Grafen zu und lächelte maliziös. »Wie geht es Eurem Schwager?«, fragte er.

»Nun, Junker Chassim hat Glück im Unglück gehabt,

Eure Eminenz. Das verletzte Bein musste ihm nicht abgenommen werden. Aber er ist noch nicht über den Berg.«

»Ich habe gehört, er ist in guter Pflege.«

»Ja, Eure Eminenz. Unsere größte Sorge ist, dass er Fieber und Wundbrand bekommt und sein Bein doch noch abgenommen werden muss. Aber er ist in guten Händen«, antwortete der Graf.

»Meint Ihr damit die Medica?«

»Ja, Eure Eminenz, sie hat in der Tat begnadete Hände und ein großes Wissen über die Heilkunde.«

Der Erzbischof nickte bedeutungsschwer. »Das ist mir auch schon zu Ohren gekommen. Sie soll wahre Wunderheilungen vollbringen.«

Der Graf winkte ab. »Die Leute! Versteht Ihr: Sie hören etwas, schmücken es nach Gutdünken aus und erzählen es weiter. So entstehen in Windeseile Gerüchte, die jeder Wahrheit entbehren.«

»Tun sie das?«

»Eure Eminenz – Ihr wisst, wie das mit den einfachen Leuten ist!«

»Nein, das weiß ich nicht. Meines Wissens besitzen gerade die einfachen Leute den tiefsten und ehrlichsten Glauben an die Wahrheiten der Bibel und die Lehren der allerchristlichsten Kirche. Sie haben ein untrügliches Gespür dafür, wenn sich jemand gegen diese unumstößlichen Wahrheiten und Lehren versündigt. Und das verwirrt sie und lässt sie am wahren Glauben zweifeln. Wie Ihr aber vielleicht wisst, Graf, ist es meine heilige Pflicht, es gar nicht erst so weit kommen zu lassen und darüber zu wachen, dass niemand durch Hexenwerk und Zauberei es wagt, im Namen Luzifers sein Unwesen zu treiben.«

Der Graf wollte etwas entgegnen, doch der Erzbischof gebot ihm mit einer herrischen Handbewegung zu schweigen und fuhr fort: »Mir ist bekannt, dass besagte Medica Euren besonderen Schutz genießt. Sagt mir – wie ist sie zu diesem Privileg gekommen?«

»Sie hat es sich ehrlich verdient, und in ihren Heilkünsten ist nichts, was den Lehren der Kirche widersprechen würde.«

Der Erzbischof schüttelte betrübt den Kopf. »Nun, genau das werde ich überprüfen müssen. Nicht, dass ich etwa an Euren Worten zweifle, aber diese Medica wird für ihre ... nun, sagen wir: ungewöhnlich wirksamen Heilmethoden vor einem Gericht Rechenschaft ablegen müssen. Ich will jetzt nicht alles aufführen, was ihr zur Last gelegt wird, nur eines: Sie hat vor Zeugen ein bereits ertrunkenes Kind wieder zum Leben erweckt. Durch Handauflegen! Was sagt Ihr dazu? Wenn das kein Hexenwerk ist!« Und mit besonderem Genuss fügte er an: »Ich will Euch und Eurem besonderen Rang unter den Fürsten des Reiches insofern Rechnung tragen, dass ich verfüge, ihr Verhör und ihren Prozess hier in Oppenheim durchführen zu lassen. Kraft meines Amtes hätte ich sie, bei den zahlreichen Vergehen, die ihr vorgeworfen werden, auch verhaften lassen und in mein Bistum schaffen lassen können, das seht Ihr doch ein.« Diesmal sparte er sich sein höhnisches Lächeln, denn die Angelegenheit war ihm ernst.

Nachdem Graf Georg eine Weile geschwiegen hatte, sagte er schließlich: »Ich werde alles für einen Prozess vorbereiten lassen, damit der Gerechtigkeit Genüge getan werden kann. Ich bin fest davon überzeugt, die Vorwürfe gegen die Medica sind ungerechtfertigt und reine Lügengeschichten.«

»Das Gericht unter meinem Vorsitz wird die Wahrheit herausfinden, Hoheit«, erwiderte Konrad von Hochstaden.

»Aber nur ein weltliches Gericht kann über die Todesstrafe befinden, Eure Eminenz.«

Jetzt schlich sich doch wieder ein feines und überlegenes Lächeln in das Gesicht des Erzbischofs, als er entgegnete: »Ihr könnt versichert sein, dass mir dergleichen Formalitäten durchaus geläufig sind. Die Anwesenheit des Vogtes als Vertreter der weltlichen Gerichtsbarkeit wird dafür sorgen, dass alles nach Recht und Gesetz vonstatten geht.«

»Wie ich sehe, habt Ihr Eure Vorgehensweise schon bis ins Detail geplant«, entgegnete der Graf.

Konrad von Hochstaden hielt es nicht für nötig, seine Eitelkeit und Überlegenheit länger zu zügeln. »Oh, ich überlasse gemeinhin bei so wichtigen Anlässen nichts dem Zufall.«

Der Graf nickte knapp. »Dann gestattet mir eine dringende Bitte: Gebt der Medica noch so lange Zeit, bis mein Schwager wieder halbwegs auf den Beinen ist. Er braucht ihre kundige Hand und ihr Wissen, sonst fürchte ich um seine Genesung.«

Der Erzbischof zog die Stirn in Falten. »Die Kirche lässt nicht mit sich feilschen, Hoheit. Das solltet Ihr wissen. Aber dringende Amtsgeschäfte in meinem Bistum erfordern meine sofortige Anwesenheit in Köln. Für vier Wochen. So lange hat Eure Medica Zeit, Euren Schwager gesund zu machen. Auf welche Art auch immer.«

Er wandte sich schon zum Gehen, da fiel ihm noch etwas ein, und er drehte sich noch einmal um. »Ich nehme an, dass Ihr die Medica warnen werdet.«

Der Erzbischof sah der schuldbewussten Miene des Grafen an, dass er mit seiner Vermutung recht hatte. Er trat ganz nahe an sein Gegenüber heran und flüsterte in dessen Ohr: »Ich gehe davon aus, dass die Medica bis zu ihrem Prozess von Euch unter Hausarrest gestellt und dementsprechend bewacht wird. Mein Neffe, der unter dem Kommando Eures Burghauptmanns als Ausbilder der Bogenschützen bei Euch gedient hat, wird darauf achten, dass meine Anweisungen strikt befolgt werden. Sollte die Medica trotzdem Gelegenheit zur Flucht erhalten, fällt das auf Euch zurück. Ihr wisst, was das bedeutet. Ihr könnt sicher sein, dass ich einen derartigen Verstoß gegen unsere Abmachung als hinreichenden Grund für eine *Fehde* betrachte. Wenn es um *Häresie* geht, stehen alle Fürsten des Reiches ausnahmslos auf meiner Seite, der Seite der Kirche.«

Er ließ seine Drohung noch einen Atemzug lang wirken, dann machte er einen Schritt zurück und war wieder ganz der joviale Gast, der ungern Lebewohl sagen muss.

»Nun denn, die Zeit hält nicht still. Ich darf mich von Euch verabschieden.« Der Erzbischof verbeugte sich leicht und setzte hinzu: »Gehabt Euch wohl, Hoheit. Zum *Festum nativitatis Mariae* werde ich ohnehin wieder hier sein, weil ich bis dahin die Reliquie der heiligen Katharina für die neue Kirche von Oppenheim erwarte. Dann sehen wir uns wieder.«

Mit diesen Worten drehte er sich endgültig um und verschwand.

***

Von einer Fensterluke im oberen Stock des Palas aus sah Graf Georg von Landskron zu, wie der Erzbischof mit wehendem Mantel durch das Spalier der Dienerschaft zu seinem Wagen schritt, einstieg und samt Tross den Hof der Burg verließ.

Plötzlich spürte er, dass seine Gattin hinter ihn trat. Er drehte sich nicht um, denn er war wie erstarrt. »Er will die Medica wegen *Häresie* anklagen.«

»Oh mein Gott!«, flüsterte Ottgild entsetzt, umarmte ihren Mann tröstend von hinten und legte ihren Kopf auf seine Schulter. »Ich habe es befürchtet. Von Anfang an. Seit der Erzbischof deine Einladung akzeptiert und seinen Besuch zum Turnier angekündigt hat. Die Medica hat sich zu viele Feinde gemacht. Der Burgkaplan ist ein Mann des Erzbischofs. Er muss sie denunziert haben«, murmelte sie an seinem Hals.

Der Graf seufzte tief und fragte seine Frau: »Was soll ich nur tun? Ich muss den Anweisungen des Erzbischofs Folge leisten. Wenn ich seine kirchliche Autorität anzweifle, sind wir verloren. Er würde uns ebenfalls der Häresie anklagen. Wir können uns auf keine *Fehde* mit ihm einlassen. Er würde uns vernichten.«

Es dauerte eine Weile, ehe Ottgild antwortete. »Ich weiß. Ich werde mit der Medica sprechen«, sagte sie mit belegter Stimme.

TEIL IV

I

Die Neuigkeiten von Burg Landskron, die Gräfin Ottgild am Abend der Medica in der Küche ihres Hauses überbrachte, waren so niederschmetternd, dass es zunächst allen Anwesenden die Sprache verschlagen hatte. Die Gräfin, von der sie dachten, sie sei nur zu einem ihrer Besuche bei ihrem Bruder gekommen, hatte Schreckliches zu berichten gehabt: Der Erzbischof wollte Anna der *Häresie* anklagen. Wenn das Verfahren so durchgeführt wurde, wie es sich Konrad von Hochstaden vorstellte – und niemand am Tisch zweifelte daran –, war Annas Untergang besiegelt.

Anna, Bruder Thomas und Berbelin waren so bestürzt, dass sie einander zunächst nicht in die Augen sehen konnten. Bruder Thomas verschmähte sogar seinen Bierhumpen, den er sich eben noch vollgeschenkt hatte.

Anna fasste sich als Erste, indem sie aufstand und hin- und herging, um besser über die Tragweite dessen, was die Gräfin gesagt hatte, nachdenken zu können, eine Eigenheit, die sie von Meister Aaron übernommen hatte. In einem versteckten Winkel ihres Kopfes hatte sie immer befürchtet, dass es nicht so ohne weiteres mit ihrem neuen Leben als Medica weitergehen konnte, erst recht, seit sie Gero gesehen und vom Besuch des Erzbischofs auf Burg Landskron erfahren hatte. Aber diese Besorgnis hatte sie stets für sich behalten und so manches Mal im Geiste fortgeschoben. Lieber hatte sie von Chassim geträumt und sich in falscher Sicherheit gewiegt.

Und jetzt? Jetzt musste sie ihr Leben retten. Einfach das Nötigste auf den Planwagen packen, die Pferde anspannen und mit oder ohne Bruder Thomas und Berbelin das Weite suchen. Wie Meister Aaron: rechtzeitig fliehen, wenn man gegen einen übermächtigen Gegner nichts ausrichten konnte, bevor es zu spät war. An die zwei Wachen, Gero von Hochstadens Kumpane, die nun bis zum Beginn ihres Prozesses auf der Wiese vor ihrem Haus ein kleines Lager bezogen hatten und aufpassten, dass niemand das Haus verlassen oder betreten konnte ohne die Einwilligung des Grafen, dachte sie einen Moment lang gar nicht. Denn da war noch etwas, dass ihr eine Flucht unmöglich machte.

Unter keinen Umständen würde sie Chassim im Stich lassen. Nicht, solange er immer noch zwischen Leben und Tod schwebte. Nein, sie würde nicht davonlaufen. Und zwar nicht deswegen, weil eine Flucht einem Schuldeingeständnis gleichkäme, sondern weil sie nicht davonlaufen wollte. Das war sie sich selbst, Bruder Thomas, Berbelin und vor allem Chassim schuldig. Und nicht nur das – auch der Graf und seine Familie müssten dafür bezahlen, wenn sie bei Nacht und Nebel das Weite suchte. Nein, sie hatte sich um Chassim zu kümmern und sich ihrer Vergangenheit und dem Erzbischof zu stellen. Es blieb ihr noch eine Galgenfrist, um sich auf ihre Verteidigung vor Gericht vorzubereiten. Sie würde sich zur Wehr setzen. Sie wollte nicht länger Opfer sein, Opfer von Verleumdungen, von Lügen und Verschwörungen. Jetzt, wo sie wusste, was auf sie zukam, war es irgendwie leichter, der Gefahr ins Auge zu blicken, als wie bislang in der ständigen Angst zu leben, dass ihre Identität aufflog.

Aber sie würde sich nicht nur wehren, sie würde vom Erzbischof für das Schicksal ihrer Eltern Rechenschaft fordern und ihn damit konfrontieren, was sie über *ihn* wusste. Dazu musste die Verhandlung in der Öffentlichkeit stattfinden. Das war es, was sie vom Grafen einfordern konnte, er musste dafür Sorge tragen, dass der Prozess nicht hinter verschlossenen Türen vonstatten ging. Wahrscheinlich war das gar keine so unerfüllbare Forderung, denn auch dem Erzbischof musste daran gelegen sein, die Medica vor aller Augen anklagen und als Hexe schmähen zu können.

Anna wandte sich an die Gräfin: »Hoheit, ich danke Euch, dass Ihr uns gewarnt habt. Wir werden darüber nachdenken, jeder für sich, was das für uns bedeutet. Euch, Thomas, und dir, Berbelin, steht es natürlich frei, zu tun und zu lassen, was ihr für richtig haltet. Ich für meinen Teil werde so lange bei Junker Chassim bleiben, wie es nötig ist.« Sie sah, dass Bruder Thomas aufbegehren wollte, und ließ ihn erst gar nicht zu Wort kommen. »Das ist mein unumstößlicher Beschluss!«

Keiner der Anwesenden wagte es, ihr zu widersprechen.

Dann fügte sie noch etwas hinzu: »Und kein Wort darüber zu Junker Chassim! Er würde sich nur unnötig aufregen, was seine Genesung gefährden könnte!«

Damit verließ sie die Küche und begab sich zu ihrem Patienten. Als sie sah, dass er trotz des Fiebers ruhiger schlief, ließ sie ihn mit seiner Schwester allein.

In der Nacht träumte Anna einen wirren Traum, in dem ihre Eltern sie unter Tränen baten, doch endlich zu kommen. Sie wollte ihnen zu Hilfe eilen, aber irgendetwas hielt sie wie eine eiserne Klammer fest, so dass sie sich nicht von der Stelle bewegen konnte, so sehr sie sich auch abmühte. Sie sah an sich herab und stellte fest, dass es der Erzbischof war, mit seinem pockennarbigen Gesicht und in vollem *Ornat,* der sie mit seiner beringten Hand am rechten Fußknöchel gepackt hatte und nicht mehr losließ. Sie wehrte sich und strampelte. Mit dem freien Fuß schlug sie ihm schließlich die Bischofsmütze vom Kopf, und ihr wurde schlagartig bewusst, dass sie damit eine Todsünde begangen hatte. Mit empörtem Gesicht zeigte der Erzbischof auf seine im Dreck liegende *Mitra,* zog sie an den beiden Bändern, den *Vittae,* hoch und hielt sie anklagend vor Annas Augen, der Straßenmatsch troff von der Mütze herunter und verwandelte sich vor Annas nackten Füßen in eine Blutlache. Mit schneidender Stimme und lodernden Augen beschuldigte der Erzbischof sie der Zauberei und *Ketzerei.* Plötzlich war sie im härenen Büßerhemd auf einem Henkerskarren, der von Gero von Hochstaden gezogen wurde. Sie war mit schweren Ketten an den Karren gefesselt, ihre Haare waren grob geschoren worden und standen in wirren Büscheln nach allen Richtungen ab. Gero, in seinem Harnisch, drehte sich immer wieder zu ihr um und lachte sie mit gebleckten Zähnen an, dabei zeigte er nach vorn, auf einen brennenden Scheiterhaufen.

Sie schrie, aber es kam kein Ton aus ihrer Kehle. Der Scheiterhaufen rückte immer näher. Anna erkannte, dass ihre Eltern schon in den lodernden Flammen standen und sich wanden vor Schmerzen. Sie zerrte an ihren Ketten, aber sie konnte sich nicht losmachen und ihnen helfen. Plötzlich wurde sie von einer Hand an ihrer Schulter gepackt.

Als sie sich umdrehte, war es Berbelin, die sie wachrüttelte. Die Magd hatte ihre Haube auf, war nur mit ihrer Schlaftunika bekleidet und bedeutete Anna mit wilden Gesten, ihr zu folgen. Noch ganz benommen von ihrem Alptraum, stand Anna auf, warf sich eine Decke um die Schultern und folgte Berbelin, die vor ihr die Treppe hinuntereilte und aufgeregt auf die offene Tür der Behandlungsstube wies. Kerzenschein drang hinaus auf den Gang. *Oh Gott,* dachte Anna, *Chassim!*

Sie stolperte beinahe über ihre eigenen Füße und rechnete mit dem Schlimmsten, als sie die Behandlungsstube betrat und Bruder Thomas sah, der sie anlächelte und hereinwinkte. Er saß an Chassims Matratze und sagte: »Ihr werdet es nicht glauben, aber unser Patient hat kein Fieber mehr!«

Vor lauter Schreck war Anna stehen geblieben, aber jetzt stürzte sie auf Chassim zu, der sich aufgerichtet hatte, sie anstrahlte und mit heiserer Stimme, aber klar verständlich sagte: »Seid willkommen, Medica. Verzeiht, dass wir Euch zu so unchristlicher Zeit geweckt haben, aber ich habe einen Bärenhunger – ich könnte einen ganzen Ochsen verspeisen!«

Einen winzigen Moment lang konnte Anna nicht glauben, was sie sah und was sie gerade gehört hatte. Dann klatschte sie vor grenzenloser Erleichterung und Freude in die Hände und rief aus: »Gott sei's gedankt! Halleluja! Herr im Himmel!«

Anna wandte sich sofort an Berbelin, die ungläubig die Hände vors Gesicht geschlagen hatte und auf Chassim starrte, als sei er ein Gespenst. »Berbelin, bitte geh in die Küche und bereite sofort eine kräftige Hühnersuppe.«

Berbelin verschwand, und Anna drehte sich wieder zu Chassim um. »Und Ihr, Junker Chassim«, sagte sie, »Ihr legt Euch wieder hin, bis das Essen fertig ist.«

»Aber …«, wollte Chassim einwenden, doch Anna unterbrach ihn energisch. »Kein Aber! Bitte tut, was ich sage!«

Chassim drehte sich zu Bruder Thomas um und meinte erstaunt: »Ist sie zu Euch auch immer so streng?«

Bruder Thomas verzog das Gesicht zu einer jammervollen Miene. »Oh, jetzt ist sie noch die Liebenswürdigkeit selbst. Ihr solltet sie mal erleben, wenn sie wirklich streng ist. Da zittern mir die Knie, und hier wackeln die Wände!«

Er machte ein so verängstigtes Gesicht, dass Chassim anfangen musste zu lachen. Sein Lachanfall war so heftig, dass ihm der sorgenvolle Blick entging, den Anna und Bruder Thomas sich zuwarfen.

***

Gero wunderte sich über das schallende Gelächter, das mitten in der Nacht aus dem Haus der Medica bis zu ihm herüberhallte. Er saß mit seinen beiden Kumpanen am Lagerfeuer und hielt Wache. Seit sein Onkel dem Grafen mitgeteilt hatte, dass der Medica der Prozess gemacht werden sollte, hatte er ihr Haus nicht mehr unbeobachtet gelassen. Seinen Platz verließ er meist erst in den frühen Morgenstunden, um sich auf seinem Zimmer im Gasthaus zur Ruhe zu legen. Seinen Dienst auf Burg Landskron hatte er auf Befehl seines Onkels quittiert. Jetzt galt es, der Hexe bis zu ihrem baldigen Ende auf den Zahn zu fühlen und sie und ihre Besucher sowie ihre geheimen, ketzerischen Tätigkeiten nicht mehr aus den Augen zu lassen. Sollte Anna Ahrweiler auch nur den geringsten Versuch unternehmen, samt ihrem seltsamen Diener, der sich als Mönch ausgab, das Weite zu suchen, würde er mit Lutz und Oswald eingreifen und sie verhaften. Gero hätte das am liebsten gleich getan, aber der Erzbischof hatte es ihm verboten. Das wäre ein Affront gegen den Grafen von Landskron gewesen, der in Oppenheim die Gerichtsbarkeit innehatte.

Die Wache war anstrengend und ermüdend, vor allem bei schlechtem Wetter und nachts. Seit Junker Chassim im Haus der Medica weilte, brannte die ganze Nacht hindurch Licht hinter der Fensterluke im Erdgeschoss, und oft wurde auch im ersten Stock hinter dem Fenster mit den kleinen Glasscheiben Licht gemacht. Gero fragte sich, was da wohl vor sich ging. Schon mehrmals war er, sobald die Dunkelheit hereingebrochen war, entgegen dem ausdrücklichen Befehl seines Onkels um das Haus geschlichen und hatte gelauscht. Er hatte Lutz und Oswald angewiesen, am Feuer zurückzubleiben, weil er hoffte, vielleicht einen Hexensabbat oder sonst irgendeinen Zauber mitzuerleben und aufdecken zu können. Er konnte sich lebhaft vorstellen, was sich im Hause einer Ketzerin abspielte. Hexen waren nun einmal darauf aus, es mit allem und jedem und insbesondere mit dem Teufel auf jede erdenkliche Art zu treiben, und das wollte sich Gero nicht entgehen lassen, obwohl er unterschwellig einen Heidenrespekt vor Anna Ahrweilers Zauberkünsten hatte, aber das sagte er keinem.

Die Medica mit den verschiedenfarbigen Augen war ihm einfach nicht geheuer, seit sie als Bruder Marian vor seinen Augen ertrunken und in Oppenheim wieder auferstanden war. Er glaubte zu wissen, was ein Zaubertrank oder ein paar Flüche ausrichten konnten, da wollte er sich nicht in Gefahr bringen. Wenn er sie sah, wie sie über den Hof ging oder hinter dem Haus zur Latrine verschwand, schwankte er immer zwischen unbestimmtem Gruseln und unstillbarem Verlangen, einem Zustand, der ihm Unbehagen bereitete. Hoffentlich hatte er dieser Hexe nicht einmal zu viel in ihre verfluchten Augen geschaut! Auf der einen Seite wirkte diese junge Frau zart und zerbrechlich, aber auf der anderen hatte er am eigenen Leib erfahren, wie das täuschen konnte. Wenn er nur darüber nachdachte, konnte er ihr Knie wieder zwischen seinen Beinen spüren, was in ihm jedes Mal die Wut hochkochen ließ.

Als Junker Chassim mit dem Planwagen herangebracht worden war, hatte Gero innerlich triumphiert. Wie besorgt diese Hexe um ihren Ritter gewesen war! Dass er, Gero von Hochstaden, den Zustand des jungen Grafen verursacht hatte und niemand außer ihm selbst davon wusste, bereitete ihm ungeheure Genugtuung. In einem geeigneten Moment würde er der Hexe diese Tatsache offenbaren, vielleicht nachdem sie in der Folterkammer befragt worden war und er ihr auf diese Weise noch Salz in ihre Wunden streuen konnte. Womöglich würde ihm sein Onkel auch gestatten, selbst an der Befragung teilzunehmen, er würde Anna Ahrweiler schon zum Sprechen bringen, davon war Gero überzeugt. Die Geständnisse würden geradezu aus ihr heraussprudeln, wenn er Hand anlegen dürfte. Aber noch war es nicht so weit. Sollte sie zuerst einmal mit ihren Zauberkünsten den Junker wieder gesund machen. Dass Graf Chassim den bösen, offenen Schienbeinbruch überstehen würde, ohne dass ihm das Bein abgenommen werden musste – damit hätte Gero beim besten Willen nicht gerechnet.

Betroffenheit heuchelnd, hatte er sich nach dem Kampf Junker Chassims Verwundung in dessen Zelt näher angesehen und hätte keinen Pfifferling mehr für das Bein gegeben. Wenn der junge Graf Pech hatte, würde er vielleicht sogar Wundbrand bekommen und nach Wochen peinigender Schmerzen elendiglich zugrunde gehen. Doch dann hatten sie diese Hexe geholt. Und jetzt? Jetzt lachte jemand im Haus der Medica, dass man es bis draußen hören konnte. Das hörte sich nach Junker Chassim an! Aber das konnte doch nicht sein – gestern auf dem Sterbebett und heute lachte er wieder. Wenn das wahr war, konnte es nur bedeuten, dass Anna Ahrweilers Zauberkünste Erfolg gezeitigt hatten, und Chassim tatsächlich auf dem Weg der Besserung war. Hol's der Teufel – davon musste er sich mit seinen eigenen Augen überzeugen!

Gero schlich sich an die Fensterluke im Erdgeschoss heran, die einen Blick in die von Kerzen erleuchtete Behandlungsstube erlaubte, und spähte vorsichtig hinein. Dort saß ein vergnügter, wenn auch sichtlich abgemagerter und bärtiger Junker Chassim auf seiner Strohmatratze und löffelte etwas in sich hinein, während die Medica, dieser Mönch und die blonde Magd, bei deren Anblick Gero schier die Augen aus den Höhlen traten, zuschauten.

Gero kehrte zum Lagerfeuer zurück, wo er Zeit hatte, scharf nachzudenken. Er musste seinem Onkel Meldung machen, dass Chassim genesen war. Er konnte es noch immer nicht fassen. Die Zauberkräfte der Medica konnten nur des Teufels sein.

II

Im prächtigen und luxuriös eingerichteten Empfangsraum des Bischofspalastes zu Köln saß Konrad von Hochstaden und ließ sich von seinem Neffen über die Ereignisse in Oppenheim Bericht erstatten. Die Diener, die Tag und Nacht zur Verfügung standen, hatte er weggeschickt, als Gero von den unglaublichen Heilungsfortschritten des schwer verletzten Chassim von Greifenklau erzählte.

»Das ist es, worauf wir gewartet haben. Die endgültige Bestätigung dafür, dass Anna Ahrweiler eine Hexe ist.« Der Erzbischof lächelte zufrieden.

Dann nahm er seinen Neffen ins Visier und senkte seine Stimme zu einem Flüstern, als er fragte: »Du hättest sie wohl allzu gerne gleich selbst ins Jenseits befördert, nicht wahr?«

Gero schlug die Augen nieder und antwortete: »Ich hätte die Gelegenheit gehabt, und die Absicht bestand, ja, Eure Eminenz.«

»Dann sag mir eins, Neffe – bist du verantwortlich für das Unglück, das dem Schwager des Grafen zugestoßen ist? Der Sturz vom Pferd während des Zweikampfs mit dir?«

Gero ließ niedergeschlagen die Schultern hängen und nickte.

Der Erzbischof bohrte weiter: »Wie hast du das angestellt?«

»Ich habe am Abend vor der *Tjost* den Bauchgurt seines Sattels so angeschnitten, dass er bei einer größeren Belastung reißen musste.«

»Warum hast du das getan?«

»Ich habe gesehen, wie die Medica Junker Chassims Herz verhext hat, so dass es in Liebe zu ihr entbrannte. Ich hoffte, ein tödlicher Sturz oder eine schwere Verletzung des Junkers würde die Medica bis ins Mark treffen. So geschah es dann auch.«

Der Erzbischof sah ihn streng an. »Du handelst vorschnell und ohne Überlegung. Das kann unsere Pläne gefährden.«

Gero schaute betreten zu Boden und schwieg.

Konrad von Hochstaden erhob sich und ging zu einem gefüllten Obstteller, der auf dem schwarzen Ebenholztisch stand, und nahm einen Granatapfel und ein Messer, das neben der Schale bereitlag.

Er hielt Gero die Frucht hin und fragte: »Kennst du diese Frucht?« Er erwartete keine Antwort und fuhr fort: »Sie kommt aus dem Morgenland und heißt Granatapfel. Dieser Apfel ist ein wahres Wunder Gottes und wird mehrfach in der Bibel erwähnt. Aber man muss wissen, wie man ihn isst, weil man nicht einfach wie in einen Apfel hineinbeißen kann. Nur die Fruchtkerne sind essbar, die harte Schale und die weißen Häutchen dagegen sind ungenießbar.«

Er öffnete die Tür und befahl dem im Gang wartenden Diener: »Bring mir eine Schale mit Wasser!«

Konrad von Hochstaden betrachtete die Frucht, als wäre sie eine Kristallkugel und er könne damit in die Zukunft sehen.

Der Diener kam zurück, stellte die Schüssel mit Wasser auf dem Tisch ab, verließ den Empfangsraum und verschloss die Tür.

»Jetzt zeig mir, wie du diese Frucht essen würdest«, sagte der Erzbischof zu seinem Neffen und warf ihm den Granatapfel zu.

Der fing ihn geschickt auf und musterte ihn eingehend, zog ein Messer aus einer Lederscheide im Stiefel und stach durch die Schale. Mit den Daumen griff er in die so entstandene Öffnung und brach die Frucht auseinander, um dann die Samen mit den Zähnen herauszupulen und sie zu essen. Der rötliche Saft troff ihm vom Kinn, aber das schien ihn nicht zu kümmern. Den ungenießbaren Rest legte er auf den Tisch. Zum Schluss wischte er sich den Mund mit dem Ärmel ab.

Der Erzbischof hatte ihn die ganze Zeit dabei beobachtet. Jetzt nickte er und sagte: »Pass gut auf.«

Er nahm einen frischen Granatapfel aus der Schale, schnitt den Strunk ab, gab den Apfel in die Wasserschüssel und brach ihn mit den Händen im Wasser auf.

»Die essbaren Samen sinken auf den Boden der Schüssel und der Rest schwimmt auf dem Wasser.« Er fischte die Schalenreste und die Häutchen von der Oberfläche des Wassers und leerte das Wasser in die Obstschale, aus der er vorher die anderen Früchte entfernt hatte. Dann griff er nach den Fruchtkernen auf dem Grund der Schüssel und schob sie sich in den Mund, um sie genüsslich zu kauen. »Die Methode macht den Unterschied. Du bist ein Mann der Tat, und ich bin ein Stratege. Mach so etwas wie auf dem Turnier nie mehr ohne mein Einverständnis oder meinen ausdrücklichen Befehl. Hast du das verstanden?«

Gero gab sich kleinlaut. »Vergebt mir, Eminenz. Es war unüberlegt.«

Der Erzbischof nickte und entgegnete: »Schon gut. In diesem Fall hat uns deine Unvernunft in die Karten gespielt.«

Er warf die Schalen und die Häutchen in den lodernden Kamin, wo sie zischend in Flammen aufgingen und verdampften. »So wie mit dem Granatapfel werde ich auch mit der Hexe verfahren. Ihre *Ketzereien* und Lügen trennen wir von der Wahrheit, und ihren sündigen Leib überantworten wir der reinigenden Kraft des Feuers. Mit deiner Zeugenaussage werden wir die Medica endgültig vernichten. Du weißt gar nicht, wie wertvoll dein Beitrag für mein Vorhaben ist. Aber das ist noch nicht alles.«

Gero genoss sichtlich das unerwartete Lob, schwieg aber demütig.

Konrad von Hochstaden sah aus dem Fenster auf den alten Kölner Dom, den er abreißen lassen und durch seine gewaltige Kathedrale ersetzen würde, so wie es sich sein Vorgänger, Erzbischof Engelbert I., schon gewünscht hatte. Aber dazu musste er erst die mächtigen Mitglieder des Domkapitels von seinen Plänen überzeugen, die nicht nur die Messen und täglich sieben Chorgebete im Dom lasen, sondern auch einstimmig den Beschluss zum Kathedralenbau fassen mussten. Bald hatte er sie so weit, aber das diplomatische Gezerre gestaltete sich schwieriger, als er anfangs gedacht hatte. Wegen der enormen Baukosten zauderten einige Mitglieder immer noch mit ihrer Zustimmung. Wenn er in dieser Frage allein zu bestimmen hätte, wäre die Grundsteinlegung schon längst erfolgt. Er seufzte angesichts seines herkulischen Vorhabens, das nicht das einzige war, das zu verwirklichen er sich in seinem restlichen, von Gott geliehenen irdischen Dasein vorgenommen hatte, und dachte mit Wehmut an einen Vers aus der Bibel, 2. Petrus 3,8: »Gott ist erhaben über Ort und Zeit. Ihm sind tausend Jahre wie ein Tag, und ein Tag ist ihm wie tausend Jahre.«

So viel Zeit hatte er nicht, und wünschte sich zum wiederholten Mal, dass Gottes Mühlen nicht gar so langsam mahlen würden. Er stellte sich vor das Kaminfeuer, das seinen Rücken wärmte, der ihm in letzter Zeit immer wieder Schmerzen bereitete, und genoss für einen Augenblick die wohlige Hitze.

Schließlich ging er zu seinem Schreibtisch und griff nach einer Schriftrolle, die dort bereitlag. Er drückte sie Gero in die Hand und sagte: »Dies ist die schriftliche Anweisung für Graf Landskron, dass er, sobald sein Schwager genesen ist, die Medica festzunehmen und bis zur Verhandlung in seinem Kerker zu inhaftieren hat. Deine Aufgabe ist es, darüber zu wachen, dass alles so abläuft, wie ich es wünsche. Ich werde kurz vor *Festum nativitatis Mariae* auf Burg Landskron eintreffen, und am Tag darauf soll der Prozess beginnen. Er wird nicht nur Anna Ahrweilers schändlichem Leben und ihrer Hexenkunst ein Ende bereiten, ihre Verurteilung wird auch Graf Landskron und mit ihm alle staufischen Anhänger in den Abgrund reißen …«

Der Erzbischof fasste Gero väterlich an die Schulter.

»Bevor du gehst, Gero – hast du schon darüber nachgedacht, was deine Stiftung zu meiner Kathedrale beitragen kann, um deinem Vater die Qualen des Fegefeuers zu vermindern?«, fragte er. »Und er hat wahrlich große Schuld auf sich geladen!«

»Oh ja, Eminenz, das habe ich«, sagte Gero. »Ihr habt mir doch eine Grafschaft übereignet, als Dank für die Erfüllung Eurer Aufträge. Jetzt, wo ich auch noch das Erbe meines Vaters angetreten habe, verzichte ich auf alle Einkünfte daraus zugunsten Eurer Stiftung. Aber nicht nur das – Ihr könnt für den Bau Eurer Kathedrale über sämtliche Wälder meiner Grafschaft nach Belieben verfügen und dort Holz schlagen lassen, so viel Ihr wollt.«

»Das ist überaus großzügig, Gero. Ich hatte nichts anderes von dir erwartet. Wir werden das sofort schriftlich niederlegen und besiegeln. Ich kann dir versichern, dass sich mit deiner Stiftung die Zeit des Fegefeuers für deinen Vater erheblich verkürzen wird.«

Sein Neffe atmete erleichtert auf. »Ich danke Euch, Eminenz«, erwiderte er. »Ihr wisst, dass mir mit dieser Absolution eine schwere Last von der Seele genommen wird.«

Der Erzbischof machte mit dem Daumen ein Kreuzeszeichen auf Geros Stirn. »Sei ohne Sorge, mein Sohn. Mit deinen Taten tust du ein gottgefälliges Werk, das dir dereinst tausendfach vergolten wird. Du bist nun entlassen. Und wenn ich dir einen Rat geben darf – verbringe ruhig noch ein oder zwei Tage mit deinen Gefährten in Köln. Es gibt hier ein paar schöne Badehäuser. Du hast es dir verdient. Graf Georg von Landskron wird es nicht wagen, die Hexe entkommen zu lassen.«

Gero verneigte sich lächelnd. »Danke, Eure Eminenz.«

Konrad von Hochstaden hielt ihm seine Hand mit dem Bischofsring zum rituellen Kuss hin. Gero verneigte sich und drückte seine Lippen auf den Ring, bevor er den Empfangsraum des Erzbischofs verließ.

III

Nachdem Chassim wie ein Verhungernder Hühnersuppe und Brot gegessen hatte, waren ihm vor Erschöpfung die Augen zugefallen. Als Bruder Thomas nach Sonnenaufgang nach ihm sah, schlief der Junker immer noch tief und fest und, wie Bruder Thomas auf dessen Stirn fühlen konnte, ohne jegliches Fieber.

Auf einmal ertönte draußen im Gang ein Poltern. Bruder Thomas ging hinaus, um zusehen, woher das Geräusch kam und fand Anna, die auf der Treppe vom Obergeschoss nach unten unterwegs war und einen Stapel ihrer schweren *Folianten* balancierte, von denen einer heruntergefallen war und den Lärm verursacht hatte.

Erschrocken war sie stehen geblieben und fragte leise: »Habe ich den Grafen geweckt?«

Bruder Thomas warf einen Blick in das Behandlungszimmer, schloss leise die Tür und sagte: »Nein. Er schläft immer noch wie ein Kind.«

Dann bückte er sich, hob das schwere Buch auf und sah die Medica vorwurfsvoll an. »Was tut Ihr eigentlich in aller Früh mit diesen Büchern?«

»Das seht Ihr doch«, antwortete sie. »Ich schaffe sie weg. Ihr könnt mir ja helfen.«

Mit diesen Worten wuchtete sie ihm ihren Stapel vor die Brust. Er packte ihn und fragte verblüfft: »Was habt Ihr vor? Wollt Ihr sie verbrennen?«

»Ja sicher. Damit jeder den Rauch sieht und behauptet, wir

kochen irgendwelche Zaubertränke. Nein, ich stecke sie in die Truhe und vergrabe sie hinter der Scheune.«

Erst jetzt entdeckte Bruder Thomas die große Truhe, in der schon etliche Bücher lagen. »Ich glaube, es ist an der Zeit, miteinander zu sprechen«, stellte er fest und legte den Stapel in der Truhe ab.

Anna setzte sich auf die Treppe und bot plötzlich ein Bild der Mutlosigkeit und Erschöpfung. »Irgendetwas muss ich doch machen. Ich kann doch nicht dastehen und tatenlos warten, bis sie mich abholen. Ich weiß nur nicht, wo ich anfangen soll«, sagte sie.

»Gut, die verbotenen Bücher sollten wir tatsächlich besser verstecken. Aber dann? Wollt Ihr Eure ganzen Instrumente, deren Funktion sicher niemand kennt und die deshalb des Teufels sind, oder gar Eure Destillationsapparatur ebenfalls vergraben?«

»Nein. Das will ich nicht. Und das kann ich auch nicht.«

Bruder Thomas setzte sich neben die Medica auf die Treppe. Er fühlte sich auf einmal unendlich müde. »Anna, sie werden ohnehin hierherkommen und das Unterste zuoberst kehren. Für ihre angeblichen Beweise. Ich weiß, wovon ich rede. Ich habe das schon mal erlebt.«

»Einen Hexenprozess?«

»Ja. Das war der letzte, aber entscheidende Anlass für mich, meinem Kloster den Rücken zu kehren und nach einem Ort zu suchen, wo es noch Gerechtigkeit gibt.«

»Glaubt Ihr, es wird mir Gerechtigkeit widerfahren?«

»Oh nein. Den Glauben daran habe ich längst verloren.«

Als er die Verzweiflung in ihrem Gesicht sah, tat ihm das Gesagte sofort leid. »Verzeiht mir, ich wollte Euch nicht noch den letzten Rest von Mut und Zuversicht nehmen.«

»Schon gut. Erzählt mir lieber, wie es damals abgelaufen ist bei diesem Prozess.«

»Es ist immer das gleiche Verfahren. Zuerst werdet Ihr

angezeigt. Dazu muss Euch keiner gesehen haben, wie Ihr dreimal auf einem Besen um den Kirchturm geflogen seid, auch wenn der Erzbischof sicher jemanden auftreibt, der das behauptet. Der Grund kann ein ganz einfacher sein. Neid, Hass, Missgunst. Und Ihr habt viele Neider, die es Euch nicht gönnen, Medica zu sein. Der Erzbischof wird genügend Leute finden, die Euch verleumden. Eure Schuld ist von vornherein erwiesen, egal, welche Argumente Ihr Euch zurechtlegt, um die Anschuldigungen zu entkräften. Oder welche Zeugen Ihr aufbringen könnt, die zu Euren Gunsten aussagen. Und wenn Ihr nicht freiwillig gesteht, mit dem Teufel paktiert oder noch schlimmere Dinge getrieben zu haben, dann finden sie noch ganz andere Mittel und Wege, Euch zu einem Geständnis zu bewegen.«

»Ihr meint die peinliche Befragung …«

»Die Folter, ja.« Bruder Thomas nickte. »Und glaubt mir, unter der Folter gesteht Ihr alles, was sie hören wollen.«

Anna schüttelte resigniert den Kopf. »Was bleibt mir dann?«

»Uns. Was bleibt uns, Anna! Ich bin genauso im Visier des Erzbischofs wie Ihr oder Berbelin, wenn es ganz schlimm kommt.«

Er nahm ihre Hand und sah ihr in die Augen. »Wir müssen das Weite suchen, solange wir eine Galgenfrist haben. Mit den zwei Wachen werde ich schon fertig, da denke ich mir irgendetwas aus, zur Not verpassen wir ihnen einen Schlaftrunk. Wenn sie uns verhaften und einsperren, ist es zu spät!«

»Ich werde Junker Chassim nicht im Stich lassen.«

»Das ist unser Todesurteil.«

Sie schwiegen eine Weile. Schließlich stand Anna auf. »Nehmt Berbelin mit Euch und geht!«

»Was?«, fragte Bruder Thomas völlig entgeistert.

»Geht, solange es möglich ist. Ich will mir nicht auch noch um Euch Sorgen und Vorwürfe machen, weil Ihr bei mir bleibt.«

Damit ließ sie ihn stehen, betrat das Behandlungszimmer mit dem schlafenden Junker und schloss die Tür hinter sich.

Bruder Thomas hörte ein unterdrücktes Schluchzen und drehte sich um. Berbelin stand an der angelehnten Küchentür hinten im Gang und weinte. Als Bruder Thomas sie im schummrigen Morgenlicht sah, wusste er im selben Augenblick, dass sie alles mitangehört hatte. Er ging zu ihr und umarmte sie tröstend. Doch dann hielt er sie auf Armeslänge von sich und sagte: »Hilfst du mir, die Truhe zu vergraben?«

Berbelin nickte mit zusammengepressten Lippen, wischte sich entschlossen die Tränen ab, und zusammen machten sie sich an die Arbeit.

***

Anna wachte an Chassims Bett, als dieser die Augen aufschlug. Er bat Anna, ihn zu rasieren, die dieser Bitte sogleich nachkam. Als sie fertig war, wischte er sich selbst die Seifenreste mit einem Tuch aus dem Gesicht.

»Danke, Anna. Danke für alles«, sagte er leise. Als sie die Rasiersachen wegräumte, fragte er: »Was hast du, Anna? Was ist mit dir?«

Anna kümmerte sich um seine Wundnaht, trug Heilsalbe auf und wandte den Blick nicht von seinem verletzten Bein. »Was soll mit mir sein?«

»Du wirkst bedrückt. Kann ich dir helfen?«

»Oh, ich denke, es ist besser, Ihr helft Euch selbst.«

»Dann sag mir bitte, wie lange es dauert, bis ich wieder auf eigenen Beinen stehen kann.«

»Der äußerliche Heilungsprozess verläuft besser, als ich es erhofft habe. Aber ich weiß nicht, wie es im Inneren Eures Beines aussieht und wie schnell der Knochen wieder zusammenwächst. Das dauert, und ich möchte auf gar keinen Fall Gefahr laufen, dass Ihr zu früh auftretet und der Knochen erneut bricht. Außerdem muss ich Euch darauf hinweisen, dass Ihr höchstwahrscheinlich für den Rest Eures Lebens leicht humpeln werdet. Ich befürchte, Euer gebrochenes Bein wird kürzer sein als das gesunde.«

Chassim zuckte mit den Achseln. »Immer noch besser, als mit einem Holzbein herumzulaufen, oder?«

»Das denke ich auch. Ich möchte Euch nicht zu viel versprechen, aber ich werde versuchen, Euch etwas anzupassen, mit dem Ihr schon jetzt ein paar Schritte gehen könnt. Es ist ein Experiment, und Ihr seid der Erste, an dem ich es ausprobiere«, sagte Anna geheimnisvoll.

»Ein Experiment? Das klingt vielversprechend. Was muss ich tun?«, fragte Chassim neugierig. »Oder besser: Was tust du mit mir? Wird das etwa doch ein geheimer Zauber? Ich bin bereit und werde es auch niemandem weitererzählen«, grinste er.

Anna blieb ernst und schüttelte den Kopf. »Ihr gebt zu viel auf Gerüchte, lieber Graf!«

»Lieber Graf!« Er sah nach oben gen Himmel und drückte die Handflächen aufeinander wie zum Gebet. »Danke, dass du meine Gebete endlich erhört hast, Jesus Christus! Sie hat mich *lieber Graf* genannt! Was für ein Fortschritt!«

»Ich sehe schon, Ihr nehmt mich nicht ernst, Junker Chassim.«

»Oh doch, und wie ich dich ernst nehme, Anna! Mehr als du dir vorstellen kannst. Ich wünschte mir nur, du würdest mich nicht ständig wie einen unmündigen Patienten behandeln.«

»Sondern?«

»Nun, es wäre meiner Genesung bestimmt förderlich, wenn du mich noch einmal so behandeln würdest wie oben am Bach nach dem *Buhurt*.«

Er erwischte Anna am Arm und zog sie zu sich heran. Sie wehrte sich nicht und ließ es zu, bis ihre Nasen sich fast berührten.

Sie flüsterte: »Darüber sprechen wir, *lieber Graf,* sobald Ihr wieder ganz gesund seid, vorher nicht.«

»Auch keine kleine Belohnung für meine Geduld als Patient? Jetzt gleich?«, sagte er sanft, und zwischen ihrer beider Lippen hätte in diesem Moment gerade noch eine Feder gepasst.

»Wolltet Ihr nicht wissen, was für ein Experiment ich mit Euch vorhabe?«, hauchte Anna, und Chassim hauchte zurück: »Was auch immer es ist, du kannst mit mir machen, was du willst …«

Er schloss die Augen in Erwartung eines Kusses. Anna zögerte. Am liebsten hätte sie in diesem Moment alles um sich herum vergessen und wäre ihm endlich um den Hals gefallen. Stattdessen berührte sie seine geschlossenen Augenlider nacheinander mit ihren Lippen, löste sich wieder von ihm und stand auf.

»Ich habe lange in meinen Büchern danach gesucht, die mir mein jüdischer Lehrmeister hinterlassen hat. Er hat mir von einer Methode erzählt, die im Morgenland zuweilen angewendet wird, wenn ein gebrochener Arm oder ein gebrochenes Bein dauerhaft ruhiggestellt werden soll. Und ich habe die Rezeptur dafür gestern Nacht gefunden!«, sagte sie mit traurigem Stolz und klopfte auf einen schweren *Folianten,* den sie mitgebracht und nun hervorgezogen hatte. »Und, was noch wichtiger ist, der Medicus hatte noch einen Vorrat von dem Material, das man für diese Methode braucht, in der Scheune deponiert, damit es trocken bleibt.«

»Was meinst du damit? Was ist das für ein Material? Und was für eine Methode?«

»Sie wird Euch helfen, schneller wieder gehen zu können, und wird gleichzeitig dafür sorgen, dass Euer Bein stabil in einer Lage bleibt, so dass die gebrochenen Knochen wieder zusammenwachsen können. Der Name des Materials wird Euch nichts sagen. Er kommt aus dem Griechischen, und man verwendet den Stoff vornehmlich als eine Art Mörtel. Handwerker nennen ihn Gips.«

»Gips, aha. Und was willst du damit machen? Mir diesen Gips einflößen, damit mein Bein wieder fest wird wie der Mörtel zwischen zwei Steinen?«

»Nein. Ihr werdet schon sehen. Ich muss noch ein wenig damit experimentieren, bevor ich den Gips bei Euch anwende. Außerdem muss die äußere Wunde erst ganz verheilt sein.«

Chassim setzte ein strenges Gesicht auf und verschränkte die Arme. »Davon kannst du mir später erzählen, Anna. Ich finde, es ist jetzt an der Zeit, dass du dich zu mir setzt und mir ein paar Fragen beantwortest. Ich habe sie schon einmal gestellt, aber jetzt haben wir endlich die Zeit dafür. Also, Anna, ich frage dich: Was lastet so schwer auf deiner Seele?«

Annas Lippen wurden schmal. »Das kann ich Euch nicht sagen.«

Chassim ließ nicht locker. »Dann sag mir wenigstens, wer du bist und woher du kommst! Du willst mir doch nicht weismachen, dass du schon als fertige Medica auf die Welt gekommen bist, oder?«

»Nein, bin ich nicht«, sagte sie und starrte aus der Fensterluke.

»Vertraust du mir nicht?«

Anna sah immer noch aus der Fensterluke. Sie wollte nicht, dass Chassim sah, wie sie mit sich kämpfte, weil sie Angst hatte, ihn zu verlieren, wenn sie sich ihm offenbarte.

Da begann Chassim zu erzählen. Und während er sprach, drehte sich Anna zu ihm um und hörte ihm aufmerksam zu. Es war ihr, als breite er sein Innerstes vor ihr aus, er sprach ohne Bedauern oder Jammer, ohne Bitterkeit oder Trauer, aber er legte seine Seele bloß. Seine Ehrlichkeit und Schonungslosigkeit berührten sie. Je länger er sprach, desto näher kam sie ihm, setzte sich schließlich auf einen Hocker neben seinem Krankenlager und war ganz Ohr.

»Mein Name ist Chassim von Greifenklau, ich stamme aus einem alten Geschlecht, das bis ins Zeitalter Karls des Großen zurückgeht. Mein Urahn wurde von ihm für treue Dienste mit einer Grafschaft belehnt, deren Herren wir bis heute noch sind. Mein Vater, Claus von Greifenklau, ist schon betagt und sieht nicht mehr sehr gut, aber sein Geist ist so wach wie eh und je. Er hat vor über zwanzig Jahren am letzten Kreuzzug teilgenommen, mit dem es Kaiser Friedrich II. geschafft hat, Jerusalem, Bethlehem und Nazareth auf friedliche Weise für die Christenheit zurückzugewinnen. Zum Dank fielen päpstliche Truppen während seiner Abwesenheit im südlichen Italien ein, so dass er mit seinen Truppen aus dem Heiligen Land zurück musste, um die Eindringlinge aus seinem Reich zu vertreiben. Mein Vater ritt immer an seiner Seite. Seither ist er ein bedingungsloser Anhänger unseres Kaisers und ein erbitterter Feind der Welfen und des Papsttums. Er würde für die Staufer sein Leben geben. Meine Mutter ist schon vor langer Zeit gestorben, mein Vater liebte sie über alles und hat seither keine Frau mehr an seiner Seite gehabt. Meine Schwester Ottgild, die Gräfin von Landskron, hat sich damals meiner angenommen und mich aufgezogen, obwohl sie selbst noch ein kleines Mädchen war. Mein Vater hat großen Wert darauf gelegt, dass wir eine gute Ausbildung erhalten, Lehrer haben uns in Lesen, Schreiben, Rechnen und Latein unterrichtet. Die ritterlichen Tugenden habe ich bei meinem Vater erlernt: Schwertkampf, Turnierkampf, Bogenschießen und Reiten. Alles, was ich kann, weiß ich von ihm. Er verwaltet nach wie vor seine Grafschaft und sorgt sich um jedermann, gleich ob Bauer, Magd, Soldat oder Hirtenjunge. Unseren Leuten geht es gut, wenn die Ernte einmal schlecht ausfällt, verzichtet mein Vater auf den Anteil, der uns zusteht. Die einfachen Leute lieben und verehren ihn, und er ist stets bemüht, ihnen ein guter Herr zu sein.

Wir besitzen keine stolze Burg mit Graben, Festungsmauern und Palas. Mein Zuhause ist eher ein großer Gutshof mit Mauern drumherum, und wir scheuen uns auch nicht, mit anzupacken, wenn eine Getreideernte noch rechtzeitig vor einem herannahenden Gewitter eingebracht oder verlorengegangenes Vieh wiedergefunden werden muss.«

Zum ersten Mal, seit er angefangen hatte zu erzählen, schaute er hoch zu ihr. Als er sah, dass sie ihm immer noch aufmerksam zuhörte, sprach er weiter.

»Ich war mit einer schönen Frau verheiratet, sie hieß Magdalena. Sie wurde schwanger, und wir freuten uns auf unser Kind. Aber unserem himmlischen Vater gefiel es, sie und das Kind noch im Wochenbett zu sich zu nehmen. Seit über drei Jahren bin ich nun Witwer, und ich dachte, dass Gott der Herr für mich nicht vorgesehen hat, mich noch einmal einer Frau begegnen zu lassen, für die mein Herz entflammt. Aber dann bist du in mein Leben getreten.

Anfangs war ich dir nur unendlich dankbar, dass du meinem Schwager ein Schicksal wie das meine erspart und zusammen mit Meister Aaron meiner Schwester und ihrem Sohn das Leben gerettet hast. Doch ich konnte dich nicht vergessen, seit ich dich das erste Mal sah.«

Er machte eine Pause und atmete tief durch.

Anna, die Chassims Beichte regungslos angehört hatte, wollte ihn auf gar keinen Fall durch Bemerkungen oder Zwischenfragen durcheinanderbringen. Je länger Chassim erzählte, desto aufgewühlter wurde sie. Seine Geschichte war geradezu aus ihm herausgequollen, als wollte er ihr in einem einzigen umfassenden Bekenntnis sein Leben zu Füßen legen. Jetzt saß sie da wie erstarrt.

Chassim zeigte auf einen Hocker, über dem seine Sachen hingen. »Reichst du mir bitte mein Wams? Es liegt dort drüben.«

Anna griff nach dem Wams und reichte es ihm wortlos.

»Danke. Berbelin wollte es schon waschen, aber Gott sei Dank war ich in dem Moment gerade wach und konnte es noch verhindern«, sagte er.

Er langte in die gefütterte Innenseite, wo sich auf Herzhöhe eine eingenähte Tasche befand, und fingerte ein kleines Buch heraus. Er legte das Wams beiseite und zeigte Anna das Buch.

»Es ist das Hohelied Salomos. Es hat meiner Mutter gehört. Mein Vater hat es aus der Bibel abgeschrieben und ihr zur Hochzeit geschenkt. Ich trage es immer bei mir. Und weißt du, was darin ist?«, fragte er, schlug das Buch auf und zog etwas zwischen den Seiten heraus, das er so vorsichtig anfasste, als könne es jeden Augenblick zu Staub zerfallen. Es war zerbrechlich und filigran wie ein Schmetterlingsflügel und auch nicht viel größer. Eine gepresste Kornblume.

Er sah Anna an und sagte mit einem feinen Lächeln: »Sie ist von unserer allerersten Begegnung. Erinnerst du dich? Der Einzug unseres Königs Konrad in Oppenheim? Du hast ein kleines Mädchen mit dieser blauen Blume zu mir geschickt …«

Und ob sich Anna daran erinnerte. Nur hätte sie schwören können, dass Chassim die kleine, unbedeutende Blume, die ja eigentlich nicht einmal für ihn, sondern für den jungen König bestimmt gewesen war, schon längst weggeworfen und vergessen hatte. Zu ihrer Verwunderung schien er sie nicht nur aufbewahrt zu haben, sondern er wusste auch noch, dass sie es gewesen war, die das Blumenmädchen losgeschickt hatte, obwohl sie mitten in einer großen Zuschauermenge stand und ihre Kapuze über den Kopf gezogen hatte, weil sie sich so unscheinbar und hässlich vorgekommen war.

Als Anna die kleine getrocknete Kornblume in Chassims Hand sah, konnte sie nicht länger an sich halten und sank ihm an die Brust. Sprechen konnte sie nicht, dafür war der

Kloß, der plötzlich in ihrem Hals war, viel zu groß. Umso reichlicher flossen die Tränen.

Chassim streichelte über ihr Haar und küsste ihr die Tränen von den Wangen, bis ihr bewusst wurde, dass es für sein verletztes Bein nicht gerade angebracht war, wie sie sich so an ihn geschmiegt hatte. Sie nahm ein Tuch, schnäuzte sich entschlossen, setzte sich neben Chassim auf das Lager und legte ihren Kopf an seine Brust.

Er vergrub sein Gesicht in ihrem Haar. »Du brauchst mir nichts von dir zu erzählen, wenn du nicht willst, Anna. Hauptsache, du bist bei mir. Alles andere ist bedeutungslos.«

Sie nahm die Kornblume in die Hand, betrachtete sie lange und fing dann mit ihrer eigenen Geschichte an. Sie ließ nichts aus und konnte ihm auf einmal alles schildern, rückhaltlos und ohne Beschönigungen. Bis auf den bitteren Schluss. Dass ihr ein Prozess wegen *Häresie* bevorstand, behielt sie für sich.

Als sie fertig war, schwiegen sie beide eine Weile.

Dann zog Chassim sanft ihr Gesicht zu sich heran und küsste sie. Nach kurzem Zögern erwiderte sie seinen Kuss, erforschte mit ihrer Zunge die seine. Bis zu diesem Zeitpunkt hatte sie nicht gewusst, was Leidenschaft war. Aber jetzt vergaß sie alles um sich herum, ihre Herkunft, ihre Vergangenheit, ihre Verzweiflung, das *Damoklesschwert,* das über ihr schwebte, und den Faden, an dem es hing, der unweigerlich dünner und dünner wurde, und erkundete seinen Körper.

Chassim streichelte sie unter der Tunika, ging unendlich sanft und liebevoll und doch erfahren mit ihr um, als halte er etwas sehr Kostbares in seinen Armen. Anna stöhnte, als sie seine Finger zwischen den Beinen spürte, aber sie empfand keine Scham, im Gegenteil, sie war hungrig nach seinen Berührungen, hungrig nach seiner Zunge und tastete unter die Decke, wo sie sein pochendes Glied fand und umfasste, so dass er aufstöhnte. Ohne zu zögern zog er sie auf sich, sie setzte sich rittlings auf ihn, trotz der aufwallenden Glut auf sein verletztes Bein achtend. Sie überwand den kleinen, schmerzhaften Widerstand, und dann gab es für sie beide kein Halten mehr, sie begaben sich auf die Reise in einen lustvollen Rausch, der alles hinwegschwemmte, als ob es kein Morgen mehr gäbe.

***

Nachdem es schon längst dunkel geworden war, traute sich Bruder Thomas irgendwann doch, ganz zaghaft anzuklopfen und dann leise und vorsichtig die Tür aufzumachen, um nach Anna und Chassim zu sehen. Er fand sie eng umschlungen und schlafend vor wie zwei unschuldige Kinder.

Er seufzte, holte ein großes, wollenes Tuch, deckte sie fürsorglich zu, nahm Anna ein kleines Büchlein aus der Hand und ließ die beiden allein.

Im Gang schlug er das Buch zwischen zwei Seiten, in die eine gepresste Kornblume eingeklemmt war, auf und murmelte den unterstrichenen handgeschriebenen Text im Schein einer Kerze beim Lesen mit: »Deine Lippen sind wie eine scharlachfarbene Schnur, und dein Mund ist lieblich. Deine Schläfen sind hinter deinem Schleier wie eine Scheibe vom Granatapfel.«

Er seufzte noch einmal tief und sorgenvoll, bekreuzigte sich für alle Fälle, legte die Blume wieder hinein, klappte das Buch zu und deponierte es auf dem Treppenabsatz zu Annas Schlafstube, bevor er in seiner Kammer verschwand und sich hinlegte.

Auf seinem Lager schickte er ein Stoßgebet gen Himmel, in dem er Gott für die fortschreitende Genesung von Junker Chassim dankte und ihn gleichzeitig inständig bat, seine Medica Anna zu beschützen. Vor dem Erzbischof und vor sich selbst.

Oder war das Gebet angesichts dessen, was auf sie zukommen würde, schon sinnlos?

Er starrte an die Decke. Schlafen konnte er seit dem Abend, an dem ihnen Gräfin Ottgild die Hiobsbotschaft überbracht hatte, ohnehin kaum noch. In seinem Kopf wälzte und wälzte er alle Möglichkeiten, dem Teufel doch noch von der Schippe zu springen. Aber so sehr er sich auch den Kopf zerbrach, er fand keine.

IV

Am nächsten Morgen saß Bruder Thomas schon in der Küche beim Frühstücksbrei, als Anna hereinkam und sich zu ihm gesellte. Bruder Thomas schenkte ihr Milch aus dem großen Krug ein. Anna sah ihn an und ahnte, was er dachte. Aber er sagte kein Wort, bis Anna nach einer Weile das Schweigen brach.

»Ihr seid noch hier?«, sagte sie müde.

»Wo sollte ich sonst sein?«

»Über alle Berge«, antwortete sie.

Wieder schwiegen sie eine Zeitlang, dann fragte Anna unvermittelt: »Verurteilt Ihr mich jetzt?«

»Das steht mir als Freund und *Infirmarius* nicht zu. Und meine Meinung als Priester wollt Ihr bestimmt nicht hören«, meinte er.

»Nein. Ist sie denn in meiner Situation noch von Belang?«

Bruder Thomas zuckte mit den Schultern. »Weiß Junker Chassim von Eurer … Eurer Situation?«

Anna schüttelte verneinend den Kopf. »Noch nicht.«

»Dann wird es Zeit, dass Ihr es ihm sagt. Meint Ihr nicht auch?«

Sie nickte geistesabwesend und sah sich um. »Wo ist Berbelin?«

»Auf dem Markt, einkaufen. Die Wachen vor dem Haus haben sie durchgelassen. Sie hat ihren leeren Korb vorgezeigt und durfte passieren.«

Anna erhob sich. »Helft Ihr mir?«

»Wobei?«

»Bei meinem Experiment. Ich will dafür sorgen, dass Junker Chassim bald gehen kann.«

»Je früher er gesund ist, desto früher macht Ihr Bekanntschaft mit dem Verlies, das wisst Ihr.«

Anna ging nicht darauf ein. »Kommt Ihr mit in die Scheune? Ich will Euch etwas zeigen.« Sie ging schon voraus, und Bruder Thomas folgte ihr.

In der Scheune fand Anna schnell den Sack mit der trockenen, pulvrigen Substanz, die ihr Meister Aaron vor Monaten gezeigt hatte.

»Was ist das?«, fragte Bruder Thomas.

»Man nennt es Gips. Das hat der Medicus Aaron von den Steinmetzleuten bekommen, die beim Bau der Katharinenkirche beschäftigt sind. Ich habe es ausprobiert und weiß, wie ich damit umgehen muss. Aber eigentlich wollte ich Euch etwas anderes zeigen. Wer weiß, wozu es noch gut sein kann, bei dem, was mir oder uns bevorsteht.«

»Ihr sprecht in Rätseln.«

»Ihr werdet gleich sehen, was ich meine«, sagte Anna und warf vorsichtig einen Blick durch das Scheunentor nach draußen, wo die zwei Wachen am Lagerfeuer saßen und Mahlzeit hielten.

Anna tippte dem durch einen anderen Spalt spähenden Bruder Thomas auf die Schulter und zog ihn nach hinten in eine entfernte Ecke der Scheune, wo das Heu für die Tiere lagerte. Sie nahm den bereitstehenden Besen, schob damit zuerst das Heu beiseite und kehrte dann den in den Boden eingelassenen Holzdeckel frei. Anna hob den Deckel hoch, und Bruder Thomas staunte, als er die Stufen sah, die sich im Dunkel verloren. Er flüsterte: »Ein Geheimgang. Wohin führt er?«

Vor der Scheune war Pferdegetrappel zu hören. Schnell

schloss Anna die Luke wieder und schob mit dem Fuß Heu darüber, so dass sie nicht mehr zu sehen war.

Leise sagte sie: »Er verzweigt sich unter der Stadt. Es gibt zahlreiche Quer- und Seitengänge. Ich kenne aber nur einen Gang, der führt direkt zur Burg Landskron. Junker Chassim weiß auch davon, er hat ihn mir gezeigt.«

Sie sah wieder durch den Spalt nach draußen auf den Hof, dort stieg gerade die Gräfin mit Hilfe ihres Dieners vom Pferd. Anna wandte sich an Bruder Thomas: »Und jetzt sputet Euch und gebt Chassim Bescheid, dass seine Schwester kommt. Ich muss die Gräfin empfangen.«

Sie schob Bruder Thomas durch die Tür ins Haus und zupfte Tunika und Haare zurecht, bevor sie den Flügel des Scheunentors ein Stück aufschob und ins Sonnenlicht trat.

***

Berbelin hatte auf dem Markt reichlich Gemüse und Geflügel eingekauft. Ihr waren die Blicke der Leute nicht entgangen, die anfingen, hinter vorgehaltener Hand zu flüstern, und auffällig wegschauten, sobald sie in die Nähe kam. Offenbar war der bevorstehende Prozess gegen ihre Herrin schon in der ganzen Stadt bekannt. Berbelin beschloss, sich nicht weiter darum zu kümmern.

Auf dem Nachhauseweg kam sie durch eine enge Gasse und sah eine Gestalt in einem weiten Kapuzenumhang aus dunkler Wolle, wie ihn Mönche trugen, die sich halb in einen Hauseingang zurückgezogen hatte. Berbelin, mit den Gefahren einer belebten Stadt durchaus vertraut, wollte auf der gegenüberliegenden Seite vorbeigehen, aber die Gestalt trat im gleichen Moment auf die Gasse hinaus und versperrte ihr den Weg.

»Jungfer Berbelin?«, fragte eine dunkle, männliche Stimme.

Berbelin drückte ihren Korb mit dem Einkauf an die Brust

und wollte sich vorbeidrängen, aber die Gestalt packte sie am Handgelenk und flüsterte ihr ins Ohr: »Hab keine Furcht. Ich will dir nichts Böses. Du bist die Magd der Medica, nicht wahr?«

Berbelin nickte, trotz der Beteuerung des Mannes hatte sie große Angst.

»Du bist stumm?«

Wieder nickte Berbelin.

»Dann stimmt es, was man über dich erzählt hat. Deine Medica hat verschiedenfarbige Augen?«

Erneut nickte Berbelin.

Der Fremde sah sich um, um sicherzugehen, dass sie allein waren, dann drückte er ihr ein Stück Pergament in die Hand und flüsterte: »Gib der Medica diese Nachricht. Aber achte darauf, dass niemand sonst sie liest. Sie ist nur für die Medica bestimmt, hast du verstanden?«

Berbelin nickte.

»Geh jetzt. Und verstecke die Nachricht vor den Wachen. Vielleicht durchsuchen sie dich.« Mit diesen Worten wandte sich der Fremde ab und suchte das Weite.

Berbelin hatte sein Gesicht nicht gesehen. Sie wartete, bis er um die nächste Ecke gebogen war, dann steckte sie das zusammengefaltete Pergament so tief es ging in den Ausschnitt und eilte nach Hause.

***

Als die Gräfin ihren Bruder zum ersten Mal seit dem Turnierunfall wieder munter und bester Dinge vorfand, konnte sie nicht anders, sie musste ihn einfach umarmen, so erleichtert war sie, ihn auf dem Weg der Genesung zu sehen. Aber trotz ihrer Freude war ihr elend zumute.

»Was ist mit dir?«, fragte Chassim, der ihre Niedergeschlagenheit gespürt haben musste.

Doch die Gräfin zögerte mit einer Antwort. Wie sollte sie ihrem Bruder in seinem Zustand die schrecklichen Neuigkeiten beibringen? Die Medica und Bruder Thomas standen mit verlegenen Gesichtern daneben.

Als niemand etwas sagte, wandte sich Chassim an Anna: »Was verschweigt Ihr mir? Nur heraus damit, ich bedarf keiner Schonung mehr. Also?«

Die Gräfin tauschte einen Blick mit Anna, und sobald diese zustimmend nickte, beschloss sie, ihrem Bruder reinen Wein einzuschenken, und erzählte ihm von den Plänen des Erzbischofs. Kaum war die Wahrheit heraus, herrschte betretenes Schweigen.

Chassim fuhr sich aufgewühlt durchs Haar. »Was gedenkt mein Schwager zu tun? Will er Däumchen drehen und zusehen, wie sie Anna den Garaus machen? Er kann das nicht zulassen! Ihr wisst alle, was das bedeutet!«

Niemand sprach ein Wort.

»Herr Gott im Himmel! Wenn ich nur aufstehen könnte und nicht dieses verfluchte Bein hätte! Mein Schwert würde dem Erzbischof schon zeigen, wer vom Teufel besessen ist und wer nicht!«, rief Chassim aus.

Die Gräfin hatte mit einem derartigen Gefühlsausbruch gerechnet, sie kannte ihren Bruder gut genug und versuchte, seine sinnlose Wut einzudämmen. »Konrad von Hochstaden hat meinem Mann sein Wort gegeben, dass die Medica so lange hierbleiben kann, bis du wieder einigermaßen genesen bist.«

»Und den Zeitpunkt bestimmt er? Das darf doch nicht wahr sein! Warum will er dich vernichten, Anna? Weil du als Bruder Marian in seinem Kloster gelebt hast und ihm irgendwie gefährlich werden könntest?«

Die Medica wollte antworten, aber Bruder Thomas sprach als Erster. »Es mag vielleicht auch eine persönliche Angelegenheit sein, weil der Erzbischof weiß, dass durch Anna

Machenschaften ans Licht kommen könnten, die mit dem plötzlichen Tod von Pater Urban und dem Tod ihrer Eltern zu tun haben. Er weiß wohl inzwischen, dass Anna früher Bruder Marian war. Aber in erster Linie sieht sich Konrad von Hochstaden als Verteidiger des Glaubens und damit als Bekämpfer jeglicher Irrlehre und *Häresie,* und danach handelt er. Mit ihren Heilmethoden kann Anna dem wahren und einzigen Glauben gefährlich werden. Und das wird der Erzbischof niemals zulassen. Weil es das gesamte Fundament, auf dem die heilige Mutter Kirche ruht, in Frage stellt. Verzeiht mir, Anna, das entspricht nicht meiner persönlichen Meinung, aber so denkt der Erzbischof. Ihr seid eine Bedrohung für das Machtgefüge, weil Eure Arbeit dazu führen könnte, dass die Leute anfangen, selbst zu denken, und feststellen könnten, dass es noch andere Wahrheiten gibt neben der, die ihnen gepredigt wird. Und das werden die hohen Herrschaften, die etwas zu sagen haben, niemals zulassen.«

Die Gräfin, die Medica und Chassim sahen Bruder Thomas erstaunt an, der vor lauter Eifer rot angelaufen war.

Schließlich schüttelte die Medica den Kopf. »Ihr habt vermutlich vollkommen recht, Bruder Thomas, aber wenn Ihr das vor Gericht vortragt, landen wir ohne Verhandlung gleich auf dem Scheiterhaufen!«

Chassim war immer noch erschüttert. »Ja, glaubst du denn wirklich, ihr bekommt eine gerechte Verhandlung?«

»Mein Gatte wird alles dafür tun, das hat er mir versprochen. Und das hat er auch dem Erzbischof gesagt«, mischte sich die Gräfin ein.

Chassim widersprach vehement. »Das ist ja aller Ehren wert, aber es wird keine gerechte Verhandlung geben! Ich sage euch: Das Urteil steht von vorneherein fest! Anna, du darfst es auf keinen Fall so weit kommen lassen, dass dich der Erzbischof einsperrt. Das Einzige, was bleibt, ist Flucht.«

»Und die Wachen?«, wandte Bruder Thomas ein.

Chassim winkte ab. »Da fällt uns schon was ein. Ich bringe euch zu meinem Vater, dort seid ihr erst mal in Sicherheit. Und dann sehen wir weiter.«

»Du kannst in deinem Zustand niemanden irgendwohin bringen«, stellte die Gräfin fest. »Außerdem – was wäre damit gewonnen?«

»Zeit, Schwester, Zeit! Und Annas Leben.«

In diesem Moment stand die Medica auf und schritt zur Tür. »Ich weiß, dass ihr alle es gut mit mir meint und auf meiner Seite steht, und dafür danke ich euch«, sagte sie. »Aber ich werde nicht davonlaufen. Ich werde mich den Anschuldigungen stellen und sie entkräften.«

***

Innerlich aufgewühlt hastete Anna aus der Behandlungsstube und stieß auf dem Weg in ihr Zimmer beinahe mit Berbelin zusammen. Zuerst bemerkte sie gar nicht, wie verstört ihre Magd war. Erst als Berbelin sie festhielt und ihr mit hektischen Gesten begreiflich zu machen versuchte, dass sie ihr etwas Wichtiges mitzuteilen hatte, blieb Anna stehen. Berbelin zog ein zusammengefaltetes Pergament aus ihrem Ausschnitt und hielt es ihrer Herrin hin.

Anna nahm es entgegen und sah Berbelin fragend an. »Das hat dir jemand für mich gegeben?«

Berbelin nickte eifrig, und weil Bruder Thomas gerade aus der Tür des Behandlungszimmers trat, deutete sie auf ihn und legte die Handflächen aneinander wie zum Gebet.

Anna verstand sofort, was sie damit sagen wollte. »Ein Mönch?«

Wieder nickte Berbelin heftig.

»Kanntest du ihn?«

Berbelin schüttelte den Kopf, machte einen Schritt auf Bruder Thomas zu und zog ihm so weit die Kapuze über den Kopf, dass nur noch die Nase hervorlugte.

»Du hast sein Gesicht nicht gesehen. Hat er was gesagt?«, wollte Anna wissen.

Berbelin zeigte auf Anna und legte den Zeigefinger auf ihre Lippen.

Anna fing an zu raten. »Dass du nur mir die Botschaft geben sollst?«

Berbelin bejahte stumm, und Anna faltete endlich das Pergament auseinander und las, was da untereinander in Großbuchstaben geschrieben stand.

IO. 9,25
DIAL. MIR.
AR. PI.
SEPULC.
IO. BAPT.
VIG.

Sie las die Botschaft, einmal, zweimal, dann begann sich der Raum um sie herum zu drehen, und sie musste sich auf die Treppe setzen.

»Was ist? Eine schlechte Nachricht?«, fragte Bruder Thomas neugierig und schob seine Kapuze wieder in den Nacken.

Statt einer Antwort reichte Anna ihm das Pergament.

Bruder Thomas sah den Pergamentfetzen verständnislos an, dann murmelte er laut vor sich hin: »Io 9,25 … Dial … Mir … Ar … Pi … Sepulc … Io … Bapt … Vig … Was soll das bedeuten? Also ich kann mir keinen Reim darauf machen. Das ergibt doch keinen Sinn. Vielleicht ist es ein Irrtum und gar nicht für Euch bestimmt. Io 9,25 – das kann ich mir noch erklären, das könnte aus dem Evangelium des Johannes sein, Kapitel neun, Vers fünfundzwanzig. Aber der

Rest … Versteht Ihr das etwa?« Er löste seinen Blick vom Pergament und sah sie an.

Anna liefen die Tränen über das Gesicht. Sie lächelte und sagte: »Ja, ich verstehe es. Johannes 9, Vers 25. ›Eines weiß ich wohl: dass ich blind war und bin nun sehend.‹ Es ist eindeutig für mich bestimmt. Weil es so geschrieben ist, dass nur ich es verstehen kann. Es bedeutet, dass mich jemand treffen will, weil er mir etwas Wichtiges mitzuteilen hat. Etwas Lebenswichtiges, sonst hätte er mir niemals diese Botschaft zukommen lassen.«

»Und wer soll dieser jemand sein?«

Sie zögerte, weil sie es selbst nicht fassen konnte, was da gerade geschah, aber dann sprach sie seinen Namen aus: »Pater Urban.«

Bruder Thomas reagierte vollkommen entgeistert. »Pater Urban? Euer *Infirmarius* aus dem Kloster Heisterbach? Aber Ihr habt mir doch selbst erzählt, dass er vergiftet wurde!«

»Das ist richtig. Er lag tot vor mir. Und trotzdem will er sich jetzt mit mir treffen.«

V

In der großen Empfangshalle des Palas ging ein müder Graf Georg von Landskron auf und ab. Die Halle war leer bis auf den schweren Tisch in umgedrehter U-Form. Der Abgesandte des Erzbischofs, Gero von Hochstaden, war angemeldet, und der Graf spielte im Kopf alle Forderungen durch, die dieses Mal an ihn gestellt werden würden. Er war zutiefst in seiner Ehre gekränkt, weil er die Wünsche, die der Erzbischof ihm diktierte, widerstandslos hinnehmen musste.

Graf Georg stand bei der Medica tief in der Schuld, zum wiederholten Mal, aber er konnte ihr nicht beistehen, ganz im Gegenteil, er musste dafür sorgen, dass sie in Gewahrsam blieb bis zum Prozess. Zu allem Übel war er im Falle einer Verurteilung auch noch dafür zuständig, sie dem Scheiterhaufen zu überantworten. Aber wie er es auch drehte und wendete, er fand kein Schlupfloch.

Nächtelang hatte er mit seiner Gattin, mit der er alle Sorgen teilte, darüber gesprochen. Ottgild war seit dem schweren Turnierunfall ihres Bruders und der Forderung des Erzbischofs um Unterstützung im Kampf gegen die *Häresie* so niedergeschlagen, wie er es noch nie erlebt hatte. Sie machte ihm keine Vorwürfe, auch sie sah ein, dass sie dem Erzbischof und seinem Vorhaben nichts entgegenzusetzen hatten, und das lastete schwer auf ihrer Seele. Für Ottgild kam es einem Verrat an der Medica gleich, wie sie auf perfide Art und Weise gezwungen waren, bei dem abgefeimten Spiel des Erzbischofs mitzumachen. Und nicht nur das – Konrad von

Hochstaden benutzte ihren Gatten und sie auch noch als Vollstrecker seiner Pläne.

Natürlich durchschaute Graf Georg die politische Tragweite des Prozesses gegen eine Medica, die, wie jedermann wusste, von ihm persönlich autorisiert und installiert worden war und die uneingeschränkten Zugang zur gräflichen Familie hatte. So wie der Graf den Erzbischof einschätzte, würde sich dieser der allgemein bekannten Tatsache mit hämischem Vergnügen bedienen und gegen ihn, den Grafen, kehren. Im Laufe des Prozesses – der vielleicht ein oder zwei Tage dauern mochte – würde die Sprache unweigerlich auf die Rolle der gräflichen Familie kommen. Der Erzbischof würde alles versuchen, den Namen Landskron in den Schmutz zu ziehen und für sich Kapital daraus zu schlagen.

Ein lautes Pochen an der Tür unterbrach den Gedankengang des Grafen, ein Diener kam herein und meldete ihm Graf Gero von Hochstaden und den Burgkaplan. Auch das war so ein Ränkespiel der Hochstadens, das Graf Georg ohnmächtig mit sich geschehen lassen musste – dieser Neffe des Erzbischofs war unter falschem Namen beim Turnier aufgetreten, hatte es nicht nur gewonnen und seinen Schwager dabei schwer verletzt, sondern vorher auch noch als Ausbilder der Bogenschützen im Auftrag seines Onkels die Burg ausspioniert. Die nachträgliche Kenntnis all dieser Intrigen musste der Graf kommentarlos schlucken, musste gute Miene zum bösen Spiel machen, obwohl er diesen jungen Hochstaden am liebsten in hohem Bogen hinausgeworfen hätte.

Doch auch in diesem Fall war der Graf gezwungen, die Zähne zusammenzubeißen. Doch der Zweck heiligte nun mal die Mittel, und die Auskundschaftung möglicher Hexerei war vorrangig, das hatte ihm der Erzbischof unmissverständlich deutlich gemacht, nicht zuletzt in der Nachricht, die der Bote zusammen mit der Ankündigung des erzbischöflichen Stellvertreters überbracht hatte.

Graf Georg sah Gero von Hochstaden zusammen mit dem Burgkaplan näher kommen und ärgerte sich maßlos über das unverhohlene und freche Grinsen auf dem Gesicht des jungen Mannes, das dieser angesichts seiner vom Erzbischof verliehenen Autorität und Befehlsgewalt an den Tag legte. Aber Georg von Landskron verbarg diese Gefühlsregung und begrüßte die Ankommenden mit einem leichten Kopfnicken.

Der Neffe des Erzbischofs ergriff das Wort: »Hoheit, ich entbiete Euch Grüße von Seiner Eminenz, dem Erzbischof.«

»Kommt zur Sache, Graf Hochstaden«, antwortete Graf Georg brüsk.

»Ich habe hier eine Vollmacht von Seiner Eminenz«, damit überreichte Gero von Hochstaden die Urkunde seines Onkels. »Ab sofort unterstehen Eure Männer meinem Befehl. Das gilt bis zur Ankunft des Erzbischofs. Ich werde dafür Sorge tragen, dass seinen Anordnungen peinlich genau Folge geleistet wird. Habt Ihr irgendwelche Einwände?«

»Und wenn ich welche hätte?«, fragte Graf Georg.

»Wäre ich gezwungen, die Anordnungen gewaltsam durchzusetzen. Notfalls unter Zuhilfenahme meiner Männer, die draußen postiert sind«, antwortete Gero süffisant.

Graf Georg schluckte eine Antwort hinunter, warf einen Blick auf die mit dem Siegel des Erzbischofs versehene Urkunde, rollte sie wieder zusammen und sah Gero von Hochstaden verächtlich ins Gesicht. »Sonst noch etwas?«

»Ja. Sorgt dafür, dass bis *Festum nativitatis Mariae* alles für die Verhandlung bereit ist. Das betrifft auch den Kerker. Wo befindet er sich?«

»Unter dem Bergfried.«

»Gut. Ich werde ihn zu gegebener Zeit inspizieren. Habt Ihr einen geeigneten Raum, wo man peinliche Befragungen vornehmen kann?«

»Ihr meint … eine Folterkammer?«

Gero von Hochstaden zuckte mit den Achseln, was wohl bedeuten sollte: Wenn Ihr es so nennen wollt …

»Nein. Eine solche Einrichtung habe ich bisher nicht benötigt, und ich hoffe, es wird nie so weit kommen, dass ich sie brauche«, sagte Graf Georg.

»Man sollte stets für alle Eventualitäten gerüstet sein«, bemerkte Gero von Hochstaden herablassend und trat mit einer einladenden Handbewegung zum Burgkaplan einen Schritt zurück.

Der Geistliche deutete eine Verbeugung an und sagte: »Hoheit, bitte macht Euch mit dem Gedanken vertraut, dass Ihr und Eure Gattin als Zeugen aufgerufen werdet. Ebenso wie jeder Patient, der von der Medica jemals behandelt worden ist. Solltet Ihr noch den Wunsch verspüren, vorher eine Beichte abzulegen und Euer Gewissen zu erleichtern, dann stehe ich Euch jederzeit zur Verfügung, wie es meine Pflicht ist.«

Während der Kaplan sprach, sah sich Gero von Hochstaden in der Empfangshalle um, als wäre er der neue Herr auf Burg Landskron, bevor er sich erneut Graf Georg zuwandte und ihn fragte: »Wie geht es Eurem Schwager? Wie ich vernommen habe, ist er schon auf dem Weg der Besserung.«

»Dann wisst Ihr mehr als ich. Meine Gattin sucht ihn gerade auf. Sie wird mir berichten, wie sein Zustand ist.«

»Wenn er keine Behandlung mehr benötigt, muss ich die Medica in Eurem Kerker festsetzen lassen, damit sie nicht noch auf dumme Gedanken kommt.«

»Ich werde Euch Bescheid geben.«

»Das will ich hoffen.«

Damit drehte sich Gero von Hochstaden um und ging hinaus, den Burgkaplan im Schlepptau. Krachend fiel die Tür hinter den beiden Männern ins Schloss.

Georg von Landskron blieb mit geballten Fäusten zurück und warf dann seinen Becher, der unberührt auf dem Tisch stand, mit voller Wucht gegen die Wand, so dass er in tausend Scherben zerbarst und der Wein einen Fleck hinterließ, von dem es rot wie Blut herabtropfte.

***

Seit die verschlüsselte Nachricht eingetroffen war, hatte Anna kein Wort mehr darüber verloren. Der Prozessbeginn rückte unaufhaltsam näher, in weniger als zwei Wochen war es so weit. Aber wenn Chassim oder Bruder Thomas darüber sprechen wollten, gab sie sich verschlossen wie eine Auster.

Dabei hatte sie insgeheim längst begonnen, an einem Plan zu feilen. An einem Plan, der noch nicht ausgereift war, der aber, so wurde ihr klar, je mehr sie darüber nachdachte, die einzige Möglichkeit bot, vielleicht doch noch heil aus der Sache herauszukommen. Das Dumme war nur, dass sie all ihre Hoffnungen auf eine einzige Karte setzen musste. Und ob diese Karte auch wirklich stach, das wusste allein der Herr im Himmel. Den sie schon so lange nicht mehr um Hilfe angefleht hatte, weil sie überzeugt war, dass er sie ohnehin vergessen hatte. Aber nun schien es ihr, dass er sich doch noch an sie erinnerte, an sie, die so sehr mit ihm gehadert hatte! Denn wenn sie genauer überlegte, war sie auf wundersame Weise immer wieder gerettet worden, immer dann, wenn sie meinte, es gäbe keinen Ausweg mehr.

Als ihr diese Erkenntnis mit einem Mal ins Bewusstsein einsickerte, erst allmählich und dann mit plötzlicher Klarheit, wusste sie, dass ihr die Gnade des Glaubens wieder zuteil geworden war. Gott hatte sie nicht verlassen. Oder vielmehr, sie hatte ihn wiedergefunden, weil er ihr ein Zeichen gegeben hatte. Nach langer Zeit war sie wieder in der Lage, mit Inbrunst zu beten, im Glauben daran, dass Gott der Herr ihr einen Ausweg wies. Die verschlüsselte Nachricht war ein Fingerzeig, den nur der Himmel ihr geschickt haben konnte.

Auf einmal spürte sie eine innere Stärke und Zuversicht, die sie bisweilen verloren zu haben glaubte, eine feste und begründete Hoffnung, dass sich doch noch alles zum Guten wenden konnte …

Anna vermied es strikt, mit Chassim allein zu sein, weil dieser jede Gelegenheit nutzte, sie zärtlich zu berühren oder sie wenigstens um einen Kuss zu bitten. Stattdessen sperrte sie sich in ihr Laboratorium ein und gab vor, dort zu experimentieren oder ihre Bücher zu studieren, jedenfalls die, welche Bruder Thomas und Berbelin nicht mitsamt der Truhe hinter der Latrinenhütte vergraben hatten. In Wirklichkeit versuchte sie, sich auf den Prozess vorzubereiten, ging im Kopf ihre Argumentationen durch, focht nachts, wenn sie nicht schlafen konnte, imaginäre Streitgespräche mit dem Erzbischof aus und quälte sich mit der Vorstellung, dass Chassim, unbeweglich wie er immer noch war, sehnsüchtig auf sie wartete.

Nichts hätte sie lieber getan, als sich ihm in die Arme zu werfen, immer wieder schlichen sich, ob bei Tag oder bei Nacht, Bilder, Berührungen, Küsse, wohlige Empfindungen und unerfüllbare Hoffnungen in ihre Gedanken. Obwohl sie sich die größte Mühe gab, derlei Vorstellungen und Gefühle zu unterdrücken – sie war dagegen machtlos. Je mehr sie versuchte, nicht an Chassim zu denken, desto heftiger und öfter zog es sie zu ihm. Aber sie konnte jetzt einfach nicht ihren Gefühlen freien Lauf lassen, auch wenn sie noch so sehr darunter litt.

Sie hatte sich auf ihn eingelassen, weil sie schwach geworden war und weil sie alle Vernunft und alle Regeln in den Wind geschlagen hatte. Sie bereute es nicht. Wenigstens einmal im Leben hatte sie das göttlichste Geschenk an die Menschen, nämlich Liebe, Hingabe und Lust, empfunden und würde davon zehren bis an ihr Lebensende.

Was offenbar nicht mehr lange auf sich warten lassen

würde, dachte sie in den Momenten kurz vor der abgrundtiefsten, nackten Verzweiflung, von der sie dann unvermittelt wieder gepackt wurde. Dann wollte sie nur noch eines: verhindern, dass ihre einzige Liebe mit in den Strudel ihres eigenen Untergangs hineingezogen wurde. Auf keinen Fall durfte irgendjemand von Chassim und ihr erfahren. Nicht dass noch dem Erzbischof solcherlei Informationen hinterbracht wurden. Gelegentlich warf sie einen heimlichen Blick nach draußen, und ein- oder zweimal sah sie, dass Schatten ums Haus schlichen. Wahrscheinlich waren es Spione, unterwegs im Auftrag des Erzbischofs, die beobachten sollten, ob sie nicht nachts irgendwelchen teuflischen Ritualen nachging und schwarze Messen mit Tieropfern abhielt oder was der Erzbischof ihr sonst noch alles unterstellen mochte. Chassim musste unter allen Umständen aus dem Gerichtsverfahren herausgehalten werden. Aber genau das war das Dilemma: Wenn es ihm irgend möglich war, würde Chassim für sie Partei ergreifen, das ahnte sie. Davon würde sie ihn niemals abhalten können, egal, wie sie es auch drehte und wendete.

***

Chassims Kräfte kehrten nach und nach zurück. Doch noch immer war er ans Lager gefesselt, was ihn zusehends quälte, denn der Tag des erzbischöflichen Gerichts rückte mit beängstigender Unausweichlichkeit immer näher. Er wälzte Fluchtpläne, verwarf sie angesichts seines lähmenden körperlichen Zustands und der erzwungenen Tatenlosigkeit wieder und verstand in seiner wachsenden Verzweiflung darüber, dass er nicht einfach mit Schwert und Faust würde eingreifen können, nicht, was im Kopf und im Herzen von Anna vor sich ging. Schließlich bat er seine Schwester eindringlich um ein Gespräch mit seinem Schwager. Ottgild vertröstete ihn, versprach aber, mit Graf Georg zu reden und ihm mitzuteilen, dass er Chassim aufsuchen sollte.

Als die Tür seines Zimmers aufging und Anna hereinkam, fing Chassim sofort an zu strahlen, wie immer, wenn er sie sah und darauf hoffen durfte, sie endlich wieder in seine Arme schließen zu können. Aber in der gleichen enttäuschenden Regelmäßigkeit folgte Bruder Thomas und beraubte ihn seiner Illusionen, die ihm sein liebeskrankes Herz vorgegaukelt hatte.

Bruder Thomas trug zu Rollen aufgewickelte Leinenstreifen, eine Schüssel und einen Holzeimer mit Wasser ins Zimmer.

»Ah endlich«, sagte Chassim und legte eine gute Portion ätzenden Sarkasmus in seine Stimme. »Wollt ihr mich jetzt doch mit einem Zauber auf einen Schlag wieder gesund machen! Ich erzähle es auch nicht weiter.«

Er wusste, wie sehr er Anna mit derartigen Bemerkungen ärgern konnte, und es war seine Absicht, wenigstens irgendeine Gefühlsreaktion aus ihr herauszukitzeln. Seit sie sich ihm mit einer Leidenschaft hingegeben hatte, wie es bei einem scheinbar so selbstbeherrschten, zurückhaltenden und unerfahrenen Mädchen kaum zu erwarten gewesen wäre, hatte sie sich in eine abweisende und ernst dreinblickende Frau verwandelt. Dummerweise konnte er ihr nicht einmal nachlaufen und sie festhalten, damit sie ihm die Frage beantwortete, die ihm auf der Seele brannte: Ob sie ihn auch so liebte wie er sie. Erst jetzt sah er, dass auch noch die Magd Berbelin sein Zimmer betrat, sie hatte einen schweren Sack dabei, den sie auf dem Boden abstellte.

Bruder Thomas warf ihm einen strengen Blick zu. »Junker Chassim, das waren geschmacklose Worte. Die Medica tut wirklich alles, um Euch zu helfen, und Ihr habt nichts anderes als Spott für sie übrig.«

Chassim zeigte sich schuldbewusst. »Verzeiht mir, aber

mein Zustand der erzwungenen Untätigkeit treibt mich allmählich zur Raserei.«

Er hatte sich bei ihrem Hereinkommen auf seine Ellenbogen aufgestützt, aber Anna drückte ihn sanft und doch unmissverständlich wieder auf sein Lager nieder und beugte sich über sein lädiertes Bein.

»Wir werden sehen, ob sich dieser Zustand ändern lässt. Ich werde jetzt Euer Bein untersuchen. Nicht bewegen!« Sie nahm ihm flink die mit Lederriemen fixierten Lanzenstücke ab, die sein Bein schienten, und besah sich seine vernähte Wunde. »Die Naht ist gut verheilt. Wir machen nun das versprochene Experiment mit Euch«, sagte sie. »Ich werde Euch einen Gipsverband bis unterhalb des Knies anpassen. Dazu muss der Gips weich sein. Ihr bleibt so lange ruhig, bis der Gips hart und trocken geworden ist. Wenn ich Euch genügend Lagen anlege, müsste er das Bein so stabilisieren, dass der gebrochene Knochen weiter zusammenwachsen kann und Ihr trotzdem aufstehen und ein paar Schritte gehen könnt.«

Sie wandte sich an die Magd. »Berbelin – sei so gut und behalte die Wachen draußen im Auge. Melde uns sofort, wenn du siehst, dass sich jemand dem Haus nähert.«

Sie wartete, bis Berbelin die Tür hinter sich geschlossen hatte, und begann mit der Arbeit, wobei ihr Bruder Thomas zur Hand ging.

Chassim lag still auf dem Rücken und fragte: »Warum hast du Berbelin hinausgeschickt?«

Anna rührte den Gips mit Wasser an, und Bruder Thomas legte die Leinenbahnen bereit. Nebenher sagte sie: »Weil ich euch beiden etwas mitzuteilen habe, das sie nicht zu wissen braucht. Es geht nur uns drei etwas an.«

Bruder Thomas und Chassim sahen sich an, Bruder Thomas zuckte mit den Schultern zum Zeichen, dass er auch keine Ahnung hatte, was Anna so Wichtiges sagen wollte.

Die Medica umwickelte Chassims Bein und den halben Fuß zuerst vorsichtig mit einer trockenen Lage Leinen, dann zeigte sie Bruder Thomas, wie man die einzelnen Leinenbahnen in den zähflüssigen Gipsbrei tauchte.

»Das muss schnell gehen, der Gips trocknet rasch.«

Sie ließ sich von ihm nach und nach die gipsgetränkten Leinentücher reichen, die sie Schicht um Schicht um Bein und Fuß wickelte. Die beiden arbeiteten stumm und konzentriert, bis die Gipsschicht um das Bein so dick war, dass sie der Medica belastungsfähig genug erschien. »In etwa drei Wochen könnt Ihr Euch den Gips abnehmen lassen, das ist nicht schwer. Der Gips ist zwar hart, bricht aber schnell und bröckelt, wenn man mit einem kleinen Hammer leicht daraufschlägt«, meinte sie. »Bruder Thomas hat Euch eine Krücke gefertigt, die könnt Ihr dann als Gehhilfe benutzen. Belastet am Anfang das verletzte Bein möglichst wenig, aber Ihr werdet sehen, das ist weit besser, als nur zu liegen. Der Gips gibt Euch Eure Beweglichkeit wenigstens zum Teil zurück.«

Als sie schließlich fertig waren und Bruder Thomas Wasser und Handtücher brachte, damit sie sich säubern konnten, begann Anna: »Vor zwei Tagen hat ein fremder Mönch Berbelin eine Nachricht für mich übergeben. Ihr kennt die Botschaft noch nicht, Chassim, aber sie verändert alles.«

Sie fischte einen Pergamentzettel aus ihrer Tasche und drückte ihn Chassim in die Hand.

IO. 9,25
DIAL. MIR.
AR. PI.
SEPULC.
IO. BAPT.
VIG.

Als er ihn gelesen hatte, sah er die Medica verständnislos an. »Meine Schwester hat mit mir immer Rätselspiele gespielt, als ich noch ein Kind war. Ich war recht gut darin. Aber das ist mir zu hoch.«

Er gab Anna die Botschaft zurück, und sie begann, die beiden Männer über die Nachricht aufzuklären und den Plan zu erläutern, den sie geschmiedet hatte.

VI

Es war Vollmond, und keine Wolke stand am Himmel, sonst hätte Bruder Thomas sein Pferd nicht so halsbrecherisch über den Hügelkamm jagen können, der vereinzelt mit Büschen und Bäumen bestanden war. Er ritt, was sein Pferd und sein vom Sattel malträtierter Hintern hergaben, damit er Kloster Heisterbach, das gute drei Tagesritte von Oppenheim entfernt war, rechtzeitig erreichte. Den Wachen vor dem Haus der Medica war er durch den Geheimgang entwischt, durch den ihn Anna mitten in der Nacht von der Scheune bis zum Innenhof von Burg Landskron geführt hatte. Dort hatten schon die zwei genauestens instruierten Pferdeknechte mit einem Pferd des Junkers auf ihn gewartet. Bruder Thomas graute vor dem langen Ritt, aber wenn er damit der Medica helfen und sie vor dem Scheiterhaufen retten konnte, der ihm als Helfershelfer genauso drohte, nahm er es auf sich, an Annas Stelle an dem Treffpunkt zu erscheinen, der in der geheimnisvollen Botschaft des Mönchs angegeben war.

Bruder Thomas musste sich beeilen, hatte er doch hoch und heilig versprochen, bis zum *Festum nativitatis Mariä,* dem achten Tag im Monat *Scheiding,* wieder zurück zu sein, wenn auf Befehl des Erzbischofs der Prozess beginnen sollte.

Anna hatte Bruder Thomas eine Vollmacht mitgegeben, damit er in ihrem Namen und ihrem Auftrag handeln konnte. Er wusste nicht, was ihn im Kloster Heisterbach erwartete. Wenn alles gutging, würde er zumindest eine Information erhalten, die Anna, ihm selbst und allen Beteiligten, die der Erzbischof noch in den Prozess verwickeln wollte, vielleicht Leib und Leben zu retten vermochte.

Das ist, dachte Bruder Thomas, natürlich im Grunde genommen eine verzweifelte und womöglich viel zu optimistische Spekulation, aber der einzige Hoffnungsschimmer weit und breit. Also blieb ihm nichts anderes übrig, als alles zu geben und nur die notwendigsten Ruhepausen einzulegen, die Pferd und Reiter brauchten, um das Kloster schleunigst zu erreichen.

***

Nachdem Chassim die Botschaft gelesen hatte, war Anna aufgestanden und hatte erklärt, was es mit dem Papier auf sich hatte. Mit wachsendem Erstaunen hatten Bruder Thomas und Chassim die Deutung der Nachricht aus Annas Mund vernommen.

»Derjenige, der dieses Pergament beschriftet hat, muss wissen, dass ich früher Bruder Marian war, denn nur Bruder Marian kann die abgekürzten Worte verstehen und ergänzen und nur für ihn ergeben sie einen Sinn. Fangen wir beim zweiten Kürzel an, das erste hat Bruder Thomas ja schon gelöst: IO. 9,25 heißt Johannesevangelium, Kapitel 9, Vers 25: ›Eines weiß ich wohl: dass ich blind war und bin nun sehend.‹

DIAL. MIR. bedeutet ausgeschrieben DIALOGUS MIRACULORUM, ein Werk des verstorbenen Abtes von Kloster Heisterbach, Caesarius von Heisterbach. Übersetzt heißt es ›Dialog über die Wunder‹. Ich habe es damals selbst gelesen, für jeden Novizen und Laienbruder des Klosters Heisterbach ist es eine Pflichtlektüre. Das Buch enthält eine geistliche Anekdotensammlung über Wunder und Visionen. Nur ich weiß, dass Pater Urban mir die Schrift ganz besonders ans Herz gelegt hat.«

Bruder Thomas fragte: »Und deshalb glaubt Ihr auch, dass Pater Urban diese Botschaft geschrieben hat?«

»Mir ist klar, das klingt wahnwitzig. Aber wer sonst sollte davon wissen?«

Darauf hatte auch Bruder Thomas keine hinreichende Antwort.

»Das dritte angedeutete Wort AR. PI. muss eine Abkürzung für Archiepiscopus, Erzbischof, sein«, fuhr Anna fort. »Der Schreiber dieser Zeilen will damit andeuten, dass er wichtige Informationen über den Erzbischof hat.«

»Warum bist du dir da so sicher?«, bemerkte Chassim.

»Irgendwie muss er von meiner Situation erfahren haben. Dass der Erzbischof einen Prozess wegen *Häresie* gegen die Medica führen will, hat sich doch wie ein Lauffeuer in der Gegend verbreitet. Dafür hat schon der Erzbischof selbst gesorgt. Um jeden abzuschrecken, der ihm in die Quere kommen will. Und in seinem Kloster, in Heisterbach, weiß es ganz bestimmt jeder, vom *Prior* bis zum Novizen.«

»Oder der Schreiber hat erst vor kurzem von der Existenz einer Medica erfahren, die zwei verschiedenfarbige Augen hat und hinter der die Kirche her ist«, warf Bruder Thomas ein. »Er hat sich an diese Augen erinnert, eins und eins zusammengezählt und messerscharf geschlossen, dass Bruder Marian oder besser Anna Ahrweiler noch lebt und diese Medica sein muss.«

Anna stimmte ihm zu. »Das werden wir erfahren, wenn wir den Schreiber treffen.«

»Und wenn es eine Falle ist?«, fragte Chassim besorgt.

»Warum sollte sich jemand die Mühe machen, mich in eine Falle zu locken? Wie Ihr sagt, ist mein Schicksal doch so oder so schon besiegelt.«

»Macht weiter!«, drängte Bruder Thomas. »Was bedeutet das nächste Kürzel?«

Aber bevor Anna etwas sagen konnte, schlug er sich mit

der flachen Hand auf die Stirn. »SEPULC. heißt Sepulcretum – der Friedhof!«

Anna nickte zustimmend.

Bruder Thomas war begeistert. »Natürlich! Der Friedhof von Kloster Heisterbach. Dass ich nicht gleich darauf gekommen bin! Es steht alles da – man muss es nur richtig zu deuten wissen.«

Anna lächelte. »So ist es. Johannnes 9,25: ›Eines weiß ich wohl: dass ich blind war und bin nun sehend.‹ Das sagt uns dreierlei. Erstens: Wenn man die Botschaft richtig deutet, erschließt sich der Sinn. Zweitens: Der Schreiber hat ein Geheimnis aufgedeckt, das er mir unbedingt mitteilen will, und es betrifft den Erzbischof. Und drittens …« Sie legte eine Kunstpause ein. »Drittens: Johannes 9,25 bezeichnet den genauen Ort des Treffpunkts. Der Vers steht als Inschrift über dem Tor von Kloster Heisterbach.«

Bruder Thomas sprang auf. Der heilige Eifer hatte ihn vollends gepackt, und er resümierte aufgeregt: »Also, wir haben das Kloster, das Buch des früheren Abtes, den Erzbischof und den Friedhof. Bleibt noch IO. BAPT. – halt, ich weiß, was das bedeutet! Johannes Baptista, Johannes der Täufer!«

»So ist es. Und weil wir noch einen genauen Zeitpunkt zum Treffen brauchen, heißt das …«

Bruder Thomas unterbrach sie. »Aber die Geburt von Johannes dem Täufer wird zur Sommersonnenwende gefeiert, am Johannistag. Das ist schon acht Wochen her.«

»Es gibt noch einen zweiten Feiertag, der Johannes dem Täufer gewidmet ist.«

»Ihr habt recht!«, sagte Bruder Thomas und machte ein Gesicht, als habe er eine Eingebung des heiligen Geistes. »Die Enthauptung des heiligen Johannes des Täufers. Am 29. Tag des Monats *Ernting*.«

»Also in fünf Tagen. Und nun zu guter Letzt zum Kürzel

VIG. Das kann nur Vigil heißen. Und die ist in Kloster Heisterbach gewöhnlich um 2 Uhr nach Mitternacht.«

Da war es heraus, das Rätsel gelöst. Anna sprach schließlich aus, was alle dachten: »Der Schreiber will mich treffen. Aber ich bin eine Gefangene des Erzbischofs. Ich kann nicht fort. Wenn ich trotzdem fliehe, hätte das unabsehbare Folgen für alle, die mich kennen. Außerdem wäre ich vogelfrei, und jedermann hätte das Recht und die Pflicht, mich zu töten. Ich käme nicht weit. Zudem würde mich im Kloster jeder erkennen. Ihr, Chassim, könnt nicht mal gehen, geschweige denn reiten. Also bleibt nur eine Möglichkeit ...«

Mit diesen Worten hatte sie sich mit ernstem Gesicht Bruder Thomas zugewandt.

Der hatte nur genickt und leise gesagt: »Wie komme ich hier ungesehen heraus?«

* * *

Es war der Tag vor *Festum nativitatis Mariae*. Der Einzug des Erzbischofs auf Burg Landskron gestaltete sich wie der siegreiche Einmarsch des Eroberers in eine belagerte Stadt, die bedingungslos kapituliert hatte. Zwar standen zahlreiche Soldaten und Bedienstete des Grafen und eine Menge Schaulustiger und Neugieriger Spalier, aber niemand jubelte oder war gar fasziniert oder begeistert. Schweigsam sahen die Menschen zu, wie der Wagen des Erzbischofs an der Spitze des riesigen Trosses, umringt von einem Dutzend Leibwachen, im Innenhof zum Stehen kam, gefolgt von einem weiteren Wagen, unter dessen Plane wohl etwas ganz Besonderes transportiert wurde, denn die schwerbewaffneten Söldner des Erzbischofs ließen ihn keinen Moment aus den Augen.

Als der Erzbischof schließlich würdevoll aus seinem geschlossenen Wagen stieg, gefolgt von Abt Sixtus vom Kloster Heisterbach, begrüßte ihn sein Neffe Gero mit gebeugtem

Knie und ehrerbietigem Kuss auf den Ring der rechten Hand. Hinter Gero von Hochstaden wartete ein grimmiger Graf von Landskron darauf, dem unwillkommenen Ehrengast seine Aufwartung machen zu dürfen. Auch er gab ihm den gebührenden Ringkuss und entschuldigte seine Gattin, die sich unwohl fühle. Konrad von Hochstaden durchschaute die Flunkerei, aber diese kleine Unhöflichkeit störte ihn nicht. In zwei Tagen würde er ohnehin mit der ganzen Sippschaft der Landskrons abrechnen.

Chassim, der ein Gemach auf der Burg bewohnte, seit er nicht mehr im Haus der Medica untergebracht war, stand neben seiner Schwester Ottgild und blickte mit ihr durch eine Fensternische auf dem Gang im zweiten Stock des Palastes auf den inneren Burghof hinunter. Von ihrer hohen Warte aus verfolgten die beiden die Ankunft des Erzbischofs.

Chassim stützte sich auf seine Krücke. Mit dem eingegipsten Fuß, der allgemein Aufsehen erregt hatte, kam er gut zurecht. Anfangs war er nur ein paar Schritte gehumpelt, aber seitdem waren zwei Wochen vergangen, und seine Kräfte waren zurückgekehrt. Nach und nach hatte er sich daran gewöhnt, mit der unförmigen gipsernen Hülle, die sein Bein und die Hälfte des Fußes umschloss, umzugehen.

Anna war inzwischen, bewacht von zwei Soldaten, in einem Gemach im ersten Stock des Palastes untergebracht. Das widersprach dem Wunsch des Erzbischofs, aber Chassim hatte darauf bestanden und sich durchgesetzt. Wenn Konrad von Hochstaden wolle, dass Anna im Verlies auf ihren Prozess wartete, solle der Erzbischof persönlich bei ihm vorsprechen, er würde ihm dann schon seine Meinung dazu kundtun, hatte er Gero von Hochstaden kurz angebunden mitgeteilt, als dieser protestierte. Der junge Hochstaden, der ansonsten alle Vorbereitungen für die Verhandlung getroffen hatte, so wie es von seinem Onkel angeordnet worden war, hatte sich schließlich Chassims Forderung gebeugt. Dafür, so hatte es ihm Chassim zugesagt, würden er und die Medica ohne großes Aufsehen und freiwillig auf Burg Landskron übersiedeln.

Nur der Verbleib von Bruder Thomas bereitete dem jungen Hochstaden ganz offensichtlich Kopfzerbrechen. Aber Chassim hatte einfach behauptet, Bruder Thomas habe sich bei Nacht und Nebel davongemacht, ohne jemandem von seinem Fluchtplan zu erzählen. Da müsse wohl die Wache vor dem Haus der Medica geschlafen haben. Gero von Hochstaden war zwar wütend gewesen, doch er konnte nichts mehr daran ändern.

Chassim und Ottgild schauten durch die Fensternische weiter zu, wie der Erzbischof nach der Begrüßung seine Söldner dabei beaufsichtigte, wie sie die Plane des zweiten, von sechs Pferden gezogenen Wagens entfernten. Die beiden Geschwister fragten sich, was dabei wohl zum Vorschein kommen würde.

***

Gero von Hochstaden und Graf Georg von Landskron standen neben Abt Sixtus und dem Erzbischof, der vom verspätet herbeigeeilten Burgkaplan untertänigst willkommen geheißen wurde. Konrad von Hochstaden ließ die Begrüßung zerstreut über sich ergehen, während er die Männer anwies, vorsichtig mit den Gerätschaften umzugehen, die sie vom Wagen abluden.

»Ihr habt doch wohl eine Schmiede auf Eurer Burg?«, fragte er dann den Grafen beiläufig.

»Ja, natürlich. Wollt Ihr die Pferde beschlagen lassen?«, entgegnete der Graf einigermaßen überrascht.

»Nein. Aber mein Neffe hat mich wissen lassen, dass Ihr keine Folterkammer habt. In einer Schmiede findet sich für gewöhnlich eine Feueresse, die sich hervorragend dafür eignet, Eisen zum Glühen zu bringen und widerspenstige Hexen zu einem Geständnis zu bewegen. Wenn Ihr meinen Männern den Weg weist, dann können sie die Gerätschaften, die ich für eine peinliche Befragung mitgebracht habe, gleich dort unterbringen. Falls sie notwendig werden sollte.«

Jetzt lagerte nur noch ein sargähnlicher Gegenstand auf der Ladefläche des Wagens. Er war mit festgenagelten Leisten und Seilen am Holzboden und an den Seitenwänden befestigt, so dass er nicht verrutschen konnte, und war mit einer Plane bedeckt.

»Kommt mit mir, Graf, ich möchte Euch etwas zeigen«, sagte der Erzbischof in einem Ton, der keinen Widerspruch duldete. Dann bestieg er mit Hilfe des Burgkaplans die Leiter, die noch vom Abladen am Wagen befestigt war, und wartete, bis auch der Graf von Landskron die Ladefläche erklommen hatte.

»Was ist das – ein ganz besonderes Folterwerkzeug?«, fragte Graf von Landskron mit einer Geringschätzung, die nicht zu überhören war.

»Wo denkt Ihr hin!«, antwortete der Erzbischof bestens gelaunt. »Das Wenige, was meine Männer zur Schmiede gebracht haben, ist völlig ausreichend. Zumeist reicht schon der Anblick eines glühenden Eisens, und Ihr bekommt jedes Geständnis. Nein, hier in diesem Kasten ist mein Geschenk an die braven Bürger von Oppenheim für die baldige Einweihung der Katharinenkirche. Deren Pfarrer übrigens Euer Burgkaplan werden wird.«

Der Burgkaplan, der nach dem Grafen den Wagen bestiegen hatte, kniete bei diesen Worten vor dem Erzbischof nieder, küsste dessen Ring und stammelte: »Eure Eminenz, Ihr seid zu großzügig! Ich weiß gar nicht, wie ich Euch danken soll!«

»Schon gut, wenn der Moment gekommen ist, werdet Ihr es wissen! Erhebt Euch«, sagte der Erzbischof in allergnädigster Stimmung.

Ein Wink von ihm, und zwei Söldner lösten die Halteseile, so dass die Plane nun lose auf dem Kasten lag. Mit einem theatralischen Schwung zog der Erzbischof die Plane fort, und zum Vorschein kam tatsächlich ein Sarg, der mit Glasfensterchen versehen war. Im Inneren des Sarges lag ein menschliches Skelett mit zusammengefalteten Fingerknochen, auf einem großen dunkelroten Samtkissen gebettet und in eine kostbare, mit Goldfäden bestickte Tunika gekleidet. »Die heilige Katharina, als Reliquie für die Katharinenkirche zu Oppenheim«, erklärte der Erzbischof mit donnernder Stimme und so feierlich, dass alle Umstehenden, einschließlich der Männer auf dem Wagen, sich ihre Kopfbedeckungen vom Haupt rissen, in die Knie gingen und sich bekreuzigten.

VII

Anna wusste, dass der Erzbischof samt Gefolge eingetroffen war, weil eine der Wachen, die vor ihrer Tür standen, es ihr gemeldet hatte. Berbelin, die bei ihr weilte, war bei den Worten des Soldaten in ihrem Stuhl zusammengesunken und betete still vor sich hin. Anna blieb äußerlich unbeeindruckt und gelassen, aber in ihrem Innern brodelte es. Wo war Bruder Thomas? Wenn er nicht rechtzeitig zurückkam und etwas wirklich Brauchbares gegen den Erzbischof in Händen hielt, war es um sie geschehen.

Nur ein einziges Mal, seit sie in die Burg umgezogen war, hatte sie mit Junker Chassim allein sein dürfen. Sie hatten sich geküsst und einander in den Armen gelegen, aber dann war es Chassim, der, seit er durch den Gipsverband wieder in der Lage war, selbständig zu gehen, seine alte Tatkraft wiedergefunden hatte. Doch seine jugendliche Unbekümmertheit war einer ernsten Zuversicht gewichen. Trotz der Gegenmaßnahmen, die sie endlich ergriffen hatten, bestand er darauf, mit Anna einen Fluchtplan zu entwerfen, der in Kraft treten würde, wenn alle Stricke reißen sollten und Bruder Thomas, warum auch immer, nicht rechtzeitig oder gar nicht von seiner Mission in Kloster Heisterbach zurückkehren sollte.

»Vielleicht nutzt er die Gelegenheit und macht sich für immer aus dem Staub«, wagte Chassim einzuwerfen, aber Anna widersprach ihm vehement.

»Das würde er niemals tun. Bruder Thomas verrät mich

nicht, da bin ich mir absolut sicher. Wenn er wirklich nicht kommt, dann wird er entweder festgehalten oder es ist ihm etwas zugestoßen.«

In ihrem wiedererwachten Gottvertrauen hoffte Anna immer noch auf eine gerechte Verhandlung. Sie hatte sich nichts vorzuwerfen, und Graf Georg von Landskron persönlich garantierte, dass sie sich verteidigen durfte – was nicht unbedingt üblich war in derartigen Prozessen. Im äußersten Notfall würde Chassim, ohne seine Schwester, geschweige denn seinen Schwager, einzuweihen, mit Anna einen Fluchtversuch wagen und sich mit ihr irgendwie zum Gutshof seines Vaters durchschlagen. Ihre Standesunterschiede schob er beiseite, die Folgen einer solchen Tat waren ihm gleichgültig. Er liebte Anna und würde alles tun, um sie zu retten. Anna spürte und wusste, dass er es aus tiefstem Herzen ehrlich meinte. Mit seinen zwei Stallburschen traf er schon heimlich Vorkehrungen zur Flucht. Auch wenn sie ahnte, dass der Erzbischof mit so einer Verzweiflungstat rechnete und überall Wachen aufgestellt hatte.

In diesem Moment wurde die Tür aufgerissen, und eine Wache kam herein. »Mach dich bereit, der Erzbischof wird dich gleich aufsuchen. Deine Magd soll so lange verschwinden. Seine Eminenz will allein mit dir sprechen.«

Er führte Berbelin hinaus, und Anna wappnete sich, um ihrem Erzfeind gegenüberzutreten.

***

Konrad von Hochstaden mochte keine Überraschungen. In Begleitung des Grafen von Landskron, seines Neffen Gero, Abt Sixtus und des Burgkaplans befand er sich auf einer Besichtigungsrunde über das Burggelände von Landskron, um sämtliche Örtlichkeiten, die für die nächsten zwei Tage von Belang waren, in Augenschein zu nehmen. Er nahm sich das

Verlies und die Schmiede vor und auch den Innenhof, der bei einem Schuldspruch als Richtstätte dienen sollte.

Zu guter Letzt setzte er sich in der Empfangshalle auf den Stuhl, der für den Vorsitzenden des Tribunals vorgesehen war. Zu beiden Seiten waren mehrere Reihen von Sitzbänken aufgestellt, die für die Ratsherren und Zunftmeister bestimmt waren, dem Richtertisch gegenüber konnte das gemeine Volk Aufstellung nehmen. Mitten in diesem Viereck stand ein Pult, der Platz für die Angeklagte. Der Erzbischof hatte angeordnet, dass so viele Menschen wie möglich am Prozess teilnehmen sollten, der Andrang würde groß werden, und die Wachen waren angewiesen, dafür Sorge zu tragen, dass es nicht zu Tumulten kam.

Als sich der Erzbischof wohlwollend umgesehen hatte und feststellte, dass inzwischen auch der Vogt eingetroffen war, ein glatzköpfiger, schwergewichtiger Mann um die vierzig, der von einigen Herren in prächtigen Gewändern begleitet wurde, nickte er den Anwesenden zu, stand auf und hob an zu sprechen.

»Ehrwürdige Herren. Am morgigen Tage werden wir darüber zu richten haben, ob die allgemein als Medica bekannte Anna aus Ahrweiler schuldig oder nicht schuldig ist im Sinne der Anklage, nämlich eine verderbte Häretikerin zu sein, die mit ihrer Hexenkunst gegen die Reinheit des Glaubens verstoßen, Gott geleugnet und in ketzerischer Art und Weise die Macht des Teufels vertreten hat. Dies ist eine verantwortungsvolle Aufgabe, denn im Falle einer Verurteilung durch den ehrwürdigen Vogt, der aufgrund seiner weltlichen Autorität dazu ermächtigt ist, ein Todesurteil zu fällen, wird die Angeklagte dem Scheiterhaufen zugeführt. Kraft meines durch die heilige Mutter Kirche verliehenen Amtes als Erzbischof und auf der Grundlage der 1184 durch Papst Lucius III. erlassenen *Bulle* ernenne ich mich hiermit selbst zum *Inquisitor* für die Dauer des Verfahrens. Ich werde das Verhör übernehmen und zur Wahrheitsfindung gegebenenfalls den Einsatz der Folter anordnen. Zu Beisitzern und Stellvertretern bestimme ich den ehrwürdigen Abt Sixtus, den ehrwürdigen Burgkaplan und den Grafen von Landskron. Mein Neffe, Gero von Hochstaden, ist für die Zeugenzuführung und den reibungslosen Ablauf der Verhandlung verantwortlich.«

Er wandte die Augen gen Himmel und erbat mit erhobenen Händen göttlichen Segen.

»Deprecare Deum, sancte Michael Archangele, ut conterat satanam sub pedibus nostris, ne ultra valeat captivos tenere homines, et Ecclesiae nocere! Dominus vobiscum!«

Die Anwesenden murmelten: *»Et cum spiritu tuo.«*

»Und jetzt«, sagte der Erzbischof und ging auf den Grafen zu, »führt mich zu Anna Ahrweiler.«

* * *

Unruhig ging Anna in ihrer *Kemenate* auf und ab. Vor über einer Stunde hatte man den Erzbischof angekündigt. Das Warten begann sie zu zermürben. Doch da klopfte es, und die Wache riss von außen die Tür auf. Konrad von Hochstaden trat ein.

Anna, die vor dem kalten Kamin stand, sah ihm stolz entgegen. Sie war wie immer in ihre einfache Kutte mit Kapuze gekleidet, der Erzbischof trug einen dunkelroten Umhang aus Seide über seiner schneeweißen Tunika, der mit einem weißen Pelz verbrämt war, sowie seinen *Pileolus* und wartete, bis sie beide allein gelassen wurden.

Anna sprach kein Wort der Begrüßung und machte auch keinerlei Anstalten, sich zu verbeugen. Der Erzbischof musterte sie kalt von oben bis unten.

»So sieht man sich wieder«, unterbrach er schließlich nach einer kleinen Ewigkeit die Stille. »Anna aus Ahrweiler. Oder soll ich besser sagen: Bruder Marian?«

»Ganz wie es Euch beliebt, Euer Eminenz.«

Der Erzbischof kam näher, dabei ließ er Anna keinen Moment aus den Augen. Während Anna wie erstarrt stehen blieb, umrundete er sie wie ein Kunstkenner, der eine antike Statue von allen Seiten betrachten und studieren will.

»Morgen ist dein großer Tag, Anna Ahrweiler. Er wird auch dein letzter sein. Aber vorerst höre mich an. Ich habe dir ein Angebot zu unterbreiten. Du legst morgen in aller Früh ein Geständnis ab und bekennst, eine Hexe zu sein. Damit ersparen wir uns viel Zeit und Aufwand. Sollte dieser Fall eintreten, will ich Gnade vor Recht ergehen lassen und gewähre dir den schnellen Tod durch das Henkersbeil.«

»Ich habe nichts zu gestehen.«

»Wie du willst. Das Angebot erlischt, sobald ich diesen Raum verlasse.«

Anna schwieg.

Der Erzbischof nickte, als habe er ein Einsehen. »Ich sollte vielleicht noch hinzufügen, dass, falls du gestehst, deine Gefährten mit der Furcht davonkommen, die sie jetzt befallen hat.«

»Andernfalls?«

»Nun, jeder, der sich mit dir eingelassen hat, wird wegen *Ketzerei* angeklagt. Ausnahmslos.«

Anna drehte zum ersten Mal den Kopf nach ihm um: »Sagt mir eines: Warum wollt Ihr mich vernichten?«

Der Erzbischof schien auf diese Frage gewartet zu haben. Er entgegnete leise, aber eindringlich: »Du nimmst dich zu wichtig, Anna aus Ahrweiler. Aber ich will dir antworten, so gut ich kann. Die Menschen müssen sich fürchten, sonst kann es keinen Glauben geben auf der Welt. Zu viel Wissen ist gefährlich. Denn mit dem Wissen überwindet man die Furcht. Und wer keine Furcht vor dem Teufel und dem ewigen Höllenfeuer hat, der braucht keinen Gott mehr. Und du, Anna, gehörst zu denen, die Wissen erwerben und verbreiten wollen. Du sorgst dafür, dass die Furcht immer weniger wird. Und das untergräbt und zerstört den Glauben. So etwas kann ich als guter Hirte meiner christlichen Herde nicht zulassen.«

»Das ist ein Grund. Wenn auch ein wichtiger. Aber ist es nicht so, dass ich zu viel weiß über Euch?«

Der Erzbischof hatte aufgehört, sein Opfer zu umkreisen, und blieb jetzt, Auge in Auge, vor Anna stehen. Sie waren sich auf einmal ganz nah, aber Anna zuckte nicht mit der Wimper und hielt seinem Blick stand, als er verächtlich sagte: »Du weißt gar nichts über mich! Nicht das Geringste!«

Anna sah ihm unverwandt in die Augen, als sie entgegnete: »Und wer hat veranlasst, Pater Urban zu vergiften?«

Der Erzbischof neigte den Kopf und lächelte *sibyllinisch*. »Ach, das meinst du. Woher weißt du das? Warst du nicht der *Famulus* des *Infirmarius*? Mit genügend Kenntnissen, um deinen eigenen Meister zu vergiften?«

Bei diesem Vorwurf schoss Anna die Zornesröte ins Gesicht. Aber sie hielt den Blick des Erzbischofs eisern fest.

Konrad von Hochstaden fuhr fort: »Und warum hast du das getan? Ich will dir die Antwort darauf geben …« Er flüsterte nun. »Weil du schon damals eine Hexe warst! Und der Teufel hat dir eingegeben, dass du die Stelle von Pater Urban einnehmen sollst!«

Anna presste die Lippen zusammen und blieb stumm.

Der Erzbischof lächelte noch immer, als er leise sprach: »Vom Bauernmädchen über den Novizen zur Medica, fürwahr eine glänzende Laufbahn.«

Er schnupperte an ihr.

»Und wie gut du duftest! Nach Lavendel und Rosenöl. Sag mir eines: War es nicht dein größter Wunsch, den Gestank des Gewöhnlichen loszuwerden?«

Anna antwortete nicht. Sie hatte größte Mühe, sich darauf zu konzentrieren, dass sie nicht die Beherrschung verlor.

Konrad von Hochstaden flüsterte ihr nun ins Ohr, er war ihr so nahe gekommen, dass sein Atem sie kitzelte.

»Hast du dafür dem Satan deine Seele verkauft? Um den Pesthauch der niederen Herkunft abzustreifen? Einzigartig zu sein? Dich über die gewöhnlichen Sterblichen zu erheben?«

Anna nahm ihren ganzen Mut zusammen und entgegnete: »Sprecht Ihr von mir oder von Euch?« In diesem Augenblick war es mit ihrer Selbstbeherrschung vorbei. Ihre ganze unterdrückte Wut brach wie ein Vulkan aus ihr heraus, als sie den Erzbischof anschrie: »Ihr seid bereit, über Leichen zu gehen, um Eure Ziele zu erreichen! Und Pater Urban stand Euch im Weg! Genauso wie ich Euch im Weg bin!«

Der Erzbischof wich einen Schritt zurück und bedachte sie mit einem abfälligen Blick, bevor er sich vorbeugte und ihr förmlich seine Worte ins Gesicht spie: »Mir wurde berichtet, deine Eltern haben geschrien wie Schweine auf der Schlachtbank, als sie in ihrer jämmerlichen Hütte verbrannten. Ich freue mich schon auf deine Schreie, wenn die Flammen des Scheiterhaufens dich läutern!«

Damit drehte er sich um und verließ die *Kemenate.* Die Tür schlug hinter ihm krachend ins Schloss.

Anna zuckte zusammen und merkte erst jetzt, dass sie am ganzen Körper zitterte wie Espenlaub.

VIII

Festum nativitatis Mariae, der Tag des Gerichts, war gekommen.

Das Tribunal saß hinter dem schweren Tisch an der Stirnseite der Empfangshalle im gräflichen Palas; es bestand aus dem Erzbischof im prächtigsten *Ornat* und mit *Mitra* auf dem Haupt; Graf Georg von Landskron mit finsterer Miene; dem Vogt, eitel und einfältig; Abt Sixtus, dessen strenger Blick ständig forschend umherschweifte; dem Burgkaplan, der das Protokoll führte sowie zwei weiteren Beisitzern, feinen Herrschaften, die beinah platzten vor Stolz, dem Erzbischof und damit der Kirche zu Diensten sein zu dürfen.

Dem Tribunal gegenüber war hinter einer Absperrung, einem gewöhnlichen Strick, das Volk, einfache Leute, die aus Neugier oder aus Vorfreude auf eine dramatische Verhandlung von nah und fern herbeigeströmt waren. Alle paar Fuß stand eine schwerbewaffnete Wache, um dafür zu sorgen, dass es zu keinen Krawallen kam. Noch herrschte erwartungsvolle Spannung und allgemeines Stimmengemurmel. Doch plötzlich kehrte eisige Stille ein.

***

Zwei Wachen geleiteten Anna die Treppe herunter, die in die oberen Stockwerke führte. Sie war nicht gefesselt, dafür hatte Chassim in Absprache mit seinem Schwager gesorgt, was jetzt, da sie die Empfangshalle betrat, missmutige Stirnfalten beim Erzbischof hervorrief. Die Gräfin, Berbelin und Chassim folgten.

Anna fröstelte und zog ihren schwarzen Kapuzenumhang enger um sich. Gefasst und konzentriert steuerte sie auf das für sie vorgesehene Pult zu und blieb davor stehen. Die sie begleitenden Wachen zogen sich auf einen Wink des Erzbischofs zurück, und Anna musterte mit offenem Blick ihre Richter. Bei ihrem Auftritt war es wieder zu einer gewissen Unruhe unter den Zuschauern gekommen.

Abt Sixtus erhob sich. »Ruhe«, brüllte er. »Ruhe!«

Er wartete ab, bis es wieder so still geworden war, dass man jedes Räuspern, jedes Rascheln der Kleider, jedes Knistern des Strohs unter den Füßen hören konnte.

Dann sprach er so laut, dass jeder es hören konnte: »Wir beginnen nun mit dem Prozess gegen die Angeklagte Anna aus Ahrweiler, genannt Medica. Graf Georg von Landskron hat uns auf Anzeige des ehrwürdigen Burgkaplans diese Person überantwortet, damit wir über sie zu Gericht sitzen. Alle Anwesenden sind durch ihr Glaubensgelübde verpflichtet, unter Androhung der Exkommunikation, den *Inquisitor,* den ehrwürdigen Erzbischof Konrad von Hochstaden, in seiner Wahrheitsfindung und seinem Kampf gegen die *Häresie* zu unterstützen. Jeder, der das Urteil des *Inquisitors* in Frage stellt, ist ein Ketzer und als solcher zu bestrafen.«

Die schwerwiegenden Worte verhallten im Raum. Jetzt war es wirklich totenstill. Bis die schneidende Stimme des Erzbischofs wie ein Messer die angespannte Atmosphäre durchschnitt.

»Dein Name, Angeklagte!«

Anna antwortete überdeutlich. »Anna.«

»Wo bist du geboren?«

»In Ahrweiler.«

»Wie alt bist du?«

»Ich werde siebzehn, in drei Wochen, um genau zu sein.«

»Ist dir klar, dass du die Pflicht hast, alle Fragen wahrheitsgemäß zu beantworten?«

»Ja.«

»Dann schwöre auf die Bibel!«

Der Burgkaplan trat heran und hielt Anna die Bibel hin. Aber mit einem gewissen Abstand, als hätte sie eine nach Schwefel stinkende Aura. Anna sah ihn absichtlich nicht an, als sie die Hand auf die Bibel legte und sprach: »Ich schwöre bei Gott.«

Der Erzbischof wartete, bis der Burgkaplan wieder seinen Platz eingenommen hatte, dann sagte er: »Anna Ahrweiler – bist du getauft?«

»Ja.«

»Wer sind deine Eltern?«

»Caspar und Gret aus Ahrweiler. Sie sind beide tot. Aber das ist Euch ja schon bekannt.«

Abt Sixtus mischte sich ein und geiferte: »Eminenz, Angeklagte! Der Bischof ist mit Eminenz anzusprechen!«

»Dass meine Eltern tot sind, wisst Ihr ja schon, Eminenz«, wiederholte Anna ausdrücklich und betonte den Titel, als würde sie ein Schimpfwort aussprechen.

»Das tut nichts zur Sache«, winkte der Erzbischof ab. »Du nennst dich eine Medica?«

»Ja, Eure Eminenz.«

»Wie kannst du dir anmaßen, dich so zu nennen? Mit sechzehn Jahren? Hat dir der Satan den Titel verliehen?«

»Nein, Eure Eminenz. Der Graf.«

»Aha.« Der Erzbischof warf einen missbilligenden Blick zum Grafen hinüber.

»Ist dir der Teufel schon einmal begegnet?«, fragte er.

Anna nickte. »Ja, in mancherlei Menschengestalt.«

Ein Raunen ging durch das Publikum.

Die Augen des Erzbischofs verengten sich. »Willst du damit sagen, du hast mit ihm Unzucht getrieben?«

»Nein, Eure Eminenz. Aber mir kommt es bisweilen so vor, als würden sich Menschen wie Teufel benehmen. Anderen Menschen gegenüber. Ohne Gottes Gebote der Nächstenliebe und der Vergebung zu beachten.«

»Wir führen hier keine theologische Debatte, Angeklagte. Es steht dir nicht zu, über grundsätzliche Fragen des Glaubens zu urteilen. Du hast nur meine Fragen zu beantworten. Du hast als Medica gearbeitet und Menschen geheilt?«

»Ja, solange man mich gelassen hat, Eminenz.«

»Hast du dabei Zaubertränke, Flüche, Zaubersprüche und ähnliche Rituale verwerflicher Natur angewendet?«

»Niemals, Eminenz. Ich habe alle Patienten nur nach bestem Wissen und Gewissen mit allgemein zugänglichen Arzneien behandelt und Heilmethoden angewendet, die ich gelernt habe und für angemessen hielt.«

»Und was ist das?« Der Erzbischof winkte seinem Neffen, der einen dicken Packen Bücher heranbrachte und ihn vor Annas Füßen auf den Boden fallen ließ, dass der Staub hochstob.

»Gehören diese Bücher dir?«, fragte der Erzbischof.

Anna kniete sich nieder, ließ sich Zeit und sah jedes Buch an, bevor sie wieder aufstand und nickte. »Ja, die gehören mir.«

»Warum hast du sie dann in einer Truhe hinter dem Haus vergraben?«

»Weil ich befürchtete, sie könnten in die falschen Hände geraten und verbrannt werden. Sie sind sehr wertvoll.«

»Du hast also gewusst, dass sie verboten sind und schändlichen Inhalts? Dass sie die Lehren der Kirche in den Schmutz ziehen und Gott lästern?«

»Es sind Werke bedeutender Gelehrter, die in der Heilkunde und für das Verständnis körperlicher Geschehnisse von großem Nutzen sein können und …«

»Schweig!«, herrschte sie der Erzbischof an. »Hast du jemals mit der Hilfe des Satans, der Urheber oder zumindest Einflüsterer solcher Bücher ist, einen Menschen vom Tode zum Leben erweckt?«

Anna starrte ihn an. »Nein. Niemals.«

Der Erzbischof nickte seinem Abt zu, der übernahm.

»Die erste Zeugin!«, rief Abt Sixtus Gero von Hochstaden zu.

Der öffnete die Eingangstür und rief eine verschüchterte Frau herein, die Anna erst auf den zweiten Blick erkannte.

»Komm näher, Weib!«, sagte der Abt und winkte sie heran.

Mit gesenktem Blick trat die Frau neben die Medica und vermied es krampfhaft, sie anzusehen, obwohl Anna ihre Augen auf sie gerichtet hatte.

»Noch näher, du brauchst dich nicht zu fürchten«, sagte Abt Sixtus in einem milden Ton, als redete er mit einem Kind.

Anna erkannte die Frau, sie war die Mutter des kleinen Mädchens, das als ertrunken galt, weil es in einen Brunnen gefallen und leblos herausgezogen worden war.

»Du hast die Medica bei der Ausübung ihrer Hexenkunst beobachtet?«, fragte Abt Sixtus.

Die Frau nickte.

»Was hat sie getan?«

»Sie hat ihre Hand auf meine tote Tochter gelegt, etwas gemurmelt und sie wieder zum Leben erweckt.«

»Können das noch andere bezeugen?«

»Ja. Mein Mann und etliche Nachbarn, die es mitangesehen haben.«

»Es ist gut, du kannst gehen.«

Die Frau drehte sich um, den Blick immer noch zu Boden gesenkt, und wollte an Anna vorbeigehen. Aber Anna machte einen Schritt zur Seite und hielt sie auf.

»Eure Eminenz«, wandte sie sich an das Gericht. »Darf ich mit der Zeugin reden?«

»Lass die Zeugin los, auf der Stelle!«, donnerte der Erzbischof.

Anna trat wieder hinter ihr Pult.

»Wenn du so etwas noch einmal tust oder redest, ohne gefragt zu werden, kannst du in Ketten im Verlies warten, bis die Zeugenvernehmung abgeschlossen ist!« Mit einem Kopfnicken schickte er die Frau weg.

Der Ablauf der Zeugenbefragung wiederholte sich noch etliche Male. Sogar die Mutter der mit Zwillingen schwangeren Frau, die Meister Aaron noch untersucht und die später zwei gesunde Mädchen zur Welt gebracht hatte, war erschienen. Die Alte behauptete, der Lehrmeister der Medica sei der Teufel selbst gewesen, weil er nur am Bauch ihrer Tochter gehorcht habe und daraufhin wusste, dass sie Zwillinge bekäme.

Anna mischte sich nicht mehr ein, sagte nichts mehr und hörte sich nur noch an, was Abt Sixtus mit nervenzermürbender Gründlichkeit aus den zahlreichen Zeugen herausholte. Sie hatte diesen Leuten unter Einsatz all ihres Könnens und Wissens geholfen, hatte die meisten wieder gesund gemacht oder ihr Leid gelindert, und das war nun der Dank dafür: dass sie Anna – und das wussten sie genau – mit ihren Aussagen dem Henker preisgaben.

Sie sah den in sich zusammengesunkenen Grafen von Landskron mitten unter den Anklägern sitzen, das schlechte Gewissen und die Wut standen ihm ins Gesicht geschrieben, und erkannte, dass auch er dem *Inquisitor* nichts entgegenzusetzen hatte.

Anna blickte sich verstohlen nach der Gräfin und Chassim im Publikum um, konnte sie aber nirgendwo entdecken. Waren sie gar nicht anwesend oder hatten die Wachen sie wieder hinausgeschickt? Und wo war nur Bruder Thomas geblieben? Sie hatte alle Hoffnung auf ihn und seine Mission gesetzt, und nun sah es ganz so aus, als hätte er sie im Stich gelassen. Oder war er vielleicht gar nicht mehr in der Lage, zurückzukommen, weil er längst nicht mehr lebte? Bei diesem Gedanken fraß sich wieder die schwarze Panik in ihr Herz.

Anna musste sich zwingen, wieder an der Verhandlung teilzunehmen und die Reden des Abtes und der Zeugen mit anzuhören. Sie wünschte sich nichts sehnlicher, als dass dieser Alptraum bald vorbei wäre.

Doch anscheinend hatte der Erzbischof noch nicht genug. Er ließ nun den *Feldscher* des Grafen aufrufen, der, ganz anders als die vorigen Zeugen, erhobenen Hauptes vortrat.

Abt Sixtus fragte ihn: »Ihr seid der *Feldscher* und steht in gräflichen Diensten?«

»So ist es, ehrwürdiger Abt.«

»Dann schildert, wie die Niederkunft der Gräfin abgelaufen ist.«

In diesem Moment fuhr Graf von Landskron empört hoch. »Das geht zu weit! Was hat die Geburt meines Sohnes mit der Anklage zu tun?«, wetterte er wutentbrannt.

Betont geduldig entgegnete der Erzbischof: »Nun, die Medica war daran beteiligt. Ist es nicht so, Graf?«

»Ja, das stimmt. Sie und der damalige Medicus haben das Leben meiner Frau und meines Sohnes gerettet, so wahr ich hier stehe!«

»Das mag wohl richtig sein«, sagte der Erzbischof. »Doch mit welchen Mitteln, das ist hier ausschlaggebend! Setzt Euch, solange der *Feldscher* befragt wird. Setzt Euch!«

Erst nach zweimaliger Aufforderung kam der Graf dem Befehl des Erzbischofs zögernd nach.

»Wohlan, *Feldscher,* schildert Euren Eindruck von damals«, fuhr der Erzbischof fort.

»Ich sah gleich, dass der Gräfin, deren Niederkunft längst überfällig war, nicht mehr zu helfen war, sie lag in den Wehen, aber das Kind wollte einfach nicht kommen. Ich holte den ehrwürdigen Burgkaplan, damit dieser ihr die letzte Ölung geben sollte.«

»Ist dies geschehen, ehrwürdiger Kaplan?«, wandte sich der Erzbischof an seinen Beisitzer.

Der Burgkaplan schüttelte den Kopf. »Ich wurde gar nicht vorgelassen. Weil dieser jüdische Medicus und seine Helferin, die vor uns stehende Hexe, schon damit begannen, Kerzen aufzustellen, um ihr teuflisches Ritual vollziehen zu können, das schließlich von Erfolg gekrönt war. Der Graf unterstützte sie dabei.«

Wieder sprang der Graf auf: »Die Kerzen waren dazu da, um Licht zu spenden. Der Medicus brauchte Licht!«

»Setzt Euch gefälligst hin und haltet den Mund, solange der ehrwürdige Kaplan spricht!«, ging der Erzbischof scharf dazwischen.

Der Burgkaplan fuhr unbeirrt fort: »Wie alle Welt weiß, erfreuen sich die Gräfin und ihr Sohn inzwischen bester Gesundheit. Mit rechten Dingen kann das nicht zugegangen sein. *Ita me Deus adiuvet*!«

Der *Feldscher* bekreuzigte sich. »Es ist genauso abgelaufen, wie es der ehrwürdige Kaplan schildert.«

Der Erzbischof nickte. »Dann kommen wir zur letzten von diesen Wunderheilungen mit dem Segen des Satans. Zur Heilung eines Knochenbruchs, der für gewöhnlich unheilbar ist. Ist es nicht so, *Feldscher*?«

»So ist es, Eure Eminenz. Junker Chassim von Greifenklau wurde im Turnierkampf schwer verletzt. Dafür bin ich zuständig als *Feldscher.* Ich sah mir den schrecklichen Bruch im Unterschenkel an, ein Knochen stand heraus, es war eine offene Wunde. Für mich gab es nur eine Lösung, um dem Ritter das Leben zu retten: Amputation!«

»Ihr kennt Euch aus mit derartigen Verletzungen, *Feldscher*?«

»Das will ich wohl meinen. Ich behandle seit über zwanzig

Jahren Kampf- und Kriegsverletzungen, und ich sage Euch: Nur eine sofortige Amputation, also eine Abtrennung des verletzten Gliedes, hätte Junker Chassim retten können. Ich will gerade tun, was in einem solchen Fall getan werden muss, da kommt diese … diese …« Er wies in seiner deutlich sichtbaren Erregung mit dem Finger auf Anna.

Abt Sixtus half ihm. »Scheut Euch nicht, die zutreffende Bezeichnung zu nennen, *Feldscher:* Hexe!«

»Ja, diese Hexe kommt, verbietet mir die Amputation und wirft mich aus dem Zelt. Normalerweise wäre der Ritter – und dafür lege ich meine Hand ins Feuer! – spätestens binnen zwei Wochen an Wundbrand zugrunde gegangen, aber nein: Er hat überlebt. Und warum? Weil diese Hexe mit dem Teufel im Bunde steht und ihn mit dessen Hilfe geheilt hat!«

»Nein, das ist nicht wahr! Das ist eine Lüge!«, erscholl eine *Stentorstimme* aus dem Hintergrund. Ein Raunen ging durch die Zuschauermenge. Es war Chassim, der sich bisher mit seiner Schwester im Halbdunkel neben dem Treppenaufgang aufgehalten hatte und sich nun mit seinem eingegipsten Bein und der Krücke durch die Menschen nach vorne kämpfte. Als die Leute ihn erkannten, machten sie ihm bereitwillig Platz.

Der Erzbischof lehnte sich mit zufriedener Miene zurück. »Ihr kommt gerade zur rechten Zeit, Junker Chassim. Ich wollte Euch eben aufrufen lassen.«

Chassim nickte Anna beruhigend zu, sie schaffte es, ein angedeutetes Lächeln zurückzuschicken. Chassim wandte sich an das Tribunal und zeigte mit seiner Krücke auf den Erzbischof. »Ich fechte die Zuständigkeit dieses Gerichts an, Eure Eminenz. Ich fordere Euch auf, einen königlichen oder einen päpstlichen Gesandten hinzuzuziehen, der für die Einhaltung gewisser Regeln und eine gerechte Verteidigung garantiert! Ich dachte immer, ein Urteil steht am Ende eines Prozesses und nicht am Anfang!«

Wieder ging ein Raunen durch die Menge.

Der Erzbischof nickte seinem Neffen Gero zu, der seinen Leuten ein Zeichen gab, worauf die zahlreichen Bewaffneten ihre Schwerter zogen und drohend Haltung annahmen. Sofort kehrte Ruhe ein.

Der Erzbischof hob die Hand und sagte: »Es steht Euch nicht zu, die Zuständigkeit dieses hohen Gerichts in Frage zu stellen, Junker Chassim. Im Übrigen – leider Gottes haben wir zurzeit keinen richtigen und von allen Seiten anerkannten König und auch keinen Papst, und so bin ich in Vertretung des päpstlichen Offiziums die höchste Instanz. Aber bitte – sagt, was Ihr zu sagen habt. Doch ich warne Euch: Ihr grabt Euch und dieser Hexe ein Grab!«

Chassim zeigte sich von den Worten des Erzbischofs unbeeindruckt, kehrte dem Richtertisch demonstrativ den Rücken zu und wandte sich an die Zuschauer.

»Ihr guten Leute seht mich hier stehen, obwohl ich noch vor ein paar Wochen dem Tod näher war als dem Leben. Es ist wahr: Ich verdanke mein Leben der Medica. Wie so viele hier in diesem Saal. Meine Schwester …« Er zeigte auf Ottgild, die einen Schritt nach vorne aus dem Halbschatten machte und stolz den Kopf reckte, alle sahen sich nach ihr um. »… und mein kleiner Neffe und viele andere mehr. Ja: Anna Ahrweiler, die mich aufopferungsvoll gesund gepflegt und mir durch ihre Heilmethoden mein Bein erhalten hat, ist schuldig! Schuldig, ihre Pflicht als Heilerin getan zu haben und viel mehr als das. Schuldig, mich und viele andere mit Methoden behandelt zu haben, die nichts mit Zauberei oder Hexenkunst zu tun haben, sondern nur mit ihrem Wissen, ihrem Geschick und mit ihrer Hingabe an jeden Einzelnen von uns, der von Krankheit oder einem Unfall betroffen war. Wir alle hier können Gott dankbar sein, dass sie mit seiner Hilfe die Heilkunst verbessert hat und sich selbstlos um alle kümmert, die der Heilung bedürfen. Deshalb kann es nur ein Urteil für sie geben: Freispruch!«

»Seid Ihr fertig?«, fragte der Erzbischof sichtlich gelangweilt.

Chassim drehte sich zu ihm um und sah ihm direkt ins Gesicht. »Bei allem Respekt, Eure Eminenz – ich sage Euch: Stellt dieses Verfahren ein. Jetzt. Auf der Stelle!«

Der Erzbischof gab sich unverändert souverän. »Ihr habt Mut, Junker Chassim, das will ich Euch nicht in Abrede stellen«, sagte er. »Aber ich bitte Euch, noch einen Augenblick bei der Angeklagten stehen zu bleiben. Was jetzt als Beweis vorgelegt wird, betrifft Euch und die Angeklagte gemeinsam.«

Er lächelte und hob seine beringte Hand. Auf dieses Zeichen hin verschwand sein Neffe Gero nach draußen.

Alles wartete gespannt, was nun folgen würde, auch Anna und Chassim, die sich einen versteckten Blick zuwarfen.

Es dauerte nicht lang, und Gero von Hochstaden kam wieder herein. Er schleppte einen Sattel mit sich, den er vor Chassims Füßen abstellte, und blieb dann mit verschränkten Armen daneben stehen.

»Kennt Ihr diesen Sattel, Junker Chassim?«, fragte der Erzbischof.

»Natürlich«, sagte Chassim. »Er gehört mir.«

»Ist das der Sattel, dessen Gurt riss, als Ihr beim Turnier in der letzten *Tjost* gegen meinen Neffen angetreten seid?«

»Ja, das ist er.«

»Dass der Gurt riss, ist also letzten Endes für Eure schwere Verletzung ausschlaggebend gewesen?«

»Ja, ich denke schon.«

Der Erzbischof machte eine kleine Kunstpause, bevor er die Stimme erhob, so dass es alle im Saal hören konnten: »Liebt Ihr Anna Ahrweiler, Junker Chassim?«

Diese Frage des Erzbischofs kam so unerwartet, dass sämtliche Anwesenden unwillkürlich den Atem anhielten.

»Was geht Euch das an?«, fragte Chassim empört.

»Es ist eine ganz einfache Frage, Junker Chassim, und ich erwarte eine einfache Antwort. Liebt Ihr Anna Ahrweiler? Ja oder nein?«

Alle Augen waren auf Junker Chassim gerichtet, der sich kerzengerade hinstellte und verkündete: »Ja, ich liebe sie!«

Das aufgeregte Stimmengewirr, das nun einsetzte, würgte der Erzbischof gleich wieder ab, indem er aufstand, um den Richtertisch herumging und Chassim und Anna musterte. Mit einem Lächeln, das nichts Gutes verhieß.

»Ein Mann von hohem Adel und edlem Geblüt wie Ihr es seid, Junker Chassim, gibt also zu, in eine Weibsperson mit mehr als zweifelhaftem Leumund, niederer Geburt und anrüchiger Herkunft verliebt zu sein.«

Er wandte sich an die Zuschauer. »Das kann und darf nicht sein. Das ist gegen die gottgewollte Ordnung. Aber wie ist so etwas dann möglich? Was sagt uns das? Ich will es euch erklären. Mein Neffe Gero von Hochstaden hat diesen Sattel untersucht und festgestellt, dass der Gurt mit einem scharfen Werkzeug so angeschnitten wurde, dass er bei größerer Belastung reißen musste. Die Medica wurde von mehreren Leuten gesehen, wie sie im Lager der Ritter herumgeschlichen ist. Und wer kann ein Interesse daran haben, dass Junker Chassim vom Pferd fällt und sich dabei verletzt, damit er geheilt und gepflegt werden muss, möglichst bei sich zu Hause, damit man ihm besser alle Hexengetränke einflößen kann, die ihn auf der einen Seite gesund und auf der anderen krank machen? Krank vor Liebe zu dieser kleinen, durchtriebenen Hexe?!«

Der Erzbischof hatte sich in Rage geredet und zeigte nun mit heiligem *Furor* auf Anna, die von seiner unerwarteten, verqueren Logik und verdrehten Beweisführung genauso bestürzt und verblüfft war wie alle anderen im Saal.

»Ist es nicht so?!«, schrie der Erzbischof sie an. »Gib es zu, Anna Ahrweiler – ist es nicht so?!«

»Nein!«, schrie Anna. »Nein! Das ist eine teuflische Lüge!«

Der Erzbischof hörte nicht auf zu schreien, im Gegenteil, seine Stimme überschlug sich fast vor Empörung: »Die Medica hat Junker Chassims Unfall verursacht und ihn in ihrem Haus verhext, damit er ihr zu Willen sein kann! Damit sie den Koitus mit ihm durchführen kann! Damit er ihr endgültig verfällt! Und immer noch leugnet sie, eine Hexe zu sein! Anna Ahrweiler ist eine ketzerische, notorische Lügnerin mit teuflischen Augen und ebensolcher Gesinnung. Bringt sie in das Verlies unter dem Bergfried und sperrt sie dort ein! Morgen werde ich sie einer peinlichen Befragung unterziehen. Die Streckbank wird ihr schon ein Geständnis entlocken! Schafft sie weg, schafft sie uns aus den Augen!!«

Der tosende Tumult, der nun einsetzte, war unbeschreiblich. Alles schrie, boxte, drängte durcheinander. Sogar die Beisitzer waren vollkommen außer sich vor Entsetzen über Annas ruchloses Handeln, so sehr hatte die *Philippika* des Erzbischofs alle im Saal mitgerissen und aufgepeitscht.

Nur der Erzbischof selbst stand wie ein Fels in der Brandung. In all dem Chaos warf er dem Burgkaplan einen verschwörerischen Blick zu, der Anna bei allem Entsetzen nicht entging, und genoss sichtlich den kleinen Beifall, den ihm der Kaplan durch zweimaliges Klatschen zollte und wofür sich der Erzbischof mit leichtem Kopfnicken bedankte.

Währenddessen griffen sein Neffe und dessen Männer hart durch, packten die völlig fassungslose Anna und schleppten sie hinaus, sosehr sie und der verzweifelte Chassim sich auch dagegen zu wehren versuchten.

IX

Nachtruhe war eingekehrt auf Burg Landskron. Doch Graf Georg fand keinen Schlaf vor dem morgigen Tag, an dem in seiner zur Folterkammer zweckentfremdeten Schmiede das Hexengeständnis der Medica erzwungen werden sollte.

Unruhig lief der Graf in seinem Arbeitszimmer auf und ab, sein Schwager Chassim saß bei ihm. Auf Graf Georgs Einspruch hin hatte man Chassim nicht eingesperrt, aber eine Anklage war ihm sicher. Chassim war überzeugt davon, dass die ganze Familie von Landskron der *Ketzerei* angeklagt werden würde, von jetzt an kannte der Erzbischof kein Halten mehr. Graf Georg hatte von dem Plan erfahren, den Chassim zusammen mit Anna entwickelt hatte, seit feststand, dass sie vor Gericht kommen würde. Es war ein Notfallplan, aber dieser Notfall war nun eingetreten, daran zweifelten die beiden Männer nicht. Chassim erklärte, das er den Plan, koste es, was es wolle, durchführen würde und die Vorbereitungen ohnehin schon längst abgeschlossen waren. Graf Georg ließ sich überzeugen, denn er fühlte sich vom Erzbischof und dessen Auftreten bei Gericht derart übergangen und lächerlich gemacht, dass nur noch abgrundtiefe Verachtung und unstillbarer Groll gegen Konrad von Hochstaden in seinem Herzen war. Er würde Chassim bei seinem Plan helfen, selbst wenn das unabsehbare Folgen nach sich ziehen würde. Aber er konnte vor sich und seiner Frau nicht verantworten, dass seinem Schwager der Prozess gemacht und die Medica, der er so viel zu verdanken hatte, unschuldig in seinem Burghof verbrannt wurde. Keinesfalls wollte er sich zum willfährigen Werkzeug des *Inquisitors* degradieren lassen. Nein, er würde lieber kämpfen und sich der brutalen Willkürherrschaft, die der Erzbischof in der Landskron'schen Grafschaft mit Hilfe seiner Autorität als *Inquisitor* errichtet hatte, mit aller Kraft entgegenstemmen.

***

Anna saß hinter dicken Eisengittern im Verlies unter dem Bergfried. Sie konnte kein Auge zu tun. Nicht nur, weil es fürchterlich zog, kalt und feucht war, die Aufregungen der tumultuösen Verhandlung waren nicht spurlos an ihr vorübergegangen. Mit etlichen unverfrorenen Anschuldigungen hatte sie gerechnet, aber eine solch abgefeimte, heuchlerische und hinterlistige Beweisführung, wie sie der Erzbischof mit der öffentlichen Zurschaustellung ihrer Liebe zu Chassim dargeboten hatte – damit hätte sie in ihren schlimmsten Alpträumen nicht gerechnet.

Fackeln warfen ihr flackerndes Licht in das Verlies, und es war so still wie in einer Gruft. Nur ab und zu konnte sie das trippelnde Huschen und Fiepen von Ratten vernehmen, die hier unten ihr Unwesen trieben. Wenn Chassim doch nur käme! Oder war er am Ende auch eingesperrt worden? Er würde alles tun, um ihren Plan, den sie für den Notfall geschmiedet hatten, in die Tat umzusetzen, da war sie sich sicher. Aber dazu musste sein Schwager, der Graf, bereit sein, sich zum Komplizen zu machen. Wenn nicht ... daran wagte Anna gar nicht zu denken. Sie betete mit einer noch nie gekannten Inbrunst und Heftigkeit zu Gott und fand seltsamerweise Trost darin.

***

Als sich Konrad von Hochstaden endlich zu Bett begeben hatte, vergegenwärtigte er sich noch einmal die Ereignisse des Tages und stellte fest, dass er mit sich zufrieden sein konnte. Der Großteil der Arbeit war vollbracht. Das, was noch getan werden musste, sollte ihm nur noch reines Vergnügen sein.

Morgen würde er die ganze Angelegenheit mit einem Paukenschlag zu einem befriedigenden Ende bringen, sein Neffe hatte schon die Scheiterhaufen errichten lassen, da, wo er sie stehen haben wollte, auf dem höchsten Punkt des Innenhofes. Zwei Scheiterhaufen, weil er die Medica zusammen mit ihrer Magd dem Feuer übergeben wollte. Diese Berbelin musste er nicht erst verhören, ihre Stummheit war Zeichen genug, dass sie vom Teufel besessen war. Wer wusste schon, ob ihr die Flammen nicht die Zunge zu lösen in der Lage waren und sie plötzlich zu schreien anfing. Das würde ein interessantes Experiment werden. Der Gedanke daran erheiterte ihn und ließ ihn in den wohlverdienten Schlaf hinübergleiten.

***

Anna schreckte hoch. War sie vor Erschöpfung eingenickt und hatte geträumt, oder hatte sie tatsächlich ein Geräusch gehört? Sie setzte sich in ihrer Ecke auf, wo sie mühsam etwas Stroh zusammengekratzt und es als notdürftige Unterlage benutzt hatte. Da war es wieder – ein abgehacktes Schlurfen und ein Ticken. Chassim? Sie stürzte ans Gitter und spähte in die dunkle Ecke, wo die versteckte Tür war, hinter der die Treppe zum dritten Stock des Turmes hinaufführte. Vor Aufregung und Erwartung zitternd, wartete sie darauf, dass Chassim erscheinen würde und nicht Gero von Hochstaden oder eine seiner Wachen, die durch Zufall den geheimen Zugang von oben durch den Turm entdeckt hatte. Sie konnte

Schlüsselgeräusche hören, jemand sperrte das Schloss auf. Schließlich öffnete sich die Tür langsam und leise knarrend, und ein Lichtschein fiel in das Verlies.

Anna umklammerte die Gitterstäbe mit aller Kraft. Ein dunkel gekleideter Mann betrat vorsichtig den Kerker mit einer brennenden Fackel in der Hand. Es konnte nicht Chassim sein, der Fremde hatte kein eingegipstes Bein und kam ohne zu zögern auf ihre Zelle zu. Erst als er vor ihr stand und den Kopf hob, konnte sie erkennen, wer es war: Graf Georg von Landskron. Er bedeutete ihr zu schweigen und musste erst mehrere Schlüssel von seinem Bund probieren, bis er den richtigen fand, der zu ihrer Zellentür passte. Anna zog ihre Gittertür zaghaft auf.

»Wo ist Chassim?«, flüsterte sie mit banger Stimme, weil sie befürchtete, dass sie allein die Flucht antreten musste.

Der Graf sagte kein Wort, zog sie aus ihrer Zelle, und in diesem Augenblick kam auch schon Chassim aus der versteckten Tür gehumpelt, so schnell und geräuschlos, wie es ihm mit dem Gipsbein und der Krücke möglich war. Berbelin war bei ihm.

Anna und Chassim umarmten sich kurz. Der Graf war mit seinem Schlüsselbund schon bei der zweiten, ebenso versteckten Tür zugange, hinter der die Treppe zum unterirdischen Gang unter Oppenheim hindurch begann, und öffnete sie.

»Chassims zwei Stallknechte warten am anderen Ende des Ganges auf euch«, flüsterte der Graf. »Viel Glück!«

Chassim setzte schon vorsichtig einen Fuß auf die Treppe, Berbelin half ihm. Der Graf drückte Anna seine Fackel in die Hand.

»Und was ist mit Euch? Und der Gräfin?«, fragte ihn Anna besorgt.

»Soll der *Inquisitor* doch denken, dass ihr euch in Luft aufgelöst habt. Oder davongeflogen seid. Ich weiß von nichts.

Es wird eine Untersuchung geben. Aber der Erzbischof wird es nicht wagen, mich anzuklagen und Hand an mich zu legen.«

Bevor Anna noch nach dem kleinen Friedrich fragen konnte, schob er sie durch die Tür.

»Geht, macht, dass ihr fortkommt. Los, verschwindet!«

Dann schloss er die Tür hinter ihnen.

Anna und Chassim sahen sich kurz in die Augen, um sich gegenseitig Mut zu machen. Zusammen mit Berbelin begannen sie den beschwerlichen Abstieg, der wegen Chassims Gipsbein sehr mühselig verlief, er keuchte bald und war schweißgebadet. Das eine oder andere Mal geriet er ins Stolpern und strauchelte beinahe, die Treppenstufen waren schmal, glitschig und unregelmäßig, aber Anna war vorausgegangen und konnte ihn jedes Mal rechtzeitig abfangen. Ein Sturz die steile Treppe hinunter wäre fatal gewesen.

Als sie schließlich unten ankamen, wischte sich Chassim mit dem Ärmel den Schweiß aus der Stirn.

»Ich glaube, ich schaffe es nicht«, sagte er. »Geht ihr allein, ich halte euch nur auf.«

»Entweder wir gehen alle drei oder keiner«, entgegnete Anna entschlossen, und jetzt, wo der Gang breiter wurde und in einer leichten Schräge nach unten verlief, konnten sie und Berbelin ihn seitlich stützen. So schleppten sie sich mehr schlecht als recht voran.

Plötzlich hielt Chassim inne und packte Anna an der Schulter. »Still«, sagte er und versuchte, seinen keuchenden Atem unter Kontrolle zu bekommen. »Da war etwas!«

Sie lauschten. Aber es war nur das Tropfen von Wasser zu hören. Sie standen an einer Abzweigung, wo die Rußmarkierung, die Anna bei ihrer zweiten Tunnelbegehung angebracht hatte, noch zu sehen war. Und dann, unerwartet, ein Geräusch, und gleich darauf hallten weit entfernt Stimmen durch das Labyrinth.

»Da kommt jemand!«, zischte Chassim. »Schnell, lösch deine Fackel.«

»Aber ohne Licht sind wir verloren!«, flüsterte Anna.

»Lösch die Fackel!«, befahl Chassim. »Mach schon!«

Geistesgegenwärtig steckte Anna die Fackel in eine Wasserlache, wo sie zischend erlosch. Plötzlich waren sie in absolute Dunkelheit getaucht, man konnte die Hand vor Augen nicht sehen. Anna klammerte sich vor Schreck an Chassim und hielt Berbelin an der Hand, damit sie sich nicht verloren. Er zog die beiden Frauen in eine Nische, wo sie sich still verhielten und lauschten. Zunächst war nichts weiter zu hören, und Anna glaubte schon, sie hätte sich getäuscht und ihre Einbildung hätte ihr einen Streich gespielt. Panik befiel sie. Wie sollten sie ohne Licht jemals den Weg aus diesen weitverzweigten Gängen herausfinden?

»Pst!«, flüsterte Chassim und drängte sie noch weiter in die Nische zurück.

Jetzt hörte sie es auch: Es waren zwei Stimmen, Männer, wie es schien. Und dann war auch ein erster, flackernder Lichtschein zu sehen. Anna drängte sich an Chassim.

»Ob das Soldaten des Erzbischofs sind? Vielleicht haben sie den Ausgang in der Scheune entdeckt!«

Chassim flüsterte zurück: »Gegen bewaffnete Männer können wir nichts ausrichten. Wir müssen uns verstecken.«

Er zog sie und Berbelin noch tiefer zurück in die Nische, die sich zu einem Seitengang erweiterte. Dort hielten sie den Atem an und warteten darauf, dass die Männer näher kamen. Sie sahen zwei Gestalten mit Fackeln in den Händen und Kapuzenumhängen, die hintereinander heranstolperten und an der Abzweigung unschlüssig stehen blieben. Sie wussten anscheinend nicht, wo es weiterging, weil sie in jeden Gang hineinleuchteten. Chassim, Anna und Berbelin standen in ihrer Nische hinter einem Felsvorsprung im Schatten und konnten nicht entdeckt werden, es sei denn, die Männer entschieden sich für den falschen Weg. Dann würden sie unweigerlich auffliegen. Chassim nahm schon seine Krücke wie eine Waffe in die Hand.

Offensichtlich hatten die Männer einen Lageplan dabei, denn im Licht der Fackeln betrachteten sie etwas, was der eine in der Hand hielt, und versuchten sich zu orientieren. Dabei konnte Anna das Gesicht des einen Mannes sehen. Er war graubärtig, aber der Bart konnte die hässliche Brandnarbe, die sich über die Hälfte seines Gesichts zog, nicht verbergen. Als er sich noch ein wenig mehr zur Seite drehte, erkannte Anna ihn urplötzlich und stieß vor Überraschung einen lauten Schrei aus, der in den weitverzweigten Gängen und Gewölben widerhallte und alle, Chassim, Berbelin und die zwei Männer, erschrocken zusammenfahren ließ. Jetzt gab es für Anna kein Halten mehr: Sie stürzte aus der Nische hervor und warf sich dem Mann mit der Brandnarbe um den Hals, der eben noch mit seinem breitschultrigen Begleiter den Plan studiert hatte.

»Vater!«, rief Anna überschwänglich, »Vater! Du lebst!«

Dann schluchzte sie hemmungslos an seiner Schulter, während Chassim nun auch mit Berbelin aus seinem Versteck herauskam und den anderen Mann begrüßte.

»Ihr kommt spät, Bruder Thomas«, sagte er.

X

Der Erzbischof pflegte beim ersten Hahnenschrei aufzustehen. Auch an diesem Morgen fiel es ihm nicht schwer. Bevor er sich nach einem leichten Frühstück voll und ganz der Medica widmen würde, wollte er noch in der Burgkapelle Zwiesprache mit Gott halten. Nachdem er sich mit Hilfe seines Kammerdieners frischgemacht, angekleidet und seinen violetten *Pileolus* aufgesetzt hatte, begab er sich von seinem bequem eingerichteten Gästezimmer hinunter in die Empfangshalle des Palas, wo seine Soldaten noch auf dem strohbedeckten Boden schliefen.

Konrad von Hochstaden beachtete sie nicht weiter und öffnete die große Eingangstür, um die kühle und frische Morgenluft in vollen Zügen einzuatmen und einen Blick auf die zwei Scheiterhaufen zu werfen, die bereits ihrer Bestimmung harrten. Der Erzbischof genoss seinen frühen Rundgang, denn niemand war unterwegs, der ihn hätte belästigen oder stören können. Umso mehr ärgerte ihn, dass die schwere Eichentür des Bergfrieds, die zu den Verliesen hinunterführte, sperrangelweit offen stand. Und er konnte keine einzige Wache davor entdecken. Was war da los?

»Gero!«, rief er so laut, dass es durch den ganzen Burghof hallte. »Gero?!«

Er hörte Schritte, dann kam ein Bewaffneter mit dem Schwert in der Hand aus dem Bergfried gestürmt: Gero. Er hatte vor Aufregung hektische rote Flecken im Gesicht und eilte auf den Erzbischof zu.

»Sie ist weg!«, brachte sein Neffe mit Mühe und Not heraus.

»Wer ist weg?«, fragte der Erzbischof bestürzt, obwohl er die Antwort schon wusste.

»Die Medica. Sie ist weg! Ich lasse gerade das ganze Verlies von meinen Männern nach ihr absuchen, ihre Zelle ist leer. Und die Tür steht offen.«

Der Erzbischof schloss kurz die Augen, um seine hochkochende Wut zu bändigen und seine Fassung wiederzufinden.

»Das kann nicht sein. Durchsucht alles! Die ganze Burg!« Den letzten Satz schrie er geradezu heraus.

»Erspart Euch die Mühe, Eminenz«, sagte eine klare Stimme im Rücken des Erzbischofs.

Er drehte sich um und sah sich dem Grafen gegenüber. Graf Georg schien aus der Burgkapelle gekommen zu sein und machte eine einladende Handbewegung.

»Darf ich Euch bitten, mir zu folgen? Euer Neffe kann sich uns gleich anschließen. Das, was wir zu besprechen haben, geht auch ihn etwas an.«

Der Erzbischof und sein Neffe tauschten einen verwunderten Blick. Für einen winzigen Moment war Konrad von Hochstaden verunsichert, aber er hatte sich schnell wieder in der Gewalt und sprach: »Wenn das eine üble Narretei sein soll, Graf von Landskron, dann könnt Ihr sicher sein, dass dies Konsequenzen für alle Beteiligten nach sich zieht.«

»Nein, Eure Eminenz, ich versichere Euch, es handelt sich um eine Angelegenheit von tödlichem Ernst. Bitte ...«

Der Graf ging voraus und geradewegs auf den Eingang der Burgkapelle zu, ohne sich weiter zu vergewissern, ob der Erzbischof und sein Neffe ihm auch folgten.

Durch den Affront schon bis aufs Blut gereizt, blaffte der Erzbischof Gero an: »Steck deine Waffe weg und komm«, bevor er hinter dem Grafen hermarschierte und schließlich die Burgkapelle betrat.

Als sie im Inneren der düsteren Kapelle standen, schloss

eine gräfliche Wache die Tür hinter ihnen. Gero schien gleich wieder sein Schwert ziehen zu wollen, aber eine Geste des Erzbischofs ließ ihn mitten in der Bewegung innehalten. Sie wurden erwartet. Links und rechts vom Mittelgang standen der Graf, dessen Gattin, die Medica, Junker Chassim, die Magd der Medica, sodann ein riesiger Mönch, der dem Erzbischof unbekannt war, und ein alter, bärtiger Mann mit einer Brandnarbe.

Niemand sagte etwas zur Begrüßung, niemand stellte die Anwesenden vor, es herrschte eine überaus beklemmende, erwartungsvolle Atmosphäre, bis der Erzbischof herrisch die Stille durchbrach.

»Was soll das? Wieso läuft diese Hexe frei herum? Wer erlaubt sich, meinen Befehlen zuwiderzuhandeln?«

Der Graf ergriff das Wort. »Ich bin von den hier Versammelten damit beauftragt, Eure Eminenz, in ihrem Namen zu sprechen. Es geht um die Medica. Wenn ich Euch erzähle, was sich in der Vergangenheit zugetragen hat und wofür wir eindeutige Aussagen eines Zeugen sowie Beweise und Urkunden vorlegen können, werdet Ihr Anna Ahrweiler, ihre Herkunft und ihre Tätigkeit in einem ganz anderen Licht sehen und Eure Meinung über sie ändern müssen. Also hört mich an.«

Der Erzbischof schüttelte den Kopf. »Ich denke gar nicht daran. Ich werde euch alle, wie ihr hier steht, von meinen Männern festnehmen und einsperren lassen. Gero, wir gehen. Und sollte uns jemand daran hindern, dann machst du von deinem Schwert Gebrauch.«

Konrad von Hochstaden drehte sich um und wollte zum Ausgang, als ihm jemand mit scharfer Stimme hinterherrief: »Wenn Ihr jetzt hinausgeht, wird alle Welt erfahren, dass Ihr mein Onkel seid, Konrad von Hochstaden! Ihr habt eine Hexe zur Nichte – wie gefällt Euch das, Eure Eminenz?!«

Der Erzbischof blieb abrupt stehen, als habe ihn ein Pfeil geradewegs zwischen die Schulterblätter getroffen.

»Was sagst du da, Anna aus Ahrweiler?« Er drehte sich zu ihr um. »Hoffst du etwa, du könntest mir mit deinen teuflischen Lügengeschichten Geist und Seele vergiften? Ich lasse mich von einer überführten Hexe wie dir nicht verleumden. Denkst du vielleicht, irgendjemand auf der Welt ist so töricht, deinen unverschämten und anmaßenden Worten, die dir nur der Leibhaftige eingeflüstert haben kann, Glauben zu schenken?«

In diesem Augenblick überreichte ihm der Graf wortlos einen Stapel Urkunden und Briefe.

***

Aus Annas Augen blitzte es, als sie den Erzbischof lesen sah, so groß war der Triumph, den sie in diesem Moment verspürte, zu handfest und unwiderlegbar waren die Beweise, die der Erzbischof in den Händen hielt, zu unbestechlich, unbeirrbar und wahrhaftig der Zeuge, der sie mitgebracht hatte und der alles über Anna wusste. Niemand anderer als ihr tot geglaubter Vater war es, der zu ihrer Rettung geeilt war.

Damals, als Anna im Fluss verschwand, war er von den wenigen Dorfleuten, die sich nicht an der Hinrichtung von Bruder Marian hatten ergötzen wollen, im letzten Moment aus seiner brennenden Kate gezogen worden. Für seine Frau, Annas Mutter, kam jedoch jede Hilfe zu spät. Die mitleidigen Nachbarn brachten den besinnungslosen Caspar daraufhin ins Kloster Heisterbach, wo man ihn gesund pflegte. Die Genesung war langwierig, so schwer waren seine Brandverletzungen. Als Dank für seine Rettung blieb Caspar als Laienbruder im Kloster. Im festen Glauben, Frau und Tochter seien tot, sah er seine Zukunft darin, fortan ein gottgefälliges Leben zu führen, seine Arbeitskraft als Bauer dem Kloster zur Verfügung zu stellen und für das Liebste, was er verloren hatte, seine Familie, zu beten.

So verging die Zeit bis zu jenem Tag, an dem ein Mitbruder ihm von einer Medica erzählte, die zwei verschiedenfarbige Augen hatte und in Oppenheim für ihre Heilkunst verehrt wurde. Von da an keimte eine aberwitzige Hoffnung in Caspar auf: Sollte Gott ein Wunder bewirkt und seine Anna vor dem Ertrinken gerettet haben, als sie von den Schergen des Erzbischofs gezwungen worden war, in den Fluss zu springen, wie es ihm die Dorfleute erzählt hatten?

Caspar dachte sich eine Nachricht aus und verschlüsselte sie so, dass sie ausschließlich von Anna verstanden und gedeutet werden konnte, und gab sie einem vertrauenswürdigen Mittelsmann, der zuweilen nach Oppenheim reiste und dafür sorgen sollte, dass die Medica die Botschaft auch sicher erhielt.

Als dann Bruder Thomas in der angegebenen Nacht zur rechten Zeit auf dem Friedhof von Kloster Heisterbach eintraf und Caspar erzählte, wie es um Anna stand und dass sie als Hexe angeklagt werden sollte, hatte Caspar darauf gedrängt, sofort nach Oppenheim zu reiten und vor Gericht auszusagen. Indem er die Wahrheit über die Herkunft und Vergangenheit seiner Tochter aufdeckte, wollte er Annas Leben retten.

Caspar und seine Frau waren nicht Annas leibliche Eltern, sondern nur ihre Zieheltern. In Wirklichkeit war Anna die rechtmäßige Erbin Harald von Hochstadens, Konrad von Hochstadens Bruder. Annas leiblicher Vater hatte, kurz nachdem sie zur Welt gekommen war, vor fast siebzehn Jahren das Kreuz genommen und war ins Heilige Land aufgebrochen. Als Adelheid, ihre Mutter, am Schweißfieber erkrankte, gab sie ihre kleine Tochter nicht etwa in die Obhut der Hochstadens, sondern in die Hände ihres Verwalters, der selbst kleine Kinder hatte und dem sie – im Gegensatz zu ihren beiden Schwagern, Konrad und Lothar von Hochstaden – vertraute. Kurz darauf starb Adelheid. Als auch der Verwalter und seine Familie an der schrecklichen Seuche zugrunde gingen, gelangte das Kind nach Ahrweiler zu Caspar und Gret, die es, da sie mit dem Verwalter gut bekannt waren, aus Mitleid bei sich aufnahmen, bis es sieben Jahre alt war. Weil sie wussten, wer Anna wirklich war, und weil sie Angst um ihr Leben hatten, wenn die Geschichte herauskäme, brachten sie die kleine Anna ins Kloster Heisterbach. Von da an wuchs sie als Bruder Marian beim *Infirmarius* Pater Urban, Caspars Freund, auf, der sie erzog, denn Harald von Hochstaden blieb im Heiligen Land verschollen und kam nie mehr zurück.

Diese Geschichte, ihre Geschichte, hatte Anna erst in der Nacht ihrer Flucht von ihrem Ziehvater erfahren, als sie sich im Geheimgang unter der Stadt begegnet waren. Und damit wendete sich das Blatt, plötzlich hatte sie etwas in der Hand, was der Erzbischof nicht einfach beiseitewischen konnte, sondern sich vor Zeugen anhören musste. Caspar aus Ahrweiler wusste, dass der verstorbene *Infirmarius* Pater Urban sämtliche Beweise und Urkunden, die Annas Herkunft beglaubigten, aufbewahrt hatte. Und Caspar wusste auch, wo: im Einband des Buches »Dialogus Miraculorum«, dem Werk des früheren Abtes, Caesarius von Heisterbach.

Nach fieberhafter Suche fanden Caspar und Bruder Thomas die Dokumente und machten sich auf nach Oppenheim, wo sie nach einem Gewaltritt schließlich das Haus der Medica erreichten. In der Scheune trafen sie auf Chassims treue Knechte, die dort mit Pferd und Wagen auf ihren Herrn und Anna warteten, um ihnen zur Flucht zu verhelfen. Die Knechte berichteten Caspar und Bruder Thomas von der lebensgefährlichen Lage, in der sich die Medica befand, woraufhin die beiden Ankömmlinge nicht zögerten, sich unverzüglich zu Anna durchzuschlagen, obwohl Bruder Thomas erst einmal bei seiner Flucht aus dem Haus der Medica unter Annas Führung den Geheimgang benutzt und sich den Weg durch das Labyrinth in der Eile nicht genau hatte einprägen können. Von Chassim hatte er zwar eine grobe Wegzeichnung zum Bergfried von Landskron erhalten, dennoch war das Unterfangen nicht ohne Gefahr.

Im Geheimgang waren sie dann jedoch auf Anna, Chassim und Berbelin getroffen. Sobald sich die erste Wiedersehensfreude gelegt hatte, waren sie zu fünft, so schnell es mit dem verletzten Chassim möglich war, durch den Geheimgang und das Verlies zurück zum Palas geeilt, wo sie ungesehen bis zum Schlafgemach des Grafen vordrangen, der in seinem Schreck zuerst dachte, dass die Schergen des Erzbischofs gekommen waren, um ihn festzunehmen. Nachdem er in die ganze Geschichte eingeweiht worden war, schloss er sich der Meinung aller Beteiligten an: Es war an der Zeit, zum Angriff überzugehen und den Erzbischof vor Zeugen mit der Wahrheit über Anna Ahrweiler zu konfrontieren.

***

Als Konrad von Hochstaden die Dokumente und Briefe gründlich studiert hatte, reichte er sie dem Grafen wieder zurück. Zu groß war die Anzahl glaubwürdiger Zeugen, als dass er gewagt hätte, sie zu zerreißen. Als erfahrener Feldherr, der schon so manche Schlacht geschlagen hatte, wusste der Erzbischof, wann es an der Zeit war, die Waffen zu strecken und den geordneten Rückzug anzutreten, um den Schaden nicht noch zu vergrößern. Er trat vor die Medica und sah ihr direkt ins Gesicht.

»Was wollt Ihr von mir, Anna von Hochstaden? Euren Titel oder gar Euren Besitz, der längst an meinen Bruder und damit an Gero von Hochstaden, Euren Vetter, übergegangen ist?«

Er zeigte auf seinen Neffen, der von der neuen Lage vollkommen überrumpelt schien.

Die Medica erwiderte kühl: »Den Titel könnt Ihr mir nicht geben, den besitze ich unveräußerlich und rechtmäßig seit meiner Geburt, Eure Eminenz. Ihr hegt doch keine Zweifel an der Echtheit der Dokumente?«

»Nein, keineswegs.«

»Nun, dann habe ich also Anspruch auf meinen Titel und Anspruch auf meinen Besitz, ist das richtig?«

Der Erzbischof versuchte krampfhaft, das Heft des Handelns wieder in die Hand zu bekommen. »Da täuscht Ihr Euch. Ist Euch nicht bekannt, dass nach herrschendem Recht und Gesetz des Heiligen Römischen Reiches Besitztümer nur im Mannesstamme vererbt werden können? Und weibliche Erbansprüche damit kategorisch ausgeschlossen sind?«

Die Medica zögerte, sie war mit derlei rechtlichen Bestimmungen offenbar nicht vertraut.

Der Erzbischof spürte, dass er Oberwasser bekommen hatte. Aber bevor er zu einem vernichtenden rhetorischen Schlag ausholen konnte, mischte sich der riesige Mönch ins Gespräch.

»Mit Verlaub – gestattet mir einen Einwand, Eminenz«, sagte er honigsüß. »Es gibt da, soweit mir bekannt ist, eine Ausnahme, eine *Lex* Hochstaden.«

Der Erzbischof tat so, als hätte er keine Ahnung, wovon der Mönch sprach.

Aber der fuhr in aller Seelenruhe fort: »Ich habe mich in Eurem Kloster, dem Kloster Heisterbach, eigens kundig gemacht. Ihr habt glücklicherweise eine vorzügliche kleine juristische Handbibliothek in Eurem *Armarium*. Und genau dort bin ich fündig geworden. In einem Erlass des seligen Erzbischofs Rainald von Dassel, der eine der größten Reliquien der Menschheit von Mailand nach Köln gebracht hat, die ja nun im Besitz Eures Bistums ist, ehrwürdiger

Erzbischof. Ich meine die Gebeine der Heiligen Drei Könige.«

Der Mönch genoss es sichtlich, den Erzbischof mit seiner weitausholenden Erklärung zu quälen. »Euer verehrter Vorgänger, der auch Kanzler unseres verstorbenen Kaisers Friedrich I. Barbarossa war, hat im Jahre des Herrn 1144, also vor fast hundert Jahren, ausgerechnet dem Grafengeschlecht derer von Hochstaden ausdrücklich auch die weibliche Erbfolge zugesichert. Ist das nicht eine geradezu gottgefügte Koinzidenz, Eure Eminenz?«

Erzbischof Konrad von Hochstaden schoss seinem Gegenüber einen wütenden Blick zu.

»Da habt Ihr wohl recht«, erwiderte er zähneknirschend. »Das war mir wirklich entfallen …«

Um sich noch mehr Peinlichkeiten zu ersparen, wandte er sich kurz angebunden an die Medica. »Also – was fordert Ihr, Anna von Hochstaden?«

Die Medica atmete tief auf, bevor sie antwortete: »Ich bin nicht an Eurem unrechtmäßig erworbenen Besitz interessiert, falls Ihr das befürchtet. Ich fordere hier und heute einen Freispruch vom Vorwurf der *Häresie* und davon, eine Hexe zu sein. Des Weiteren wünsche ich keine weitere oder zukünftige Verfolgung oder Anklage deswegen, das gilt ausnahmslos auch für meine Gefährten. Ich werde auch in Zukunft mit Eurem ausdrücklichen Einverständnis als Medica tätig sein, so lange und wo immer ich will, ohne Nachstellungen oder falsche Verdächtigungen befürchten zu müssen. Meinen rechtmäßigen Titel behalte ich, werde ihn aber nicht führen. Das wäre alles.«

Der Erzbischof schwieg und blickte finster vor sich hin. Jedermann wartete auf seine Antwort. Endlich fragte er: »Und wenn ich einwillige?«

»Bekommt Ihr unsere Zusicherung, dass nichts, was hier besprochen wurde, nach außen dringt«, erwiderte die Medica. »Was dem verstorbenen Abt Melchior und dem *Infirmarius* Pater Urban sowie meiner Mutter, meinem Vater und mir angetan wurde, müsst Ihr selbst mit Gott ausmachen. Das kann kein irdisches Gericht, dafür habt Ihr schon gesorgt. Mir liegt nichts an Rache. Ich bin Anna, die Medica, und sehe meine Aufgabe darin, Leben zu retten und zu heilen und nicht zu zerstören.«

Bei diesem Bekenntnis sah sie den Erzbischof unverwandt an. Aber Konrad von Hochstaden senkte seinen Blick nicht, sondern erwiderte ihn kalt, dann drehte er sich um und ging aufrecht ohne ein weiteres Wort Richtung Ausgang.

Gero zuckte zwar kurz mit der Waffenhand, folgte dann aber zögerlich seinem Onkel. Die gräfliche Wache öffnete die Tür, und die beiden schritten nach draußen, wo es angefangen hatte, heftig zu regnen.

***

Als die Tür hinter dem Erzbischof und seinem Neffen wieder ins Schloss gefallen war, löste sich die schier unerträgliche Spannung unter den Anwesenden, die regelrecht mit Händen zu greifen gewesen war. Aber niemand brach in Jubel aus, keiner schien fähig, etwas zu sagen.

Es war vorbei.

Bruder Thomas bekreuzigte sich und murmelte ein Dankgebet gen Himmel, bevor er Caspar Ahrweiler die Hand schüttelte; der Graf gab seiner Gattin einen angedeuteten Kuss auf beide Hände; Berbelin kniete vor dem Altar nieder, schloss die Augen und betete; Anna schmiegte sich an Chassims Schulter. Er drückte sie an sich. Jetzt mussten sie ihre Liebe zueinander vor niemandem mehr verbergen.

XI

Der schwere geschlossene Reisewagen des Erzbischofs rumpelte durch den dichten Regen die holprige Landstraße entlang, die von Oppenheim wegführte. Die Leibwachen, die als Begleitschutz voraus- und hinterherritten, waren durchnässt bis auf die Knochen und sahen in ihren Umhängen mit den triefenden Kapuzen und den hängenden Schultern aus wie Soldaten, die von einem verlorenen Feldzug heimkehrten.

Der Erzbischof hatte sich in die klammen Polster zurückgelehnt und die Augen geschlossen. Gero, der seit einer geschlagenen Stunde darauf wartete, dass er von seinem Onkel angesprochen wurde, stand regelrecht unter Schock. Er fragte sich immer noch, wie diese Hexe es tatsächlich geschafft hatte, ungeschoren davonzukommen. Und dann war sie auch noch seine Base. Schlimmer hätte es nicht kommen können. Er hätte seine Wut am liebsten herausgeschrien oder sie wenigstens an irgendetwas ausgelassen. Aber hier, in diesem engen, unbequemen Gefährt, war das unmöglich, noch dazu im Beisein seines Onkels, der in einer Stimmung war, die es ratsam erscheinen ließ, um Gottes willen nichts Falsches zu tun.

Die Abreise von Burg Landskron war alles andere als glanzvoll und rühmlich gewesen, nachdem der Erzbischof und *Inquisitor,* Konrad von Hochstaden, vor der in der Empfangshalle versammelten Menge zur grenzenlosen Verblüffung aller Anwesenden verkündet hatte, dass die Medica unschuldig und deshalb freizusprechen war. Ganz abgesehen von den entsetzten Gesichtern des Burgkaplans, des Vogtes und des Abts, von den triumphierenden Mienen der Hexe, ihres gräflichen Liebhabers, ihres Ziehvaters, des Grafen und seiner Gattin, des Mönchs und anderer, dem anschließenden Tumult, dem vereinzelten Beifall, war die öffentlich eingestandene Niederlage seines Onkels so niederschmetternd für Gero, dass er zunächst nicht wusste, wie es weitergehen sollte. Gero grübelte vor sich hin, er sann auf Rache, furchtbare, blutige Rache, in seinem Kopf schälte sich so etwas wie ein Plan heraus. Ein finsterer, mörderischer Plan, wie er seine Base doch noch vernichten konnte …

In diesem Augenblick unterbrach die Stimme seines Onkels Geros Phantasien.

»Ich glaube, es ist jetzt an der Zeit, dich in ein Familiengeheimnis einzuweihen, Gero. Ein schreckliches Geheimnis, das schwer auf meiner Seele lastet. Und das uns dein Vater – Gott hab ihn selig! – aufgebürdet hat.«

Gero war mit seinen Gedanken noch ganz woanders und fragte: »Seit wann habt Ihr gewusst, dass Bruder Marian Anna ist, meine Base und Eure Nichte?«

»Was heißt gewusst … geahnt habe ich es, geahnt. Seit ich Bruder Marian in der Empfangshalle des Abtes von Kloster Heisterbach in die Augen gesehen habe. Da hätte ich es wissen müssen. Aber in meinem Hochmut habe ich dem keinerlei Beachtung geschenkt. Was ein großer, nicht mehr gutzumachender Fehler war. Gott hat mich dafür bestraft. Er hat mir ein Zeichen gegeben, indem er mir ihre Augen gezeigt hat, und ich habe es übersehen. Wie konnte mir das nur passieren!«

Der Erzbischof schüttelte düster den Kopf. Dann fuhr er fort: »Die Augen hat Anna von ihrer Mutter. Meine Schwägerin Adelheid hatte ebenfalls ein braunes und ein grünes Auge, ich kannte sie gut.«

»Was ist mit meinem Onkel?«

»Harald? Nun, Adelheid war am Schweißfieber gestorben, und er kam nach drei Jahren aus dem Heiligen Land zurück. Harald war bei den Mauren in Gefangenschaft geraten und seither ein gebrochener Mann. Zerstört an Seele und Körper. Aber er forderte von deinem Vater zurück, was ihm gehörte. Dein Vater hatte in der Zwischenzeit Haralds Ländereien seiner Grafschaft einverleibt, was vollkommen dem Recht entsprach, denn Harald war verschollen und für tot erklärt worden, und es waren keine anderen Erben mehr am Leben. Dachten wir, weil wir annahmen, auch Anna sei am Fieber gestorben. Das war nun der Zeitpunkt, wo dein Vater eine Todsünde begangen hat, die er mir später beichtete.«

»Mein Vater hat meinen Onkel …?« Gero wagte es nicht, seinen Verdacht auszusprechen.

»Ja, Gero. Er hat ihn im Streit getötet und seinen Leichnam verschwinden lassen. Die Gelegenheit war günstig. Niemand wusste, dass Harald bei Nacht und Nebel, er muss ausgesehen haben wie ein zerlumpter Bettler, wieder zurückgekehrt war. Und so gilt er bis heute als verschollen. Verschollen im Heiligen Land.«

»Wenn das offenbar wird …«

»Warum sollte es? Außer dir und mir weiß niemand davon. Nicht einmal deine Mutter. Dein Vater wollte es dir wohl in seiner Todesstunde noch mitteilen, aber nun hat er es mit ins Grab genommen.«

»Und Anna? Wenn Anna davon erfährt?«

»Wie sollte sie?«

»Sie ist eine Hexe!«

»Ja. Ja, das ist sie. Aber wir können nichts gegen sie unternehmen. Uns sind die Hände gebunden.«

»Das gilt vielleicht für Euch. Weil Ihr ein wichtiger und unverzichtbarer Mann der Kirche seid. Aber für mich … für mich gilt das nicht.«

Mit diesen Worten erhob sich Gero in gebückter Haltung, denn stehen konnte man in dem Reisewagen nicht, die Decke war viel zu niedrig, und öffnete die hintere Tür, so dass der Regen ungehindert hereinpeitschen konnte. Energisch winkte er eine der Leibwachen heran, die sein Pferd am Zügel mit sich führte, und hechtete mit einem gewagten Sprung in den Sattel. Bevor irgendjemand reagieren konnte, wendete Gero sein Ross und stob durch den Regen zurück auf Oppenheim zu.

***

Sein Neffe war noch nicht hinter der grauen Regenwand verschwunden, da steckte der Erzbischof seinen Kopf durch die hintere Tür, wobei er seinen *Pileolus* verlor und vergeblich danach griff, und schrie aus Leibeskräften hinterher: »Was hast du vor? Sei kein Narr! Komm zurück, Gero, hörst du?! Du sollst zurückkommen!!«

Aber Gero hörte ihn nicht mehr. Das Wasser lief Konrad von Hochstaden über das Gesicht, es sah aus, als wären es Tränen. Doch das täuschte.

Gegen den strömenden Regen und das Knarren des Wagens schrie die Leibwache: »Soll ich ihm nachreiten, Eure Eminenz?«

Der Erzbischof winkte ab. »Nein, lass ihn. Er muss selber wissen, was er tut.«

Dann schloss er die Tür von innen, und der Wagen setzte seine Fahrt fort, bis er und die Leibwachen auf ihren Pferden im Regenvorhang verschwanden und sich schließlich im Nichts auflösten wie Gespenster, die nach einem Spuk in ihr Schattenreich zurückkehrten.

***

»Ich habe es Euch gleich gesagt: Das ist zu gefährlich bei diesem Wetter, Euer Gnaden.«

Der Fuhrknecht saß neben dem Burgkaplan auf dem Kutschbock des Wagens, der den Sarg mit den Gebeinen der Heiligen Katharina transportierte, und weigerte sich, weiterzufahren. Der Wagen war im Morast stecken geblieben und bewegte sich trotz der zwei Zugpferde, die sich unter den Peitschenhieben des Fuhrknechts mächtig ins Geschirr legten, keinen Fuß von der Stelle. Die beiden Männer waren mit ihrer wertvollen Fracht auf dem kurvigen und abschüssigen Weg von Burg Landskron zur Stadt hinunter, und der Regen kam in Strömen vom Himmel herab.

»Was willst du machen? Umkehren vielleicht?«, schimpfte der Burgkaplan aufgebracht.

Trotz des widrigen Herbstwetters, das am Morgen stürmisch und kalt den heißen Sommer mit einem Schlag beendet hatte, war der Erzbischof samt Gefolge abgereist, völlig überraschend und überstürzt, ohne ein freundliches Wort oder wenigstens eine Geste des Bedauerns für seine Anhänger auf Burg Landskron. Auch die gemeinsame feierliche Messe, die Konrad von Hochstaden seinem Kaplan zur Einführung der Reliquie der Heiligen Katharina versprochen hatte, als Belohnung für treue Dienste und Denunziationen, hatte nicht stattgefunden, was vom Kaplan ebenso fassungslos aufgenommen worden war wie der Freispruch der Medica aus heiterem Himmel. Was war da geschehen?

Der Burgkaplan hatte eine dunkle Vermutung, aber er hütete sich, sie zu äußern: Die Hexe musste dem Erzbischof nächtens den Kopf verdreht haben, da war der Teufel mit im Spiel. Anders konnte sich der Kaplan die vollkommen unerwartete Kehrtwendung des *Inquisitors* nicht erklären.

Wie auch immer – Oppenheim war die Hexe und ihr ganzes Gesindel jedenfalls los, so hatte er gehört. Sie würde mit Junker Chassim ziehen und Oppenheim für immer den Rücken kehren. Das war zwar nicht das Ergebnis, das der Kaplan mit seiner Anzeige hatte erreichen wollen, aber immer noch besser als nichts.

Der Graf allerdings hatte vom Burgkaplan verlangt, die Burg unverzüglich zu verlassen und sie nicht mehr zu betreten. Dieser Anordnung war der Kaplan ohne zu zögern nachgekommen. Bei einem solchen Landesherrn wollte er ohnehin nicht bleiben. Schließlich hatte ihm der Erzbischof die Pfarrei der Katharinenkirche versprochen, die noch im Bau war. Deshalb hatte er seine wenigen Habseligkeiten auf den Wagen mit der kostbaren Reliquie geladen, für die der völlig kopflose Erzbischof plötzlich keinerlei Interesse mehr gezeigt hatte, und beschlossen, sie gleich in sein neues Refugium in der Stadt mitzunehmen. Unter keinen Umständen wollte er die Gebeine der Heiligen Katharina auch nur einen Tag länger auf dieser Burg lassen, die des Teufels war. Der Kaplan musste dem Fuhrknecht mehr als das Dreifache des üblichen Lohns für den Transport zahlen, aber das war es ihm wert. Dass sich das schlechte Wetter, bis sie endlich losfuhren, in ein stürmisches Unwetter verwandeln würde, hatte natürlich niemand voraussehen können.

Und nun steckten sie irgendwo zwischen Stadt und Burg fest, und Hilfe war weit und breit keine in Sicht. Doch der Burgkaplan wollte nicht aufgeben, er kletterte vom Kutschbock und stemmte sich mit aller Gewalt gegen das Hinterrad, als er bemerkte, dass der Fuhrknecht die Pferde ausspannte und kehrtmachte. Der Kaplan wollte ihn aufhalten, aber der Mann schüttelte nur den Kopf und warf ihm das Geld vor die Füße, bevor er seine zwei Zugpferde so schnell wie möglich durch die Regenböen wieder hoch zur Burg führte.

Da stand der Kaplan verlassen da und hatte das Gefühl, dass sich an diesem Tag alles gegen ihn verschworen hatte. Durch die Wassermengen, die aus den tiefhängenden, schwarzen Wolken herabgossen – den Serpentinenweg von der Burg kamen schon wahre Bäche heruntergestürzt –, war der Weg inzwischen stark ausgewaschen worden. Eines dieser Rinnsale hatte den Boden unter den Vorderrädern des Wagens bereits halb weggeschwemmt, und der pferdelose Wagen machte auf einmal einen Ruck nach vorne.

»Nein!«, schrie der Burgkaplan, als er die Gefahr erkannte, »nein!«

Verzweifelt rannte er um den Wagen herum nach vorne und stemmte sich mit aller Kraft dagegen, um ihn aufzuhalten. Aber es war zu spät. Ein erneuter Ruck, und der Wagen fing an zu rutschen, leicht seitwärts, nahm Geschwindigkeit auf, verdrehte sich und war schließlich von einem einzelnen Mann nicht mehr zu bremsen. Er schlitterte seitlich den steilen Abhang hinunter, zog den Burgkaplan mit sich, der sich mit dem *Zingulum* seiner *Soutane* am Wagen verheddert hatte, fand keinen Widerstand mehr, überschlug sich mehrfach, stürzte gut dreißig Fuß nach unten und schleuderte seine Fracht, den wertvollen Sarg mit den eingesetzten Glasscheiben, an einen Felsen, wo er in tausend Teile zerschellte und seinen Inhalt, die Gebeine der Heiligen Katharina, über den halben Abhang verstreute. Der Burgkaplan hatte Glück im Unglück und war bis auf ein paar blaue Flecken nicht verletzt. Er lag nun zwischen Knochen und Sargsplittern im Morast. Langsam drehte er sich auf den Rücken und konnte nicht glauben, dass der Fluch der Hexe immer noch so stark war, dass sogar die Kraft einer Reliquie nicht dagegen ankam. Mit größter Mühe kam er auf die Knie und versuchte wie ein vom Wahnsinn Besessener die Knochen des Skeletts wieder einzusammeln, was bei diesem Wetter und dem Schlamm, in dem sie lagen, vollkommen aussichtslos war. Schließlich fand er den Schädel der Heiligen Katharina, nahm ihn in den Schoß, putzte ihn fieberhaft mit dem Ärmel seiner *Soutane* und blinzelte verständnislos in den Regen.

XII

Anna war noch einmal umgekehrt. Ihr war eingefallen, dass sie etwas vergessen hatte, was sie nicht missen wollte: ihr Buch mit den korrekten Mischungsangaben für ihre Arzneien. Wenn sie Glück hatte, war es noch da, wo sie es vor ihrer Haft auf Burg Landskron versteckt hatte. In der Badestube ihres Hauses. Sie hatte so viel Zeit, Arbeit, Mühe und Experimente darauf verwendet, die richtigen Mengen, Verhältnisse und Zubereitungen der Mixturen zusammenzustellen, dass sie darauf nicht verzichten konnte.

Die letzten Wolken hatten inzwischen der Sonne Platz gemacht, aber sie stand schon sehr tief, als Anna auf den Hof ihres Hauses an der Stadtmauer von Oppenheim geritten kam. Sie beeilte sich, sie wollte nicht im Dunkeln nach ihrem Buch suchen oder gar bei Nacht zum Lager ihrer Gefährten zurückreiten müssen. Sie band ihr Pferd vor der Scheune fest und betrat noch einmal ihr Haus.

Oppenheim für immer den Rücken zu kehren, war der einhellige Wunsch aller gewesen. Zu sehr war die Erinnerung an die guten Zeiten durch den Prozess vergiftet, als dass einer von ihnen, weder Bruder Thomas noch Berbelin noch Anna selbst, auch nur einen Tag länger in dieser Umgebung verweilen wollte. Caspar, Annas Ziehvater, Bruder Thomas und Berbelin hatten Chassims Angebot angenommen, sich ihnen anzuschließen. Anna und Chassim wollten zum Gut von Chassims Vater reisen, um dort zu heiraten.

Anna wünschte sich nichts sehnlicher, als mit Chassim auf Burg Greifenklau endlich ein neues Leben zu beginnen. Welch eine Befreiung, sich nicht mehr verstellen zu müssen, sich in aller Öffentlichkeit zu ihrer Liebe bekennen zu dürfen und nie wieder Verfolgung und Verleumdung ausgesetzt zu sein!

Annas Entsetzen war groß gewesen, als sie sah, was die Soldateska des Erzbischofs während ihrer Haftzeit auf Burg Landskron in ihrem Haus angerichtet hatte. Die Männer hatten jeden Winkel durchsucht und das Unterste zuoberst gekehrt. Dass sie sogar die im Garten vergrabene Bücherkiste entdeckt hatten, war für Anna ein deutlicher Hinweis darauf, wie lange das Haus schon unter Beobachtung gestanden haben musste. Die ganze Einrichtung war verwüstet, das Laboratorium glich einem Scherbenhaufen, Bücher lagen zerfetzt und halb verbrannt im Herd in der Küche.

Das Wenige, das sie noch unversehrt und mitnehmenswert fanden, hatten Anna und ihre Gefährten schließlich auf den Wagen gepackt und waren, sobald der Regen endlich nachgelassen hatte, losgefahren.

Anna hatte sich grenzenlos erleichtert gefühlt, als sie Oppenheim und Burg Landskron hinter sich gelassen hatten und in Richtung Rhein weiterzogen, an dessen Ufer sie entlangreisen wollten, bis sie zu einer Fähre kamen und auf das östliche Rheinufer hinüberwechseln konnten.

Gerade als der mächtige Fluss in der Ferne auftauchte und Chassim vorschlug, am Waldrand ein Nachtlager aufzuschlagen, war Anna eingefallen, dass sie unbedingt ihr Notizbuch brauchte, das sie in der Hektik der Abreise vergessen hatte. Sie war sich sicher, dass die Soldaten des Erzbischofs dieses Buch nicht gefunden hatten, weil sie es vor ihrem erzwungenen Umzug auf die Burg hinter einem lockeren Ziegelstein in der Badestube versteckt hatte. Bruder Thomas wollte sie nicht alleine zurückreiten lassen, aber Anna ließ sich gar nicht erst auf ein Gespräch ein, sondern ritt schnurstracks zurück, bis zum Sonnenuntergang wollte sie wieder bei den Gefährten sein.

Nun stand Anna also in der Badestube ihres Hauses. Auch hier hatten die Soldaten gewütet und so viel zerstört, wie sie nur konnten. Aber Anna sah auf den ersten Blick, dass die rückwärtige Ziegelwand unversehrt geblieben war bis auf ein paar Flecken, wo Gefäße mit Flüssigkeiten aus ihrem Laboratorium an der Wand zerschmettert worden waren. Sie fand den richtigen Ziegel, zog ihn heraus, und dahinter kam ihr wertvolles Notizbuch zum Vorschein. Sie nahm es und pustete den Staub weg – es war unversehrt. Glücklich drückte sie ihren Fund an sich, drehte sich um, und dann stockte ihr Herz einen Moment lang vor Schreck.

Vollkommen unerwartet stand sie ihrem eigenen Fleisch und Blut Auge in Auge gegenüber, ihrem gewalttätigen Feind und Vetter, Gero von Hochstaden. Er glotzte sie ungläubig und entgeistert an. Dann begann sein Gesicht zu zucken und sein unverkennbares Grinsen setzte ein. Anna merkte erst jetzt, dass er sein Schwert in der einen und eine brennende Fackel in der anderen Hand hielt.

Blitzschnell schossen ihr die Gedanken durch den Kopf – sie hatte vor der Scheune kein Pferd gesehen, also musste er seines hinter dem Haus versteckt haben; sie hätte ihn heranreiten hören, wenn er nach ihr angekommen wäre. Und die Fackel hatte er am helllichten Tag wohl in der Hand, weil er das Haus in Brand setzen wollte. Er musste ein Geräusch gehört und sich versteckt haben, als sie das Haus betreten hatte. Und nun stand er vor ihr. Sie konnte ihm die blanke Mordlust von den Augen ablesen.

»Wo sind denn deine Freunde, Base?«, brachte er schließlich heraus.

»Sie werden jeden Moment kommen«, sagte sie so überzeugend wie möglich und überlegte krampfhaft, was sie ihm entgegenzusetzen hatte. An körperlicher Kraft war er ihr zweifellos überlegen, ganz abgesehen von dem Schwert in seiner Rechten.

»Bis dahin habe ich schon längst mit dir abgerechnet«, sagte er hämisch und machte einen Schritt auf sie zu.

Auf einmal fiel ihr etwas ein. Hatte ihr Vetter nicht Angst vor ihrem bösen Blick? Sie hielt ihm in einer verzweifelten, aber wohldurchdachten Geste ihr Notizbuch entgegen, als wäre es ein Buch mit Zaubersprüchen, gab sich so, wie sie sich das Gebaren einer wirklichen Hexe vorstellte, und konterte so bedrohlich wie möglich: »Willst du in die Zukunft sehen, Gero von Hochstaden? Ich kann sie dir voraussagen!« Dabei nahm sie ihren ganzen Mut zusammen und ging langsam auf ihn zu, immer noch das Buch vor sich haltend wie eine *Monstranz*.

Und, oh Wunder!, er wich tatsächlich misstrauisch vor ihr zurück.

Sie ließ nicht locker und sprach weiter: »Hat dir nie jemand gesagt, dass eine Hexe mit einem braunen und einem grünen Auge dein Untergang sein wird, Vetter? Dass sie dich mit einem Fluch belegen und dir sämtliche Krankheiten der Welt an den Hals wünschen wird? Hat dir das niemand gesagt? Dann ist es jetzt so weit, sieh dich vor!«

Sie hatte ihn beinahe da, wo sie ihn haben wollte – er stieß beim Zurückweichen mit dem Rücken an die Wand. Und das löste ihn offenbar aus dem Bann, in den er durch seine Angst vor Annas Hexenkunst geraten war.

Aber ob Geros Furcht noch länger anhielt, war Anna gleichgültig, blitzschnell trat sie durch den einzigen Zugang zur Badestube in den Gang und schloss die Tür. Nur fand sie keinen Schlüssel dazu, das nutzte ihr also wenig. Gero rüttelte bereits von innen an der Tür, deren Klinke Anna mit aller Kraft an sich zog. Lange würde sie ihm so nicht standhalten können. Fieberhaft sah sie sich um und rannte dann ins Laboratorium, zu dessen Tür es einen Schlüssel gab. Das wusste sie. Und richtig – der Schlüssel steckte noch. Sie rammte die Tür von innen ins Schloss und sperrte ab.

Gehetzt schaute sie sich um. Wo war bloß die Schublade mit dem schwarzen Pulver, vor dessen Wirkung Medicus Aaron sie einmal gewarnt hatte? In dem Schutthaufen aus Scherben, Heilkräutern, Pulvern, Brettern und zerfledderten Büchern würde sie nie finden, was sie suchte. Zumal es schon an der Tür rüttelte und hämmerte und ein vor Wut rasender Gero von außen brüllte: »Mach auf, du Hexe! Sonst trete ich die Tür ein!«

Schwere Schläge krachten gegen die Tür, anscheinend warf sich Gero mit der Schulter dagegen.

Wie von Sinnen durchstöberte Anna die Schubladen, die quer im ganzen Raum verteilt unter- und übereinander lagen, aber sie konnte das schwarze Pulver nicht finden. Wieder folgte ein schwerer Schlag gegen die Tür, die bereits splitterte. Da fiel Annas Blick auf die demolierte Destillationsapparatur. Sie war zwar nicht mehr zu gebrauchen, aber Anna hoffte, dass sich in der großen Metallblase, die verbeult, aber noch ganz war, genügend Destillat abgesetzt hatte, um es für ihre Zwecke zu nutzen.

In aller Hast suchte sie ein Gefäß, das heil geblieben war, und fand einen alten Ledereimer, in den sie das Destillat, das stechend scharf roch, abzapfen konnte. Reines, unverdünntes Aqua Vitae. Wenn es nur schneller in den Eimer rinnen würde! Zumal sie draußen im Gang laute Geräusche und Stimmen hörte.

»Anna – bist du da drin?«

Das war Chassim, und gleich darauf hörte sie Bruder Thomas, dann Gero und Kampflärm.

Chassim war ihr also doch nachgekommen, weil er sich um sie Sorgen machte! Aber wie konnte er sich mit dem Gipsbein gegen einen Mann wie Gero zur Wehr setzen, ging es Anna durch den Kopf, außerdem waren er und Bruder Thomas sicher unbewaffnet.

Sie musste handeln, bevor es zu spät war. Anna nahm den Eimer, der inzwischen halbvoll mit dem konzentrierten Destillat war, und sperrte die Tür auf. Sie sah Bruder Thomas stöhnend in einer Blutlache am Boden liegen und Chassim, der verzweifelt mit seinem Krückstock die Schwerthiebe zu parieren versuchte, die der lachende Gero nur schwach ausführte, weil Chassim ohnehin schon in der Ecke kauerte und nur noch ein Spielball war, bis Gero zum finalen Schlag mit der rechten Hand ausholen und ihm den Garaus machen würde. In der linken Hand hielt er immer noch die brennende Fackel, mit der er jetzt nach Chassim stieß, wie um ein wildes Tier in die Enge zu treiben.

»He, Vetter Gero!«, rief Anna so laut sie konnte, und machte mit ihrem Eimer ein paar Schritte auf ihn zu.

Gero drehte sich zu ihr um. »Jetzt schicke ich dich dahin, woher du gekommen bist. Nämlich in die Hölle, du Hexe!«, sagte er und kam mit Schwert und Fackel auf sie zu.

»Dabei lasse ich dir gerne den Vortritt, Vetter!«, entgegnete Anna und schüttete ihm den Inhalt des Eimers, reines Aqua Vitae, direkt ins Gesicht und über die Brust.

Das *Aqua Vitae* entzündete sich sofort an der Fackel, und im selben Augenblick überzog eine klare bläulich-gelbe Flammen-*Aureole* Geros Gesicht und *Torso*. Abrupt blieb er stehen, bis er begriff, was da vor sich ging und dass er bereits lichterloh brannte. Er wollte nach Luft schnappen, aber dabei sog er nur brennendes Aqua Vitae in seine Lunge, röchelte gurgelnd, ließ Schwert und Fackel fallen und fing an, wie ein tödlich verwundeter Stier zu brüllen. Mit ausgestreckten Händen taumelte er auf Anna zu, als wolle er sie im letzten Moment noch erwürgen. Die Flammen züngelten schon auf seinem Kopf, seinem Bart und seiner Kleidung, und seine Gesichtshaut warf Blasen. Er sah aus wie ein Dämon aus dem Höllenpfuhl. Flammen umwaberten ihn, aber er wankte immer noch weiter. Anna wich ihm aus, und der brennende Gero stolperte blind in das Laboratorium, wo er als menschliche Fackel kopfüber mitten in den knietiefen Haufen aus Pergament, Holz, Kräutern, Pulvern und sonstigen Arzneimitteln fiel, den die Soldaten zurückgelassen hatten. Der Haufen war knochentrocken und stand sofort in Flammen.

»Raus«, schrie Anna, »wir müssen hier raus!«

Sie half Chassim auf, der anscheinend unverletzt war, und zusammen zogen sie Bruder Thomas hoch, der sich mit ihrer Hilfe stöhnend aufrappelte. Zu dritt, sich gegenseitig stützend und schleppend, schafften sie es ins Freie, als ein dumpfer Knall zu hören war, dem eine heftige Explosion von solchem Ausmaß folgte, dass das halbe Haus in einem Flammenball in die Luft flog.

Die Detonation war so heftig, dass Anna, Chassim und Bruder Thomas vom Luftdruck zu Boden gerissen wurden. Es regnete Glas-, Holz- und Mauersplitter über die drei. Als sie endlich benommen aufsahen, züngelten die Flammen aus den traurigen Mauerresten empor, die vom Haus übriggeblieben waren, und pechschwarzer Qualm quoll gen Himmel. Es hatte angefangen zu regnen.

»Das muss das schwarze Pulver gewesen sein, vor dem mich der Medicus gewarnt hat«, sagte Anna.

***

Die Morgendämmerung hatte eingesetzt, rötlicher Schimmer am östlichen Horizont verdrängte die Dunkelheit. Die Luft war kühl und frisch. Es roch nach Wasser. Die Fluten des Rheins seufzten geheimnisvoll, als sie in aller Herrgottsfrühe übersetzten. Die Fähre glitt ruhig und gemächlich auf das jenseitige Ufer zu. Anna, Chassim, Bruder Thomas, Berbelin, Caspar und die zwei Pferdeknechte waren die einzigen Passagiere des Fährmanns.

Anna und Chassim sahen Arm in Arm in die aufgehende Sonne, ihre Haare wehten in der leichten Brise.

Bruder Thomas saß auf dem Wagen, der für die Überfahrt mit Seilen an der Fähre festgezurrt worden war, und hatte seinen Kopf in Berbelins Schoß gebettet. Er hatte einen tiefen Stich vom Schwert Geros in der Schulter davongetragen, aber es war zum Glück nur eine Fleischwunde, die Anna fachgerecht versorgt und verbunden hatte. Sie schwiegen und bestaunten Gottes herrliche Schöpfung, wie sie im Licht der aufgehenden Sonne Konturen annahm. Nur Caspar blickte nachdenklich zurück, wo das andere Ufer im Nebel verschwand.

Anna war müde und grenzenlos erschöpft. Gott hatte sie in diesem Jahr geprüft, damit sie erwachsen werde und lernte, wozu sie fähig und wofür sie bestimmt war. Und nun? War sie wirklich zur Medica geboren? Ja, es musste so sein. Endlich wusste sie mit letzter Gewissheit, wer sie war und was sie wollte.

Sie warf Chassim von der Seite einen heimlichen Blick zu, zog seinen Kopf zu sich heran und küsste ihn, um sich zu vergewissern, dass er tatsächlich bei ihr war und sie das alles nicht nur träumte.

Es wäre ein schöner Traum gewesen.

Doch noch schöner war die Wirklichkeit.

ENDE

GLOSSAR

Ablass
Von der Kirche geregelter Gnadenakt, bei dem zeitliche Sündenstrafen erlassen werden

Absenz
Abwesenheit

Aderlass
Seit der Antike angewendetes Heilverfahren; dabei wird dem Patienten eine (nicht unerhebliche) Menge Blut entnommen

Adlatus
(untergeordneter) Gehilfe; vergleichbar mit dem Adjutanten im militärischen Sprachgebrauch

Apsis
(griech.: Wölbung, Bogen) Im Grundriss halbkreisförmiger Raumteil, der an einen Hauptraum (Kirchenschiff) anschließt und den Altarraum christlicher Kirchenbauten bildet, meist von einer Halbkuppel bedeckt

Armarium
Schrankartige Nische im Kloster, in der Bücher verwahrt wurden (Vorläufer der Bibliothek im 12. und 13. Jahrhundert)

Aureole
Heiligenschein um eine Gestalt, besonders bei Christusbildern

Buhurt
Turnierform; spielerisches Scheingefecht zwischen Reiterverbänden

Bulle
Mit einem Siegel versehene Urkunde; päpstlicher Erlass

Bußgürtel
Kasteiungsinstrument; mehrgliedrige Kette mit scharfen Metallstreifen, die um den nackten Oberschenkel getragen wird und Schmerzen verursacht

Causa
(lat.) Ursache, Fall, Angelegenheit

Chanukka
(hebräisch: Lichterfest) acht Tage dauerndes jüdisches Fest (November/Dezember)

Chuzpe
Frechheit, Dreistigkeit (jiddisch)

Credo
Persönliches Glaubensbekenntnis (lat. »Ich glaube«)

Damoklesschwert
Sprichwörtlich für stets drohende Gefahr; nach einer Anekdote von Cicero: Bei einem Festmahl wurde vom Gastgeber über Damokles ein Schwert an einem Rosshaar aufgehängt, um ihm zu verdeutlichen, dass der Tod allgegenwärtig sei

Deprecare Deum, sancte Michael Archangele, ut conterat satanam sub pedibus nostris, ne ultra valeat captivos tenere homines, et Ecclesiae nocere!
Bitte Gott, heiliger Sankt Michael, dass Er Satan unter unseren Füßen vernichte, damit er nicht mehr imstande ist, die Menschen gefangen zu halten und der Kirche zu schaden!

Deus vult!
Gott will es!

Dispens
Kirchenrecht: amtliche Befreiung von gesetzlichen Verboten oder Geboten

Dominus vobiscum! Et cum spiritu tuo
Der Herr sei mit euch! Und mit deinem Geiste

Dormitorium
Schlafsaal der Mönche

Ego te absolvo a peccatis tuis
Ich spreche dich frei von deinen Sünden

Epiphanie
Erscheinung oder Selbstoffenbarung Gottes vor den Menschen

Ernting
Monat August

Ex cathedra
(unfehlbare) Entscheidung des Papstes

Exegese
Bibelauslegung bzw. Interpretation von Bibeltexten

Famulus
(weibl.: Famula) Gehilfe, Diener

Fehde
Privatkrieg zwischen zwei Gegnern

Feldscher
Sogenannter Handwerksarzt beim Militär; leistete Heilhilfe, zog Zähne und war vor allem als chirurgischer Operateur (Amputation) tätig

Festum Nativitatis Mariae
Mariä Geburt; 8. September

Foliant
Buchformat (entspricht etwa DIN-A3)

Furor
Wut, Raserei

Generalkapitel
Versammlung aller Äbte eines Ordens unter Vorsitz des Erzbischofs

Gratiam tuam, quaesumus, Domine, mentibus nostris infunde: ut, qui, Angelo nuntiante, Christi filii tui incarnationem cognovimus ...
Allmächtiger Gott, gieße deine Gnade in unsere Herzen ein: durch die Botschaft des Engels haben wir die Menschwerdung Christi, deines Sohnes, erkannt

Habit
Ordenstracht

Häresie
Bezeichnung für eine Lehre, die im Widerspruch zur Lehre der römisch-katholischen Kirche steht

Herold
Bote eines Lehnsherrn

Heuert
Monat Juli

Infirmarium
Krankensaal im Kloster

Infirmarius
Krankenpfleger in einem Kloster

In nomine Patris et Filii et Spiritus Sancti!
Im Namen des Vaters, des Sohnes und des Heiligen Geistes!

Inquisitor
Leiter und Vorsitzender eines kirchlichen Verfahrens zum Ziel der Verfolgung von Häresien

Insubordination
Ungehorsam gegenüber Vorgesetzten

Ita nobis (me) Deus adiuvet!
So wahr uns (mir) Gott helfe!

Kaddisch
Jüdisches Totengebet

Kapitular
Hoheitliche Anordnung (im Sinne von Gesetzen)

Kemenate
beheizbarer Wohnraum einer Burg

Ketzerei
Abweichung von der allgemein als gültig erklärten Kirchenmeinung oder Verhaltensnorm; ursprünglich synonym zur Häresie gebraucht

Konklave
In einem Konklave wählen die wahlberechtigten Kardinäle den neuen Papst, wenn das Oberhaupt der katholischen Kirche gestorben ist

Kontemplation
Versunkenheit in Werk und Wort Gottes

Laxieren
Abführmittel anwenden

Lenzing
Monat März

Lettner
Steinerne oder hölzerne Schranke, die den Raum für das Priester- und Mönchskollegium vom übrigen Kirchenraum, der für die Laien bestimmt war, abtrennte

Lex
Rechtsvorschrift

Mesusa (Mz.: Mesusot)
Schriftkapsel mit Thoratexten, die nach alter jüdischer Sitte am Türpfosten befestigt wird

Mitra
Liturgische Kopfbedeckung der Bischöfe

Monstranz
Kostbares liturgisches Schaugerät mit einem Fensterbereich, in dem eine Hostie zur Anbetung ausgesetzt wird

Nebbich!
Dummes Zeug! (jiddisch)

Oremus!
Lasset uns beten!

Ornat
Festliche Amtstracht eines Geistlichen oder Herrschers

Pandämonium
Aufenthalt oder Gesamtheit aller Dämonen und bösen Geister

Per passionem eius et crucem ad resurrectionis gloriam perducamur. Per eundem Christum Dominum nostrum. Amen.
Führe uns durch sein Leiden und Kreuz zur Herrlichkeit der Auferstehung. Darum bitten wir durch Christus, unseren Herrn. Amen.

Philippika
Straf-, Kampfrede

Pileolus
Scheitelkäppchen; bei Bischöfen violett, beim Papst weiß

Prior
Stellvertreter des Abtes im Kloster

Primat
Vorrang; üblicherweise des Papsttums über das Kaisertum

Quart-, Oktav- und Duodezbände
Buchformate; viertel, achtel und zwölftel Bogengrößen (halbe Bogengröße: Foliant)

Refektorium
Speisesaal im Kloster

Regalien
Hoheits- und Sonderrechte, normalerweise dem König vorbehalten

Scheiding
Monat September

Schlagfluss
Schlaganfall

Schmonzes
Unsinn, Nonsens (jiddisch)

Skapulier
Schulterkleid; Überwurf über die Tunika einer Ordenstracht

Skriptorium
Schreibstube der Mönche im Kloster

Soutane
(Alltags-) Gewand eines Geistlichen; wird je nach Rang mit schwarzem, violettem oder rotem Zingulum getragen

Stentorstimme
laute, gewaltige Stimme (nach dem stimmgewaltigen Helden des Trojanischen Krieges)

Suada
Beredsamkeit, Redefluss

Sibyllinisch
rätselhaft; doppelgesichtig

Tiara
Papstkrone; Spitzhaube mit dreifacher Krone

Tjost
Lanzenstechen beim Turnier; zwei Ritter in voller Rüstung reiten aufeinander zu, um durch einen Lanzenstoß den Gegner vom Pferd zu werfen oder zumindest einen Treffer auf Schild oder Helm des Gegners zu landen

Tonsur
Kopfhautrasur bei Klerikern, so dass ein Haarkranz übrigbleibt

Torso (Mz.: Torsi)
Rumpf des Körpers; im übertragenen Sinn auch zerstörtes oder unvollendetes Kunstwerk

Videmus nunc per speculum in enigmate, tunc autem facie ad faciem
Wir sehen jetzt durch einen Spiegel ein dunkles Bild, dann aber von Angesicht zu Angesicht

Visitation
Besuchsdienst des vorgesetzten Geistlichen in den ihm unterstellten Klöstern zur Erfüllung der Aufsichtspflicht

Vitta (Mz.: Vittae)
Binde um die Mitra, deren Enden am Nacken herunterhängen

Wonnemond
Monat Mai

Zingulum
Gürtel, den Mönche und andere Geistliche um ihren Habit tragen